CONFITEOR

DU MÊME AUTEUR

Sa seigneurie, Christian Bourgois, 2004.
L'Ombre de l'eunuque, Christian Bourgois, 2006 ; Babel nᵒ 1271.
Les Voix du Pamano, Christian Bourgois, 2009 ; 10/18 nᵒ 4519.
Confiteor, Actes Sud, 2013, grand prix SGDL de traduction, prix
Courrier international du meilleur livre étranger, prix SOS Li-
braires du meilleur livre étranger, prix Jean-Morer.

Titre original :
Jo confesso
Éditeur original :
Raval Edicions SLU, Proa, Barcelone
© Jaume Cabré, 2011
Publié avec l'accord de Cristina Mora Literary & Film Agency,
Barcelone

© ACTES SUD, 2013
pour la traduction française
ISBN 978-2-330-06443-3

JAUME CABRÉ

CONFITEOR

roman traduit du catalan
par Edmond Raillard

BABEL

à Margarida

I
A CAPITE...

Je sera rien.

Carles Camps Mundó

1

Ce n'est qu'hier soir, alors que je marchais dans les rues trempées de Vallcarca, que j'ai compris que naître dans cette famille avait été une erreur impardonnable. Tout à coup, j'ai vu clairement que j'avais toujours été seul, que je n'avais jamais pu compter sur mes parents ni sur un Dieu à qui confier la recherche de solutions, même si, au fur et à mesure que je grandissais, j'avais pris l'habitude de faire assumer par des croyances imprécises et des lectures très variées le poids de ma pensée et la responsabilité de mes actes. Hier, mardi soir, en revenant de chez Dalmau, tout en recevant l'averse, je suis arrivé à la conclusion que cette charge m'incombe à moi seul. Et que mes succès et mes erreurs sont de ma responsabilité, de ma seule responsabilité. Il m'a fallu soixante ans pour voir ça. J'espère que tu me comprendras et que tu sauras voir que je me sens désemparé, seul, et que tu me manques absolument. Malgré la distance qui nous sépare, tu me sers d'exemple. Malgré la panique, je n'accepte plus de planche pour me maintenir à flot. Malgré certaines insinuations, je demeure sans croyances, sans prêtres, sans codes consensuels pour m'aplanir le terrain vers je ne sais où. Je me sens vieux et la dame à la faux m'invite à la suivre. Je vois qu'elle a bougé le fou noir et qu'elle m'invite, d'un geste courtois, à poursuivre la partie. Elle sait que je n'ai plus beaucoup de pions. Malgré tout, ce n'est pas encore le lendemain et je regarde quelle pièce je peux jouer. Je suis seul devant le papier, ma dernière chance.

Ne me fais pas trop confiance. Dans ce genre tellement propice au mensonge que sont les Mémoires écrits pour un seul lecteur, je sais que je tendrai à toujours retomber sur mes quatre pattes, comme les chats ; mais je ferai un effort pour ne pas trop inventer. Tout s'est passé de cette façon, et pis encore. Je sais bien que je t'en avais parlé il y a longtemps ; mais c'est difficile et maintenant je ne sais pas comment m'y prendre.

Tout a commencé, dans le fond, il y a plus de cinq cents ans, quand cet homme tourmenté a décidé de demander à être admis dans le monastère de Sant Pere del Burgal. S'il ne l'avait pas fait, ou si le père prieur, dom Josep de Sant Bartomeu, avait persisté dans son refus, je ne serais pas en train de te raconter tout ce que je veux te raconter. Mais je ne suis pas capable de remonter si loin. Je commencerai plus près de nous. Beaucoup plus près.

— Ton père... Eh bien, mon fils. Ton père...

Non, non ; je ne veux pas davantage commencer par là, non. Il vaut mieux que je commence par ce bureau où je suis en train de t'écrire, devant ton autoportrait, si impressionnant. Ce bureau est mon monde, ma vie, mon univers, et presque tout y trouve place sauf l'amour. Quand je courais dans l'appartement en culotte courte, les mains pleines d'engelures à cause du froid des automnes et des hivers, je n'avais pas le droit d'y entrer, sauf occasionnellement. Je devais donc le faire de façon clandestine. J'en connaissais tous les recoins et pendant plusieurs années j'ai eu un fort retranché et secret derrière le canapé, que je devais démonter après chaque incursion, pour que Lola Xica[1] ne le découvre pas lorsqu'elle passait la serpillière. Mais chaque fois que j'y entrais

1. "Lola, la petite". Prononcer *Lola chica. (Toutes les notes sont du traducteur.)*

légalement je devais me comporter comme si j'étais en visite, les mains dans le dos tandis que papa me montrait le dernier manuscrit que j'ai trouvé dans une boutique misérable de Berlin, regarde-moi ça, et attention où tu mets les mains, je ne veux pas avoir à te gronder. Adrià se pencha sur le manuscrit, plein de curiosité.

— C'est en allemand, n'est-ce pas? – les mains en avant, comme sans le vouloir.

— Psst! On ne regarde pas avec les doigts. – Il lui donna un coup sur la main. – Tu disais?

— Que c'est en allemand, n'est-ce pas? – en se frottant la main endolorie.

— Oui.

— Je veux apprendre l'allemand.

Fèlix Ardèvol regarda son fils avec fierté et lui dit tu vas bientôt pouvoir commencer à l'apprendre, mon fils.

En réalité, ce n'était pas un manuscrit mais une liasse de feuilles marronnasses : sur la première feuille figurait, dans une écriture très ornée, *Der begrabene Leuchter. Eine Legende.*

— C'est qui, Stefan Zweig?

Papa, la loupe à la main, occupé à regarder une correction dans la marge du premier paragraphe, au lieu de me dire un écrivain, mon fils, m'a seulement dit eh bien un gus qui s'est suicidé au Brésil il y a dix ou douze ans. Pendant très longtemps la seule chose que j'ai sue de Stefan Zweig c'est que c'était un gus qui s'était suicidé au Brésil il y avait dix ou douze ans, ou treize, quatorze ou quinze ans, jusqu'au moment où j'ai pu lire le manuscrit et où j'en ai appris un peu plus sur lui.

Et alors la visite prit fin et Adrià sortit du bureau avec la recommandation de ne pas faire de bruit : à la maison on ne pouvait jamais ni courir ni crier ni claquer la langue parce que si papa n'était pas en train d'examiner un manuscrit avec sa loupe il contrôlait l'inventaire des cartes médiévales ou réfléchissait aux endroits où il pourrait faire de nouvelles acquisitions de n'importe quel objet qui lui fasse trembler les doigts. La seule chose que je pouvais faire dans ma chambre, qui fasse du bruit, c'était étudier le violon. Mais je ne pouvais pas non plus perdre la journée à travailler l'exercice XXIII arpèges d'*O livro dos exercícios da velocidade* qui me faisait tellement haïr la mère Trullols, mais qui ne me faisait pas détester le violon. Non, la mère Trullols, je ne la haïssais pas. Mais elle était vraiment pénible, surtout avec sa façon d'insister sur l'exercice XXIII.

— Je dis ça pour varier un peu, c'est tout.

— Là, et elle frappait sur la partition avec le talon de l'archet, tu trouveras toutes les difficultés résumées en une page. Cet exercice est tout simplement génial.

— Mais je…

— Pour vendredi je veux le XXIII à la perfection. Même la mesure 27.

Parfois, la mère Trullols était bête à pleurer. Mais en général elle était acceptable. Et parfois, plus qu'acceptable.

Bernat pensait la même chose. Quand je travaillais *O livro dos exercícios da velocidade*, je ne connaissais pas encore Bernat. Mais sur la mère Trullols, nous pensions la même chose. C'était sûrement un grand professeur, même si elle n'est pas entrée dans l'histoire, que je sache. Il me semble que je devrais me centrer un peu, parce que je mets tout en désordre. Oui, il y aura certainement des choses que tu sais déjà, surtout quand je parlerai de toi. Mais il y a des replis de mon âme que, me semble-t-il, tu ne connais pas, parce qu'il est impossible de connaître quelqu'un totalement même si.

Le magasin avait beau être plus spectaculaire, il me plaisait moins que le bureau de la maison. Peut-être parce que lorsque j'y allais, c'est-à-dire très rarement, je ne pouvais échapper à la sensation d'être surveillé. Le magasin avait un avantage, c'était que je pouvais y regarder

Cecília, qui était très belle ; il faut dire que j'étais éperdument amoureux d'elle. C'était une femme aux cheveux d'un blond galactique, toujours très bien coiffés, et avec des lèvres épaisses, d'un rouge violent. Et elle était toujours plongée dans ses catalogues et ses listes de prix, et en train d'écrire des étiquettes et de recevoir les rares clients qui entraient là, avec un sourire qui découvrait des dents parfaites.

— Avez-vous des instruments de musique ?

L'homme n'avait même pas enlevé son chapeau. Debout devant Cecília, il jetait un coup d'œil autour de lui : lampes, candélabres, chaises en bois de merisier avec un travail de marqueterie d'une grande finesse, confidents du début du dix-neuvième, vases de toutes les tailles et de toutes les époques… Moi, il ne m'avait pas vu.

— Pas grand-chose, mais si vous voulez me suivre…

Le pas grand-chose des instruments de musique qu'il y avait au magasin, c'étaient deux violons et une viole qui ne sonnaient pas très bien, mais qui avaient des cordes en boyau qui, miraculeusement, ne s'étaient pas cassées. Et aussi un tuba cabossé, deux magnifiques flügelhorns et une trompette dans laquelle le garde de la vallée soufflait désespérément pour prévenir les gens des autres vallées que la forêt de Panaveggio était en train de brûler et que les habitants de Pardàc demandaient de l'aide à Siròr, à San Martino et même à Welschnofen, qui avaient subi un incendie récemment, et à Moena et à Soraga, qui peut-être recevaient déjà l'odeur inquiétante de ce désastre de l'an de Notre Seigneur 1690, quand la terre était ronde pour presque tout le monde et, si les maladies inconnues, les sauvages sans Dieu et les bêtes fauves des océans et de la terre, la glace, la tempête et les pluies excessives n'y faisaient pas obstacle, les vaisseaux qui se perdaient au ponant réapparaissaient au levant, leurs marins plus maigres et hâves, le regard perdu et les cauchemars accrochés à leurs nuits. L'été de l'an de Notre Seigneur 1690, tous les habitants de Pardàc, Moena, Siròr, San Martino, tous excepté les grabataires, couraient pour voir de leurs yeux embrumés le désastre qui brisait leurs vies, de certains plus que d'autres. L'épouvantable incendie qu'ils devaient contempler, impuissants, avait déjà dévoré des charretées de bon bois. Quand l'enfer fut éteint, grâce à des pluies providentielles, Jachiam, le quatrième fils de Mureda de Pardàc, le plus débrouillard, parcourut méticuleusement toute la forêt dévastée pour essayer de trouver des recoins épargnés par les flammes et des troncs utilisables. À la moitié de la descente vers le ravin de l'Ours, il s'accroupit pour se soulager le ventre près d'un sapin en pleine croissance qui avait été réduit à l'état de charbon. Mais ce qu'il vit lui enleva l'envie de déposer : des torches résineuses, enveloppées de linges qui sentaient le camphre ou une autre substance étrange. Avec beaucoup de soin, il défit les linges qui n'avaient pas entièrement brûlé dans l'incendie infernal qui avait dévasté son avenir. Il fit une découverte qui lui souleva le cœur : le linge qui couvrait les torches, d'un vert sale, avec en liséré un cordon jaune encore plus sale, était un morceau du pourpoint que portait habituellement Bulchanij Brocia, le gros de Moena. Lorsqu'il découvrit deux autres paquets de tissu, ceux-ci bien brûlés, il comprit que ce monstre de Bulchanij avait mis à exécution sa menace de ruiner la famille des Mureda, et avec elle tout le village de Pardàc.

— Bulchanij.

— Je ne parle pas avec les chiens.

— Bulchanij.

Le ton de la voix, sinistre, le fit se retourner de mauvaise grâce. Bulchanij de Moena avait une panse proéminente qui, s'il avait vécu plus longtemps et s'il l'avait suffisamment alimentée, lui aurait été utile pour y appuyer les bras.

— Qu'est-ce que tu veux ?

— Où est ton pourpoint?

— Qu'est-ce que ça peut te foutre?

— Pourquoi tu ne le portes pas? Montre-le-moi.

— Va chier. Qu'est-ce que tu crois, que parce que vous avez marché dans la merde maintenant tous ceux de Moena doivent faire ce que vous dites, hein? – Il pointa le doigt sur lui avec de la haine dans les yeux. – Je n'ai pas l'intention de te le montrer. Et fous-moi le camp tu me caches le putain de soleil.

Jachiam, le quatrième des Mureda, avec une rage froide, sortit de son fourreau le couteau à écorcer qu'il portait toujours à la ceinture et le planta dans la panse de Bulchanij Brocia, le gros de Moena, comme si c'était le tronc d'un érable qu'il fallait polir. Bulchanij ouvrit la bouche et fit des yeux comme des oranges, surpris, plus que par la douleur, par le fait qu'une merde de Pardàc ose le toucher. Quand Jachiam Mureda retira le couteau, qui fit un glouglou dégoûtant et rouge de sang, Bulchanij se ratatina sur sa chaise comme s'il se dégonflait par la blessure.

Jachiam regarda aux deux bouts du chemin désert. Ingénu, il se mit à courir dans la direction de Pardàc. Alors qu'il laissait derrière lui la dernière maison de Moena, il se rendit compte que la bossue du moulin qui le regardait la bouche ouverte, chargée de linge humide, avait peut-être tout vu. Au lieu de poignarder son regard, il se contenta de presser le pas. Il était le meilleur chanteur de bois et n'avait pas encore vingt ans, mais sa vie venait de se fissurer.

La famille réagit bien, envoyant aussitôt des gens à San Martino et à Siròr pour expliquer preuves à l'appui que Bulchanij était un incendiaire qui avait brûlé la forêt par rancune, mais ceux de Moena pensèrent qu'il ne fallait pas s'en remettre à la justice et se préparèrent à attraper, sans intermédiaire, ce vilain bougre de Jachiam Mureda.

— Mon fils, dit le vieux Mureda, le regard encore plus triste qu'à l'accoutumée, tu dois t'enfuir.

Et il lui tendit une bourse avec la moitié de l'or des économies de trente ans passés à travailler le bois de Panaveggio. Et aucun de ses frères ne critiqua cette décision. Et, avec un peu de cérémonie, il dit tu as beau être le meilleur traqueur d'arbres et le meilleur chanteur de bois, Jachiam, fils de mon cœur, le quatrième des fils de cette maison touchée par le malheur, ta vie vaut mieux que le meilleur tronc d'érable que nous pourrons jamais vendre. Et ainsi tu éviteras la ruine qui tombera sur nous parce que Bulchanij de Moena nous a privés de bois.

— Père, je…

— Cours, fuis, hâte-toi, va vers Welschnofen, car ils te chercheront sûrement du côté de Siròr. Nous ferons courir le bruit que tu te caches à Siròr ou à Tonadich. Le danger est trop grand pour que tu restes dans les vallées. Tu dois faire un long voyage, un très long voyage, bien loin de Pardàc. Fuis, mon fils, et que Dieu te garde.

— Mais, mon père, je ne veux pas partir. Je veux travailler dans la forêt.

— Ils l'ont brûlée. Que veux-tu travailler, mon enfant?

— Je ne sais pas ; mais si je pars des vallées je mourrai !

— Si tu ne fuis pas cette nuit c'est moi qui te tuerai. Tu m'as compris, maintenant?

— Père…

— Personne de Moena ne posera la main sur un de mes enfants.

Et Jachiam des Mureda de Pardàc dit adieu à son père et embrassa un à un tous ses frères et sœurs : Agno, Jenn, Max et leurs femmes. Hermes, Josef, Theodor et Micurà. Ilse, Erica et leurs hommes ; et ensuite, Katharina, Matilde, Gretchen et Bettina. Ils s'étaient tous réunis pour lui dire adieu en silence et, alors qu'il était déjà à la porte, la petite Bettina dit Jachiam, et il se retourna et vit que la petite tendait la main d'où pendait la médaille de santa Maria dai Ciüf de Pardàc ; la médaille que sa mère lui avait confiée avant de mourir. Alors il s'approcha de la petite Bettina, prit la médaille et dit Bettina, ma toute petite, je porterai ce bijou jusqu'à ma mort ; et il ne savait pas que ce qu'il disait serait bel et bien vrai. Et Bettina toucha ses joues avec les deux mains à plat, sans pleurer. Jachiam sortit de la maison les yeux noyés, murmura une prière sur la tombe de sa mère et, la nuit venue, disparut en s'enfonçant dans la neige éternelle pour changer de vie, changer d'histoire et de souvenirs.

— Vous n'avez rien d'autre ?

— Cet établissement est un magasin d'antiquités, répondit Cecília avec son air sévère, qui donnait honte aux hommes. Et, avec une pointe d'ironie : Pourquoi ne pas essayer de voir chez un luthier ?

Elle me plaisait, Cecília, quand elle était contrariée. Elle était encore plus belle. Encore plus belle que maman. Que maman à cette époque.

De l'endroit où j'étais je pouvais voir le bureau de monsieur Berenguer. J'entendis Cecília raccompagner le client, déçu, qui avait toujours son chapeau sur la tête, et tandis que j'entendais la clochette de la porte et l'au revoir de Cecília, monsieur Berenguer leva la tête et me cligna de l'œil.

— Adrià.

— Oui.

— Quand viendra-t-on te chercher ? me dit-il en élevant la voix.

Je haussai les épaules. Je ne savais jamais quand je devais me trouver à un endroit ou à un autre. Mes parents ne voulaient pas que je reste seul à la maison et me laissaient au magasin quand ils étaient tous les deux sortis. Ça me convenait parfaitement parce que je passais le temps à regarder les objets les plus incroyables, qui avaient déjà vécu et qui maintenant se reposaient patiemment en attendant une deuxième ou une troisième ou une quatrième chance. Et j'imaginais leurs vies dans des maisons différentes et c'était très amusant.

Lola Xica finissait toujours par venir me chercher, toujours pressée, parce qu'elle devait préparer le dîner et que tout restait à faire. C'est pourquoi je haussai les épaules quand monsieur Berenguer me demanda quand viendra-t-on te chercher.

— Viens, me dit-il en me montrant une feuille de papier blanc. Installe-toi sur la table Tudor et dessine un peu.

Je n'ai jamais aimé dessiner, parce que je ne sais pas ; je ne sais pas du tout. C'est pourquoi j'ai toujours admiré ton habileté, qui me paraît miraculeuse. Monsieur Berenguer me disait dessine un peu parce que ça le dérangeait de me voir sans rien faire, et ce n'était pas vrai, parce que je passais mon temps à penser. Mais on ne peut pas contredire monsieur Berenguer. Le fait est qu'assis à la table Tudor je tâchais de faire n'importe quoi pour qu'il se taise. Je sortis Aigle-Noir de ma poche et essayai de le dessiner. Pauvre Aigle-Noir, si jamais il avait pu voir le papier… À propos, Aigle-Noir n'avait pas encore eu le temps de rencontrer le shérif Carson, parce que je l'avais acquis le matin même, dans un échange avec Ramon Coll, contre mon harmonica Weiss. Si mon père l'avait appris, il m'aurait tué.

Monsieur Berenguer était très spécial ; quand il souriait il me faisait un peu peur et il traitait Cecília comme si elle était une servante incapable, ce que je ne lui ai jamais pardonné. Mais c'était lui qui savait le plus de choses sur papa, mon grand mystère.

2

Le *Santa Maria* arriva à Ostie dans l'aube embrumée du deuxième jeudi de septembre. La traversée, depuis Barcelone, avait été pire que n'importe lesquels des voyages faits par Énée à la poursuite de son destin et de la gloire éternelle. Neptune ne lui fut guère propice et, à bord du *Santa Maria*, non seulement il donna à manger aux poissons mais sa peau, brune et pleine de santé, comme il convient à un paysan de la Plana, devint aussi pâle que celle d'une apparition mystique.

Monseigneur Josep Torras i Bages avait décidé personnellement que, compte tenu des excellentes notes de ce séminariste intelligent, entièrement voué à l'étude, pieux et poli, cultivé malgré son jeune âge, ils avaient entre les mains une fleur précieuse qui avait besoin d'un jardin luxuriant car, dans l'humble clos du séminaire de Vic, elle allait se faner et dilapider les trésors d'intelligence naturelle que Dieu lui avait donnés à pleins paniers.

— Je ne veux pas aller à Rome, monseigneur. Je veux me consacrer à l'étude parce que

— C'est justement pourquoi je t'envoie à Rome, mon fils bien-aimé. Je connais assez notre séminaire et je sais qu'une intelligence comme la tienne y perd son temps.

— Mais, monseigneur…

— Dieu t'a appelé pour une haute destinée. Tes professeurs me le demandent à grands cris, dit-il en agitant un peu théâtralement un document qu'il avait à la main.

Né dans le mas de can Ges, dans la ville de Tona, au sein d'une famille exemplaire, fils d'Andreu et de Rosalia, à six ans il possédait déjà l'instruction scolaire et le jugement nécessaire pour entreprendre la carrière ecclésiastique et entra de ce fait en première année de Latinité sous la férule de mossèn Jacint Garrigós. Ses progrès académiques furent si éclatants et si immédiats qu'au moment de suivre le cours de rhétorique il lui échut de disserter dans la célèbre "Oratio Latina" qui, comme le sait monseigneur par expérience, car nous avons eu la joie de le compter parmi les élèves de ce séminaire, est un des premiers actes littéraires dont les professeurs honorent leurs élèves les plus distingués et à l'éloquence éprouvée. Mais cette distinction outrepassait ses onze années et, surtout, sa stature encore chétive. Pour cette raison, si d'une part l'assistance pouvait écouter le grave rhétoricien Fèlix Ardèvol disserter brillamment dans la langue de Virgile, d'autre part il fallut recourir à un escabeau de bonne taille pour que l'orateur, circonspect et menu, puisse être vu du public, parmi lequel se trouvaient, fort émus, ses parents et son frère. Ainsi, Fèlix Ardèvol i Guiteres entra sur la voie des grands triomphes académiques en mathématiques, en philosophie, en théologie, se hissant au niveau d'illustres élèves de ce séminaire, comme les très savants pères Jaume Balmes y Urpià, Antoni Maria Claret y Clarà, Jacint Verdaguer y Santaló, Jaume Collell y Bancells, le professeur Andreu Duran ou vous-même, illustrissime Seigneurie, qui nous faites l'honneur de diriger, en bon évêque, notre cher diocèse.

Que la vertu de notre gratitude s'étende aussi à nos pères. Dieu Notre Seigneur nous y invite : "Laudemus viros gloriosos et parentes nostros in generatione sua" (Eccl. 44, 1). C'est pour cette raison que nous sommes convaincus de ne pas nous tromper en vous demandant, avec la plus grande émotion, d'accorder à l'élève séminariste

Fèlix Ardèvol i Guiteres de faire ses études de théologie à l'Université pontificale grégorienne.

— Tu n'as pas le choix, mon fils.

Fèlix Ardèvol n'osa pas dire qu'il détestait les bateaux,
lui qui était né et avait toujours vécu sur la terre ferme,
loin de la mer. C'est pourquoi, n'ayant pas osé tenir tête
à l'évêque, il dut entreprendre ce pénible voyage. Dans
un coin du port d'Ostie, où il y avait des caisses à moitié
pourries, infestées de gros rats, il vomit son impuissance
et presque tous ses souvenirs du passé. Pendant quelques
secondes il respira pesamment, puis il se redressa, se net-
toya la bouche avec un mouchoir, lissa énergiquement
sa soutane de voyage et regarda vers son avenir splendide. Assurément, comme Énée, il était arrivé à Rome.

— C'est la meilleure chambre de la résidence.

Fèlix Ardèvol se retourna, étonné. Sur le pas de la
porte, un étudiant petit et assez râblé transpirait sous une
robe de dominicain et souriait avec affabilité.

— Félix Morlin, de Liège, dit l'inconnu en faisant un
pas dans la cellule.

— Fèlix Ardèvol. De Vic.

— Oh ! Un omonimo ! s'écria-t-il en riant tout en lui
tendant la main.

Depuis ce jour, ils s'entendirent bien. Morlin lui
confirma que c'était la chambre la plus recherchée de la
résidence et lui demanda qui était son parrain. Ardèvol
dut avouer qu'il n'en avait pas ; qu'à la réception, le
concierge chauve et gras avait regardé ses papiers, avait
dit Ardevole ? la cinquantaquattro, et lui avait tendu la
clef sans même le regarder dans les yeux. Morlin ne le
crut pas mais rit de bon cœur.

En tout juste une semaine, avant le début des cours,
Morlin lui présenta huit ou dix étudiants de deuxième

année, qui étaient ceux qu'il connaissait, lui conseilla de ne pas trop fréquenter ceux qui n'étudiaient pas à la Gregoriana ou à l'Istituto Biblico, parce qu'il perdrait son temps, lui montra comment sortir en passant inaperçu, sans que le cerbère en ait connaissance, lui expliqua qu'il devait avoir à sa disposition des vêtements laïcs pour les occasions où ils devraient se promener incognito et servit de guide aux nouveaux élèves de première année pour leur montrer les édifices les plus singuliers sur le chemin le plus court pour aller de la résidence à la Pontificia Università Gregoriana. Il parlait un italien mâtiné d'accent français mais parfaitement compréhensible. Et il leur fit un discours sur l'importance de savoir garder ses distances avec les jésuites de la Gregoriana parce que si on ne fait pas attention ils vous retournent le cerveau. Comme ça, plof!

La veille du début des cours, tous les étudiants, anciens et nouveaux, qui venaient de mille endroits différents, se réunirent dans l'immense salle des actes du palazzo Gabrielli-Borromeo, siège de la Gregoriana, et le pater decanus de la Pontificia Università Gregoriana, Daniele D'Angelo, S. J., en un latin impeccable, les incita à être conscients de la grande chance, du grand privilège que vous avez de pouvoir étudier dans n'importe laquelle des facultés de la Pontificia Università Gregoriana, et cetera, et cetera, et cetera. Nous avons eu l'honneur d'accueillir ici des étudiants illustres, parmi lesquels il y eut plusieurs saints-pères, le dernier en date étant le regretté Léon XIII. Nous n'exigerons de vous que des efforts, des efforts et des efforts. Ici, on vient pour étudier, étudier, étudier et apprendre des meilleurs spécialistes en théologie, en droit canon, en spiritualité, en histoire de l'Église, et cetera, et cetera, et cetera.

— Le pater D'Angelo, on l'appelle D'Angelodangelodangelo, lui glissa Morlin à l'oreille comme s'il l'informait de quelque chose d'inquiétant.

Et quand vous aurez fini vos études vous vous dis-
perserez dans le monde, vous retournerez dans vos pays
respectifs, dans vos séminaires, dans les collèges de vos
ordres ; ceux qui ne le sont pas encore seront ordonnés
prêtres et feront fructifier ce qui leur aura été enseigné
dans cette maison. Et cetera, et cetera, et cetera, jusqu'à
quinze minutes de conseils pratiques, peut-être pas aussi
pratiques que ceux de Morlin, mais nécessaires pour la
vie de chaque jour. Fèlix Ardèvol pensa que ça aurait pu
être bien pire ; que les orationes latinae de Vic étaient
parfois plus ennuyeuses que ce manuel plein de sens
commun qu'on était en train de lui servir.

Les premiers mois de cours, jusqu'après Noël, passèrent sans encombre. Fèlix Ardèvol admira surtout la
lucidité du pater Faluba, un jésuite mi-slovaque mi-hon-
grois, qui possédait une culture biblique infinie, ainsi
que la rigueur intellectuelle du pater Pierre Blanc, hautain et réservé, qui enseignait la révélation et sa trans-
mission à l'Église et qui, bien qu'étant né à Liège lui
aussi, avait collé Morlin à l'examen final, que son nouvel ami avait rédigé sur les approches de la théologie
mariale. Comme il était assis à côté de lui dans trois
matières, il commença à copiner avec Drago Gradnik,
un géant slovène au visage rouge qui venait du séminaire de Ljubljana et qui avait un cou de taureau large
et généreux, qui semblait sur le point de faire sauter
son rabat. Ils se parlaient peu, malgré leur aisance en
latin. Mais ils étaient timides l'un et l'autre et tâchaient
d'employer toute leur énergie à franchir les multiples
portes que leur ouvraient les études. Tandis que Morlin
se plaignait et élargissait le cercle de ses amis et connaissances, Ardèvol s'enfermait dans la cinquantaquattro, la
meilleure cellule de la résidence, et découvrait de nouveaux mondes dans l'étude paléographique des papyrus

et autres documents bibliques que leur apportait le pater Faluba, écrits en égyptien démotique, en copte, en grec ou en araméen, tout en les initiant à l'art d'aimer les objets. Un manuscrit saccagé, leur répétait-il, est perdu pour la science. S'il faut le restaurer, il faut le restaurer coûte que coûte. Et le rôle du restaurateur est aussi important que celui du scientifique qui l'interprétera. Et il ne disait pas et cetera, et cetera, et cetera, parce qu'il savait toujours de quoi il parlait.

— Sottises, dit Morlin avec mépris quand il lui en parla. Ces gens sont heureux avec une loupe à la main et des papiers mités et humides sur la table.

— Moi aussi.

— À quoi servent les langues mortes ? ajouta-t-il, dans son latin ampoulé.

— Le pater Faluba nous a dit que les hommes n'habitent pas un pays mais une langue. Et qu'en tirant de l'oubli des langues anciennes…

— Sciocchezze. Stupiditates. La seule langue morte à être bien vivante c'est le latin.

Ils se trouvaient au milieu de la via di Sant'Ignazio. Ardèvol, protégé par sa soutane et Morlin par son habit. Pour la première fois, Ardèvol regarda son ami avec étonnement. Il s'arrêta et lui demanda, perplexe, à quoi il croyait. Morlin s'arrêta également et lui dit que s'il était devenu frère dominicain c'était parce qu'il avait le profond désir d'aider les autres et de servir l'Église. Et que rien ne le détournerait de son chemin ; et que servir l'Église, cela devait se faire de façon pratique, pas en étudiant des papiers en voie de putréfaction, mais en influant sur la vie de ceux qui influent sur la vie de… Alors, il s'arrêta et ajouta : et cetera, et cetera, et cetera, et les deux amis éclatèrent de rire. À ce moment, pour la première fois, Carolina passa à côté d'eux, mais ni l'un ni l'autre ne la remarquèrent. Et moi, quand j'arrivais à la maison avec Lola Xica je devais travailler mon violon pendant qu'elle préparait le dîner et que le reste de l'appartement était dans l'obscurité. Ça ne me plaisait pas beaucoup, parce qu'il pouvait toujours y avoir un méchant prêt à sortir de n'importe quelle porte et c'est pourquoi je gardais Aigle-Noir dans ma poche, car à la maison, depuis que papa l'avait décidé, des années plus tôt, il n'y avait ni médailles, ni scapulaires, ni images pieuses, ni missels, et Adrià Ardèvol, le pauvre enfant, éprouvait comme le besoin d'une aide invisible. Et un jour, au lieu de travailler mon violon, je suis resté dans la salle à manger, bouche bée, à contempler le soleil s'enfuir vers le couchant, du côté de Trespui, éclairant d'une couleur magique l'abbaye de Santa Maria de Gerri sur la peinture qui se trouvait au-dessus du buffet de la salle à manger. Toujours la même lumière qui m'attirait et me faisait penser à des histoires impossibles, et je n'entendis pas la porte de la rue qui s'ouvrait et je n'entendis rien jusqu'à ce que la grosse voix de papa me flanque une frousse monumentale.

— Qu'est-ce que tu fais là à perdre ton temps ? Tu n'as pas de devoirs ? Tu n'as pas le violon ? Tu n'as rien ? Hein ?

Et Adrià alla dans sa chambre, son cœur faisant encore boum-boum, sans envier les enfants qui ont des parents qui les embrassent parce qu'il pensait que ça n'existait nulle part.

— Carson, je te présente Aigle-Noir. De la fière tribu des Arapahos.

— Salut.

— Ugh.

Aigle-Noir embrassa le shérif Carson, comme papa ne l'avait pas fait, et Adrià les posa tous les deux, avec leurs chevaux, sur la table de nuit, pour qu'ils fassent connaissance.

— Tu as l'air abattu.

— Après trois ans d'études de théologie, répondit Ardèvol, pensif, je n'ai pas encore deviné ce qui t'intéresse vraiment. La doctrine de la grâce ?

— Tu n'as pas répondu à ma question, insista Morlin.

— Ce n'était pas une question. La crédibilité de la révélation chrétienne ?

Morlin ne répondit pas et Fèlix Ardèvol insista :

— Pourquoi étudies-tu à la Gregoriana si la théologie ne te…

Ils s'étaient éloignés du cortège d'étudiants qui faisait le trajet de retour de l'université à la résidence. En deux années de christologie et sotériologie, métaphysique I, métaphysique II et Dieu révélé, et de diatribes des professeurs les plus exigeants, surtout Levinski, de Dieu révélé, qui considérait que Fèlix Ardèvol ne progressait pas aussi bien dans cette discipline qu'on aurait pu s'y attendre compte tenu des grands espoirs que tous mettaient en lui, Rome n'avait guère changé. Malgré la guerre qui secouait l'Europe la ville n'était pas une blessure ouverte ; elle s'était seulement appauvrie un peu plus. Entre-temps, les étudiants de la Pontificia Università poursuivaient leurs études, étrangers au conflit et à ses drames. Presque tous.

— Et toi ?

— La théodicée et le péché originel ne m'intéressent plus. Je ne veux plus de justifications. Je n'arrive pas à croire que Dieu permette le mal.

— Cela fait des mois que je m'en doutais.

— Toi aussi ?

— Non : que je me doutais que tu te posais trop de questions. Occupe-toi donc à observer le monde, comme moi. À la faculté de droit canon, je m'amuse beaucoup. Relations juridiques entre l'Église et la société civile ; Sanctions de l'Église ; Biens séculiers de l'Église ; Charisme des instituts de vie consacrée ; la Consuetudine canonica…

— Mais qu'est-ce que tu me racontes!?

— Les études spéculatives sont une perte de temps ; celles qui touchent à la réglementation sont un repos.

— Non, non! s'écria Ardèvol. Moi, j'aime l'araméen ; ça me passionne de voir des manuscrits et de comprendre les différences morphologiques entre le néo-araméen bohtan et le néo-araméen juif barzani. Ou le pourquoi du koy sanjaq surat ou du mlahso.

— Tu sais quoi? Je ne sais pas de quoi tu me parles. Nous étudions dans la même université? Dans la même faculté? Nous sommes à Rome, tous les deux? Hein?

— Peu importe. À condition de pas avoir le pater Levinski comme professeur, je voudrais savoir tout ce que l'on sait sur le chaldéen, le babylonien, le samaritain, le…

— Et à quoi ça va te servir?

— Et à quoi ça te sert de connaître la différence entre le mariage conclu, consommé, légitime, putatif et nul?

Tous deux se mirent à rire au milieu de la via del Seminario. Une femme habillée en noir leva les yeux, un peu affolée de voir ces deux jeunes prêtres chahuter et se moquer des règles de modestie les plus élémentaires.

— Pourquoi es-tu abattu, Ardevole? Maintenant, c'est une question.

— Toi, qu'est-ce qui t'intéresse dans le fond de ton cœur?

— Tout.

— Et la théologie?

— Elle fait partie de tout, répondit Morlin en levant les bras, comme s'il s'apprêtait à bénir la Biblioteca Casanatense et la vingtaine de personnes qui passaient devant lui, insouciantes. Alors, il se mit à marcher et Fèlix Ardèvol eut du mal à rester à sa hauteur.

— Regarde la guerre d'Europe, poursuivit Morlin en faisant un geste énergique du côté de l'Afrique. Et, en baissant la voix, comme s'il avait peur des espions :

L'Italie doit rester neutre, parce que la Triple Alliance n'est qu'un pacte défensif, dit l'Italie.

— Les Alliés gagneront la guerre, répondit l'Entente cordiale.

— Je ne me laisse pas guider par d'autres intérêts que la parole donnée, proclama l'Italie, dignement.

— Nous te promettons les terres irrédentes du Trentin, de Trieste et de la Dalmatie.

— Je répète, insista l'Italie avec davantage de dignité et en faisant les yeux blancs, que la position honnête de l'Italie est la neutralité.

— D'accord : si tu nous rejoins aujourd'hui, pas demain, entendu ? Si tu nous rejoins aujourd'hui, tu auras tout le paquet des terres irrédentes : le Haut Adige, le Trentin, la Vénétie julienne, l'Istrie, Fiume, Nice, la Corse, Malte et la Dalmatie.

— Où faut-il signer ? répondit l'Italie. Et, les yeux brillants : Vive l'Entente ! À bas les Empires centraux ! Et voilà, Fèlix, c'est ça la politique. D'un côté comme de l'autre.

— Et les grands idéaux ?

Maintenant, Félix Morlin s'arrêta et regarda vers le ciel, prêt à prononcer une phrase lapidaire :

— La politique internationale, ce ne sont pas les grands idéaux internationaux : ce sont les grands intérêts internationaux. Et l'Italie l'a bien compris : une fois qu'elle s'est mise du côté des bons, c'est-à-dire nous, offensive contre le Trentin, pour détruire ces forêts bénies de Dieu, contre-attaque, bataille de Caporetto, trois cent mille morts, le Piave, rupture du front à Vittorio Veneto, armistice de Padoue, création du royaume des Serbes, Croates et Slovènes, qui est une invention qui ne durera pas deux mois, même si on l'appelle Yougoslavie, et je prophétise que les terres irrédentes sont une carotte que les Alliés vont bientôt retirer. Et l'Italie, Grosjean comme devant. Comme ils vont tous continuer à se disputer, la guerre ne sera pas complètement finie. Et il n'y aura qu'à attendre le vrai ennemi, qui ne s'est pas encore réveillé.

— Et qui est?

— Le communisme bolchevique. Si tu ne me crois pas, on en reparlera dans quelques années.

— Où apprends-tu tout ça?

— En lisant la presse, en écoutant les personnes qu'il faut. C'est l'art du contact efficace. Et si tu connaissais le triste rôle du Vatican dans ces affaires…

— Et quand étudies-tu l'effet spirituel des sacrements sur l'âme ou la doctrine de la grâce?

— Ce que je fais, c'est aussi étudier, mon cher Fèlix. Je me prépare à être un bon serviteur de l'Église. Dans l'Église, il doit y avoir des théologiens, des politiques, et même quelques illuminés comme toi qui regardent le monde avec une loupe. Pourquoi es-tu abattu?

Ils marchèrent en silence pendant un moment, la tête basse, chacun dans ses pensées. Tout à coup, Morlin s'arrêta net et dit nooon!

— Quoi?

— Je sais ce qui t'arrive! Je sais pourquoi tu es abattu.

— Ah oui?

— Tu es amoureux.

Fèlix Ardèvol i Guiteres, étudiant de quatrième année à la Pontificia Università Gregoriana de Rome, deux fois prix extraordinaire de fin d'année pendant sa brillante carrière académique romaine, ouvrit la bouche pour protester, mais la referma. Il se voyait, le lundi suivant la Pâques de Résurrection, à la fin des vacances de Semaine sainte, sans rien à faire après avoir préparé sa dissertation sur Vico, le verum et factum reciprocantur seu conversuntur et l'impossibilité de comprendre le tout, à la différence de Félix Morlin, l'anti-Vico, qui donnait l'impression de comprendre tous les étranges mouvements de la société, quand il traversa la piazza di Pietra et la vit pour la troisième fois. Splendide. Les pigeons, une trentaine, faisaient barrière entre eux deux. Il s'approcha et elle, qui portait un petit paquet à la main, lui sourit juste au moment où le monde était devenu plus brillant, poli, généreux et pur. Et il fit ce raisonnement logique : la beauté, tant de beauté, ne pouvait être l'œuvre du démon. La beauté est divine, et le sourire angélique aussi, par conséquent. Et il se souvint de la deuxième fois qu'il l'avait vue, quand Carolina était en train d'aider son père à décharger la voiture devant la boutique. Ce dos fragile devait supporter le poids des caisses de bois grossier abusivement remplies de pommes ? Cela, il ne pouvait le tolérer, et il l'aida, et à eux deux, en silence, avec la complicité silencieuse du mulet, qui mâchait la paille de sa musette, ils déchargèrent trois caisses, lui, contemplant le paysage infini de ses yeux, résistant à baisser le regard vers la gorge naissante, et toute la boutique de Saverio Amato silencieuse parce que personne ne savait ce qu'on fait quand un padre dell'università, un prete, un prêtre, un séminariste, retrousse sa soutane et joue les portefaix et regarde la fille du patron avec un regard aussi sombre. Trois caisses de pommes, un don de Dieu en temps de guerre ; trois moments délicieux à côté de la beauté et ensuite regarder autour de soi, se rendre compte qu'il était dans la boutique du signor Amato et dire buona sera et partir sans oser la regarder à nouveau, et la mère sortit et lui mit dans les mains, qu'il le veuille ou non, deux pommes rouges qui le rendirent cramoisi parce qu'il lui était passé par la tête que ce pouvaient être les seins magnifiques de Carolina. Ou, en pensant à la première fois qu'il l'avait vue, Carolina, Carolina, Carolina, le nom le plus beau du monde, une fille encore sans nom, qui marchait devant lui et qui à cet instant se tordait la cheville, et qui poussa un cri de douleur, la pauvre enfant, trébuchant et manquant tomber. Il marchait en compagnie de Drago Gradnik, qui deux ans après être entré à la Faculté de théologie avait pris une bonne dizaine de centimètres, et six ou sept livres de chair, et qui maintenant ne vivait plus, depuis trois jours, que pour l'argument ontologique de saint Anselme, comme s'il n'y avait rien d'autre au monde pour démontrer l'existence de Dieu, par exemple la beauté de cette exquise créature. Drago Gradnik ne put remarquer que cette foulure devait être extrêmement douloureuse, et Fèlix Ardèvol prit la jambe de la belle Adélaïse, Béatrice, Laure, délicatement, par la cheville, pour l'aider à la poser sur le sol, et à l'instant où il toucha cette jambe, un courant électrique plus violent que celui des arcs voltaïques de l'Exposition universelle traversa sa moelle épinière et tandis qu'il lui demandait ça vous fait mal, signorina, il aurait voulu se jeter sur elle pour la posséder, dans l'urgence, et c'était la première fois de sa vie qu'il éprouvait un désir sexuel aussi impérieux, douloureux, implacable et terrifiant. Pendant ce temps, Drago Gradnik regardait d'un autre côté en pensant à saint Anselme et à d'autres moyens plus rationnels de prouver l'existence de Dieu.

— Ti fa male ?

— Grazie, grazie mille, padre… dit la douce voix aux yeux infinis.

— Si Dieu nous a doués d'intelligence, j'en déduis que la foi peut être accompagnée du raisonnement. N'est-ce pas, Ardevole ?

— Come ti chiami (oh ma sublime nymphe) ?

— Carolina, padre. Grazie.

Carolina, quel nom charmant ; tu n'aurais pas pu t'appeler autrement, mon amour.

— Ti fa ancora male, Carolina (beauté sans appel) ? répéta-t-il, angoissé.

— La raison. De la raison à la foi. C'est de l'hérésie, ça ? Qu'est-ce que tu en dis, Ardevole ?

Il dut la laisser assise sur le banc, parce que la nymphe, rouge comme une pivoine, assurait que sa mère allait bientôt passer par là, et tandis que les deux étudiants reprenaient leur promenade, alors que Drago Gradnik, dans son latin nasal, avançait que saint Bernard n'était peut-être pas tout dans la vie, que cette conférence de Teilhard de Chardin donnait peut-être à réfléchir, lui, il se surprit à porter la main à son visage et à essayer de respirer les relents de la peau de la déesse Carolina.

— Amoureux, moi ? dit-il en regardant Morlin, qui l'observait d'un air moqueur.

— Tu en présentes tous les symptômes.

— Qu'est-ce que tu en sais ?

— Je suis passé par là.

— Et comment tu t'en es débarrassé ? – ton angoissé d'Ardèvol.

— Je ne m'en suis pas débarrassé. J'ai gardé ça sur moi. Jusqu'à ce que ça s'épuise, et on n'en parle plus.

— L'amour est infini, il ne s'épuise jamais. Je ne pourrais pas…

— Mon Dieu, tu es dans un drôle d'état, Fèlix Ardevole !

Ardevole ne répondit pas. Devant lui, une trentaine de pigeons, le lundi après la pâque de Résurrection, sur la piazza di Pietra. L'urgence du désir le poussa à traverser la jungle de pigeons jusqu'à ce qu'il se trouve à portée de Carolina, qui lui remit le paquet.

— Il gioiello dell'Africa, dit la nymphe.

— Et comment savez-vous que je…

— Tous les jours, vous passez par ici. Tous les jours.

À cet instant, Mathieu vingt-sept cinquante et un, le voile du Temple se déchira en deux morceaux, de haut en bas, la terre trembla, les rochers se fendirent et les sépulcres s'ouvrirent et beaucoup de corps de saints qui y reposaient ressuscitèrent.

Mystère de Dieu et du Verbe de Dieu incarné.

Mystère de Marie vierge et mère de Dieu.

Mystère de la foi chrétienne.

Mystère de l'Église humaine et imparfaite ; divine et éternelle.

Mystère de l'amour d'une jeune femme qui m'offre un paquet que j'ai avec moi depuis deux jours sur la table de la cinquantaquattro et dont seulement le troisième jour j'ai osé défaire le papier qui l'enveloppait. C'est une petite boîte fermée. Mon Dieu. Je suis au bord de l'abîme.

Il attendit le samedi. La plupart des étudiants étaient dans leur chambre. Certains étaient sortis se promener ou étaient dispersés dans les différentes bibliothèques romaines où ils fouillaient, indignés, pour trouver des réponses sur la nature du mal et la raison pour laquelle Dieu le permet, sur l'existence révoltante du démon, sur la lecture correcte des Saintes Écritures ou sur l'apparition du neume dans le chant grégorien et dans le chant ambrosien. Fèlix Ardèvol était seul dans la cinquantaquattro, sans aucun livre sur la table, tout à sa place, parce que s'il y avait quelque chose qui le mettait hors de lui c'était la profusion révoltante d'objets en désordre, qui ne servaient à rien, ou les objets mal rangés, ou que le regard soit arrêté par des choses mal exposées, ou… Il se dit qu'il était peut-être en train de devenir maniaque. Je crois que oui ; ça devait lui venir de ces années : papa fut un homme obsédé par l'ordre matériel. Je crois que l'incohérence intellectuelle ne le dérangeait guère. Mais un livre posé sur une table au lieu d'être rangé sur son étagère, ou un papier oublié sur un radiateur, c'était tout simplement inexcusable et impardonnable. Rien ne devait blesser le regard et tous, nous marchions droit, surtout moi, qui devais ranger chaque jour, chaque jour, tous mes jouets, et seuls y échappaient le shérif Carson et Aigle-Noir, parce qu'ils dormaient avec moi, clandestinement, et que papa ne l'a jamais su.

La cinquantaquattro était propre comme un sou neuf. Et Fèlix Ardèvol, debout, regardant par la fenêtre le flux des soutanes entrant et sortant de la résidence. Et une voiture à chevaux qui passait par la via del Corso avec quelques secrets inconfessables et révoltants dans la cabine fermée. Et l'enfant qui traînait une gamelle en fer et qui faisait un boucan gratuit, révoltant. C'est qu'il tremblait de peur et c'est pourquoi tout le révoltait. Sur la table, un objet inespéré, un objet qui n'avait pas encore de place destinée. La petite boîte verte que Carolina lui avait offerte, avec un gioiello dell'Africa à l'intérieur. Son destin. Il s'était juré qu'avant que sonnent les cloches de midi à Santa Maria, ou bien il aurait jeté la boîte ou bien il l'aurait ouverte. Ou il se serait suicidé. De trois choses l'une.

Parce qu'une chose est vivre pour l'étude, se frayer un chemin dans le monde de la paléographie, dans l'univers des manuscrits anciens, apprendre des langues que personne ne parle parce que cela fait des siècles qu'elles sont restées figées sur des papyrus moisis qui deviennent l'unique fenêtre pour la mémoire, distinguer la paléographie médiévale de la paléographie ancienne, se réjouir parce que le monde était si grand que, quand il s'ennuierait, il pourrait commencer à explorer le sanscrit et les langues asiatiques, et si jamais il avait un fils il voudrait que…

Et pourquoi est-ce que, maintenant, je pense que je voudrais avoir un fils ? se dit-il, en colère ; ou plutôt révolté. Et il regarda à nouveau la petite boîte, seule, sur la table bien nette de la cinquantaquattro. Fèlix Ardèvol balaya un fil imaginaire des pans de sa soutane, passa un doigt sur sa peau irritée par le rabat et s'assit devant la table. Il manquait trois minutes pour que midi sonne au clocher de Santa Maria. Il inspira profondément et prit une résolution : pour l'instant, il ne se suicidait pas. Il prit la petite boîte entre ses mains, très soigneusement, comme l'enfant qui porte le nid qu'il a pris dans un arbre pour montrer à sa mère les œufs verdâtres ou les oisillons désemparés que je nourrirai, maman, ne t'en fais pas, je leur donnerai beaucoup de fourmis. Comme le cerf assoiffé, oh, Seigneur. D'une façon ou d'une autre il savait que ses faits et gestes marquaient son âme d'une aura irréversible. Deux minutes. Avec des doigts tremblants, il essaya de défaire le ruban rouge, mais le nœud se resserrait de plus en plus et ce n'était pas à cause de la maladresse de la pauvre Carolina, mais de sa propre nervosité. Il se leva, impatient. Une minute et demie. Il alla à la cuvette et prit son rasoir. Il l'ouvrit précipitamment. Une minute quinze secondes. Et il sectionna cruellement ce ruban du plus beau rouge qu'il ait jamais vu au cours de sa longue vie, car, à vingt-cinq ans, il se sentait vieux et fatigué et désireux que toutes ces choses ne lui arrivent pas à lui, mais à l'autre Félix qui, manifestement, savait tout prendre à la légère sans… Une minute ! La bouche, sèche, les mains, transpirantes, une goutte qui glissait sur sa joue et pourtant ce n'est pas une journée de… Il manque dix secondes avant que les cloches de Santa Maria in via Latta sonnent les douze coups de midi. Et tandis qu'à Versailles une bande de petits malins disaient que la guerre était finie et, en signant l'armistice en tirant la langue dans leur effort, mettaient soigneusement en marche les mécanismes qui rendaient possible une splendide nouvelle guerre quelques années plus tard, plus sanglante et plus proche du mal, que Dieu n'aurait jamais dû permettre, Fèlix Ardèvol i Guiteres ouvrit la petite boîte verte. Avec des gestes hésitants, il écarta le coton rose et, au moment où résonnait le premier coup de cloche, Angelus Domini nuntiavit Mariae, il se mit à pleurer.

Il était relativement facile de sortir incognito de la résidence. Avec Morlin, Gradnik et deux ou trois autres camarades de confiance, ils l'avaient fait de nombreuses fois, dans une totale impunité. Avec des vêtements laïcs, Rome vous ouvrait de nombreuses portes : ou elle ouvrait d'autres portes, différentes de celles qu'ouvraient les soutanes. Avec des vêtements normaux ils pouvaient entrer dans tous les musées dans lesquels le décorum leur interdisait d'entrer quand ils portaient soutane. Et ils purent prendre le café sur la piazza Colonna et encore plus loin, en regardant passer les gens, et deux ou trois fois Morlin l'emmena, très cher disciple, rendre visite et rencontrer des gens que, selon lui, il devait rencontrer. Et il le présentait comme Fèlix Ardevole, un savant qui domine huit langues et pour qui les manuscrits n'ont pas le moindre secret, et les érudits leur ouvraient leurs coffres-forts et il pouvait examiner le manuscrit original de *Mandragola*, une merveille, ou des papiers tremblants qui avaient quelque chose à voir avec les Maccabées. Mais aujourd'hui, alors que l'Europe faisait la paix, le savant Fèlix Ardevole sortait en cachette des autorités de la résidence et pour la première fois en cachette de ses amis. Avec un tricot et un bonnet qui dissimulait son allure cléricale. Et il alla tout droit à la boutique de fruits du signor Amato, monter la garde, et les heures passèrent, lui avec la petite boîte dans la poche, voyant défiler des gens insouciants et heureux parce qu'ils n'avaient pas sa fièvre. Et la mère de Carolina, et sa petite sœur. Tout le monde sauf son amour. Le gioiello, une médaille rustique, avec la gravure rudimentaire d'une Vierge romane et un arbre immense à côté, une sorte de sapin. Et derrière, le mot "Pardàc". D'Afrique ? Est-ce que cela pouvait être une médaille copte ? Pourquoi ai-je dit mon amour alors que je n'ai pas le droit de… et l'air frais devenait irrespirable. Les cloches commençaient à sonner et Fèlix, qui n'était pas encore au courant, prit cela pour un hommage que toutes les églises de Rome rendaient à son amour furtif, clandestin et peccamineux. Et les gens s'arrêtaient étonnés, cherchant peut-être Abélard ; mais au lieu de le regarder et de le montrer du doigt ils se demandaient ce qui pouvait bien se passer pour que toutes les cloches de Rome se mettent à sonner à trois heures de l'après-midi, qui n'est pas une heure à carillonner, qu'est-ce qui peut bien se passer ? Mon Dieu : et si la guerre était finie ?

Alors, Carolina Amato apparut. Elle était sortie de chez elle, sa chevelure courte voletant, elle avait traversé la rue et elle alla directement là où Fèlix attendait, lui qui croyait être parfaitement camouflé. Et quand elle fut devant lui elle le regarda avec un sourire radieux mais silencieux. Il avala sa salive, serra la petite boîte, dans sa poche, ouvrit la bouche et ne dit rien.

— Moi aussi, répondit-elle. Et après de nombreux coups de cloche : Il t'a plu ?

— Je ne sais pas si je peux accepter.

— Il est à moi, le gioiello ! C'est mon oncle Sandro qui me l'a offert quand je suis née. Il l'a rapporté lui-même d'Égypte. Maintenant il est à toi.

— Qu'est-ce qu'ils vont dire, chez toi ?

— Il est à moi et maintenant il est à toi : ils ne diront rien. C'est mon gage.

Et elle lui prit la main. À partir de ce moment, le ciel tomba sur la terre et Abélard se concentra sur la texture de la peau d'Héloïse, qui l'entraîna vers un vicolo anonyme, plein de détritus mais qui sentait bon comme les roses de l'amour, et elle le fit entrer dans une maison dont les portes étaient ouvertes et où il n'y avait personne, tandis que les cloches sonnaient et une voisine criait par la fenêtre nuntio vobis gaudium magnum, Elisabetta, la guerra è finita ! Mais les deux amants s'apprêtaient à livrer une bataille essentielle et ne purent entendre la proclamation.

II

DE PUERITIA

Le bon guerrier ne peut pas tomber cons-
tamment amoureux de toutes les belles
squaws qu'il rencontre, même si elles se
parent de belles peintures de guerre.

AIGLE-NOIR

3

Ne me regarde pas comme ça. Je sais que j'invente des choses : mais ça ne m'empêche pas de dire la vérité. Par exemple, que dans mon ancienne chambre – la section Histoire et Géographie –, il me semble que mon plus ancien souvenir c'est moi en train d'essayer de transformer le dessous de mon lit en maison. Ce n'était pas inconfortable et, surtout, c'était amusant parce que je voyais les pieds de ceux qui entraient et disaient, Adrià, mon fils, où es-tu, ou Adrià, le goûter. Où est-ce qu'il s'est fourré ? Je sais que c'était très amusant. Oui, je me suis toujours beaucoup ennuyé, parce que ma maison n'était pas une maison pensée pour les enfants et que ma famille n'était pas une famille pensée pour les enfants. Maman ne comptait pas et papa ne vivait que pour ses achats et ses ventes, et moi j'étais rongé, j'étais dévoré par la jalousie quand je le voyais caresser une gravure ou un vase de porcelaine fine. Et maman… eh bien maman m'avait toujours donné l'impression d'une femme qui était sur ses gardes, en état d'alerte, regardant de tous côtés ; et pourtant, elle jouissait de la complicité de Lola Xica. Maintenant je me rends compte que papa la faisait se sentir une étrangère dans la maison. C'était la maison de papa et il lui faisait la faveur de la laisser y vivre. Quand papa est mort, elle put respirer tranquillement et son regard ne fut plus inquiet, même si elle évitait de me regarder. Et elle se transforma. Je me demande pourquoi.

Et je me demande aussi pourquoi ils s'étaient mariés, mes parents. Je ne crois pas qu'ils se soient jamais aimés. À la maison, il n'y eut jamais d'amour. Et moi, j'ai été une pure conséquence circonstancielle de leurs vies.

C'est curieux : il y a tellement de choses que je veux t'expliquer et je perds mon temps avec des réflexions qui feraient baver Freud d'envie. C'est peut-être parce que la cause de tout ça, c'est la relation que j'ai eue avec mon père. C'est peut-être parce qu'il est mort à cause de moi.

Un jour, alors que j'étais déjà un grand garçon et que j'avais conquis clandestinement, dans le bureau de papa, l'espace entre l'arrière du canapé et le mur, en faisant une demeure pour mes Indiens et mes cow-boys, papa entra, suivi d'une voix connue mais qui me parut, cette fois, à la fois agréable et effrayante : c'était la première fois que j'entendais monsieur Berenguer hors du magasin et sa voix sonnait différemment ; et depuis lors sa voix ne m'a jamais amusé, ni dans le magasin ni à l'extérieur. Je restai immobile, laissai le shérif Carson par terre, le cheval alezan d'Aigle-Noir, habituellement silencieux, tomba en faisant un petit bruit qui me fit sursauter mais que l'ennemi n'entendit pas, et papa dit je n'ai pas d'explications à vous donner.

— Je crois que si.

Monsieur Berenguer s'assit sur le canapé, qui recula un peu vers le mur et, héroïquement, je m'imaginai me laissant écraser plutôt que d'être découvert. J'entendais que monsieur Berenguer donnait des petits coups et la voix glaciale de papa dit il est interdit de fumer dans cette maison. Alors monsieur Berenguer lui dit qu'il exigeait une explication.

— Vous travaillez pour moi. – Ton ironique de papa : Je me trompe peut-être ?

— J'ai obtenu dix gravures, j'ai réussi à ce que les personnes lésées ne protestent pas trop. J'ai fait passer trois frontières aux dix gravures, je les ai fait expertiser à mes frais et maintenant vous me dites que vous les avez vendues sans même me consulter. Une de ces gravures était de Rembrandt, le savez-vous ?

— Nous achetons et nous vendons ; c'est comme ça que nous gagnons notre putain de vie.

Notre putain de vie, c'était la première fois que j'entendais ça et ça me plut ; papa l'avait prononcé avec deux p : notre pputain de vie, sans doute parce qu'il était en colère. Je compris que monsieur Berenguer souriait ; à cette époque je savais déchiffrer les silences et j'étais sûr que monsieur Berenguer était en train de sourire.

— Ah, bonjour, monsieur Berenguer – la voix de maman. Tu as vu le petit, Fèlix ?

— Non.

Sauve qui peut. Comment pouvais-je faire pour fuir de derrière le canapé et réapparaître à l'autre bout de l'appartement en faisant semblant de ne rien avoir entendu ? Je consultai le shérif Carson et Aigle-Noir, mais ils ne pouvaient pas m'aider. Pendant ce temps, les hommes gardaient le silence, attendant sans doute que maman quitte le bureau et ferme la porte.

— Au revoir.

— Au revoir, madame. – Reprenant le ton aigre de la discussion : Je me sens escroqué. Je réclame une commission spéciale. – Silence. – Je l'exige.

Moi, je me fichais bien de cette histoire de commission. Pour me calmer, je traduisais mentalement la conversation en français, en français largement inventé ; donc, je devais déjà avoir sept ans. Parfois, je faisais ça pour ne pas m'angoisser davantage ; c'est que quand j'étais inquiet je m'agitais de façon incontrôlée et, dans le silence du bureau, si j'avais remué, ils m'auraient parfaitement entendu. *Moi, j'exige ma commission. C'est mon droit. Vous travaillez pour* *moi, monsieur Berenguer. Oui, bien sûr, mais j'ai de la dignité, moi*[1] !*

En bruit de fond, maman appelant Adrià, mon garçon ! Lola Xica, tu l'as vu ? *Dieu sait où est mon petit Hadrien* !*

Je ne me rappelle pas bien, mais il me semble que monsieur Berenguer partit plutôt en colère et que papa s'en était débarrassé avec un vous voulez le beurre et l'argent du beurre, monsieur Berenguer, que je fus incapable de traduire. J'aurais tellement aimé que maman me dise ne fût-ce qu'une fois *mon petit Hadrien*.

Toujours est-il que je pouvais sortir de ma cachette. Le temps que papa raccompagne son visiteur à la porte était plus que suffisant pour que j'efface mes traces ; la vie de partisan que je menais à la maison m'avait permis d'acquérir une immense capacité de camouflage et, presque, d'ubiquité.

— Ici ! – Maman sortit sur le balcon d'où je contemplais les voitures qui commençaient à allumer leurs phares, parce que la vie à cette époque, telle que je me la rappelle, était un éternel crépuscule. – Tu ne m'entendais donc pas ?

— Quoi ? – Dans une main j'avais le shérif et le cheval alezan et je fis semblant de tomber des nues.

— Tu dois essayer ta blouse pour l'école. Comment ça se fait que tu ne m'entendais pas ?

— La blouse ?

— Madame Angeleta a changé les manches. – Un geste impératif. – Allez.

Dans la pièce où elle cousait, madame Angeleta, une épingle entre les lèvres, regarda d'un air professionnel le tombé des nouvelles manches.

— Tu grandis trop vite, mon garçon.

---

1. Les mots en italique suivis d'un astérisque sont en français dans le texte.

Maman était allée dire au revoir à monsieur Berenguer et Lola Xica entra dans la buanderie pour chercher les chemises propres, tandis que je mettais la blouse sans manches, comme tant d'autres fois dans mon enfance.

— Et tu uses trop les coudes, insista madame Angeleta qui, à cette époque, avait dû atteindre, grosso modo, l'âge de mille ans.

La porte de l'appartement se referma. On entendit papa regagner son bureau et madame Angeleta remua sa tête chenue.

— Il reçoit beaucoup de visites, dernièrement.

Lola Xica ne dit rien et fit semblant de ne pas avoir entendu. Madame Angeleta ajouta, tout en fixant la manche à la blouse avec ses épingles :

— Et parfois j'entends des cris.

Lola Xica prit les chemises et ne fit aucun commentaire. Madame Angeleta revint à la charge :

— Je me demande de quoi ils peuvent bien parler…

— De la pputain de vie, dis-je sans réfléchir.

Les chemises de Lola Xica tombèrent par terre, madame Angeleta me piqua le bras et Aigle-Noir se retourna et scruta l'horizon désertique, les yeux mi-clos. Il aperçut le nuage de poussière avant quiconque. Avant même Lapin-Agile.

— Trois cavaliers s'approchent, dit-il. Personne ne fit le moindre commentaire. Dans cette espèce de grotte, la chaleur de cet été suffocant les épargnait un peu ; mais personne, aucune squaw, aucun papoose, n'avait le cœur à s'intéresser aux intrus ni à leurs intentions. Aigle-Noir fit un signe des yeux presque imperceptible. Trois guerriers commencèrent à descendre vers l'endroit où se trouvaient leurs chevaux. Il les suivit de près, sans cesser d'observer le nuage de poussière. Ils venaient droit sur la grotte, sans se cacher le moins du monde. Comme l'oiseau qui distrait le prédateur et l'éloigne du nid par différentes ruses, lui et ses hommes se dirigèrent vers le couchant pour distraire les visiteurs. Les deux groupes se rencontrèrent près des cinq chênes verts ; les visiteurs étaient trois hommes blancs, l'un d'eux avec des cheveux très blonds et les deux autres de peau foncée. L'un de ces derniers, celui qui avait une moustache démesurée, descendit lestement de sa monture, les mains éloignées du corps, et sourit.

— Tu es Aigle-Noir, affirma-t-il, sans rapprocher les mains de son corps, en signe de soumission.

Le grand chef de la tribu des Arapahos des terres du Sud sur les rives de la Washita du Poisson-Jaune fit un geste affirmatif presque imperceptible, du haut de son cheval, sans remuer ne serait-ce qu'un cheveu, et alors il demanda qui nous fait l'honneur de nous rendre visite, et l'homme à la moustache noire sourit à nouveau, fit une demi-révérence gracieuse et dit je suis le shérif Carson, de Rockland, à deux journées de cheval de vos terres.

— Je connais l'endroit où vous avez bâti votre Rockland, répondit sèchement le chef légendaire. En territoire pawnee.

Et il cracha par terre pour montrer son mépris.

— Ces hommes sont mes adjoints, dit Carson, ne sachant pas exactement à qui était destiné le crachat. Nous sommes à la recherche d'un criminel en fuite.

Et il cracha à son tour et en fut satisfait.

— Qu'a-t-il fait pour qu'on le traite de criminel ? dit le chef arapaho.

— Tu le connais ? Tu l'as vu ?

— J'ai demandé ce qu'il a fait pour qu'on le traite de criminel.

— Il a tué une jument.

— Et il a déshonoré deux femmes, ajouta le blond.

— Oui, bien sûr, ça aussi, reconnut le shérif Carson.

— Et pourquoi le cherchez-vous ici ?

— C'est un Arapaho.

— Mon peuple s'étend loin au couchant, au levant et vers le froid et le chaud. Pourquoi es-tu venu précisément ici?

— Tu sais qui il est. Nous voulons que tu le livres à la justice.

— Tu te trompes, shérif Carson. Ton assassin n'est pas un Arapaho.

— Ah non? Et comment le sais-tu?

— Un Arapaho ne tuerait jamais une jument.

Alors une lampe s'alluma et Lola Xica lui fit un geste de la main pour qu'il sorte de l'office. Devant Adrià, maman, le visage couvert de peintures de guerre, sans le regarder, sans cracher par terre, dit Lola, veille à ce qu'il se lave la bouche comme il faut. À l'eau et au savon. Et si nécessaire, ajoute quelques gouttes d'eau de Javel.

Aigle-Noir sut résister à la torture, sans laisser échapper le moindre gémissement. Quand Lola Xica eut fini, tandis qu'il s'essuyait avec la serviette, il la regarda dans les yeux et lui dit Lola Xica, tu sais ce que ça veut dire exactement déshonorer une femme?

Quand j'avais sept ou huit ans je pensais que je prenais des décisions à propos de ma vie. Une décision très sage était de laisser maman s'occuper de mon éducation. Mais apparemment les choses n'étaient pas aussi simples. Et je l'appris parce que ce soir-là je voulus connaître la réaction de papa à ma bévue et, pour cela, je montai mon dispositif d'espionnage dans la salle à manger. Ce n'était pas très compliqué : ma chambre était séparée de la salle à manger par une simple cloison. Officiellement, j'étais allé me coucher de bonne heure et c'est pourquoi, quand papa était rentré, il ne m'avait pas trouvé éveillé. C'était la meilleure façon d'échapper à un sermon qui était rempli d'écueils, parce que s'il me passait par la tête de lui dire, pour ma défense, que pputain de vie je l'avais entendu de sa bouche, alors le sujet de la conversation serait passé de tu as la bouche très sale et je vais la passer au savon de Marseille à comment putain peux-tu savoir que j'ai dit pputain de vie, menteur, plus que menteur? Hein? Hein? Tu m'espionnais, c'est ça? Et en aucun cas je ne pouvais abattre les cartes de l'espionnage, parce que vaille que vaille je réussissais à être le seul habitant de la maison à en contrôler tous les recoins, toutes les conversations, les discussions et les pleurs inexplicables, comme cette semaine où Lola Xica passa son temps à pleurer et, quand elle sortait de sa chambre, cachait sa peine, qui devait être immense, avec une grande habileté. Je n'appris que de nombreuses années plus tard pourquoi elle pleurait, mais alors j'appris qu'il y avait des peines qui pouvaient durer une semaine entière et j'eus un peu peur de la vie.

Le fait est que j'assistai à la conversation entre mes parents en collant mon oreille au cul d'un verre collé contre la cloison. Comme papa avait la voix de quelqu'un de fatigué, maman lui résuma l'affaire en lui disant que j'étais très difficile et papa ne voulut pas savoir en quoi j'étais pénible et dit c'est décidé.

— Décidé? Qu'est-ce qui est décidé? – voix inquiète de maman.

— Je l'ai inscrit au collège des Jésuites du carrer de Casp.

— Mais Fèlix… Ce n'est…

Ce jour-là, j'appris que seul papa commandait. Et que mon éducation dépendait de lui seul. Et je notai mentalement que je devais regarder dans la *Britannica* ce que c'était que cette histoire de jésuites. Papa soutenait le regard de maman en silence et elle se décida :

— Pourquoi chez les Jésuites? Tu n'es pas croyant et…

— Enseignement de qualité. Nous devons être efficaces ; nous n'avons qu'un fils et nous ne pouvons pas foirer.

Voyons : oui, ils n'ont qu'un fils. Ou non ; ce n'était pas le problème. Ce qui était clair c'était qu'ils ne voulaient pas foirer. C'est pourquoi papa commença à aborder le sujet des langues, et je reconnais que cela me plut.

— Qu'est-ce que tu as dit?

— Dix langues.

— Notre fils n'est pas un monstre.

— Mais il peut les apprendre.

— Et pourquoi dix?

— Parce que le pater Levinski de la Gregoriana en savait neuf. Notre fils doit faire mieux que lui.

— Pour quelle raison?

— Parce qu'il m'a traité d'inepte devant les autres élèves. Inepte parce que mon araméen était très hésitant après toute une année d'études avec Faluba.

— Ne plaisante pas : nous sommes en train de parler de l'éducation de notre fils.

— Je ne plaisante pas : je suis en train de parler de l'éducation de mon fils.

Je sais que maman n'aimait pas du tout que papa me désigne comme *son* fils devant elle. Mais je me disais que maman pensait à autre chose parce qu'elle commença à dire qu'elle ne voulait pas faire de moi un monstre ; et avec un culot inhabituel elle lui dit tu m'entends? Je ne veux pas que mon fils devienne un monstre de foire qui doit faire mieux que le pater Luwowski.

— Levinski.

— Le monstre Levinski.

— Un grand théologien et un grand bibliste. Un monstre d'érudition.

— Non : nous devons parler de ça calmement.

Là, je ne comprenais plus. C'était justement ce qu'ils étaient en train de faire : parler calmement de mon avenir. Et moi, j'étais de plus en plus rassuré parce qu'il n'était absolument pas question de la pputain de vie.

— Catalan, castillan, français, allemand, italien, anglais, latin, grec, araméen et russe.

— Qu'est-ce que c'est que ça?

— Les dix langues qu'il doit connaître. Les trois premières, il les connaît déjà.

— Non, le français il l'invente.

— Mais il se débrouille, il se fait comprendre. Mon fils peut réussir tout ce qu'il voudra entreprendre. Et il a un don particulier pour les langues. Il en apprendra dix.

— Il doit aussi jouer.

— Maintenant il est grand. Et quand il commencera ses études il faudra bien qu'il les sache. – Et, avec un soupir fatigué : On en parlera à un autre moment, d'accord?

— Il a sept ans, pour l'amour de Dieu!

— D'ailleurs, je n'exige pas qu'il apprenne l'araméen tout de suite. – Il pianota sur la table avec les doigts, comme pour mettre un point final à la discussion. – Il commencera par l'allemand.

Ça aussi, ça me plaisait. Parce que moi, avec la *Britannica*, je me débrouillais tout seul, avec un dictionnaire à côté, no problem ; l'allemand en revanche, ça restait très obscur. J'avais envie de connaître le monde des déclinaisons, le monde des langues qui changent de désinence selon la fonction que les mots occupent dans la phrase. Je ne formulais pas les choses comme ça, mais presque : j'étais puant.

— Non, Fèlix, nous ne pouvons pas commettre cette erreur.

J'entendis le son d'un crachat sec.

— Oui?

— Qu'est-ce que c'est que l'araméen? demanda le shérif Carson d'une voix profonde.

— Je ne suis pas sûr. On va devoir enquêter.

C'est que j'étais un enfant un peu bizarre, je le reconnais. Je me vois maintenant en train de me rappeler comment j'écoutais ce que devait être mon avenir, accroché au shérif Carson et au vaillant chef arapaho et essayant de ne pas me trahir, et je pense que je n'étais pas un peu bizarre, mais très bizarre.

— Ce n'est pas une erreur. Le premier jour de classe, un professeur viendra ici pour l'allemand du petit. J'ai déjà quelqu'un.

— Non.

— Il s'appelle Romeu et c'est un garçon très capable.

Ça, ça m'inquiétait davantage. Un prof à la maison ? Ma maison c'était ma maison et moi je savais tout ce qui s'y passait : je ne voulais pas de témoins gênants. Ça ne me plaisait pas, non, ce Romeu en train de fourrer son nez à la maison, en train de dire, oh, que c'est joli, une bibliothèque personnelle à sept ans, et ce genre de merdes que disent toutes les grandes personnes qui viennent à la maison. Pas question.

— Et il suivra trois cursus.

— Quoi ?

— Droit et histoire. – Silence. – Et un troisième qu'il pourra choisir. Mais surtout droit, c'est très utile pour manœuvrer dans ce monde de rats.

Tic, tic, tic, tic, tic, tic. Mon pied commença à bouger tout seul, tic, tic, tic, tic, tic, tic. Je haïssais le droit. Vous ne pouvez pas savoir à quel point je le haïssais. Sans vraiment savoir pourquoi, mais je le haïssais à mort.

— *Je ne le doute pas,* disait ma mère. *Mais est-ce qu'il est un bon pédagogue, ledit Gomeu ?*

— *Bien sûr, j'ai reçu des informations confidentielles qui montrent qu'il est un individu parfaitement capable en langue allemagne. Allemande ? Tedesque ? Et en la pédagogie de cette langue. Je crois que*...*

Je commençais à être rassuré. Mon pied cessa de remuer de façon incontrôlée et j'entendis maman se lever et dire et le violon alors ? Il va devoir arrêter ?

— Non. Mais ça reste au second plan.

— Je ne suis pas d'accord.

— Bonne nuit, ma chère, dit papa en ouvrant le journal et en le feuilletant, parce qu'il faisait toujours ça à cette heure-là.

Donc, je changeais d'école. Quelle barbe. Et quelle peur. Heureusement que le shérif Carson ou Aigle-Noir m'accompagneraient. Le violon au second plan ? Et pourquoi si tard, l'araméen ? Ce soir-là, je tardai à m'endormir.

Je suis sûr que je confonds les choses. Je ne sais pas si j'avais sept ou huit ou neuf ans. Mais j'avais de la facilité pour les langues et les parents m'avaient percé à jour et ils ne voulaient pas me laisser tranquille. Le français, j'avais commencé à l'apprendre parce que j'avais passé un été à Perpignan chez la tante Aurora et là, à la moindre occasion, ils passent de leur catalan guttural au français ; c'est pourquoi, quand je parle français, j'ai un accent du Midi que j'ai gardé toute ma vie, avec une certaine fierté. Je ne me rappelle pas quel âge j'avais. L'allemand est venu plus tard ; l'anglais, je ne sais pas trop. Après, me semble-t-il. Ce n'est pas que je voulais apprendre les langues. C'est elles qui m'apprenaient.

Maintenant que j'y pense pour pouvoir t'en parler, je vois mon enfance comme un long et fastidieux après-midi de dimanche, je me vois traînant mon ennui, essayant de me glisser dans le bureau, pensant que ce serait plus amusant si j'avais un frère, pensant qu'il arrive un moment où on se lasse de lire parce que j'en avais plein le dos d'Enid Blyton, pensant que le lendemain il y avait école, et ça c'était pire. Ce n'était pas que j'aie peur de l'école, ou des profs, ou des parents ; c'était à cause des enfants. Moi, à l'école, j'avais peur des enfants, parce qu'ils me regardaient comme une bête curieuse.

— Lola Xica.

— Quoi ?

— Qu'est-ce que je peux faire?

Lola Xica cessait de s'essuyer les mains ou de se mettre du rouge à lèvres et me regardait.

— Je peux venir avec toi? – Adrià, avec un regard plein d'espoir.

— Mais non, tu t'ennuierais!

— Mais c'est ici que je m'ennuie.

— Mets la radio.

— C'est la barbe.

Alors, Lola Xica prenait son manteau et sortait de la chambre qui sentait toujours Lola Xica et à voix basse, pour que personne ne l'entende, elle me disait demande à ta maman de t'emmener au cinéma. Et à voix haute elle disait au revoir, à tout à l'heure, elle ouvrait la porte de la rue, me faisait un clin d'œil et partait ; elle, elle pouvait s'amuser les dimanches après-midi, va savoir comment ; mais moi je restais là, condamné à errer dans l'appartement comme une âme en peine.

— Maman.

— Quoi.

— Non, rien.

Maman levait les yeux de sa revue, finissait le fond de café qui restait dans la tasse et me regardait vaguement :

— Qu'est-ce qu'il y a?

J'avais peur de lui demander de m'emmener au cinéma. Très peur, et je ne sais toujours pas pourquoi. Mes parents étaient trop sérieux.

— Je m'ennuie.

— Lis. Si tu veux, on revoit le français.

— Si on allait au Tibidabo.

— Écoute, tu aurais dû le dire ce matin.

Nous ne sommes jamais allés au Tibidabo, aucun matin et aucun après-midi d'aucun dimanche. J'ai dû y aller par l'imagination, quand mes amis m'expliquaient comment c'était le Tibidabo, plein d'engins mécaniques, d'automates, de montagnes russes et d'autos tamponneuses et… je ne savais pas exactement quoi. Mais c'était un endroit où les parents emmenaient leurs enfants. Mes parents ne m'emmenaient pas davantage au zoo ou sur la jetée. Ils étaient trop rigides. Et ils ne m'aimaient pas. Il me semble. Dans le fond, je me demande encore pourquoi ils m'ont eu.

— Eh bien je veux aller au Tibidabo !

— Qu'est-ce que c'est que ces cris ? se plaignit papa depuis le bureau. Ne m'oblige pas à te punir !

Aigle-Noir considéra que tout cela était très injuste et il nous le fit savoir, au shérif et à moi. Et pour ne pas m'ennuyer complètement, et surtout pour ne pas être puni, eh bien je me mis à faire des exercices d'arpèges au violon, qui ont l'avantage d'être très difficiles et, par conséquent, il est presque impossible qu'en plus ça sonne bien. Moi, quand je jouais du violon ça sonnait très mal, jusqu'à ce que je rencontre Bernat. J'abandonnai l'exercice à la moitié.

— Papa, je pourrais jouer sur le Storioni ?

Papa leva la tête. Comme d'habitude, il examinait avec sa loupe lumineuse un papier étrange.

— Non, dit-il. Et en désignant le papier qui se trouvait sur la table : Regarde comme c'est beau.

C'était un très vieux manuscrit avec un texte bref écrit dans un alphabet que je ne connaissais pas.

— Qu'est-ce que c'est ?

— Un fragment de l'évangile de Marc.

— Mais c'est quelle langue ?

— De l'araméen.

— Tu entends, Aigle-Noir ? De l'araméen ! L'araméen est une langue très ancienne. De papyrus et de parchemins.

— Je peux l'apprendre ?

— Quand ça sera le moment.

Il dit cela avec satisfaction ; c'était très visible chez lui, parce que comme en général je faisais les choses avec succès, eh bien lui il se sentait fier d'avoir un fils intelligent. Je voulus profiter de sa satisfaction.

— Je peux jouer sur le Storioni?

Fèlix Ardèvol le regarda en silence. Il écarta la loupe sur pied. Adrià frappa le sol avec le pied.

— Seulement une fois. Allez, papa…

Le regard de papa fait peur quand il se met en colère. Adrià le soutint seulement pendant quelques secondes. Il dut finir par baisser les yeux.

— Tu ne sais pas ce que ça veut dire, non? Niet, nein, no, ez, ei, nem. Ça te dit quelque chose?

— Ei et nem?

— Finnois et hongrois.

En sortant du bureau, Adrià se retourna et proféra avec rage une terrible menace :

— Eh bien je n'apprendrai pas l'araméen.

— Tu feras ce que je te dirai, l'avertit papa avec la froideur et le calme de celui qui sait que c'est comme ça, qu'on fait toujours ce qu'il dit. Et il retourna à son manuscrit, à son araméen, à sa loupe.

Ce jour-là, Adrià décida de mener une double vie. Il avait déjà des cachettes secrètes, mais il décida d'élargir le monde de la clandestinité. Il se fixa un grand objectif : découvrir la combinaison du coffre et, quand papa ne serait pas à la maison, travailler avec le Storioni : personne ne s'en apercevrait. Et le remettre dans son étui et dans le coffre assez vite pour effacer les traces de son crime. Pour que personne ne se rende compte de rien, il alla travailler ses arpèges sans rien dire au shérif ni au chef arapaho, qui faisaient la sieste sur la table de nuit.

Je me suis toujours souvenu de papa comme d'un homme âgé. Maman, en revanche, c'était maman. Dommage qu'elle ne m'ait pas aimé. Tout ce qu'Adrià savait c'était que son grand-père Adrià l'avait élevée comme le font les hommes qui deviennent veufs très jeunes avec un enfant en bas âge sur les bras et qui regardent de tous les côtés pour voir qui peut leur fournir un manuel d'instructions pour incorporer l'enfant à leur vie. Grand-mère Vicenta était morte très jeune, quand maman avait six ans. Si elle gardait d'elle un vague souvenir, moi, je n'ai dans ma mémoire que les deux uniques photos qu'on avait faites d'elle : celle du mariage, dans le studio de cal Caria, tous les deux très jeunes et séduisants, mais un peu trop habillés comme pour aller chez le photographe, et une autre de grand-mère avec maman dans ses bras et un sourire accablé, comme si elle savait qu'elle ne la verrait pas faire sa première communion, se demandant pourquoi faut-il que je meure si jeune et que je ne sois qu'une photo couleur sépia pour mon petit-fils, qui a l'air d'être un enfant prodige mais que je ne connaîtrai jamais. Maman a grandi seule. Personne ne l'a jamais emmenée au Tibidabo et c'est peut-être la raison pour laquelle il ne lui passait pas par la tête que j'aie envie de savoir ce que pouvaient bien être les automates animés où on mettait une pièce et qui bougeaient de façon magique et ressemblaient à des gens.

Maman a grandi seule. À vingt ans, quand on tuait dans les rues, Barcelone était couleur sépia et la dictature de Primo de Rivera teintait d'une couleur aigre le regard des Barcelonais. Dès que grand-père Adrià comprit que sa fille grandissait et qu'il fallait lui expliquer des choses qu'il ne connaissait pas parce qu'elles s'écartaient de la paléographie, il fit entrer dans la maison la fille de Lola, la domestique de confiance de grand-mère Vicenta, qui continuait à s'occuper de la maison, de huit heures du matin à huit heures du soir, comme si sa maîtresse n'était pas morte. La fille de Lola, qui avait deux ans et demi de moins que maman, s'appelait aussi Lola. Lola la mère, on l'appelait Lola Gran. La pauvre femme mourut avant de voir la proclamation de la République. Sur son lit de mort, elle passa le témoin à sa fille. Elle lui dit occupe-toi de Carme comme si ta vie en dépendait, et Lola Xica resta à jamais aux côtés de maman. Jusqu'à ce qu'elle quitte la maison. Les Lolas, dans la famille, apparaissent et disparaissent quand il y a une mort.

Avec l'espoir apporté par la République et la fuite du roi, avec la proclamation de la République catalane et les parties de bras de fer avec le gouvernement central, Barcelone passa du sépia au gris et les gens marchaient dans la rue les mains dans les poches s'il faisait froid mais en se saluant, en donnant une cigarette et en souriant s'il fallait, parce qu'il y avait de l'espoir ; ils ne savaient pas vraiment de quoi, mais il y avait de l'espoir. Fèlix Ardèvol, sans se soucier du sépia ou du gris, allait et venait, charriant dans ses voyages ses précieuses marchandises, avec un seul objectif : augmenter son patrimoine d'objets, ce qui était la raison d'être de sa soif, plus que de collectionneur, de collecteur. L'entourage sépia ou gris lui était bien égal. Il n'avait d'yeux que pour ce qui pouvait l'aider à accumuler. C'est pourquoi il s'intéressa au docteur Adrià Bosch, l'éminent paléographe de l'université de Barcelone qui, à ce que l'on disait, savait reconnaître sans hésiter l'âge exact des choses. Ce fut une relation profitable pour tous les deux et Fèlix Ardèvol devint un habitué du bureau du docteur Bosch, à l'université, au point que certains assistants commencèrent à le voir d'un mauvais œil. Fèlix Ardèvol préférait rencontrer le docteur Bosch chez lui plutôt qu'à l'université. Plus qu'autre chose, parce qu'il se sentait mal à l'aise dans ces bâtiments. Il pouvait y rencontrer d'anciens camarades de la Gregoriana ; plus encore, il y avait deux professeurs de philosophie, deux chanoines, qui avaient été avec lui au séminaire de Vic et qui pouvaient s'étonner de le voir fréquenter aussi assidûment l'éminent paléographe et lui demander avec bonhomie quelles sont tes occupations Ardèvol ? Ou n'est-ce pas que tu as tout quitté pour une femme ? N'est-ce pas que tu as renoncé à un brillant avenir avec le sanscrit et la théologie, pour courir derrière un jupon ? N'est-ce pas ? Ce qu'on a pu en parler ! Si tu savais ce qu'on a pu dire, Ardèvol ! Qu'est-ce qu'elle est devenue, cette petite Italienne ?

Quand Fèlix Ardèvol dit au docteur Bosch je veux te parler de ta fille, cela faisait six ans qu'elle regardait monsieur Fèlix Ardèvol chaque fois que grand-père Adrià le recevait chez lui ; c'était généralement elle qui ouvrait la porte. Plus ou moins à l'époque de la proclamation de la République, alors qu'elle venait d'avoir dix-sept ans, elle commençait à être consciente d'aimer la façon qu'avait monsieur Ardèvol d'enlever son chapeau pour la saluer. Et il lui disait toujours comment vas-tu, ma belle ? Elle aimait beaucoup ça. Comment vas-tu, ma belle. À tel point qu'elle commença à remarquer la couleur des yeux de monsieur Ardèvol. Marron intense. Et la lavande anglaise, qui répandait un parfum qui lui allait droit au cœur.

Mais la saison des orages arriva : les trois années de guerre ; Barcelone n'était plus ni couleur sépia ni grise, mais couleur de feu, d'angoisse, de faim, de bombardements et de mort. Fèlix Ardèvol i Guiteres s'absenta pendant des semaines entières, des voyages silencieux, et l'université restait ouverte, la menace planant sur les plafonds des salles de cours. Et quand le calme revint, le calme pesant, la plupart des professeurs qui ne s'étaient pas enfuis en exil furent épurés par Franco et l'université se mit à parler en castillan et à arborer une ignorance sans complexes. Mais il restait des îlots, comme le département de paléographie, que les vainqueurs considéraient comme insignifiant. Et monsieur Fèlix Ardèvol reprit ses visites, maintenant avec plus d'objets dans les mains. À eux deux, ils classaient, dataient, certifiaient l'authenticité, et Fèlix vendait des marchandises dans le monde entier et les bénéfices étaient pour tous les deux, bénis soient ces revenus en temps de pénurie. Et les professeurs survivants des purges franquistes continuaient à regarder de travers ce commerçant qui allait et venait dans le département comme s'il était le titulaire de la chaire. Dans le département et au domicile du docteur Bosch.

Pendant la guerre, Carme Bosch ne l'avait guère vu. Mais dès qu'elle fut terminée, monsieur Ardèvol reprit ses visites à son père et ils s'enfermaient tous les deux dans le bureau et elle continuait à vaquer à ses occupations et elle disait Lola Xica, je ne veux pas sortir maintenant acheter les sandales, et Lola Xica savait que c'était parce que monsieur Ardèvol était à la maison, en train de parler de vieux papiers avec monsieur ; et, en cachant un sourire, elle disait comme tu voudras, Carme. Alors son père, presque sans lui demander son avis, l'inscrivit à l'École de bibliothécaires, tout juste rouverte, et les trois années qu'elle y passa, en réalité tout près de chez eux parce qu'ils habitaient le carrer del Àngels, furent les plus heureuses de toute sa vie. Elle s'y fit des amies et elles se jurèrent de ne jamais se perdre de vue même si la vie les changeait, qu'elles se mariaient et cetera, et elle ne les revit jamais, pas même Pepita Masriera. Et elle commença à travailler à la bibliothèque de l'université, transportant des chariots de livres, essayant, sans grand succès, de copier la mine sévère de madame Canyameres, tombant de temps en temps sur monsieur Ardèvol qui, comme par hasard, allait plus souvent que jamais dans cette bibliothèque et lui disait comment ça va, ma belle, et regrettant ses camarades d'études, surtout Pepita Masriera.

— Marron intense ce n'est pas une couleur.

Lola Xica regardait Carme avec ironie, attendant une réponse.

— Bon. Marron joli. Comme le miel foncé, le miel d'eucalyptus.

— Il a l'âge de ton père.

— Pas du tout ! Il a sept ans et demi de moins.

— Dans ce cas, je n'ai rien dit.

Monsieur Ardèvol, malgré les épurations, voyait aussi avec méfiance les nouveaux professeurs et les anciens. Ils ne se mêleraient plus de ses amours, parce qu'ils les ignoraient peut-être, mais ils lui diraient sûrement tu t'aventures sur un terrain dangereux, mon ami. Ce que voulait éviter Fèlix Ardèvol, c'était de devoir donner trop d'explications à quelqu'un qui le regarderait avec une ironie courtoise et, par son silence, manifesterait clairement qu'il ne lui avait demandé aucune explication. Jusqu'au jour où il dit ça suffit : je ne suis pas du genre à me morfondre et il alla à la via Laietana[1] et dit le professeur Montells de paléographie.

— Qu'est-ce que vous dites ?

— Le professeur Montells de paléographie.

1. Adresse de la Jefatura Superior de Policía et de la Brigada de Investigación Social, particulièrement redoutée sous le franquisme.

— Montells de Paléographie, écrivit lentement le commissaire. Prénom?

— Eloi. Et comme second patronyme…

— Eloi Montells de Paléographie. J'ai le nom complet.

Le bureau du commissaire Plasencia était d'une couleur olivâtre sale, avec un classeur rouillé et les portraits de Franco et de José Antonio sur le mur décrépi. Par la vitre sale on pouvait voir la circulation de la via Laietana. Mais monsieur Fèlix Ardèvol n'était pas venu pour voir les mouches voler. Il était en train d'écrire le nom complet du docteur Eloi Montells, dont le deuxième patronyme était Ciurana, adjoint à la chaire de paléographie, également éduqué à la Gregoriana en d'autres temps, qui le regardait de travers chaque fois qu'il rendait visite au docteur Bosch pour ses affaires, dans lesquelles l'autre ne devait en aucune façon fourrer son nez.

— Et comment le définiriez-vous?

— Catalaniste. Communiste.

Le commissaire siffla et dit tiens, tiens, tiens… Et comment a-t-il pu nous échapper?

Monsieur Ardèvol ne dit rien parce que la question était rhétorique et il n'était pas prudent de répondre qu'il leur avait échappé à cause de l'incapacité de la police.

— C'est le deuxième professeur que vous dénoncez. C'est étrange. – Il tapotait sur la table avec un crayon, comme s'il voulait envoyer un message en morse. – Parce que vous n'êtes pas professeur, n'est-ce pas? Pourquoi faites-vous ça?

Pour faire place nette. Pour pouvoir agir sans craindre les regards indiscrets.

— Par patriotisme. Viva Franco.

Il y en eut d'autres. Trois ou quatre. Et tous étaient catalanistes et communistes. Tous alléguèrent en vain une adhésion inconditionnelle au régime et s'exclamèrent communiste, moi? Ce fut en vain qu'ils multiplièrent les vivafrancos devant le commissaire parce

63

que ce qui devait fonctionner sans répit c'était la prison Modelo, où entraient les dégénérés qui n'avaient pas voulu accepter les offres généreuses du Generalísimo et persistaient dans leur erreur. Ces déclarations opportunes déblayèrent les alentours du docteur Bosch, qui ne se rendait compte de rien et continuait à fournir des informations à cet homme intelligent qui manifestement l'admirait beaucoup.

Peu de temps après les arrestations des professeurs, à tout hasard, Fèlix Ardèvol cessa de se présenter au bureau de l'université et préféra celui du domicile du docteur Bosch, ce qui enchanta Carme Bosch.

— Comment vas-tu, ma belle?

La jeune fille, qui était chaque jour plus belle, répondait d'un sourire et baissait le regard, toujours pareil, si bien que ses yeux étaient devenus un des mystères les plus passionnants que Fèlix Ardèvol avait à démêler de façon urgente. Presque aussi passionnants qu'un manuscrit autographe de Goethe sans propriétaire.

— Aujourd'hui je t'apporte encore du travail, et mieux payé, dit-il en entrant dans le bureau du professeur Bosch. Et grand-père Adrià se prépara à expertiser, certifier l'authenticité, encaisser et ne jamais demander, mais nom d'un petit bonhomme, Fèlix, dis-moi, d'où est-ce que tu sors tout ça. Et comment fais-tu pour. Hein?

Tout en observant l'autre sortir des papiers, grand-père Adrià en profita pour nettoyer son pince-nez. Tant que le manuscrit n'était pas sur la table, la séance ne commençait pas.

— Gothique cursive de chancellerie, dit le docteur Bosch en mettant ses lunettes et en regardant avec gourmandise le manuscrit que l'autre avait posé sur la table.

Il le prit et l'examina sous toutes les coutures pendant un long moment.

— Il est incomplet, dit-il en brisant le silence qui durait trop.

— Il est du quatorzième siècle?

— Oui, je vois que tu commences à apprendre.

À cette époque, Fèlix Ardèvol avait déjà installé un réseau de recherche de n'importe quel papier, papyrus, parchemin isolé ou en liasse se trouvant sur les étagères normalement en désordre et pleines de poussière d'archives, bibliothèques, instituts culturels, mairies et paroisses de maints endroits d'Europe. Le jeune monsieur Berenguer, une fouine authentique et exemplaire, passait ses journées à visiter ces endroits et à faire la première estimation, qu'il détaillait dans les téléphones maladifs de l'époque. En fonction de la décision, il achetait le trésor à ses propriétaires à bas prix, si toutefois il n'arrivait pas à le dérober, et le faisait passer à Ardèvol, qui l'expertisait en compagnie du docteur Bosch. Tout le monde était gagnant, et la mémoire des choses aussi. Mais il valait mieux que tout le monde reste à l'écart. Tout le monde. Dans un laps de dix ans il avait trouvé beaucoup de paille, énormément. Mais de temps en temps il tombait sur une perle, comme un exemplaire de l'édition de 1876 de *L'Après-midi d'un faune* avec des illustrations de Manet, dans lequel il y avait des manuscrits de Mallarmé, sûrement les dernières choses qu'il avait écrites et qui dormaient dans le grenier de la misérable bibliothèque municipale de Valvins. Ou trois parchemins complets et en bon état du corpus de la chancellerie de Jean II, miraculeusement sauvés d'un lot d'héritage mis aux enchères à Göteborg. Chaque année il y avait trois ou quatre perles. Et c'est pour les perles qu'Ardèvol travaillait jour et nuit. Peu à peu, dans la solitude de l'immense appartement qu'il avait loué dans l'Eixample, il vit prendre corps l'idée d'ouvrir un magasin d'antiquités qui accueillerait tout ce qui n'était pas une véritable perle. Cette décision lui en fit prendre une autre : accepter des lots d'héritage avec des objets autres que des manuscrits. Vases, bongos, Chippendale, porte-parapluies, armes… n'importe quoi qui ait été fabriqué il y avait longtemps et qui ne serve pratiquement à rien. C'est ainsi que le premier instrument de musique entra chez lui.

Les années passèrent ; monsieur Ardèvol, mon père, rendait visite au professeur Bosch, mon grand-père, que je connus quand j'étais tout petit. Et Carme, ma mère, eut vingt-deux ans et un jour monsieur Fèlix Ardèvol dit à son collègue je veux te parler de ta fille.

— Qu'est-ce qui lui arrive ?

Le docteur Bosch, un peu inquiet, enlevant son lorgnon et regardant son ami.

— Je veux me marier avec elle. Si tu n'y vois pas d'inconvénient.

Le docteur Bosch se leva et sortit dans le vestibule plongé dans l'obscurité, déconcerté, brandissant son pince-nez. Quelques pas en arrière, Ardèvol l'observait avec attention. Après avoir déambulé nerveusement pendant quelques minutes, il se retourna et regarda Ardèvol, sans remarquer qu'il avait les yeux marron intense :

— Tu as quel âge ?

— Quarante-quatre ans.

— Et Carme doit avoir dix-huit ou dix-neuf ans, au maximum.

— Vingt-deux et demi. Ta fille a vingt-deux ans bien sonnés.

— Tu es sûr ?

Silence. Le docteur Bosch mit ses lunettes comme s'il allait examiner l'âge de sa fille. Il regarda Ardèvol, ouvrit la bouche, enleva ses lunettes et, le regard flou, il se dit, plein d'admiration, comme s'il se trouvait devant un papyrus ptolémaïque, Carme a vingt-deux ans…

— Depuis plusieurs mois.

À ce moment-là, la porte de l'appartement s'ouvrit et Carme entra, accompagnée de Lola Xica. Elle regarda les deux hommes silencieux, plantés au beau milieu du vestibule. Lola Xica disparut avec son cabas et Carme les regarda à nouveau tout en enlevant son manteau.

— Il se passe quelque chose? demanda-t-elle.

5

Pendant très longtemps, malgré son caractère ombra-
geux, mon père me fascina et je voulais lui faire plaisir.
Et surtout, je voulais qu'il m'admire. Brusque, oui ; mauvais caractère, aussi ; et il ne m'aimait pas du tout. Mais
je l'admirais. C'est sûrement la raison pour laquelle j'ai
tant de mal à parler de lui. Pour ne pas le justifier. Pour
ne pas le condamner.

Une des seules fois, sinon la seule, où mon père me
donna raison, il me dit très bien, il me semble que tu as
raison. Je m'en souviens comme on garde une petite
boîte contenant un trésor. Parce qu'en général c'étaient
les autres qui avaient toujours tort en toutes choses. Je
comprends que maman ait contemplé la vie depuis le
balcon. Mais j'étais petit et je voulais toujours fourrer
mon nez partout. Et quand papa me fixait des objectifs
impossibles, je trouvais ça bien, par principe. Et pourtant les principaux ne furent pas atteints. Je n'étudiai pas
le droit ; je ne suivis qu'un cursus, mais il est vrai que
j'ai consacré ma vie à l'étude. Je n'en suis pas venu à
collectionner dix ou douze langues dans l'intention de
faire la nique au pater Levinski de la Gregoriana : je les
ai apprises sans grandes difficultés, parce que j'avais
envie de le faire. Et même si j'ai des comptes à régler
avec mon père, je n'ai pas cherché à ce qu'il soit fier de
moi là où il se trouve, c'est-à-dire nulle part, parce que
j'ai hérité de son manque de croyance en la vie éternelle.

Les desseins de maman, toujours au second plan, ne se sont pas davantage réalisés. Enfin ; ce n'est pas exact. Je ne sus que plus tard que maman avait des projets pour moi, parce qu'elle les concevait en cachette de papa.

Si bien que j'étais un enfant unique observé par des parents avides de voir leur fils intelligent faire des étincelles. Ceci peut être le résumé de mon enfance : la barre très haut. La barre très haut en tout, même pour manger la bouche fermée et sans mettre les coudes sur la table et sans interrompre les conversations des grandes personnes, sauf quand j'explosais parce qu'il y avait des jours où je n'en pouvais plus et ni Carson ni Aigle-Noir ne pouvaient me calmer. C'est pourquoi j'aimais profiter de l'occasion, quand Lola Xica avait quelque chose à faire dans le Barri Gòtic, pour l'accompagner et l'attendre dans le magasin avec des yeux comme des soucoupes.

Au fur et à mesure que je grandissais, le magasin m'attirait de plus en plus ; parce qu'il m'inspirait une sorte de frayeur inquiète. À la maison, on disait le magasin pour simplifier, parce que plus qu'un magasin c'était un monde complet où l'on pouvait se passer de la vie qui se déroulait au-delà de ses murs. Dans le carrer de la Palla, devant une sorte de façade délabrée d'une église oubliée par l'évêché comme par la mairie, il y avait la porte du magasin. Dès qu'on l'ouvrait, une clochette (que j'entends encore) retentissait pour prévenir Cecília ou monsieur Berenguer. À partir de là, tout le reste était une fête pour les yeux et pour l'odorat. Pas pour le toucher, parce qu'Adrià avait l'interdiction de toucher le moindre objet, on ne regarde pas avec les doigts, malheur à toi si tu touches quelque chose. Et rien ça veut dire rien, tu m'entends, toi là, gamin, Adrià ? Et comme rien ça voulait dire rien, je déambulais dans les étroits couloirs entre les objets, les mains dans les poches, et je regardais un ange vermoulu et polychrome, à côté de la cuvette dorée de Marie-Antoinette. Et un gong qui appartenait à la dynastie Ming et qui valait une fortune et qu'Adrià voulait faire résonner avant de mourir.

— Ça sert à quoi, ça ?

Monsieur Berenguer regarda la dague japonaise, m'observa et sourit :

— C'est une dague Kaiken des Bushi.

Adrià resta bouche bée. Monsieur Berenguer regarda du côté où Cecília polissait les vases de bronze et dit à voix basse, en se penchant vers l'enfant et en lui faisant respirer son haleine douteuse :

— Un poignard que les femmes guerrières du Japon utilisent pour se suicider. – Il le fixa, guettant une réaction. Comme l'enfant était resté indifférent, il ajouta sèchement : Époque Edo, seizième siècle.

Bien sûr qu'Adrià avait été impressionné, mais à huit ans, l'âge que je devais avoir alors, je savais déjà dissimuler mes émotions, comme maman quand papa s'enfermait dans le bureau et regardait ses manuscrits à la loupe et que personne à la maison ne pouvait crier parce que papa était en train de lire dans le bureau et va savoir à quelle heure il en sortira pour dîner.

— Non, tant qu'il ne donnera pas signe de vie, ne mets pas les légumes sur le feu.

Et Lola Xica retournait à la cuisine et marmonnait ce gars-là si on me laissait faire je lui apprendrais, toute la maisonnée suspendue à sa loupe. Et si moi je me trouvais à côté de ce gars-là, je l'entendais lire :

A un vassalh aragones. / Be sabetz lo vassalh qui es, / El a nom. N'Amfos de Barbastre. / Ar aujatz, senher, cal desastre / Li avenc per sa gilozia.

— Qu'est-ce que c'est ?

— Le *Castia gilós*. Un fabliau.

— C'est du catalan ancien ?

— Non. De l'occitan.

— Ça ressemble.

— Beaucoup.

— Qu'est-ce que ça veut dire ?

— Il a été écrit par Ramon Vidal de Besalú. Treizième siècle.

— Purée, c'est vraiment ancien. Qu'est-ce que ça veut dire ?

— Feuillet 132 du chansonnier provençal de Karls-ruhe. Il y en a un autre à la Bibliothèque nationale de Paris. Celui-ci est à moi. Il est à toi.

Adrià comprit cela comme une invitation et tendit la main. Papa me frappa dessus et ce fut très douloureux. Il ne prit même pas la peine de dire on ne regarde pas avec les doigts. Il suivait le texte avec sa loupe et disait comment est-il possible que la vie m'apporte autant de joies, ces jours-ci.

Une dague japonaise pour le suicide féminin, résuma Adrià. Et il poursuivit son périple jusqu'aux pots de céramique. Il laissa les gravures et les manuscrits pour la fin, parce qu'ils l'impressionnaient trop.

— Il faudra que tu viennes nous aider un de ces jours, nous croulons sous le travail.

Adrià regarda le magasin solitaire et sourit poliment à Cecília :

— Quand papa me permettra, dit-il.

Elle était sur le point de dire quelque chose, mais elle se ravisa et resta un instant la bouche ouverte. Alors ses yeux brillèrent et elle me dit allez, embrasse-moi.

Et je dus l'embrasser, parce qu'il n'était pas question de faire un numéro en plein magasin. L'année précédente, j'avais été profondément amoureux d'elle, mais ça commençait à me courir, cette histoire de baisers. Même si j'étais très jeune, j'entrais glorieusement dans l'étape de l'aversion profonde pour les baisers, comme si j'avais douze ou treize ans ; j'ai toujours été un enfant prodige pour les choses secondaires. Depuis l'âge de huit ou neuf ans, qui devait être le mien à ce moment-là, cette fièvre antibaisers a duré jusqu'à… bon, tu sais bien jusqu'à quand. Ou peut-être que tu ne le sais pas encore. À propos, qu'est-ce que ça voulait dire "j'ai refait ma vie", cette phrase que tu as dite au marchand d'encyclopédies?

Pendant quelques instants, Adrià et Cecília observèrent les gens qui passaient dans la rue sans même jeter un coup d'œil à la vitrine.

— Il y a toujours du travail, dit Cecília, qui avait lu dans mes pensées. Demain, nous vidons un appartement avec bibliothèque, ça va être le branle-bas de combat.

Elle retourna à son bronze. La puanteur du Netol avait pénétré dans le cerveau d'Adrià, qui décida de garder ses distances. Pourquoi est-ce qu'elles veulent se suicider, les femmes japonaises, pensa-t-il.

Maintenant je vois que j'y suis allé très peu souvent, fouiller dans le magasin. Fouiller, c'est une façon de parler. C'est surtout quand j'arrivais dans le coin des instruments de musique que je regrettais. Une fois, alors que j'étais plus âgé, j'ai essayé un violon, mais alors que je regardais en arrière du coin de l'œil, je tombai sur le regard muet de monsieur Berenguer et je jure que j'en fus effrayé. Je n'ai plus jamais essayé. Je me rappelle avoir vu là, outre les flügelhorns, les tubas et les trompettes, une bonne douzaine de violons, six violoncelles, deux violes et trois épinettes, sans compter le gong de la dynastie Ming, une timbale éthiopienne et une sorte d'immense serpent immobile qui n'émettait pas le moindre son et dont j'appris plus tard qu'il s'appelait en effet un serpent. Je suis sûr qu'il y avait des achats et des ventes, parce que les instruments changeaient, mais je me rappelle que le nombre d'instruments était toujours celui-là. Et pendant quelque temps, il y eut au magasin des violonistes du Liceu qui marchandaient – généralement sans succès – pour acquérir un de ces instruments. Papa ne voulait pas de clients musiciens, toujours fauchés ; ce que je veux, c'est des collectionneurs : ceux qui veulent l'objet et qui, s'ils ne peuvent pas l'acheter, le volent ; c'est eux mes clients.

— Pourquoi?

— Parce qu'ils paient le prix que je leur demande et s'en vont contents. Et un jour ou l'autre ils reviennent avec la langue pendante parce qu'ils en veulent encore.

Papa s'y connaissait vraiment.

— Le musicien veut l'instrument pour en jouer. Quand il l'a, il en joue. Le collectionneur n'a pas à jouer : il peut avoir dix instruments et il les caresse de la main. Ou des yeux. Le collectionneur ne joue pas de l'instrument : il joue avec.

Papa était très intelligent.

— Un musicien collectionneur? La meilleure affaire qui soit ; mais je n'en connais aucun.

Et alors, se sentant en confiance, Adrià lui dit que Herr Romeu était plus ennuyeux qu'un dimanche après-midi et il le regarda de cette façon qui vous transperçait du regard et qui, à soixante ans, m'angoisse encore.

— Qu'est-ce que tu as dit?

— Que Herr Romeu…

— Non : plus ennuyeux que quoi?

— Je ne sais pas.

— Si, tu sais.

— Qu'un dimanche après-midi.

— Très bien.

Papa avait toujours raison. Le silence qui suivit donna l'impression qu'il était en train de ranger mes mots dans sa poche, pour sa collection. Une fois bien rangés, il revint à la conversation.

— Pourquoi est-il ennuyeux?

— Il passe toute la journée à me faire apprendre des déclinaisons et des désinences que je sais déjà par cœur et à me faire dire ce fromage de vache est très bon, où l'as-tu acheté? Ou alors, il me fait dire j'habite Hanovre et je m'appelle Kurt. Et toi, où habites-tu? Tu aimes Berlin?

— Et qu'est-ce que tu aimerais pouvoir dire?

— Je ne sais pas. Je veux lire une histoire amusante. Je veux lire Karl May en allemand.

— Très bien, il me semble que tu as raison.

Je répète : très bien, il me semble que tu as raison. Et je précise encore davantage : c'est la seule fois de ma vie qu'il m'a donné raison. Si j'avais été fétichiste, j'aurais encadré cette phrase, le jour et l'heure de l'événement. Et j'en aurais fait une photo en noir et blanc.

Le lendemain, je n'eus pas de cours, parce que Herr Romeu avait été congédié. Adrià se sentit très important, comme si le destin des gens avait été entre ses mains. Ce fut un mardi de gloire. Cette fois, je me réjouis que papa fasse marcher droit tout le monde. Je devais avoir neuf ou dix ans, mais j'avais le sens de la dignité très développé. Ou plutôt le sens du ridicule. Surtout que maintenant qu'il regardait en arrière, Adrià Ardèvol voyait que même quand il était petit il n'avait jamais été un petit enfant. Il attrapa toutes les précocités possibles et imaginables, comme d'autres attrapent des rhumes et des infections. Je me fais même pitié. Et encore, je ne connaissais pas les détails que je peux reconstituer aujourd'hui, par exemple que papa, après avoir ouvert le magasin de façon très précaire, avec une Cecília qui s'entraînait à se coiffer pour être très jolie, reçut la visite d'un client qui voulait lui parler d'une affaire et papa le fit entrer dans le bureau et l'inconnu lui dit monsieur Ardèvol, je ne suis pas venu pour acheter, et papa le regarda dans les yeux et se mit sur ses gardes.

— Et pouvez-vous me dire pour quoi vous êtes venu?

— Pour vous dire que votre vie est en danger.

— Ah oui? – sourire de papa, sourire un peu las.

— Oui.

— Et je peux savoir pourquoi?

— Vous pouvez, par exemple, savoir que le docteur Montells est sorti de prison.

— Je ne sais pas de qui vous parlez.

— Et qu'il nous a raconté des choses.

— C'est qui, nous?

— Disons que nous sommes très en colère contre vous parce que vous l'avez dénoncé comme catalaniste et communiste.

— Moi?

— Vous.

— Je ne suis pas quelqu'un qui parle beaucoup. Vous voulez autre chose? dit-il en se levant.

Le visiteur ne se leva pas de sa chaise. Il s'installa encore plus confortablement et, avec une adresse rare, se roula une cigarette. Et l'alluma.

— Ici, personne ne fume.

— Moi oui. – Et il pointa sur lui la main qui tenait la cigarette. – Et nous savons que vous avez dénoncé trois autres personnes. Les trois vous envoient leurs meilleurs souvenirs, de chez elles ou de la prison. À partir de maintenant, méfiez-vous des coins de rue : ils sont dangereux.

Il écrasa sa cigarette sur le bois de la table, comme si c'était un immense cendrier, souffla la fumée vers le visage de monsieur Ardèvol, se leva et sortit du bureau. Fèlix Ardèvol regarda se carboniser un morceau du bois de la table sans rien faire pour l'empêcher. Comme si c'était sa pénitence.

Le soir, à la maison, peut-être pour se débarrasser de ce souvenir désagréable, papa me fit entrer dans son bureau et pour me récompenser, surtout pour me récompenser parce que j'étais le premier à être exigeant envers les professeurs, et c'est cela que mon fils doit faire, il me montra un parchemin plié et écrit sur les deux faces, qui, à ce qu'il paraît, était l'acte de fondation du monastère de Sant Pere del Burgal, et il me dit regarde, mon fils (j'aurais voulu qu'après regarde, mon fils, il ajoutât "en qui je place tous mes espoirs" maintenant que nous avions scellé une solide alliance), ce document a été rédigé il y a plus de mille ans et maintenant nous l'avons dans nos mains… Eh, eh, du calme, c'est moi qui vais le prendre. N'est-ce pas qu'il est beau? C'est de l'époque où a été fondé ce monastère.

— C'est où?

— Dans le Pallars. Tu vois l'Urgell de la salle à manger?

— Ce monastère, c'est Santa Maria de Gerri.

— Oui, oui. Burgal, c'est encore plus haut. À une vingtaine de kilomètres vers le froid. – À propos du parchemin : L'acte de fondation de Sant Pere del Burgal. C'est que l'abbé Delligat avait demandé au comte Raymond de Toulouse un précepte d'immunité pour un si petit monastère, mais qui survécut une centaine d'années. Je suis ému de penser que j'ai autant d'histoire dans mes mains.

Et j'imaginai ce que papa me disait et je n'eus guère de mal à penser que c'était un jour trop lumineux, trop printanier pour un jour de Noël. On venait d'enterrer le très révérend père prieur dom Josep de Sant Bartomeu dans l'humble et minuscule cimetière de Sant Pere et, par contraste, la vie qui au printemps éclatait sur l'herbe humide et tendre en mille boutons de couleurs était, en ce jour, étouffée sous la glace. On venait d'enterrer le père prieur et avec lui toute possibilité pour le monastère de garder ses portes ouvertes. Sant Pere del Burgal, avant, quand il neigeait encore en abondance, avait été une abbaye exempte ; depuis les temps lointains de l'abbé Delligat, elle était passée par différents avatars, par des moments de puissance, avec une trentaine de moines contemplant le magnifique panorama que composaient jour après jour les eaux de la Noguera, avec la forêt des Poses au fond, louant le Seigneur et lui rendant grâces pour son œuvre et maudissant le démon pour le froid qui dévastait les corps et ratatinait les âmes de la communauté tout entière. Sant Pere del Burgal avait aussi dû vivre des moments de pénurie, sans blé pour le moulin, avec tout juste six ou sept moines, vieux et malades, pour faire les tâches, toujours les mêmes, qu'accomplit un moine depuis qu'il entre au monastère jusqu'à ce qu'il soit conduit au cimetière comme ce jour-là le père prieur. Mais c'est que maintenant il ne restait qu'un survivant de toute cette mémoire.

Des répons brefs, marmonnés, une bénédiction hâtive et affligée de l'humble cercueil et l'officiant improvisé, le frère Julià de Sau, fit signe aux cinq paysans d'Escaló qui étaient montés assister le monastère pour cette triste cérémonie. Il n'y avait pas encore le moindre signe des frères qui devaient venir de l'abbaye de Santa Maria de Gerri pour confirmer la clôture des lieux. Ils arriveraient à l'ite missa est, comme chaque fois qu'on avait besoin d'eux.

Le frère Julià de Sau entra dans le petit monastère de Sant Pere. Il pénétra dans l'église. Les larmes aux yeux, il mania le marteau et le ciseau pour entamer la pierre du maître-autel et en extraire la petite lipsanothèque de bois qui conservait les reliques des saints. Il fut pris d'une sorte d'angoisse parce que, pour la première fois de sa vie, il était seul. Seul. Aucun autre frère. Ses pas résonnaient dans le corridor étroit. Il jeta un coup d'œil sur le minuscule réfectoire. Un des bancs était appuyé contre le mur, décollant le crépi sale. Il ne prit pas la peine de le déplacer. Il laissa couler une larme et partit dans la direction de sa cellule. Là, il contempla le paysage aimé, qu'il connaissait par cœur, arbre par arbre. Sur la couche, le Coffre sacré qui abritait l'acte de fondation du monastère et qui maintenant devait aussi accueillir la lipsanothèque, avec le souvenir des saints inconnus qui les avaient accompagnés pendant des siècles de messes et de chants quotidiens. Et aussi le calice et la patène communautaires. Et les deux uniques clefs de Sant Pere del Burgal : celle de la petite église et celle de l'enceinte monacale.

Tant d'années de cantiques au Seigneur réduites à une robuste caisse de bois de genévrier qui devenait dorénavant le seul témoin de l'histoire du monastère clos. À une extrémité de la paillasse, le mouchoir à faire des balluchons, avec deux pièces de vêtement, une sorte d'écharpe rudimentaire et le livre d'heures. Et le petit sac avec les pignes de sapin et d'érable, qui lui rappelaient son autre vie, ancienne et jamais regrettée, quand il s'appelait fra Miquel et professait dans l'ordre dominicain ; quand, dans le palais de Son Excellence, la femme du Guerxo[1] de Salt l'arrêta près des cuisines et lui dit, tenez, fra Miquel, des semences de sapin et des pignes d'érable.

— Qu'en ai-je à faire ?

— Je n'ai rien d'autre à vous offrir.

— Et pourquoi faut-il que tu m'offres quelque chose ?
– Fra Miquel, impatient.

La femme baissa la tête et dit à voix basse, presque inaudible, Son Excellence m'a violée et je veux me tuer pour que mon homme ne l'apprenne jamais, parce qu'alors c'est lui qui me tuerait.

Abasourdi, fra Miquel dut aller dans le corridor et s'asseoir sur le banc de buis.

— Que dis-tu ? dit-il à la femme, qui l'avait suivi et se tenait debout devant lui.

La femme n'ajouta rien parce qu'elle avait déjà tout dit.

— Je ne te crois pas, ignoble menteuse. Ce que tu veux, c'est…

— Quand je me serai pendue à une poutre vermoulue, me croirez-vous ? – Et elle le regarda avec des yeux qui faisaient peur.

— Mais, mon enfant…

— Je veux que vous me confessiez parce que je vais me tuer et je suis dans le péché.

1. Borgne.

— Je ne suis point prêtre.

— Mais vous pouvez bien… Je n'ai d'autre issue que mourir. Et comme ce n'est pas ma faute, je pense que Dieu me pardonnera. N'est-ce pas, fra Miquel ?

— Le suicide est un péché. Fuis ce lieu. Éloigne-toi.

— Où voulez-vous que j'aille ? Une femme seule ! Dites-moi !

Fra Miquel aurait aimé être bien loin à cet instant, là où le monde s'achève, malgré les dangers des limites sauvages de l'univers.

Dans la cellule de Sant Pere del Burgal, le frère Julià regarda sa main tendue, avec les semences que lui avait données la femme désespérée à qui il n'avait pas su apporter son réconfort. Le lendemain, on l'avait trouvée pendue à une poutre vermoulue de la grande fenière. Elle s'était étranglée avec le rosaire de quinze mystères que Son Excellence nouait sur son habit et qui était perdu depuis deux jours. Sur l'ordre de Son Excellence, on refusa à la suicidée la sépulture en terre sainte et le Guerxo de Salt fut expulsé du palais, pour avoir permis que sa femme commît un acte qui clamait contre le ciel. C'est le Guerxo de Salt lui-même qui l'avait trouvée au petit matin, qui avait tenté de rompre le rosaire dans le fol espoir que la Guerxa respire encore. Quand fra Miquel l'apprit, il pleura amèrement, pria, malgré les instructions de son supérieur, pour le salut de l'âme de cette désespérée et jura devant le Seigneur qu'il ne perdrait jamais ces semences et ces pignes de sapin qui lui rappelleraient son silence couard. Il les observa à nouveau, vingt ans plus tard, sur sa main tendue, maintenant que sa vie allait connaître un tournant et faire de lui un moine de Santa Maria de Gerri. Il serra les pignes dans la poche de son habit de bénédictin. Il regarda par la fenêtre. Ils devaient être tout proches, mais il n'était plus capable de percevoir les mouvements dans le lointain. Il noua le mouchoir à balluchon, n'importe comment. Cette nuit-là, plus aucun moine ne dormirait dans le monastère du Burgal.

Tenant fermement le Coffre sacré, il foula toutes et chacune des cellules, celle de fra Marcel, celle de fra Martí, celle de fra Adrià, celle du père Ramon, celle du père Basili, celle du père Josep de Sant Bartomeu et son humble cellule, à la fin du corridor étroit, la cellule qui était la plus proche du minuscule cloître et la plus proche de la porte du monastère, dont on lui avait confié la surveillance pour ainsi dire dès son arrivée. Ensuite il s'approcha du lavoir, passa par la modeste salle du chapitre, la cuisine et à nouveau le réfectoire, où le banc continuait à ronger le plâtre du mur. Alors il sortit dans le cloître et ne put empêcher sa peine de sourdre, le jaillissement d'un pleur profond, parce qu'il ne réussissait pas à accepter que cela fût la volonté de Dieu. Pour se rasséréner, pour dire définitivement adieu à tant d'années de vie bénédictine, il entra dans la chapelle monacale. Il s'agenouilla devant l'autel, serrant contre lui le Coffre sacré. Pour la dernière fois de sa vie il regarda les peintures de l'abside. Les prophètes et les archanges. Saint Pierre et saint Paul, saint Jean et les autres apôtres et la mère de Dieu louant, avec les archanges, le sévère Pantocrator. Et il se sentit coupable, coupable de l'extinction du petit monastère de Sant Pere del Burgal. Et de sa main libre il se frappa la poitrine et dit confiteor, Domine. Confiteor, mea culpa. Il posa le Coffre sacré par terre et s'inclina jusqu'à embrasser le sol que tant de générations de moines avaient foulé, louant le Dieu tout-puissant qui le contemplait, impassible.

Il se releva, prit le Coffre sacré, contempla pour la dernière fois les peintures glorieuses et recula jusqu'à la porte. Une fois sorti de la petite église, il ferma les deux battants d'un geste sec, actionna la clef pour la dernière fois et la rangea dans le Coffre sacré. Ces peintures tant aimées sur le mur de l'église ne seraient plus admirées par aucun œil humain jusqu'à ce que Jachiam de Pardàc ouvre la porte en poussant avec la paume de la main un battant vermoulu et pourri, presque trois cents ans plus tard.

Et alors le frère Julià de Sau pensa au jour où ses pieds, avides et fatigués, encore pleins de peur, étaient arrivés devant la porte de Sant Pere, sur laquelle il avait frappé de son poing fermé. À cette époque, quinze moines vivaient intra muros monasterii. Mon Dieu, Seigneur de la Gloire, comme il regrettait, même s'il n'avait pas le droit d'éprouver de la nostalgie pour un temps qu'il n'avait jamais connu, ces jours où il y avait une tâche pour chaque moine et un moine pour chaque tâche. Quand il avait frappé à cette porte en implorant qu'on le laisse entrer, cela faisait des années qu'il avait abandonné toute sécurité et qu'il errait dans le royaume de la peur, qui accompagne toujours le fugitif. Et davantage encore s'il soupçonne qu'il peut être dans l'erreur, parce que Jésus nous a parlé d'amour et de bonté et je n'accomplissais pas son commandement. Pourtant, il accomplissait son commandement parce que le père Nicolau Eimeric, l'inquisiteur général, était son supérieur et tout se faisait au nom de Dieu et pour le bien de l'Église et de la vraie foi, et je ne pouvais pas, je ne pouvais pas parce que Jésus était bien loin de moi ; et qui êtes-vous, fra Miquel, misérable frère lai, pour vous demander où est Jésus ? Dieu Notre Seigneur est dans l'obéissance aveugle, inconditionnelle. Dieu est avec moi, fra Miquel. Et qui n'est pas avec moi est contre moi. Regardez-moi dans les yeux quand je vous parle ! Qui n'est pas avec moi est contre moi. Et fra Miquel préféra s'enfuir, préféra l'incertitude et peut-être l'enfer au salut mais avec mauvaise conscience. Et c'est ainsi qu'il prit la fuite, quitta l'habit dominicain et pénétra dans le royaume de la peur et voyagea en Terre sainte pour se faire pardonner tous ses péchés comme si dans ce monde ou dans l'autre le pardon était possible. Si toutefois il y avait eu péché. Vêtu en pèlerin il avait vu de grands malheurs, avait erré poussé par le repentir, avait fait des promesses difficiles à tenir, mais n'avait pas trouvé la paix parce que si tu désobéis à la voix du salut ton âme ne connaîtra jamais le repos.

— Veux-tu me faire le plaisir de tenir tes mains tranquilles ?

— Mais papa… Je veux seulement toucher le parchemin. Tu as dit qu'il est aussi à moi.

— Avec ce doigt. Et fais attention.

Adrià approcha une main timide, un doigt tendu, et toucha le parchemin. Il eut l'impression de se trouver dans le monastère.

— Allez, ça suffit, tu risques de le tacher.

— Encore un peu, papa.

— Tu ne sais pas ce que ça veut dire, ça suffit ? cria papa.

Et je retirai ma main comme si le parchemin m'avait envoyé une décharge, et c'est pourquoi, quand l'ex-frère revint de son périple en Terre sainte, l'âme vieillie, le corps maigre, le visage bruni et le regard dur comme le diamant, il sentait encore l'enfer à l'intérieur de lui. Il n'osa pas s'approcher de la maison de ses parents, si toutefois ils étaient encore vivants ; il allait par les chemins vêtu en pèlerin, demandant l'aumône et la dépensant dans les auberges avec les boissons les plus vénéneuses qu'il pût trouver, comme s'il était pressé de disparaître et de ne plus avoir à se rappeler ses souvenirs. Il retomba aussi dans les péchés de la chair, de façon obsessionnelle, en quête de l'oubli et de la rédemption que la pénitence ne lui avait pas donnés. C'était une véritable âme en peine. Le sourire bonhomme du frère Julien de Carcassonne, tourier de l'abbaye bénédictine de Lagrasse, où il avait demandé l'hospitalité pour passer une nuit d'hiver glaciale, lui éclaira brusquement, involontairement, le chemin. La nuit de repos se convertit en dix jours de prières dans l'église abbatiale, agenouillé contre le mur le plus éloigné des stalles de la communauté. C'est à Sainte-Marie-de-Lagrasse qu'il entendit parler pour la première fois du Burgal, un couvent situé si loin de tout qu'on disait que la pluie y arrivait fatiguée et qu'elle ne mouillait presque pas la peau. Il garda pour lui le sourire du frère Julien, qui était peut-être un sourire de bonheur, comme un trésor secret et profond, et il se mit en route, d'abord vers Santa Maria de Gerri, comme le lui avaient conseillé les moines de Lagrasse. Avec ce qu'il portait sur lui, sa besace pleine de vivres provenant de la charité, sans compter le sourire secret et heureux, il entreprit le voyage vers les montagnes couvertes de neige toute l'année, vers le monde du silence perpétuel où, peut-être, avec un peu de chance, il pourrait chercher la rédemption. Il traversa des vallées, franchit des cols et, avec ses sandales en ruine, marcha dans l'eau glacée des torrents qui venaient de naître de la neige. Quand il arriva à l'abbaye de Santa Maria de Gerri, on lui confirma que le prieuré de Sant Pere del Burgal était tellement isolé et difficile d'accès qu'on ne savait pas avec certitude si les pensées y parvenaient entières. Et ce que le père prieur de là-bas décidera de faire de toi sera vu avec bienveillance par le père abbé d'ici, lui assura-t-on.

Ainsi donc, après des semaines de périple, vieilli, bien qu'il n'ait pas atteint la quarantaine, il frappa fort à la porte du monastère de Sant Pere. C'était un soir sombre et froid et les moines avaient conclu les vêpres et s'apprêtaient à souper, si on peut parler de souper à propos d'une assiette d'eau chaude. Ils l'accueillirent, lui demandèrent ce qu'il voulait et il implora d'être admis dans la petite communauté ; il ne leur expliqua pas sa douleur, mais leur parla de son envie de servir la sainte mère Église dans une tâche humble et anonyme, comme frère lai, comme le dernier de la maison, soucieux seulement du regard de Dieu Notre Seigneur. Le père Josep de Sant Bartomeu, qui était déjà prieur, le regarda dans les yeux et devina le secret de son âme. Pendant trente jours et trente nuits, ils le tinrent à la porte du monastère, dans une cabane précaire. Mais ce qu'il demandait, c'était le refuge que représentait l'habit, la protection de vivre conformément à la sainte règle bénédictine, qui transforme les êtres et donne la paix intérieure à qui l'observe. Vingt-neuf fois, il implora qu'on lui permette d'être un moine parmi les moines et vingt-neuf fois le père prieur, le regardant dans les yeux, le lui refusa. Jusqu'à ce vendredi de pluie et de joie où il implora pour la trentième fois son admission.

— Ne touche pas, je te dis, on ne regarde pas avec les doigts !

L'alliance avec papa vacillait, était peut-être même déjà bien lézardée.

— Mais je voulais seulement…

— Ni mèè ni bèè. Tu veux une beigne ? C'est ça ? Tu veux une beigne ?

Maintenant ce vendredi était passé depuis très longtemps. Il entra au monastère du Burgal comme postulant et après trois hivers glacés il professait comme frère lai. Il choisit Julià comme nom monacal, en souvenir d'un sourire qui l'avait transformé. Il apprit à mettre son âme en paix, à rasséréner son esprit et à aimer la vie. S'il est vrai que bien souvent les hommes du duc de Cardona ou ceux du comte Hug Roger passaient par la vallée et dévastaient ce qui ne leur appartenait pas, dans le monastère haut perché, Dieu et sa paix étaient plus proches. Avec ténacité, il apprit à explorer le chemin qui conduit aux abords de la sagesse. Il ne vit pas venir le bonheur mais il parvint à une sérénité totale qui menait à l'équilibre, et il apprit à sourire d'une certaine façon. Plus d'un de ses frères en vint à penser que l'humble frère Julià foulait le chemin de la sainteté.

Le soleil déjà haut tentait, en vain, d'apporter de la chaleur. Les frères de Santa Maria de Gerri n'étaient pas encore arrivés ; ils avaient dû passer la nuit au Soler. Malgré le soleil timide, au Burgal, il faisait tout le froid du monde. Les paysans d'Escaló étaient partis depuis des heures, les yeux tristes, sans demander de salaire. Il ferma la porte avec la grosse clef que, pendant tant d'années, il avait toujours gardée sur lui en tant que frère portier, et qu'il devait maintenant remettre à l'abbaye. Non sum dignus, répétait-il en serrant la clef qui résumait le demi-millénaire de vie monastique ininterrompue au Burgal. Il resta dehors, seul, assis sous le noyer, le Coffre sacré dans les mains, à attendre les moines de Gerri. Non sum dignus. Et s'ils veulent passer la nuit au monastère ? Comme l'ordre de saint Benoît interdit formellement qu'un moine vive seul dans quelque monastère que ce soit, pour cette raison, se sentant malade, le père prieur avait fait prévenir l'abbaye de Gerri pour qu'elle prenne les dispositions nécessaires. Cela faisait dix-huit mois que le père prieur et lui étaient les deux seuls moines du Burgal. Le père disait la messe et lui, il l'écoutait avec dévotion, ils assistaient tous les deux aux prières des heures, mais ils ne les chantaient plus parce que les pépiements des moineaux étaient plus forts que leurs voix usées et fausses. La veille, au milieu de l'après-midi, après deux jours de fortes fièvres, lorsque le vénéré père prieur était mort, il s'était de nouveau retrouvé seul dans la vie. Non sum dignus.

Quelqu'un montait par le sentier pentu d'Escaló, car celui d'Estaron était impraticable en hiver. Enfin. Il se leva, épousseta son habit et fit quelques pas dans le sentier, serrant contre lui le Coffre sacré. Il s'arrêta : peut-être devait-il leur ouvrir les portes en signe d'hospitalité ? Lui, au-delà des instructions données par le père prieur sur son lit de mort, il ne savait pas comment on faisait pour en finir avec un monastère avec tant d'années d'histoire. Les frères de Gerri montaient peu à peu, avec un air fatigué. Trois moines. Il se retourna, des larmes dans le regard, pour dire adieu au monastère et commença à descendre pour épargner à ses frères la dernière côte. Vingt et un ans au Burgal, loin des souvenirs, mouraient avec ce geste. Adieu, Sant Pere, adieu ravins où chante l'eau fraîche. Adieu montagnes glacées qui m'avez apporté la sérénité. Adieu, frères de clôture et siècles de chants et de prières.

— Mes frères, que la paix soit avec vous en ce jour de la Nativité du Seigneur.

— Que la paix du Seigneur soit aussi avec vous.

— Nous l'avons enterré.

Un des frères rabattit son capuchon en arrière. Un front noble, certainement un père profès, peut-être l'économe ou le maître des novices, lui sourit d'une façon semblable au sourire d'un lointain frère Julien. Sous sa cape, il ne portait pas d'habit mais la cotte des chevaliers. Ses compagnons étaient fra Mateu et fra Maur de Gerri.

— Qui est le mort ? demanda le chevalier.

— Le père prieur. Le défunt est le père prieur. On ne vous a donc pas prévenus que…

— Comment s'appelle-t-il ? Comment s'appelait-il ?

— Josep de Sant Bartomeu.

— Loué soit Dieu. Ainsi, vous êtes fra Miquel de Susqueda.

— Frère Julià est mon nom. Je suis le frère Julià.

— Fra Miquel. Le dominicain hérétique.

— Le dîner est servi.

Lola Xica avait passé la tête dans le bureau. Papa lui répondit d'un geste indifférent et silencieux tout en continuant à lire à voix haute les articles, incompréhensibles à la première lecture, de l'acte de fondation. Comme si c'était une réponse à l'invitation de Lola Xica :

— Maintenant lis ce qui reste.

— C'est que l'écriture est vraiment bizarre…

— Lis, dit papa, impatient et déçu d'avoir un fils tellement godiche.

Et Adrià se mit à lire, en bon latin médiéval, les mots de l'abbé Delligat, sans tout comprendre et sans cesser de rêver à son autre histoire.

— Bon… Le nom de fra Miquel appartient à une autre vie. Et l'ordre de saint Dominique est très loin de ma pensée. Je suis un homme nouveau, différent. – Il le regarda dans les yeux, comme faisait le père prieur. – Que voulez-vous, mon frère ?

L'homme au noble front tomba à genoux par terre et remercia Dieu avec une prière noble et silencieuse et se signa avec dévotion ; les trois moines aussi se signèrent respectueusement. L'homme se releva.

— J'ai mis des années à vous retrouver. Un saint frère inquisiteur m'a ordonné de vous exécuter, comme hérétique.

— Vous devez confondre.

— Messieurs, mes frères, dit un des moines qui l'accompagnaient, peut-être fra Mateu, très troublé. Nous sommes venus recueillir la clef du Burgal et le Coffre sacré du monastère, et accompagner fra Julià jusqu'à Gerri.

Fra Julià, comme s'il s'en souvenait soudain, lui passa le Coffre sacré qu'il serrait toujours.

— Vous n'aurez pas à l'accompagner, dit sèchement le noble front. Et au frère Julià : Je ne confonds pas : il est impératif que vous sachiez qui vous condamne.

— Je m'appelle Julià de Sau et, comme vous pouvez le voir, je suis moine bénédictin.

— Fra Nicolau Eimeric vous condamne. Il m'a ordonné de dire son nom devant vous.

— Vous confondez.

— Il y a longtemps que fra Nicolau est mort. Mais moi je suis encore vivant et je pourrai enfin donner du repos à mon âme affligée. Au nom de Dieu.

Devant les yeux épouvantés des deux moines de Gerri, le dernier moine du Burgal, un homme nouveau, différent, qui avait atteint par des années d'efforts la sérénité spirituelle, eut tout juste le temps de voir luire la dague avant qu'elle s'enfonce dans sa poitrine, à la clarté de plus en plus incertaine du pâle soleil de cette journée d'hiver. Il dut avaler d'un seul trait l'ancienne rancune. Et suivant l'ordre sacré, le noble chevalier, avec la même dague, lui trancha la langue et la mit dans une boîte d'ivoire qui se teignit de rouge. Et d'une voix forte et décidée, tout en nettoyant la lame avec des feuilles sèches de noyer, il s'adressa aux deux moines tremblants :

— Cet homme n'a pas droit à la terre sacrée.

Il regarda les alentours. Froidement. Il montra l'aire, à l'extérieur du cloître.

— Là. Et sans croix. Telle est la volonté du Seigneur.

Voyant que les deux moines restaient immobiles, glacés d'effroi, l'homme au noble front se planta devant eux, piétinant le corps inerte de fra Julià, et cria avec mépris :

— Enterrez cette charogne !

Et papa, après avoir lu la signature du document de l'abbé Delligat, le plia soigneusement et dit toucher un parchemin comme celui-ci te fait imaginer l'époque. Tu n'es pas d'accord ?

Moi, par conséquent, je touchai le parchemin, cette fois avec cinq doigts avides. La claque que m'assena papa fut douloureuse et très humiliante. Alors que je luttais pour ne pas laisser échapper une seule larme, papa, indifférent, écarta sa loupe et rangea le manuscrit dans le coffre-fort.

— Allez, on va dîner, dit-il au lieu de sceller un pacte avec un fils qui savait déjà lire le latin médiéval.

Avant d'arriver à la salle à manger, je dus essuyer deux larmes furtives.

6

Naître dans cette famille fut une erreur impardonnable, oui. Et il ne s'était encore rien produit de grave.

— Eh bien moi il me plaisait, Herr Romeu.

Croyant que je ne dormais pas, ils élevaient un peu trop la voix.

— Tu parles sans savoir.

— Bien sûr. Je suis une idiote. Et une bête de somme !

— C'est moi qui me sacrifie pour Adrià !

— Et moi, qu'est-ce que je fais ? – Voix ironique, froide, de maman ; et en baissant le ton : Et essaie de ne pas crier.

— C'est toi qui cries !

— Je ne me sacrifie pas pour le petit, moi ? C'est ça ?

Silence épais, solide. Les neurones de papa font du bruit en réfléchissant.

— Toi aussi, bien entendu.

— Eh bien, merci de le reconnaître.

— Mais ça ne veut pas dire que tu as raison.

Je pris le shérif Carson parce que je pressentais que j'allais avoir besoin d'une aide psychologique. J'appelai même Aigle-Noir à tout hasard. Et en essayant de ne pas faire le moindre bruit, j'ouvris la porte de ma chambre et la laissai juste poussée. Il n'était pas question de faire une dangereuse expédition à la cuisine pour chercher un verre. Maintenant je les entendais beaucoup mieux. Aigle-Noir me félicita de mon idée. Le shérif Carson se taisait et mâchonnait ce que je pensais être du chewing-gum mais qui en fait était du tabac.

— C'est bien qu'il apprenne le violon, c'est bien.

— On dirait que tu me fais l'aumône.

— Mais qu'est-ce que tu dis, ma chère ?

— C'est bien qu'il apprenne le violon, c'est bien. – Je reconnais que maman exagéra beaucoup en imitant papa. Mais ça me plut.

— Eh bien si tu dois le prendre comme ça, on fait une croix sur le violon et il se consacre à des choses sérieuses.

— Si tu enlèves le violon au petit, tu vas m'entendre.

— Ne me menace pas.

— Toi non plus.

Silence. Carson cracha par terre et je lui fis un signe muet pour le réprimander.

— Le petit doit apprendre les choses importantes.

— Et c'est quoi les choses importantes ?

— Latin, grec, histoire, allemand et français. Pour commencer.

— Mais il n'a que onze ans, Fèlix !

Onze ans. Il me semble qu'avant je t'ai dit huit ou neuf ans ; le temps file aussi dans ces pages. Heureusement, maman tenait le compte. Tu sais ce qui se passe ? Je n'ai guère le temps et pas la moindre envie de corriger tout ça ; j'écris dans la hâte, comme quand j'étais jeune, lorsque j'écrivais tout dans la hâte. Mais la hâte d'aujourd'hui est très différente. Et ça ne veut pas dire que j'écris rapidement. Maman répéta :

— Le petit a onze ans et il fait déjà du français à l'école.

— *J'ai perdu la plume dans le jardin de ma tante**, ce n'est pas du français.

— Et qu'est-ce que c'est ? De l'hébreu ?

— Il doit pouvoir lire Racine.

— Mon Dieu.

— Dieu n'existe pas. Et il pourrait être meilleur en latin. Il est chez les Jésuites, tout de même !

Ça, ça me touchait plus directement. Ni Aigle-Noir ni le shérif Carson ne pipèrent mot. Ils n'étaient jamais allés chez les jésuites du carrer de Casp. Je ne savais pas si c'était bien ou mal. Mais d'après papa ils n'enseignaient pas bien le latin. Il avait raison : nous en étions à la deuxième déclinaison et tout était d'un ennui mortel, parce que les enfants ne comprenaient même pas le concept de génitif ou de datif.

— Tu veux l'enlever de là, maintenant ?

— Qu'est-ce que tu dirais du Lycée français ?

— Non : le petit reste à Casp. Fèlix, c'est un enfant ! On ne peut pas le changer d'endroit comme les bestiaux de ton frère.

— D'accord, je n'ai rien dit. On finit toujours par faire ce que tu dis, mentit papa.

— Et le sport ?

— Ça, pas question. Il y a des cours et des préaux, chez les jésuites, non ?

— Et la musique.

— D'accord, d'accord. Mais ce qui est prioritaire est prioritaire. Adrià sera un grand érudit point final. Et je trouverai un remplaçant à Casals.

Qui était le remplaçant de Herr Romeu et qui, au cours de cinq leçons pitoyables, s'était enlisé dans des généralités sur la syntaxe allemande, tellement compliquée, et n'arrivait pas à en sortir.

— Ce n'est pas la peine. Laisse-le respirer.

Deux jours plus tard, dans son bureau, avec maman assise sur le canapé derrière lequel se trouvait ma base d'espionnage, papa me fit approcher de son fauteuil, me laissa debout et m'expliqua en détail mon avenir et écoute bien parce que je n'ai pas l'intention de répéter : comme quoi j'étais un garçon intelligent, qu'il fallait mettre à profit mes capacités intellectuelles, que si les Einstein du collège ne se rendaient pas compte de mes capacités il serait obligé d'aller leur expliquer en personne.

— Je ne comprends pas que tu n'aies pas été plus insupportable, m'as-tu dit un jour.

— Pourquoi ? Parce qu'on me disait que j'étais intelligent ? Je le savais déjà, que je l'étais. Comme on peut être grand, ou gros, ou avoir les cheveux foncés. Ça ne m'a jamais fait ni chaud ni froid. Pas plus que les messes et les sermons religieux que je devais supporter avec une sainte patience, mais qui en revanche faisaient de l'effet à Bernat. Il me semble que je n'ai pas encore parlé de Bernat. Et alors papa sortit un lapin de son chapeau :

— Et maintenant on va commencer pour de bon les leçons particulières d'allemand avec un professeur pour de bon. Pas un Romeu ou un Casals ou un autre du même genre.

— Mais c'est que je…

— Et du renforcement en français.

— Papa ; ce que je voudrais…

— Toi tu ne veux rien. Et je te préviens – il pointa son doigt sur moi comme un pistolet –, tu finiras par apprendre l'araméen.

Je regardai maman, cherchant une complicité, mais elle avait les yeux baissés, comme si elle s'intéressait au carrelage. Je dus me défendre tout seul et je criai :

— Je ne veux pas savoir l'araméen ! – Ce qui était un mensonge. Mais je voyais venir une avalanche de travail.

— Et comment, que tu veux. – une voix basse, froide, implacable.

— Non.

— Ne me contredis pas.

— Je ne veux pas savoir l'araméen. Ni rien d'autre !

Papa porta une main à son front et, comme s'il avait une migraine insupportable, il dit en regardant vers la table, d'une voix très basse, regarde comme je me sacrifie pour toi pour que tu sois l'élève le plus brillant qu'il y ait jamais eu à Barcelone et toi tu me remercies comment ? – Criant de façon exagérée. – En disant je ne veux pas savoir l'araméen ? – Hurlant. – C'est ça ?

— Je veux apprendre…

Silence. Maman leva la tête, pleine d'espoir. Carson s'agita dans ma poche, curieux de savoir. Je ne savais pas ce que je voulais apprendre. Je savais que je ne voulais pas qu'on me mette, trop tôt, une dalle sur la tête. Ce furent quelques secondes de réflexion angoissée : à la fin, je dus improviser.

— … eh bien, je veux être médecin.

Silence. Échange de regards perplexes entre mes parents.

— Médecin ?

Pendant quelques secondes, papa visualisa mon avenir comme médecin. Maman aussi, il me semble. Moi qui ai des vapeurs rien qu'en imaginant le sang, je pensai que j'avais gaffé. Papa, après un instant d'indécision, approcha son fauteuil de la table, prêt à retourner à sa lecture :

— Non, ni médecin ni saint. Tu seras un grand humaniste et point final.

— Papa.

— Allez, mon fils, j'ai du travail. Va faire un peu de bruit avec ton violon.

Et maman qui regardait par terre, s'intéressant toujours aux carreaux multicolores du sol. Traîtresse.

Avocat, médecin, architecte, chimiste, ingénieur des ponts et chaussées, dentiste, avocat, ingénieur industriel, ingénieur en optique, pharmacien, avocat, industriel, ingénieur textile ou banquier étaient les métiers prévisibles selon tous les pères de tous les fils.

— Tu as dit avocat plusieurs fois.

— C'est que c'est le seul métier qu'on pouvait étudier en venant de lettres. Mais les enfants pensaient plutôt à devenir charbonnier, peintre, menuisier, allumeur de réverbères, maçon, aviateur, berger, footballeur, sergent de ville, alpiniste, jardinier, machiniste de locomotive, parachutiste, wattman, pompier et pape de Rome.

— Mais jamais aucun père n'avait dit mon fils, quand tu seras grand tu seras humaniste.

— Jamais. C'est qu'à la maison c'étaient des gens très bizarres. Chez toi aussi ils étaient un peu comme ça.

— Mmoui… m'as-tu dit, comme on avoue un défaut impardonnable et qu'on ne veut pas entrer dans les détails.

Les jours passaient et maman se taisait, comme si, recroquevillée, elle attendait son tour. Si bien que je repris les leçons d'allemand, mais avec un troisième professeur, Herr Oliveres, un homme jeune qui travaillait chez les jésuites mais qui avait besoin de gagner davantage. Herr Oliveres faisait cours aux grands, mais je le connus tout de suite parce qu'il était toujours volontaire, pour quatre sous, j'imagine, pour surveiller le jeudi après-midi tous les punis, mis en retenue parce qu'ils étaient arrivés en retard, et il passait tout le temps de la punition plongé dans ses livres. Et il avait une méthode solide pour l'enseignement de la langue.

— Eins.
— Aïns.
— Zwei.
— Sbaï.
— Drei.
— Draï.
— Vier.
— Fia.
— Fünf.
— Founf.
— Nein : fünf.

— Finf.

— Nein : füüüünf.

— Füüüünf.

— Sehr gut !

Je pris tout de suite le coup avec l'allemand, m'efforçant d'oublier le temps que j'avais perdu avec Herr Romeu et Herr Casals. Il y avait deux choses qui me passionnaient : que le lexique ne soit pas roman, qu'il soit totalement nouveau pour moi, et surtout que ce soit une langue avec des déclinaisons, comme le latin, et Herr Oliveres ne revenait pas de son étonnement. Très vite, je lui demandai des devoirs de syntaxe et le brave homme pensait qu'il avait des hallucinations ; c'est que j'ai toujours aimé entrer dans les langues par leur côté le plus consistant. Demander l'heure qu'il est, on peut faire ça avec trois grimaces. Oui, j'aimais apprendre une autre langue.

— Comment ça marche, les leçons d'allemand ? me demanda papa, impatient, après la première leçon d'allemand de l'ère Oliveres.

— Aaaalso, eigentlich gut, dis-je en prenant un air indifférent. Du coin de l'œil, sans vraiment le voir, je compris que papa souriait et je me sentis imbu de moi-même parce que, me semble-t-il, même si je ne le reconnaissais jamais, à cette époque je n'avais qu'une envie, émerveiller papa.

— Ce à quoi tu n'es presque jamais parvenu.

— Je n'ai pas eu le temps.

Herr Oliveres s'avéra être un homme cultivé, timide, toujours mal rasé, qui écrivait des poèmes en cachette et fumait un tabac à rouler pestilentiel, mais qui donnait ses explications de l'intérieur même de la langue. Et qui, dès la deuxième leçon, me fit entrer dans les schwache Verben. Et à la cinquième il me passa, avec précaution, comme on montre une photographie cochonne, un des *Hymnen* de Hölderlin. Et papa voulut que Herr Oliveres me fasse passer un examen de français pour voir si j'avais besoin de soutien, et après l'examen monsieur Oliveres dit à papa que je n'avais pas besoin de soutien en français parce que ça allait très bien avec ce qu'on m'apprenait à l'école, et alors, cette heure en trop… Comment est votre anglais, Mister Oliveres ?

Oui, pour de multiples raisons ce fut une erreur de naître dans cette famille. Ce qui me pesait chez papa c'est qu'il savait seulement que j'étais son fils. Il n'avait pas encore compris que j'étais un enfant. Et maman regardait le carrelage, sans voir la partie que disputaient le père et le fils. C'est du moins ce que je croyais. Heureusement que j'avais Carson et Aigle-Noir. Ces deux-là, ils me donnaient presque toujours raison.

C'était le milieu de l'après-midi ; la mère Trullols était avec un groupe d'élèves qui n'en finissaient pas et moi j'attendais. Un garçon plus grand s'assit à côté de moi ; il avait déjà un peu de duvet sur la lèvre supérieure et quelques poils aux jambes. Bon, il était beaucoup plus grand. Il tenait son violon comme s'il voulait l'embrasser et regardait devant lui pour ne pas me regarder, et Adrià lui dit salut.

— Salut, répondit Bernat, sans le regarder.

— Tu es avec la mère Trullols ?

— Moui.

— Première année ?

— Troisième.

— Moi aussi. On sera ensemble. Tu me laisses voir ton violon ?

À cette époque, grâce à papa, j'aimais presque davantage l'objet que le son qu'on en tirait. Mais Bernat me regarda avec méfiance. J'ai cru un instant que Bernat avait un Guarnerius et qu'il ne voulait pas le montrer. Mais quand j'ouvris mon étui et lui montrai mon violon d'étude, d'un rouge très sombre, mais qui avait un son très conventionnel, il en fit autant avec le sien. J'imitai l'attitude de monsieur Berenguer :

— Français, début du siècle. – Et, en le regardant dans les yeux : De ceux qui étaient dédiés à Madame d'Angoulême.

— Comment tu sais ça ? – Bernat, touché, perplexe, la bouche ouverte.

Depuis ce jour, Bernat m'admira. Pour la raison la plus stupide qui soit : il n'est pas très difficile de se souvenir des objets et de savoir les évaluer et les classer. Il suffit d'avoir un père fou de ce genre de choses. Comment tu sais ça, dis ?

— Le vernis, la forme, l'allure…

— Tous les violons sont pareils.

— Que tu crois. Chaque violon est une histoire. À chaque violon, tu dois ajouter, outre le luthier qui l'a créé, tous les violonistes qui en ont joué. Ce violon n'est pas à toi.

— Un peu qu'il est à moi !

— Non. C'est le contraire. Tu vas voir.

Papa me l'avait dit un jour avec le Storioni dans les mains. Il me le tendit avec une certaine hésitation et dit, sans bien savoir ce qu'il disait, fais attention, c'est un objet unique au monde. Dans mes mains, le Storioni semblait vivant. J'eus l'impression de percevoir un battement doux et intime. Et papa, les yeux brillants, me disait dis-toi que ce violon a vécu des histoires que nous ne connaissons pas, qu'il a résonné dans des salons et des demeures que nous ne connaîtrons jamais et qu'il a vécu toutes les joies et toutes les douleurs des violonistes qui en ont joué. Les conversations qu'il a dû entendre, la musique qu'il a dû vivre… Je suis sûr qu'il pourrait nous raconter des quantités d'histoires tendres, finit-il par dire, avec une dose extraordinaire de cynisme, que je ne pouvais percevoir à ce moment-là.

— Laisse-moi en jouer, papa.

— Non. Pas avant que tu aies fini la huitième année de violon. Alors il sera à toi. Tu m'entends ? À toi.

Je jure que le Storioni, en entendant ces mots, eut un battement plus fort que les autres. J'étais incapable de savoir si c'était de joie ou de peine.

— Et tu vois... Comment dire. Tu vois, c'est un être vivant, qui a même un nom propre, comme toi et moi.

Adrià regarda son père avec un peu de recul, comme s'il essayait de déterminer s'il se fichait de lui.

— Un nom propre?

— Oui.

— Et comment il s'appelle?

— Vial.

— Et qu'est-ce que ça veut dire, Vial?

— Qu'est-ce que ça veut dire, Adrià?

— Ben... Hadriani est le nom de la famille romaine qui provenait d'Hadria, sur les rives de l'Adriatique.

— Ce n'est pas ce que je veux dire, crénom de nom.

— Tu m'as demandé ce que ça vou

— Oui, oui, oui... Donc le violon s'appelle Vial un point c'est tout.

— Mais pourquoi est-ce qu'il s'appelle Vial?

— Tu sais ce que j'ai appris, mon fils?

Adrià le regarda, déçu parce qu'il éludait la question, parce qu'il ne connaissait pas la réponse et ne voulait pas le reconnaître. Il était humain et il le cachait.

— Qu'est-ce que tu as appris?

— Que ce violon n'est pas à moi, que c'est moi qui suis à lui. Je suis une des nombreuses personnes qui l'ont eu. Tout au long de sa vie, ce Storioni a eu différents instrumentistes à son service. Et aujourd'hui il est à moi, mais je ne peux que le contempler. C'est pourquoi je souhaitais que tu apprennes à jouer du violon et que tu continues la longue chaîne de la vie de cet instrument. Rien que pour ça, tu dois apprendre le violon. Rien que pour ça, Adrià. Il n'est pas nécessaire que tu aimes la musique.

Mon père, avec son élégance, adultérait l'histoire et faisait comme si j'apprenais le violon à son initiative et non par la volonté de ma mère. Mon père, avec son élégance, disposait du destin des autres. Mais moi, à ce moment-là, je tremblais d'émotion, même si j'avais

compris les instructions qui s'achevaient par cet épouvantable il n'est pas nécessaire que tu aimes la musique.

— Il est de quelle année ? demandai-je.

Papa me fit regarder par l'ouverture de droite. Laurentius Storioni Cremonensis me fecit 1764.

— Laisse-moi le tenir.

— Non. Pense à toutes les histoires qui sont attachées
à ce violon. Mais pas question de le toucher.

Jachiam de Mureda laissa les deux chars et les hommes
continuer vers Lagrasse, guidés par le Blond de Cazilhac. Il se cacha dans un coin pour soulager son ventre.
Quelques instants de calme. Au-delà des chars de bois
qui s'éloignaient lentement, la silhouette du monastère
et le mur abattu par la foudre. Cela faisait trois étés qu'il
s'était réfugié à Carcassonne, fuyant la haine de ceux de
Moena, et son destin s'apprêtait à s'infléchir. Il s'était
habitué au doux langage des Occitans. Il avait appris
à ne pas manger de fromage chaque jour ; mais ce qui
lui coûtait le plus, c'était de vivre sans être entouré de
forêts et sans montagnes à proximité ; il y en avait, mais
toujours loin, tellement éloignées qu'elles n'avaient pas
l'air d'être réelles. Tout en déféquant, il comprit soudain
que ce n'était pas le paysage de Pardàc qui lui manquait
mais son père, Mureda de Pardàc, et tous les Mureda :
Agno, Jenn, Max, Hermes, Josef, Theodor, Micurà, Ilse,
Erica, Katharina, Matilde, Gretchen et la petite Bettina
qui m'a offert la médaille de santa Maria dai Ciüf, la
patronne des bûcherons de Pardàc, pour que je ne me
sente jamais seul. Et il se mit à pleurer de nostalgie de
sa famille et tout en caguant il ôta la médaille de son cou
et la contempla : une mère de Dieu hiératique, frontale,
avec un nourrisson insignifiant et un sapin touffu au fond,
qui lui rappelait le sapin à côté du torrent de Travignolo,
dans son cher Pardàc.

La réparation du mur fut compliquée parce qu'ils
durent d'abord en abattre un bon morceau, qui ne

paraissait pas sûr. Et en deux jours il bâtit un magnifique échafaudage avec son bois et il reçut les éloges du charpentier du monastère, le frère Gabriel, un homme avec des mains grosses comme des pieds quand il s'agissait d'ébrancher et de manier la hache, mais fines comme des lèvres pour apprécier les qualités du bois. Ils s'entendirent aussitôt. Le frère, bavard de nature, lui demanda comment ça se faisait qu'il comprenne la vie du bois s'il n'était que charpentier, et Jachiam, enfin libéré de la crainte de la vengeance, pour la première fois depuis sa fuite dit c'est que je ne suis pas charpentier, frère Gabriel. Je suis coupeur de bois, j'écoute le bois. Mon métier, c'est de faire chanter le bois, de choisir les arbres et les parties du tronc qui serviront ensuite pour que les maîtres luthiers en fassent un bon instrument, que ce soit une viole, un violon ou n'importe quel autre instrument.

— Et que fais-tu là à travailler pour un constructeur, créature de Dieu ?

— Rien. C'est compliqué.

— Tu as fui quelque peur.

— Bon, je ne sais pas.

— Je n'ai pas à m'en mêler ; mais prends garde de ne pas être en train de te fuir toi-même.

— Non. Je suppose que non. Pourquoi ?

— Parce que celui qui fuit de lui-même voit toujours l'ombre de son ennemi le talonner et il ne s'arrête jamais de courir, jusqu'à ce qu'il en crève.

— Il est violoniste, ton père ? me demanda Bernat.

— Non.

— Bon, eh bien… Mais le violon est à moi, conclut-il.

— Je ne te dis pas qu'il n'est pas à toi. Je te dis que tu appartiens au violon.

— Tu dis des choses bizarres.

Ils se turent. Ils entendaient la mère Trullols élever la voix pour imposer le silence à un élève qui jouait faux avec passion.

— Quelle horreur, fit Bernat.

— Oui. – Silence. – Comment tu t'appelles ?

— Bernat Plensa. Et toi ?

— Adrià Ardèvol.

— Tu es pour le Barça ou pour l'Español ?

— Pour le Barça. Et toi ?

— Moi aussi.

— Tu as une collection d'images ?

— Des voitures.

— Purée. Tu as la Ferrari en trois images ?

— Non. Personne ne l'a.

— Tu veux dire qu'elle n'existe pas ?

— Mon père dit que non.

— Purée de purée de purée. – Désolé. – Vraiment ?

Les deux enfants gardèrent le silence en pensant à la Ferrari de Fangio, qu'il fallait compléter avec trois images qui n'existaient peut-être pas et cela leur donnait une sensation de vide dans l'estomac. Et les deux hommes, également en silence, regardaient le mur de Lagrasse s'élever bien droit grâce au solide échafaudage que Jachiam avait construit. Et au bout d'un long moment :

— Et avec quel bois tu fais ces instruments ?

— Je ne les fais pas, je ne les ai jamais faits. Moi, je fournissais le meilleur bois. Toujours le meilleur. Les maîtres de Crémone venaient le chercher et ils se fiaient toujours à ce que mon père ou moi préparions pour eux. Nous leur vendions du bois coupé pendant la nouvelle lune de janvier s'ils ne voulaient pas qu'il ait de résine ou en plein été s'ils voulaient un bois plus harmonieux et vigoureux. Mon père m'a appris à trouver le bois qui chante le mieux parmi des centaines d'arbres. Oui : c'est mon père qui m'a appris, et lui, il a appris de son père, qui travaillait pour les Amati.

— Je ne sais pas qui c'est.

Alors, Jachiam de Pardàc lui parla de ses parents et de ses frères et de son paysage de forêts dans les Alpes tyroliennes. Et de Pardàc, que ceux d'en bas appellent Predazzo. Et il se sentit plus léger, comme s'il s'était confessé au frère lai. Comme s'il avait confessé le secret de la fuite et du danger. Mais il ne se sentit coupable d'aucune mort parce que Bulchanij de Moena était un porc assassin qui avait brûlé leur avenir par envie et il lui percerait à nouveau la panse dix mille fois s'il en avait l'occasion. Jachiam l'impénitent.

— À quoi penses-tu, Jachiam? Je vois de la haine sur ton visage.

— À rien. Je suis triste. Les souvenirs. Mes frères et sœurs.

— Tu m'as parlé de beaucoup de frères et sœurs.

— Oui. Il y a d'abord eu huit garçons, et quand ils désespéraient d'avoir une fille, il en est arrivé six.

— Et combien sont vivants?

— Tous.

— C'est un miracle.

— Si on veut. Theodor ne marche pas, Hermes a la tête embrumée mais un grand cœur et Bettina, la toute petite, ma chère Bettina, est aveugle.

— Pauvre mère.

— Elle est morte. Elle est morte en couches d'un garçon qui est mort lui aussi.

Le frère Gabriel garda le silence, peut-être en mémoire de cette femme martyre. Pour ranimer la conversation :

— Tu ne m'as pas dit le bois pour les instruments. C'est quoi?

— Les bons instruments que les maîtres luthiers font à Crémone se font avec une combinaison de plusieurs bois.

— Tu ne veux pas me le dire.

— Non.

— Ça ne fait rien. Je trouverai.

— Comment?

Le frère Gabriel cligna de l'œil et retourna au monastère, profitant de ce que les maçons et les manœuvres, éreintés après une journée passée à remuer des pierres et à les monter à la poulie, descendaient de l'échafaudage pour attendre l'obscurité, leur maigre pitance et le repos, si possible, sans beaucoup de rêves.

— Un jour j'emporterai le Storioni en cours.

— Malheur à toi. Si tu fais ça, tu sauras ce que c'est qu'une gifle bien administrée.

— Et alors, pourquoi on l'a ?

Papa posa le violon sur la table et me regarda, les mains sur les hanches.

— Pourquoi on l'a, pourquoi on l'a… – en m'imitant.

— Oui. – Là, je me mis en colère : Pourquoi on l'a s'il est toujours enfermé dans son étui dans le coffre-fort et qu'on ne peut même pas le regarder ?

— Je l'ai pour l'avoir. Tu comprends ?

— Non.

— De l'ébène, un sapin qui ne pousse pas par ici et de l'érable.

— Qui vous l'a dit ? – Jachiam de Pardàc, très surpris.

Le frère Gabriel l'emmena à la sacristie du monastère. Dans un coin, protégée par une housse, il y avait une viole de gambe de bois clair.

— Qu'est-ce qu'elle fait là ?

— Elle se repose.

— Dans un monastère ?

Le frère Gabriel fit un geste vague pour signifier qu'il n'avait pas envie d'entrer dans les détails.

— Mais comment avez-vous deviné ?

— Je ne m'étais jamais demandé de quoi étaient faits les instruments, dit-il, émerveillé de sa propre insouciance.

— Comment avez-vous deviné ?

— En reniflant le bois.

104

— Impossible. Il est très sec et le vernis embrouille tout.

Ce jour-là, enfermé dans la sacristie avec le moine, Jachiam Mureda apprit à distinguer les bois aussi à leur odeur et il pensa quel dommage, quel dommage, ne pas pouvoir expliquer ça à la maison, à commencer par le père, qui pourrait mourir de tristesse s'il apprenait qu'il m'est arrivé quelque chose. Et aussi Agno, Jenn et Max, qui ne vivent plus à la maison depuis des années, Hermes à la tête embrumée, Theodor le boiteux, Micurà, Ilse et Erica, qui sont déjà mariées, Katharina, Matilde, Gretchen et la petite Bettina, ma petite aveugle, qui m'a donné la médaille de maman, ce morceau de Pardàc que je porte toujours sur moi.

Ce n'est que six semaines plus tard, quand ils commencèrent à démonter l'échafaudage, que le frère Gabriel lui dit qu'il savait une chose que, si je ne me trompe, tu vas être très content d'apprendre.

— Quoi donc ?

Il l'entraîna loin des hommes qui démontaient et lui dit, presque au creux de l'oreille, qu'il connaissait un ancien monastère, abandonné et oublié de Dieu, près duquel se trouve une forêt de sapins ; de ce sapin rouge que tu aimes.

— Une forêt ?

— Une sapinière. Une vingtaine de sapins et un érable majestueux. Et c'est du bois qui n'a pas de propriétaire. Il y a cinq ans, personne n'y avait encore touché.

— Pourquoi il n'est à personne ?

— Cette forêt appartient à un monastère abandonné. – À voix basse : Ni Lagrasse ni Santa Maria de Gerri ne s'apercevront qu'il manque deux ou trois arbres.

— Pourquoi me dites-vous cela ?

— Tu n'as pas envie de retourner parmi les tiens ?

— Bien sûr que si. Je veux retourner chez mon père, en espérant qu'il soit encore en vie. Et je veux revoir Agno, Jenn et Max qui n'habite plus à la maison, et Hermes à la tête embrumée...

— Oui, oui, oui, c'est ça. Et Josef et tous les autres. Et un chargement de bois qui vous aidera à vivre.

Jachiam de Pardàc ne retourna pas à Carcassonne. De Lagrasse, accompagné par le Blond de Cazilhac avec deux hommes et cinq mules tirant des roues de charge, et toutes les paies accumulées durant sa fuite dans un sac bien rempli, il prit le chemin de l'Ariège et du port de Salau, à la poursuite d'un rêve.

Il arriva à Sant Pere del Burgal au bout de sept ou huit jours de marche, à la fin de l'été, par le sentier d'Escaló, par où, au temps froid des bisaïeuls des bisaïeuls des trisaïeuls, était monté l'émissaire de la mort. En haut, au monastère, les murs montraient la faiblesse de l'abandon. Lorsqu'il dépassa le bâtiment, il resta interdit. Il voyait devant lui la reproduction, croyait-il, du meilleur coin de la forêt de Panaveggio avant l'incendie. Une formidable sapinière de dix ou quinze immenses épicéas et au milieu, comme une reine, un érable au tronc de la grosseur voulue. Tandis que ses hommes se reposaient de la fatigue du voyage, Jachiam bénit la mémoire du frère Gabriel de Lagrasse, déambula entre les arbres et les palpa, en fit chanter le bois comme le lui avait appris son père et le flaira comme le lui avait appris le frère Gabriel. Et en ce moment il se sentit heureux. Alors, pendant que ses hommes faisaient la sieste, il parcourut les lieux abandonnés et arriva finalement à la porte fermée de l'église. Il la poussa de la paume de la main et le bois tomba en miettes, pourri et vermoulu. L'intérieur était si sombre qu'il n'y jeta qu'un coup d'œil distrait avant d'aller, lui aussi, faire la sieste.

Ils s'installèrent dans les murs du monastère solitaire, sous un toit instable et à moitié pourri, et ils achetèrent des provisions aux gens d'Escaló et d'Estaron, qui ne comprenaient pas ce que ces hommes prétendaient trouver dans les ruines du Burgal. Ils s'employèrent pendant toute une lune à construire de solides charrettes pour le transport, en bas, au bord de la rivière, là où le chemin était plus plat. Jachiam étreignit tous les troncs vivants après en avoir coupé les basses branches. Il les frappa du plat de la main et les ausculta, accompagné par le silence sceptique et surpris de ses hommes. Quand les charrettes furent prêtes, Jachiam avait déjà décidé quel épicéa il abattrait, en plus de l'érable. Il était certain que c'était un bois à la croissance exceptionnellement régulière ; malgré les années passées sans pratiquer son métier, il savait que c'était un bois qui chantait. Jachiam passa de nombreuses heures à regarder les peintures mystérieuses de l'abside de la petite église, qui devaient lui raconter des histoires qu'il ne connaissait pas. Prophètes et archanges, saint Pierre, son saint patron, et saint Paul, saint Jean et les autres apôtres avec la mère de Dieu, louant avec les archanges le sévère Pantocrator. Et il n'éprouva pas de repentir.

Et ensuite ils commencèrent à scier l'épicéa qu'il avait choisi. Oui, c'était un arbre à la croissance régulière, rythmée par le froid qui, en ces lieux, devait être intense et, surtout, constant. Un arbre de la même densité à chaque pousse malgré les années. Mon Dieu, quel bois. Et une fois l'arbre abattu, observé à nouveau par le regard sceptique des hommes qui l'aidaient, il palpa, flaira, frappa le tronc jusqu'à ce qu'il sût quelles zones étaient les bonnes. Avec de la craie, il en marqua deux, une de douze pieds et l'autre de dix. Les endroits où le bois chantait le plus. Et il les fit scier tout en sachant que ce n'était pas la nouvelle lune de janvier, moment le plus favorable, selon beaucoup de gens, pour choisir le bois pour faire un bon violon. C'est que ceux de

Mureda avaient découvert qu'avec la permission des vers, un peu de résine rafraîchissait le bois qui devait faire un long voyage.

— Il me semble que tu te fiches de moi, dit Bernat.

— Comme tu voudras.

Ils se turent. Mais l'élève qui jouait faux jouait tellement faux qu'il était encore pire de rester sans rien dire. Au bout d'un long moment, Adrià :

— Comme tu voudras. Mais c'est plus drôle de penser que c'est le violon qui commande, parce qu'il est vivant.

Après quelques jours de repos, ils s'attaquèrent à l'érable. Il était immense ; il était peut-être vieux de deux siècles. De plus, ses feuilles jaunissaient déjà, dans l'attente des premières neiges, qui ne le couvriraient pas. Il savait que la partie la plus proche de la souche était la meilleure et ils scièrent très à ras, malgré les jurons de ses hommes, qui trouvaient cela trop pénible. Il dut leur promettre deux jours supplémentaires de repos avant de reprendre le voyage. Ils coupèrent bien à ras. Tellement à ras que le Blond de Cazilhac, dont la curiosité avait été éveillée par quelque indice, utilisa son pic pour faire un trou vers les racines.

— Viens, il faut que tu voies quelque chose, lui dit-il en l'interrompant dans sa contemplation quotidienne des peintures magiques de l'abside.

Les hommes avaient pratiquement déchaussé l'arbre. Au milieu des racines, un corps, un crâne et des cheveux humains avec des lambeaux de vêtements sombres réduits en miettes par l'humidité.

— A-t-on idée d'enterrer quelqu'un sous un arbre ! s'exclama un des hommes.

— C'est très ancien, ça.

— On ne l'a pas enterré sous l'arbre, dit le Blond de Cazilhac.

— Ah non? – Jachiam le regarda avec étonnement.

— Tu ne vois pas? L'arbre sort de l'homme, si c'est bien un homme. Il a alimenté l'arbre avec son sang et sa chair.

Oui. C'était comme si l'arbre était né du ventre du squelette. Et Adrià approcha son visage de celui de son père, pour qu'il le voie, pour qu'il lui réponde :

— Papa, je veux seulement en jouer pour voir comment il sonne. Quatre gammes. Seulement un peu. Allez, papa!…

— Non. Et non c'est non. Et ça suffit, dit Fèlix Ardèvol, évitant le regard de son fils.

Et tu sais ce que je pense? Que ce bureau aussi, qui est mon univers, est comme un violon qui, tout au long de ma vie, aura accueilli différentes personnes : mon père, moi… toi parce que tu y es avec ton autoportrait, et va savoir qui d'autre, parce que le futur est impossible à comprendre. Eh bien non ; non c'est non, Adrià.

— Tu ne sais pas que non ça veut dire oui? me dirait Bernat de nombreuses années plus tard, en colère.

— Tu vois? – Papa changea de ton. Il lui dit de retourner le violon pour montrer le dos de l'instrument. Il indiqua un endroit, sans le toucher. – Ce trait, tellement fin… Qui l'a fait? Comment c'est arrivé? C'est un coup? C'est fait exprès? Quand? Où?

Il me prit l'instrument avec délicatesse et dit comme pour lui-même, comme dans un rêve, ça me suffit pour être heureux. C'est pour ça que j'aime… De la tête, il fit un geste qui désignait tout le bureau, toutes les merveilles qu'il contenait. Et il remit délicatement le Vial dans son étui, et celui-ci dans le cachot du coffre-fort.

À ce moment-là, la porte de la classe de la mère Trullols s'ouvrit. Bernat, à voix basse, pour que la prof ne l'entende pas :

— Quelle idiotie : je n'appartiens pas au violon. Il est à moi : mon père me l'a acheté à can Parramon. Cent soixante-dix pèles.

Et il ferma l'étui. Il me parut très antipathique. Si jeune, et le mystère le dérangeait déjà. Impossible qu'il devienne mon ami. Pas question. Kaputt. Ensuite, j'ai appris qu'il allait aussi au collège de Casp, une classe au-dessus de moi. Et qu'il s'appelait Bernat Plensa i Punsoda. Je l'ai peut-être déjà dit. Et qu'il était très raide, comme si on l'avait baigné dans une cuvette de fixatif à cheveux et qu'on avait oublié de le rincer. Et au bout de seize minutes je dus reconnaître que ce garçon antipathique qui refusait le mystère, qui ne serait jamais mon ami et qui s'appelait Bernat Plensa i Punsoda avait un je ne sais quoi qui faisait que son violon de trente-cinq douros sonnait avec une délicatesse que je n'avais jamais pu atteindre. Et la mère Trullols le regardait avec satisfaction et moi je pensais mon violon est une merde. C'est alors que je jurai que je le ferais taire à jamais, lui, le violon de Madame d'Angoulême et le fixatif dans lequel il s'était baigné ; et j'ai l'impression qu'il aurait mieux valu pour tout le monde que je n'aie jamais eu cette pensée. Pour le moment, je me contentai de la laisser mûrir peu à peu. C'est incroyable, comme les choses les plus innocentes peuvent engendrer les tragédies les plus improbables.

Bernat, au milieu de l'escalier, se palpa la poche et en sortit son portable qui vibrait. C'était Tecla. Pendant quelques secondes, il hésita à répondre. Il recula pour laisser passer une voisine qui descendait, l'air pressé. Comme un idiot, il resta à regarder le petit écran lumineux, comme s'il y voyait Tecla en train de dire merde et merde et merde, et cela lui procura une joie inavouable. Il rangea le portable dans sa poche et au bout d'un moment il sentit qu'il avait cessé de vibrer. Tecla devait être en train de négocier jusqu'au dernier détail avec la voix de l'opératrice de la boîte vocale. Peut-être était-elle en train de lui dire et la maison de Llançà six mois chacun. Et l'opératrice mais qu'est-ce que vous allez chercher là, vous n'y avez jamais mis les pieds, et quand vous y êtes allée vous avez pris cet air contrarié que vous adorez prendre pour rendre la vie impossible à ce pauvre Bernat! Hein? Bravo pour l'opératrice d'Orange, pensa Bernat. Sur le palier du premier, il s'arrêta quelques secondes pour reprendre sa respiration et quand il se sentit d'aplomb il appuya sur la sonnette.

— Rsrsrsrsrsrsrsrsrs.

Il attendit tellement avant d'entendre une réaction à l'intérieur qu'il eut le temps de penser à Tecla, à Llorenç et à la conversation particulièrement désagréable qu'ils avaient eue la veille au soir. Un bruit de pas plutôt traînants. Vacarme soudain de la serrure et la porte qui commence à bouger. Adrià, le regardant par-dessus ses petites lunettes de lecture, finit d'ouvrir la porte et alluma la lumière du vestibule. La lumière se refléta sur sa calvitie.

— *L'ampoule du palier est encore grillée, dit-il en guise de salut.*

Bernat fit le geste de le serrer dans ses bras et Adrià ne répondit pas. Il enleva ses lunettes et dit merci d'être venu, tout en le faisant entrer dans l'appartement.

— *Comment ça va ?*

— *Mal. Et toi ?*

— *Mal.*

— *Tu veux boire quelque chose ?*

— *Non. Oui. Je ne bois plus.*

— *Nous ne buvons plus, nous ne baisons plus, nous ne nous goinfrons plus, nous n'allons plus au cinéma, nous n'aimons plus aucun livre, toutes les femmes sont devenues trop jeunes, nous ne bandons plus, et nous ne croyons plus ceux qui nous disent qu'ils vont sauver le pays.*

— *C'est un bon programme.*

— *Et Tecla ?*

Il le fit entrer dans le bureau. Comme chaque fois qu'il y pénétrait, Bernat laissa son regard se promener, sans cacher son admiration. Pendant quelques secondes, il s'arrêta sur l'autoportrait, mais s'abstint de tout commentaire.

— *Qu'est-ce que tu m'as demandé ? dit-il.*

— *Tecla...*

— *Très bien. Fantastique.*

— *Tu m'en vois ravi.*

— *Adrià.*

— *Quoi ?*

— *Allez, arrête de te foutre de moi.*

— *Pourquoi ?*

— *Parce qu'il y a deux jours je t'ai expliqué qu'on se sépare, qu'on est fâchés à mort...*

— Ça alors…

— Tu ne t'en souviens pas ?

— Non. J'ai l'esprit trop occupé…

— Tu es un savant distrait.

Adrià resta silencieux et pour briser le silence Bernat dit nous nous séparons ; à notre âge, nous nous séparons.

— Je suis désolé. Mais vous avez raison.

— Moi, si tu veux que je te dise, ça m'est égal. Je suis fatigué de tout.

En s'asseyant, Bernat se donna une claque sur les genoux et, sur un ton faussement enjoué, allez, qu'est-ce que tu avais à me dire de si urgent ?

Adrià le regarda fixement pendant une très longue minute. Bernat soutint son regard jusqu'au moment où il comprit que même s'il était en train de le regarder, Adrià était très loin.

— Qu'est-ce que tu as ? – Une pause. L'autre, dans les nuages. – Adrià ? – Un soupçon d'inquiétude. – Qu'est-ce qui t'arrive ?

Adrià avala sa salive et regarda son ami, un peu anxieux. Il détourna les yeux :

— Je suis malade.

— Ça alors.

Silence. Toute la vie, toutes nos vies, pensa Bernat, passent devant nos yeux quand quelqu'un qu'on aime vous dit qu'il est malade. Et Adrià, à moitié absent. Bernat essaya d'oublier pendant quelques instants cette salope de Tecla qui veut bousiller ma journée, ma semaine et le mois entier, la garce, et dit mais qu'est-ce que tu veux dire, qu'est-ce que tu as ?

— Date de péremption.

Silence. Encore de longues secondes de silence.

— Mais qu'est-ce qui t'arrive, bon sang, tu es en train de mourir, c'est grave, je peux faire quelque chose, je ne sais pas, dis quelque chose, non ?

S'il n'y avait pas eu cette putain de séparation avec Tecla, il n'aurait jamais réagi de cette façon. Et Bernat regretta infiniment d'avoir lancé cette tirade qui, par ailleurs, n'avait pas l'air d'avoir affecté outre mesure Adrià, qui l'avait reçu avec le sourire.

— Oui, tu peux faire quelque chose. Un service.

— Oui, évidemment. Mais comment vas-tu ? Qu'est-ce que tu as ?

— J'ai du mal à expliquer. Je dois entrer dans un établissement de santé, ou quelque chose comme ça.

— Mais bon sang, tu vas bien. Tu as un air de bonne santé à rendre jaloux n'importe qui.

— Il faut que tu me rendes un service.

Il se leva et disparut dans les profondeurs de l'appartement. Il faut que tu en aies, de la patience, se dit Bernat. Tecla d'un côté et Adrià toujours avec ses mystères et son hypocondrie.

Adrià revint avec son hypocondrie et un mystère en forme de dossier volumineux. Il le posa sur la table basse, devant Bernat.

— Il faudra que tu veilles à ce que ça ne se perde pas.

— Voyons, voyons, voyons… Depuis quand es-tu malade ?

— Eh bien : depuis longtemps.

— Je n'en savais rien.

— Et moi je ne savais pas que tu te séparais de Tecla, et pourtant je te l'ai conseillé plus d'une fois. Et je voulais toujours croire que vous aviez réglé ça. Je peux continuer ?

Les amis qui sont comme des frères savent se disputer et se réconcilier, et ils savent ne pas tout se dire, de crainte que l'autre puisse leur donner un coup de main. Ça, Adrià l'avait dit trente-cinq ans plus tôt et Bernat s'en souvenait parfaitement. Il en profita pour maudire la vie, qui nous offre tant de morts.

— *Excuse-moi, mais je suis… Bien sûr que tu peux continuer.*

— *Il y a quelque mois, on m'a diagnostiqué un processus dégénératif du cerveau. Et maintenant on dirait que le processus s'accélère.*

— *Merde.*

— *Oui.*

— *Tu aurais pu me le dire.*

— *Tu m'aurais guéri ?*

— *Je suis ton ami.*

— *C'est pour ça que je t'ai appelé.*

— *Tu peux vivre seul ?*

— *Lola Xica vient chaque jour.*

— *Caterina.*

— *C'est ça. Et elle reste très tard. Elle me laisse le dîner prêt.*

Adrià montra le paquet de feuilles et dit non seulement tu es mon ami mais tu es écrivain.

— *Écrivain raté.* – *réponse sèche de Bernat.*

— *C'est ce que tu dis.*

— *Et comment. Et toi, tu n'as pas cessé de me le dire.*

— *Je t'ai toujours critiqué, tu le sais, mais je ne t'ai jamais dit que tu étais un écrivain raté.*

— *Mais tu l'as pensé.*

— *Tu ne sais pas ce qu'il y a là-dedans, dit Adrià, soudain furieux, en se frappant le front avec les deux mains.*

— *Ça fait des années que je ne publie pas.*

— *Mais tu n'as pas cessé d'écrire. N'est-ce pas ?*

Silence. Adrià insista.

— *Récemment, tu as dit en public que tu étais en train d'écrire un roman. Oui ou non ?*

— *Encore un échec. J'ai laissé tomber.* – *Il respira profondément et dit : Allez, qu'est-ce que tu veux ?*

Adrià prit le paquet de feuilles et l'examina pendant un instant, comme si c'était la première fois qu'il le voyait. Il regarda Bernat et lui tendit le paquet. Là, il vit mieux de quoi il s'agissait : c'était un gros paquet de feuilles écrites sur les deux faces.

— *Il n'y a que cette face qui compte.*

— *Celle qui est écrite à l'encre verte ?*

— *Oui.*

— *Et l'autre ? – Il lut la première page : "Le problème du mal".*

— *Ce n'est rien. Des bêtises. – Adrià, mal à l'aise.*

Bernat feuilleta les pages côté vert, un peu perdu, essayant de se familiariser avec l'écriture compliquée de son ami.

— *Qu'est-ce que c'est ? dit-il enfin, en levant la tête.*

— *Je ne sais pas. Ma vie. Ma vie et d'autres inventions.*

— *Et comment ça se fait que... Je ne connaissais pas cette facette.*

— *Je sais. Personne ne la connaît.*

— *Tu veux que je te dise ce que j'en pense ?*

— *Non. Enfin, si tu me le dis, c'est magnifique. Mais... je te demande, je te prie de mettre tout ça sur un ordinateur.*

— *Tu ne t'es pas encore servi de celui que je t'ai donné.*

Adrià fit un vague geste d'excuse :

— *Mais j'ai pris des cours avec Llorenç.*

— *Qui ne t'ont servi à rien. – Il regarda la liasse. – La partie écrite en vert n'a pas de titre, à ce que je vois.*

— *C'est que je ne sais pas comment ça s'appelle. Tu pourrais peut-être m'aider à trouver.*

— *Ça te plaît ? demanda Bernat en soulevant la liasse.*

— *La question n'est pas que ça me plaise ou pas. Et puis c'est la première fois que...*

— *Tu me surprends.*

— *Moi aussi je me surprends ; mais je devais le faire.*

Adrià se laissa aller dans le fauteuil. Bernat feuilleta encore la liasse pendant un moment puis la posa sur la table.

— *Explique-moi ce qui t'arrive. Si je peux faire...*

— *Non, merci.*

— *Mais comment tu te sens ?*

— *Maintenant, bien. Mais le processus ne s'arrête pas. Il se pourrait que...*

Adrià, se demandant s'il devait parler ou non, regardait devant lui, vers le mur où il y avait une photo des deux amis avec un sac au dos, des cheveux sur la tête et pas de bedaine : à Bebenhausen, quand ils étaient jeunes et savaient encore sourire à l'appareil photo. Et au-dessus, sur le panneau central, comme sur un autel, l'autoportrait. Alors il parla à voix basse :

— *Peut-être que d'ici quelques mois je ne te reconnaîtrai plus.*

— *Non.*

— *Si.*

— *Merde.*

— *Oui.*

— *Et comment tu vas t'organiser ?*

— *Je t'en parlerai, ne t'inquiète pas.*

— *D'accord. –* Bernat tapota la liasse avec un doigt. *– Ne t'inquiète pas pour ça. Je comprendrai ton écriture ? Tu sais déjà ce que tu voudras en faire ?*

Adrià divagua pendant un bon moment, presque sans le regarder. Bernat avait l'impression de voir un pénitent en train de se confesser. Lorsqu'il cessa de parler, ils demeurèrent en silence pendant très longtemps, laissant l'obscurité s'installer. Pensant peut-être que leurs vies n'avaient pas été paisibles. Et pensant aux choses qu'ils ne s'étaient jamais dites ; et aux insultes et aux disputes passées ; et aux périodes où ils avaient cessé de se voir. Et pensant pourquoi la vie finit-elle toujours par une mort non désirée. Et Bernat pensant moi pour toi je ferai ce que tu me demanderas. Et Adrià ne réussissant pas à penser tout à fait ce qu'il pensait. Et le téléphone de Bernat se mit à vibrer dans sa poche et il trouva qu'à ce moment-là c'était un bruit irrévérencieux.

— Qu'est-ce que c'est que ça ?

— Rien, mon portable. C'est que les humains comme moi utilisent l'ordinateur offert par un ami proche. Et ils ont des téléphones portables.

— Eh bien réponds. Les téléphones sont faits pour qu'on réponde.

— Non, ça doit être Tecla. Qu'elle attende.

Et ils se plongèrent à nouveau dans le silence, attendant que cesse le bourdonnement, qui insistait et insistait et devenait une sorte d'intrus dans cette conversation silencieuse, et Bernat pensa c'est sûrement Tecla qui ne peut s'empêcher de m'asticoter. Mais le bourdonnement finit par s'arrêter. Et peu à peu les pensées revinrent s'interposer entre les silences des deux hommes.

8

— Mais nous n'avons pas de manuscrit! s'écriait Bernat.

Ils étaient tous les deux au croisement de Bruc et de València, devant le conservatoire, et allaient chez l'un ou chez l'autre, selon ce qui se décidait en chemin.

— Je sais ce que je dis.

— Et l'appartement est tout petit, comparé au tien.

— Oui. Et la chouette terrasse que vous avez, hein?

— Moi, ce que je voudrais, c'est un frère.

— Moi aussi.

Ils marchèrent en silence, maintenant vers la maison de Bernat, avant de refaire le chemin inverse, pour la deuxiè-me fois, vers chez Adrià, repoussant ainsi le moment de la séparation. Dans le silence, ils regrettaient le frère qu'ils n'avaient pas et le mystère qui faisait que Roig, Rull, Soler et Pàmies aient trois, cinq ou quatre ou six frères et sœurs, et eux, aucun.

— Oui, mais chez Rull c'est le foutoir, quatre dans une chambre, avec des lits superposés. Ça crie tout le temps.

— Oui, oui, d'accord. Mais c'est plus drôle.

— Je ne sais pas. Il y a toujours un petit pour te cas-ser les pieds.

— Oui.

— Ou un grand.

— Mouais.

Ce qu'Adrià essayait aussi d'expliquer c'était que chez Bernat ses parents étaient plus je ne sais pas, ils ne sont pas toute la journée sur ton dos.

— Tu parles. Aujourd'hui tu n'as pas travaillé ton violon, Bernat. Et tes devoirs ? On ne te donne pas de devoirs ? Et regarde dans quel état tu mets tes chaussures, quel désastre, on dirait que tu marches comme un cheval. Et c'est comme ça toute la journée.

— Si tu voyais chez moi.

— Quoi ?

Au troisième trajet entre les deux maisons, nous arrivâmes à la conclusion qu'il était impossible de déterminer lequel des deux enfants était le plus malheureux. Mais je savais que quand j'allais chez Bernat c'est sa mère qui m'ouvrait et elle me souriait, me disait bonjour, Adrià, et me décoiffait un peu avec la main. Maman ne me disait même pas comment ça va Adrià, parce que c'était toujours Lola Xica qui ouvrait, et elle me pinçait seulement la joue, et toute la maison était silencieuse.

— Tu vois ? Ta mère chante quand elle reprise les chaussettes.

— Et alors ?

— Pas la mienne. À la maison, il est interdit de chanter.

— Sans blague.

— Presque. Je suis bien malheureux.

— Moi aussi. Mais toi, tu as toujours des dix et des félicitations.

— Je n'ai aucun mérite. Apprendre, c'est facile.

— Mon œil.

— Bon : pour le violon, j'ai du mal.

— Je ne parle pas du violon. Je parle du lycée : la grammaire, la géographie, la physique chimie, les maths, les sciences naturelles, ce foutu latin ; c'est ça que je veux dire. Le violon, c'est facile.

Moi, avec les dates, je ne peux pas être très précis, mais tu comprends quand je dis que nous étions très malheureux. Maintenant, en te racontant ça, il m'a semblé que c'était plus une tristesse d'adolescent que d'enfant. Mais je sais que j'ai eu cette conversation avec Bernat, que c'était en marchant dans les rues qui séparaient sa maison de la mienne, indifférents à la circulation envahissante de València, Llúria, Girona et Mallorca, le cœur du quartier de l'Eixample, mon monde, le monde qui, les voyages mis à part, a toujours été le mien. Et je sais aussi que Bernat, par-dessus le marché, avait un train électrique et pas moi. Et il apprenait le violon parce qu'il voulait. Et surtout, ses parents lui disaient Bernat qu'est-ce que tu veux faire quand tu seras grand ? Et il pouvait dire je ne sais pas encore.

— Eh bien réfléchis tranquillement, disait monsieur Plensa, avec son air bonhomme.

— Oui, papa.

Et on ne lui disait que ça, tu te rends compte ? Lui, on lui disait qu'est-ce que tu veux faire quand tu seras grand et moi papa m'a dit un jour écoute-moi attentivement parce que je n'ai pas l'intention de répéter et parce que je vais te dire à présent ce que tu seras quand tu seras grand. Papa avait tracé ma route, jusqu'au moindre détail de chaque tournant. Et il ne manquait plus que l'intervention de maman, et je ne sais pas ce qui était le pire. Et je ne me plains pas : je t'écris, c'est tout. Mais c'est que la corde s'était tendue à un point tel que je n'osais même pas en parler avec Bernat. Je t'assure. Parce qu'il y avait déjà plusieurs leçons d'allemand pour lesquelles je n'avais pas réussi à faire tous mes devoirs parce que la mère Trullols exigeait de moi une heure et demie d'étude si je voulais surmonter les premiers écueils de la double corde, et moi je haïssais la double corde parce que quand tu veux faire sonner une seule corde il y en a trois qui sonnent, et quand tu veux faire une double corde tu ne réussis à en jouer qu'une et il arrive un moment où tu as envie de fracasser le violon contre le mur, parce que le doigté devient trop compliqué et tu mets un disque où des gens comme Iossif Robertovitch Heifetz jouent avec une telle perfection que ça te fait mal au cœur, et je voudrais être Heifetz pour trois raisons : la première, parce que je suis certain que sa Trullevičius ne lui disait pas, non, pas comme ça, Jascha, il faut que le troisième doigt glisse avec la main, tu ne peux pas l'abandonner au milieu de la touche, pour l'amour de Dieu, Jascha Ardèvol ! La seconde, parce qu'il faisait toujours tout bien. La troisième, parce que je suis sûr qu'il n'avait pas un père comme le mien, et la quatrième, parce qu'il considérait qu'être un enfant prodige était une maladie grave à laquelle il avait survécu pour différentes raisons et à laquelle je n'ai pas survécu parce que je n'étais pas un véritable enfant prodige, même si c'était insupportable à mon père.

— Ugh.

— Qu'est-ce qu'il y a, Aigle-Noir ?

— Tu avais dit trois.

— Trois quoi ?

— Trois raisons de vouloir être Jascha Heifetz.

C'est que parfois je perds le contrôle. Et maintenant, au fur et à mesure que j'écris ça, je perds chaque jour davantage le contrôle. Je ne sais pas si je pourrai arriver à la fin.

Ce qui était clair, dans mon enfance sombre, c'était l'immense capacité pédagogique de mon père qui, un jour où Lola Xica voulut me donner un coup de main, dit mais qu'est-ce que c'est que cette foutaise ? Allemand et violon, et c'est pour ça qu'il ne peut pas faire d'anglais ? Hein ? Est-ce que mon fils serait en saindoux ? Hein ? Et puis tu n'as pas voix au chapitre, toi… Et je me demande pourquoi je parle de ça avec toi.

Lola Xica sortit du bureau plus fâchée que mortifiée. Tout avait commencé quand papa avait annoncé que je devais réserver le lundi pour commencer les leçons d'anglais avec Mister Prats, un garçon plein d'avenir, et je suis resté la bouche ouverte, parce que je ne savais que dire, parce que je savais que j'adorerais apprendre l'anglais mais je ne voulais pas que papa… Et je regardai maman tout en finissant mes légumes bouillis en silence et Lola Xica emportait l'assiette vide à la cuisine. Mais maman ne dit pas un mot ; elle me laissait seul et alors je dis que j'avais besoin de temps pour le violon parce que la double corde…

— Des excuses. La double corde… Regarde comment joue n'importe quel violoniste normal et ne me dis pas que tu ne peux pas être un violoniste normal.

— J'ai besoin de temps.

— Invente-le, tu es jeune. Ou laisse tomber le violon, tu comprends ce que je te dis ?

Le lendemain, il y eut une discussion entre maman et Lola Xica, qu'il me fut impossible de suivre parce que je n'avais pas de base d'espionnage dans la pièce du repassage. Et ensuite, quelques jours plus tard, Lola Xica affronta papa. C'est alors qu'elle ressortit plus fâchée que mortifiée. Il faut dire que c'était la seule personne qui pouvait l'affronter sans trop de dommages. Et moi, le lundi avant le dimanche de Noël, je ne pus traîner dans la rue avec Bernat.

— One.

— Ouane.

— Two.

— Tou.

— Three.

— Thrii.

— Four.

— Foa.

— Four.

— Fouoa.

— Fffooouur.

— FFFouoa.

— It's all right !

De l'anglais, je fus passionné par la prononciation, toujours merveilleusement inattendue si on regardait les mots écrits. Et je fus émerveillé par sa simplicité morphologique. Et par sa subtile proximité lexicale avec l'allemand. Et Mister Prats était extrêmement timide, au point qu'il ne me regardait même pas en face quand il me faisait lire le premier texte que je lus, dont je ne dirai pas le nom, pour des raisons de bienséance. Mais pour que tu en aies une idée, je te dirai que l'argument tournait autour de la question de savoir si mon crayon était sur ou sous la table, et le coup de théâtre était que l'on découvrait qu'il était dans ma poche.

— Comment vont les leçons d'anglais ? me demanda papa, impatient, dix minutes après la première leçon d'anglais, à l'heure du dîner.

— It's all right, répondis-je en prenant un air détaché. Et ça me faisait enrager parce que dans le fond, malgré papa, je mourais d'envie de savoir comment on disait un, deux, trois, quatre en araméen.

— Je peux en avoir deux ? demanda Bernat, toujours revendicatif.

— Bien sûr.

Lola Xica lui donna deux barres de chocolat ; elle hésita une demi-seconde et m'en donna une deuxième à moi aussi. C'était la première fois de ma pputain de vie que je n'avais pas à la voler.

— Et ne mettez pas de miettes par terre.

Les deux enfants allèrent dans la chambre et en chemin Bernat me dit, qu'est-ce que c'est, hein ? Dis-moi.

— Un grand secret.

Et une fois dans la chambre, j'ouvris l'album d'images de voitures de course à la page centrale et, sans regarder l'album, j'observai son visage. Heureusement, il écarquilla les yeux.

— Non !

— Si.

— Alors il existe.

— Oui.

C'était la triple image de Fangio au volant de la Ferrari. Comme tu l'entends, ma chère : la triple Fangio.

— Laisse-moi la toucher.

— Fais attention, hein ?

C'est que Bernat était comme ça : quand quelque chose lui plaisait, il fallait qu'il touche. Comme moi. Toute sa vie il a été comme ça. Aujourd'hui encore. Comme moi. Adrià contempla, satisfait, l'envie de son ami tandis qu'il posait le bout de ses doigts sur la triple image de Fangio et aussi sur la Ferrari rouge la plus rapide de tous les temps sauf des temps à venir.

— On avait décidé qu'elle n'existait pas… Comment tu l'as eue ?

— Des contacts.

Quand j'étais petit, j'étais comme ça. Il me semble que j'essayais d'imiter papa. Ou peut-être monsieur Berenguer. En l'occurrence, les contacts, ce fut une matinée bien employée dans les boîtes des bouquinistes du marché de Sant Antoni. On y trouve de tout ; on y trouve même des miraculés du hasard ; depuis les sous-vêtements de Joséphine Baker jusqu'à un recueil de poèmes de Josep Maria López-Picó dédicacé à Jeroni Zanné. Et la triple Fangio, qu'aucun enfant de Barcelone ne possédait encore, si on en croyait la rumeur. Chaque fois que papa m'y avait emmené, il tâchait de me trouver une distraction et alors il échangeait des propos mystérieux avec des hommes qui avaient un éternel mégot à la bouche, les mains dans les poches et un regard inquiet. Et il notait des secrets dans un carnet qu'il faisait disparaître ensuite dans une poche.

Après avoir refermé l'album en soupirant, les deux enfants attendirent patiemment, embusqués dans la chambre. Il fallait bien qu'ils parlent de quelque chose et c'est pourquoi Bernat demanda ce qui lui tournait dans la tête et qu'il savait qu'il ne devait pas demander parce que chez lui on lui avait dit il vaut mieux que tu ne t'occupes pas de ça, Bernat. Et il finit par demander :

— Comment ça se fait que tu ne vas pas à la messe ?

— J'ai la permission.

— De qui ? De Dieu ?

— Non : du père Anglada.

— Purée. Mais pourquoi tu n'y vas pas ?

— Je ne suis pas chrétien.

— Purée !… – Silence désorienté. – C'est possible de ne pas être chrétien ?

— Je suppose. Moi je ne le suis pas.

— Alors qu'est-ce que tu es ? Bouddhiste ? Japonais ? Communiste ? Hein ?

— Je ne suis rien ?

— On peut être rien ?

Je n'ai jamais su répondre à cette question qu'on m'a posée quand j'étais enfant, parce que l'énoncer m'angoisse. Peut-on n'être rien ? "Je" sera rien. Je serai comme le zéro qui n'est ni un nombre naturel ni un entier, ni rationnel, ni réel, ni complexe, mais l'élément neutre dans la somme des nombres entiers ? Pas même cela, je le crains : quand je ne serai plus, je cesserai d'être nécessaire, si jamais je le suis.

— Waouh. Je suis perdu.

— Il vaut mieux que tu n'embrouilles pas tout.

— Moi, tu sais…

— Eh bien tais-toi, Aigle-Noir.

— Moi je crois au Grand Esprit de Manitou qui remplit la prairie de bisons, offre au peuple la pluie et la neige et meut le soleil qui nous réchauffe et le fait disparaître pour que nous dormions, et fait souffler le vent, guide le fleuve dans son lit, pointe l'œil de l'aigle vers sa proie et remplit de courage le cœur du guerrier qui s'apprête à mourir pour son peuple.

— Eh? Où es-tu, Adrià?

Adrià cligna des yeux et dit ici, avec toi, en train de parler de Dieu.

— Parfois tu t'en vas.

— Moi?

— À la maison ils disent que c'est parce que tu es savant.

— Une merde, c'est ça que je suis. J'aimerais bien avoir…

— Ne recommence pas.

— Ils t'aiment.

— Chez toi aussi, non?

— Non : ils me calculent. Ils mesurent mon quotient intellectuel, ils parlent de m'envoyer en Suisse dans une école spéciale, ils parlent de me faire faire trois années en une seule.

— Purée, c'est super! – Il le regarda du coin de l'œil. – Non?

— Non. Ils discutent de moi, mais pour ce qui est de m'aimer, tintin.

— Bof, moi, les baisers…

Quand maman dit Lola Xica va chercher les tabliers chez Rosita, je sus que notre heure était venue. Comme deux voleurs, comme le Seigneur quand il viendra nous chercher, nous entrâmes dans la maison interdite. Dans un silence rigoureux, nous nous glissâmes dans le bureau de papa, attentifs au bruit qui pouvait venir du fond, où maman et madame Angeleta passaient le linge en revue. Il nous fallut quelques minutes pour nous habituer à l'obscurité et à l'atmosphère du bureau, toujours aussi dense.

— Je sens une odeur bizarre, dit Bernat.

— Chuut! murmurai-je, de façon un peu mélodrama-
tique, parce que ma principale intention était d'impres-
sionner Bernat, maintenant que nous commencions à
être amis. Et je lui dis que ce n'était pas une odeur mais
le poids de l'histoire dont étaient chargés les objets qui
faisaient partie de la collection ; il ne me comprit pas ;
à coup sûr, je ne comprenais pas bien moi-même à quel
point ce que je venais de dire était vrai.

Quand nos yeux se furent habitués à l'obscurité, la
première chose que fit Adrià fut de contempler, satisfait, le visage émerveillé de Bernat, qui ne sentait
plus d'odeur bizarre mais le poids de l'histoire dont
étaient chargés les objets qu'il commençait à distinguer.
Deux tables, l'une couverte de manuscrits et avec une
lampe très étrange qui était à la fois… Qu'est-ce que
c'est que ça ? Ah, une loupe. Purée… Et un tas de vieux
livres. Au fond, une bibliothèque pleine de livres plus
vieux encore ; à gauche, un mur couvert de petits tableaux.

— Ils ont de la valeur ?
— Oh là là !
— Quoi oh là là ?
— Un croquis de Vayreda, dit Adrià fièrement en mon-
trant un petit tableau inachevé.
— Ah.
— Tu sais qui est Vayreda ?
— Non. Ça a beaucoup de valeur ?
— Énormément. Et ça c'est une gravure de Rem-
brandt. Ce n'est pas une pièce unique, parce que si-
non…
— Aha.
— Tu sais qui est Rembrandt ?
— Non.
— Et celui-ci, tout petit…
— Il est très beau.
— Oui. C'est le plus cher.

Bernat s'approcha des gardénias jaune pâle d'Abraham Mignon, comme s'il voulait respirer leur parfum. Enfin : comme s'il voulait en respirer le prix.

— Il vaut combien?

— Des milliers de pesètes.

— Fichtre! – Un instant de méditation. – Combien de milliers?

— Je ne sais pas : mais énormément.

Il valait mieux le laisser dans l'incertitude. C'était un bon début et il n'y avait plus qu'à enfoncer le clou. C'est pourquoi je le plantai devant la vitrine et il réagit aussitôt et il dit, merde, c'est quoi ça?

— Une dague Kaiken des Bushi, dit Adrià, fièrement.

Bernat ouvrit la porte de la vitrine, je regardai avec inquiétude la porte du bureau ; il prit la dague Kaiken des Bushi, comme celle du magasin, l'examina, plein de curiosité, s'approcha de la porte-fenêtre pour vieux la voir, la sortit de son fourreau.

— Attention, dis-je d'une voix mystérieuse, car il me semblait qu'il n'était pas assez impressionné.

— Qu'est-ce que ça veut dire une dague caïquène desbouchi?

— Le poignard que les femmes guerrières japonaises utilisent pour se suicider. – Et, à voix basse : L'instrument du suicide.

— Et pourquoi elles doivent se suicider? – pas surpris, pas ému, l'imbécile.

— Eh bien… – En faisant un effort d'imagination, je risquai : Si tout ne se passe pas bien dans leur vie. Par exemple si elles perdent. – Et pour conclure : Époque Edo, seizième siècle.

— Waouh.

Il l'examina attentivement, peut-être pour s'imaginer un suicide de Japonaise guerrière desbouchi. Adrià lui prit la dague, la remit dans son fourreau et la reposa, avec des mouvements exagérément précautionneux, dans la vitrine aux objets précieux. Il la referma sans faire de bruit. À ce moment-là, il avait déjà décidé d'achever son ami. Jusqu'alors il avait hésité, mais il voulait casser les efforts que faisait Bernat pour ne pas se laisser émouvoir et je perdis toute prudence. Je mis les doigts sur mes lèvres, exigeant le silence absolu, j'allumai la lampe jaune du coin et je composai la combinaison du coffre-fort : six un cinq quatre deux huit. Papa ne le fermait jamais à clef. Seulement avec la combinaison. J'ouvris la chambre secrète des trésors de Toutankhamon. Des liasses de papiers anciens, deux petites boîtes fermées, beaucoup d'enveloppes avec des documents, trois rouleaux de billets dans un coin et, sur l'étagère du bas, un étui à violon avec une tache incertaine sur le couvercle. Je le sortis avec beaucoup de précautions. J'ouvris l'étui et notre Storioni apparut, resplendissant. Plus resplendissant que jamais. Je le portai sous le cône de lumière et je mis les ouïes devant son nez.

— Lis ça, lui ordonnai-je.

— Laurentius Storioni Cremonensis me fecit. – Il leva la tête, émerveillé. – Qu'est-ce que ça veut dire ?

— Continue à lire, le grondai-je, avec une infinie patience.

Bernat se pencha sur l'ouverture de résonance du violon et examina à nouveau l'intérieur. Il dut orienter correctement l'instrument pour lire un, sept, six, quatre.

— Mille sept cent soixante-quatre, dut énoncer Adrià.

— Mince… Laisse-moi en jouer un peu. Pour voir comment il sonne.

— Oui, et mon père m'envoie aux galères. Tu peux seulement poser un doigt dessus.

— Pourquoi ?

— C'est l'objet le plus précieux de la maison, d'accord ?

— Plus que les fleurs jaunes de ce je ne sais pas qui ?

— Beaucoup plus. Beaucoup beaucoup plus.

À tout hasard, Bernat posa le doigt dessus ; mais il profita de ma distraction et pinça le ré ; il sonna doucement, un son velouté.

— Il est un peu bas.

— Tu as l'oreille absolue ?

— Quoi ?

— Comment tu sais qu'il est un peu bas ?

— Parce que le ré doit être un tout petit peu plus haut, rien, juste un poil.

— Oh là là, ce que je t'envie ! – Cet après-midi-là, j'avais décidé de laisser Bernat bouche bée, mais l'exclamation me sortit droit du cœur.

— Pourquoi ?

— Parce que tu as l'oreille absolue.

— Qu'est-ce que ça veut dire ?

— Laisse tomber. – Et, pour retourner à la situation initiale : Mille sept cent soixante-quatre, tu m'as entendu ?

— Mille sept cent soixante-quatre…

Il le dit avec une admiration sincère et cela me plut beaucoup. Il le caressa à nouveau, avec sensualité, comme il l'avait fait quand il avait dit ça y est, je l'ai fini, Maria, ma bien-aimée. Et elle lui avait murmuré je suis fière de toi. Lorenzo lui caressa la peau et il eut l'impression que l'instrument frissonnait, et Maria fut un peu jalouse. Avec les mains, il admira le rythme des courbes. Il le posa sur la table de l'atelier et s'en éloigna jusqu'à ce qu'il ne sente plus l'odeur intense de l'épicéa et de l'érable miraculeux, et il contempla l'ensemble, rempli de fierté. Maestro Zosimo lui avait enseigné qu'un bon violon doit non seulement sonner bien mais être plaisant à la vue et fidèle aux proportions qui en font la valeur. Il se sentit satisfait. Avec une ombre d'inquiétude, parce qu'il ne connaissait pas encore le prix qu'il devait payer pour le bois. Mais oui, satisfait. C'était le premier violon qu'il commençait et terminait tout seul et il savait qu'il était très bon.

Lorenzo Storioni eut un sourire de soulagement. Il savait aussi qu'une fois le violon verni le son prendrait la couleur voulue. Il ne savait pas s'il allait le montrer avant à maestro Zosimo ou s'il allait l'offrir directement à monsieur La Guitte, dont on dit que, un peu las des gens de Crémone, il va bientôt rentrer à Paris. Une sorte de sentiment de fidélité envers son maître le mena jusqu'à l'atelier de Zosimo Bergonzi avec l'instrument encore pâle comme un cadavre dans son cercueil provisoire. Trois têtes se levèrent de leur travail en le voyant entrer. Le maestro comprit le sourire de son demi-disciple, il posa sur l'établi le dos du violoncelle qu'il était en train de polir et mena Lorenzo jusqu'à la fenêtre qui donnait sur la rue du bas, celle qui donnait la meilleure lumière pour examiner les instruments. En silence, Lorenzo sortit le violon de l'étui de bois de pin et le présenta au maître. La première chose que fit Zosimo Bergonzi fut d'en caresser le dos et la face. Il comprit que tout fonctionnait comme il l'avait prévu quand, quelques mois plus tôt, il avait offert en secret à son disciple Lorenzo des bois exceptionnels pour qu'il prouve qu'il avait vraiment appris son enseignement.

— Vraiment, vous me le donnez? avait dit Lorenzo Storioni, effrayé.

— Plus ou moins.

— Mais ce bois fait partie de…

— Oui, du bois qu'a apporté Jachiam de Pardàc. Maintenant, il est dans son meilleur moment.

— Je veux en connaître le prix, maître.

— Je t'ai dit de ne pas te préoccuper de ça. Quand tu auras fait ton premier violon, je te dirai le prix.

Personne n'avait fait cadeau de ce bois. En l'an de grâce 1705, cela faisait déjà bon nombre d'années, bien avant que le jeune Storioni soit né, quand la terre était de plus en plus ronde, Jachiam l'impénitent, des Mureda de Pardàc, était arrivé à Crémone accompagné du Blond de Cazilhac, conduisant une charrette pleine de bois apparemment sans valeur, ce qui leur évita de nombreux désagréments au cours de ce trajet interminable. Jachiam était un homme qui dépassait la trentaine, fort, le regard très sombre en raison de la détermination avec laquelle il considérait la vie. Il laissa le Blond avec le chargement assez loin de la ville, vers laquelle il se dirigea à grands pas. Il arriva au bosquet de chênes verts et y pénétra de quelques mètres. Tout de suite, il trouva un coin où se soulager le ventre tranquillement. Alors qu'il était accroupi, son regard errait devant lui et il vit des hardes abandonnées. Des hardes anonymes qui lui rappelèrent le maudit pourpoint de Bulchanij de Moena et tout le malheur qui était tombé sur les Mureda de Pardàc et qui allait peut-être prendre fin maintenant avec le coup de chance auquel il travaillait. Il pleura tout en déféquant, incapable de contrôler ses nerfs. Lorsqu'il fut de nouveau totalement serein, le corps plus léger, les vêtements crasseux bien en place, il entra dans la ville et se présenta directement à l'atelier de Stradivari, comme il l'avait fait plusieurs fois lorsqu'il était enfant. Il demanda aussitôt à parler à maestro Antonio. Il lui dit qu'il savait qu'il était sur le point d'avoir des problèmes de bois à cause de l'incendie du Panaveggio, une bonne quinzaine d'années plus tôt.

— J'en prends ailleurs.

— Je sais. Des forêts slovènes. Quand vous en ferez un instrument vous verrez que le son sera bouché.

— Il n'y en a pas d'autre.

— Si, il y en a. Moi j'en ai.

Le problème devait être d'importance pour Stradivari, pour qu'il suive l'inconnu jusqu'à l'endroit où il avait caché le bois, en dehors de Crémone. Il était accompagné d'Omobono, son fils le plus silencieux, et par un apprenti de son atelier qui s'appelait Bergonzi. Tous les trois examinèrent le bois, en coupant de petits morceaux, les mâchant, se regardant furtivement, et Jachiam, le fils de Mureda, les regardait avec satisfaction, convaincu d'avoir fait du bon travail, tandis qu'ils examinaient et regardaient encore les pièces qu'il avait coupées. Il faisait déjà nuit quand maestro Antonio s'adressa à Jachiam :

— Où as-tu pris ce bois ?

— Très loin. Il vient du couchant, d'un endroit très froid.

— Qui me dit que tu ne l'as pas volé ?

— Vous devez me faire confiance. Le bois est toute ma vie, je sais le faire chanter, je sais le flairer, je sais le choisir.

— C'est du bon bois, et bien rangé. Où as-tu appris le métier ?

— Je suis un des fils de Mureda de Pardàc. Vous pouvez le faire demander à mon père.

— Pardàc ?

— Ici en bas on dit Predazzo.

— Mureda de Predazzo est mort.

Deux larmes inattendues jaillirent des yeux de Jachiam. Douleur, le père est mort et il ne me verra pas rentrer à la maison avec deux sacs d'or pour qu'ils n'aient plus à travailler, ni lui ni aucun de mes frères et sœurs : Agno, Jenn, Max, Hermes à la tête légère, Josef, Theodor qui ne marche pas, Micurà, Ilse, Erica, Katharina, Matilde, Gretchen et la petite Bettina, ma petite aveugle, qui m'a donné la médaille de Santa Maria dai Ciüf que la mère lui avait donnée à sa mort.

— Mort ? Mon père ?

— De peine après l'incendie de sa forêt. De peine, après la mort de son fils.

— Quel fils ?

— Jachiam. Le meilleur des Mureda.

— Je suis Jachiam.

— Jachiam est mort dans les cuvettes de Forte Buso à la suite de l'incendie. – Avec un regard ironique : Si tu es le fils de Mureda, tu devrais t'en souvenir.

— Jachiam, fils de Mureda de Pardàc, c'est moi, insista Jachiam, fils de Mureda de Pardàc, tandis que le Blond de Cazilhac écoutait, très intéressé, même s'il perdait parfois un mot ou deux parce qu'ils parlaient trop vite pour lui.

— Je sais que tu me trompes.

— Non. Regardez, maître.

Il ôta la médaille de son cou et la montra à maestro Stradivari.

— Qu'est-ce que c'est?

— Santa Maria dai Ciüf de Pardàc. La patronne des bûcherons. La patronne des Mureda. Elle était à ma mère.

Stradivari prit la médaille et l'examina avec attention. Une vierge hiératique et un arbre.

— Un épicéa, maître.

— Un épicéa au fond. – Il la lui rendit : Et c'est une preuve?

— La preuve, c'est le bois que je vous offre, maestro Antonio. Si vous ne le voulez pas, je l'offrirai à Guarneri ou à n'importe qui d'autre. Je suis fatigué. Je veux rentrer chez moi et voir si tous mes frères et sœurs sont encore vivants. Je veux voir si Agno, Jenn, Max, Hermes à la tête embrumée, Josef, Theodor le boiteux, Micurà, Ilse, Erica, Katharina, Matilde, Gretchen et la petite Bettina qui m'a donné la médaille sont vivants.

Antonio Stradivari, voyant la possibilité que Guarneri rafle la mise, se montra généreux et paya très bien ce chargement qui lui éviterait bien des maux de tête quand il pourrait l'utiliser, après quelques années de vieillissement paisible dans son entrepôt. Son avenir était bien assuré. C'est pourquoi les violons qu'il fit vingt ans plus tard furent les plus réussis. Il ne pouvait pas encore le savoir. Mais Omobono et Francesco, après la mort du maître, le savaient bien et ils conservaient encore un certain nombre de planches de ce bois mystérieux venu du couchant et ils faisaient en sorte de l'utiliser au compte-gouttes. Et quand ils moururent tous les deux, l'atelier passa dans les mains de Carlo Bergonzi, et avec lui le recoin où se trouvait le bois qui avait son secret. Et Bergonzi transmit le secret à ses deux fils. Maintenant, le cadet de Bergonzi, devenu maestro Zosimo, examinait le premier instrument du jeune Lorenzo à la lumière de la fenêtre de la Cucciata. Il examina l'intérieur :

— Laurentius Storioni Cremonensis me fecit, mille sept cent soixante-quatre.

— Pourquoi as-tu souligné Cremonensis ?

— Parce que je suis fier de l'être.

— C'est une signature. Tu devras faire pareil pour tous les violons que tu feras.

— Je serai toujours fier d'être né à Crémone, maestro Zosimo.

Celui-ci, satisfait, rendit le cadavre à son auteur, qui le mit dans le cercueil.

— Ne dis jamais à personne où tu as trouvé le bois. Et achètes-en, de n'importe où, pour dans quelques années. À n'importe quel prix, si tu veux avoir un avenir.

— Oui, maestro.

— Et ne merde pas avec le vernis.

— Je sais comment je dois faire, maestro.

— Je sais bien que tu sais. Mais ne merde pas.

— Qu'est-ce que je vous dois pour le bois, maestro ?

— Un service, rien de plus.

— Je suis à vos ordres…

— Éloigne-toi de ma fille. Elle est trop jeune.

— Quoi ?

— Tu m'as entendu. Ne m'oblige pas à répéter. – Il tendit la main vers l'étui : Ou rends-moi le violon et le bois que tu n'as pas utilisé.

— Eh bien, je…

Il devint pâle comme son premier violon. Il n'osa pas regarder le regard du maestro et il sortit en silence de l'atelier de Zosimo Bergonzi.

Lorenzo Storioni passa plusieurs semaines absorbé par le processus de vernissage, en même temps qu'il commençait un nouveau violon et qu'il retournait dans sa tête le prix que Zosimo avait exigé. Quand le son fut ce qu'il devait être, monsieur La Guitte, qui traînait encore à Crémone, put contempler avec intérêt cette couleur de vernis légèrement foncée qui allait être le signe distinctif des Storioni. Il le passa au garçon silencieux et dégingandé, qui prit l'archet et le fit sonner. Lorenzo Storioni laissait échapper des larmes, à cause du son et à cause de Maria. C'était un son encore plus beau que celui qu'il en avait tiré. Maria, je t'aime. Tant de larmes, tant de florins ajoutés au prix qu'il avait prévu initialement.

— Mille florins, monsieur La Guitte.

La Guitte le regarda dans les yeux pendant six secondes extrêmement désagréables. Il jeta un coup d'œil en coin au garçon dégingandé et peu disert, qui baissa les paupières en signe d'assentiment ; et Storioni pensa qu'à coup sûr, il aurait pu tirer un peu plus sur la corde et que sur ce chapitre il avait encore à apprendre.

— Nous ne pouvons plus nous voir, Maria, mon aimée.

— C'est une véritable fortune, dit La Guitte avec une grimace de refus.

— Votre Seigneurie sait qu'il les vaut. – Et dans un élan de courage suprême, Lorenzo prit le violon : Si vous n'en voulez pas, j'attends des acheteurs la semaine prochaine.

— Pourquoi, Lorenzo, mon amour ?

— Mon client voudra du Stradivari, du Guarneri… Vous êtes encore un inconnu. Storioni ! *Connais pas**.

— D'ici dix ans, tout le monde voudra avoir un Storioni. – Il remit le violon dans son étui protecteur.

— Ton père m'a interdit de te fréquenter. C'est pour ça qu'il m'a donné le bois.

— Huit cents, proposa le Français.

— Non ! Je t'aime. Nous nous aimons !

— Neuf cent cinquante.

— Oui, nous nous aimons ; mais si ton père ne veut pas que… je ne peux pas…

— Neuf cents, parce que je suis pressé.

— Fuyons, Lorenzo !

— D'accord, neuf cents !

— Fuir ? Comment veux-tu que je fuie Crémone alors que je suis en train de monter mon atelier ?

Il était vrai qu'il était pressé. Monsieur La Guitte avait hâte de partir avec les instruments qu'il avait achetés et presque rien ne le retenait à Crémone, sinon les faveurs de Carina, brune et passionnée. Il pensa que ce pourrait être un bon violon pour monsieur Leclair.

— Monte-le dans une autre ville !

— Loin de Crémone ? Jamais !

— Traître de Lorenzo ! Lâche ! Tu ne m'aimes plus.

— Si l'année prochaine je reviens avec une ou deux commandes, nous réviserons les prix en ma faveur, prévint La Guitte.

— Bien sûr que je t'aime, Maria. De tout mon cœur. Mais tu ne veux pas me comprendre…

— Je suis d'accord, monsieur La Guitte.

— Il y a une autre femme, n'est-ce pas ? Traître !

— Mais non ! Tu sais bien comment est ton père. Il me tient pieds et poings liés.

— Lâche !

La Guitte paya sans discuter davantage. Il était convaincu que Leclair, à Paris, lui paierait jusqu'à cinq fois ce prix sans sourciller et il se sentit heureux du métier qu'il faisait. Malheureusement, ce serait la dernière semaine où il dormirait avec la douce Carina.

Storioni aussi se sentit heureux du métier qu'il faisait. Et il se sentait triste aussi parce que jusqu'à ce moment il n'avait pas pensé que vendre un violon c'était le perdre de vue à jamais. Et faire l'instrument avait aussi signifié perdre un amour. Ciao, Maria. Lâche. Ciao, ma bien-aimée. Tu n'as pas de parole. Ciao : je me souviendrai toujours de toi. Tu m'as échangée contre du bois de qualité, Lorenzo : tu peux mourir ! Ciao, Maria, tu ne sais pas combien je regrette. Que ton bois pourrisse ; ou qu'il brûle dans un incendie. Mais ce fut pire pour monsieur Jean-Marie Leclair de Paris, ou Leclair l'aîné, ou tonton Jean, selon qui s'adressait à lui, parce que, outre le prix exagéré qu'on lui en demanda, c'est à peine s'il put en entendre le ré doux et velouté que Bernat avait fait sonner imprudemment.

Alors, ce fut une des nombreuses fois de ma vie où je me laissai gagner par l'emportement de la folie, parce que je compris que je devais profiter de la supériorité musicale de Bernat et en tirer bénéfice, mais pour cela il fallait un coup de théâtre. Tout en laissant mon nouvel ami caresser la table du Storioni du bout des doigts, j'eus l'idée de lui dire si tu m'apprends à faire le vibrato tu pourras l'emporter chez toi un jour.

— Purée !

Bernat sourit, mais au bout de quelques secondes il redevint sérieux, l'air désolé :

— Ce n'est pas possible : le vibrato, ça ne s'enseigne pas ; ça se trouve.

— Ça s'enseigne.

— Ça se trouve.

— Je ne te laisse pas le Storioni.

— Je t'apprendrai à vibrer.

— Il faut que ça soit maintenant.

— Eh bien maintenant. Mais ensuite je l'emporte.

— Aujourd'hui ce n'est pas possible. Il faut que je le prépare. Un jour.

Silence, calcul, ne pas se regarder dans les yeux, penser au son magique et ne pas me faire confiance.

— Un jour ça veut dire jamais. Quand ?

— La semaine prochaine. Je te jure.

Dans ma chambre, devant le pupitre où se trouvait le Ševčik gammes et arpèges ouvert à la page du maudit exercice XXXIX qui était le résumé absolument génial, selon la mère Trullols, de ce que je devais apprendre dans ma vie, avant et après d'aborder la double corde, ils restèrent encore une demi-heure, Bernat prolongeant les sons avec un vibrato mesuré et doux, Adrià l'observant, voyant Bernat fermer les yeux en se concentrant sur le son, pensant pour faire vibrer le son je dois fermer les yeux, essayant, fermant les yeux... mais le son qu'il obtenait était malingre, sournois, avec une voix de canard. Et il fermait les yeux et serrait les paupières avec force ; mais le son lui échappait.

— Tu sais quoi ? Tu es trop inquiet.

— C'est toi qui es inquiet.

— Moi ? Qu'est-ce que tu dis là ?

— Oui, parce que si tu ne me l'apprends pas bien, pas de Storioni. Ni la semaine prochaine ni jamais.

Ça s'appelle du chantage moral. Mais Bernat ne savait que faire d'autre à part ne plus jamais dire que le vibrato ça ne s'enseigne pas ça se trouve. Il lui fit regarder la position de sa main, la suite de mouvements de la main.

— Non, mon vieux, il ne s'agit pas de faire de l'aïoli avec les cordes. Relax.

Adrià ne savait pas vraiment ce que cela voulait dire relax ; mais il se relâcha ; il ferma les yeux et trouva le vibrato à la fin d'un long do sur la deuxième corde. Je m'en souviendrai toute ma vie parce que j'eus l'impression que je commençais à apprendre à faire rire et pleurer le son. Parce que Bernat était devant moi et qu'à la maison on ne pouvait pas faire ça ; parce que sinon, je me serais mis à hurler de joie.

Malgré cette épiphanie dont je me souviens encore, malgré le sentiment de gratitude infinie envers mon ami tout neuf, je n'eus pas le courage de lui parler du chef arapaho ni de Carson le mâcheur de tabac, parce que ça la fichait mal qu'un grand nigaud de dix ans qu'on disait surdoué joue encore avec des chefs arapaho et des shérifs durs à cuire et à la barbe drue. Je restai simplement la bouche ouverte, me rappelant le son que j'avais émis, *moi*, avec *mon* violon d'étude. Ce fut sur la deuxième corde en première position : un do qu'Adrià fit vibrer avec le deuxième doigt. C'était sept heures du soir de je ne sais quel jour de l'automne ou de l'hiver mille neuf cent cinquante-huit à Barcelone, dans ce qui sera toujours mon appartement du carrer València, au cœur de l'Eixample, au centre du monde, et je pensai que j'étais en train de toucher le ciel sans être conscient de l'enfer qui était si proche de moi.

9

Ce dimanche, mémorable parce que papa s'était levé de bonne humeur, mes parents avaient invité le docteur Prunés, le meilleur paléographe vivant du monde, selon papa, à prendre le café à la maison avec son épouse, qui était la meilleure femme du meilleur paléographe vivant du monde. Et elle me fit un clin d'œil et je ne compris rien, n'ignorant pourtant pas que le clin d'œil se référait à un hypotexte essentiel auquel je ne pouvais accéder par manque de contexte. Il me semble que je t'ai déjà dit que j'étais très puant, et je pensais les choses presque en ces termes.

Ils parlèrent du café, de la porcelaine tellement fine que le café en était encore meilleur, de manuscrits et de temps en temps ils agrémentaient le tout de silences embarrassés. Et papa décida de porter le coup de grâce. À voix haute, pour que j'entende depuis ma chambre, il ordonna :

— Viens, petit. Tu m'entends ?

Et comment qu'il entendait, Adrià. Mais il eut l'intuition du désastre.

— Petiit !

— Oui ? – comme parvenant de très loin.

— Viens ici.

Adrià dut aller là-bas. Papa, les yeux brillants de cognac ; les époux Prunés regardant le petit avec affabilité. Et maman resservant du café et se lavant les mains du désastre.

— Oui. Salut. Bonjour.

Les invités murmurèrent un bonjour plein d'attente et regardèrent monsieur Ardèvol, prêts à s'enthousiasmer. Papa pointa un doigt sur ma poitrine et m'ordonna :

— Dis les chiffres en allemand.

— Papa...

— Fais ce que je te dis.

Flamboiement de cognac dans les yeux. Maman servant le café et regardant les petites tasses en porcelaine tellement fine qu'elle rendait le café meilleur.

— Eins, zwei, drei.

— Doucement, doucement, fit papa. Recommence.

— Eins, zwei, drei, vier, fünf, sechs, sieben, acht, neun, zehn.

Et je m'arrêtai.

— Et puis ? – papa, sévèrement.

— Elf, zwölf, dreizehn, vierzehn.

— Et cetera, et cetera, et cetera, fit papa comme s'il était le pater D'Angelo. Puis sur un ton sec, impérieux : Maintenant en anglais.

— C'est bien comme ça, Fèlix, intervint enfin maman.

— J'ai dit en anglais. – À maman, sévèrement : N'est-ce pas ?

J'attendis quelques secondes mais maman ne répondit pas.

— One, two, three, four, five, six, eight, nine, ten.

— Bien, bien, très bien – fit, enthousiaste, le meilleur paléographe vivant du monde. Et sa femme applaudit silencieusement jusqu'à ce que papa les interrompe avec un attends, attends, attends et me montre à nouveau du doigt.

— Maintenant en latin.

— Non, fit, émerveillé, conquis, le meilleur paléographe vivant du monde.

Je regardai papa, je regardai maman, qui était aussi mal à l'aise que moi mais qui ne regardait rien d'autre que le café, et je dis unus una unum, duo duae duo, tres tria, quattuor, quinque, sex, septem, octo, novem, decem. Et, suppliant : papa…

— Toi, tais-toi, papa sèchement.

Et il regarda le docteur Prunés qui dit sapristi, sapristi, réellement admiratif.

— Quel amour, fit la femme du docteur Prunés.

— Fèlix… – maman.

— Papa… – moi.

— Taisez-vous ! – papa. Aux invités. – Ça, ça n'est rien. – Il claqua les doigts dans ma direction et dit sèchement : Maintenant en grec.

— Heis mia hen, duo, treis tria, tettares tessares, pente, hex, hepta, octo, ennea, deka.

— For-mi-da-ble !

Les époux Prunés applaudirent, totalement captivés par le spectacle.

— Ugh.

— Pas maintenant, Aigle-Noir.

Papa me montra de la main en faisant un geste de haut en bas, comme quand on exhibe un beau loup que l'on vient de pêcher, et dit avec orgueil :

— Douze ans. – Et à moi, sans me regarder : Allez, tu peux partir.

Je m'enfermai dans ma chambre, blessé par l'attitude de maman qui n'avait pas levé un doigt pour me sauver du ridicule. Je me plongeai dans Karl May pour oublier mes peines. Et cet après-midi de dimanche, lentement, céda la place au soir et à la nuit. Ni Aigle-Noir ni le vaillant Carson n'osèrent troubler ma peine.

Jusqu'au jour où je découvris le véritable visage de Cecília. Je mis très longtemps à m'en apercevoir. La clochette du magasin sonna alors qu'Adrià, qui officiellement, pour maman, était en train de participer à l'entraînement de l'équipe B de hand-ball de l'école, se trouvait dans le coin des manuscrits, officiellement en train de faire ses devoirs en face de monsieur Berenguer, mais en réalité en train d'examiner illégalement un manuscrit sur parchemin du treizième siècle, auquel je ne comprenais pratiquement rien, mais qui me procurait une émotion très forte. La clochette. Aussitôt, je pensai papa est revenu d'Allemagne plus tôt que prévu et ça va être ta fête ; prépare-toi, c'était trop beau, ce mensonge à trois bandes. Je regardai du côté de la porte : monsieur Berenguer mettait son manteau et disait quelque chose en toute hâte à Cecília, qui venait d'entrer. Et ensuite, son chapeau à la main, l'air fâché et très pressé, il partait sans dire au revoir. Cecília resta plantée là pendant un instant, sans enlever son manteau, à réfléchir. Je ne savais pas si je devais lui dire bonjour Cecília ou attendre qu'elle me voie. Non, il vaut mieux que je le lui dise ; mais alors elle va trouver bizarre que je ne me sois pas montré plus tôt. Et le manuscrit ? Il vaut mieux que ; non, je ferais mieux de me cacher et… ou peut-être que je devrais attendre et voir… Je devrais commencer à penser en français.

Il décida de rester caché et Cecília, avec un soupir, disparut dans le bureau en enlevant son manteau. Je ne sais pas pourquoi, mais ce jour-là l'air était pesant. Et Cecília ne sortait pas du bureau. Et tout à coup, j'entends quelqu'un pleurer. Cecília était en train de pleurer dans le bureau et moi j'aurais voulu me volatiliser, parce que maintenant rien à faire, pas question qu'elle sache que je l'avais entendue pleurer en cachette. Les grandes personnes pleurent de temps en temps. Et si j'allais la consoler ? Ça me faisait de la peine parce que Cecília était très respectée à la maison et même maman, qui d'habitude parlait de toutes les femmes que papa fréquentait avec une pointe de mépris, disait beaucoup de bien de Cecília. Et puis quand on est un enfant on est très impressionné quand une grande personne pleure. Alors Adrià voulait se volatiliser. La femme passa un coup de téléphone, faisant tourner le disque avec violence. Je l'imaginais, en colère, furieuse, et je ne comprenais pas que celui qui était en danger c'était moi, parce qu'à un moment ou à un autre on fermerait le magasin et moi je resterais là, emmuré vivant.

— Tu es un lâche. Non, laisse-moi parler : un lâche. Tu m'as bercée pendant cinq ans avec la même chanson, oui, Cecília, le mois prochain je lui dirai tout, je te le promets. Lâche. Cinq ans à me faire patienter avec de bonnes excuses. Cinq ans ! Je ne suis plus une gamine, moi.

Sur ce point, j'étais bien d'accord avec elle. Pour le reste, je n'arrivais pas à tirer quoi que ce soit au clair. Et Aigle-Noir était à la maison, sur la table de nuit, en train de faire la sieste comme si de rien n'était.

— Non, non, non ! Maintenant c'est moi qui parle : nous ne partirons jamais vivre ensemble parce que tu ne m'aimes pas. Non, tais-toi, c'est à moi de parler. Je t'ai dit de te taire ! Eh bien tu peux te les mettre au cul toutes tes bonnes paroles. C'est fini. Tu m'entends ? Quoi ?

Adrià, assis à la table des manuscrits, ne savait pas ce qui était fini et si cela l'affectait ; il n'arrivait pas à comprendre pourquoi les grandes personnes étaient toujours en rogne parce que tu ne m'aimes pas, il commençait à découvrir que c'était la barbe cette histoire d'aimer, avec les baisers et tout le reste.

— Non. Ne me dis rien. Quoi ? Parce que je raccrocherai quand j'en aurai envie. Non monsieur : quand ça me rotera.

C'était la première fois que j'entendais dire quand ça me rotera. "Roter", du latin *ructare*, fréquentatif de *(e) rugere*. Et il était curieux que j'entende ça dans la bouche de la personne la plus éduquée de mon entourage. Avec le temps, s'est modifié en *ruptare*, d'où son évolution ultérieure. Cecília raccrocha avec une telle force que j'eus l'impression qu'elle avait failli faire exploser le téléphone. Et elle se mit à travailler à l'étiquetage des nouvelles pièces et à leur enregistrement dans les deux livres d'entrée, sérieuse, les lunettes sur le nez, sans aucune trace apparente de l'esclandre qu'elle venait de faire. Je n'eus aucun mal à sortir par la petite porte et à rentrer par celle de la rue, à dire bonjour Cecília et à m'assurer qu'il ne restait aucune larme sur ce visage toujours si soigné.

— Qu'est-ce que tu fais, mon trésor ? me dit-elle avec un sourire.

Et moi, la bouche ouverte, parce qu'on aurait dit une autre femme.

— Qu'est-ce que tu as demandé aux Rois mages ? pleine de sollicitude.

Et moi je haussai les épaules parce qu'à la maison on n'avait jamais fait les Rois parce que les Rois c'est les parents et ce n'est pas bien de tomber dans des superstitions primitives : par conséquent, dès la première fois que j'entendis parler des Rois mages, l'attente pleine d'excitation des cadeaux des Rois mages fut plutôt une attente résignée de ce que papa avait décidé que devaient être mon ou mes cadeaux du jour des Rois, qui n'avaient aucun rapport avec mes résultats à l'école, qui étaient censés aller de soi, ni avec le fait que je sois sage, qui était aussi censé aller de soi. Mais il m'arrivait de recevoir un cadeau d'enfant, qui contrastait avec le sérieux ambiant de la maison.

— J'ai demandé une… – Je me rappelai que papa m'avait communiqué que je recevrais un camion qui faisait du bruit avec une sirène et malheur à moi si je la faisais marcher dans la maison – un camion avec une sirène.

— Allez, fais-moi une bise, dit Cecília en faisant un geste du bras pour que je m'approche d'elle.

Papa revint de Brême une semaine plus tard avec un vase mycénien qui traîna pendant de nombreuses années dans le magasin et, à ce que je compris, avec des tas de papiers intéressants et deux ou trois joyaux éventuels, sous forme de premières éditions ou de manuscrits autographes, sans compter un manuscrit du quatorzième siècle qui, à ce qu'il disait, allait devenir un de ses trésors préférés. À la maison et au travail, on lui dit qu'il avait reçu plusieurs coups de téléphone étranges, de quelqu'un qui demandait à lui parler. Et comme s'il se moquait de ce qui devait arriver quelques jours plus tard, il me dit regarde, regarde cette merveille, et il me montra des cahiers : c'était un manuscrit des derniers écrits de Proust. De la *Recherche*. Un fouillis de lettres minuscules, de paragraphes écrits dans la marge, de notes, de flèches, de petits papiers attachés avec des trombones… Allez, lis-moi ça…

— Mais on n'y comprend rien.

— Mais comment ça ! C'est la fin. Les dernières pages ; la dernière phrase : ne me dis pas que tu ne sais pas comment finit la *Recherche*.

Je ne répondis pas. Papa, tout seul, comprit qu'il avait trop tiré sur la corde et prit la tangente comme il savait si bien le faire :

— Ne me dis pas que tu ne sais pas encore le français !

— *Oui, bien sûr**, mais je n'arrive pas à lire l'écriture.

Ce ne devait pas être la réponse correcte parce que papa, sans ajouter de commentaire, referma le cahier et le rangea dans le coffre-fort en marmonnant entre ses dents il va falloir que je fasse quelque chose il commence à y avoir trop de trésors dans cette maison. Et moi je compris il commence à y avoir trop de morts dans cette maison.

10

— Ton père... Écoute, mon petit. Ton père...
— Quoi ? Qu'est-ce qui lui arrive ?
— Eh bien, il est monté au ciel.
— Mais le ciel n'existe pas !
— Ton père est mort.

Je prêtai davantage attention au visage de maman, excessivement pâle, qu'à ce qu'elle disait. J'eus l'impression que c'était elle la morte. Aussi pâle que le violon du jeune Lorenzo Storioni avant qu'il soit verni. Et ses yeux remplis d'angoisse. Je n'avais jamais entendu maman avec la voix brisée. Sans me regarder, fixant la tache sur le mur derrière mon lit, elle me disait je ne l'ai pas embrassé quand il est parti de la maison. Peut-être qu'un baiser l'aurait sauvé. Et j'eus l'impression qu'elle ajoutait, d'une voix plus basse, qu'il l'avait mérité. Seulement l'impression.

Comme je n'arrivais pas à la comprendre, je m'enfermai dans ma chambre en désordre, avec le camion de la Croix-Rouge que les Rois m'avaient apporté serré contre moi, je m'assis sur mon lit et commençai à pleurer en silence, comme on faisait toujours tout à la maison parce que si papa n'était pas en train d'étudier des manuscrits il était en train de lire ou de mourir.

Je ne demandai pas de détail à maman. Et je ne pus voir papa mort parce qu'on me dit qu'il avait eu un accident, qu'il avait été renversé par un camion sur la route

149

de l'Arrabassada, qui ne se trouve pas sur le chemin de l'Ateneu, et que non, tu ne peux pas le voir, impossible. Et moi, angoissé parce que je devais trouver Bernat de toute urgence avant que le monde me tombe sur la tête et qu'on me mette en prison.

— Petit, pourquoi est-ce qu'il avait ton violon ?

— Hein ? Quoi ?

— Pourquoi ton père avait ton violon ? répéta Lola Xica.

Maintenant tout allait éclater au grand jour et j'allais mourir de peur. J'eus encore la force de mentir :

— Il me l'a demandé, je ne sais pas pourquoi. Il ne m'a pas dit. – Et, dans une tentative désespérée : Il était bizarre, papa.

Quand je mens, et c'est fréquent, j'ai l'impression que tout le monde s'en rend compte. Le sang me monte au visage, j'ai l'impression de devenir tout rouge, je regarde de tous les côtés en cherchant l'incohérence tapie sous la fiction que je suis en train de bâtir… Je vois que je suis à la merci des autres et chaque fois je m'étonne qu'ils ne se rendent compte de rien. Pas maman, qui n'y voit que du feu ; mais Lola Xica je suis sûr que si. Mais elle fait semblant. C'est très mystérieux, cette histoire de mensonges. Aujourd'hui encore, à mon âge, je deviens rouge quand je mens et j'entends la voix de madame Angeleta qui, un jour où j'avais dit que ce n'était pas moi qui avais volé cette barre de chocolat, m'attrapa la main, me la fit ouvrir et montra à maman et à Lola Xica ma main tendue ignominieusement tachée de chocolat. Elle la referma, comme si c'était un livre, et me dit on attrape plus vite un menteur qu'un boiteux, n'oublie jamais ça, Adrià. Et je m'en souviens encore, à soixante ans bien sonnés. Mes souvenirs sont gravés dans le marbre, madame Angeleta, et ils redeviendront marbre. Mais maintenant le problème n'est pas la barre de chocolat volée. Je pris un air peiné, ce qui ne fut pas difficile parce que j'avais beaucoup de peine et que j'avais très peur et je dis je ne sais pas, moi, et je me mis à pleurer parce que papa était mort et…

Lola Xica sortit de ma chambre et j'entendis qu'elle parlait avec quelqu'un. Alors un homme inconnu, qui dégageait une intense puanteur de tabac, qui parlait en castillan et qui n'avait pas enlevé son manteau, et qui tenait son chapeau à la main, entra dans ma chambre et me fit comment t'appelles-tu.

— Adrià.

— Pourquoi ton père a-t-il emporté ton violon ? – comme ça, une simple question, d'un air las.

— Je ne sais pas, je le jure.

L'homme me montra des débris de mon violon d'étude.

— Tu reconnais ça ?

— Mouais. C'est mon violon… C'était mon violon.

— Il te l'a demandé ?

— Oui – mensonge.

— Sans aucune explication ?

— Non. Si.

— Il joue du violon ?

— Qui ?

— Ton père.

— Non, quelle idée.

Et je dus réprimer un sourire moqueur ; rien que d'imaginer papa en train de jouer du violon j'avais envie de. L'homme au manteau, au chapeau et à la puanteur de tabac regarda maman et Lola Xica, qui acquiescèrent en silence. L'homme montra avec son chapeau le camion de la Croix-Rouge que j'avais dans les mains et dit il est chouette ce camion. Et il sortit de ma chambre. Je restai seul avec mes mensonges sans rien comprendre. De l'intérieur du camion ambulance, Aigle-Noir me lança un regard de commisération. Je sais qu'il méprise les gens qui disent des mensonges.

L'enterrement fut sombre, plein de messieurs sérieux, le chapeau à la main, et de dames qui couvraient leur visage avec une voilette. Les cousins étaient venus de Tona, ainsi que de vagues cousins éloignés, les Bosch, d'Amposta, et pour la première fois je sentis que j'étais le centre d'attention, vêtu de noir et bien peigné, avec une raie impeccable, parce que Lola Xica m'avait mis une double dose de gomina et elle disait que j'étais très beau. Et elle me fit un baiser sur le front, comme ceux que maman ne me fait pas, et encore moins en ce moment où elle ne me regarde plus. Il paraît que papa était dans la caisse sombre, mais je n'ai pas pu m'en assurer. Lola Xica m'a dit qu'il avait de nombreuses blessures et qu'il valait mieux que je ne le voie pas. Pauvre papa, toute la sainte journée plongé dans les livres et les objets rares, et voilà qu'il meurt plein de blessures. La vie est idiote. Et si ces blessures avaient été causées par une dague Kaiken, du magasin ? Non : on m'avait dit que c'était un accident.

Pendant quelques jours, nous vécûmes avec les rideaux tirés et tout était entouré de chuchotements. Lola Xica était davantage sur mon dos et maman passait de nombreuses heures assise dans le fauteuil où ils prenaient le café, devant le fauteuil vide où papa, avant de mourir, prenait son café. Mais elle ne prenait pas le café parce que ce n'était pas l'heure du café. C'était compliqué, parce que je ne savais pas si je pouvais m'asseoir dans l'autre fauteuil parce que maman ne me voyait pas et j'avais beau lui dire hé, maman, elle me prenait par le poignet mais regardait le papier peint du mur et ne me disait rien et alors je pensais ça ne fait rien et je ne m'asseyais pas dans le fauteuil de papa et je pensais que c'était la tristesse qui faisait ces choses-là. Mais moi aussi j'étais triste et pourtant je regardais partout. Ce furent des jours très angoissants parce que je savais que maman ne me voyait pas. Ensuite je m'habituai peu à peu. J'ai l'impression que depuis lors maman et moi ne nous sommes plus jamais vus. Elle avait sans doute deviné que c'était entièrement de ma faute et elle ne voulait plus entendre parler de moi. Parfois, elle me regarde, mais c'est seulement pour me donner des instructions. Et elle a laissé ma vie entre les mains de Lola Xica. Pour l'instant.

Sans rien me dire auparavant, maman arriva un jour à la maison avec un nouveau violon d'étude, pas mauvais du tout, avec de bonnes proportions et qui sonnait bien. Et elle me le donna presque sans un mot, mais en tout cas sans me regarder dans les yeux. Comme si elle était distraite et qu'elle agissait machinalement. Comme si elle pensait à avant ou à après mais pas à ce qu'elle faisait. Je mis très longtemps à la comprendre. Et je repris l'étude du violon, que j'avais dû interrompre depuis plusieurs jours.

Un jour, alors que je travaillais dans ma chambre, j'accordai le bourdon avec tellement d'énergie que je le cassai. Alors, je cassai deux autres cordes et je dis à maman il faut que tu m'accompagnes à can Beethoven. Je n'ai plus de mi. Elle me regarda. Enfin... elle regarda de mon côté, plus ou moins, sans rien dire. Alors je lui répétai que j'avais besoin de cordes neuves et alors Lola Xica sortit de derrière un rideau et me dit on va y aller tous les deux, mais il faudra que tu me dises quelles cordes tu veux parce que pour moi elles sont toutes pareilles.

Nous y sommes allés en métro. Lola Xica m'expliqua qu'elle était née à la Barceloneta et que souvent, quand elle se promenait avec ses amies, elles disaient si on allait à Barcelone et en dix minutes elles se retrouvaient en bas de la Rambla et elles flânaient en montant et en redescendant la Rambla, comme des gourdes, riant et se mettant la main devant la bouche pour que les garçons ne les voient pas rire, et apparemment c'était plus drôle que d'aller au cinéma, à ce que me disait Lola Xica. Et elle me dit qu'elle n'aurait jamais imaginé que dans cette boutique tellement étroite et sombre on vendait des cordes de violon. Et je demandai un sol, deux mi et un la, des Pirastro, et elle me dit c'était facile comme tout : tu aurais pu me l'écrire sur un bout de papier et je serais venue seule. Alors je lui dis que non, que maman voulait toujours que je l'accompagne, on ne sait jamais. Lola Xica paya, nous sortîmes de can Beethoven, elle se pencha pour m'embrasser sur la joue et regarda la Rambla avec nostalgie, mais elle ne mit pas la main devant sa bouche parce qu'elle ne riait pas comme une gourde. Alors il me vint à l'esprit que j'étais peut-être en train de me retrouver aussi sans mère.

Deux ou trois semaines après l'enterrement, d'autres messieurs vinrent à la maison. Ils parlaient castillan et maman devint à nouveau toute pâle, comme si papa était mort pour la deuxième fois et il y eut à nouveau les chuchotements entre maman et Lola Xica et moi je me sentais mis à l'écart et je pris mon courage à deux mains et je dis à maman maman, qu'est-ce qui se passe. Pour la première fois depuis plusieurs jours elle me regarda vraiment. Elle me dit c'est trop énorme, mon petit, c'est trop énorme. Il vaut mieux que… Et alors Lola Xica entra et elle m'emmena à l'école. Et je remarquai que certains enfants me regardaient de façon bizarre, plus que d'habitude. Et Riera s'est approché de moi à la récréation et il m'a dit on l'a aussi enterrée ? Et moi, quoi ? Et lui, on l'a aussi enterré ?… Et moi, enterré quoi ? Et Riera avec un sourire suffisant, ça doit être terrible, de voir une tête toute seule ? Et il insista et vous l'avez aussi enterrée ? Et je ne comprenais rien et, à tout hasard, j'allai dans le coin au soleil, avec ceux qui échangeaient des images, et depuis ce moment j'évitai Riera.

J'avais toujours eu du mal à être un enfant comme les autres. Bon : je n'étais pas comme les autres. Mon problème, qui était très grave et qui, à en croire Pujol, était sans remède, c'était que j'aimais apprendre : j'aimais apprendre l'histoire et le latin et le français et j'aimais aller au conservatoire et que la mère Trullols me fasse faire des mécanismes, parce que je faisais des gammes et je m'imaginais que j'étais devant un théâtre bondé et alors je réussissais les mécanismes avec un son un peu meilleur. Parce que le secret est dans le son. Les mains, ça va toujours, des heures de travail et elles bougent toutes seules. Et parfois j'improvisais. J'aimais tout ça et j'aimais prendre l'encyclopédie *Espasa* et voyager à travers ses articles. Et alors, à l'école, quand monsieur Badia posait une question sur n'importe quel sujet, Pujol me montrait du doigt et disait que c'était moi qui étais chargé de répondre à toutes les questions. Et alors j'avais honte de répondre à la question parce qu'on aurait dit qu'on m'exhibait comme un singe savant, on aurait dit qu'ils étaient comme papa. Esteban, qui était assis derrière moi et qui était un vrai salopard, me traitait de gonzesse chaque fois que je répondais bien à une question jusqu'au jour où je dis à monsieur Badia que non, que je ne me rappelais pas la racine carrée de cent quarante-quatre et je dus sortir pour aller vomir dans les toilettes, et alors que je vomissais Esteban est entré et a dit regardez-moi cette gonzesse. Mais quand papa est mort j'ai remarqué qu'ils me regardaient avec un je ne sais quoi, de façon différente, comme si j'étais passé dans la catégorie supérieure. Malgré tout, il me semble que j'enviais les enfants qui ne voulaient pas apprendre et qui se faisaient parfois coller à une matière. Et au conservatoire c'était différent, parce que tu étais tout de suite le violon à la main, à essayer d'en tirer un beau son, non, non, on dirait un canard aphone, écoute-moi ça. Et la mère Trullols prenait mon violon et en tirait un son tellement beau que, même si elle était assez âgée et trop maigre, il s'en fallut d'un cheveu que je tombe amoureux d'elle. C'était un son qui avait l'air d'être en velours et qui avait le parfum de je ne sais quelle fleur, mais dont je me souviens encore.

— Je ne saurai jamais en tirer un son comme ça. Et pourtant, j'arrive à faire le vibrato.

— Tout arrive à point nommé.

— Oui, mais moi je ne pourrai jamais…

— Ne dis jamais jamais, Ardèvol.

C'est certainement le conseil musical et intellectuel le plus mal exprimé mais qui m'a le plus influencé de tous ceux que j'ai reçus au cours de ma vie à Barcelone et en Allemagne. Au bout d'un mois j'avais un bien meilleur son, indubitablement. C'était un son qui n'avait pas encore de parfum mais qui ressemblait déjà au velours. Mais maintenant que j'y pense, je n'y retournai pas tout de suite, ni à l'école ni au conservatoire. Je restai d'abord quelques jours à Tona, avec les cousins. Et quand je revins, j'essayai de comprendre comment tout s'était passé.

Le 7 janvier, le docteur Fèlix Ardèvol s'absenta de chez lui parce qu'il avait rendez-vous avec un collègue portugais qui était de passage.

— Où ?

Le docteur Ardèvol dit à Adrià qu'à son retour il voulait voir sa chambre parfaitement rangée parce que le lendemain c'était la fin des vacances et il regarda sa femme.

— Qu'est-ce que tu as dit ?

Il employa le ton sévère du professeur qu'il n'était pas, tout en mettant son chapeau. Elle avala sa salive comme l'élève qu'elle n'était pas. Mais elle répéta la question :

— Où dois-tu retrouver Pinheiro ?

Lola Xica, qui entrait dans la salle à manger, sentit l'atmosphère épaisse et retourna dans la cuisine. Fèlix Ardèvol laissa passer trois ou quatre secondes qu'elle trouva humiliantes et qui laissèrent le temps à Adrià de regarder son père, puis sa mère, et de comprendre qu'il se passait quelque chose.

— Et pourquoi veux-tu le savoir?

— Bon, bon… Je n'ai rien dit.

Maman s'enfonça à l'intérieur de l'appartement sans lui donner le baiser qu'elle lui réservait. Avant d'arriver au fond, dans le territoire de madame Angeleta, elle entendit qu'il lui disait nous devons nous retrouver à l'Ateneu. Et, en appuyant beaucoup : si tu n'y vois pas d'inconvénient. Et, sur un ton de reproche, comme pour la punir de cette curiosité inhabituelle :

— Et je ne sais pas à quelle heure je reviendrai.

Il entra dans son bureau et en ressortit aussitôt. Nous entendîmes la porte de l'appartement, le bruit qu'il faisait en l'ouvrant et le coup quand il la ferma de l'extérieur, peut-être plus violemment que d'habitude. Et ensuite le silence. Et Adrià était horrifié parce que papa avait emporté, ah mon Dieu, papa avait emporté le violon. L'étui à violon avec le violon d'étude à l'intérieur. Comme un automate, sur le pied de guerre, Adrià attendit le moment opportun pour entrer dans le bureau comme un voleur, comme le Seigneur j'entrerai dans ta maison, et priant Dieu qui n'existe pas que maman n'ait pas l'idée d'entrer juste à ce moment-là, murmura six un cinq quatre deux huit et ouvrit le coffre-fort : mon violon n'était plus là et je voulais mourir. Et alors je me hâtai de tout remettre en place et ensuite je m'enfermai dans ma chambre, attendant le retour de papa, hors de lui et criant qui c'est qui me prend pour un con? Qui a accès au coffre-fort, hein? Hein? Lola Xica?

— Mais moi je…

— Carme?

— Fèlix, pour l'amour de Dieu.

Et alors il me regarderait et dirait Adrià? Et il faudrait que je me mette à mentir aussi maladroitement que d'habitude et papa devinerait tout. Et bien que je sois à deux pas de lui il crierait comme s'il me parlait depuis le carrer del Bruc et il me dirait viens un peu ici et comme je ne bougerais pas, lui, criant encore plus fort, il dirait je te dis de venir par ici ! Et le pauvre Adrià s'approcherait la tête basse et essaierait de prendre un air innocent et ce serait un très très mauvais moment à passer. Mais au lieu de ça il y eut l'appel téléphonique et maman qui entra dans la chambre et lui dit ton père… Comment dire… Mon petit… Ton père… Et lui : quoi. Qu'est-ce qui lui arrive ? Et elle, eh bien, il est monté au ciel. Et lui qui ne trouva rien d'autre à dire que le ciel n'existe pas.

— Ton père est mort.

Alors le premier sentiment fut un sentiment de soulagement, parce que s'il était mort il ne me gronderait pas. Et ensuite je me dis que c'était un péché de penser ça. Et aussi que même si le ciel n'existe pas je peux me sentir comme un misérable pécheur parce que je savais de façon certaine que papa était mort par ma faute.

Madame Carme Bosch d'Ardèvol dut procéder à l'identification officielle, douloureuse et pénible d'un corps sans tête qui était celui de Fèlix : une tache sur… oui, cette tache. Oui, et les deux grains de beauté. Et lui, un corps froid qui ne pouvait plus engueuler personne, mais lui, sans le moindre doute, oui, mon mari, monsieur Fèlix Ardèvol i Guiteres, oui.

— Qui avez-vous dit ?

— Pinheiro. De Coimbra. Un professeur de Coimbra, oui. Horacio Pinheiro.

— Et vous, madame, vous le connaissez ?

— Je l'ai vu deux ou trois fois. Quand il vient à Barcelone, il a l'habitude de descendre à l'hôtel Colón.

Le commissaire Plasencia fit un signe à l'homme à la petite moustache, qui sortit silencieusement. Alors, il regarda cette veuve si récente, qui ne portait pas encore le deuil parce qu'on était allé la chercher une demi-heure plus tôt et on lui avait dit il vaut mieux que vous veniez avec nous et elle, mais qu'est-ce qui se passe, et les deux hommes je regrette madame mais nous ne sommes pas autorisés à en parler, et elle enfila son manteau rouge d'un grand geste élégant et dit à Lola Xica occupe-toi du goûter du petit, je reviens tout de suite, et maintenant elle était assise, avec son manteau rouge, regardant sans les voir les fissures de la table du commissaire et pensant ce n'est pas possible. Et à voix haute, implorant, elle disait est-ce que vous pouvez m'expliquer ce qui s'est passé ?

— Aucune trace, commissaire, dit l'homme à la fine moustache.

Ni à l'Ateneu, ni à l'hôtel Colón, ni nulle part à Barcelone, pas la moindre trace du professeur Pinheiro. En réalité, quand ils appelèrent Coimbra, ils entendirent la voix effrayée du docteur Horacio da Costa Pinheiro qui arrivait seulement à dire co-co-co-comment est-il possible que que que le docteur Ardèvol, si le si le si... Oh, quelle horreur. Si le docteur, si le, si le... vous êtes sûr que ce n'est pas une erreur ? Décapité ? Et comment savez-vous que... Mais ça ne veut pas dire qu'il ne... Mais c'est impossible...

— Ton père... Mon fils, ton père est monté au ciel.

Alors je compris qu'il était mort par ma faute. Mais ça, je ne pouvais le dire à personne. Et tandis que Lola Xica, maman et madame Angeleta cherchaient des vêtements pour le défunt et éclataient en sanglots de façon intermittente, je me sentis misérable, lâche et assassin. Et bien d'autres choses dont je ne me souviens pas.

Le lendemain de l'enterrement, maman, qui se frottait les mains avec angoisse, s'arrêta tout à coup et dit à Lola Xica donne-moi la carte du commissaire Plasencia. Et Adrià entendit qu'elle parlait au téléphone et qu'elle disait c'est qu'à la maison nous avons un violon de grande valeur. Le commissaire se présenta à la maison et maman avait fait appeler monsieur Berenguer pour qu'il leur donne un coup de main.

— Personne ne connaît la combinaison du coffre-fort ?

Le commissaire se retourna pour regarder maman, monsieur Berenguer, Lola Xica et moi, qui regardais tout depuis la porte du bureau de papa.

Pendant quelques minutes, monsieur Berenguer demanda les dates de naissance de maman et la mienne et essaya de trouver la combinaison.

— Pas moyen, dit-il, penaud. Et moi, depuis le couloir, j'avais failli dire six un cinq quatre deux huit, mais je ne pouvais pas le dire parce que je serais devenu suspect d'assassinat. Et je n'étais pas suspect. J'étais seulement coupable. Je ne dis rien. J'eus beaucoup de mal à ne rien dire ; le commissaire passa un coup de fil depuis le bureau et au bout d'un moment nous vîmes comment un gros monsieur, qui transpirait beaucoup parce qu'apparemment ça le fatiguait d'être accroupi, mais qui cependant touchait les choses avec délicatesse, trouvait, avec un stéthoscope et beaucoup de silence, le secret de la combinaison, qu'il nota sur un papier secret. Il ouvrit le coffre avec un air de satisfaction cérémonieux, se releva avec difficulté et laissa la place aux autres. Dans le coffre, il y avait le Storioni, nu, sans son étui, qui me regardait avec ironie. Alors ce fut le tour de monsieur Berenguer, qui le prit avec des gants, l'inspecta attentivement sous la lampe de la table, leva la tête et le sourcil droit et dit avec une certaine solennité à maman, au commissaire, au gros monsieur qui essuyait la sueur de son front, au shérif Carson, à Aigle-Noir, chef arapaho, et à moi, qui me trouvais de l'autre côté de la porte :

— Je peux vous assurer que ceci est le violon connu sous le nom de Vial, construit par Lorenzo Storioni. Sans l'ombre d'un doute.

— Sans étui ? Il le garde toujours sans étui ? – le commissaire qui sentait le tabac.

— Il me semble que non – maman. Il me semble qu'il le gardait dans son étui, dans le coffre.

— Et quel sens cela a-t-il qu'il ait pris l'étui, qu'il l'ait ouvert, qu'il ait laissé le violon dans le coffre, le referme, demande son violon d'étude à son fils et le mette dans l'étui du bon violon ? Hein ?

Il jeta un coup d'œil circulaire. Il s'arrêta sur moi, qui me trouvais sur le seuil de la porte, essayant de cacher mon tremblement de peur. *Le tremblement de la panique**. Pendant quelques secondes, son regard montra qu'il avait deviné le pourquoi du mystère. Je me voyais déjà parlant français toute ma pputain de vie.

Je ne sais pas ce qui s'était passé, je ne sais pas ce que voulait mon père. Je ne sais pas pourquoi, s'il devait aller à l'Ateneu, on l'avait trouvé à l'Arrabassada. Je sais seulement que je l'ai poussé à la mort et aujourd'hui, cinquante ans plus tard, je le pense toujours.

11

Et un jour maman est sortie du trou et a commencé à observer les choses avec ses yeux. Je le remarquai parce qu'à l'heure du dîner (elle, Lola Xica et moi), elle me regarda un instant et j'eus l'impression qu'elle allait dire quelque chose et je tremblais parce que j'étais certain qu'elle allait dire je sais tout, je sais que ton père est mort par ta faute et maintenant je vais te dénoncer à la police, assassin, et moi, mais maman, je ne voulais pas ça, je ne... et Lola Xica essayant de ramener la paix, parce qu'elle était chargée de garder en paix une maison où on parlait très peu et elle le faisait avec peu de mots et des gestes mesurés, Lola Xica, j'aurais dû te garder toute ma vie à mes côtés.

Et maman continuait à me regarder et je ne savais que faire. Il me semble que depuis la mort de papa maman me haïssait. Déjà, avant sa mort, elle ne me témoignait pas une affection démesurée. C'est curieux ; pourquoi avons-nous été aussi froids les uns envers les autres, à la maison ? Je suppose, aujourd'hui, que l'origine de tout est la façon dont papa régentait notre vie. En cet instant, à l'heure du dîner, ce devait être le mois d'avril ou de mai, maman me regardait sans rien dire. Je ne savais pas ce qui était pire : une mère qui ne te regarde même pas ou une mère qui t'accuse. Et alors, elle lança sa terrible accusation :

— Comment ça va, les leçons de violon ?

À vrai dire, je ne savais que répondre ; mais je me rappelle que je transpirais intérieurement.

— Bien. Comme d'habitude.

— Tant mieux. – Maintenant, elle me transperçait de son regard : Tu es content, avec mademoiselle Trullols ?

— Oui, très content.

— Et le nouveau violon ?

— Ben…

— Qu'est-ce que ça veut dire "ben" ? Il te plaît oui ou non ?

— Moui.

— Moui ou oui ?

— Oui.

Silence. Je baissais le regard et Lola Xica en profitait pour emporter le plat qui avait contenu les haricots verts, faisant mine d'avoir fort à faire à la cuisine, la couarde.

— Adrià.

Je la regardai avec des yeux de chien battu. Elle m'examinait comme elle le faisait jadis et me dit tu vas bien ?

— Moui.

— Tu es triste.

— Moui.

Maintenant, elle allait porter le coup de grâce, l'index braqué sur mon âme noire.

— Je ne me suis pas beaucoup occupée de toi, ces temps-ci.

— Ça n'a pas d'importance.

— Si, ça a de l'importance.

Lola Xica revint avec des maquereaux frits, le plat que je détestais le plus au monde, et maman, voyant ça, ébaucha une sorte de sourire sec et dit : du maquereau, quelle bonne idée.

Et c'est ainsi que prirent fin la conversation et l'accusation. Ce soir-là, je mangeai tout le maquereau qu'il y avait dans mon assiette, et ensuite je bus mon verre de lait, et au moment d'aller au lit je vis que maman fouillait dans le bureau de papa et il me semble que c'était la première fois qu'elle le faisait depuis sa mort. Et je ne pus m'empêcher d'aller l'épier, parce que pour moi tous les prétextes étaient bons pour espionner. Je n'avais pris que Carson, à tout hasard. Maman était accroupie et fouillait dans le coffre-fort. Maintenant, elle connaissait la combinaison. Le Vial était posé à l'extérieur du coffre. Et elle sortait la paperasse en y jetant un coup d'œil indolent, et elle l'empilait par terre, en ordre.

— Qu'est-ce que tu cherches ?
— Des papiers. Du magasin. De Tona.
— Je t'aide, si tu veux.
— Non, parce que je ne sais pas ce que je cherche.

Et moi, ravi, parce que maman et moi avions engagé une conversation ; brève, mais une conversation tout de même. Et il me vint à l'esprit que c'était bien que papa soit mort comme ça maman et moi on pouvait parler. Mais je ne voulais pas penser ça, ça me venait sans que je le veuille. Mais ce qui est sûr c'est que les yeux de maman commencèrent à briller à partir de ce jour-là.

Alors elle sortit trois ou quatre petites boîtes et les posa sur la table. Je m'approchai. Elle en ouvrit une : elle contenait un stylo en or avec une plume en or.

— Mince alors, fis-je, admiratif.

Maman referma la boîte.

— C'est de l'or ?
— Je ne sais pas. Je suppose.
— Je ne l'avais jamais vu.
— Moi non plus.

Aussitôt, elle se mordit les lèvres. Elle reposa la boîte avec le stylo en or dont elle ignorait l'existence et ouvrit une autre boîte, plus petite, de couleur verte. Avec des doigts tremblants, elle écarta le coton rose.

164

Avec les années, j'ai compris que la vie de maman n'a pas été facile. Que ce n'était sans doute pas une grande idée de s'être mariée avec papa, même s'il ôtait son chapeau avec élégance pour la saluer et s'il lui disait comment vas-tu ma belle. Qu'elle aurait sûrement été plus heureuse avec un autre homme, qui de temps en temps n'aurait pas eu raison, ou se serait trompé, ou se serait mis à rire sans motif. À la maison, nous étions tous marqués par l'indéfectible sérieux, légèrement teinté d'aigreur, de papa. Et j'avais beau passer mes journées à observer et être un enfant particulièrement éveillé, je dois reconnaître que je voyais bouger les arbres mais que je ne savais jamais d'où venait le vent. C'est pourquoi, comme point d'orgue de cette soirée sensationnelle pour moi, parce qu'il me semblait que j'avais récupéré maman, je lui dis je pourrai étudier avec le Vial, maman ? Et maman se figea. Pendant un moment, elle fixa le mur et je pensai ça y est c'est reparti, elle ne me regardera plus jamais. Mais elle eut un sourire timide et me dit laisse-moi y réfléchir. J'ai l'impression que je me rendis compte, alors, que les choses allaient peut-être commencer à changer. Elles changèrent, c'est certain, mais pas comme j'aurais voulu. Évidemment, s'il n'en avait pas été ainsi, je ne t'aurais pas connue.

Tu as remarqué que la vie est un hasard insondable ? Des millions de spermatozoïdes du père, un seul féconde l'ovule qu'il faut. Que tu sois née ; que je sois né, ce sont des hasards immenses. Nous aurions pu naître des millions d'êtres différents qui n'auraient été ni toi ni moi. Que nous aimions Brahms l'un et l'autre est aussi un hasard. Que dans ta famille il y ait eu tant de morts et tellement peu de survivants. Tout est un hasard. Si l'itinéraire de nos gènes et nos vies ensuite avaient bifurqué à l'un des millions de carrefours possibles, on n'aurait même pas pu écrire tout ceci, qui sera lu par je ne sais qui. Vertigineux.

À partir de ce soir-là, les choses commencèrent à changer. Maman passait de longues heures enfermée dans le bureau, comme papa mais sans loupe, lisant et relisant tous les documents du coffre-fort, profitant de ce que le six un cinq quatre deux huit était désormais dans le domaine public. Elle méprisait tellement la façon de faire de papa qu'elle ne prit même pas la peine de changer la combinaison du coffre, ce dont je lui fus reconnaissant sans bien savoir pourquoi. Et encore des heures à remuer toute cette paperasse ou à parler avec des hommes inconnus avec des lunettes qu'ils mettaient ou enlevaient selon qu'ils lisaient des papiers ou regardaient maman, et tous parlaient à voix basse, tous avec le plus grand sérieux, et ni moi ni Carson ni même le très silencieux Aigle-Noir ne pûmes entendre grand-chose. Au bout de quelques semaines de murmures, de conseils donnés presque au creux de l'oreille, de recommandations, de haussements de sourcils et de commentaires brefs et catégoriques, maman rangea tout ce fatras dans le coffre, six un cinq quatre deux huit, et mit quelques papiers dans une chemise foncée. À ce moment précis, elle changea la combinaison du coffre-fort. Alors elle mit son manteau noir sur sa robe noire, inspira profondément, prit la chemise sombre et se présenta au magasin de façon inattendue et Cecília lui dit bonjour, madame Ardèvol. Et elle alla directement au bureau de monsieur Ardèvol, entra sans frapper, posa la main, délicatement, sur le berceau du téléphone qu'utilisait un monsieur Berenguer aux cent coups et coupa la conversation téléphonique.

— Nom de Dieu…

Madame Ardèvol sourit et s'assit en face de monsieur Berenguer qui, l'air irrité, était assis dans le fauteuil gris de Fèlix. Elle posa la chemise foncée sur la table.

— Bonjour, monsieur Berenguer.

— J'étais en train de parler avec Francfort. – Il donna un coup sec sur la table, du plat de la main, en signe de mécontentement. – J'ai eu un mal de chien à obtenir la ligne !

— C'est ce que je voulais éviter. Nous avons à parler, vous et moi.

Et ils parlèrent de tout. Le fait est que maman en savait beaucoup plus que ce qu'elle était censée savoir. Et à peu près la moitié des pièces qui sont dans le magasin sont à moi.

— À vous ?

— Personnellement. Héritage de mon père. Le docteur Adrià Bosch.

— Eh bien je n'en savais rien.

— Moi non plus jusqu'il y a quelques jours. Mon mari était peu délicat pour ces petits détails. J'ai les documents qui le prouvent.

— Et si c'est déjà vendu ?

— Le fruit de la vente me revient.

— Mais c'est un commerce qui

— C'est de cela que je venais vous parler. Dorénavant, c'est moi qui gérerai le magasin.

Monsieur Berenguer la regarda, bouche bée. Elle sourit sans gaieté et dit je veux voir les livres. Maintenant.

Monsieur Berenguer mit quelques secondes à réagir. Il se leva et alla dans le territoire de Cecília, avec qui il eut une conversation sèche, rapide et instructive, et quand il revint, avec une pile de livres de comptabilité, il découvrit que madame Ardèvol s'était assise dans le fauteuil gris de Fèlix et lui faisait un geste pour l'autoriser à entrer.

Maman revint à la maison toute tremblante et, aussitôt la porte fermée, elle enleva son manteau noir sans avoir la force de l'accrocher : elle le laissa sur la banquette de l'entrée et alla dans sa chambre. Je l'entendis pleurer et jugeai préférable de ne pas me mêler de choses dont j'ignorais tout. Ensuite, elle parla pendant un long moment avec Lola Xica à la cuisine et je vis Lola Xica poser la main sur sa main et faire un geste comme pour l'encourager. J'ai mis des années à assembler à nouveau les pièces de cette image que je vois encore, comme un tableau de Hopper. Toute mon enfance à la maison est enregistrée dans ma tête comme des diapositives de peintures de Hopper, avec la même solitude poisseuse et mystérieuse. Et je m'y vois comme un des personnages assis sur un lit défait, avec un livre abandonné sur une chaise nue, ou regardant par la fenêtre ou assis à côté d'une table dégarnie, contemplant un mur vide. Parce qu'à la maison on réglait tout avec des chuchotements et le bruit le plus net qu'on pouvait entendre, à part mes exercices de portamento au violon, c'était quand maman mettait des chaussures à talons pour sortir. Et si Hopper disait qu'il peignait parce qu'il ne pouvait pas dire ça avec des mots, moi j'écris avec des mots parce que, bien que je le voie, je suis incapable de le peindre. Et je vois toujours les choses comme lui, à travers des fenêtres ou des portes mal fermées. Et ce que je ne savais pas, j'ai fini par le savoir. Et ce que je ne sais pas, je l'invente et c'est également vrai. Je sais que tu me comprendras et que tu me pardonneras.

Deux jours plus tard, monsieur Berenguer avait remis toutes ses affaires dans son petit bureau, à côté des dagues japonaises, et Cecília avait grand mal à cacher sa satisfaction, tout en faisant mine de ne pas s'occuper de ces broutilles. C'est maman qui parla avec Francfort, et ce redéploiement des pièces qu'elle effectua, attaquant avec les tours et la reine, fut, je suppose, ce qui décida monsieur Berenguer à sortir les gros calibres, pour ce qu'on pourrait considérer comme une attaque fulminante et inattendue. Les poids lourds du magasin d'antiquités du carrer de la Palla s'étaient déclaré la guerre et tous les moyens étaient bons.

Maman avait toujours eu un air inquiet, soumis et discret, et elle n'avait jamais élevé la voix contre personne,

moi excepté. Mais quand papa est mort, elle se transforma et devint une excellente patronne, avec une dureté
implacable que je n'aurais jamais soupçonnée chez elle.
Le magasin redressa bientôt le cap, avec une orientation
vers la brocante de qualité, qui permettait de faire mieux
tourner la marchandise, et monsieur Berenguer dut supporter l'humiliation de remercier son ennemie pour une
augmentation de salaire qu'il n'avait pas demandée et,
de plus, accompagnée de la menace d'un vous et moi
nous aurons bientôt une longue conversation. Maman se
retroussa à nouveau les manches et alors elle se tourna
vers moi, prit une profonde inspiration, et je compris avec
une clarté diaphane que nous entamions une période difficile de ma vie.

À cette époque, je ne savais rien des manœuvres
secrètes de maman. Je tardai longtemps à en avoir
connaissance, parce qu'à la maison nous ne racontions
les choses que lorsqu'il n'y avait plus d'autre solution,
déléguant les confidences à un papier écrit, afin d'éviter le corps à corps des regards. Je mis très longtemps
à apprendre que maman s'était comportée comme une
nouvelle Magdalena Giralt[1]. Elle ne réclama pas la tête
de son mari parce qu'on la lui avait donnée dès qu'on
l'avait trouvée. Ce qu'elle réclamait, c'était la tête de
l'assassin de son mari. Tous les mercredis, quoi qu'il pût
se passer au magasin ou à la maison, elle s'habillait de
noir et descendait jusqu'au commissariat du carrer Llúria,
en charge de l'enquête, et demandait à parler au commissaire Plasencia, qui la faisait entrer dans son bureau,

1. Épouse du général catalan Josep Moragues, exécuté à la fin de
la guerre de Succession d'Espagne, en mai 1715. Elle réclama
pendant douze ans que la tête de son mari soit retirée du Portal
de Mar, où elle était accrochée et exposée pour servir d'exemple.

imprégné d'une odeur de tabac qui soulevait le cœur, et elle demandait justice pour la mort de son mari qui ne l'avait jamais aimée. Et chaque fois, après avoir salué le commissaire, elle demandait s'il y avait du nouveau dans l'affaire Ardèvol, et chaque fois le commissaire, sans la prier de s'asseoir, raide comme un piquet, répondait non madame. N'oubliez pas que nous sommes convenus que je vous appellerais s'il y avait lieu.

— On ne peut pas décapiter un homme comme ça, sans laisser de trace.

— Vous nous taxez d'incompétence?

— Je suis en train d'envisager la possibilité d'en appeler à une instance supérieure.

— Vous me menacez?

— Je vous souhaite le bonjour, commissaire.

— Bien le bonjour, madame. Et sachez que, s'il y a lieu, nous vous préviendrons.

Et la veuve noire sortait du bureau, le commissaire ouvrait et fermait rageusement le tiroir du haut de sa table et l'inspecteur Ocaña entrait sans demander l'autorisation et disait encore cette casse-pieds et le commissaire ne daignait pas répondre même si parfois ils étaient pliés de rire à cause du castillan tellement étrange que parlait cette dame si élégante. Et chaque mercredi, chaque mercredi, chaque mercredi. Chaque mercredi, à l'heure où le Caudillo donnait audience au palais du Pardo. À l'heure où, au Vatican, Pie XII donnait audience, le commissaire Plasencia recevait une veuve noire, la laissait parler et, quand elle partait, en colère, ouvrait et fermait violemment le tiroir du haut de sa table.

Lorsqu'elle en eut assez, madame Ardèvol engagea un des meilleurs détectives privés du monde, à en croire l'affichette qui se trouvait dans la salle d'attente, tellement petite qu'elle vous donnait de l'urticaire. Le meilleur détective du monde lui demanda un mois d'avance, un mois de délai et un mois de suspension de ses visites au commissaire. Madame Ardèvol paya, attendit et s'abstint d'aller voir le commissaire. Et au bout d'un mois, après avoir attendu dans l'angoissante salle d'attente, elle fut reçue pour la deuxième fois par celui qui était encore le meilleur détective du monde.

— Asseyez-vous, madame Ardèvol.

Le meilleur détective du monde ne s'était pas levé ; mais il attendit que sa cliente se fût assise pour se mettre à l'aise dans son fauteuil. Le bureau se trouvait entre eux.

— Quoi de neuf ? demanda-t-elle, pleine de curiosité.

Le meilleur détective du monde, pour toute réponse, passa une minute à tambouriner des doigts sur la table, peut-être pour accompagner un rythme mental, peut-être pas, parce que les pensées des meilleurs détectives du monde sont indéchiffrables.

— Eh bien… quoi de neuf ? répéta maman, qui sentait la moutarde lui monter au nez.

Mais l'autre la menaçait d'une minute supplémentaire de tambourinage de doigts. Elle s'éclaircit la gorge en toussotant et prit une voix aigre, comme si elle avait devant elle monsieur Berenguer, et elle dit pourquoi m'avez-vous fait venir, monsieur Ramis ?

Ramis. Le meilleur détective du monde s'appelait Ramis. Jusqu'à ce moment, le nom ne m'était pas revenu en tête. Jusqu'à ce moment où je te raconte tout. Le détective Ramis regarda sa cliente et dit je laisse tomber l'affaire.

— Quoi ?

— Vous avez bien entendu. Je laisse tomber l'affaire.

— Mais vous l'avez acceptée il y a deux jours !

— Cela fait un mois, madame.

— Je n'accepte pas cette décision. J'ai payé et j'ai le droit de…

— Si vous lisez le contrat, la coupa-t-il sèchement, vous verrez que l'alinéa douze de l'appendice prévoit la possibilité de résiliation par chacune des deux parties.

— Et quel motif me donnerez-vous ?

— Je suis extrêmement occupé.

Silence dans le bureau. Silence dans les bureaux. Pas une seule machine à écrire en train de taper des rapports.

— Je ne vous crois pas.

— Pardon ?

— Vous me mentez. Pourquoi renoncez-vous ?

Le meilleur détective du monde se leva, tira une enveloppe de son sous-main et la posa devant maman.

— Je vous rends mes honoraires.

Madame Ardèvol se leva d'un bond, regarda l'enveloppe avec mépris et, sans la toucher, sortit en faisant claquer bien fort ses talons. Elle ferma avec une trop grande force la porte du bureau et, en raison du fracas qui s'ensuivit, elle eut la satisfaction de s'apercevoir que la vitre centrale de la porte s'était détachée et tombait en se brisant en mille morceaux.

Tout cela, avec d'autres détails qui ne me viennent pas à l'esprit maintenant, je l'ai su beaucoup plus tard. En revanche, je me rappelle que je savais déjà lire des textes assez complexes en allemand et en anglais ; mes dons étaient paraît-il époustouflants. Enfin, moi, ça m'a toujours paru la chose la plus normale du monde, mais compte tenu de ce que je vois autour de moi, disons que j'ai plutôt des facilités. Le français, pas de problème, et l'italien lu, mal accentué, ça allait presque tout seul. Et le latin du *De bello Gallico*, en plus du catalan et du castillan. J'avais envie de commencer le russe ou l'araméen, mais maman entra dans ma chambre et dit pas question. Que ça suffisait avec les langues que je savais ; et que je devais faire autre chose dans la vie plutôt qu'apprendre des langues comme un perroquet.

— Maman, les perroquets

— Je sais ce que je dis. Et toi tu me comprends.

— Je ne te comprends pas.

— Eh bien fais un effort !

Je fis cet effort. Ce qui me faisait peur, c'était l'orientation qu'elle voulait donner à ma vie. Il était évident qu'elle voulait effacer les traces de papa dans ma formation. C'est pourquoi elle prit le Storioni, qui se trouvait dans le coffre-fort protégé par la nouvelle combinaison secrète qu'elle était la seule à connaître et qui était sept deux huit zéro six cinq, et elle me l'offrit et m'informa qu'à partir du début du mois tu quitteras le conservatoire et mademoiselle Trullols et deviendras le disciple de Joan Manlleu.

— Quoi ?

— Tu m'as entendue.

— C'est qui, Joan Manlleu ?

— Le meilleur. Tu commenceras ta carrière de virtuose.

— Je ne veux pas faire de carr

— Tu ne sais pas ce que tu veux.

Là, maman se trompait ; je savais que je voulais être un… bon, à vrai dire le programme de papa ne me satisfaisait pas totalement, être toute la journée en train d'étudier ce qui s'écrivait dans le monde, suivre la culture de près, penser sur la culture. Non, à vrai dire ça ne me satisfaisait pas ; mais j'aimais lire et j'aimais apprendre de nouvelles langues et… Bon, d'accord. Je ne savais pas ce que je voulais. Mais je savais ce que je ne voulais pas.

— Je ne veux pas faire une carrière de virtuose.

— Maître Manlleu dit que tu en as l'étoffe.

— Et comment il le sait ? Il a des pouvoirs magiques ?

— Il t'a entendu. Deux ou trois fois, pendant que tu travaillais.

Il se trouve que tout avait été planifié de façon méticuleuse pour obtenir l'accord du maître et l'engager. Maman l'avait invité à prendre le thé à l'heure du violon et, discrètement, ils avaient peu parlé et beaucoup écouté.

Maître Manlleu vit tout de suite qu'il pouvait demander ce qu'il voulait et c'est ce qu'il fit. Maman ne protesta pas et l'engagea. Dans sa précipitation, elle négligea de demander son accord à Adrià.

— Et qu'est-ce que je vais dire à la mère Trullols ?

— Mademoiselle Trullols est déjà au courant.

— Ah bon ? Et qu'est-ce qu'elle en dit ?

— Que tu es un diamant à l'état brut.

— Je ne veux pas. Je ne sais pas. Je ne veux pas souffrir. Non. Décidément, définitivement, non et non. – C'est une des rares fois où j'ai élevé la voix contre elle. – Tu m'as entendu, maman ? Non !

Au début du mois suivant, je commençai les leçons avec maître Manlleu.

— Tu seras un grand violoniste, un point c'est tout, avait dit maman quand je pus la convaincre qu'il valait mieux laisser le Storioni à la maison, à tout hasard, et trimballer le Parramon tout neuf à droite et à gauche. Adrià Ardèvol aborda sa seconde réforme éducative avec résignation. Par moments, il commença à rêver de s'enfuir de chez lui.

12

Entre une chose et une autre, après la mort de papa, je cessai d'aller à l'école pendant une assez longue période. Je passai même quelques semaines très étranges à Tona, avec mes cousins, qui étaient étonnamment silencieux et qui me regardaient en coin quand ils pensaient que je ne les voyais pas. Et à plusieurs reprises, j'avais surpris Xevi et Quico en train de discuter à voix basse de décapitations, mais avec tellement d'énergie que c'était une voix basse qui parvenait jusqu'au moindre recoin. Et pendant ce temps, Rosa, à l'heure du goûter, me donnait la plus grosse tartine avant qu'un de ses frères s'en empare. Et la tante Leo m'ébouriffa les cheveux des dizaines de fois et j'arrivai à la conclusion que je ne peux pas rester toute ma vie à Tona avec la tante Leo, comme si la vie était un été perpétuel loin de Barcelone, dans un endroit magique où on peut se salir les genoux sans être grondé par qui que ce soit. Et l'oncle Cinto, quand il rentrait à la maison couvert de la poussière de l'aire, ou maculé de boue, ou de purin, gardait les yeux baissés parce que les hommes n'avaient pas le droit de pleurer ; mais on voyait bien qu'il était très affecté par la mort de son frère. Par sa mort et pas les circonstances de sa mort.

Quand je retournai à la maison, et tandis que la présence du grand Joan Manlleu menaçait de s'abattre sur ma vie, je repris ma place au collège avec mon tout nouveau statut d'orphelin de père. Le frère Climent m'accompagna jusqu'à la classe avec ses doigts jaunes de tabac à priser qui me pinçaient douloureusement le dos, ce qui était sa façon de me témoigner de l'affection, de la considération et de la compassion, et arrivés devant la porte de la classe il me dit avec un geste magnanime que je pouvais entrer, que ça ne faisait rien si j'arrivais au beau milieu de la classe, que le professeur était informé de tout ce qu'il fallait, et j'entrai dans la classe et quarante-trois paires d'yeux me regardèrent avec curiosité et monsieur Badia qui, je le compris à la phrase qu'il avait laissée en suspens, était en train d'expliquer la subtile différence entre sujet et complément direct, interrompit son discours et dit entre, Ardèvol, assieds-toi. Au tableau, *Juan écrit une lettre à Pedro*[1]. Je dus traverser toute la salle pour arriver à mon pupitre et j'eus grandhonte, et j'aurais aimé que Bernat soit dans ma classe, mais c'était impossible parce qu'il était en cinquième et moi je m'ennuyais encore en sixième à écouter ces idioties sur le complément direct et indirect, qu'on nous expliquait aussi en cours de latin et que certains de mes camarades, étonnamment, ne comprenaient toujours pas. Quel est le complément direct, Rull?

— Juan. – Pause. Monsieur Badia imperturbable. Rull, méfiant, soupçonnant un piège, réfléchit profondément et leva la tête. – Pedro?

— Non. Ça ne va pas du tout. Tu n'as rien compris.

— Ah non! Écrit!

— Assieds-toi. Arrête le massacre.

— Ça y est, je sais, m'sieur, je sais : c'est la lettre! C'est ça, hein?

Alors que la notion de complément direct était parfaitement expliquée et que nous entrions dans les ténèbres du complément indirect, je remarquai que cela faisait un moment que quatre ou cinq enfants me regardaient

1. En castillan dans le texte.

fixement. À la situation de leurs pupitres, je savais que c'étaient Massana, Esteban, Riera, Torres, Escaiola, Pujol et peut-être Borrell, parce que je sentais une démangeaison à la nuque. Je devinai que c'étaient des regards de… d'admiration? Ou plutôt d'un étrange mélange.

— Eh, mon pote, me dit Borrell à la récréation, joue avec nous. – Et, pour éviter un désastre : Mais tu restes au milieu, pour gêner, d'accord?

— C'est que je n'aime pas le foot.

— Tu vois, dit aussitôt Esteban, qui faisait également partie de l'ambassade. Ardèvol c'est le violon qu'il aime. Je t'avais bien dit que c'était une tapette.

Et il partit aussitôt, parce que le match avait déjà commencé, sans les ambassadeurs. Borrell, résigné, me donna une tape dans le dos et partit en silence. Je cherchai Bernat dans le foutoir des élèves de sixième, de cinquième et de quatrième qui, éparpillés en différentes tranches dans la cour, faisaient une dizaine de matchs à la fois et, en général, ne se trompaient pas de ballon. *Marica, marica*[1]. Les Russes appellent Marika les filles qui s'appellent Maria, et je suis sûr qu'Esteban ne sait pas le russe.

— *Marica?* – Bernat regarda au loin, tout en réfléchissant, malgré le chahut des footballeurs exaltés. – Non. Pour les Russes Marika c'est Maria.

— Ça je le savais déjà.

— Eh bien regarde dans le dictionnaire. Ou il faut vraiment que je t'explique tout ce que…

— Tu sais ou tu sais pas?

Ces jours-là il faisait très froid et nous avions tous, plus ou moins, la peau des mains et des cuisses entamée ; sauf Bernat et moi, qui portions toujours des gants sur l'ordre exprès de la mère Trullols, parce qu'avec des engelures le violon devenait une souffrance

1. Tapette.

insupportable. En revanche, on considérait qu'on pouvait jouer avec les cuisses martyrisées par le froid.

Les premiers jours au collège après la mort de papa furent spéciaux. Surtout après que Riera avait parlé ouvertement de la tête de mon père, ce qui, apparemment, me conférait un prestige que personne d'autre ne pouvait atteindre. Ils me pardonnèrent même mes notes et je devins un enfant comme tous les autres. Et quand les professeurs posaient une question, Pujol ne disait plus que j'étais chargé de répondre ; tout le monde faisait la sourde oreille et alors le père Valero, pour en finir, disait voyons, Ardèvol, et je finissais par donner la réponse. Mais ce n'était pas pareil.

Même s'il ne voulait pas reconnaître qu'il ne savait pas ce que voulait dire marica, Bernat fut ma référence, surtout depuis la mort de papa. Il me tint compagnie et m'aida à ne pas me sentir aussi étranger à la vie. En fait il était lui aussi un enfant un peu spécial et il n'était pas comme les autres garçons du collège qui étaient normaux, se bagarraient, avaient de mauvaises notes et, au moins quelques-uns en seconde, ou même en troisième, savaient fumer en cachette à l'intérieur même du collège. Et le fait d'être dans des classes différentes et de ne presque pas se voir au collège rendait notre amitié clandestine et non officielle. Mais ce jour-là, assis sur mon lit, bouche bée, mon ami avait les yeux humides parce que ce qu'il venait d'entendre pour la première fois était trop énorme. Il me regarda avec haine et dit c'est une trahison. Et moi, mais non Bernat, c'est maman qui a décidé.

— Et tu ne peux pas te révolter ? Hein ? Tu ne peux pas dire que tu dois rester avec la mère Trullols parce que sinon…

Parce que sinon nous n'irions plus en cours ensemble, c'est ce qu'il aurait voulu dire ; mais il n'osa pas pour ne pas avoir l'air d'être un petit enfant. Les larmes rebelles étaient plus éloquentes que les mots. C'est tellement difficile d'être un enfant qui veut avoir l'air d'être un homme et de se soucier comme de l'an quarante de tout ce dont les hommes se soucient comme de l'an quarante, et de s'apercevoir qu'on ne s'en soucie pas comme de l'an quarante parce qu'on doit faire semblant parce que si les autres se rendent compte qu'on s'en soucie bel et bien, alors ils se moqueront et diront tu es un vrai gamin. Adrià, gamin. Et si c'est Esteban, il dira gonzesse, tu n'es rien qu'une gonzesse. Non, maintenant, il te dira marica, tu n'es qu'une tapette. Avec les poils de la moustache, l'évidence que la vie était salement difficile commençait à grandir. Mais ce n'était pas encore foutrement difficile : je ne te connaissais pas encore.

Nous goûtâmes en silence. Désormais, Lola Xica nous donnait deux barres de chocolat à chacun. Nous restâmes silencieux un long moment, mâchant notre pain, assis sur le lit, regardant vers ce futur tellement compliqué. Et alors nous commençâmes à faire des exercices d'arpèges et je faisais l'écho de ce que faisait Bernat même si ce n'était pas sur la partition et c'était une façon de rendre l'exercice plus amusant. Mais nous étions tristes.

— Regarde, regarde, regarde !

Bernat, la bouche ouverte, posa son archet sur le pupitre et s'approcha de la fenêtre de la chambre d'Adrià. Le monde avait changé, la peine n'était pas aussi lourde ; l'ami pouvait faire ce qu'il voulait avec ses professeurs de violon ; le sang coulait à nouveau dans ses veines. Bernat regardait, de l'autre côté de la cour intérieure, la chambre d'en face, éclairée, à peine masquée par un mince rideau. On voyait la poitrine d'une femme nue. Nue ? Qui c'est ? Hein ?

C'était Lola Xica. C'était la chambre de Lola. Lola Xica nue. Ça alors. Le haut du corps. Elle était en train de se changer. Elle devait sortir. Nue ? Adrià pensait que…

on ne voyait pas bien mais le rideau tiré rendait la chose encore plus captivante.

— C'est chez les voisins. Je ne la connais pas, dis-je d'un ton dégagé en reprenant à l'anacrouse de la mesure dix-huit, parce que maintenant c'était Bernat qui faisait l'écho. Allez, on va voir si maintenant on y arrive.

Bernat ne revint au pupitre que lorsque Lola fut à nouveau couverte. Ils réussirent plutôt bien l'exercice, mais Adrià était peiné de l'enthousiasme de son ami et aussi parce que ça ne lui plaisait pas d'avoir vu Lola… Les seins d'une femme sont… C'était la première fois qu'il en voyait, mais peut-être que le rideau…

— Tu as déjà vu une nana à poil ? demanda Bernat à la fin de l'exercice.

— Tu viens d'en voir une, non ?

— Bon, ça, ce n'est pas vraiment voir. Je veux dire voir comme il faut. Et entière.

— Tu t'imagines la mère Trullols à poil ?

J'avais dit ça pour éloigner la conversation de Lola Xica.

— Ne dis pas d'âneries !

Je l'avais imaginée une centaine de fois, et pas parce que c'était une jolie femme. Elle était grande, osseuse et avec de longs doigts. Mais elle avait une belle voix et elle vous regardait dans les yeux quand elle vous parlait. Mais quand elle jouait du violon, alors oui, je l'imaginais nue. Mais c'était à cause du son qu'elle produisait, tellement beau, tellement… Toute ma vie, j'ai mélangé les choses. Je ne le dis pas avec fierté ; plutôt avec une résignation contenue. J'ai eu beau essayer, je n'ai pas su créer des compartiments étanches et tout se mélange, comme en cet instant où je t'écris et que mes larmes me servent d'encre.

— Ne t'en fais pas, me dit la mère Trullols. Manlleu est un grand violoniste. – Et elle m'ébouriffa les cheveux avec la main. Et en guise d'adieux elle me fit jouer le mouvement lent de la *Première sonate* de Brahms et quand j'eus terminé elle me fit un baiser sur le front. La mère Trullols était comme ça. Et je ne remarquai pas qu'elle avait dit Manlleu est un grand violoniste et non ne t'en fais pas, Adrià, Manlleu est un grand professeur. Et Bernat qui faisait une tête d'enterrement et qui s'efforçait de cacher qu'il était sur le point de pleurer. Moi, je laissai échapper trois ou quatre larmes. Mon Dieu. C'est sûrement à cause de toute cette peine qu'en arrivant devant la maison de Bernat Adrià lui dit qu'il lui faisait cadeau du Storioni, et Bernat, pour de vrai ? Et Adrià, mais oui, pour que tu gardes un bon souvenir de moi. Vraiment ? répéta l'autre, incrédule. Et Adrià, tu peux compter dessus les yeux fermés. Et ta mère, qu'est-ce qu'elle va dire ? Elle ne s'occupe pas de ces choses. Elle passe ses journées au magasin. Et le lendemain, Bernat arriva chez lui avec le cœur qui faisait boum, boum, boum, comme les cloches de la messe de midi à la Concepció, et dès qu'il se trouva devant sa mère il lui dit maman, j'ai une surprise ; et il ouvrit l'étui et madame Plensa sentit l'odeur caractéristique des choses anciennes et, subitement alarmée, elle lui dit où as-tu trouvé ce violon, mon fils. Et lui, il lui répondit d'un air dégagé, imitant Cassidy James quand Dorothy lui demande où il a trouvé ce cheval :

— C'est une très longue histoire.

Et il avait raison. L'Europe était couverte d'une odeur de poudre brûlée et de murs effondrés ; et Rome encore davantage. Il laissa passer à vive allure une jeep américaine qui faisait des bonds dans les rues éventrées et ne s'arrêtait pas aux carrefours, et il poursuivit d'un pas rapide jusqu'à Santa Sabina. Là, Morlin lui transmit le message : Ufficio della Giustizia e della Pace. Le concierge, un certain signor Falegnami. Et attention, il peut être dangereux.

— Dangereux, pourquoi ?

— Parce qu'il n'est pas ce qu'il prétend être. Mais il a des problèmes.

Fèlix Ardèvol ne mit pas longtemps à trouver ce bureau vaguement rattaché au Vatican, situé aux confins de la cité papale, en plein Borgo. L'homme qui lui ouvrit la porte, gras, de haute taille, avec un gros nez et un regard inquiet, lui demanda qui il voulait voir.

— Vous, je le crains. Signor Falegnami ?

— Pourquoi dites-vous je le crains ? Je vous fais peur ?

— C'est une façon de parler. – Fèlix Ardèvol ébaucha un sourire. – Je me suis laissé dire que vous avez quelque chose d'intéressant à me montrer.

— Le soir, après six heures, les bureaux sont fermés, répondit l'autre en montrant les portes vitrées d'un signe de tête. Attendez-moi dehors, dans la rue.

À six heures, trois hommes sortirent, l'un d'eux portant soutane, et Fèlix eut l'impression d'être venu à un rendez-vous d'amour clandestin. Comme Rome il y avait de nombreuses années, quand il avait encore des rêves et des illusions et que les pommes du signor Amato lui rappelaient le paradis terrestre. Alors, l'homme au regard inquiet se montra et lui fit signe d'entrer.

— Nous n'allons pas chez vous ?

— J'habite ici.

Ils durent monter un escalier solennel, presque dans le noir, l'homme soufflant sous l'effort, leurs pas résonnant dans ces étranges bureaux. Au troisième étage, un long couloir et, brusquement, l'homme ouvrit une porte et alluma une lampe anémique. Ils furent accueillis par une violente odeur de renfermé.

— Entrez, dit l'homme.

Un lit étroit, une armoire de bois brut, une fenêtre murée et une cuvette de lavabo. L'homme ouvrit l'armoire et en tira un étui à violon. Il le posa sur le lit, faute de table. Il retira la housse. C'était la première fois que Fèlix Ardèvol le voyait.

— C'est un Storioni, dit l'homme au regard inquiet.

Un Storioni. Ça ne disait rien à Fèlix Ardèvol, Storioni. Il ne savait pas que Lorenzo Storioni, quand il l'eut terminé, le caressa, il eut l'impression que l'instrument frissonnait et décida de le montrer au bon maître Zosimo.

L'homme au regard inquiet alluma la lampe de chevet et invita Fèlix à s'approcher de l'instrument. Laurentius Storioni Cremonensis me fecit, lut-il à voix haute.

— Et comment je sais qu'il est authentique.

— J'en demande cinquante mille dollars américains.

— Ce n'est pas une preuve.

— C'est le prix. Je me trouve en difficulté et…

Il en avait vu tellement, des difficultés. Mais les difficultés de trente-huit ou de trente-neuf n'étaient pas les mêmes que celles de la fin de la guerre. Il rendit le violon à l'homme et sentit un vide immense dans son cœur, exactement pareil que six ou sept ans plus tôt, quand il avait eu entre les mains la viole de Nicola Galliano. Chaque fois davantage, il réussissait à ce que soit l'objet lui-même qui lui dise qu'il avait de la valeur, en palpitant dans ses mains. Ça oui, ça pouvait être une preuve de l'authenticité de l'objet. Mais monsieur Ardèvol, avec tant d'argent en jeu, ne se fiait pas à la seule intuition et à des palpitations poétiques. Il essaya de rester froid et fit un calcul rapide. Il sourit :

— Je reviendrai demain avec une réponse.

Plus qu'une réponse, ce fut une déclaration de guerre. Le soir il avait obtenu un rendez-vous dans la chambre du Bramante avec Morlin et ce jeune homme prometteur qui s'appelait Berenguer, un garçon grand et mince, sérieux, méticuleux et, apparemment, expert dans bien des domaines.

— Fais attention, Ardevole, lui répétait le père Morlin.

— Je suis capable de sortir sans nounou, mon cher.

— Il y a les apparences et il y a la réalité. Fais affaire avec lui, fais ton bénéfice, mais ne l'humilie pas, il est dangereux.

— Je sais ce que je fais. Tu as pu t'en rendre compte, n'est-ce pas?

Le père Morlin n'insista pas, mais il demeura en silence jusqu'à la fin de la réunion. Berenguer, le jeune homme prometteur, connaissait trois luthiers à Rome mais il ne pouvait se fier qu'à un seul, un certain Saverio Jenesaisquoi. Les deux autres…

— Amène-le-moi demain.

— Veuillez me vouvoyer, monsieur Ardèvol.

Le lendemain, monsieur Berenguer, Fèlix Ardèvol et Saverio Jenesaisquoi frappèrent à la porte du monsieur au regard effrayé. Ils entrèrent avec un sourire collectif, supportèrent stoïquement les remugles de la chambre et monsieur Saverio Jenesaisquoi passa une demi-heure à renifler le violon, à le regarder avec une loupe et à lui faire des choses inexplicables avec des instruments qu'il tirait d'une mallette de médecin. Et il le fit sonner.

— Le père Morlin m'a dit que vous étiez des gens de confiance, lança Falegnami, impatient.

— Je suis quelqu'un de confiance, mais je ne veux pas me faire rouler.

— Le prix n'est pas excessif. C'est ce qu'il vaut.

— Je paierai ce qu'il vaut, pas ce que vous me demandez.

Monsieur Falegnami prit un petit carnet de notes et y écrivit quelque chose. Il referma le carnet et fixa l'impatient Ardèvol droit dans les yeux. Comme il n'y avait pas de fenêtre, ils regardèrent le docteur Jenesaisquoi, qui maintenant donnait de légers coups sur le bois de la table et du dos, un stéthoscope sur les oreilles.

Quand ils sortirent de cette cambuse misérable c'était le soir. Jenesaisquoi marchait rapidement, regardant devant lui, parlant tout seul. Fèlix Ardèvol observa du coin de l'œil monsieur Berenguer, qui faisait semblant de ne pas être intéressé le moins du monde par tout ça. Lorsqu'ils arrivèrent à la via Crescenzio, monsieur Berenguer fit non de la tête et s'arrêta. Les deux autres l'imitèrent.

— Qu'est-ce qui se passe?

— Non : c'est trop dangereux.

— C'est un authentique Storioni, fit Saverio Jenesaisquoi avec ferveur. Je dirai même plus.

— Pourquoi dites-vous que c'est dangereux, monsieur Berenguer? – Fèlix Ardèvol commençait à bien aimer cet homme à l'allure un peu raide.

— Quand une bête fauve est acculée, elle fait n'importe quoi pour sauver sa peau. Mais ensuite elle peut mordre.

— Que voulez-vous ajouter, signor Jenesaisquoi? dit Fèlix, froidement, en se tournant vers le luthier.

— Je dirai même plus.

— Eh bien dites-le.

— Ce violon a un nom. Il s'appelle Vial.

— Pardon?

— C'est le Vial.

— Là, je suis perdu.

— C'est son nom. Il s'appelle comme ça. Il y a des instruments qui ont un nom propre.

— Et ça lui donne plus de valeur?

— Mais ce n'est pas la question, signor Ardevole.

— Bien sûr que c'est la question. Il a encore plus de valeur?

— C'est le premier violon qu'il a construit. Bien sûr qu'il a de la valeur.

— Qu'il a construit, qui?

— Lorenzo Storioni.

— D'où vient son nom, demanda monsieur Berenguer, curieux.

— De Guillaume-François Vial, l'assassin de Jean-Marie Leclair.

Le signor Jenesaisquoi fit un geste qui rappelait à Fèlix saint Dominique expliquant en chaire l'immensité de la bonté divine. Et Guillaume-François Vial fit un pas pour sortir de l'ombre, afin que celui qui était dans la voiture le voie. Le cocher fit arrêter les chevaux juste devant lui. La porte du véhicule s'ouvrit et monsieur Vial grimpa dans la voiture.

— Bonsoir, fit La Guitte.

— Vous pouvez me le donner, monsieur La Guitte. Mon oncle est d'accord avec le prix.

La Guitte rit en son for intérieur, ravi d'avoir eu tant de flair.

— Nous disons bien cinq mille florins.

— Nous disons bien cinq mille florins, le rassura monsieur Vial.

— Demain, le violon du célèbre Storioni sera entre vos mains.

— N'essayez pas de m'embobiner, monsieur La Guitte : Storioni n'est pas célèbre.

— En Italie, à Naples, à Florence… on ne parle que de lui.

— Et à Crémone ?

— Les Bergonzi et compagnie ne sont guère contents de l'apparition de ce nouvel atelier. Tout le monde dit que Storioni est le nouveau Stradivarius.

Pour la forme, ils échangèrent encore deux ou trois lieux communs, comme espérons que cela fasse baisser le prix des instruments, qui sont astronomiques. Ma foi, vous avez raison. Et ils prirent congé. Vial descendit de la voiture de La Guitte persuadé que cette fois ça y était.

— *Mon cher tonton* !...* s'exclama-t-il en faisant irruption dans le salon le lendemain de bon matin. Jean-Marie Leclair ne daigna même pas lever la tête ; il contemplait les flammes dans la cheminée. *Mon cher tonton*, répéta Vial avec moins d'enthousiasme.

Leclair se retourna à moitié. Sans le regarder dans les yeux, il lui demanda s'il avait le violon. Vial le posa sur la table. Aussitôt, les doigts de Leclair volèrent vers l'instrument. D'une peinture du mur surgit un valet au nez cabossé, avec un archet, et Leclair passa un bon moment à explorer toutes les richesses de ce Storioni, avec des fragments de trois de ses sonates.

— Il est très bon, dit-il enfin. Combien t'a-t-il coûté ?

— Dix mille florins, plus une récompense que vous me donnerez, de cinq cents pièces, pour avoir déniché ce bijou.

D'un geste autoritaire, Leclair fit sortir les domestiques. Il posa une main sur l'épaule de son neveu et sourit.

— Tu es un fils de pute. Je ne sais pas de qui tu tiens, fils de chienne pourrie. De ta mère ou de ton misérable père ? Voleur, escroc.

— Pourquoi ? Je ne fais que… – Duel de regards. – D'accord ; je veux bien renoncer à la récompense.

— Tu penses qu'après toutes ces années à te supporter j'aurais confiance en toi ?

— Alors pourquoi m'avoir demandé de…

— Pour te mettre à l'épreuve, imbécile, misérable fils de chienne galeuse. Et cette fois tu n'échapperas pas à la prison. – Après une pause de quelques secondes, pour y mettre plus d'emphase : Tu n'imagines pas comme j'ai attendu cet instant.

— Vous avez toujours voulu ma perte, *tonton Jean**. Vous m'enviez.

Leclair le regarda, étonné. Au bout d'un long moment :

— Que penses-tu que je puisse t'envier, misérable pouilleux de merde ?

Vial, rouge comme une pivoine, n'avait pas la tête assez claire pour réagir.

— Il vaut mieux ne pas entrer dans les détails, dit-il pour avoir le dernier mot.

Leclair le regardait d'un air méprisant.

— En ce qui me concerne, nous pouvons entrer dans les détails. Physique ? Taille ? Entregent ? Sympathie ? Talent ? Stature morale ?

— La conversation est finie, *tonton Jean*.

— Elle sera finie quand je le dirai. Intelligence ? Culture ? Richesse ? Santé ?

Leclair prit le violon et fit un pizzicato improvisé. Il regarda l'instrument avec respect :

— C'est un très bon violon, mais je m'en soucie comme d'une cerise, tu m'entends ? Je voulais seulement pouvoir t'envoyer en prison.

— Vous êtes un mauvais oncle.

— Et toi une fripouille que j'ai enfin pu démasquer. Tu veux que je te dise ? – Il sourit exagérément, approchant son visage à deux doigts de celui de son neveu. – Je vais garder ce violon, mais au prix que me demandera La Guitte.

Il tira sur le ruban de la clochette et le valet au nez cabossé entra par la porte du fond.

— Préviens le commissaire. Il peut venir quand il veut. – À son neveu : Assieds-toi, nous allons attendre monsieur Béjart.

Ils n'eurent pas le temps de s'asseoir. Guillaume-François Vial, en se dirigeant vers un siège, passa devant la cheminée, saisit le tisonnier et le planta dans le crâne de son cher tonton. Jean-Marie Leclair, dit l'Aîné, ne put dire mot. Il s'écroula sans un gémissement, le tisonnier accroché à la tête. Une éclaboussure de sang tacha l'étui en bois du violon. Vial, la respiration courte, essuya ses mains propres sur son manteau et dit tu ne sais pas comme j'ai attendu ce moment, *tonton Jean*. Il lança un regard circulaire, prit le violon, le mit dans l'étui taché et sortit par la porte-fenêtre qui donnait sur la terrasse. En s'enfuyant, en pleine lumière, il se dit qu'il devrait rendre une visite pas très amicale à La Guitte.

— Que je sache, poursuivit le signor Jenesaisquoi, planté au beau milieu de la rue, c'est un violon dont personne n'a jamais joué de façon suivie : comme le Messie de Stradivarius, vous comprenez ?

— Non, fit Ardèvol avec impatience.

— Je veux dire que cela lui donne plus de valeur. On a perdu sa trace l'année même de sa construction, dans les mains de Guillaume-François Vial. Peut-être des gens en ont-ils joué, mais je n'en ai pas connaissance. Et maintenant nous le retrouvons ici. C'est un instrument d'une valeur incalculable.

— C'est ce que je voulais entendre, caro dottore.

— Vraiment, c'est le premier ? demanda monsieur Berenguer avec une pointe de curiosité.

— Oui.

— Moi, je renoncerais, monsieur Ardèvol. C'est beaucoup d'argent.

— Il les vaut ? demanda Fèlix en regardant Jenesaisquoi.

— Je paierais cette somme sans hésiter. Si je l'avais. Il a un son extraordinaire.

— Je me fous bien du son qu'il peut avoir.

— Et une valeur symbolique exceptionnelle.

— Ça oui, ça m'intéresse.

— On va le rendre tout de suite à son propriétaire.

— Mais il me l'a donné ! Je te jure, papa !

Monsieur Plensa mit son manteau, jeta un regard imperceptible à sa femme, prit l'étui et, d'un signe de tête énergique, ordonna à Bernat de le suivre.

Le cortège funèbre qui accompagnait en silence le minuscule cercueil était présidé par les noires pensées de Bernat, qui maudissait l'heure où il avait voulu briller devant sa mère en exhibant devant ses yeux un authentique Storioni, et la sale cafteuse, dès que papa était arrivé, lui avait dit Joan, regarde ce que le petit a rapporté. Et monsieur Plensa l'avait regardé ; examiné ; et au bout de quelques secondes de silence, il avait dit fou-tremerde, où as-tu pris ce violon ?

— Il sonne très bien, papa.

— Oui, mais je te demande où tu l'as pris, nom de nom.

— Joan, s'il te plaît !

— Allez Bernat, je ne plaisante pas. – Impatient. – Où l'as-tu pris ?

— Nulle part ; je veux dire qu'on me l'a donné. Son propriétaire me l'a donné.

— Et il a un nom, cet imbécile ?

— Adrià Ardèvol.

— C'est un violon qui appartient aux Ardèvol ?

Silence : maman et papa échangèrent un regard rapide. Papa soupira, prit le violon, le mit dans son étui et dit nous allons le rendre tout de suite à son propriétaire.

13

Je lui ouvris la porte. C'était une femme plus jeune que maman, très grande, aux yeux doux, aux lèvres rouges, qui, dès qu'elle me vit, me fit bonne figure et me parut sympathique. Enfin, plutôt que la trouver sympathique, disons que je tombai amoureux d'elle de façon irrémédiable et à tout jamais, et que j'eus très envie de la voir toute nue.

— Tu es Adrià?

Comment connaissait-elle mon nom? Et cet accent, tellement étrange.

— Qui est là? – Lola Xica, du fond de l'appartement.

— Je ne sais pas, dis-je, et je souris à l'apparition.

Elle me sourit aussi et elle me fit aussi un clin d'œil et me demanda si maman était là.

Lola Xica arriva dans l'entrée et à sa mine je me dis que l'apparition la prenait pour maman.

— C'est Lola Xica, lui dis-je.

— La signora Ardèvol? dit-elle d'une voix angélique.

— Tu es italienne!

— Bravo! On m'a dit que tu étais un garçon très intelligent.

— Qui te l'a dit?

Comme maman était au magasin depuis la première heure de la matinée, à mettre de l'ordre et à imposer sa loi, l'apparition dit à Lola Xica que ça ne l'ennuyait pas d'attendre le temps qu'il faudrait. Lola Xica désigna la banquette d'un geste sec et s'éclipsa. Elle s'assit, me regarda, une très jolie petite croix dorée qu'elle portait au cou jeta un éclair et elle me dit come stai. Et je lui répondis bene avec un autre sourire enchanteur, l'étui à violon à la main parce que j'avais ma leçon avec Manlleu et que ce que le maître détestait par-dessus tout c'était, chez les autres, le manque de ponctualité.

— Ciao! dis-je timidement en ouvrant la porte palière. Et mon ange, sans bouger de la banquette, m'envoya un baiser en l'air, qui rebondit contre mon cœur et me secoua. Ses lèvres rouges disaient ciao sans le moindre bruit mais d'une façon qui faisait qu'on l'entendait parfaitement dans son cœur. Je fermai la porte le plus doucement possible pour ne pas faire disparaître le miracle.

— Ne traîne pas, gamin! Tu reproduis des rythmes négroïdes, épileptiformes, propres aux instruments à vent!

— Quoi?

— Regarde, regarde, regarde!

Le professeur Manlleu lui arracha le violon et fit un portamento extrêmement exagéré, que je n'avais jamais fait. Et, le violon en position, il me dit ça c'est de la merde. Tu m'entends? De l'insanité, de la démence, de la saleté, de la cochonnerie!

Et moi de regretter la mère Trullols, et ça ne faisait que dix minutes qu'avait commencé la troisième leçon avec maître Manlleu. Ensuite, sûrement pour l'éblouir, il lui expliqua que lui, à son âge, oh là là, à ton âge... Moi, j'étais vraiment un enfant prodige. À ton âge je jouais Max Bruch et personne ne m'avait appris.

Et il lui arrachait à nouveau le violon et attaquait sooooolsirésolsiiila#faasoool. Sirésolsiiiietcetera, que c'est beau.

— Ça c'est un concerto et pas ces cochonneries d'études que tu joues.

— Je peux jouer Max Bruch?

— Comment veux-tu jouer Max Bruch si tu as encore la morve au nez, gamin? – Il lui rendait le violon et s'approchait à deux doigts de son visage et criait pour qu'il le comprenne bien. – Si tu étais moi, à la rigueur. Mais je suis unique. – D'une voix sèche : Exercice XXII. Et ne te fais pas d'illusions, Ardèvol. Bruch était un médiocre qui a réussi par hasard. – Et il secoua la tête, blessé par la vie. – Si j'avais pu me consacrer davantage à la composition…

L'exercice XXII, dei portamenti, était fait pour apprendre le portamento, mais maître Manlleu, dès qu'il entendit le premier portamento, se remit à pousser des hauts cris et à parler de son génie précoce et maintenant du concerto de Bartók que lui, à quinze ans, maîtrisait du début jusqu'à la fin, sans l'ombre d'une hésitation.

— Tu dois savoir que le bon interprète ajoute à la mémoire normale une mémoire particulière qui lui fait retenir toutes les notes du soliste mais aussi celles de l'orchestre. Si tu n'y parviens pas, tu perds ton temps ; tu feras mieux de livrer des pains de glace ou d'allumer les réverbères dans la rue. Et ensuite, n'oublie pas de les éteindre.

Si bien que je décidai de faire l'exercice dei portamenti sans portamento pour m'éviter des ennuis. J'apprendrais le portamento à la maison. Et Bruch était un médiocre. Et au cas où il n'aurait pas été assez clair, je reçus les trois dernières minutes de la leçon de maître Manlleu debout dans l'entrée de son appartement, l'écharpe autour du cou, l'écoutant conchier les violonistes tziganes qui jouent dans les bars et les établissements nocturnes et qui font tant de mal à la jeunesse parce qu'ils les incitent à faire des portamenti inutiles. On voit tout de suite qu'ils ne jouent que pour attirer l'attention des femmes. Ce sont des portamenti bons uniquement pour des maricas.

Au moins, je savais que le concept de marica était intimement lié au violon. Mais ma consultation du dictionnaire ne m'avait servi à rien parce que le mot n'y figurait pas et le doute subsistait. Bruch devait être un marica médiocre. Je suppose.

À cette époque Adrià Ardèvol était un saint homme, doué d'une patience infinie, et c'est pourquoi je ne trouvai pas les leçons avec maître Manlleu aussi épouvantables qu'elles m'apparaissent maintenant, quand je les évoque à ton intention. J'ai rempli mes obligations et je me rappelle, minute par minute, les années passées sous son joug. Et surtout je me rappelle qu'après deux ou trois séances un problème avait commencé à tourner dans ma tête, que je ne suis pas arrivé à résoudre : à l'interprète de musique, on ne demande que la perfection. Il peut être un misérable, mais il doit être parfait dans l'exécution. Comme maître Manlleu qui, à mon avis, avait tous les défauts possibles et imaginables mais jouait à la perfection.

Le problème c'est qu'en l'écoutant et en écoutant Bernat il me sembla percevoir une différence entre la perfection de Manlleu et la vérité de Bernat. Et cela me conduisit à m'intéresser un peu plus à la musique. Je ne comprends pas pourquoi Bernat ne s'est pas contenté de ce don et court de façon obsessionnelle après l'insatisfaction et, livre après livre, se fracasse contre une impuissance manifeste. Nous avons un don particulier, l'un et l'autre, pour l'insatisfaction.

— Mais toi tu ne commets pas d'erreurs ! m'a dit, il y a cinquante ans, un Bernat scandalisé alors que je lui faisais part de mes doutes.

— Mais je sais que je peux en commettre. – Silence perplexe. – Tu ne comprends pas ?

C'est pour cette raison que j'ai abandonné le violon. Mais c'est une autre histoire. Sur le trajet du collège, je racontais à Bernat, dans le détail, les leçons de Manlleu. Et nous n'arrivions jamais au collège parce qu'au milieu du carrer d'Aragó, dans la fumée des locomotives qui noircissaient les façades, Bernat essayait d'imiter ce que Manlleu me disait que je devais faire, les passants nous regardaient et lui, ensuite, il essayait chez lui et il devenait, gratuitement, une sorte de second élève des mercredis et des vendredis du grand Manlleu.

— Jeudi après-midi, punis. C'est le troisième retard en quinze jours, mes petits messieurs. – Le concierge aux moustaches rousses sourit, content de les avoir surpris.

— Mais…

— Il n'y a pas de mais. – Agitant son maudit carnet : Nom et classe.

Les jeudis après-midi de l'ère Manlleu, au lieu d'être à la maison à fouiller dans les papiers de papa, que Dieu ait son âme, au lieu d'être avec Bernat chez lui, à prendre une leçon, ou lui chez moi, à prendre une leçon, nous étions obligés de nous présenter dans la salle de la sixième B, où se trouvaient douze ou quinze autres malheureux punis pour leurs retards, un manuel ouvert sur le pupitre, tandis que Herr Oliveres ou le professeur Rodrigo nous surveillaient d'un air plein d'ennui.

Et quand je rentrais à la maison, maman m'interrogeait sur les leçons avec Manlleu et elle posait des questions insidieuses sur la possibilité que je donne bientôt un petit récital où je pourrais briller, tu m'entends, Adrià, avec des œuvres de premier plan, ce que Manlleu, apparemment, lui avait promis que je pourrais faire.

— Comme quoi, par exemple ?

— La *Sonate à Kreutzer*. Les sonates de Brahms, me dit-elle un jour.

— Impossible, maman !

— Rien n'est impossible, me répondit-elle, comme si elle était la mère Trullols quand elle m'a dit ne dis jamais jamais, Ardèvol. Mais bien que ce fût presque le même conseil, il ne me fit aucun effet.

— Je ne sais pas jouer comme tu crois, maman.

— Tu joueras à la perfection.

Et, imitant à la perfection la façon dont papa se débrouillait pour ne pas être contredit, elle sortait de ma chambre et je ne pouvais pas lui dire que je haïssais la perfection qu'on exige de l'interprète, bla, bla, bla... et elle disparaissait dans le domaine de madame Angeleta et je me sentais un peu triste parce que même si maman recommençait à me parler, elle ne me regardait presque pas dans les yeux et elle s'intéressait davantage au compte rendu de mes progrès qu'à mon envie irrépressible de voir une femme nue et aux taches inexplicables sur mes draps dont, au demeurant, je ne souhaitais pas particulièrement qu'elles deviennent un sujet de conversation. Et maintenant, comment je fais pour étudier i portamenti à la maison, sans faire de portamento ?

À la maison ? Dès l'escalier, je repensai à mon ange, que j'avais cruellement abandonné à son sort, contraint d'aller à la leçon de rythmes négroïdes de Manlleu. Je montai les marches quatre à quatre en pensant l'ange a dû s'envoler et moi je traîne en chemin, et pensant que je ne me le pardonnerais jamais, et je sonnai avec impatience et Lola m'ouvrit et je l'écartai et regardai vers la banquette. Le sourire rouge m'accueillit avec un autre ciao d'une douceur extrême et j'étais le violoniste le plus heureux du monde.

Et trois heures après son apparition miraculeuse, maman arriva, l'air ennuyé, et quand elle vit l'ange dans l'entrée elle regarda Lola Xica, qui était venue à sa rencontre, et elle fit la tête qu'elle fait quand elle a compris de quoi il retourne, parce que sans lui laisser le temps de se présenter elle la fit entrer dans le bureau de papa. Au bout, de trois minutes, on commença à entendre des cris.

Une chose est d'entendre une conversation à peu près nettement, et une autre de savoir de quoi il retourne. Le système d'espionnage auquel Adrià avait recours pour savoir ce qui se tramait dans le bureau de papa était compliqué, et plus il grandissait en taille et en poids, plus il fallait le rendre sophistiqué, parce qu'il ne pouvait plus se contenter d'un recoin derrière le canapé. En entendant les premiers cris je compris que je devais, d'une façon ou d'une autre, protéger mon ange de la colère de maman. Dans la petite pièce aux placards, la porte qui donnait sur la véranda et sur la buanderie me plaçait devant une fenêtre en verre dépoli qu'on n'ouvrait jamais et derrière laquelle se trouvait le bureau de papa. C'est par cette fenêtre qu'arrivait la lumière des portes-fenêtres. Accroupi sous la fenêtre, je pouvais écouter la conversation. Comme si j'y étais. À la maison, j'étais toujours partout. Presque. Maman, pâle, finit de lire la lettre et regarda le mur.

— Comment puis-je savoir que c'est la vérité ?

— Parce que j'ai hérité de can Casic, à Tona.

— Pardon ?

Mon ange, pour toute réponse, lui passa un autre document en vertu duquel le notaire Garolera, de Vic, certifiait la donation à toutes fins de la maison, la fenière, le bassin, l'aire et les trois parcelles de can Casic à Daniela Amato, née à Rome le 25 décembre 1919, fille de Carolina Amato et de père inconnu.

— Can Casic, à Tona ? – D'un ton sans appel : Ça n'appartenait pas à Fèlix.

— Ça lui appartenait. Maintenant c'est à moi.

Maman la regarda et tenta de dissimuler le tremblement de la main qui tenait le document. Elle le rendit à sa propriétaire avec une moue de mépris.

— Je ne sais pas où vous voulez en venir. Que voulez-vous ?

— Le magasin. J'y ai droit.

Au ton de sa voix, je compris que mon ange avait dit ça avec un sourire délicieux, qui me donnait envie de la dévorer de baisers. Si j'avais été maman, je lui aurais donné le magasin et tout ce qu'elle m'aurait demandé à condition qu'elle ne cesse jamais de sourire comme ça. Mais maman, au lieu de lui donner quoi que ce soit, se mit à rire en faisant semblant de rire de bon cœur : un rire faux, qu'elle avait ajouté à son répertoire depuis peu. Je commençai à prendre peur, parce que je n'étais pas encore habitué à cette facette de maman, sa facette impitoyable, anti-ange ; je l'avais toujours vue baissant le regard devant papa, ou absente et froide, quand elle prenait possession de son rôle de veuve et s'apprêtait à planifier mon avenir. Mais je ne l'avais jamais vue claquant des doigts, exigeant d'examiner à nouveau les titres de propriété de can Casic et disant, après un silence, je me ffous pas mal de ce pputain de papier.

— C'est un document légal. Et j'ai droit à ma part du magasin. C'est pour cela que je suis venue.

— Mon avocat vous transmettra mon refus de tout ce que vous proposerez. Tout.

— Je suis la fille de votre mari.

— Vous pourriez aussi bien être la fille de Raquel Meller. Vous inventez.

Mon ange répondit non, madame Ardèvol, je n'invente pas. Elle regarda autour d'elle, posément, et répéta je n'invente pas : il y a quinze ans, je suis déjà venue dans ce bureau. Et cette fois-là non plus on ne m'a pas invitée à m'asseoir.

— Quelle surprise, Carolina, dit Fèlix Ardèvol, la bouche ouverte, totalement déconcerté. Même le ton de voix de Fèlix Ardèvol s'était fêlé, sous l'effet de la surprise. Il fit entrer les deux femmes et les fit passer dans son bureau avant que Lola Xica, qui était occupée à charrier le trousseau de Carme, se rende compte de cette visite tellement inopportune.

Debout tous les trois dans le bureau, alors que le reste de la maison était sens dessus dessous, les portefaix montant les meubles de maman, la commode de grand-mère, le miroir de l'entrée que Fèlix avait accepté de mettre dans le dressing et les gens qui entraient et sortaient, et Lola Xica qui, arrivée depuis moins de deux heures, connaissait le moindre recoin de la maison de monsieur Ardèvol, mon Dieu quel bel appartement va avoir la petite demoiselle. Et la porte du bureau fermée, avec ces visiteuses qui vraiment ne l'enchantaient pas, mais elle ne pouvait pas mettre son nez dans les affaires de monsieur Fèlix.

— Tu es occupé ? demanda la plus âgée des deux femmes.

— Très. – Il leva les bras. – Nous sommes en plein remue-ménage. – Sèchement : Qu'est-ce que tu veux ?

Elle eut un rire franc. Il ne savait pas où regarder. Pour en finir avec cette situation inconfortable, Fèlix montra la jeune femme de la tête et, bien qu'il connût la réponse, il dit et qui est cette charmante jeune fille ?

— Ta fille, Fèlix.

— Carolina, je...

Carolina était revenue de presque tout depuis le jour où son séminariste au regard limpide d'homme bon s'était lâchement rétracté quand elle lui avait fait palper son ventre du plat de la main.

— Mais nous ne sommes allés au lit que trois ou quatre fois ! avait-il dit, affolé, pâle, épouvanté, apeuré, transpirant.

— Douze fois, répondit-elle, sérieuse. Et il suffit d'une fois.

Silence. Dissimuler l'affolement. Regarder l'avenir. Lorgner du côté des issues de secours. Regarder la fille en face et l'entendre dire, les yeux brillants d'émotion, n'est-ce pas que tu es heureux, Fèlix ?

— Et comment !

— Nous allons avoir un enfant, Fèlix !

— Magnifique. Quel bonheur.

Et le lendemain, il quitta Rome en catastrophe, au beau milieu de ses études. Ce qu'il regretta le plus, c'est de ne pas assister à la fin des cours du pater Faluba.

— Fèlix Ardèvol ? avait dit l'évêque Muñoz, bouche bée. Fèlix Ardèvol i Guiteres ? – Il secoua la tête, incrédule : Ce n'est pas possible.

Lui, assis devant la table du bureau, et mossèn Ayats debout, un dossier à la main, avec cet air déférent qui exaspérait monseigneur. Par la porte-fenêtre du palais montaient le gémissement d'une charrette qui devait être très chargée et les cris d'une femme qui grondait un enfant.

— Et pourtant, c'est possible. – Le secrétaire épiscopal fut incapable de dissimuler sa satisfaction. – Par malheur, c'est ce qu'il a fait. Il a engrossé une femme et...

— Épargnez-moi les détails, fit l'évêque.

Après avoir été informé de tout, par le menu et sans que rien soit omis, monseigneur Muñoz se retira pour prier parce que son âme était troublée, et il marmonnait que monseigneur Torras i Bages avait été épargné, n'ayant pas eu à connaître la conduite honteuse de celui qui, à en croire beaucoup, était la perle de l'évêché, et mossèn Ayats baissa les yeux avec humilité parce que lui, cela faisait longtemps qu'il savait qu'en fait de perle... Très intelligent, l'Ardèvol, très philosophe, très ceci et cela, mais une fieffée canaille.

— Comment as-tu appris que je me marie demain ?

Carolina ne répondit pas. Sa fille ne pouvait s'empêcher d'observer le visage de ce monsieur qui était son père et qui refusait presque de leur parler. Carolina regarda Fèlix – il avait mal vieilli, était plus gros, avec moins de charme, la peau plus sombre et des rides autour des yeux – et se retint de sourire :

— Ta fille s'appelle Daniela.

Daniela. Elle est comme sa mère quand je l'ai connue.

— Ce jour-là, ici même, dit mon ange, votre mari a signé en ma faveur la donation de can Casic, sous serment. Et quand vous êtes revenus de Majorque, il a légalisé la donation.

Le voyage à Majorque, les jours passés avec son mari, qui n'enlevait plus son chapeau quand il la rencontrait parce qu'ils étaient toute la journée ensemble et, par conséquent, il ne pouvait pas non plus lui dire comment vas-tu ma belle. Ou si, il pouvait le lui dire mais il ne le faisait pas ; au début, son mari était très attentif à ses moindres faits et gestes et, peu à peu, il ne s'occupait plus que de ses pensées silencieuses, je n'ai jamais su ce que faisait ton père, mon petit, il pensait et se taisait à longueur de journée. Et de temps en temps il lançait un cri ou une torgnole à la personne la plus proche, parce qu'il devait penser à cette traînée italienne, et que je te regrette et que je te donne des can Casic.

— Comment avez-vous su que mon mari est mort ?

Mon ange regarda maman dans les yeux et poursuivit, comme si elle ne l'avait pas entendue :

— Il m'a promis. Non, il m'a juré que je serais dans son testament.

— Eh bien vous devez savoir maintenant que vous n'en faites pas partie.

— Il ne pensait pas mourir si tôt.

— Bien le bonjour. Et mon meilleur souvenir à votre mère.

— Elle est morte, elle aussi.

Maman ne dit pas je suis désolée ni rien d'approchant. Elle ouvrit la porte du bureau et mon ange ajouta, se tournant vers elle tout en quittant la pièce :

— Une part du magasin me revient et je me battrai autant qu'il faudra pour qu'elle me soit ren

— Bien le bonjour.

La porte de la rue se ferma violemment, comme le jour où papa quitta la maison pour qu'on le tue. Moi, à vrai dire, je n'avais pas saisi grand-chose. Seulement un vague soupçon de je ne sais quoi. À cette époque, l'ablatif absolu n'avait pas de secrets pour moi, mais la vie en revanche. Maman retourna dans le bureau, s'enferma à double tour, farfouilla dans le coffre, en tira une petite boîte verte, écarta le coton rose et en sortit une chaîne à laquelle était accrochée une très jolie médaille dorée. Elle la remit dans la boîte et la jeta dans la corbeille à papiers. Alors, elle s'assit sur le canapé et se mit à pleurer toutes les larmes qu'elle n'avait pas pleurées depuis le jour où elle s'était mariée, ces larmes douces-amères, très piquantes, parce qu'elles sont faites d'un mélange de rage et de chagrin.

Je fus très rusé. Accompagné de l'habile Aigle-Noir (oui, ce n'était plus de mon âge, mais parfois j'avais besoin de soutien moral), quand tout le monde fut au lit, je me glissai jusqu'au bureau de papa et, à tâtons, je fouillai dans la corbeille à papiers jusqu'à ce que je trouve une petite boîte cubique. Je la pris et le vaillant Arapaho, d'un geste, m'empêcha de commettre une imprudence. Suivant ses instructions, j'allumai l'ampoule de la loupe, ouvris la boîte et en sortis la médaille. Je refermai la boîte et la plaçai silencieusement au fond de la corbeille à papiers. Adrià éteignit l'ampoule de la loupe et recula, son butin à la main, jusqu'à sa chambre. Une fois la porte fermée, en infraction avec la norme tacite selon laquelle les portes de la maison ne devaient jamais être fermées mais seulement poussées, il alluma la lampe de chevet, fit un signe de gratitude à Aigle-Noir et contempla cette médaille avec un intérêt qui faisait battre son cœur à grands coups. C'était une Vierge Marie assez rudimentaire, certainement une reproduction d'une statue romane, ressemblant vaguement à la Moreneta[1], avec dans les bras un

---

1. La Brunette, surnom donné à la Vierge noire de Montserrat, patronne de la Catalogne.

enfant Jésus tout riquiqui. Curieusement, dans le fond, il y avait un arbre énorme et lointain, avec une épaisse frondaison. L'envers, où je pensais trouver l'explication de tous ces mystères, était lisse, avec uniquement le mot Pardàc grossièrement gravé sur la partie inférieure. Et rien d'autre. Je sentis la médaille pour voir si j'y détectais un parfum d'ange car, je ne savais ni comment ni pourquoi, j'étais persuadé qu'elle était intimement liée à mon grand, mon unique, mon éternel amour italien.

14

Maman passait généralement ses matinées au magasin. Dès qu'elle y entrait, elle haussait les sourcils et ne les abaissait plus jusqu'au moment où elle ressortait. Dès qu'elle y entrait, elle considérait tout le monde comme un ennemi dont elle devait se méfier. Apparemment, c'était une bonne méthode. D'emblée, elle attaqua monsieur Berenguer et cela fut un succès parce que cette attaque avait pris monsieur Berenguer par surprise, la garde basse et sans capacité de riposte. Devenu tout vieux, tout vieux, il me l'a raconté lui-même, avec, me semble-t-il, une pointe d'admiration pour son ennemie intime. Je n'aurais jamais cru que ta mère savait ce que c'était qu'un billet à ordre ni la différence entre l'ébène et le merisier. Mais elle savait ça et elle savait beaucoup de choses sur les opérations grises que ton père

— Les opérations grises?

— Ou plutôt noires.

Si bien que maman prit en main les rênes du magasin et commença à dire toi fais ci et vous faites ça, sans avoir besoin de les regarder dans les yeux.

— Madame Ardèvol, dit un jour monsieur Berenguer en entrant dans le bureau de monsieur Ardèvol, dont il avait tenté, sans succès, de faire à jamais le bureau de monsieur Berenguer.

Et il dit madame Ardèvol d'une voix dominée par la rage. Elle le regarda sans rien dire, un sourcil levé.

— Il me semble que j'ai acquis des droits après des années de travail au plus haut niveau. C'est moi qui m'y connais, dans ce magasin ; je voyage, j'achète et je sais quels sont les prix d'achat et de vente. Je sais discuter les prix et, si c'est nécessaire, rouler l'autre partie. Moi ! Votre mari a toujours eu confiance en moi ! Il est injuste que maintenant je… Je sais faire mon travail !

— Eh bien, faites-le. Mais dorénavant c'est moi qui vous dirai quel est votre travail. Par exemple : les trois consoles de Turin, n'en achetez que deux, à moins qu'on vous fasse cadeau de la troisième.

— Il vaut mieux acheter les trois. Comme ça les prix seront p

— Deux. J'ai dit à Ottaviani que vous irez dès demain.

— Demain ?

Ce n'était pas qu'il n'aimait pas voyager, non : il aimait beaucoup ça. Mais partir deux jours à Turin, c'était laisser le magasin entre les mains de cette sorcière.

— Demain, oui. Cecília ira chercher les billets cet après-midi. Et revenez après-demain. Et si vous croyez que vous devez prendre une décision autre que celle dont nous avons parlé, consultez-moi par téléphone.

Les choses avaient changé au magasin. Monsieur Berenguer n'avait pas fermé la bouche depuis plusieurs semaines, de surprise. Et, depuis plusieurs semaines, Cecília essayait de ne pas trop montrer son sourire de sainte nitouche ; pas trop, mais tout de même un peu, parce qu'il fallait que monsieur Berenguer voie bien qu'elle avait compris que pour une fois l'omelette était retombée du bon côté. Que la vengeance est une chose douce.

Mais monsieur Berenguer ne voyait pas les choses de la même façon et ce matin-là, avant que madame Ardèvol arrive au magasin pour tout mettre sens dessus dessous, il se planta devant Cecília, les mains posées sur la table, le corps penché vers elle, et lui dit, on peut savoir pourquoi tu as ce putain de sourire, hein ?

— Pour rien. Simplement parce qu'il y a enfin quelqu'un pour mettre de l'ordre et serrer la bride.

Monsieur Berenguer ne savait pas s'il allait lui envoyer une baffe ou l'étrangler. Elle le regarda dans les yeux et ajouta c'est pour ça que j'ai ce putain de sourire.

C'est une des rares fois où monsieur Berenguer perdit le contrôle de lui-même. Il contourna la table et tira un bras de Cecília avec une telle violence qu'il le lui démit et qu'elle poussa un cri de douleur. C'est pourquoi, quand madame Ardèvol entra dans le magasin après dix heures, il y régnait un silence à couper au couteau, tellement glacial qu'on aurait pu y attraper froid.

— Bonjour, madame Ardèvol.

Cecília n'eut guère de temps à consacrer à sa patronne parce qu'une cliente fit son apparition, avec le besoin impérieux d'acheter deux chaises s'harmonisant avec la commode de la photo, vous voyez, avec ce genre de pieds, vous voyez ?

— Venez dans mon bureau, monsieur Berenguer.

Ils expédièrent le voyage à Turin en cinq minutes. Alors, madame Ardèvol ouvrit la serviette de monsieur Ardèvol et en tira un classeur, le posa sur la table et, sans regarder sa victime, dit maintenant vous allez devoir m'expliquer pourquoi ça ne colle pas, ici, là et là. L'acheteur a payé vingt et il entre quinze en caisse.

Madame Ardèvol commença à tambouriner sur la table avec les doigts, imitant délibérément l'attitude du meilleur détective du monde. Alors elle regarda monsieur Berenguer et lui tendit ça et ça et ça, des listes de centaines d'objets escroqués au magasin. Monsieur Berenguer regarda d'un air dégoûté la première liste et ça lui suffit. Comment cette foutue bonne femme avait-elle pu…

— Cecília m'a aidée, dit maman comme si elle lisait dans ses pensées, comme elle faisait avec moi. Toute seule, je n'aurais pas pu.

Sale pute, deux sales putes. Ça m'apprendra à travailler avec des femmes, bordel de merde.

— Depuis quand vous livrez-vous à ces activités illégales contre les intérêts du magasin?

Silence digne, comme celui de Jésus devant Pilate.

— Depuis toujours?

Silence encore plus digne, encore mieux que Jésus.

— Je vais être obligée de porter plainte.

— J'avais l'autorisation de monsieur Ardèvol.

— Vraiment?

— Vous doutez de mon honorabilité?

— Et comment! Et pour quelle raison mon mari vous laissait-il nous escroquer?

— Il ne s'agit pas d'escroquerie. Il s'agit d'ajuster les prix.

— Et pour quelle raison mon mari vous laissait-il ajuster les prix?

— Parce qu'il reconnaissait que mon salaire était insuffisant au regard de ce que je faisais pour le magasin.

— Pourquoi ne pas vous augmenter?

— Vous n'avez qu'à le lui demander. Pardon. Mais c'est comme ça.

— Vous avez un document qui le prouve?

— Non. Tout se faisait verbalement.

— Alors je vais devoir porter plainte.

— Vous savez pourquoi Cecília vous a donné ces reçus?

— Non.

— Parce qu'elle veut me ruiner.

— Pourquoi? demanda ma mère d'un air intéressé, s'appuyant sur le dossier du fauteuil avec un air interrogatif.

— Ça remonte à loin.

— Asseyez-vous. Nous avons le temps. Votre avion décolle au milieu de l'après-midi.

Monsieur Berenguer s'assit. Madame Ardèvol appuya les coudes sur la table, le menton sur ses mains croisées. Elle le regarda dans les yeux pour l'inviter à parler.

— Allez Cecília, nous n'avons pas beaucoup de temps.

Cecília eut ce sourire cochon qu'elle savait faire quand personne ne la voyait et laissa monsieur Ardèvol la prendre par la main et la conduire dans le bureau, ici.

— Où est Berenguer ?

— À Sarrià. En train de vider l'appartement des Pericas-Sala.

— Vous n'avez pas envoyé Cortés ?

— Il n'a pas confiance dans les héritiers. Ils veulent nous cacher des choses.

— Des crapules. Déshabille-toi.

— La porte est ouverte.

— C'est plus excitant. Déshabille-toi.

Cecília nue au milieu du bureau, le regard baissé et cet autre sourire qu'elle sait faire, de sainte nitouche. Et moi je n'étais pas en train de vider l'appartement des Pericas-Sala parce que l'inventaire était exhaustif et s'il avait manqué ne fût-ce qu'un trombone j'aurais fait une réclamation. Et cette cochonne, assise sur cette table, faisait des choses à votre mari.

— Chaque jour tu fais ça mieux.

— Quelqu'un pourrait entrer.

— Concentre-toi sur ton affaire. Si quelqu'un entre, je m'occuperai de lui. Tu imagines ça ?

Ils se mirent à rire comme des fous tout en mettant le bureau sens dessus dessous et l'encrier tomba par terre et on voit encore la tache, vous voyez ?

— Je t'aime.

— Moi aussi. Tu viendras avec moi à Bordeaux.

— Et le magasin ?

— Monsieur Berenguer.

— Mais il ne sait même pas où

— Qu'est-ce que ça peut te faire. Tu viendras à Bordeaux et on fera la fête tous les soirs.

Alors la cloche de la porte retentit et un client entra, très désireux d'acheter une arme japonaise qu'il avait examinée la semaine précédente. Tandis que Fèlix le recevait, Cecília fit de son mieux pour remettre de l'ordre dans sa tenue.

— Cecília, peux-tu t'occuper de monsieur?

— Un instant, monsieur Ardèvol.

Sans sous-vêtements, essayant d'effacer les traces du rouge à lèvres étalé sur tout son visage, Cecília sortit du bureau toute rouge et fit signe au client de la suivre tandis que Fèlix regardait la scène d'un air amusé.

— Et pourquoi me racontez-vous ça, monsieur Berenguer?

— Pour que vous sachiez tout. Cela faisait des années que ça durait, cette histoire.

— Je n'en crois pas un traître mot.

— Eh bien il y a encore autre chose. Et nous en avons tous assez, de cette chanson.

— Allez donc, je vous ai déjà dit que nous avions le temps.

— Tu es un lâche. Non, laisse-moi parler : un lâche. Ça fait cinq années que tu me berces avec cette chanson : oui, Cecília, le mois prochain je lui dirai tout, je te le promets. Lâche. Cinq années à me donner des excuses. Cinq années ! Je ne suis plus une gamine, moi, et je. […] Non, non, non ! Maintenant c'est moi qui parle : nous ne vivrons jamais ensemble parce que tu ne m'aimes pas. Non, tais-toi, c'est mon tour de parler. Je t'ai dit de te taire ! Eh bien tu peux te les mettre où je pense toutes tes belles paroles. C'est fini. Tu m'entends ? Quoi ? […] Non. Ne me dis rien. Quoi ? Parce que je raccrocherai quand j'en aurai envie. […] Non, monsieur, quand ça me rotera, à moi.

— Je vous ai déjà dit que je n'en crois pas un mot. Et je sais ce que je dis.

— Comme vous voudrez. Je suppose que je dois chercher un autre travail.

— Non. Chaque mois, vous me rembourserez une partie de ce vous avez volé et vous pourrez continuer à travailler ici.

— Je préfère partir.

— Dans ce cas je porterai plainte contre vous, monsieur Berenguer.

Maman sortit de son portefeuille une feuille de papier avec des chiffres.

— Votre salaire à partir de maintenant. Et là, le montant que vous ne toucherez pas et qui servira au remboursement. J'ai l'intention de récupérer jusqu'au dernier sou et en prison vous ne risquez pas de me payer. C'est oui ou c'est oui, monsieur Berenguer ?

Monsieur Berenguer ouvrait et fermait la bouche comme un poisson. Et il dut encore sentir l'haleine de madame Ardèvol qui s'était levée et qui, penchée sur la table, lui disait en pleine figure, d'une voix douce, et si jamais il devait m'arriver quelque chose de bizarre, sachez que toutes ces informations et les instructions pour la police sont déposées dans le coffre d'un notaire de Barcelone, le vingt et un mars mille neuf cent cinquante-huit ; signé Carme Bosch d'Ardèvol. Moi, xxx, notaire, certifie... Et après un autre silence elle répéta c'est oui ou c'est oui, monsieur Berenguer ?

Et comme elle était lancée, oubliant toute retenue, elle poursuivit sur son élan et demanda un rendez-vous au gouverneur civil de Barcelone, l'abominable Acedo Colunga. Dans son rôle de veuve du général Moragues, madame Carme Bosch d'Ardèvol réclama justice devant le secrétaire particulier du gouverneur.

— Justice pour quoi, madame ?

— Pour l'assassinat de mon mari.

— Il faudra que je m'informe bien afin de savoir à quoi vous faites allusion.

— Dans la requête qu'on m'a fait remplir, on m'a demandé d'exposer le motif de ma demande d'audience. De façon détaillée. – Une pause. – L'avez-vous lue ?

Le secrétaire du gouverneur regarda les papiers qui étaient devant lui. Il les lut attentivement. La veuve noire, tâchant de contrôler sa respiration, pensa qu'est-ce que je fais là, à perdre ma santé pour un homme qui m'a ignorée depuis le début et qui ne m'a jamais aimée de toute sa pputain de vie.

— Très bien, dit le secrétaire. Et que désirez-vous ?

— Parler avec Son Excellence le gouverneur civil.

— Vous parlez déjà avec moi, ce qui est du pareil au même.

— Je veux parler au gouverneur en personne.

— Impossible. Ôtez-vous ça de la tête.

— Mais…

— Vous ne pouvez pas lui parler.

Et elle ne lui parla pas. Lorsqu'elle sortit du palais du gouverneur civil, ses jambes tremblant de rage, elle décida de tout laisser tomber. Peut-être l'apparition de mon ange gardien y était-il pour davantage que son mépris des autorités franquistes. Ou peut-être aussi l'insistance pénible des uns et des autres à faire de Fèlix un improbable fornicateur compulsif. Ou peut-être, qui sait, était-elle parvenue à la conclusion qu'il ne valait pas la peine de réclamer justice pour un homme qui avait été trop injuste envers elle. Oui. Ou non. C'est-à-dire, je n'en ai aucune idée, parce qu'après papa, le plus grand mystère de ma vie, avant de te connaître, ça a été maman. Le fait est qu'à peine deux jours plus tard, la tournure des choses changea légèrement, ce qui la conduisit à changer de plans, et cela je peux t'en parler de première main, sans rien inventer.

— Rsrsrsrsrsrsrsrsrsrs.

C'est moi qui allai ouvrir. Maman venait à peine de revenir de faire des siennes au magasin et il me semble qu'elle était aux toilettes. La puanteur de tabac du commissaire Plasencia fut la première chose qui entra dans la maison.

— Madame Ardèvol? – Il me fit une grimace qui voulait être un sourire. – Nous nous connaissons, n'est-ce pas?

Maman fit entrer le commissaire et son odeur dans le bureau. Son cœur faisait boum, boum, boum et le mien faisait bam, boum, bom, parce que je convoquai d'urgence Aigle-Noir et Carson, sans monture, pour éviter les bruits intempestifs. La galerie avec la fenêtre était occupée par Lola Xica, si bien que je dus faire une folie et me glisser derrière le canapé, comme un voleur, au moment où maman et le policier s'asseyaient et faisaient du bruit avec les chaises. Ce fut la dernière fois que j'utilisai le canapé comme base d'espionnage : mes jambes avaient trop grandi. Maman sortit un instant pour dire à Lola Xica que personne ne me dérange même s'il y a le feu au magasin, tu entends, Lola Xica? et elle revint et ferma la porte avec nous cinq à l'intérieur.

— Je vous écoute, commissaire.

— Il semble que vous ayez tenté de me discréditer aux yeux de Son Excellence le gouverneur civil.

— Je ne discrédite ni ne critique personne. Je réclame seulement l'information qui m'est due.

— Eh bien je vais vous donner l'information et j'espère que vous allez faire un effort pour comprendre la situation.

— Eh bien voyons cela, dit-elle avec ironie. Et je l'applaudis en silence, comme le faisait la meilleure femme du meilleur paléographe du monde.

— J'ai le regret de vous dire que si nous fouillons dans la vie de votre mari nous trouverons des choses désagréables. Vous voulez les entendre?

— Et comment.

Je suppose que maman, après l'apparition de mon ange italien (je caressai amoureusement la médaille que je portais clandestinement accrochée au cou), n'était plus à un détail près. C'est pourquoi elle ajouta quand vous voudrez, commissaire.

— Je vous préviens que vous allez me dire que j'ai tout inventé et que vous ne me croirez pas.

— Eh bien essayez donc.

— Très bien.

Le commissaire fit une pause et commença à lui expliquer la vérité et rien que la vérité. Il lui expliqua que monsieur Fèlix Ardèvol était un scélérat qui régentait deux lupanars à Barcelone et s'était fourré dans une sombre affaire d'incitation à la prostitution d'une mineure. Vous savez ce que c'est qu'une putain, madame ?

— Poursuivez donc.

— *Il fait déjà beaucoup de temps que son mari mène une double vie, madame Agdevol. Deux prostíbuls (prostiboules ?) amb l'agravant (agravant ?) de faire, de… de… d'utiliser des filles de quinze ou seize ans. Je suis désolé d'être obligé de parler de tout ça*.*

Mon pied s'était calmé, heureusement, parce qu'en français je ne touchais pas ma bille ce jour-là, et je pouvais revenir au castillan grommelé et obscur du commissaire. Il me semble que Carson me fit un clin d'œil en voyant que je réussissais à faire cesser le mouvement de mon pied.

— Vous voulez que je continue, madame ?

— Je vous en prie.

— Il semble que, concrètement, la vengeance contre votre mari soit l'œuvre du père d'une de ces petites que votre mari faisait se prostituer. Parce qu'avant de les enfermer dans un prostibule, il les essayait personnellement. Vous me comprenez ? – Et, avec un peu d'emphase : Il les déflorait.

— Ugh.

— Oui.

— Ça en fait deux.

— Oui : oui, prostibule et déflorer.

— Ça ne semble pas possible et c'est effroyable. Mettez-vous à la place de ces petites. Ou du père de ces petites. Ça vous dérange si je fume ?

— N'y pensez même pas, commissaire.

— Si vous voulez, nous pouvons enquêter par ici et trouver le père désespéré qui s'est volatilisé après s'être fait justice lui-même. Mais le moindre de nos mouvements fera ressurgir à la lumière la vie peu édifiante de votre mari.

Silence. Mon pied qui menaçait *de bouger encore une fois**. Petits bruits. Sans doute le commissaire qui posait à regret son petit cigare. Et maman, tout à coup :

— Vous savez, commissaire ?

— Oui ?

— Vous aviez entièrement raison. Je n'ai pas cru un mot de tout cela. Vous inventez. Maintenant, il ne me reste qu'à découvrir pourquoi.

— Vous voyez ? Vous voyez ? Je vous avais prévenue que vous diriez ça. – Haussant la voix : Je vous l'ai dit, oui ou non ? Hein ?

— Ce n'est pas un argument.

— Moi, si vous ne craignez pas les conséquences, je peux tirer sur le fil. Les saletés qu'on trouvera… Seul votre mari les connaissait.

— Je vous souhaite le bonjour, commissaire. Je dois reconnaître que c'était bien essayé.

Maman parlait comme Old Shatterhand, sur un ton un peu bravache. Ça me plut. Carson et Aigle-Noir n'en croyaient pas leurs oreilles, au point qu'Aigle-Noir, le soir, me demanda de s'appeler désormais Winnetou, ce que je refusai. Maman avait dit je vous souhaite le bonjour alors qu'ils ne s'étaient même pas levés ! Depuis qu'elle menait la danse au magasin elle avait acquis au plus haut degré l'art de la mise en scène. Parce que le commissaire Plasencia ne put rien faire d'autre que se lever et marmonner une formule incohérente. Et moi je devais rester dans l'incertitude, ne sachant si ce que le commissaire disait de papa, et que je ne comprenais pas vraiment, était vrai ou pas.

— Ugh.

— Oui. Prostibule et l'autre c'était quoi ?

— Démancher ? lança Carson.

— Je ne sais pas. Quelque chose dans ce genre.

— Eh bien regardons prostibule. Dans l'Espasa Calpe, oui.

— *Prostibule : lupanar, maison de tolérance ou bordel*[1].

— Merde alors. Il va falloir chercher le volume de lupanar. C'est celui-ci.

— *Lupanar : prostibule, maison close, maison publique de femmes de mauvaise vie.*

Silence. Assez décontenancés tous les trois.

— Et maison close ?

— *Maison close : lupanar, maison de tolérance.* – Merde, ils sont vraiment pénibles. – *Lieu ou maison qui sert de repaire à des gens de mauvaise vie.*

— Bordel, maintenant.

— *Bordel : lupanar, maison close.*

— Fichtre.

— Eh, attends. *Maison ou lieu où l'on manque aux bonnes manières, dans le bruit et le désordre.*

Si bien que papa avait des lupanars qui sont des maisons bruyantes et publiques. Et pour ça on devait le tuer ?

— Et si on regarde démancher ?

— Comment on dit démancher en castillan ?

Ils se turent un instant. Adrià était déconcerté.

1. En castillan dans le texte.

— Ugh.

— Oui.

— Tout cela n'a pas à voir avec le bruit mais avec le sexe.

— Tu es sûr ?

— Sûr et certain. Quand le guerrier arrive à l'âge adulte, le chaman lui explique les secrets du sexe.

— Quand j'arriverai à l'âge adulte, personne ne m'expliquera aucun secret du sexe.

Silence un peu amer. J'entendis le crachat sec.

— Oui, Carson.

— Si je parlais.

— Eh bien parle, sapristi.

— Non. Vous n'avez pas l'âge pour certaines choses.

Le shérif Carson avait raison. Je n'ai jamais eu l'âge pour rien. Ou j'étais trop jeune ou je suis trop vieux.

15

— Trempe les mains dans de l'eau chaude. Retire-les, retire-les, qu'elles ne se ramollissent pas trop. Marche. Garde ton calme. Respire à fond. Arrête-toi. Comme ça. Très bien. Pense au début. Regarde-toi en train d'entrer dans la salle et de saluer. Très très bien. Maintenant salue. Non, mon ami, on ne salue pas comme ça, que diable. Tu dois t'incliner, te livrer à ton public. Eh, pas question de se livrer. Il faut que le public croie que tu te livres ; mais si tu arrives aux sommets où je me trouve, tu sauras que tu es supérieur et que ce sont les autres qui doivent s'agenouiller devant toi. Je t'ai dit de garder ton calme. Essuie-toi les mains ; tu veux attraper un rhume ? Prends le violon. Caresse-le, domine-le, pense que tu lui commandes de faire ce que tu veux qu'il fasse. Pense aux premières mesures. Comme ça, sans archet, fais comme si tu jouais. Très bien. Tu peux recommencer à faire des gammes.

Mestre Manlleu, tremblant comme un flan, sortit de la loge et je pus enfin respirer. J'étais plus tranquille, faisant des gammes, produisant un son sans aspérités, sans accrocs, faisant bien glisser l'archet, mesurant la colophane, respirant. Et alors Adrià Ardèvol dit plus jamais, il n'était pas fait pour se montrer dans la vitrine de la scène et exhiber la marchandise dans l'espoir que quelqu'un veuille l'acheter avec quelques applaudissements. De la salle provenaient les sons d'un prélude de

Chopin, très bien exposés, et il imagina la main d'une très belle fille, caressant les touches du piano, et c'en fut trop, il posa le violon dans l'étui ouvert et sortit, et à travers le rideau, il la vit ; c'était une fille, elle était plus que très belle, et il tomba amoureux d'elle éperdument et de façon urgente ; à ce moment, il aurait voulu être un piano demi-queue. Quand la fille indescriptible eut fini et salua d'une façon mais ce qu'elle est adorable, Adrià se mit à applaudir avec frénésie et une main inquiète se posa sur son épaule.

— Mais qu'est-ce que tu fous là ? C'est à toi de jouer !

En allant vers la loge, maître Manlleu se lamenta sur mon putain de manque de responsabilité de gamin de douze ou treize ans qui donne son premier récital en faisant le difficile et regarde ta mère et moi qui sommes sur des charbons ardents ; et toi tu es là à bayer aux corneilles. Si bien qu'il réussit à m'angoisser passablement. Il me fit saluer la professeur Marí, qui attendait déjà en coulisses, prête à entrer en scène (Tu vois ? ça c'est une professionnelle !), et la professeur Marí me fit un clin d'œil et me dit de ne pas m'en faire, que je m'en sortais très bien et que ça irait comme sur des roulettes. Et de ne pas me précipiter dans l'introduction : que c'était moi le patron et qu'elle me suivrait ; ne va pas trop vite. Comme à la dernière répétition. Et alors Adrià sentit le souffle de maître Manlleu sur sa nuque :

— Respire. Ne regarde pas le public. Salue avec élégance. Les pieds légèrement séparés. Regarde au fond de la salle et commence avant même que la professeur soit tout à fait prête. C'est toi le patron.

J'aurais voulu savoir qui était la fille qui m'avait précédé pour pouvoir la saluer ou l'embrasser ou sentir ses cheveux ; mais apparemment ceux qui avaient fini sortaient par l'autre côté et j'entendais qu'on disait le jeune talent Adrià Ardèvol i Bosch avec la collaboration de la professeur Antònia Marí. Si bien que nous avons dû entrer en scène et je me suis aperçu que Bernat qui m'avait juré ne t'en fais pas, vraiment, Adrià, tu peux être tranquille, je ne viendrai pas, je te jure, était assis au premier rang, cette tapette, et j'eus l'impression qu'il avait un demi-sourire moqueur. Et en plus, il était avec ses parents, le mec. Et maman, en compagnie de deux messieurs que je n'avais jamais vus. Et maître Manlleu qui rejoignait le groupe et murmurait quelque chose au creux de l'oreille de maman. Plus de la moitié de la salle pleine de gens inconnus. Et j'eus tout à coup une envie irrépressible de pisser. Je dis à la professeur Marí, au creux de l'oreille, que je devais aller faire pipi et elle me dit ne t'en fais pas, les gens ne partiront pas avant de t'avoir entendu.

Adrià Ardèvol ne se rendit pas aux toilettes. Il se rendit dans la loge, rangea son violon dans son étui et le laissa là. Alors qu'il courait vers la sortie il se retrouva nez à nez avec Bernat qui le regardait, épouvanté, et lui disait où tu vas, espèce d'andouille. Et lui, à la maison. Et Bernat mais tu es cinglé. Et Adrià lui dit tu dois m'aider. Dis qu'on m'a emmené à l'hôpital ou quelque chose dans ce genre, et il sortit du Casal del Metge[1] et il fut accueilli par la circulation nocturne de la via Laietana et il remarqua qu'il transpirait excessivement et alors il rentra chez lui. Et ce n'est qu'une bonne heure plus tard qu'il sut que Bernat s'était comporté en véritable ami parce qu'il était rentré dans la salle et avait dit à maman que je ne me sentais pas bien et qu'on m'avait emmené à l'hôpital.

— Mais à quel hôpital, grand Dieu ?

— Je n'en sais rien, moi. Il faut demander au chauffeur de taxi.

Et, au milieu de l'allée, maître Manlleu donnait des ordres contradictoires, totalement décontenancé parce

---

1. Le Foyer du médecin, qui se trouvait carrer Tapineria, sur le flanc gauche de la cathédrale.

que les inconnus qui l'accompagnaient se retenaient à peine de rire, et la barrière constituée par Bernat fut déterminante pour les empêcher, en sortant dans la rue, de me voir remonter en courant la via Laietana.

Une heure plus tard ils étaient à la maison, parce que Lola Xica m'avait dénoncé lorsqu'elle m'avait vu arriver dans un état pitoyable et elle avait appelé le Casal del Metge, l'idiote – parce que les adultes s'aident toujours entre eux –, et maman me faisait entrer dans le bureau et elle faisait aussi entrer maître Manlleu et elle ferma la porte. Ce fut terrible. Maman, mais pour qui tu te prends. Moi, pas question de faire un autre essai. Maman, mais pour qui tu te prends ; maître Manlleu, levant les bras au ciel et disant incroyable, incroyable. Et moi, non et non, j'en avais assez ; je voulais du temps pour lire ; et maman : non, tu feras du violon et quand tu seras grand tu décideras ce que tu veux faire ; et moi, eh bien c'est tout décidé. Et maman : à treize ans tu n'es pas en mesure de décider ; et moi, indigné : treize ans et demi ! Et maître Manlleu levant les bras et disant incroyable, incroyable ; et maman mais pour qui tu te prends pour la deuxième ou la troisième fois, et elle ajoutait avec ce que me coûtent ces leçons et toi qui fais le… et maître Manlleu qui se sentait visé, précisant que les leçons n'étaient pas si chères. Elles avaient un prix, mais compte tenu de qui il était, elles n'étaient pas chères ; et maman : eh bien moi je dis qu'elles sont chères et même extrêmement chères. Et maître Manlleu, eh bien si elles sont si chères, vous n'avez qu'à vous débrouiller tout seuls, vous et votre fils ; comme si c'était Oïstrakh ! Et maman répliquait aussitôt pas question : vous m'avez dit vous-même que le petit avait du talent et vous ferez de lui un violoniste. Et pendant ce temps je me calmais peu à peu parce que la partie se jouait entre eux deux et je n'avais même pas besoin de traduire la conversation dans mon français. Et Lola Xica, la pettegola, la traîtresse, passa la tête en disant qu'il y avait un appel urgentissime du Casal del Metge, et maman, en sortant, que personne ne bouge je reviens tout de suite, et maître Manlleu approcha son visage du mien et me dit sale couard, tu savais ta sonate sur le bout des doigts, et je lui répondis je m'en fiche pas mal, je ne veux pas jouer en public. Et lui : et qu'est-ce que Beethoven va penser de ça ? Et moi : Beethoven est mort et il ne saura rien. Et lui : homme de peu de foi. Et moi : tapette. Et il y eut un silence très épais, couleur de chien qui s'enfuit.

— Qu'est-ce que tu as dit ?

Tous les deux immobiles, face à face. Alors maman revint. Maître Manlleu, la bouche ouverte, encore incapable de réagir. Maman dit que j'étais puni et que je ne pouvais pas sortir de la maison, sauf pour aller au collège et aux leçons de violon. Et tu vas tout de suite dans ta chambre et on verra plus tard si tu dînes ou si tu vas te coucher sans dîner. Allez. Maître Manlleu avait encore le bras en l'air et la bouche ouverte. Trop lent pour la colère que nous avions à l'intérieur, maman et moi.

En signe de rébellion je fermai la porte et que maman proteste si elle voulait. J'ouvris la boîte aux trésors où, à part Aigle-Noir et Carson, qui circulaient librement, je rangeais mes secrets. Maintenant je me rappelle une image double d'une Maserati, des agates qui faisaient rêver et la médaille de mon ange quand je ne la portais pas sur moi et qui était le souvenir de mon ange avec son sourire rouge qui me disait ciao, Adriano. Et Adrià s'imagina en train de répondre ciao, angelo mio.

Il le convoqua dans une salle poussiéreuse où les petits prenaient les cours de solfège, dans l'autre bâtiment. Quand il entra dans le couloir sombre, les cris de ses camarades courant derrière le ballon furent amortis par la poussière du sol et par le silence. Au bout du couloir, dans la classe du fond, une petite lumière allumée.

— Voyez-moi l'artiste.

Le père Bartrina était un homme d'aspect anguleux, grand et maigre, enveloppé dans une soutane qui était toujours trop courte et qui laissait apparaître un pantalon usé. Comme il devait toujours se pencher, on aurait dit qu'il était sur le point de se jeter sur son interlocuteur. Cependant, il était d'une nature affable et il s'était fait à l'idée qu'un élève ne pourrait jamais s'intéresser au solfège. Mais comme il était le professeur de musique, il enseignait le solfège, un point c'est tout. Et le problème était de maintenir une certaine impression d'autorité parce qu'aucun élève, sans exception, même s'il chantait faux et n'avait pas la moindre idée d'où se trouvait le fa, ne redoublait à cause de la musique. Cela le faisait hausser les épaules face à la vie et il continuait bon an mal an à dessiner, sur l'immense tableau rayé de quatre portées rouges, l'absurdité de la différence entre une noire (qui, avec la craie, était blanche) et une blanche (un cercle de la couleur noire du tableau). Et les élèves passaient et les années passaient.

— Bonjour.

— On m'a dit que tu joues du violon.

— Oui.

— Et que tu n'as pas voulu jouer au Casal del Metge.

— Oui.

— Pourquoi ?

Et Adrià lui expliqua sa théorie de la perfection qu'on exige de l'interprète.

— Arrête avec ta perfection. Tu as le trac.

— Quoi ?

Et le père Bartrina lui expliqua sa théorie sur le trac des artistes, qu'il avait tirée d'une revue musicale anglaise. Non. Moi ce n'était pas pareil. Mais j'eus du mal à le lui faire comprendre. Ce n'est pas que j'ai peur : c'est que je ne veux pas prendre le chemin de la perfection. Je ne veux pas faire un métier qui n'admet pas l'erreur ou l'hésitation.

— L'erreur ou l'hésitation sont là, chez l'interprète. Mais il les réserve à l'étude. Quand il interprète devant le public il a déjà surmonté toutes les hésitations. Un point c'est tout.

— Ce n'est pas vrai.

— Qu'est-ce que tu dis ?

— Excusez-moi. Je ne suis pas d'accord. J'aime trop la musique pour la faire dépendre d'un doigt mal placé.

— Tu as quel âge ?

— Treize ans et demi.

— Tu ne parles pas comme un enfant.

Il était en train de me gronder ? Je scrutais ses yeux et je ne parvins pas à en tirer une conclusion.

— Comment se fait-il que tu ne communies jamais ?

— Je ne suis pas baptisé.

— Mon Dieu !

— Je ne suis pas catholique.

— Qu'est-ce que tu es ? – Prudemment, tandis qu'Adrià réfléchissait : Protestant ? juif ?

— Je ne suis rien. À la maison, nous ne sommes rien.

— Il faudrait qu'on en parle plus tranquillement.

— Mes parents ont reçu du collège l'assurance qu'on ne me parlerait pas de ces choses.

— Mon Dieu. – Pour lui-même : Il va falloir que je me renseigne là-dessus.

Alors, il reprit un ton accusateur :

— On m'a dit que tu es excellent en tout.

— Bon. Je n'ai aucun mérite, dis-je pour ma défense.

— Pourquoi ?

— Parce que c'est facile. Et j'ai une très bonne mémoire.

— Ah oui ?

— Oui. Je me rappelle tout.

— Tu peux jouer sans partition ?

— Bien sûr. Si je l'ai lue une fois.

— Extraordinaire.

— Non. Parce que je n'ai pas l'oreille absolue. Plensa a l'oreille absolue.

— Qui ?

— Plensa, de troisième C. Il joue du violon avec moi.

— Plensa ? Ce garçon plutôt grand, blond ?

— Oui.

— Et il joue du violon ?

Qu'est-ce qu'il pouvait bien me vouloir, cet homme ? Pourquoi cet interrogatoire ? Où voulait-il en venir ? Je fis oui de la tête et je me dis que je faisais peut-être du tort à Bernat, avec ces confidences.

— Et on m'a dit que tu sais des langues.

— Non.

— Non ?

— Bon… le français… On l'apprend en classe.

— Depuis un an ; mais on dit que tu le parles déjà.

— C'est que… – Et maintenant, qu'est-ce que je lui dis ?

— Et l'allemand.

— Eh bien, je…

— Et l'anglais.

Il disait ça comme on pose le doigt sur la blessure après m'avoir pris sur le fait, et Adrià se mit sur la défensive. Il dut reconnaître que oui, que l'anglais aussi.

— Et que tu l'as appris seul.

— Non, dit-il, soulagé. Ce n'est pas vrai. Je prends des cours.

— Eh bien, d'après les informations que j'ai…

— Non, c'est l'italien. – Confus : Je l'apprends tout seul.

— C'est incroyable.

— Non ; c'est très facile. Vocabulaire roman. Quand on connaît le catalan, le castillan et le français, c'est fastoche, je veux dire que c'est très facile.

Le père Bartrina le regarda de travers, comme s'il essayait de savoir si ce gamin se fichait de sa bobine. Adrià, pour se faire pardonner :

— Mais je suis sûr que je prononce mal l'italien.

— Ah bon?

— Oui. Ils mettent l'accent tonique là où je ne le mettrais jamais.

Après une interminable minute de silence :

— Qu'est-ce que tu veux faire quand tu seras grand?

— Je ne sais pas. Lire. Étudier. Je ne sais pas.

Silence. Le père Bartrina fit quelques pas vers la fenêtre. Des profondeurs de sa soutane, il tira un mouchoir très blanc et s'essuya les lèvres, pensif. La circulation du carrer Llúria était intense et, à certains moments, chargée. Le père Bartrina se retourna vers l'enfant, qui était encore debout, au milieu de la salle de classe. Peut-être s'en rendit-il compte à ce moment :

— Assieds-toi, assieds-toi.

Je m'assis à un pupitre, sans savoir exactement ce que voulait cet homme. Il s'approcha et s'assit au pupitre d'à côté. Il me regarda dans les yeux.

— Moi, je joue du piano.

Silence. Je m'en doutais, parce qu'en cours il jouait des accords au piano tandis que nous chantions les notes à moitié endormis. Et comme ça, il nous obligeait aussi à garder le ton. On aurait dit qu'il avait du mal à poursuivre. Mais il finit par se décider :

— On pourrait travailler la *Sonate à Kreutzer* pour la fin de l'année, pour la cérémonie de remise des prix. Qu'est-ce que tu en dis? Au Palau de la Música! Tu n'aimerais pas jouer au Palau de la Música?

Je ne disais rien. Je m'imaginais tous les enfants en train de me dire tapette et moi sur la scène essayant d'être parfait. Un enfer global.

— C'est ce que tu devais jouer au Casal del Metge. Tu dois l'avoir en tête, non?

Pour la première fois, il esquissa un sourire, destiné à m'encourager. À essayer de me convaincre. Pour que je lui dise oui. Et moi je ne disais toujours rien, parce que j'avais eu une idée géniale. J'eus l'idée qu'en tant que musicien il pourrait m'aider et je lui dis père Bartrina, vous aussi on vous traite de tapette ?

Adrià Ardèvol i Bosch, de quatrième A, fut exclu pendant trois jours pour des raisons obscures que, d'ailleurs, on ne donna pas à maman. Pour les camarades, ce fut une angine. Quant à Bernat, quand je lui demandai s'il était une tapette, comme moi, il devint fou furieux.

— Parce que tu es une tapette ?

— J'en sais rien, moi ! Esteban dit que oui parce que je joue du violon. Donc toi aussi. Et aussi le père Bartrina, si le piano compte aussi.

— Et Jascha Heifetz.

— Oui. Je suppose. Et Pau Casals.

— Oui. Mais moi, personne ne me l'a dit.

— Parce qu'ils ne savent pas que tu joues du violon. Bartrina ne savait pas.

Avant d'arriver au conservatoire, les deux amis s'arrêtèrent, indifférents à la circulation animée du carrer del Bruc. Bernat eut une idée :

— Pourquoi tu ne demandes pas à ta mère ?

— Et pourquoi tu ne demandes pas à la tienne ? Ou à ton père ? Toi tu as un père, non ?

— Mais moi on ne m'a pas exclu pour avoir traité les gens de tapette.

— Et si on demandait à la mère Trullols ?

Ce jour-là, Adrià avait décidé d'assister au cours de la mère Trullols, dans l'espoir que maître Manlleu se fâche définitivement. La professeur se réjouit de le voir, constata ses progrès et ne fit aucune allusion à l'incident du Casal del Metge, qu'elle connaissait certainement. Ils n'interrogèrent pas la mère Trullols sur le mystère du mot tapette ; la professeur nous reprochait de jouer faux tous les deux, ce jour-là, pour l'embêter, et ce n'était pas vrai. Ce qui se passe c'est que par-dessus le marché, avant d'entrer, nous entendîmes qu'un enfant plus petit que nous, qui, je crois, s'appelait Claret, était là en visite pour je ne sais quelle raison et qu'il jouait du violon comme un homme de vingt ans. Et moi, ça, au lieu de me stimuler, ça me faisait me sentir tout petit.

— Eh bien pas moi. Ça me met en rage et je travaille davantage.

— Tu seras un grand violoniste, Bernat.

— Et toi aussi.

Ce n'était pas normal que des enfants de l'âge de Bernat et Adrià aient ce genre de conversations. Mais un violon dans les mains transforme les gens.

Le soir, Adrià mentit à sa mère. La raison pour laquelle on l'avait exclu trois jours, c'était qu'il s'était moqué d'un professeur parce qu'il ne savait pas quelque chose. Maman, qui avait la tête occupée par le magasin et les machinations angéliques de Daniela, l'ange de mon sourire, lui fit un sermon très utilitaire, sans grande conviction. Elle lui dit tu dois savoir que Dieu t'a donné une intelligence spéciale. Alors dis-toi bien que le mérite ne t'en revient pas, mais à la nature. Et Adrià remarqua que maintenant que papa était mort, maman recommençait à parler de Dieu, même si elle le mélangeait avec la nature. Ça serait drôle qu'en fin de compte Dieu existe et que je ne sois pas au courant.

— D'accord, maman. Je ne le ferai plus. Excuse-moi.

— Non. C'est au professeur que tu dois demander pardon.

— Oui maman.

Et elle ne demanda pas qui était le professeur, ce qu'Adrià avait dit exactement et ce qu'avait répondu le prof. On ne la reconnaissait pas. Et dès qu'ils eurent fini de dîner, elle s'enferma dans le bureau de papa où elle avait laissé les livres de comptabilité ouverts, à côté des incunables.

Alors que Lola Xica débarrassait la table et commençait à ranger la cuisine, Adrià resta à traîner au milieu, faisant mine de l'aider, et quand il vit que maman était bien occupée au bureau, il entra dans la cuisine, ferma la porte et, avant que sa timidité le fasse se repentir, il dit Lola Xica tu peux m'expliquer pourquoi à l'école on me traite de tapette ?

J'eus beaucoup de mal à m'endormir parce que la simple éventualité de pouvoir éclairer l'ignorance de Bernat, qui savait toujours tout des choses qui n'avaient pas de rapport avec les études, me tint éveillé au point que j'entendis les cloches de la Concepció sonner les coups de onze heures, et le bâton du sereno[1] frappant les portes métalliques de can Solà, qui résonnaient dans tous le quartier, en ce temps où Franco commandait et où, pour nous, la terre était à nouveau plate, le temps où j'étais petit et où je ne te connaissais pas encore ; ce temps où Barcelone, quand la nuit tombait, était encore une ville qui, elle aussi, s'endormait.

1. Agent de surveillance nocturne de la police municipale.

III

ET IN ARCADIA EGO

Quand j'étais jeune, je me battais pour être moi-même ; maintenant, je me résigne à être comme je suis.

JOSEP MARIA MORRERES

16

Adrià Ardèvol avait beaucoup mûri. Le temps ne passait pas en vain. Il savait maintenant ce que signifiait tapette et il avait même trouvé le sens de théodicée. Aigle-Noir, le chef arapaho, et le vaillant shérif Carson prenaient la poussière sur l'étagère de Salgari, Karl May, Zane Grey et Jules Verne. Mais il n'avait pas réussi à fuir la tutelle implacable de maman. Ma capacité d'obéissance fit de moi un bon violoniste, pour ce qui était de la mécanique, mais sans âme à l'intérieur. Comme un Bernat de seconde zone. Même ma fuite honteuse lors de mon premier récital public finit par être acceptée par maître Manlleu comme un trait de génie de ma part. Nos rapports ne changèrent pas, sauf que, à partir de ce soir-là, il se sentit autorisé à m'insulter quand il le jugeait bon. Avec maître Manlleu, nous ne parlâmes jamais de musique. Nous ne parlions que de répertoire pour violon, et de noms comme Wieniawski, Nardini, Viotti, Ernst, Sarasate, Paganini et surtout Manlleu, Manlleu et Manlleu, et j'avais envie de lui dire, maître, mais quand ferons-nous de la musique pour de bon? Mais je savais que cela déclencherait une tempête dont je ne sortirais pas indemne. Il ne savait parler que de répertoire, de son répertoire. De la position des mains. De la position des pieds. Des vêtements qu'on doit porter quand on étudie. Et de si la position des pieds doit être la position Sarasate-Sauret, la position Wieniawski-Wilhelmj, la position Ysaÿe-Joachim ou, seulement pour les élus, la position Paganini-Manlleu. Et toi tu dois essayer la position Paganini-Manlleu parce que je veux que tu sois un élu même si, malheureusement, tu n'as pas pu être un enfant prodige parce que je suis arrivé trop tard dans ta vie.

La reprise des leçons après la fuite d'Adrià, avec une augmentation substantielle, à l'initiative de madame Ardèvol, des émoluments de maître Manlleu, avait été très dure. Au début, c'étaient des leçons silencieuses, pensées pour montrer le silence offensé du génie qui veut convertir en demi-génie un garçon désorienté par la faiblesse de son caractère. Peu à peu, les indications et les corrections lui avaient fait retrouver sa loquacité habituelle, jusqu'au jour où il lui demanda d'apporter ton Storioni.

— Pourquoi, maître ?

— Je veux le faire sonner.

— Je dois demander l'autorisation à maman. – Adrià avait appris les règles de prudence après tant de déboires.

— Elle te la donnera si tu lui dis que c'est un désir exprès de ma part.

Maman lui dit tu es fou, mais pour qui tu te prends ; toi, tu prends ton Parramon et tu files. Et Adrià insista et insista jusqu'au moment où elle dit quand je dis non c'est non. C'est alors qu'il lâcha que c'est une demande et un désir exprès de maître Manlleu.

— Tu aurais dû commencer par là, dit-elle, sérieusement. Très sérieusement, parce que cela faisait quelques années que la mère et le fils étaient en guerre et tous les prétextes étaient bons, à tel point qu'un jour Adrià dit quand je serai majeur je partirai de la maison. Et elle : et avec quels moyens ? Et lui : avec mes mains ; avec l'héritage de papa ; je ne sais pas. Et elle : eh bien tâche de savoir avant de partir.

Et le vendredi suivant je me présentai avec le Storioni. Plus que le faire sonner, le maître voulait le comparer. Il joua la tarentelle de Wieniawski avec mon Storioni ; il le fit sonner très très bien. Et ensuite, les yeux brillants, guettant ma réaction, il me montra un trésor secret : un Guarnerius de 1702 qui avait appartenu à Félix Mendelssohn en personne. Et il joua la même tarentelle, qui sonna très très bien. Avec un sourire de triomphe sur les lèvres, il me dit que son Guarnerius sonnait dix fois mieux que mon Storioni. Et il me le rendit avec un air de profonde satisfaction.

— Maître, je ne veux pas être violoniste.
— Toi tais-toi et travaille.
— Maître, je vous dis que non.
— Que diront tes adversaires ?
— Je n'ai pas d'adversaire.
— Mon petit, dit-il en s'asseyant dans le fauteuil qui servait à écouter, tous ceux qui en ce moment étudient le violon à un niveau supérieur sont tes adversaires. Et ils chercheront la meilleure façon de te couler.

Et ils revinrent au vibrato, vibrato plus trille, à la recherche des harmoniques, au martelé et au trémolo… et moi j'étais chaque jour plus triste.

— Maman, je ne veux pas être violoniste.
— Mon fils, tu es violoniste.
— Je veux arrêter.

Pour toute réponse, on m'organisa un récital à Paris. Pour que je voie la vie spectaculaire qui t'attend comme violoniste, mon fils.

— Moi, à huit ans, réfléchit maître Manlleu, je donnais mon premier récital. Toi, il a fallu que tu attendes l'âge de dix-sept ans. Tu ne pourras jamais me rattraper. Mais tu dois essayer de te rapprocher de ma grandeur. Et je t'aiderai à surmonter le trac.

— C'est que je ne veux pas être violoniste. Je veux lire. Et je n'ai pas le trac.

— Bernat, je ne veux pas être violoniste.

— Ne dis pas ça ; ça me met en rogne. Tu joues vachement bien et on dirait que ça ne te demande aucun effort. C'est le trac.

— Je trouve ça très bien de jouer du violon ; mais je ne veux pas être violoniste. Je ne veux pas. Et je n'ai pas le trac.

— Fais ce que tu veux, mais n'arrête pas les leçons.

À vrai dire, Bernat ne s'intéressait pas à ma santé mentale ou à mon avenir. La vérité, c'est que Bernat prenait encore les leçons de maître Manlleu de deuxième main. Et il progressait techniquement et il ne s'ennuyait pas et il ne prenait pas l'instrument en grippe et il n'avait pas de maux d'estomac, parce que je lui épargnais Manlleu. Et pourtant, il était maintenant avec Massià, recommandé de la façon la plus directe par la mère Trullols.

De nombreuses années plus tard, devant le peloton d'exécution, Adrià Ardèvol comprit que son aversion pour la carrière de soliste avait été sa seule façon de combattre maman et maître Manlleu. Mais, quand sa voix commença à dérailler parce qu'il ne savait pas la contrôler, il dit maître Manlleu, je veux faire de la musique.

— Quoi ?

— Je veux dire Brahms, Bartók, Schumann. Je déteste Sarasate.

Maître Manlleu observa le silence pendant quelques semaines, donnant ses leçons avec des gestes et rien de plus, jusqu'au vendredi où il posa sur le piano une énorme pile de partitions et dit allons, reprenons le répertoire. Ce fut la seule fois dans sa vie que maître Manlleu lui donna raison. Papa lui avait donné raison une seule fois, mais l'avait reconnu. Maître Manlleu dit seulement allons, reprenons le répertoire. Et pour se venger d'avoir dû me donner raison il épousseta les pellicules qui tombaient sur son pantalon foncé et dit le vingt du mois prochain, dans la salle Debussy de Paris. La Kreutzer, celle de César Franck, la *Troisième* de Brahms et juste un Wieniawski et un Paganini pour les rappels. Content ?

Le fantôme du trac, parce que j'avais un trac habilement camouflé par la belle théorie selon laquelle l'amour de la musique m'empêchait, etc. Le fantôme du trac reparut et Adrià commença à transpirer.

— Qui sera au piano ?

— N'importe quel accompagnateur. Je t'en chercherai un.

— Non. Quelqu'un qui… Le piano ne m'accompagne pas : il fait comme moi.

— Sottises. C'est toi qui commandes. Oui ou non ? Je te chercherai le pianiste adéquat. Trois séances de répétition. Et maintenant on va déchiffrer. Commençons par Brahms.

Et Adrià commença à sentir que c'était peut-être vrai, que le violon était une façon de s'entendre avec la vie, avec les mystères de la solitude, avec la certitude que le désir ne s'ajuste jamais à la réalité, avec l'envie de découvrir ce qui était arrivé à papa par sa faute.

Le pianiste adéquat fut maître Castells, un bon pianiste, timide, capable de se cacher sous les touches au plus petit reproche de maître Manlleu et qui, comme Adrià le découvrit aussitôt, faisait partie d'une vaste opération financière de madame Ardèvol, qui dépensa une fortune pour faire jouer son fils à Paris, dans un espace pour musique de chambre de la salle Pleyel, avec une capacité de cent sièges, dont une quarantaine était occupée. Les musiciens voyagèrent seuls, pour se concentrer sur leur travail. Monsieur Castells et Adrià en troisième. Maître Manlleu en première afin de pouvoir se concentrer sur ses multiples occupations. Les musiciens combattirent l'insomnie en lisant les morceaux du concert et Adrià trouva amusant de voir maître Castells chanter et lui donner les entrées et lui de faire semblant de jouer en chantonnant, suivant son exemple ; c'était un système génial pour fixer les entrées. C'est alors que l'employé des chemins de fer était apparu pour faire les lits, et il était ressorti convaincu que c'était un compartiment de fous. Peu après Lyon, la nuit tombée, maître Castells lui avoua que maître Manlleu lui tenait la bride courte et il lui demanda un service, de demander à maître Manlleu de les laisser se promener seuls avant le concert pour… c'est qu'il faut que je voie ma sœur et maître Manlleu ne veut pas qu'on mélange les choses, tu comprends ?

Paris avait été un montage maternel pour me décider à continuer le violon. Mais elle ne savait pas que cela changerait ma vie. C'est là que je t'ai connue. Grâce au montage. Mais pas dans la salle de concert, avant, pendant l'escapade semi-clandestine que je fis avec monsieur Castells. Au café Condé. Il devait y retrouver sa sœur, qui vint accompagnée d'une nièce, toi.

— Saga Voltes-Epstein.

— Adrià Ardèvol-Bosch.

— Je dessine.

— Je lis.

— Tu n'es pas violoniste ?

— Non.

Tu as ri et le ciel est entré dans le café Condé. Ton oncle et ta tante étaient très occupés à parler de leurs affaires et ne s'aperçurent de rien.

— Ne viens pas au concert, s'il te plaît, implorai-je. Et pour la première fois je fus sincère et je dis à voix plus basse je crève de trouille. Et ce qui m'a surtout plu en toi c'est que tu n'es pas venue au concert. C'est ce qui m'a fait tomber amoureux de toi. Il me semble que je ne te l'ai jamais dit.

Le concert s'est bien passé. Adrià joua normalement, sans nervosité excessive, sachant qu'il ne reverrait plus jamais les gens qui étaient là. Et maître Castells s'avéra un excellent partenaire parce que lorsque j'hésitai, à deux ou trois endroits, il me récupéra de façon extrêmement délicate. Et Adrià pensa qu'avec lui comme maître peut-être qu'il pourrait faire de la musique.

Cela fait trente ou quarante ans que nous nous sommes rencontrés, Sara et moi. La personne qui a illuminé ma vie et pour laquelle je pleure le plus amèrement. Une jeune fille de dix-sept ans avec des cheveux sombres ramassés en deux tresses, qui parlait catalan avec un léger accent français comme si elle venait du Roussillon, et qu'elle n'a jamais perdu. Sara Voltes-Epstein, qui est entrée dans ma vie de façon intermittente et qui m'a toujours manqué. Vingt septembre mille neuf cent soixante et quelque. Et après la brève rencontre au café Condé il a encore fallu deux ans pour que nous nous revoyions, encore une fois par hasard. Et à un concert.

Alors Xènia se plaça devant lui et lui dit en ce qui me concerne, enchantée.

Bernat regarda ses yeux sombres. Ils étaient assortis à la nuit. Xènia. En réponse il lui dit eh bien d'accord, monte à la maison. Nous pourrons bavarder le plus tranquillement du monde. Xènia.

Cela faisait quelques mois que Bernat et Tecla s'étaient séparés, avec un procès mené minutieusement et avec beaucoup d'efforts par les deux parties afin de réussir à ce que ce soit une rupture très bruyante, traumatisante, inutile, douloureuse, rageuse et pleine de détails mesquins, surtout de sa part à elle, une femme dont je ne comprends pas comment j'ai pu en venir à éprouver de l'intérêt pour une gonzesse comme ça. Et encore moins à partager sa vie, vraiment, je n'en reviens pas. Et Tecla expliquait que les derniers mois de leur vie commune avaient été un enfer parce que Bernat passait la journée à se regarder dans la glace, non, non, comprends-moi bien : il ne s'occupait que de lui, comme toujours ; il n'y avait que ses affaires à lui qui étaient importantes à la maison ; il ne se préoccupait que de savoir si ce dernier concert a bien marché, si les critiques sont chaque jour plus médiocres, tu te rends compte, pas la moindre référence à notre sublime interprétation ; et si le violon est bien rangé dans le coffre-fort ou s'il faut changer de coffre-fort parce que le violon est le meuble le plus

important de cette maison, tu entends, Tecla ? et si tu ne
te mets pas ça dans la tête, on va avoir des problèmes ;
et surtout ce qui m'a blessée, c'est son manque absolu
de tact et d'amour envers Llorenç. Mais ça, je ne l'ai
pas laissé passer. C'est à partir de ce moment que j'ai
commencé à lui résister. Jusqu'à la catastrophe et au
verdict d'il y a quelques mois. Un égoïste terrible qui
croit qu'il est un grand artiste et qui n'est qu'un bon
à rien qui, en plus de jouer du violon, n'arrête pas de
nous casser les couilles parce qu'il croit qu'il est le
meilleur écrivain du monde et il me disait tiens, lis ça
et dis-moi ce que tu en penses. Et malheur à moi si je
mettais un bémol, parce qu'alors il passait des jours
entiers à essayer de me prouver que je me gourais du
tout au tout et que le seul qui y comprenait quelque
chose c'était lui.

    — *Je ne savais pas qu'il écrivait.*

    — *C'est que personne ne le sait. Pas même son édi-*
teur, tu comprends ? C'est de la merde, ce qu'il écrit ;
ennuyeux, prétentieux... Enfin. Je ne comprends tou-
jours pas comment j'ai pu trouver de l'intérêt à un type
comme ça. Et partager sa vie !

    — *Et toi, pourquoi as-tu arrêté le piano ?*

    — *J'ai laissé tomber peu à peu, sans m'en rendre*
compte. En partie...

    — *Bernat, lui, n'a pas arrêté le violon.*

    — *J'ai arrêté le piano parce qu'à la maison la car-*
rière prioritaire c'était celle de Bernat, d'accord ? Il y
a de nombreuses années de ça. Avant Llorenç.

    — *Typique.*

    — *Ne joue pas les féministes. Je te parle comme à*
une amie, ne m'accable pas, d'accord ?

    — *Mais tu crois qu'à votre âge une séparation...*

    — *Et alors ? Si tu es trop jeune il se trouve que tu*
es trop jeune. Si tu es âgée il se trouve que tu es âgée.
Et d'ailleurs nous ne sommes pas si âgés que ça. J'ai

encore toute une vie à vivre. J'ai la moitié de ma vie
devant moi, d'accord ?

    — Tu es sur les nerfs.

    Il y avait de quoi : entre autres choses, dans ce pro-
cès de rupture tellement bien dessiné, Bernat avait eu
la prétention que ce soit elle qui parte de la maison. En
réponse, elle avait pris le violon et l'avait jeté par la
fenêtre. Quatre heures plus tard, elle avait reçu la noti-
fication d'une plainte déposée par son mari pour graves
dommages au patrimoine commun et elle avait dû par-
tir en courant voir l'avocat, qui l'avait grondée comme
si elle était une petite fille et l'avait prévenue ne jouez
pas avec ça, madame Plensa, c'est sérieux. Si vous vou-
lez, je peux prendre votre affaire, mais vous devrez faire
ce que je vous dis.

    — Si je revois ce foutu violon, je le jette à nouveau
par la fenêtre, même si on me met en prison.

    — Ce n'est pas comme cela que nous allons avan-
cer. Est-ce que vous acceptez que je m'occupe de votre
affaire ?

    — Évidemment : c'est pour ça que je suis venue.

    — Eh bien il faut que je vous dise que vous auriez eu
tout à fait raison de vous disputer, de vous haïr et de vous
jeter la vaisselle à la figure. La vaisselle, pas le violon.
Là, vous avez commis une grave erreur.

    — Je voulais le blesser.

    — Et vous y êtes parvenue ; mais vous vous êtes fait
du tort bêtement, excusez ma franchise.

    Et il lui exposa la stratégie à suivre.

    — Et maintenant je te raconte mes malheurs parce
que tu es ma meilleure amie.

    — Laisse-toi aller, pleure. Ça te fera du bien. Moi je
ne m'en prive pas.

    — La juge, qui était une femme, lui a donné raison sur
tout. C'est incroyable comme la justice peut être injuste.
Elle lui a juste infligé une amende pour la destruction du

violon. Une amende qu'elle ne m'a pas payée et qu'elle ne me paiera jamais. Quatre mois de clinique chez Bagué et à mon avis il ne sonne pas pareil.

— C'est un bon instrument?

— Et comment! Un Mirecourt de la fin du dix-neuvième. Un Thouvenel.

— Pourquoi tu n'exiges pas qu'elle paie l'amende?

— Je ne veux plus entendre parler de Tecla. En ce moment, je la hais du fond du cœur. Elle m'a même dressé contre mon fils. Et ça, c'est presque aussi impardonnable que la destruction du violon.

Silence.

— Je veux dire le contraire.

— J'avais compris.

De temps en temps, il y a dans les grandes villes des ruelles, des passages silencieux qui permettent que les pas résonnent dans le calme de la nuit, et on a l'impression que tout redevient comme avant, quand nous étions peu nombreux et que nous nous connaissions tous et que nous nous saluions dans la rue. C'était l'époque où Barcelone, la nuit, allait aussi se coucher. Bernat et Xènia marchèrent dans le passatge Permanyer, solitaire, fils d'un autre monde, et pendant quelques minutes ils ne furent attentifs qu'au bruit de leurs propres pas. Xènia portait des talons hauts. Elle était très habillée. Elle était très habillée et pourtant c'était une interview presque improvisée. Et ses talons résonnaient dans la nuit de ses yeux sombres ; ce qu'elle peut être belle.

— Je comprends ta douleur, dit Xènia quand ils arrivèrent à Llúria, accueillis par le vacarme d'un taxi qui remontait la rue en hâte. Mais il faut que tu t'enlèves ça de la tête. Le mieux, c'est de ne pas en parler.

— C'est toi qui m'as demandé.

— Je ne pouvais pas savoir...

Bernat, en ouvrant la porte de l'appartement, dit roule ta bosse et reviens au pays et lui expliqua que c'était le quartier de son enfance et que maintenant, avec la séparation, le hasard l'y avait ramené. *Et je suis content d'être là parce que j'y ai des tas et des tas de souvenirs. Tu veux un whisky ou quelque chose comme ça ?*

— *Je ne bois pas.*

— *Moi non plus. Mais j'en ai pour mes invités.*

— *De l'eau, si tu veux.*

— *Tu te rends compte que cette salope ne m'a même pas laissé la possibilité de rester chez moi. Il a fallu que je me débrouille.* – Il ouvrit les bras comme s'il voulait embrasser tout l'appartement d'un seul geste. – *Mais je suis content d'être revenu dans ce quartier. Par ici.*

Il lui indiqua le chemin à prendre. Il passa devant pour allumer la lumière dans la pièce :

— *Je crois que nous faisons tout un trajet aller et qu'ensuite nous faisons le trajet retour vers le point de départ. Dans la vie de l'homme, il y a toujours un retour aux origines. À condition que la mort ne se soit pas interposée avant.*

C'était une grande pièce, qui avait certainement été conçue pour servir de salle à manger. Il y avait un canapé et un fauteuil devant une petite table ronde, deux lutrins avec des partitions, une vitrine avec trois instruments et une table avec un ordinateur et des tas de papiers à côté. Le mur du fond était couvert de livres et de partitions. Comme si tout cela avait été le résumé de la vie de Bernat.

Xènia ouvrit son sac, en sortit un magnétophone et le posa devant Bernat.

— *Tu vois ? Ça n'est pas encore très bien arrangé mais c'est censé être une salle de séjour.*

— *Eh bien, c'est très agréable.*

— *Cette salope de Tecla ne m'a pas laissé emporter un seul meuble. Tout ça, ça vient d'Ikea. Ikea, à mon âge… Merde, tu enregistres ?*

Xènia arrêta le magnétophone. Sur un ton qu'il ne lui avait pas entendu de toute la soirée, elle lui dit :

— *Tu veux parler de ta femme qui est une salope ou de tes livres ? Je te demande ça pour savoir si je dois allumer le magnétophone ou pas.*

Le silence était tel qu'ils auraient pu entendre leurs propres pas. Mais ils ne marchaient pas dans une rue solitaire. Bernat entendait les battements de son cœur et se sentit extrêmement ridicule. Il laissa passer le bruit d'une moto qui remontait le carrer Llúria.

— Touché.

— *Je ne parle pas français.*

Bernat disparut, honteux. Il revint avec une bouteille d'eau d'une marque qu'elle ne connaissait pas. Et deux verres Ikea.

— *De l'eau des nuages de Tasmanie. Ça va te plaire.*

Ils passèrent une petite demi-heure à dire des banalités sur ses récits et le processus de leur élaboration. Et que le troisième et le quatrième recueil étaient les meilleurs. Un roman ? Non, non, je préfère les distances courtes. Il lui expliqua, reprenant peu à peu son calme, qu'il était confus de s'être donné en spectacle en traitant son ex de salope, mais qu'il avait encore tout ça en tête et qu'il ne pouvait pas croire qu'avec la fortune qu'il avait payée à l'avocat on ait donné raison à Tecla sur presque tout, et ça me perturbe beaucoup et je suis désolé de t'avoir infligé ça, mais ça t'aidera à comprendre que les écrivains, les artistes en général, sont aussi des êtres humains.

— *Je n'en ai jamais douté.*

— Touché à nouveau.

— *Je t'ai dit que je ne parlais pas français. Est-ce que tu peux me parler du processus de gestation de ton œuvre ?*

Ils en parlèrent longuement. Bernat lui expliqua comment il avait commencé à écrire tout doucement, il y a bien longtemps de cela. Il se passe beaucoup de temps avant que je considère qu'un livre est achevé. Pour Plasma, il a bien fallu trois ans.

— Ça alors !

— Oui. C'est un livre qui s'est fait tout seul. Je ne sais pas comment expliquer...

Silence. Deux heures avaient passé et ils avaient fini l'eau des nuages de Tasmanie. Xènia l'écoutait, suspendue à ses lèvres. Quelques rares voitures remontaient encore le carrer Llúria. Il se sentait bien chez lui ; pour la première fois depuis des mois, Bernat se sentait bien chez lui, avec quelqu'un qui l'écoutait et qui ne le critiquait pas, comme l'avait fait le pauvre Adrià pendant toute sa vie.

Soudain, il sentit le poids de la fatigue et de la tension après toutes ces heures de conversation. On ne vieillit pas en vain.

Xènia s'installa confortablement dans le fauteuil Ikea. Elle avança la main comme pour arrêter le magnétophone, puis changea d'avis.

— Maintenant, j'aimerais qu'on aborde le sujet de... de la double personnalité, musicien et écrivain.

— Tu n'es pas fatiguée ?

— Si. Mais il y avait longtemps que je n'avais pas fait une interview aussi... tellement...

— Merci beaucoup. Mais on peut laisser ça pour demain. Je suis...

Il savait qu'il brisait la magie de l'instant, mais il n'y pouvait rien. Pendant quelques minutes, ils restèrent assis en silence : elle rangeait ses affaires et l'un et l'autre se demandaient si c'était le bon moment pour se jeter à l'eau ou s'il valait mieux être prudent, jusqu'à ce que Bernat dise je suis désolé de ne pas t'avoir offert autre chose que de l'eau.

— Elle était excellente.

C'est que j'aimerais te mettre dans mon lit.

— *Tu veux qu'on se revoie demain ?*

— *Demain c'est difficile. Après-demain.*

Au lit, et tout de suite.

— *Très bien. On peut se retrouver ici, si tu veux.*

— *D'accord.*

— *Et on parlera de ce que tu voudras.*

— *De ce que je voudrai.*

Ils se turent. Elle sourit et lui aussi.

— *Attends, je vais t'appeler un taxi.*

Ils furent sur le point de. Se regardant, en silence, elle, la nuit sereine dans le regard. Lui, avec dans les yeux un gris indéfini fait de secrets inavouables. Mais malgré tout elle partit dans ce foutu taxi de merde qui doit toujours tout foutre en l'air. Avant, Xènia lui fit un baiser furtif sur la joue, près des lèvres. Elle avait dû se mettre sur la pointe des pieds pour y arriver. Qu'elle est mignonne, sur la pointe des pieds. En bas, dans la rue, il vit le taxi éloigner Xènia amour de sa vie, au moins pour deux jours. Il toucha l'endroit exact, près des lèvres. Il sourit. Cela faisait deux bonnes années qu'il n'avait pas souri.

La deuxième rencontre fut plus facile. Xènia enleva son manteau sans demander l'autorisation, posa le magnétophone et le micro sur la table basse et attendit patiemment que Bernat, qui s'était retiré à l'autre bout de l'appartement avec son téléphone portable, finisse une conversation interminable avec quelqu'un qui était probablement son avocat. Il parlait à voix basse, avec une sorte de rage contenue.

Xènia regarda le dos de quelques livres. Dans un coin, il y avait les cinq livres que Bernat Plensa avait publiés ; elle n'avait pas lu les deux premiers. Elle prit le plus ancien. Sur la page de garde il y avait une dédicace à ma muse à Tecla mon amour qui m'a tellement

aidé à façonner ces histoires, Barcelone, 12 février 1977.
Xènia ne put réprimer un sourire. Elle remit le livre
à sa place, à côté de ses frères des œuvres complètes
de Bernat Plensa. Sur la table de travail, l'ordinateur
était en veille, l'écran sombre. Elle bougea la souris et
l'écran s'éclaira. Il y avait un texte tapé. Un document
de soixante-dix pages. Bernat Plensa écrivait un roman
et ne lui en avait rien dit ; au contraire, il lui avait dit
qu'il n'était pas question de roman. Elle regarda du côté
du couloir. Au fond, elle entendait la voix de Bernat, qui
parlait encore à voix basse. Elle s'assit devant l'écran et
lut Après avoir acheté les billets, Bernat les mit dans sa
poche. Ils traînèrent un peu devant l'affiche qui annon-
çait le concert. Un homme jeune, coiffé d'un béret qui
lui cachait le visage, une écharpe autour du cou, tapait
des pieds sur le sol pour se réchauffer et avait l'air très
intéressé par le programme. Un autre homme, corpulent,
engoncé dans un manteau à chevrons, exigeait qu'on lui
rembourse le prix des billets pour je ne sais quelle raison. Ils firent un tour du côté de Sant Pere més Alt et ne
purent voir ce qui se passait. Quand ils revinrent devant
le Palau de la Música, c'était fait. L'affiche où l'on
pouvait lire *Concerto pour violon et orchestre numéro*
deux en sol mineur de Prokofiev par Jascha Heifetz et
l'Orchestre municipal de Barcelone sous la direction
d'Eduard Toldrà était barrée de l'inscription agressive
Juden raus écrite au goudron, avec une croix gammée
aux branches dégoulinantes, et l'atmosphère était devenue sombre, les gens évitaient de se regarder dans les
yeux et la terre était redevenue encore plus plate. Ensuite
on m'a dit que c'était l'œuvre d'un commando phalan-
giste et qu'à ce moment-là les deux policiers en faction
envoyés par le commissariat de la via Laietana, à deux
pas de là, s'étaient absentés, comme par hasard, pour
prendre un café, et Adrià éprouva une envie irrépressible d'aller vivre en Europe, vers le nord, là où, à ce

qu'on dit, les gens sont propres et cultivés et libres, et éveillés et heureux et ont des parents qui vous aiment et qui ne meurent pas par votre faute. On vit vraiment dans un pays de merde, dit-il en regardant l'inscription qui dégouttait de haine. Alors, les deux policiers en uniforme gris firent leur apparition et dirent *allons, circulez, ne formez pas de groupes, allez, dispersez-vous*[1], et Adrià et Bernat, comme les autres badauds, s'éclipsèrent aussitôt parce qu'on ne sait jamais.

Le Palau de la Música était plein et le silence à couper au couteau. Nous eûmes du mal à arriver à nos fauteuils d'orchestre, presque au milieu de la rangée.

— Bonjour.

— Bonjour, dit Adrià timidement en s'asseyant à côté de la très belle fille qui le regardait en souriant.

— Adrià ? Adrià Jenesaisplusquoi ?

Alors je te reconnus. Tu n'avais plus de tresses et tu avais l'air d'une vraie femme.

— Sara Voltes-Epstein ! dis-je, stupéfait. Tu es ici ?

— Et où crois-tu que je sois ?

— Non, je veux dire…

— Oui, dit-elle en riant et en mettant sa main sur la mienne avec un abandon qui me fit l'effet d'une décharge mortelle. Maintenant j'habite Barcelone.

— Ça alors, dis-je en regardant à droite et à gauche. Bernat, un ami. Sara.

Bernat et Sara firent un signe de tête poli.

— C'est incroyable, hein, ce qui s'est passé avec l'affiche, dit Adrià, avec son incroyable talent pour faire des gaffes. Sara fit un geste vague et se mit à examiner le programme. Sans lever les yeux :

— Comment s'est passé ton concert ?

— Tu veux parler de Paris ? – Un peu honteux : Bien. Normalement.

1. En castillan dans le texte.

— Tu lis toujours ?

— Oui. Et toi, tu dessines toujours ?

— Oui. Je vais faire une exposition.

— Où ça ?

— À la paroisse… – Elle sourit. – Non, non. Je ne veux pas que tu viennes.

Je ne sais pas si elle disait ça pour de vrai ou si c'était une plaisanterie. Adrià était tellement tendu qu'il n'osa pas la regarder dans les yeux. Il se contenta de sourire timidement. Les lumières commençaient à s'éteindre, les gens applaudissaient et maître Toldrà apparut sur scène *et on entendait les pas de Bernat qui venaient du fond de l'appartement. Alors, Xènia mit l'ordinateur en veille et se leva de la chaise. Elle fit semblant d'être en train de regarder les dos des livres et quand Bernat entra dans la pièce elle prit un air ennuyé.*

— *Excuse-moi, dit-il en montrant son téléphone.*

— *Encore des problèmes ?*

Il fronça les sourcils. On voyait bien qu'il n'avait pas envie d'en parler. Ou qu'il avait compris qu'il ne devait pas en parler avec Xènia. Ils s'assirent et, pendant quelques secondes, le silence fut très inconfortable ; c'est peut-être pourquoi tous les deux souriaient sans se regarder.

— *Et comment se sent-on quand on est un musicien qui fait de la littérature ? dit Xènia en enclenchant le minuscule magnétophone posé sur la table ronde.*

Il la regardait sans la voir, en pensant au baiser furtif de l'autre soir, si près des lèvres.

— *Je ne sais pas. Tout vient peu à peu, de façon inéluctable.*

Ça, c'était vraiment un énorme mensonge. Tout vient peu à peu, c'est fichtrement vrai, mais de façon gratuite et capricieuse, alors que tu voudrais tellement que cela vienne d'un coup, parce que cela faisait tant d'années que Bernat écrivait et qu'Adrià lui disait que ce qu'il écrivait n'avait aucun intérêt, que c'était gris, prévisible, super-flu ; en un mot, ce n'est pas un texte nécessaire, tu comprends. Et si tu ne veux pas comprendre, tant pis pour toi.

— Et c'est tout ? dit Xènia, un peu mortifiée. Tout vient peu à peu de façon inéluctable ? Un point c'est tout ? J'éteins le magnétophone ?

— Pardon ?

— Où étais-tu ?

— Ici, avec toi.

— Non.

— Bon, c'est le traumatisme postconcert.

— Qu'est-ce que c'est que ça ?

— J'ai plus de soixante ans, je suis violoniste professionnel, je sais que je me débrouille assez bien mais quand je joue avec l'orchestre il ne se passe rien. Ce que je voudrais c'est être écrivain, tu comprends ?

— Mais tu es écrivain.

— Pas comme je voudrais.

— Tu es en train d'écrire autre chose ?

— Non.

— Non ?

— Non. Pourquoi ?

— Non, pour rien. Qu'est-ce que ça veut dire pas comme je voudrais ?

— Que je voudrais séduire.

— Mais avec le violon…

— Nous sommes cinquante à jouer. Je ne suis pas soliste.

— Mais tu fais parfois de la musique de chambre.

— Parfois.

— Et pourquoi n'es-tu pas soliste ?

— Il ne suffit pas de le vouloir. Je n'ai ni la stature ni le tempérament nécessaires. L'écrivain est un soliste.

— C'est un problème d'ego ?

Bernat Plensa prit l'appareil enregistreur de Xènia, l'examina, trouva le bouton et l'arrêta. Il le reposa *sur la table tout en disant je suis la médiocrité faite homme.*

— *Ne crois pas cet imbécile de*

— *Cet imbécile et tous ceux qui ont eu l'amabilité de me le dire dans la presse.*

— *Tu sais bien que les critiques sont des...*

— *Des quoi ?*

— *Des fumiers.*

— *Je parle sérieusement.*

— *Maintenant je comprends ta facette hystérique.*

— *Putain, tu tires à balles réelles.*

— *Tu veux être parfait. Et comme ce n'est pas le cas... tu te fous en rogne. Ou tu exiges de ceux qui t'entourent qu'ils soient parfaits.*

— *Tu travailles pour Tecla ?*

— *Tecla est un sujet interdit.*

— *Qu'est-ce qui te prend, maintenant ?*

— *Je veux essayer de te faire réagir,* répondit Xènia. *Mais il faut que tu répondes à ma question.*

— *Quelle question ?*

Bernat regarda Xènia remettre le magnétophone en marche et le reposer délicatement sur la table basse.

— *Et comment se sent-on quand on est un musicien qui fait de la littérature ?* répéta-t-elle.

— *Je ne sais pas. Tout vient peu à peu. De façon inéluctable.*

— *Ça, tu me l'as déjà dit.*

C'est que tout vient peu à peu, c'est fichtrement vrai, alors que tu voudrais tellement que cela vienne d'un coup, parce que cela faisait tant d'années qu'il écrivait et qu'Adrià lui disait que ce qu'il écrivait n'avait aucun intérêt, que c'était gris, prévisible, superflu ; en un mot, c'était la faute d'Adrià.

— *Je suis sur le point de briser toute relation avec toi. Je n'aime pas les gens insupportables. C'est le premier avertissement et le dernier.*

Pour la première fois depuis qu'il la connaissait, en regardant Xènia dans les yeux, il soutint son regard noir de nuit sereine.

— *Je ne supporte pas d'être insupportable. Excuse-moi.*

— *On peut travailler ?*

— *Allons-y. Et merci pour l'avertissement.*

— *Le premier et le dernier.*

Je t'aime, pensa-t-il. Si bien qu'il devait être parfait s'il voulait avoir devant lui, pendant quelques heures encore, ces si beaux yeux. Je t'aime, répéta-t-il.

— *Comment se sent-on quand on est un musicien qui fait de la littérature.*

Je suis en train de tomber amoureux de ton entête-ment.

— *On se sent... Je me sens... dans deux mondes... et je suis troublé de ne pas savoir lequel est le plus impor-tant pour moi.*

— *Et c'est important, ça ?*

— *Je ne sais pas. Toujours est-il que...*

Ce soir-là, ils n'appelèrent pas de taxi. Mais deux jours plus tard, Bernat Plensa prit son courage à deux mains et alla rendre visite à son ami. Caterina, qui s'était déjà habillée pour partir, lui ouvrit la porte et sans lui laisser le temps de dire ouf lui dit à voix basse il m'inquiète.

— *Qu'est-ce qui se passe ?*

— *Je suis obligée de lui cacher le journal de la veille.*

— *Pourquoi ?*

— *Parce que si je ne fais pas attention il est capable de lire trois fois le même journal.*

— *Diable...*

— *Lui qui est si travailleur, ça ne me plaît pas de le voir perdre son temps à relire toujours la même chose, vous comprenez ?*

— *Vous avez bien fait.*

— Qu'est-ce que vous avez à conspirer, tous les deux ?

Ils se retournèrent. Adrià venait de sortir de son bureau et les avait surpris en train de parler à voix basse.

— Rsrsrsrsrsrsrsrsrsrsrsrs.

Caterina se hâta d'ouvrir la porte à Plàcida pour ne pas avoir à répondre, tandis qu'Adrià faisait entrer Bernat dans son bureau. Les deux femmes se passèrent le relais à voix basse et Caterina dit bien fort à demain, Adrià !

— Alors, qu'est-ce que tu fais ? dit Adrià.

— Je tape, quand j'ai un moment. Je vais lentement.

— Tu comprends tout ?

— Moui. Ça me plaît beaucoup.

— Pourquoi est-ce que tu dis moui ?

— Parce que tu as une écriture de médecin, de vraies pattes de mouche. Je suis obligé de lire chaque paragraphe deux fois pour ne pas me tromper.

— Ça alors. Je suis désolé...

— Non, non, non... Je suis très content de faire ça. Mais je ne peux pas m'y mettre tous les jours, évidemment.

— Je te donne beaucoup de travail, n'est-ce pas ?

— Non. Tu veux rire.

— Bonsoir, Adrià, dit une femme jeune, inconnue et souriante, en passant la tête par la porte du bureau.

— Bonsoir, bonsoir.

— Qui est-ce ? dit Bernat à voix basse, étonné, quand la femme disparut.

— Machin chose, là. Maintenant, on ne me laisse plus seul, de jour comme de nuit.

— Eh bien !

— Eh oui, c'est comme ça. On dirait la Rambla.

— Il vaut mieux que tu ne sois pas seul, non ?

— Oui. Heureusement qu'il y a Lola Xica, qui organise tout.

— Caterina.

— *Quoi ?*

— *Non, rien.*

Ils restèrent un moment en silence. Alors, Bernat l'interrogea sur ses lectures et il regarda autour de lui, toucha le livre qui se trouvait sur la table et fit un geste indéfinissable que Bernat fut incapable d'interpréter. Il se leva et prit ce livre.

— *Eh, de la poésie !*

— *Hein ?*

Bernat brandit le livre.

— *Tu lis de la poésie.*

— *J'en ai toujours lu.*

— *Eh bien pas moi, tu sais.*

— *Et tu vois où ça t'a mené.*

Bernat rit parce qu'il était impossible de se fâcher avec Adrià malade. Et alors il répéta je ne peux pas faire mieux, je ne peux pas aller plus vite avec tes papiers.

— *Bon...*

— *Tu veux que je les passe à quelqu'un dont c'est le métier ?*

— *Non ! – À ce moment, la vie revint dans son expression, sur son visage et dans la couleur de sa peau. – Pas question ! On ne peut faire ça que par amitié. Et je ne veux pas... C'est très personnel et... Peut-être qu'une fois que tout sera tapé je choisirai de ne pas le publier.*

— *Tu n'avais pas parlé de le donner à Bauçà ?*

— *On en parlera le moment venu.*

Le silence s'installa. Quelque part dans la maison, machin chose faisait du bruit en remuant les tiroirs ou en s'affairant à la cuisine.

— *Plàcida, ça y est ! Elle s'appelle Plàcida, cette fille. – Satisfait. – Tu vois ? Ils ont beau dire, j'ai encore une bonne mémoire.*

— *Ah ! fit Bernat en se rappelant quelque chose. Ce qu'il y a sur l'autre face de ton manuscrit, ce que tu as écrit à l'encre noire, tu sais, c'est très intéressant aussi.*

Pendant un instant, Adrià hésita.

— Qu'est-ce que c'est ? dit-il, un peu inquiet.

— Une réflexion sur le mal. Ou plutôt une étude sur l'histoire du mal, je dirais. Tu as appelé ça "Le problème du mal".

— Oh là là, non. Je ne m'en souvenais pas. Non : c'est une chose très... je ne sais pas... ça n'a pas d'âme.

— Non. Je pense que tu dois aussi le publier. Si tu veux, je le tape aussi.

— Surtout pas. C'est mon échec en tant que penseur. – Il se tut pendant de très longues secondes. – Je n'ai pas su dire la moitié de ce que j'avais en tête.

Il prit le livre de poèmes. Il l'ouvrit et le referma, mal à l'aise. Il le reposa sur la table et finit par dire c'est pour ça que j'ai écrit sur l'autre face, pour tuer ça.

— Et pourquoi ne l'as-tu pas jeté ?

— Je ne jette jamais aucun papier.

Et un silence aussi lent et aussi long qu'un après-midi de dimanche plana sur le bureau et sur les deux amis. Un silence presque dépourvu de signification.

17

Ce fut un soulagement d'en finir avec le bac et de quitter le collège. Bernat avait fini l'année précédente et se consacrait corps et âme au violon, même s'il s'était inscrit à la fac de lettres, sans grande conviction. Adrià entra à l'université persuadé que désormais tout serait plus facile. Mais il trouva beaucoup d'échardes et de buissons épineux. Et la même médiocrité chez les étudiants, effrayés par Virgile et paniqués par Ovide. Et la police dans les locaux. Et la révolution dans les salles de cours. Pendant quelque temps, je me liai avec un certain Gensana, qui était très intéressé par la littérature et qui resta bouche bée lorsqu'il me demanda ce que je voulais devenir et que je lui répondis que je voulais être historien des idées et de la culture.

— Eh, Ardèvol, personne ne dit qu'il veut être historien des idées.

— Moi, si.

— Tu es le premier que j'entends dire ça. Merde alors. L'histoire des idées et de la culture. – Il me regarda avec méfiance. – Tu te fiches de moi, c'est ça ?

— Non ; je veux tout savoir. Ce qu'on sait maintenant et ce qu'on savait avant. Et comment ça se fait qu'on savait ou qu'on ne savait pas encore. Tu comprends ?

— Non.

— Et toi, qu'est-ce que tu veux faire ?

— Je ne sais pas, répondit Gensana. Il fit un geste vague de la main près de son front : C'est un peu confus là-dedans. Mais je finirai bien par faire quelque chose, tu verras.

Trois jolies filles passèrent à côté d'eux en riant, se dirigeant vers le cours de grec. Adrià regarda sa montre et fit un signe d'adieu à Gensana, qui était encore en train d'essayer de comprendre ce que ça pouvait bien être, historien des idées et de la culture. Je suivis les jolies filles rieuses. Avant d'entrer dans la salle, je me retournai. Gensana ruminait encore sur l'avenir d'Ardèvol. Et au bout de quelques mois, pendant cet automne glacial, Bernat, qui était déjà en huitième année de violon, me demanda de l'accompagner au Palau de la Música pour écouter Jascha Heifetz. Parce que c'était une occasion unique et que maître Massià lui avait expliqué que malgré les réticences de Heifetz à jouer dans un pays au régime fasciste, l'insistance de maître Toldrà avait fini par le convaincre. Adrià, qui pour la plupart des choses de la vie était encore puceau, en parla à maître Manlleu à la fin d'une séance épuisante consacrée à l'étude de l'unisson et celui-ci, après une seconde de réflexion, lui dit qu'il n'avait jamais vu de violoniste aussi froid, arrogant, abominable, stupide, guindé, exaspérant, détestable et hautain que Jascha Heifetz.

— Mais il joue bien, maître ?

Maître Manlleu regardait la partition sans la voir. Son violon à la main, il fit un pizzicato involontaire et regarda droit devant lui. Après une très longue pause :

— C'est la perfection.

Peut-être comprit-il que ce qu'il venait de dire venait trop du fond de son cœur et il essaya de corriger le tir :

— Après moi, c'est le meilleur violoniste vivant. – Un petit coup d'archet sur le pupitre. – Allez, on reprend.

Les applaudissements remplissaient la salle. Et ils étaient plus chaleureux que d'habitude ; et ça se remarquait vraiment parce que sous une dictature les gens doivent s'habituer à dire les choses entre les lignes et entre les applaudissements, avec des mimiques indirectes, en regardant le monsieur à l'imperméable et à la fine moustache qui était très certainement de la police secrète, gaffe, et regarde c'est tout juste s'il applaudit. Et les gens avaient appris à comprendre ce langage qui, de l'intérieur de la peur, prétendait lutter contre la peur. Moi, ça, j'en avais à peine l'intuition, parce que je n'avais pas de père, que ma mère ne vivait que pour le magasin et ne s'intéressait qu'à mes progrès en violon, qu'elle examinait à la loupe, et que Lola Xica ne voulait pas parler de ces choses parce que pendant la guerre ils avaient tué un de ses cousins anarchiste et elle refusait de se risquer sur le terrain glissant de la politique de rue. On commençait à éteindre les lumières, les gens applaudissaient et maître Toldrà s'avançait sur la scène, sans se presser, en direction de son pupitre. Dans la pénombre, je vis que Sara écrivait quelque chose sur son programme et me le passait et me réclamait le mien pour ne pas rester sans programme. Des chiffres. Un numéro de téléphone ! Je lui tendis mon programme, pauvre idiot, sans y écrire mon numéro. Les applaudissements cessaient. Je remarquai que Bernat, dans son fauteuil, de l'autre côté, observait tous mes mouvements sans rien dire. Le silence se fit.

Toldrà nous offrit un Coriolan que j'entendais pour la première fois et qui me plut beaucoup. Ensuite, quand il apparut pour la deuxième fois, il tenait Jascha Heifetz par la main, certainement pour lui dire qu'il était à ses côtés, ou je ne sais quoi. Le fait est que Heifetz fit un signe de tête froid, arrogant, abominable, stupide, guindé, exaspérant, détestable et hautain. Il ne faisait aucun effort pour dissimuler son air furibard. Il se donna trois longues minutes pour secouer son indignation tandis que maître Toldrà, debout, regardant d'un côté et de l'autre, attendait patiemment que l'autre donne le signal. Et ils commencèrent. Je me souviens que je ne fermai pas la bouche de tout le concert. Et que pendant l'andante je pleurai sans aucune vergogne, porté par le plaisir du rythme binaire du violon enchâssé dans les triolets de l'accompagnement de l'orchestre. Et comme le thème s'abandonne entre les mains de l'orchestre ou du cor, à la fin, et puis un humble pizzicato. Beauté. Et Heifetz était un homme chaleureux, humble, proche, aimable et dévoué à la cause de la beauté qui m'avait captivé. Et Adrià eut l'impression que les yeux de Heifetz brillaient de façon suspecte. Bernat, je le sais, étouffa un profond sanglot. Et à l'entracte il se leva et dit il faut que j'aille le saluer.

— On ne te laissera pas passer.

— Je vais essayer.

— Attends, dit-elle.

Sara se leva et nous fit signe de la suivre. Bernat et moi nous regardâmes, étonnés. Nous montâmes le petit escalier latéral derrière elle et franchîmes la porte. Le gardien à l'intérieur nous fit un geste de vade retro, mais Sara, avec un sourire, montra maître Toldrà, qui était en train de parler avec un des musiciens et qui, comme s'il avait perçu le geste de Sara, se retourna, nous vit et dit bonsoir ma mignonne, comment vas-tu ? Et comment va ta maman ?

Et il s'avança pour l'embrasser. Nous, il ne nous vit même pas. Maître Toldrà lui expliqua que Jascha Heifetz était ulcéré par les graffitis qui, à ce qu'il paraît, infestaient tout le périmètre du Palau, et qu'il annulait le concert du lendemain et quittait le pays. Ce n'est pas le meilleur moment pour l'importuner, tu comprends.

Après le concert, nous pûmes voir, en effet, que sur les affiches et sur les murs, partout, des inscriptions au goudron invitaient en castillan les juifs à foutre le camp.

— Moi, à sa place, j'aurais donné le concert de demain, dit Adrià, le futur historien des idées, qui ne savait rien de l'histoire de l'humanité. Sara lui dit au creux de l'oreille qu'elle était très pressée et elle lui dit aussi appelle-moi, et Adrià ne réagit pour ainsi dire pas, parce qu'il avait encore la tête pleine de Heifetz et il dit seulement oui, oui, et merci.

— Je laisse tomber le violon, dis-je en regardant l'affiche profanée, devant un Bernat incrédule et devant moi-même qui, toute ma vie, me suis souvenu de moi en train de dire je laisse tomber le violon.

— Mais… Mais… – Bernat montrait le Palau comme s'il voulait dire qu'il n'y avait pas de meilleur argument que

— Je laisse tomber le violon. Je n'arriverai jamais à jouer comme ça.

— Travaille.

— Des clous. Je laisse tomber. C'est impossible. Je finis la septième année, je passe l'examen et j'arrête. Ça suffit. Assez. Schluss. Basta.

— Qui c'était, cette nana ?

— Quelle nana ?

— Celle-là ! – Il montrait l'aura de Sara, qui était encore présente. – Celle qui nous a menés comme Ariane jusqu'à maître Toldrà, merde. Celle qui t'a dit Adrià Jenesaisquoi, mon beau. Celle qui t'a dit appelle-moi…

Adrià regarda son ami bouche bée.

— Et qu'est-ce que je t'ai fait, maintenant ?

— Ce que tu m'as fait ? Tu me menaces de laisser tomber le violon.

— Oui. Définitivement. Mais je ne laisse pas tomber pour t'embêter : j'abandonne.

Il faut dire qu'après le concerto de Prokofiev, Heifetz, qui s'était transformé, qui avait même l'air plus grand et plus puissant, nous offrit, je dirais presque avec son arrogance, trois danses juives, et il me parut encore plus grand et avec une aura encore plus puissante. Alors, il se recueillit et nous fit cadeau de la chaconne de la Partita en ré mineur, que j'avais seulement entendue, nos propres tentatives exceptées, interprétée par Ysaÿe, sur un disque soixante-dix-huit tours. Ce furent des minutes de perfection. Je suis allé à de nombreux concerts. Mais pour moi, ce fut le concert inaugural, celui qui m'ouvrit la voie vers la beauté, celui qui me ferma la porte du violon, celui qui mit fin à ma brève carrière d'interprète.

— Tu es un imbécile et un sale type, telle était l'opinion de Bernat, qui se demandait comment il allait affronter la huitième année tout seul, sans ma présence une année derrière lui. Tout seul face à maître Massià. Un imbécile et un sale type.

— Pas si j'apprends à être heureux. J'ai vu la lumière : finies les souffrances, maintenant je vais jouir de la musique que m'offrent ceux qui s'y connaissent.

— Imbécile, sale type, et lâche par-dessus le marché.

— Oui, probablement. Maintenant je vais pouvoir me concentrer sur mes études, sans angoisse supplémentaire.

En pleine rue, les passants qui prenaient l'air frais qui descendait par le carrer Jonqueres, tandis que nous rentrions chez nous, furent témoins d'une des trois explosions de la vie de mon ami Bernat. Ce fut terrible. Il se mit à crier et à dire allemand, anglais, catalan, castillan, français, italien, grec, latin, en comptant sur ses doigts. Tu as dix-neuf ans et tu peux lire en une, deux, trois, quatre, cinq, six, sept, huit langues, et tu as peur de commencer la huitième année de violon, crétin ? Si je pouvais avoir ta tête, putain de merde !

Alors, des flocons de neige commencèrent à tomber silencieusement. Je n'avais jamais vu la neige à Barcelone ; je n'avais jamais vu Bernat aussi indigné. Je n'avais jamais vu Bernat aussi désemparé. Je ne sais pas s'il neigeait pour lui ou pour moi.

— Regarde, lui dis-je.

— Je m'en bats l'œil, de la neige. Tu fais une erreur.

— Tu as peur d'affronter maître Massià sans moi.

— Oui, et alors ?

— Tu as l'étoffe d'un violoniste. Pas moi.

Bernat baissa le ton et dit ne crois pas ça, je suis toujours à la limite. Je souris quand je joue, mais ce n'est pas parce que je suis heureux, c'est pour conjurer la panique. Le violon est aussi traître que le cor : une fausse note peut arriver à n'importe quel moment. Et pourtant je ne laisse pas tomber, comme les merdeux dans ton genre. Je veux arriver en dixième année et alors je verrai si je continue ou pas. N'abandonne pas avant la dixième année.

— Le jour viendra où tu souriras de plaisir en jouant du violon, Bernat.

Je me sentis comme Jésus-Christ avec cette prophétie qui, quand on voit ce qui s'est passé ensuite… eh bien, je ne sais que dire.

— N'abandonne pas avant la dixième année.

— Non. Après les examens de juin. Pour des raisons d'esthétique. Mais si tu me casses trop les couilles, je laisse tomber tout de suite et aux chiottes l'esthétique.

Et la neige continuait de tomber. Nous fîmes en silence le trajet jusque chez moi. Nous nous séparâmes devant la lourde porte de bois sombre sans un bonsoir, sans un geste d'amitié.

Avec Bernat, je me suis disputé quelques fois au cours de ma vie. Ce fut la première grosse dispute, la première à laisser des cicatrices. Les vacances de Noël passèrent, dans un paysage enneigé, insolite. À la maison, maman était silencieuse, Lola Xica veillait à tout et moi, je passais chaque jour plus de temps dans le bureau de papa, conquis à force de félicitations sur mon bulletin scolaire, qui me donnaient ce droit de propriété sur un espace qui m'attirait chaque jour de façon plus irrésistible. Le lendemain de Noël, je sortis me promener dans les rues blanches de neige et je vis Bernat, qui habitait en haut du carrer del Bruc, descendre la rue à skis, son violon dans le dos. Il me vit mais ne me dit rien. J'avoue que je fus pris d'un accès de jalousie parce que je pensai aussitôt chez qui il va jouer, ce fumier, sans rien me dire. Adrià avec ses dix-neuf ou vingt ans, pris d'un accès de jalousie infantile, essaya de le rattraper, mais il avait beau courir il ne pouvait pas suivre quelqu'un à skis et bientôt il le vit prendre les dimensions d'un santon de la crèche, à la hauteur de la Gran Via. Il était ridicule, haletant, son souffle précipité traversant son écharpe, regardant son ami qui l'abandonnait. Je n'ai jamais su où il était allé ce jour-là et je donnerais... j'allais dire que je donnerais la moitié de ma vie, mais aujourd'hui cette expression n'a plus aucun sens. Mais bon Dieu, je donnerais la moitié de ma vie, aujourd'hui encore, pour savoir chez qui il est allé jouer ce jour de vacances de Noël où Barcelone s'abritait sous quelques centimètres d'une neige inattendue.

Le soir, désespéré, je retournai les poches de mon manteau, de ma veste et de mon pantalon, jurant comme un charretier parce que je ne trouvais pas le programme du concert.

— Sara Voltes-Epstein ? Non. Ça ne me dit rien. Va voir à la paroisse de Bethléem, ils organisent parfois des manifestations de ce genre.

J'allai dans une vingtaine de paroisses, marchant dans une neige de plus en plus sale, jusqu'à ce que je la trouve dans le quartier du Poble Sec, dans une paroisse très modeste, dans une salle encore plus modeste, presque déserte, avec trois murs couverts de dessins extraordinaires, au fusain. Six ou sept portraits et deux ou trois paysages. Je fus impressionné par la tristesse du regard de celui qui avait pour titre *L'Oncle Haïm*. Et un chien qui était une merveille. Et une maison au bord de la mer, *Platgeta de Portlligat*. Que de fois j'ai contemplé ces dessins, Sara. Cette fille était une sacrée artiste, Sara.

Pendant une demi-heure, je n'ai pas ouvert la bouche, jusqu'à ce que j'entende près de ma nuque, comme un reproche, sa voix qui me disait je t'avais dit de ne pas venir.

Je me retournai, une excuse à la bouche, mais je ne pus dire qu'un timide je passais par là et. Avec un sourire, elle m'accorda son pardon. Et à voix basse, timidement, tu m'as dit :

— Tu trouves ça comment ?

18

— Maman.

— Quoi ? – Sans lever les yeux des papiers qu'elle était en train d'examiner sur la table des documents et des manuscrits.

— Tu m'écoutes ?

Mais elle lisait avidement les rapports de gestion de Caturla, l'homme qu'elle avait choisi pour faire le ménage au magasin. Je savais qu'elle n'avait pas la tête à s'occuper de moi, mais c'était maintenant ou jamais.

— J'arrête le violon.

— Très bien.

Et elle continua à lire les rapports de Caturla, qui devaient être passionnants. Alors qu'Adrià sortait du bureau, l'âme enveloppée d'une sueur froide, il entendit que les lunettes que maman avait enlevées se repliaient en faisant clac-clac. Elle était sûrement en train de le regarder. Adrià se retourna. Oui, elle était en train de le regarder, ses lunettes à la main, tenant dans l'autre main une liasse de rapports.

— Qu'est-ce que tu as dit ?

— Que j'arrête le violon. Je finirai la septième année, mais j'arrête de travailler.

— Pas question.

— C'est décidé.

— Tu n'as pas l'âge de décider ce genre de choses.

— Bien sûr que si.

Maman posa le rapport Caturla et se leva. Je suis sûr qu'elle se demandait comment papa materait cette rébellion. D'entrée de jeu, elle utilisa un ton bas, intime, menaçant.

— Tu passeras ton examen de septième année, ensuite tu passeras ton examen de huitième année et ensuite tu feras les deux années de virtuosité, et le moment venu tu iras à la Julliard School ou là où nous déciderons avec maître Manlleu.

— Maman, je ne veux pas devenir interprète.

— Pourquoi ?

— Ça ne me rend pas heureux.

— Nous ne sommes pas venus au monde pour être heureux.

— Moi si.

— Maître Manlleu dit que tu promets.

— Maître Manlleu me méprise.

— Maître Manlleu fait ça pour te stimuler parce que parfois tu as du sang de navet.

— Je t'ai dit ce que j'ai décidé. Mets ton mouchoir par-dessus, osai-je dire.

C'était une déclaration de guerre. Mais je ne pouvais pas faire autrement. Je sortis du bureau sans regarder en arrière.

— Ugh.

— Oui ?

— Tu peux peindre ton visage avec les couleurs du guerrier qui se prépare à la bataille. Noir et blanc de la bouche aux oreilles et deux lignes jaunes de haut en bas.

— Ne te fous pas de moi, je tremble comme un flan.

Adrià s'enferma dans sa chambre, disposé à ne pas céder d'un pouce. Si c'était la guerre, c'était la guerre.

Pendant deux ou trois semaines, à la maison, on entendit seulement la voix de Lola Xica, qui était la seule à faire semblant d'avoir un comportement normal. Maman était toujours au magasin, moi à l'université, les dîners étaient silencieux, chacun regardant son assiette, et Lola Xica nous regardait, tantôt l'une tantôt l'autre. Ce fut très dur et tellement brutal que pendant quelques jours la joie de t'avoir retrouvée fut éclipsée par la crise du violon.

La tempête arriva le jour de ma leçon avec maître Manlleu. Ce matin-là, avant de disparaître dans le magasin, maman m'adressa la parole pour la première fois de toute la semaine. Sans me regarder, comme si papa venait de mourir :

— Emporte le Storioni en cours.

J'arrivai chez maître Manlleu avec le Vial et, dans le couloir qui menait à la salle d'étude, j'entendis sa voix, mielleuse à présent, qui me disait nous pouvons envisager un autre type de répertoire, qui te plaise davantage. N'est-ce pas, mon grand ?

— À la fin de la septième année, j'arrêterai le violon. Tout le monde m'a bien compris ? J'ai d'autres priorités dans la vie.

— Toute ta vie, chaque jour, tu te repentiras d'avoir pris une décision erronée (maman).

— Lâche (Manlleu).

— Ne me laisse pas seul, mec (Bernat).

— Négroïde (Manlleu).

— Mais tu joues mieux que moi ! (Bernat).

— Tapette (Manlleu).

— Et les années que tu as consacrées au violon, alors ? Tu les jettes par-dessus bord ? (maman).

— Tzigane capricieux (Manlleu).

— Et qu'est-ce que tu veux faire ? (maman).

— Étudier (moi).

— Tu peux combiner ça avec le violon, non ? (Bernat).

— Étudier quoi ? (maman).

— Bâtard (Manlleu).

— Tapette (moi).

— Attention, je te laisse tomber (Manlleu).

— Tu sais vraiment ce que tu veux étudier ? (maman).

— Ugh (Aigle-Noir, le valeureux chef arapaho).

— Eh, je t'ai demandé ce que tu veux étudier. Médecine ? (maman).

— Ingrat (Manlleu).

— Merde, Adrià, allez ! (Bernat).

— Histoire (moi).

— Ah ! (maman).

— Quoi ? (moi).

— Tu mourras de faim. Et d'ennui (maman).

— Histoire !? (Manlleu).

— Oui (maman).

— Mais l'histoire… (Manlleu).

— Oui, oui… C'est évident (maman).

— Traître !! (Manlleu).

— Et je veux aussi étudier la philosophie (moi).

— La philosophie ? (maman).

— La philosophie ? (Manlleu).

— La philosophie ? (Bernat).

— Encore pire ! (maman).

— Pourquoi encore pire ? (moi).

— Tant qu'à faire, tu pourrais devenir avocat (maman).

— Non. Je hais la réglementation normative de la vie (moi).

— Arrête, tu es puant (Bernat).

— Tout ce que tu veux c'est contredire pour contredire. C'est ton style, n'est-ce pas ? (Manlleu).

— Je veux comprendre l'humanité en étudiant son évolution culturelle (moi).

— Tu es puant, je te l'ai déjà dit. On va au cinéma ? (Bernat).

— D'accord. On va où ? (moi).

— Au Publi (Bernat).

— Je ne te comprends pas, mon fils (maman).

— Dégénéré (Manlleu).

— L'histoire, la philosophie… Tu ne vois pas que ça ne sert à rien, tout ça ? (maman).

— Maman, ne dis pas ça !… C'est révoltant ! (moi).

— L'histoire, la philosophie… Tu ne vois pas que ça ne sert à rien, tout ça ? (Manlleu).

— Et qu'est-ce que vous en savez ? (moi).

— Arrogant ! (Manlleu).

— Et la musique ? À quoi ça sert ? (moi).

— Tu pourrais gagner beaucoup d'argent ; tu peux voir les choses sous cet angle (Manlleu).

— L'histoire, la philosophie… Tu ne vois pas que ça ne sert à rien, tout ça ? (Bernat).

— Tu quoque ?

— Quoi ? (Bernat).

— Non, rien (moi).

— Tu as aimé le film ? (Bernat).

— Moui (moi).

— Moui ou mouais ? (Bernat).

— Moui (moi).

— Ça ne sert à rien ! (maman).

— Moi ça me plaît (moi).

— Et le magasin ? Tu veux t'en occuper ? (maman).

— On en parlera plus tard (moi).

— Ugh (Aigle-Noir, le valeureux chef arapaho).

— Pas maintenant, merde, tu es pénible (moi).

— Et puis je veux étudier les langues (moi).

— Avec l'anglais tu en auras assez (Manlleu).

— Quelles langues ? (maman).

— D'abord, me perfectionner en latin et en grec. Et commencer l'hébreu, l'araméen et le sanscrit (moi).

— Mon Dieu ! Quel ennui… (maman).

— Le latin, le grec et quoi d'autre ? (Manlleu).

— L'hébreu, l'araméen, le sanscrit (moi).

— Il te manque un boulon, gros malin (Manlleu).

— Ça dépend (moi).

— Les filles dans les avions parlent anglais (Manlleu).

— Quoi ? (moi).

— Pour aller à New York en avion et donner un concert, je t'assure que tu n'as pas besoin de l'araméen (Manlleu).

— Nous ne parlons pas le même langage, maître Manlleu (moi).

— Abominable ! (Manlleu).

— Vous pourriez peut-être cesser de m'insulter (moi).

— Ça y est, je comprends ! Je suis un modèle trop difficile à suivre (Manlleu).

— Ben voyons ! (moi).

— Qu'est-ce que ça veut dire ben voyons ? Hein ? Qu'est-ce que tu veux dire quand tu dis ben voyons ? (Manlleu).

— Ce qui est dit est dit (moi).

— Froid, arrogant, abominable, stupide, guindé, exaspérant, odieux, hautain ! (Manlleu).

— Très bien, comme vous voudrez (moi).

— Ce qui est dit est dit (Manlleu).

— Bernat (moi).

— Quoi ? (Bernat).

— On va se promener sur la jetée ? (moi).

— D'accord (Bernat).

— Si ton père revenait ! (maman).

J'en suis désolé, mais le jour où maman dit ça, en pleine guerre, je ne pus m'empêcher de lancer un éclat de rire sonore, exagéré. Je sais que Lola Xica, qui écoutait tout depuis la cuisine, réprima aussi un sourire. Maman, toute pâle, s'aperçut trop tard de ce qu'elle avait dit. Nous étions tous épuisés et nous en restâmes là. C'était le septième jour de conflit armé.

— Ugh (Aigle-Noir, le valeureux chef arapaho).

— Écoute, je suis fatigué (moi).

— C'est bon. Mais il faut que tu saches que vous avez engagé une guerre d'usure, de tranchées, comme la Première Guerre mondiale. Je veux seulement que tu tiennes compte du fait que tu luttes sur trois fronts (Aigle-Noir, le valeureux chef arapaho).

— Tu as raison. Mais je sais que je ne veux pas aspirer à être un interprète d'élite (moi).

— Et surtout, ne confonds pas tactique et stratégie (Aigle-Noir, le valeureux chef arapaho).

Le shérif Carson cracha du tabac par terre et dit tiens bon mon garçon, bon sang de bonsoir. Si ce que tu veux c'est passer ta vie à lire, ça vous regarde, toi et tes livres. Les autres, tu n'as qu'à les envoyer se faire voir.

— Merci, Carson (moi).

— Il n'y a pas de quoi (le shérif Carson).

C'était le septième jour et nous sommes tous allés dormir, fatigués de toute cette tension et désireux de voir arriver un armistice. Cette nuit-là fut la première des très nombreuses nuits où je commençai à rêver de Sara.

D'un point de vue stratégique, ce fut une très bonne chose que les armées de la Triple Alliance s'affrontent entre elles : la Turquie s'opposa à l'Allemagne chez maître Manlleu. Et cela fut bon pour l'Entente, qui eut le temps de panser ses plaies et de commencer à penser à Sara de façon constructive. À en croire les chroniqueurs, la bataille entre les anciens alliés fut cruelle et acharnée, et les cris s'échappaient par le puits de la cour intérieure de l'appartement de maître Manlleu. Elle lui dit tout ce qu'elle avait tu pendant des années et l'accusa de ne pas avoir été capable de retenir un enfant certes fantaisiste mais avec d'incroyables capacités intellectuelles.

— Allons, n'exagérons rien.

— Mon fils est surdoué. Vous ne le saviez pas ? Nous n'en avons pas suffisamment parlé ?

— Dans cette maison il n'y a et il n'y a jamais eu qu'un seul surdoué, madame Ardèvol.

— Mon fils avait besoin d'une main bienveillante. Votre ego, monsieur Manlleu…

— Maître Manlleu.

— Vous voyez ? Votre ego vous empêche de voir la réalité. Nous allons devoir réexaminer nos accords financiers.

— C'est injuste. C'est la faute de votre surdoué de fils.

— Ne jouez pas au malin, vous faites pitié.

Là, ils passèrent directement aux insultes (négroïde, tzigane, couarde, tapette, froide, arrogante, abominable, stupide, repoussante, odieuse et hautaine d'un côté. De l'autre, seulement pitoyable.)

— Qu'est-ce que vous venez de me dire ?

— Pitoyable. – Et, approchant son visage du sien : Pi-to-ya-ble !

— Il ne manquait plus que ça, que vous m'insultiez. Je vous traînerai devant les tribunaux.

— Ce sera un plaisir que de lâcher quelques avocats contre vous. Pour l'instant, je ne vous paierai même pas le mois prochain. Et si vous voulez que je vous dise, vous pouvez bien… Si vous voulez que je vous dise… Je vais m'adresser à Yehudi Menuhin.

Et à ce qu'il paraît, ils en vinrent aux mains, lui, disant que Menuhin était la médiocrité faite homme et qu'il lui coûterait dix fois plus cher, tandis qu'elle se dirigeait vers la porte, suivie par un Manlleu indigné, qui répétait vous savez comment il donne ses leçons, Menuhin ? Vous savez comment il les donne ?

Quand elle entendit le claquement de la porte de Manlleu, qu'elle-même avait refermée rageusement, Carme Bosch sut que son rêve de faire d'Adrià le meilleur violoniste du monde s'était volatilisé. Quel dommage, Lola Xica. Et je dis à Bernat qu'elle finirait par s'y faire et que je m'engageais à ce que nous jouions ensemble quand il en aurait envie ; chez lui ou chez moi, où il voudrait. Alors je commençai à respirer et à pouvoir penser à toi sans obstacles.

19

Et in Arcadia ego. Même si Poussin peignit ce tableau en pensant que c'était la mort qui parlait, la mort toujours présente, même dans les recoins de bonheur, j'ai toujours pensé que cet ego se référait plutôt à moi : je me suis trouvé en Arcadie, Adrià a son Arcadie. Adrià, tellement triste, chauve, misérable, ventripotent et lâche a vécu dans une Arcadie, parce que j'en ai plusieurs, et la première, l'Arcadie qui est quelqu'un, c'est ta présence. Cette Arcadie, je l'ai perdue à jamais. J'en ai été expulsé par un ange à l'épée de feu et voilà Adrià couvrant ses parties honteuses et pensant dorénavant je devrai travailler pour gagner ma vie, seul, sans toi, ma Sara. Mais l'Arcadie qui est un lieu, c'est Tona, le village le plus laid et le plus beau du monde, où j'ai passé quinze étés à marauder aux abords des cultures en terrasses de can Casic, me couvrant le corps des piqûres des épis qui tombaient des meules où je m'enfonçais pour me cacher de Xevi, de Quico ou de Rosa, mes camarades inséparables pendant les huit semaines d'été que je passais loin de Barcelone, loin des sonneries de cloche de la Concepció, des taxis jaune et noir et de tout ce qui pouvait me rappeler le collège, loin de mes parents d'abord, loin de maman ensuite, loin des livres qu'Adrià n'avait pas pu emporter. Et les courses pour grimper jusqu'au château et regarder can Ges, la grande maison, les aires et au fond les granges ; et tout ça avait l'air d'une crèche. Et à côté, les terrasses couvertes de meules, et can Casic, la petite maison, avec la vieille fenière défoncée, aussi comme dans une crèche. Et au fond, les montagnes faites de liège, le Collsacabra au grégal et le Montseny au levant. Et nous, qui nous mettions à crier et qui étions les maîtres du monde, surtout Xevi, qui avait six ans de plus que moi et qui me dépassait toujours en tout, jusqu'au moment où il alla aider son père avec les vaches, et il ne jouait plus avec nous. Quico aussi me dépassait, mais un jour je le battis dans une course jusqu'au mur blanc. D'accord, il avait trébuché ; mais légalement j'avais gagné. Et Rosa était très belle et oui, elle aussi me dépassait en tout. Chez la tante Leo, on vivait différemment. On vivait sans ronchonner, sans silences. Les gens se parlaient et se regardaient en face. C'était une maison immense où tante Leo régnait, portant toujours un éternel tablier beige, toujours propre. Can Ges, la maison familiale des Ardèvol, est une immense bâtisse, avec plus de treize chambres, ouverte à tous les courants d'air en été et dotée de tout le confort urbain en hiver, suffisamment éloignée des étables des vaches, des écuries des chevaux, la façade orientée vers le midi, avec une galerie qui était le meilleur endroit du monde pour lire et aussi le meilleur endroit pour travailler le violon, et alors les trois cousins, mine de rien, venaient m'écouter, et moi, plus que travailler mes exercices, je jouais des pièces du répertoire, ce qui est toujours plus flatteur, et un jour un merle se posa sur le parapet de la galerie, à côté du pot de géranium, et m'observa tandis que je jouais la sonate numéro deux du *Second livre de sonates* de Leclair, qui est pleine d'ornements qui devaient beaucoup plaire au merle et que la mère Trullols avait voulu me faire interpréter au concert de début d'année du conservatoire du Bruc. Et tonton Leclair, lorsqu'il eut écrit la dernière note, souffla sur le manuscrit parce qu'il n'avait plus de poudre à sécher l'encre. Alors il se leva, satisfait, prit son violon et joua la sonate sans consulter la partition, en pensant à des prolongements impossibles. Il claqua la langue, content de lui. Il se rassit. Sur la moitié inférieure de la dernière page, qui était vierge, il écrivit, avec sa calligraphie la plus cérémonieuse : "Je dédie cette sonate à mon cher neveu Guillaume-François, fils de ma chère sœur Annette, le jour de sa naissance. Que le séjour dans cette vallée de larmes lui soit propice." Il se relut et dut souffler à nouveau et maudit tous les laquais de la maison, qui étaient incapables de veiller à ce qu'il ne manque rien dans son écritoire. Chacun savait ce qu'il devait faire, à can Ges. Et en été, je n'avais rien à faire, excepté me nourrir comme il faut, parce que ces enfants de la ville ont l'air tout rachitiques, regardez avec quelle mine il arrive, le pauvret. Mes cousins étaient plus âgés ; Rosa, la plus jeune, avait trois ans de plus que moi. Si bien que j'étais un peu l'enfant gâté, qu'il fallait alimenter avec du vrai lait de vache et avec des charcuteries dignes de ce nom. Et du pain avec de l'huile. Et du pain avec du vin et du sucre. Et du petit salé. Ce qui enquiquinait l'oncle Cinto, c'était qu'Adrià avait l'habitude un peu malsaine de s'enfermer pendant des heures pour lire des livres sans le moindre santon, rien qu'avec des lettres : et ça, à sept, dix ou douze ans, c'était franchement inquiétant. Mais la tante Leo posait doucement la main sur le bras de l'oncle et celui-ci changeait de conversation et disait à Xevi que cet après-midi il devait l'accompagner parce que Prudenci venait voir les vaches.

— Moi aussi je veux y aller, dit Rosa.

— Non.

— Et moi ?

— Oui.

Rosa s'en alla, vexée parce qu'Adrià, qui était le plus petit, pouvait y aller et pas moi.

— C'est très désagréable, ma fille, dit la tante Leo.

Et moi j'allais voir comment Prudenci mettait le poing et tout le bras dans le trou du cul de la Blanche et ensuite disait je ne sais quoi à l'oncle et Xevi notait sur un papier et la Blanche ruminait, indifférente aux préoccupations du

— Attention, attention, elle pisse ! criait Adrià, enthousiasmé.

Les hommes s'écartaient, sans cesser de parler de leurs affaires, mais moi je restais au premier rang parce que voir les vaches pisser et chier depuis un fauteuil d'orchestre était un des grands spectacles que m'offrait la vie à Tona. Comme voir pisser le Parrot, le mulet de can Casic. Ça oui, ça valait la peine d'être vécu en direct, et c'est pourquoi je pensais que l'oncle et la tante commettaient une injustice envers la pauvre Rosa. Et d'autres choses encore, comme d'aller attraper des têtards dans le ruisseau, près du Clot de Matamonges. Et revenir avec une dizaine de victimes, que nous laissions dans une bouteille en verre.

— Pauvres bestioles.

— Non, tantine, je leur donnerai à manger tous les jours.

— Pauvres bestioles.

— Je leur donnerai du pain, c'est vrai.

— Pauvres bêtes.

Je voulais voir comment ils se transformaient en grenouilles ou, plus fréquemment, en têtards morts, parce que nous ne pensions pas à changer l'eau ni à ce qu'ils pouvaient manger dans cette bouteille. Et les nids d'hirondelles sous l'auvent de la maison. Et les tempêtes soudaines. Et l'apothéose des jours où on battait sur l'aire de can Casic ; on ne battait plus au fléau mais avec des machines qui séparaient le grain de la paille et remplissaient le village et ma mémoire de poussière de paille. Et in Arcadia ego, Adrià Ardèvol. Personne ne peut m'enlever ce souvenir. Et je pense maintenant que la tante Leo et l'oncle Cinto devaient être vraiment de bonnes pâtes parce qu'ils firent comme s'il ne s'était rien passé après la dispute entre les deux frères. Cela faisait très longtemps, de cette dispute. Adrià n'était pas encore né. Et sans savoir pourquoi, pour ne pas rester seul avec maman à Barcelone, l'été de mes vingt ans, je décidai d'aller passer trois ou quatre semaines à Tona, si vous voulez de moi. C'était aussi que je me sentais un peu triste parce que Sara, que je voyais en cachette de nos deux familles, s'était vue obligée d'aller à Cadaqués avec ses parents et moi je me sentais tellement, tellement seul.

— Qu'est-ce que ça veut dire si vous voulez de moi ? Ne dis plus jamais ça, fit la voix indignée de la tante Leo. Quand arrives-tu ?

— Demain.

— Tes cousins ne sont pas là. Enfin, Xevi oui, mais il passe ses journées à la ferme.

— J'y compte bien.

— Josep et Maria, de can Casic, sont morts cet hiver.

— Oh non.

— Et Viola est morte de chagrin. – Silence à l'autre bout du fil. Et comme une consolation : Ils étaient bien vieux, tous les deux. Et Josep marchait à angle droit, le pauvre. Et la chienne aussi était vieille.

— C'est vraiment triste.

— Apporte ton violon.

Si bien que je dis à maman que la tante Leo m'avait invité et que je ne pouvais pas refuser. Maman ne me dit ni oui ni non. Nous avions pris beaucoup de distance et nous nous parlions peu. Je passais les journées à travailler et à lire, et elle au magasin. Et quand elle était à la maison, son regard m'accusait encore d'avoir, par caprice, jeté aux orties une brillante carrière de violoniste.

— Tu m'as entendu, maman ?

Apparemment, il y avait, comme toujours, des problèmes au magasin, qu'elle ne voulait pas me raconter. Et par conséquent, sans me regarder, elle me dit seulement apporte-leur un petit quelque chose.

— Quoi, par exemple ?

— Je ne sais pas. Quelque chose. À toi de voir.

Et le premier jour que je passai à Tona, les mains dans les poches, j'allai au village pour essayer de trouver un petit quelque chose à can Berdagué. Et en arrivant à la plaça Major, je la vis, assise à une table de El Racó, en train de boire une orxata et de me regarder en souriant, comme si elle était en train de m'attendre. C'est ça, elle m'attendait. D'abord je ne la reconnus pas ; mais ensuite, mince alors ! je la connais, qui est-ce, qui est-ce, qui est-ce. Je connaissais ce sourire.

— Ciao ! me dit-elle.

Alors oui, je la reconnus. Ce n'était plus un ange, mais elle avait toujours le même sourire angélique. Maintenant c'était une femme mûre, d'une beauté péremptoire. Elle me fit signe de m'asseoir près d'elle et je lui obéis.

— Mon catalan est très lacuneux.

Je lui dis que nous pouvions parler en italien. Alors elle me demanda caro Adrià, sai chi sono, vero ?

Je n'achetai aucun petit rien pour la tante Leo à can Berdagué. La première heure, ils la passèrent, elle à boire de l'orxata et lui à avaler sa salive. Elle n'arrêta pas de parler et de me raconter tout ce qu'Adrià ne savait pas ou faisait semblant de ne pas savoir parce que même s'il avait déjà vingt ans, à la maison on ne parlait jamais de rien. C'est elle, sur la plaça Major de Tona, qui me dit que mon ange et moi étions frère et sœur.

Je la regardai, un peu abasourdi. C'était la première fois que quelqu'un mettait ça en mots. Elle devina mon désarroi.

— È vero, insista-t-elle.

— Ça a l'air d'un roman-photo, dis-je pour donner le change.

Elle ne se troubla pas. Elle précisa que par l'âge elle pourrait être ma mère, mais qu'elle était ma demi-sœur, et elle me montra un extrait de naissance ou je ne sais quel papier où mon père reconnaissait la paternité d'une certaine Daniela Amato, qui était elle, comme le prouvait son passeport, qu'elle me montra aussi. Eh oui, elle m'attendait bel et bien, avec sa conversation et ses papiers tout prêts. Par conséquent, ce que je savais à moitié mais que personne ne m'avait dit était vrai ; moi, le fils unique par excellence, j'avais une grande sœur, une très grande sœur. Et je me sentis escroqué par papa, par maman, par Lola Xica et par tant de secrets. Et il me semble que je fus mortifié que le shérif Carson ne m'ait jamais rien soufflé. Une sœur. Je la regardai à nouveau : elle était aussi belle que quand elle s'était présentée à la maison en forme d'ange, mais c'était une dame de quarante-six ans qui était ma sœur. Nous n'aurions joué à rien pendant d'ennuyeux après-midi de dimanche. Elle serait sortie bras dessus, bras dessous avec Lola Xica, riant et se cachant la bouche avec la main chaque fois qu'elles auraient vu qu'un homme les regardait.

— Mais tu as l'âge de ma mère, dis-je pour dire quelque chose.

— Un peu plus jeune. – Je notai un soupçon d'irritation dans sa réponse.

Elle s'appelait Daniela. Et elle me dit que sa mère… et elle me raconta une très belle histoire d'amour, et moi je ne pouvais pas m'imaginer papa amoureux et je me taisais beaucoup et j'écoutais, j'écoutais ce qu'elle me disait et j'essayais d'imaginer, et je ne sais pas pourquoi elle commença à me parler des relations entre les deux frères, parce qu'avant d'entrer au séminaire de Vic, papa avait bien été obligé d'apprendre à venter le blé et à battre comme il faut et à toucher la panse de l'Estrella pour savoir si elle était enfin grosse, bon Dieu de bois. Le grand-père Ardèvol avait appris à ses deux fils à bien attacher les couffins de la mule et à savoir que si les nuages étaient sombres mais venaient de Collsuspina, ils s'éloignaient toujours sans donner d'averse. L'oncle Cinto, qui était l'aîné, montrait plus d'ardeur pour les choses du mas. Pour l'administration des terres, les récoltes et les journées aux champs. Notre père en revanche, dès qu'il pouvait, était dans les nuages, à penser et à lire caché dans un coin, comme tu le fais. Quand, un peu désespérés, ils envoyèrent papa au séminaire de Vic, il commençait, malgré son indifférence, à être un paysan moyennement instruit. Alors oui, il montra de l'ardeur et il se mit à apprendre le latin, le grec et des histoires racontées par les grands maîtres. Dans le séminaire courait encore l'ombre fraîche de Verdaguer[1] et deux séminaristes sur trois s'essayaient à faire des vers ; mais pas notre père : lui, il voulut approfondir la philosophie et la théologie, qu'on lui donnait à petites doses.

— Mais comment tu sais tout ça, toi ?

— Il le racontait à ma mère. Notre père était très bavard, quand il était jeune. Ensuite, il semble qu'il se soit transformé en parapluie fermé, en momie.

— Et quoi d'autre ?

— On l'a envoyé à Rome parce qu'apparemment il était très brillant. Et il a engrossé ma mère. Et il a fui de Rome parce qu'il était très lâche. Et je suis née.

— Purée. Un vrai roman-photo, insisté-je.

Daniela, au lieu de se fâcher, lui fit un sourire enjôleur et poursuivit son histoire et lui dit ton père s'est disputé avec son frère.

— Avec l'oncle Cinto ?

— Tu peux te la mettre au cul, ton idée de me faire me marier avec cette fille, dit Fèlix en lui rendant la photo d'un geste rageur.

— Mais tu n'auras rien à foutre ! C'est des maisons qui marchent toutes seules. Je me suis renseigné à fond.

---

1. Jacint Vergaguer (1845-1902) est considéré comme le plus grand poète catalan du XIXᵉ siècle. Il a été élève au séminaire de Vic et ordonné prêtre.

Et tu pourras te consacrer à tes livres, bon sang, qu'est-ce que tu veux de plus ?

— Et pourquoi tu veux que je me marie ?

— Les parents me l'ont demandé ; que si jamais tu quittais la soutane… eh bien que je te marie ; que je me débrouille pour que tu te maries.

— Mais toi, tu n'es pas marié ! Qu'est-ce que tu viens…

— Mais je vais le faire. J'en ai vu une qui…

— Comme si c'étaient des vaches.

— Tu ne peux pas m'offenser. Maman savait que j'aurais du mal à te convaincre.

— Je me marierai quand ça me rotera. Si je me marie.

— Je peux t'en chercher une autre, plus jolie, fit Cinto en mettant dans sa poche la photo grise de l'héritière de can Puig.

Alors notre père lui demanda avec des mots trop secs de lui payer sa part d'héritage parce qu'il voulait s'installer à Barcelone. À partir de là commencèrent les cris et les mots jetés comme des pierres, pour blesser. Et les deux frères se regardèrent avec haine. Ils n'en vinrent pas aux mains. Fèlix Ardèvol reçut sa part d'héritage et ils vécurent brouillés pendant quelques années. Grâce à l'insistance de Leo, papa daigna se montrer quand Cinto et elle se marièrent. L'un achetait des terres pour grossir la ferme, élevait le bétail, fabriquait du fourrage, et l'autre dépensait sa légitime en voyages mystérieux à travers l'Europe.

— Qu'est-ce que tu veux dire quand tu parles de voyages mystérieux ?

Daniela finit de siroter ce qui restait d'orxata et n'ajouta pas un mot ; Adrià alla payer et, en revenant, dit pourquoi on ne se promène pas un peu et Tori, du Racó, tout en salissant la table avec son torchon, avait l'air de penser que cette Française était à manger toute crue, nom de diou.

Toujours debout au milieu de la place, Daniela se planta devant lui et mit ses lunettes de soleil qui lui donnaient un air moderne et irrémédiablement étranger. Comme s'ils étaient intimes, elle s'approcha de lui et défit le premier bouton de sa chemise.

— Scusa, lui dit-elle.

Et Tori, du Racó, pensa, comment un couillonnasse comme celui-là peut avoir une Française tellement ci et tellement ça, nom de diou, et il remua la tête, n'en revenant pas que le monde change aussi vite, et Daniela avait les yeux fixés sur la chaîne et la médaille.

— Je ne savais pas que vous étiez croyants.

— Ce n'est pas une croyance.

— La Madone de Pardàc est une Sainte Vierge.

— C'est un souvenir.

— De qui ?

— Je ne sais pas exactement.

Daniela réprima un sourire, frotta la médaille avec des doigts et la laissa retomber sur la poitrine d'Adrià, qui la cacha, furieux de cette atteinte à son intimité. C'est pourquoi il ajouta et ça ne te regarde pas.

— Ça dépend.

Il ne comprit pas vraiment. Ils marchèrent en silence.

— C'est une très joie médaille.

Jachiam l'ôta de son cou, la montra au bijoutier et dit elle est en or. Et la chaîne aussi.

— Tu ne l'as pas volée, au moins ?

— Non ! C'est la petite Bettina qui me l'a donnée, ma petite sœur aveugle, pour que je ne me sente jamais seul.

— Et pourquoi veux-tu la vendre ?

— Ça vous étonne ?

— Ma foi… Un souvenir de famille…

— La famille… Comme mon père me manque, Mureda de Pardàc et tous les Mureda : Agno, Jenn, Max, Hermes, Josef, Theodor, Micurà, Ilse, Erica, Katharina,

Matilde, Gretchen et Bettina la petite aveugle. Et le paysage de Pardàc aussi me manque.

— Pourquoi n'y retournes-tu pas ?

— Parce qu'il y a encore des gens qui me veulent du mal et la famille m'a fait savoir qu'il ne serait pas prudent de…

— Soit… dit l'orfèvre en baissant les yeux pour mieux examiner la médaille, peu désireux de savoir quels étaient les problèmes des Mureda de Pardàc.

— Et j'ai fait parvenir beaucoup d'argent au père pour qu'il vienne en aide à tous mes frères et sœurs.

— Aha.

Il l'examina encore un instant. Il la rendit à son propriétaire.

— Pardàc, c'est Predazzo ? dit-il en le regardant dans les yeux, comme s'il avait eu soudainement une idée.

— Les gens de la plaine disent Predazzo, oui. Mais c'est Pardàc… Vous ne voulez pas l'acheter ?

Le bijoutier fit non de la tête.

— J'ai besoin d'argent.

— Si tu passes l'hiver avec moi, je t'apprendrai le métier et quand la neige fondra tu iras où tu voudras. Mais ne vends pas la médaille.

Et Jachiam apprit le métier de la fonte des métaux pour les transformer en bagues, en médailles et en boucles d'oreilles, et pendant quelques mois il trompa la nostalgie de sa maison en compagnie de ce brave homme qui, un jour, lui dit en remuant la tête, comme s'il reprenait une conversation interrompue :

— À qui as-tu confié l'argent ?

— Quel argent ?

— Celui que tu as envoyé à ta famille.

— À un homme de confiance.

— C'était un Occitan ?

— Oui, pourquoi ?

— Pour rien, pour rien…

— Pourquoi?

— Non, c'est que j'ai entendu dire… Rien.

— Qu'est-ce que vous avez entendu dire?

— Comment s'appelait cet homme?

— Je l'appelais le Blond. Il s'appelait le Blond de Cazilhac. Il avait les cheveux presque jaunes.

— Il me semble qu'ils ne l'ont pas laissé aller plus loin que…

— Quoi?

— Ils l'ont tué. Et ils l'ont volé.

— Qui?

— Des gens de la montagne.

— De Moena?

— Je crois bien que oui.

Ce matin-là à l'aube, la paie de l'hiver en poche, Jachiam demanda sa bénédiction au joaillier et grimpa vers les hauteurs pour savoir ce qu'étaient devenus l'argent des Mureda et le pauvre Blond. Il marchait poussé par la rage et sans prendre la moindre mesure de prudence. Le cinquième jour, il arriva à Moena et se mit à hurler sur la place. Que les Brocia se montrent, criait-il, et un Brocia l'entendit et courut prévenir son cousin, et le cousin un autre cousin, et quand ils furent dix hommes ils descendirent sur la place et saisirent Jachiam et le portèrent à la rivière. Les cris d'effroi ne parvinrent pas à Pardàc. La médaille de la Madone de Pardàc, c'est le Brocia qui l'avait vue le premier qui la garda, en récompense.

— Pardàc est dans le Trentin, dit Adrià.

— Pourtant, à la maison, rétorqua Daniela, on m'a toujours dit qu'elle avait été rapportée d'Afrique par un oncle marin que je n'ai pas connu.

Ils firent le trajet jusqu'au cimetière et à l'ermitage de Lourdes, sans rien dire, et il faisait bon se promener par cet après-midi. Après une demi-heure de silence, assis sur le banc de pierre du jardin de l'ermitage, Adrià, plus en confiance, pointa le doigt sur sa poitrine et dit tu la veux?

— Non. Elle est à toi. Ne la perds jamais.

Le soleil, dans sa course, avait fait varier les ombres du jardin, et Adrià demanda à nouveau que veux-tu dire avec cette histoire de voyages mystérieux de papa.

Il s'était installé dans un petit hôtel du Borgo, à cinq minutes de Saint-Pierre du Vatican, à côté du Passetto. C'était une pension discrète, modeste et bon marché, qui s'appelait Bramante et était régentée par une matrone romaine qui avait l'air d'avoir élevé des oies d'une main de fer pendant de nombreuses années et qui semblait venir des années de transition entre Jules et Auguste. La première visite qu'il fit, une fois installé dans une chambre qui donnait sur le vicolo delle Palline, étroit et humide, fut pour le père Morlin qui, en le voyant, resta quelques secondes à l'observer, debout, à la porte du cloître du couvent de Santa Sabina, s'efforçant de se rappeler qui était cet homme qui… non!

— Fèlix Ardevole! cria-t-il. Il mio omonimo! Vero?

Fèlix Ardèvol acquiesça et, humblement, baisa la main du frère qui transpirait dans sa lourde robe. Morlin, après l'avoir regardé dans les yeux, hésita un instant et, au lieu de le faire entrer dans une des pièces réservées aux visiteurs, ou de l'inviter à se promener dans le cloître, le guida dans un couloir solitaire, aux murs blancs, avec quelques tableaux sans valeur accrochés çà et là. Un très long couloir avec peu de portes. Baissant instinctivement la voix, comme dans le vieux temps, il lui dit que veux-tu, et Fèlix Ardèvol répondit je veux des contacts, seulement des contacts. Je veux monter un magasin et je pense que tu peux m'aider à trouver de la marchandise de première qualité.

Ils firent quelques pas en silence. C'était curieux parce que malgré la nudité de l'endroit ni les pas ni les mots ne résonnaient. Le père Morlin devait savoir que c'était un endroit discret. Après deux tableaux, il s'arrêta devant une Annonciation des plus banales, s'essuya le front et le regarda dans les yeux :

— Maintenant que vous êtes en guerre ? Comment as-tu fait pour sortir ?

— Je peux entrer et sortir sans trop de problèmes. Je sais comment faire. Et je connais des gens.

Le père Morlin fit un geste comme pour signifier qu'il préférait ne pas connaître les détails.

Ils parlèrent longuement. L'idée de Fèlix Ardèvol était limpide : depuis quelques années, de nombreux citoyens allemands, autrichiens et polonais commençaient à se sentir mal à l'aise compte tenu des plans de Hitler et cherchaient à changer d'air.

— Tu cherches des juifs riches.

— Une fuite est toujours une aubaine pour un antiquaire. Conduis-moi là où il y a des gens qui ont l'intention de partir pour l'Amérique. Le reste, c'est mon affaire.

Ils arrivèrent tout au bout du couloir. Une fenêtre donnait sur un petit cloître austère, orné seulement de géraniums couleur sang, dans des pots posés sur le sol. De l'autre côté du petit cloître, une fenêtre semblable à la leur encadrait à la perfection, comme si elle avait été placée là exprès, la coupole de Saint-Pierre. Pendant quelques secondes, Fèlix Ardèvol pensa qu'il aurait aimé emporter la fenêtre et la vue qu'elle montrait. Il revint à la réalité, persuadé que Morlin l'avait conduit jusque-là pour lui montrer la fenêtre.

— J'ai besoin de trois ou quatre adresses, avec les tenants et les aboutissants.

— Et comment sais-tu, mon cher Ardevole, que je peux connaître ce qui t'intéresse ?

— J'ai mes sources d'information : je consacre de nombreuses heures à mon travail et je sais que tu n'as cessé d'étendre tes contacts.

Le père Morlin encaissa le coup mais, en apparence, ne réagit pas.

— D'où te vient cet intérêt subit pour les affaires des autres ?

Il fut sur le point de dire parce que mon travail me passionne ; parce que si je trouve un objet qui m'intéresse, le monde se réduit à cet objet, que ce soit une statue, une peinture, un papier ou une toile. Et le monde est plein d'objets qui, à eux seuls, n'ont besoin d'aucune justification. Il y a des objets qui…

— Je suis devenu collectionneur. Il précisa : Je suis collectionneur.

— Collectionneur de quoi ?

— Collectionneur. – Il ouvrit les bras, comme saint Dominique quand il prêchait en chaire : Je cherche de belles choses.

Le père Morlin avait des informations, et comment. S'il y avait une personne au monde capable de tout savoir presque sans bouger de Santa Sabina, c'était le père Félix Morlin, ami de ses amis et, à ce qu'on disait, dangereux pour ceux qui le délaissaient. Ardevole était un ami, si bien qu'ils ne tardèrent guère à tomber d'accord. Auparavant, Fèlix Ardèvol dut supporter un sermon sur l'époque troublée que nous devons vivre et que personne ne souhaite, et pour ne pas décevoir son ami il soulignait ces paroles d'un tu as bien raison, et si on les observait de loin ils avaient l'air de débiter les prières du rosaire. Et l'époque troublée que vivait l'Europe commençait à obliger bien des gens à regarder du côté de l'Amérique et, grâce au père Morlin, Fèlix Ardèvol passa quelques mois à voyager à travers l'Europe avant l'incendie, tâchant de sauver les meubles d'un probable tremblement de terre. Le premier contact, ce fut au Tiefer Graben, dans l'Innere Stadt de Vienne. C'était une très jolie maison, pas très large mais certainement très profonde. Il appuya sur la sonnette et sourit d'un air avenant à la dame qui lui avait ouvert la porte avec un brin de méfiance. Au cours de ce premier contact, il put acheter tout le mobilier de la maison et, après avoir mis de côté les cinq objets qui avaient le plus de valeur, il revendit le reste le double de ce qu'il avait payé, sans quitter Vienne, presque sans franchir le Ring. Un succès aussi spectaculaire aurait pu le griser, mais Fèlix Ardèvol était un homme non seulement intelligent mais astucieux. Par conséquent, il agit avec prudence. À Nuremberg, il acheta une collection de tableaux du dix-septième et du dix-huitième siècle : deux Fragonard, un Watteau évanescent et trois Rigaud. Et, j'imagine, le Mignon aux gardénias jaunes, qu'il sépara du reste. C'est à Pontegradella, près de Ferrare, qu'il eut pour la première fois entre les mains un instrument de musique de valeur. C'était une viole faite par Nicola Galliano, de Naples. Tandis qu'il se demandait s'il devait l'acheter, il regretta même de ne pas avoir appris à jouer de ce genre d'instruments. Il sut attendre en silence, jusqu'à ce que le vendeur, un violiste qui s'appelait Davide Fiordaliso et qui, d'après ce que lui avaient appris ses informateurs, avait dû quitter le Philharmonique de Vienne à cause des nouvelles lois raciales et depuis gagnait sa vie en jouant dans un café de Ferrare, dise à voix basse, anxieusement, due milioni. Il regarda le signor Arrau, qui avait passé une heure à examiner la viole à la loupe, et celui-ci fit des yeux le signe qui voulait dire oui. Fèlix Ardèvol savait qu'à ce moment-là il devait rendre l'objet à son propriétaire d'un air dégoûté et dire un chiffre ridiculement bas. C'est ce qu'il fit, mais il lui en coûta tellement de mettre en péril l'acquisition de ce joyau qu'ensuite il dut s'asseoir et remettre en question sa façon d'agir. Une chose était d'acheter et de vendre avec la tête froide et une autre de monter un magasin, si tant est qu'il finisse par en monter un. Il acheta la viole duecentomila lire. Et il refusa de prendre un café avec le vendeur aux mains excessivement tremblantes parce qu'à la guerre on t'apprend à ne pas regarder ta victime dans les yeux. Un Galliano. Le signor Arrau lui dit que, bien que les instruments ne fussent pas sa spécialité, il conjecturait qu'il pourrait en tirer trois fois plus s'il faisait courir discrètement le bruit et s'il n'était pas pressé de vendre. Et que s'il voulait, il lui présenterait un compatriote, le signor Berenguer, un jeune talent qui avait appris à faire des estimations avec une précision extraordinaire et qui, lorsque la guerre d'Espagne serait finie, car il faudrait bien qu'elle finisse un jour ou l'autre, avait l'intention de rentrer chez lui.

Conseillé par le père Morlin, qui voyait loin, il loua un entrepôt dans un petit village près de Zurich et y entassa les sofas, les canapés, les consoles, les Fragonard, les chaises Chippendale et les Watteau. Et la viole de Galliano. Il ne s'imaginait pas encore qu'un jour un instrument à cordes, assez ressemblant à celui-là, finirait par le détruire. Mais il savait clairement qu'une chose serait le magasin et une autre chose toute différente sa collection particulière, montée avec les pièces les plus exquises de son catalogue.

De temps en temps il retournait à Rome, à l'hôtel Bramante, il rencontrait Morlin, ils parlaient de clients potentiels, de l'avenir, et Morlin lui laissait entendre que la guerre d'Espagne ne finirait jamais parce que maintenant en Europe le moment était venu de donner un grand coup de balai et un grand coup de balai ça voulait dire beaucoup de désagréments. La carte du monde devait être retouchée et la façon la plus rapide de le faire c'était avec des bombes et des tranchées, dit-il avec une pointe de résignation désinvolte.

— Et toi, comment tu sais tout ça?

Je fus incapable de poser une autre question que celle-là. Daniela et moi étions montés jusqu'au château par le chemin du Barri, comme lorsqu'on y montait avec des gens âgés, qui ne voulaient pas grimper de face, par le chemin le plus escarpé.

— Quelle vue immense, dit-elle.

Devant l'ermitage du château, ils contemplaient la plaine et Adrià pensa à son Arcadie, mais seulement de façon fugace :

— Comment sais-tu tant de choses sur mon père ?

— Parce que c'est mon père. Comment s'appelle cette montagne au fond ?

— Le Montseny.

— Tu ne trouves pas que tout ça ressemble à un presepe ?

Qu'est-ce que tu en sais, des crèches que nous n'avons jamais faites à la maison, pensai-je. Mais Daniela avait raison, Tona ressemblait à une crèche, plus que jamais, et Adrià ne put s'empêcher de montrer, en bas :

— Can Ges.

— Oui. Et can Casic.

Ils marchèrent tous les deux jusqu'à la Torre dels Moros. À l'intérieur, des étrons et de la pisse. Dehors, le vent et le paysage. Adrià s'assit au bord du précipice pour ne pas rater son paysage. Ce n'est qu'à ce moment que me vint à l'esprit la question correcte :

— Pourquoi tu me racontes tout ça ?

Elle s'assit à côté de lui et sans le regarder elle lui dit qu'ils étaient frère et sœur, qu'il fallait qu'ils s'entendent, qu'elle était la propriétaire de can Casic.

— Je sais. Maman me l'a dit.

— J'ai l'intention de raser la maison, la saleté, le bassin, le fumier et la puanteur de paille pourrie. Et de construire des maisons neuves.

— Pauvre de toi.

— Tu t'habitueras.

— Viola est morte de chagrin.

— Qui est Viola ?

— La chienne de can Casic. Beige foncé avec le museau noir et les oreilles tombantes.

Manifestement, Daniela n'avait pas compris, mais elle ne dit rien. Adrià la regarda quelques secondes en silence.

— Pourquoi tu me racontes tout?

— Il faut que tu saches qui était notre père.

— Tu le hais.

— Notre père est mort, Adrià.

— Mais tu le hais. Pourquoi es-tu venue à Tona?

— Pour parler avec toi loin de ta mère. Pour te parler du magasin. Quand il sera à toi j'aimerais y entrer comme associée.

— Mais qu'est-ce que tu viens me raconter? Tu n'as qu'à t'arranger avec maman…

— On ne peut pas parler avec ta mère. Tu le sais bien.

Cela faisait un moment que le soleil s'était caché du côté de Collsuspina et je sentis un vide immense à l'intérieur. La lumière baissait et il me semblait commencer à entendre les grillons. La lune pâle se montra, matinale, au-dessus de Collsacabra. Tu as dit quand le magasin sera à moi?

— C'est la loi de la vie. Il sera à toi un jour. Tôt ou tard.

— Va chier.

Ça, il l'avait dit en catalan. À son léger sourire, il devina qu'elle avait parfaitement compris, même si elle ne sourcilla pas.

— J'ai encore d'autres choses à te raconter. Au fait, quel violon as-tu apporté?

— Je n'ai pas l'intention de travailler beaucoup. En fait, je n'étudie plus le violon. Je l'ai apporté pour la tante Leo.

Comme il allait bientôt faire nuit, ils commencèrent à descendre. Par le sentier de devant, par vengeance, lui à grands pas, faisant fi du précipice, et elle, malgré sa jupe étroite, le suivant apparemment sans problème. La lune était déjà plus haute quand ils arrivèrent à la lisière des arbres, près du cimetière.

— Mais quel violon as-tu apporté ?

— Mon violon d'étude. Pourquoi ?

— Que je sache, poursuivit le signor Jenesaisquoi, planté au beau milieu de la rue, c'est un violon dont personne n'a jamais joué de façon suivie : comme le Messie de Stradivarius, vous comprenez ?

— Non, fit Ardèvol, avec impatience.

— Je veux dire que cela lui donne plus de valeur. On a perdu sa trace l'année même de sa construction, dans les mains de Guillaume-François Vial. Peut-être des gens en ont-ils joué, mais je n'en ai pas connaissance. Et maintenant nous le trouvons ici. C'est un instrument d'une valeur incalculable.

— C'est ce que je voulais entendre, caro dottore.

— Vraiment, c'est le premier ? demanda monsieur Berenguer avec une pointe de curiosité.

— Oui.

— Moi, je renoncerais, monsieur Ardèvol. C'est beaucoup d'argent.

— Il les vaut ? demanda Fèlix Ardèvol en regardant Jenesaisquoi.

— Je paierais cette somme sans hésiter. Si je l'avais. Il a un son extraordinaire.

— Je me fous bien du son qu'il peut avoir.

— Et une valeur symbolique exceptionnelle.

— Ça oui, ça m'intéresse.

Ils se dirent au revoir parce qu'il se mettait à pleuvoir. Ils se dirent au revoir après que le signor Jenesaisquoi reçut le prix de son expertise, debout dans la rue. Les ravages de la guerre, outre des millions de morts et de villes entières dévastées, avaient habitué les gens à ne pas faire de manière et à régler debout, à n'importe quel coin de rue, des marchés qui pouvaient marquer plus d'une vie à jamais. Ils se dirent au revoir quand

Fèlix Ardèvol dit d'accord, il prenait en compte l'avis de monsieur Berenguer, cinquante mille dollars c'était une trop grosse somme. Et merci beaucoup à tous les deux. Et au revoir, si le hasard les réunissait à nouveau. Monsieur Berenguer, avant de tourner au coin de la rue, se retourna pour jeter un dernier regard à Ardèvol. Il fit semblant d'allumer une cigarette qu'il n'avait pas à la main afin de mieux l'observer. Fèlix Ardèvol sentit le regard de l'autre sur sa nuque mais ne se retourna pas.

— Qui est monsieur Falegnami ?

Il revenait au couvent de Santa Sabina. Ils étaient à nouveau dans le couloir sans écho, propre aux confidences. Le père Morlin consulta sa montre et poussa Ardèvol vers la rue, avec énergie.

— Merde, mais il pleut, Morlin !

Le père Morlin ouvrit un immense parapluie de paysan, prit Ardèvol par le bras et ils se mirent à marcher devant la façade du couvent, et on aurait dit un frère dominicain en train de réconforter et de conseiller un pauvre mortel à la conscience lourde, marchant en long et en large devant la façade de Santa Sabina, comme s'ils parlaient d'infidélités, de crises de luxure, de sentiments peccamineux d'envie ou de colère, et il y a tellement d'années que je ne me suis pas confessé, mon père, et les gens qui passaient dans la rue étaient fort édifiés.

— C'est le concierge de l'Ufficio della Giustizia e della Pace.

— Ça, je le sais. – Deux pas humides. – Allez, qui est-ce ? Comment se fait-il qu'il possède un violon d'une telle valeur ?

— Alors, il a vraiment de la valeur…

— Tu auras ta commission.

— Je sais ce qu'il en demande.

— J'imagine bien. Mais tu ne sais pas ce que j'en donnerai.

— Il ne s'appelle pas Falegnami. Il s'appelle Zimmermann.

Il le regarda du coin de l'œil. Après quelques pas en silence, le père Morlin se risqua :

— Tu ne sais pas de qui il s'agit, n'est-ce pas ?

— Je suis certain qu'il ne s'appelle pas davantage Zimmermann.

— Il vaut mieux que tu continues à l'appeler Falegnami. Tu peux lui offrir le quart de ce qu'il t'a demandé. Mais il ne faut pas qu'il se sente étranglé, parce que…

— Parce qu'il est dangereux.

— Oui.

Une jeep de l'armée nord-américaine passa à toute allure sur le Corso et éclaboussa le bas de la robe et du pantalon.

— Putain de sa mère, dit Ardèvol sans hausser la voix.

Morlin secoua la tête, mécontent.

— Mon cher ami, dit-il avec un sourire lointain, comme s'il entrevoyait l'avenir, ton caractère te perdra.

— Qu'est-ce que tu veux dire ?

— Que tu devrais savoir que tu n'es pas aussi fort que tu le penses. Et encore moins par les temps qui courent.

— Qui est ce Zimmermann ?

Félix Morlin prit son ami par le bras. Le bruit de la pluie tambourinant sur le parapluie ne l'empêcha pas de se faire entendre.

Dehors, en raison du froid extrême, le déluge avait fait place à une chute de neige abondante et silencieuse. À l'intérieur, tout en regardant la couleur irisée du vin dans son verre levé, il dit oui, je suis né au sein d'une famille aisée et très religieuse, et la rectitude morale de mon éducation m'a aidé à assumer, malgré mes limites, la lourde charge, sur l'ordre direct du Führer exprimé par les instructions concrètes du Reichsführer Himmler, de devenir un rempart inébranlable contre l'ennemi intérieur de la patrie. Ce vin est excellent, docteur.

— Merci, dit le docteur Voigt, un peu las de tout ce bavardage. C'est un honneur pour moi que vous puissiez le goûter dans ma demeure improvisée, eut-il l'idée d'ajouter. Chaque jour, il éprouvait davantage de répugnance pour les personnages grotesques et dépourvus d'un minimum d'éducation.

— Improvisée mais confortable, dit l'Oberlagerführer.

Une seconde gorgée. Dehors, la neige couvrait les parties honteuses de la terre d'un linceul épais et froid. Rudolf Höss poursuivit :

— Pour moi, les ordres sont sacrés, aussi pesants puissent-ils me paraître, car, en tant que SS, je dois être prêt au sacrifice total de ma personne dans l'accomplissement de mon devoir envers la patrie.

Bla, bla, bla, bla, bla.

— Bien sûr, Obersturmbannführer Höss.

Et alors Höss lui raconta l'épisode pathétique du soldat Bruno je ne sais plus quoi, en criant, jusqu'au moment où, tel Dietmar Kehlmann au Berlinertheater, il finit par la fameuse réplique emmenez-moi cette charogne. À la connaissance du docteur Voigt, il l'avait déjà raconté à une vingtaine de personnes et toujours avec le même cri à la fin.

— Mes parents, qui étaient de fervents catholiques dans une Allemagne majoritairement luthérienne, voire calviniste, aspiraient à ce que je devienne prêtre. Et je caressai cette idée pendant assez longtemps.

Misérable envieux.

— Vous auriez fait un bon prêtre, Obersturmbannführer Höss.

— Je suppose que c'est vrai.

Et prétentieux.

— Moi, j'en suis sûr : quoi que vous fassiez, vous le faites toujours bien.

— Ce que vous décrivez comme une vertu de ma part peut aussi être ma perte. Et plus encore maintenant, au moment où le Reichsführer Himmler doit nous rendre visite.

— Pourquoi?

— Parce qu'en ma qualité d'Oberlagerführer je dois assumer toutes les failles du système. Par exemple, il ne reste de la dernière commande de bidons de gaz Zyklon qu'à peine assez pour deux ou trois prestations, et l'intendant n'a pas eu l'idée de me prévenir ni de passer commande. Et hop, demande des faveurs, fais venir des camions qui devraient peut-être se trouver ailleurs, et retiens-toi d'engueuler l'intendant parce que tout le monde vit à la limite de ses forces, à Auschwitz.

— Je suppose que l'expérience de Dachau…

— Du point de vue psychologique, la différence est abyssale. À Dachau nous avions des prisonniers.

— Je sais pertinemment qu'il en mourait et qu'il en meurt énormément.

Ce docteur est un imbécile, pensa Höss. Il faut lui mettre les points sur les i.

— Oui, docteur Voigt, mais Dachau est un camp de prisonniers. En revanche, Auschwitz-Birkenau est conçu, pensé et calculé pour exterminer des rats. Si ce n'était que les juifs ne sont pas humains, je penserais que nous vivons un enfer, avec une porte qui est la chambre à gaz et une destination qui sont les fours crématoires et leurs flammes, ou les fosses ouvertes dans la forêt, dans lesquelles nous brûlons les unités en trop, parce que le matériel qu'on nous envoie ne suffit pas. C'est la première fois que je parle de ces choses avec quelqu'un d'étranger au camp, docteur.

Et qu'est-ce qu'il croyait, cet imbécile de merde?

— Vous avez bien raison de vous soulager, Obersturmbannführer Höss.

Ça fait du bien de se laisser aller, même avec un docteur imbécile et prétentieux comme celui-là, pensa Höss.

— Je compte sur votre sens du secret professionnel, parce que le Reichsführer…

— Naturellement. Vous qui êtes chrétien… Un psychiatre est comme un confesseur, le confesseur que vous auriez pu être.

— Mes hommes doivent être très forts pour accomplir le travail qui leur est confié. L'autre jour, un soldat de trente ans révolus, pas un adolescent, hein, s'est mis à pleurer dans un baraquement, au milieu de ses camarades.

— Et qu'est-ce qui s'est passé?

— Bruno, Bruno, réveille-toi!

Ça paraît incroyable mais l'Oberlagerführer, l'Obersturmbannführer Höss, au deuxième verre de vin, s'apprêta à raconter à nouveau toute la scène. Au quatrième ou au cinquième verre, son regard avait pris un aspect vitreux. Alors il commença à tenir des propos incohérents et il lui échappa qu'il était fortement épris d'une fille juive. Le docteur évita de se montrer scandalisé et se dit que cette information était très intéressante et qu'elle pourrait lui servir d'arme en cas de besoin. C'est pourquoi, le lendemain, il parla avec le Gefreiter Hänsch et lui demanda instamment de lui dire qui était cette personne dont lui avait parlé l'Obersturmbannführer. C'était très simple : il s'agissait de sa servante. Et il le nota dans son carnet, à tout hasard.

Quelques jours plus tard il y avait à nouveau le merdier de la sélection de la marchandise. Le docteur Voigt, en retrait, observait la façon dont les soldats, sans ménagement, essayaient de faire comprendre aux femmes qu'elles devaient laisser les enfants. Il vit le docteur Budden sélectionner les dix garçons et filles qu'il lui avait ordonné de prendre et alors il remarqua la vieille femme qui toussait et pleurait. Il s'approcha d'elle.

— Qu'est-ce que c'est que ça ?

Il posa une main sur l'étui, mais la putain de vieillarde recula d'un pas et alors il pensa mais qu'est-ce qu'elle s'imagine, cette sorcière. Comme elle s'accrochait à l'étui de façon qu'il était impossible de le lui prendre, le Sturmbannführer Voigt sortit son pistolet, le pointa sur la nuque usée et grise de la vieille femme, tira et, au milieu de tous ces pleurs on entendit à peine un pac ! assez faible. Et la salope éclaboussa l'étui du violon. Le docteur ordonna à Emmanuel de nettoyer l'étui et de le lui apporter aussitôt dans son bureau. Et le docteur disparut tout en rengainant son pistolet, suivi par une quantité de regards épouvantés par tant de cruauté.

— Voilà le truc, dit Emmanuel au bout de quelques minutes. Et il posa l'étui sur la table. C'était un bon étui. C'est pour ça qu'il l'avait remarqué, le docteur Voigt. En général, un bon étui ne cache pas un mauvais instrument. Si on dépense pour l'étui, on a d'abord dépensé pour l'instrument. Et si l'instrument est bon, on l'emporte partout, même à Auschwitz.

— Fais sauter la serrure.

— De quelle façon, mon commandant ?

— Comme tu voudras, débrouille-toi. – Et soudain inquiet : Mais ne tire pas dessus !

L'ordonnance du commandant fit sauter la serrure avec un couteau non réglementaire, détail que Voigt nota dans son carnet à tout hasard. Il lui fit signe de quitter le bureau et, avec une certaine émotion, ouvrit l'étui du violon. Il y avait un instrument, oui ; mais au premier coup d'œil il vit que c'était une chose sans la moindre… non, un moment. Il prit le violon et lut l'étiquette à l'intérieur : Laurentius Storioni Cremonensis me fecit 1764. Va savoir.

Le foutu cul de paysan de Höss dit qu'il voulait le voir à trois heures, pinça le nez et osa lui dire qu'il n'était pas autorisé, n'étant qu'un invité temporaire au Lager, à faire un numéro en exécutant une unité dans la zone de réception et de sélection, docteur Voigt.

— Elle refusait de m'obéir.

— Que portait-elle.

— Un violon.

— Je peux le voir?

— Il n'a aucune valeur, Obersturmbannführer.

— Peu importe, mais je veux le voir.

— Il n'a aucun intérêt, vous pouvez me croire.

— C'est un ordre.

Le docteur Voigt ouvrit la porte de l'armoire de la pharmacie et dit à voix basse, flagorneur et souriant.

— À votre disposition, Obersturmbannführer.

Tandis qu'il l'examinait et en inspectait les cicatrices, Rudolf Höss dit je ne connais pas de musicien qui puisse me dire ce qu'il vaut.

— Dois-je vous rappeler que c'est moi qui l'ai trouvé, Obersturmbannführer?

Rudolf Höss leva la tête, étonné du ton excessivement sec du docteur Voigt. Il laissa passer quelques secondes pour que l'autre se rende compte de ce qu'il s'était rendu compte de ce dont il devait se rendre compte, dont il n'arrivait pas à savoir exactement ce que c'était.

— Vous n'êtes pas en train de me dire qu'il n'a aucune valeur?

— Il n'en a pas. Mais il me plaît.

— Eh bien je compte le garder, docteur Voigt. En compensation de…

Il ne savait pas en compensation de quoi. C'est pourquoi il laissa des points de suspension tout en remettant l'instrument dans son étui et en le refermant.

— C'est ennuyeux. – Il regarda l'étui en tendant les bras : C'est du sang, n'est-ce pas?

Il l'appuya contre le mur.

— À cause de votre petite plaisanterie je vais devoir changer l'étui.

— Je le ferai, parce que c'est moi qui le garde.

— Vous vous trompez, mon ami : c'est moi qui le garde.

— Vous ne le gardez pas, Obersturmbannführer.

Rudolf Höss saisit l'étui par la poignée, comme s'il était prêt à en venir aux mains. Maintenant, il voyait clairement que cet instrument avait de la valeur. Et à l'audace du médecin commandant, il devait avoir beaucoup de valeur. Il sourit, mais il cessa bien vite de sourire quand il entendit les mots du docteur Voigt, qui approcha son haleine et son nez trapu du visage de Höss :

— Vous ne pouvez pas le garder parce que j'ai l'intention de vous dénoncer.

— Et à quel propos ? – Höss, perplexe.

— À propos de six cent quinze mille quatre cent vingt-huit.

— Quoi ?

— Elisaveta Meireva.

— Quoi ?

— Unité numéro six cent quinze mille quatre cent vingt-huit. Six un cinq quatre deux huit, Elisaveta Meireva. Votre servante. Le Reichsführer Himmler vous condamnera à mort quand il saura que vous avez eu des relations sexuelles avec une juive.

Rouge comme une pivoine, Höss reposa d'un coup sec le violon sur la table.

— Vous pouvez bien parler de secrets de confession, salopard.

— Je ne suis pas prêtre.

Le violon resta en possession du docteur Voigt, qui n'était que de passage à Auschwitz, supervisant d'une main de fer les expériences du docteur Budden, cet Obersturmführer coincé, qui avait dû avaler un jour un manche à balai et qui ne l'avait pas encore chié. Et aussi les expériences de trois autres lieutenants médecins ; ce que lui avait conçu comme la recherche la plus poussée qui ait jamais été menée ou serait jamais menée sur les limites de la douleur. Höss, de son côté, passa quelques jours le cul serré, à se demander si cette crapule raffinée, cette tapette d'Aribert Voigt, en plus d'être une canaille raffinée et une tapette, était un cafeteur.

— Cinq mille dollars, monsieur Falegnami.

L'homme aux yeux inquiets fixa son regard, de plus en plus vitreux, sur celui de Fèlix Ardèvol.

— Vous vous fichez de moi.

— Non. Et vous savez quoi ? Je vais le prendre pour trois mille, monsieur Zimmermann.

— Vous êtes devenu fou.

— Non. Ou vous me le donnez pour cette somme ou… Eh bien, les autorités seront très intéressées d'apprendre que le docteur Aribert Voigt, le Sturmbannführer Voigt, est vivant, caché à un kilomètre de la cité du Vatican, probablement avec la complicité de quelqu'un qui fait la pluie et le beau temps au Vatican. Et qu'en plus il essaie de faire des affaires avec un violon qui vient d'une rapine d'Auschwitz.

Monsieur Falegnami avait sorti un petit pistolet de salon, féminin, qu'il braquait nerveusement. Fèlix Ardèvol ne bougea pas. Il fit mine de réprimer un sourire et secoua la tête comme s'il était très peiné :

— Vous êtes seul. Comment pensez-vous vous débarrasser de mon corps ?

— Ce sera un plaisir que d'affronter ce problème.

— Il vous en restera un autre, plus gros : si je ne redescends pas d'ici par mes propres moyens, les gens qui m'attendent dans la rue savent ce qu'ils ont à faire. – Il montra le pistolet, sévèrement. – Et maintenant, je le garderai pour deux mille. Vous ne savez pas que vous êtes une des dix personnes les plus recherchées par les

Alliés ? – Il improvisait, sur le ton que l'on prend pour gronder un enfant rebelle.

Le docteur Voigt vit Ardèvol sortir une liasse de billets et les poser sur la table. Il baissa son pistolet, les yeux écarquillés, incrédule ;

— Mais il n'y a que mille cinq cents !

— N'abusez pas de ma patience, Sturmbannführer Voigt.

Ce fut le doctorat de Fèlix Ardèvol en matière de négociation commerciale. Une demi-heure plus tard il était dans la rue avec le violon, le cœur battant un peu plus vite que la normale, le pas rapide et avec la satisfaction du travail bien fait.

— Tu viens d'enfreindre ce qu'il y a de plus sacré dans les relations diplomatiques.

— Pardon ?

— Tu t'es comporté comme un éléphant dans un magasin de cristaux de Bohême.

— Je ne vois pas du tout de quoi tu parles.

Fra Félix Morlin cracha, la voix et le visage chargés d'indignation :

— Je ne suis pas digne de juger qui que ce soit. Monsieur Falegnami était sous ma protection.

— Mais c'est une brute et un fils de pute.

— Il était sous ma protection !

— Pourquoi protèges-tu des assassins ?

Félix Morlin ferma sa porte au nez de Fèlix Ardèvol, qui n'arrivait pas à comprendre la raison de cette réaction.

En sortant de Santa Sabina, il mit son chapeau et remonta le col de son manteau. Il ne savait pas qu'il ne reverrait plus ce dominicain si étonnant.

— Je ne sais que te dire.

— Je peux te raconter encore d'autres histoires sur notre père.

La nuit était tombée. Ils devaient marcher dans les rues sans éclairage et faire attention de ne pas trébucher dans les ornières de charrettes sculptées dans la boue durcie. Daniela lui fit un baiser sur le front devant can Ges et, pendant quelques secondes, Adrià se rappela l'ange qu'elle avait été, dépourvue maintenant d'ailes et de la moindre aura. Alors il pensa que tout était fermé et que la tante Leo n'aurait pas son petit quelque chose.

20

C'était un visage plein de rides tragiques. Mais je fus impressionné par le regard, clair, direct, qui me donnait l'impression de m'accuser. Ou, selon comment je le regardais, d'implorer mon pardon. J'y devinai de nombreux malheurs, avant que Sara me raconte quoi que ce soit. Et tous ces malheurs contenus dans quelques traits au fusain sur le grain du papier blanc.

— C'est ce dessin qui m'impressionne le plus, lui disje. J'aurais aimé le connaître.

Je m'aperçus que Sara n'avait pas fait le moindre commentaire ; elle s'était contentée de poser, par-dessus, le fusain du paysage de Cadaqués. Nous le regardâmes en silence. Toute la maison était plongée dans le silence. L'immense appartement de Sara, où nous étions entrés presque clandestinement, aujourd'hui que mes parents ne sont pas là et qu'il n'y a personne. Une maison riche. Comme la mienne. Comme un voleur, comme le jour du Seigneur, j'entrerai dans ta maison comme un voleur.

Je n'osai pas lui demander pourquoi nous devions y aller un jour où il n'y avait personne. Adrià était très content de connaître le cadre de vie de cette fille qui lui entrait dans la peau chaque jour davantage, avec ce sourire mélancolique et des gestes d'une délicatesse qu'il n'avait jamais vue chez personne d'autre. Et la chambre de Sara était plus grande que la mienne, deux fois plus grande. Et très belle : avec un papier peint avec des oies et une maison de paysans, pas comme celle de can Ges de Tona, plus jolie, plus nette, sans mouches et sans odeurs ; plutôt comme dans un conte illustré ; un papier peint de petite fille qu'ils avaient gardé alors qu'elle avait... je ne sais pas quel âge tu as, Sara.

— Dix-neuf ans. Et toi vingt-trois.

— Comment sais-tu que j'ai vingt-trois ans ?

— Tu en as l'air.

Et elle posa une nouvelle planche par-dessus celle de Cadaqués.

— Tu dessines très bien. Laisse-moi voir à nouveau le portrait d'homme.

Elle posa le portrait de l'oncle Haïm par-dessus le tout. Le regard, les rides, l'aura triste.

— Tu disais que c'est un de tes oncles ?

— Oui. Il est mort.

— Quand est-il mort ?

— En réalité, c'est un oncle de maman. Je ne l'ai pas connu. Enfin, j'étais très petite quand...

— Et comment...

— Une photo.

— Pourquoi as-tu fait son portrait ?

— Pour garder une trace de son histoire.

Ils faisaient la queue pour entrer dans les douches. Gavriloff, cet homme qui, pendant tout le trajet dans les wagons à bestiaux, avait réconforté deux petites filles qui n'avaient personne qui leur donne la main, se retourna vers le docteur Epstein et lui dit ils nous conduisent à la mort, et le docteur Epstein répondit, dans un murmure, pour que les autres ne l'entendent pas, que c'était impossible, qu'il était fou.

— Non, les fous c'est eux, docteur ! Vous feriez bien d'en prendre conscience !

— Tout le monde à l'intérieur. Comme ça, les hommes de ce côté. Les enfants peuvent aller avec les femmes, bien sûr !

— Non, non ; laissez vos vêtements en ordre et rappelez-vous le numéro du portemanteau, pour quand vous sortirez de la douche, d'accord?

— Tu es d'où, toi? dit l'oncle Haïm en regardant dans les yeux l'homme qui donnait les instructions.

— Vous n'avez pas le droit de parler avec nous.

— C'est qui, vous? Vous êtes juifs vous aussi, pas vrai?

— Vous n'avez pas le droit, merde. Ne me complique pas la vie. – Et, criant : Rappelez-vous le numéro du portemanteau.

Alors que tous les hommes nus avançaient lentement vers la douche, où il y avait déjà un groupe de femmes nues, un officier SS à la fine moustache et à la toux sèche entra dans les vestiaires et dit est-ce qu'il y a un médecin, ici? Le docteur Haïm Epstein fit un pas vers la douche, mais Gavriloff, à côté de lui, lui dit ne soyez pas idiot, docteur ; ça vous donne une chance.

— Toi tais-toi.

Alors Gavriloff se retourna et montra le dos pâle de Haïm Epstein et dit er ist ein Arzt, mein Oberleutenant ; et Herr Epstein maudit son compagnon d'infortune, qui continua à marcher vers la douche avec ses yeux un peu joyeux et en sifflant, tout bas, un csárdás de Rózsavölgyi.

— Tu es médecin? fit l'officier, planté devant Epstein.

— Oui, dit-il, résigné et surtout fatigué. – Et il n'avait pas cinquante ans.

— Habille-toi.

Epstein s'habilla lentement tandis que les autres hommes entraient dans les douches, guidés par les prisonniers au regard gris qui leur servaient de bergers.

Tandis que ce juif s'habillait, l'officier, impatient, marchait en long et en large. Et il se mit à tousser, peut-être pour couvrir les cris d'horreur étouffés qui parvenaient de la zone des douches.

— Qu'est-ce que c'est? Qu'est-ce qui se passe?

— Allez, venez, ça va bien comme ça, dit l'officier, inquiet, quand il vit que l'autre remontait son pantalon sur sa chemise ouverte.

Il l'emmena dehors, dans le froid hostile d'Oświęcim, et il le fit entrer dans la petite guérite de garde, dont il expulsa les deux sentinelles qui bayaient aux corneilles.

— Auscultez-moi, ordonna-t-il en lui mettant un stéthoscope entre les mains.

Epstein tarda à comprendre ce que voulait l'officier, qui était déjà en train d'enlever sa chemise. Lentement, il mit le stéthoscope sur ses oreilles et, pour la première fois depuis Drancy, se sentit investi d'une certaine autorité.

— Asseyez-vous, ordonna-t-il, transformé en médecin.

L'officier s'assit sur la banquette de la guérite. Haïm l'ausculta attentivement et, à ce qu'il entendait, il imagina les cavités sécrétantes en piteux état. Il le fit changer de position ; il l'ausculta par la poitrine et par le dos. Il le fit se lever à nouveau rien que pour le plaisir de donner des ordres à un officier SS. Pendant un moment, il se dit que tant qu'il l'ausculterait on ne l'enverrait pas à la douche d'où venaient les cris de terreur ; Gavriloff avait raison.

Il ne put cacher sa satisfaction quand, le regardant dans les yeux, il dit à son patient qu'il devait l'examiner de façon plus complète.

— Qu'est-ce que tu veux dire ?

— Exploration des parties génitales, palpation de la région lombaire.

— Bien, bien, bien…

— Sentez-vous des douleurs inexplicables de côté, demanda-t-il en appuyant fortement sur le rein avec ses doigts d'acier.

— Fais attention, nom de Dieu !

Le docteur Epstein remua la tête pour montrer qu'il était préoccupé.

— Qu'est-ce qui se passe ?

— Vous êtes tuberculeux.

— Tu en es sûr ?

— Sans aucun doute. La maladie est assez avancée.

— Eh bien ici personne ne prend mon cas au sérieux. C'est grave ?

— Évidemment.

— Qu'est-ce qu'il faut que je fasse ? dit-il en lui arrachant le stéthoscope des mains.

— Moi, je vous mettrais dans un sanatorium. C'est la seule chose qu'on puisse faire. – Et, en montrant ses doigts jaunis : Et plus de tabac, pour l'amour de Dieu.

L'officier appela les sentinelles et leur dit d'emmener cet homme aux douches, mais une des sentinelles lui fit signe que c'était fini, que c'était la dernière série. Alors il se couvrit de son manteau et, tout en descendant vers les bâtiments, accompagné de sa toux persistante, il cria :

— Mettez-le dans le baraquement vingt-six.

Et c'est ainsi qu'il eut la vie sauve. Mais il disait souvent qu'avoir la vie sauve avait été un châtiment pire que la mort.

— Je n'avais jamais imaginé autant d'horreur.

— Eh bien tu ne sais pas tout.

— Raconte-moi.

— Non. Je ne peux pas.

— Allez.

— Viens, je vais te montrer les peintures du grand salon.

Sara lui montra les peintures du grand salon, elle lui montra des photos de sa famille, elle répondit patiemment à ses questions sur qui était chaque personne sur les photos, mais quand ce fut l'heure de penser à partir parce que quelqu'un allait peut-être rentrer à la maison, elle lui dit il faudrait que tu partes. Tu sais quoi ? Je vais faire un bout de chemin avec toi.

Et c'est ainsi que je n'ai pas connu ta famille.

21

Aucun art ne fut cultivé et développé par la sophistique de façon aussi systématique que l'art oratoire. Sara. Dans l'art oratoire, la sophistique voyait un instrument idéal pour la domination des hommes. Sara, comment se fait-il que tu n'aies pas voulu avoir d'enfants? Grâce à la sophistique et à sa rhétorique, les discours publics se sont transformés en discours littéraires et on a commencé à les considérer comme des œuvres d'art dignes d'être conservées par écrit. Sara. Dès lors, l'éducation oratoire devint indispensable pour devenir homme d'État, mais la rhétorique, dans son domaine d'influence, comprenait toute la prose, en particulier l'historiographie. Sara, tu es un mystère pour moi. Ainsi, on peut comprendre qu'au quatrième siècle le rôle central, en littérature, ait été assumé par la prose et non par la poésie. Curieux. Mais logique.

— Merde, mon pote, où tu te caches, je te cherche partout!

Adrià leva la tête du Nestle ouvert au chapitre quinze, Isocrate et la nouvelle éducation, dans lequel il était plongé et, comme s'il avait du mal à accommoder, son regard mit quelques instants à apercevoir le visage qui entrait dans le cône de lumière délimité par l'abat-jour vert de la bibliothèque de l'université. Quelqu'un réclama le silence et Bernat dut baisser la voix tout en s'asseyant sur la chaise en face, et lui dit mais ça fait un mois qu'Adrià n'est pas là ; non, il est sorti ; je ne sais pas où il est allé ; Adrià ? Il est absent pour la journée. Putain, mon vieux… Même chez toi ils ne savent pas où tu es fourré !…

—Tu vois. Je travaille.

— Mon cul ; je passe des heures ici, moi.

— Toi ?

— Oui, je fais la connaissance de jolies filles.

Ce fut difficile de quitter le quatrième siècle avant Jésus-Christ, et plus encore si Bernat venait le chercher pour lui faire des reproches.

— Comment ça va ?

— Qui c'est, cette nana qui, à ce qu'on dit, s'est accrochée à toi comme une arapède ?

— Qui dit ça ?

— Tout le monde. Gensana me l'a même décrite : cheveux foncés et lisses, mince, yeux foncés, étudiante aux Beaux-Arts.

— Eh bien si tu sais déjà tout…

— C'est celle du Palau de la Música ? Celle de Adrià jenesaisquoi ?

— Ça devrait te faire plaisir, non ?

— Merde alors, on dirait bien que tu es amoureux.

— Vous voulez bien vous taire !

— Pardon. – À Bernat : On sort ?

Ils se promenèrent dans la cour et Adrià dit pour la première fois à quelqu'un qu'il était définitivement, absolument, follement, inconditionnellement amoureux de toi, Sara. Et ne dis rien chez moi.

— Alors comme ça c'est un secret que même Lola Xica ne connaît pas.

— J'espère.

— Mais un jour ou l'autre…

— On verra ça quand viendra ce jour ou l'autre.

309

— Dans ces circonstances, j'ai du mal à penser que tu pourrais avoir un geste de réconfort envers celui qui jusqu'à présent était ton meilleur ami et qui, en ce moment, est en passe de devenir une simple connaissance parce qu'il n'y a au monde que cette fille tellement exquise qui s'appelle… comment s'appelle-t-elle ?

— Mireia.

— Menteur. Elle s'appelle Saga Voltes-Epstein.

— Et pourquoi tu me demandes, alors ? Et elle s'appelle Sara.

— Et quel besoin tu avais de mentir ? Qu'est-ce que tu me caches ? Hein ? Je ne suis pas Bernat, purée de purée ?

— Ne te mets pas dans ces états, merde.

— Je me mets dans ces états parce qu'on dirait que la vie avant Sara ne compte pour rien.

Bernat tendit sa main à Adrià et celui-ci, un peu surpris, la lui serra :

— Enchanté, monsieur Ardèvol. Je m'appelle Bernat Plensa i Punsoda et il y a quelques mois j'étais ton meilleur ami. Tu m'accordes une audience ?

— C'est incroyable.

— Quoi ?

— Tu es un peu cinglé.

— Non. Je suis indigné. Les amis passent avant tout. Un point c'est tout.

— Une chose n'empêche pas l'autre.

— C'est là que tu te trompes.

Chez Isocrate, on ne peut pas chercher un système philosophique. Isocrate prend ce qui lui semble bon là où il le trouve. Syncrétisme pur et aucune philosophie systématique. Sara. Bernat le regarda, se mettant devant lui et l'empêchant d'avancer :

— À quoi tu penses ?

— Je ne sais pas. J'ai la tête très…

— C'est l'horreur de voir un mec amoureux.

— Je ne sais pas si je suis amoureux.

— Merde, tu n'as pas dit que tu étais définitivement, absolument, follement, inconditionnellement amoureux ? Dis donc, ça fait à peine une minute que tu as fait cette déclaration.

— Mais dans le fond je ne sais pas comment je suis. Je n'avais jamais senti un… un… eh ! je ne sais pas comment te dire.

— Moi je te dis que oui.

— Que oui quoi ?

— Que tu es amoureux.

— Mais tu ne l'as jamais été.

— Et qu'est-ce que tu en sais ?

Ils s'assirent sur un banc dans le coin du cloître et Adrià pensa que les sophistes intéressèrent Isocrate, mais seulement pour des raisons concrètes : par exemple, Xénophane et son idée du progrès culturel (il faut que je lise Xénophane). Et son intérêt pour Philippe de Macédoine était le résultat de la découverte qu'il avait faite de l'importance de la personnalité dans l'histoire. Curieux.

— Bernat.

Bernat, pour faire semblant de ne pas l'entendre, regarda d'un autre côté. Adrià insista :

— Bernat.

— Quoi ?

— Qu'est-ce qui t'arrive ?

— Je suis dans une merde noire.

— Pourquoi ?

— En juin, je dois passer l'examen de fin de neuvième année et tout est vert, vert, vert.

— Je viendrai t'écouter.

— Vraiment ? Tu ne seras pas occupé par cette jeune fille tellement accaparante ?

— Et si tu veux, viens à la maison ou c'est moi qui viens et on joue.

— Je ne veux pas gâcher tes amours avec la Mireia de tes rêves.

En définitive, l'école athénienne d'Isocrate, plus qu'une philosophie, offrait ce qu'à Rome on nommait *humanitas* et qu'on appellerait aujourd'hui "culture générale", tout ce que Platon, dans son Académie, laissait de côté. Aïe aïe aïe. J'aimerais les voir par le trou de la serrure. Et voir Sara et sa famille.

— Je te jure que je viendrai t'écouter. Et si tu es d'accord, elle viendra aussi.

— Non. Seulement les amis.

— Tu es un fils de pute.

— Ugh.

— Quoi?

— C'est gros comme une maison.

— Quoi donc?

— Que tu es amoureux.

— Et comment tu le sais, toi?

Le chef arapaho garda le silence, dignement. Peut-être ce gamin pensait-il qu'il allait faire étalage de ses expériences et de ses sentiments? Carson cracha par terre et prit la relève :

— Ça se voit à des kilomètres. Même ta mère a dû s'en rendre compte.

— Maman ne pense qu'au magasin.

— Balivernes.

Isocrate. Xénophane. Sara. Bernat. Syncrétisme. Examen de violon. Sara. Philippe de Macédoine. Sara. Sara. Sara.

Sara. Des jours, des semaines, des mois à être à côté de toi et à respecter ce silence ancestral dans lequel tu t'enveloppais si souvent. Tu étais une fille avec un regard triste mais merveilleusement serein. Et moi j'avais de plus en plus de forces pour travailler parce que je savais qu'ensuite je te verrais et que je fondrais en regardant tes yeux, toujours dans la rue, mangeant un hot-dog sur la plaça Sant Jaume ou nous promenant dans le parc de la Ciutadella, dans notre clandestinité heureuse ; jamais chez toi ou chez moi sauf si nous savions de façon certaine qu'il n'y aurait personne parce que notre secret devait rester secret pour nos deux familles. Je ne savais pas exactement pourquoi ; mais toi, oui. Et moi je me laissais conduire dans ce défilé de journées de bonheurs ininterrompus sans poser de question.

22

Adrià était en train de penser qu'il serait heureux d'être capable d'écrire quelque chose de semblable à la *Grieschische Geistegeschichte*. C'était un modèle possible pour l'avenir : penser et écrire comme Nestle. Et bien d'autres choses, parce que ce furent des mois intenses, initiatiques, vivants, héroïques, uniques, épiques, magnifiques, superbes, à penser et à vivre Sara, qui multipliait son envie et son énergie pour étudier et étudier encore, aveugle aux charges quotidiennes de la police contre tout ce qui pouvait ressembler à un "étudiant", qui était synonyme de communiste, franc-maçon, catalaniste et juif, les quatre grandes plaies que le franquisme essayait d'extirper à coups de matraque ou à coups de fusil. Toute cette noirceur n'existait pas pour toi et pour moi, qui passions nos journées à étudier, regardant le futur, te regardant dans le fond des yeux et te disant je t'aime Sara, je t'aime, Sara, je t'aime, Sara.

— Ugh.

— Quoi ?

— Tu te répètes.

— Je t'aime, Sara.

— Moi aussi, Adrià.

Nunc et semper. Adrià soupira, satisfait. Était-il satisfait ? Souvent, je me demandais si la vie me satisfaisait. Pendant ces mois, en attendant Sara, je dus avouer que oui, que j'étais satisfait, que j'étais heureux de vivre parce que dans quelques minutes, au coin de la rue après la pâtisserie apparaîtrait une femme mince, aux cheveux lisses et foncés, aux yeux sombres, étudiante aux Beaux-Arts, avec une jupe écossaise qui lui allait très bien et avec un sourire balsamique, et qu'elle me dirait bonjour, Adrià, et nous hésiterions encore à nous embrasser parce que je savais qu'au milieu de la rue tout le monde me regarderait, nous regarderait, nous montrerait du doigt et dirait comme l'oiseau qui quitte son nid, vous autres, amoureux clandestins... La journée était nuageuse et grise, mais je la voyais radieuse. Huit heures et dix minutes, comme c'est étrange. Elle est aussi ponctuelle que moi. Et cela fait dix minutes que je l'attends. Elle est malade. Une angine. Elle a été renversée par un taxi qui a pris la fuite. Elle a reçu un pot de fleurs sur la tête, tombé du sixième étage, mon Dieu, il va falloir que je fasse le tour des hôpitaux de Barcelone. Ah, la voilà ! Non : c'était une femme mince aux cheveux lisses et foncés, mais aux yeux clairs, avec du rouge à lèvres et vingt ans de plus sur les épaules, et qui a dépassé l'arrêt du tramway et qui ne s'appelait sûrement pas Sara. Il fit un effort pour penser à autre chose. Il leva la tête. Aux platanes de la Gran Via poussaient de nouvelles feuilles, mais les voitures dans la circulation ne s'en souciaient guère. Mais moi si ! Le cycle de la vie ! Le printemps... Follas novas[1]. Il regarda à nouveau sa montre. Impensable, vingt minutes de retard. Deux ou trois tramways passèrent encore et il ne put éviter d'être pénétré par une sorte d'étrange prémonition. Sara. Que se passe-t-il autour de moi ? Que m'arrive-t-il que je ne sais pas[2] ? Malgré la prémonition,

1. *Follas novas* ("Feuilles nouvelles"), recueil de poème publié en 1880 par la poétesse galicienne Rosalía de Castro (1837-1885).
2. *"¿Qué pasa ó redor de min? / ¿Qué me pasa que eu non sei?"* (Extrait de *Follas novas,* de Rosalía de Castro.)

Adrià Ardèvol attendit deux heures assis sur le banc de pierre de la Gran Via, à côté de l'arrêt du tramway, les yeux fixés sur le coin de la rue après la pâtisserie, sans penser à la *Griechische Geistegeschichte* parce qu'il avait la tête pleine de mille malheurs dont Sara avait été victime. Il ne savait que faire. Sara est malade, la fille du bon roi ; les médecins la vont voir, les médecins et d'autres gens[1]. Cela n'avait plus aucun sens d'attendre. Mais il ne savait que faire. Il ne savait que faire de sa vie maintenant que Sara n'était pas venue au rendez-vous. Ses jambes le conduisirent chez Sara, malgré la stricte interdiction de sa bien-aimée : mais il fallait qu'il soit là au moment où l'ambulance l'emporterait. La porte de la rue était fermée et le concierge était à l'intérieur, en train de mettre le courrier dans les boîtes aux lettres. Une femme très petite passait l'aspirateur sur le tapis du hall. Le concierge finit son travail et ouvrit la porte. Le bruit de l'aspirateur l'assaillit comme une insulte. Vêtu de son espèce de tablier ridicule, le concierge regarda vers le ciel pour voir s'il allait se mettre à pleuvoir ou si le temps allait se maintenir. Ou peut-être était-il en train d'attendre l'ambulance… Fille, ma fille, quel mal est le tien ? Mère, ma mère, je pense que vous le savez[2]. Il n'était pas absolument certain du balcon qui correspondait à… Le concierge remarqua ce jeune homme qui badait là depuis quelques minutes, à contempler l'immeuble ; il le regarda avec méfiance. Adrià fit semblant d'attendre un taxi ; peut-être celui qui l'avait renversée. Il fit quelques pas vers le bout de la rue. J'ai peur de quelque chose qui vit et qu'on ne voit pas. J'ai peur du

---

1. "N'Amèlia està malalta, la filla del bon rei ; metges la van a veure, metges i altra gent" (*El testament de N'Amèlia*, chanson populaire catalane).
2. Suite d'*El testament de N'Amèlia*.

malheur sournois qui vient, et on ne sait jamais d'où il vient[1]. Sara, où es-tu.

— Sara Voltes?

— De la part de qui? – voix élégante, sûre, habillée, une voix de dame.

— Non, c'est-à-dire. De la paroisse de… Pour les dessins, l'exposition de dessins de.

Quand on invente une histoire, avant de la dire, il faut la préparer, quoi. Tu ne peux pas faire le premier pas et rester la bouche ouverte et sans histoire, imbécile. De la paroisse de. Pour les dessins. Ridicule. Épouvantablement ridicule. Par conséquent, il était logique que la voix élégante, sûre d'elle, une voix de dame, dise il me semble que vous vous trompez et raccroche délicatement, poliment, tout doucement, et je me vouai à tous les diables parce que je n'avais pas su me montrer à la hauteur des circonstances. C'était sûrement sa mère. Vous m'avez donné du poison, mère, car vous voulez me tuer. Fille, ma fille, de cela vous vous confesserez[2]. Adrià raccrocha avec la sensation d'être totalement ridicule. Au fond de l'appartement, Lola Xica fouillait dans les armoires parce qu'elle était en train de changer les draps des lits. Sur la grande table du bureau, Adrià avait étalé une quantité de livres, mais il était le seul à attendre la sonnerie du téléphone inutile, incapable de lui dire où était Sara.

Les Beaux-Arts! Il n'y était jamais allé. Il ne savait pas où c'était, il ne savait pas si ça existait. Nous nous étions toujours vus en terrain neutre, sur tes indications, en attendant le jour où le soleil brillerait à l'horizon. Quand je sortis du métro à Jaume I, il avait commencé

1. *"¿Qué me pasa que eu non sei? / Teño medo dunha cousa / que vive e que non se ve. / Teño medo á desgracia traidora / que ven, e que nunca se sabe ónde ven"* (Rosalía de Castro, *Follas novas*).
2. *"Metzines me n'heu dades, que matar-me voleu. – Filla, la meva filla, d'això us confessareu"* (*El testament de N'Amèlia*).

à pleuvoir et je n'avais pas de parapluie parce que je n'ai jamais pris de parapluie à Barcelone et je ne pus que faire le geste ridicule de relever le col de ma veste. Je me pointai plaça de la Verònica, dans cet étrange immeuble néoclassique dont, jusqu'à ce jour, j'ignorais l'existence. Aucune trace de Sara, ni à l'intérieur ni à l'extérieur ; dans aucun couloir, aucune salle de classe, aucun atelier. Dans le bâtiment de la Llotja, personne n'avait jamais entendu parler de Llotja ni de beaux-arts[1]. À ce moment-là, j'étais déjà totalement trempé ; et c'est alors que j'eus l'idée d'aller à l'escola Massana[2] et là, à l'entrée, abritée sous un parapluie, je la vis de dos en train de bavarder avec un garçon et de rire. Elle portait le foulard orange qui lui allait si bien. Et soudain elle embrassa le garçon sur la joue et pour cela elle dut se mettre sur la pointe des pieds, et Adrià sentit pour la première fois le coup de poignard de la jalousie et une sensation d'étouffement insupportable. Et alors le garçon entra dans l'école et elle se retourna et commença à marcher vers moi. Mon cœur bondit et menaçait de sortir de ma poitrine parce que mon bonheur passé se muait en larmes de déception. Elle ne me dit pas bonjour ; elle ne me regarda même pas ; ce n'était pas Sara. C'était une fille mince, aux cheveux lisses et sombres mais aux yeux clairs, et surtout ce n'était pas Sara. Et moi, planté sous la pluie, je redevins l'homme le plus heureux de l'univers.

— Non, je… je suis un de ses camarades des Beaux-Arts et…
— Elle n'est pas là.

---

1. La Llotja de mar, ancienne bourse du commerce, a abrité l'Académie des beaux-arts de Sant Jordi et, jusqu'en 1940, l'École supérieure des beaux-arts.
2. École d'arts appliqués, très renommée, située carrer de l'Hospital.

— Pardon ?

— Elle n'est pas là.

Était-ce son père ? Je ne savais pas si elle avait un grand frère, ou si un oncle vivait chez elle, outre le souvenir de l'oncle Haïm.

— Mais pas là… qu'est-ce que ça veut dire ?

— Sara est partie vivre à Paris.

L'homme le plus heureux de l'univers, en raccrochant le téléphone, vit que ses yeux, tout seuls, sans intervention de sa volonté, se mettaient à pleurer désespérément. Il ne comprenait rien ; comment se fait-il que Sara, elle ne m'a rien dit. Du jour au lendemain, Sara. Mais puisque vendredi, quand nous nous sommes vus, nous avons décidé de nous retrouver à l'arrêt du tramway ! Du quarante-sept, oui, comme nous le faisions depuis que… Et qu'est-ce qu'elle fout à Paris ? Hein ? Pourquoi a-t-elle fui ? Qu'est-ce que je lui ai fait ?

Adrià, pendant dix jours, sous la pluie et sous le soleil, se rendit chaque jour au rendez-vous de huit heures, devant l'arrêt du tramway, espérant qu'un miracle se produise et que Sara ne soit pas partie vivre à Paris mais, bon, je suis de nouveau là ; ou alors c'était juste une expérience pour voir si tu m'aimes vraiment ; ou je ne sais pas, n'importe quoi et voyons si elle apparaît avant que passent cinq tramways. Et puis le onzième jour, en arrivant à l'arrêt, il se dit qu'il en avait assez de voir passer des tramways qu'ils ne prendraient jamais tous les deux. Et je n'ai plus jamais mis les pieds à cet arrêt de tramway, Sara. Plus jamais.

Au conservatoire, en mentant comme un arracheur de dents, j'obtins l'adresse de maître Castells, qui y avait été professeur des années plus tôt. Je m'imaginai que, puisqu'ils étaient parents, il connaîtrait l'adresse parisienne de Sara. Si elle était à Paris. Si elle était vivante.

La sonnette de l'appartement de maître Castells faisait do-fa. Mon impatience me fit faire do-fa, do-fa, do-fa et je retirai mon doigt effrayé du peu de contrôle que j'avais de mes sentiments. Ou non : plutôt parce que je ne voulais pas que maître Castells se fâche et me dise eh bien je ne te le dirai pas, ça t'apprendra à être mal élevé. Personne n'ouvrait la porte pour m'offrir l'adresse de Sara et me souhaiter bonne chance.

— Do-fa, do-fa, do-fa.

Rien. Au bout de quelques minutes d'insistance, Adrià regarda autour de lui, ne sachant ce qu'il devait faire. Alors, je sonnai à la porte des voisins de palier, dont la sonnette faisait un bruit impersonnel et laid, comme celle de chez moi. Aussitôt, comme si elle attendait ça depuis un bon moment, une grosse dame ouvrit la porte, vêtue d'un peignoir bleu ciel et, par-dessus, d'un tablier de cuisine avec des petites fleurs. Mal aux yeux. Les mains sur les hanches dans une attitude de défi :

— Qu'est-ce que tu veux ?

— Est-ce que vous savez si… – montrant la porte de maître Castells, derrière lui.

— Le pianiste ?

— Exactement.

— Grâce à Dieu, il est mort il y a… – Elle se tourna vers l'intérieur de l'appartement et cria : Taio, ça fait combien de temps ?

— Six mois, douze jours et trois heures ! répondit de loin une voix éraillée.

— Six mois, douze jours et… – Criant à l'intérieur : Combien d'heures ?

— Trois ! – la voix éraillée.

— Et trois heures, répéta la femme à Adrià. Et grâce à Dieu, maintenant on est tranquilles et on peut écouter la radio sans être dérangés. Je ne sais pas comment il se débrouillait pour faire marcher son pianola tous les jours, tous les jours, à n'importe quelle heure. – Et,

comme si elle se rappelait quelque chose : Qu'est-ce
que tu lui veux ?

— Il n'a pas…

— De la famille ?

— Oui.

— Non. Il vivait seul. – Vers l'intérieur de l'appartement : Hein qu'il n'avait pas de famille ?

— Non, rien que le foutu piano de mes couilles ! – la
voix éraillée de Taio.

— Et à Paris ?

— À Paris ?

— Oui, sa famille de Paris…

— Aucune idée. – Incrédule : Cet homme-là, de la
famille à Paris ?

— Oui.

— Eh bien non. – En guise de conclusion générale :
Pour nous il est mort et bien mort.

Quand elle le laissa seul sur ce palier avec cette
ampoule vacillante, Adrià sut que de nombreuses portes
se fermaient. Il retourna à la maison et alors commencèrent les trente jours de désert et de pénitence. La nuit,
il rêvait qu'il allait à Paris et qu'il se mettait à crier au
milieu de la rue, mais le brouhaha de la circulation étouffait son cri désespéré et il se réveillait en sueur, en pleurs,
ne comprenant pas ce monde qui, il y a peu de temps
encore, se présentait sous une apparence si placide. Pendant quelques semaines, il ne sortit pas de la maison. Il
joua sur le Storioni et il sut en tirer un son triste ; mais il
sentait ses doigts paresseux. Il voulut relire Nestle mais
il ne pouvait pas. Le voyage d'Euripide de la rhétorique
à la vérité l'avait ému à la première lecture, mais maintenant il ne lui disait rien. Euripide était Sara. Il avait raison sur un point, Euripide : la raison humaine ne peut
pas vaincre les puissances irrationnelles de l'émotivité
de l'âme. Je ne peux pas étudier, je ne peux pas réfléchir. Il faut que je pleure. Bernat, viens.

Bernat n'avait jamais vu son ami aussi défait. Il fut impressionné de voir que les maux du cœur pouvaient être aussi profonds. Et il voulut l'aider sans avoir guère d'expérience des remèdes du cœur et il lui dit prends ça comme ça, Adrià.

— Comment ?

— Eh bien si elle a foutu le camp comme ça, sans donner d'explications…

— Alors ?

— Eh bien c'est une ca

— Ne t'avise pas de l'insulter. D'accord ?

— Très bien ; comme tu voudras. – Il regarda autour de lui dans le bureau en écartant les bras. – Mais tu ne vois pas comment elle t'a laissé ? Et sans un misérable papier pour dire Adrià, mon petit, j'en ai trouvé un autre plus mignon que toi, merde ! Tu ne comprends pas que ça ne se fait pas ?

— Plus mignon et plus intelligent, oui, j'y ai déjà pensé.

— Des plus mignons que toi, il y en a des pleins paniers. Mais des plus intelligents…

Silence. De temps en temps, Adrià secouait la tête, niant, exprimant qu'il ne comprenait rien.

— On va chez ses parents et on leur dit monsieur et madame Voltes-Epstein, qu'est-ce qui se passe. Qu'est-ce que vous me cachez ? Où est Saga, etc. Qu'est-ce que tu en penses ?

Tous les deux dans le bureau de papa qui était devenu le mien. Adrià se leva et s'approcha du mur où, des années plus tard, se trouverait ton autoportrait. Il s'y appuya, comme s'il avait envie de faire des chatouilles à l'avenir. Il fit non de la tête : l'idée de Bernat n'était pas des plus heureuses.

— Tu veux que je t'offre la Ciaccona ? tenta Bernat.

— Oui. Joue-la sur le Vial.

Bernat joua très bien. Malgré sa douleur et son angoisse, Adrià écouta avec attention l'interprétation de son ami et arriva à la conclusion qu'elle était jouée correctement mais que, parfois, Bernat avait un problème : il n'arrivait pas au fond de l'âme des choses. Il avait un je ne sais quoi qui l'empêchait d'être authentique. Et moi avec ma peine sur les épaules, incapable de m'empêcher d'analyser un objet esthétique.

— Tu vas mieux ? dit-il lorsqu'il eut fini.

— Oui.

— Ça t'a plu ?

— Non.

J'aurais dû me taire, je le sais. Mais j'en suis incapable. Sur ce point, je suis comme maman.

— Qu'est-ce que ça veut dire, non ? – Le ton de sa voix avait changé, il était devenu plus aigu, plus sur ses gardes, les yeux plus ouverts…

— Ça n'a pas d'importance, laisse tomber.

— Non, ça m'intéresse beaucoup.

— Très bien, d'accord.

Lola Xica était au fond de l'appartement. Maman au magasin. Adrià se laissa tomber sur le canapé. Debout devant lui, le Storioni à la main, Bernat attendait le verdict et Adrià dit eh bieeeen, techniquement c'est une interprétation parfaite, ou presque ; mais tu ne vas pas au fond des choses ; j'ai l'impression que tu as peur de la vérité.

— Tu es cinglé. Qu'est-ce que c'est, la vérité ?

Et Jésus, au lieu de répondre, se tut, tandis que Pilate, impatient, quittait la pièce. Mais comme je ne sais pas très bien ce que c'est que la vérité, je me sentis obligé de répondre :

— Je ne sais pas. Je la reconnais quand je l'entends. Et chez toi je ne la reconnais pas. Je la reconnais dans la musique et dans la poésie. Et dans le récit. Et dans la peinture. Mais seulement de temps en temps.

— Pputain d'envieux.

— Oui. Je reconnais que je t'envie parce que tu es capable de jouer ça.

— Bien sûr. Essaie d'arranger les choses.

— Mais je ne t'envie pas de le jouer de cette façon.

— Merde, tu tires à balles réelles.

— Ton objectif, c'est de réussir à saisir cette vérité et à l'exprimer.

— Mince alors.

— Au moins, tu as un objectif. Pas moi.

Le résumé de la soirée amicale pendant laquelle un des amis apporte consolation à celui qui est affligé finit par une dispute sourde sur la vérité esthétique et tu peux aller te faire voir, tu m'entends, te faire voir. Maintenant je comprends pourquoi elle a mis les voiles, Saga Voltes-Epstein. Et Bernat s'en alla en claquant la porte à la volée. Et quelques secondes plus tard Lola Xica passa la tête à la porte du bureau et dit qu'est-ce qui s'est passé?

— Rien, Bernat était très pressé, tu sais comment il est.

Lola Xica regarda Adrià, qui était en train d'examiner le violon avec attention pour ne pas avoir le regard perdu dans son chagrin. Lola Xica fut sur le point de parler, mais elle se retint. Alors Adrià s'aperçut qu'elle était toujours plantée là, comme si elle avait envie de bavarder.

— Quoi? lui dit-il de l'air de quelqu'un qui n'a pas envie de parler.

— Rien. Tu sais quoi? Je vais préparer le dîner parce que ta mère ne va pas tarder.

Elle sortit et moi je m'apprêtais à nettoyer la colophane du violon et je me sentis triste jusqu'à la moelle des os.

23

— Tu te dévisses, mon fils.

Maman s'assit dans le fauteuil où elle prenait son café. Adrià avait entamé la conversation de la pire façon imaginable. Parfois je me dis comment ça se fait qu'on ne m'envoie pas plus souvent sur les roses. Parce qu'au lieu de commencer en lui disant maman, j'ai décidé de continuer mes études à Tübingen et qu'elle réponde en Allemagne ? Tu ne te trouves pas bien ici, mon fils ? Au lieu de ça je commençai en lui disant maman, il faut que je te dise quelque chose.

— Quoi donc ? – Inquiète, elle s'assit dans le fauteuil où elle prenait son café ; inquiète parce que cela faisait des années que nous vivions ensemble sans avoir besoin de nous dire grand-chose, mais surtout sans avoir besoin de nous dire maman, il faut que je te dise quelque chose.

— Eh bien, il y a déjà quelque temps, j'ai parlé avec une certaine Daniela Amato.

— Avec qui as-tu parlé, dis-tu ?

— Avec ma demi-sœur.

Maman se dressa comme si on l'avait piquée. Je l'avais contre moi pour le reste de la conversation. Tu es un âne, un âne bâté, tu ne sais pas te conduire dans la vie.

— Tu n'as pas de demi-sœur.

— Que vous me l'ayez cachée ne veut pas dire que je n'en aie pas. Daniela Amato, de Rome. J'ai son numéro de téléphone et son adresse.

— C'est une conspiration ?

— Quelle idée ! Et pourquoi ?

— Méfie-toi de cette petite voleuse.

— Elle m'a dit qu'elle voudrait entrer au magasin comme associée.

— Tu sais qu'elle t'a volé can Casic ?

— Si j'ai bien compris, papa le lui a donné ; elle ne m'a rien volé.

— Elle est comme un vampire. Elle voudrait s'emparer du magasin.

— Non. Elle veut participer.

— Pourquoi crois-tu qu'elle veuille ça ?

— Je ne sais pas. Parce que c'était à papa ?

— Eh bien maintenant c'est à moi et ma réponse est non à n'importe quelle proposition qui viendra de cette putain maquillée.

Eh bien : nous étions partis du bon pied. Elle n'avait pas dit pputain parce qu'elle avait employé le mot comme substantif et non comme adjectif, comme elle l'avait fait l'autre fois qu'il l'avait entendue dire un gros mot. J'appréciai la finesse linguistique de maman. Encore debout, elle arpentait le salon sans rien dire, se demandant si elle devait continuer à lancer des insultes ou quoi. Elle choisit le ou quoi.

— C'est tout ce que tu voulais me dire ?

— Non. Je voulais aussi te dire que je quitte la maison.

Maman se rassit dans le fauteuil où elle prenait son café.

— Tu te dévisses, mon fils. – Silence. Les mains pleines de nerfs. – Tu as tout, ici. Qu'est-ce que je t'ai fait ?

— Rien. Pourquoi tu veux m'avoir fait quelque chose ?

La nervosité lui faisait s'entortiller les mains. Puis elle respira à fond pour se calmer et posa les deux mains à plat sur sa jupe.

— Et le magasin? Tu ne comptes pas t'en charger un jour?

— Ça ne m'attire pas.

— Tu mens. C'est ton endroit préféré.

— Non. J'aime les objets du magasin. Mais le travail…

Elle me regarda avec un peu de rancune, me semble-t-il.

— Ce que tu veux c'est me contredire. Comme toujours.

Pourquoi ne nous sommes-nous jamais aimés, maman et moi? C'est un mystère pour moi. Toute ma vie j'ai envié les enfants normaux, qui peuvent dire maman, ouh là là que j'ai mal au genou, et maman fait partir la douleur avec un simple baiser. Ma mère n'avait pas ce pouvoir. Quand j'osais lui dire que je m'étais fait mal au genou, elle m'aiguillait vers Lola Xica tout en attendant impatiemment que mes dons intellectuels exceptionnels commencent à produire d'autres sortes de miracles.

— Tu n'es pas bien, ici?

— J'ai décidé de poursuivre mes études à Tübingen.

— En Allemagne? Tu n'es pas bien, ici?

— Je veux suivre les cours de Wilhelm Nestle.

Pour être précis, je ne savais pas le moins du monde si Nestle donnait encore des cours à Tübingen. Je ne savais même pas s'il était vivant. De fait, au moment où nous parlions de lui cela faisait un peu plus de huit ans qu'il était mort. Eh oui : il avait donné des cours à Tübingen, et c'est pour ça que j'avais décidé que je voulais faire mes études à Tübingen.

— Qui est-ce?

— Un historien de la philosophie. Et je veux aussi connaître Coşeriu.

Cette fois je ne mentais pas. On disait qu'il était insupportable mais génial.

— Qui est-ce ?

— Un linguiste. Un des grands philologues de ce siècle.

— Ces études ne te rendront jamais heureux, mon fils.

Voyons. Si je mets ça en perspective, je suis obligé de lui donner raison. Rien n'a réussi à me rendre heureux, sauf toi, qui m'as fait souffrir le plus. J'ai été au bord de nombreux bonheurs ; j'ai eu quelques joies. J'ai joui de moments de paix et de gratitude immense envers le monde ou certaines personnes. J'ai été près de belles choses et de beaux concepts. Et parfois je suis pris de la démangeaison de posséder des objets précieux, ce qui me fait comprendre l'exaltation de papa. Enfin, comme j'avais l'âge que j'avais, je souris d'un air suffisant et dis personne ne dit que je suis obligé d'être heureux. Et je me tus, content de moi.

— Tu es vraiment stupide.

Je la regardai, désarmé. Parce qu'avec quatre mots elle m'avait fait me sentir totalement ridicule. Et alors j'attaquai, méchamment.

— Vous m'avez fait comme je suis. Je veux faire des études, indépendamment de la question d'être heureux ou pas.

Adrià Ardèvol était vraiment odieux. Si, maintenant, je pouvais recommencer ma vie, la première chose que je ferais ce serait de chercher le territoire du bonheur ; et si possible, j'essaierais de le fortifier pour le garder, sans prétention, pendant toute ma vie. Si un enfant m'avait répondu comme je répondais à maman, je lui aurais donné une claque. Mais je n'ai pas d'enfants. Toute ma vie, je n'ai été qu'un fils. Pourquoi, Sara, n'as-tu jamais voulu avoir d'enfant ?

— Toi, ce que tu veux c'est t'éloigner de moi.

— Non, mentis-je. Pourquoi est-ce que je voudrais m'éloigner ?

— Ce que tu veux c'est fuir.

— Quelle idée ! – Nouveau mensonge. – Pourquoi est-ce que je voudrais fuir ?

— Pourquoi est-ce que tu ne m'expliques pas tes raisons ?

Même ivre mort je ne lui aurais pas parlé de Sara, de mon envie de disparaître, de tout reprendre à zéro, de fouiller Paris de fond en comble, de mes deux visites chez les Voltes-Epstein jusqu'à ce que, à la troisième visite, ses parents me reçussent et me dissent, avec les meilleures manières du monde, que Sara était partie pour Paris de son plein gré parce que, avait-elle dit, elle voulait s'éloigner de vous, parce que vous lui faisiez beaucoup de mal. Vous pouvez donc comprendre que vous n'êtes pas le bienvenu dans cette maison.

— Mais je…

— Jeune homme, n'insistez pas. Nous n'avons rien contre vous. – Mensonge. – Mais comprenez qu'il est de notre devoir de protéger notre fille.

J'étais désespéré et je ne comprenais rien. Monsieur Voltes se leva et me fit un signe pour m'inviter à me lever. Lentement, je lui obéis. Je ne pus retenir mes larmes parce que je suis pleureur de nature ; mais elles me brûlaient comme si c'étaient des gouttes d'acide sulfurique roulant sur mes joues humiliées.

— Il y a un malentendu.

— Nous ne pensons pas, dit, dans un catalan guttural, la mère de Sara (grande, les cheveux d'une couleur qui avait été sombre et qui maintenant blanchissait légèrement, les yeux foncés, comme une photo de Sara trente ans plus tard). Sara ne veut plus jamais, jamais, jamais entendre parler de vous.

Je commençais à sortir du salon, obéissant au geste de monsieur Voltes. Je m'arrêtai :

— Elle n'a rien laissé pour moi, pas un mot ?

— Non.

Je sortis de cette maison que j'avais fréquentée en cachette quand Sara m'aimait, sans prendre congé de ces gens tellement bien élevés mais tellement inflexibles. Je sortis en retenant mes pleurs. La porte se referma silencieusement derrière moi et je restai quelques secondes sur le palier, comme si c'était une façon d'être plus proche de Sara. Alors, je me mis à pleurer sans retenue.

— Je ne veux pas fuir et je n'ai aucune raison de le faire. – Je fis une pause pour mettre plus d'emphase dans ce que je disais. – Tu as compris, maman ?

Pour la troisième fois, j'avais menti à maman et je jure que j'entendis le chant d'un coq.

— J'ai parfaitement compris. – Me regardant dans les yeux : Écoute, Adrià.

C'était la première fois qu'elle m'appelait Adrià, et pas mon fils. La première fois de ma vie. Le douze avril mille neuf cent soixante et quelque.

— Oui.

— Si tu ne veux pas, tu n'es pas obligé de travailler. Consacre-toi au violon et à la lecture de tes livres. Et quand je mourrai, mets un gérant à la tête du magasin.

— Ne parle pas de mourir. Et le violon, c'est fini.

— Quoi, où tu veux aller ?
— À Tübingen.
— C'est où, ça ?
— En Allemagne.
— Et qu'est-ce qu'il y a de si beau, là-bas ?
— Coşeriu.
— Qui c'est ?
— Tu ne passes pas tes journées à la faculté à courir après les filles ? Système, norme et discours.
— Allez, qui c'est ?
— Un linguiste roumain et je veux l'avoir comme prof.

— Maintenant que tu le dis, ça me dit quelque chose. Il se tut, buté. Mais il ne put se retenir ;

— Mais tu n'es pas en train de faire tes études ici ? Tu n'as pas déjà fait la moitié, avec partout des mentions très bien, merde ?

Je ne lui parlai pas de mon envie de suivre les cours de Nestle, parce que lorsque Bernat et moi nous nous sommes retrouvés au bar de la faculté, au milieu des cris, de la bousculade, des étudiants pressés et des cafés au lait, je savais déjà que Wilhelm Nestle était mort depuis longtemps. Cela aurait été la même chose que falsifier une citation en pied de page.

Après deux jours sans donner de nouvelles, il vint à la maison pour répéter ses morceaux pour l'examen, comme si j'étais son professeur. Adrià lui ouvrit la porte et Bernat tendit un doigt accusateur en guise de salut :

— Et tu n'as pas pensé qu'à Tübingen ils font cours en allemand ?

— Wenn du willst, kannst du mit dem Storioni spielen, répondit Adrià avec un sourire glacial, en le faisant entrer.

— Je ne sais pas ce que tu as dit, mais… oui.

Et tandis qu'il mettait de la colophane sur l'archet, un tout petit peu, concentrée, pour ne pas saturer l'instrument, il marmonna que la moindre des choses aurait été de lui en parler.

— Pourquoi ?

— Eh bien mon vieux, il paraît que je suis ton ami.

— C'est pour ça que je te le dis maintenant.

— Un ami intime, pauvre type ! Si tu m'avais dit j'ai en tête l'idée folle de passer quelques semaines à Tübingen ; qu'est-ce que tu en penses, toi qui es mon ami intime ? Ça ne te dit rien, cette façon de parler ?

— Tu m'aurais dit de m'enlever ça de la tête. Et on a déjà eu cette conversation.

— Pas exactement dans ces termes.

— Tu voudrais m'avoir toujours sous la main.

Bernat, pour toute réponse, posa les partitions sur la table et se mit à jouer le premier mouvement du concerto de Beethoven. Moi, sautant l'introduction, je désaccordai l'orchestre en suivant la partition de la réduction pour piano, imitant même le timbre de certains instruments. Je finis épuisé mais heureux et ému, parce que Bernat avait joué de façon impeccable et avec un petit quelque chose de mieux que la perfection. Comme s'il voulait me prouver qu'il n'avait pas aimé mon dernier commentaire. Lorsqu'il eut fini, je respectai le silence qui s'était installé.

— Alors ?

— Bien.

— C'est tout ?

— Très bien. Différent.

— Différent ?

— Différent. Si j'ai bien écouté, tu étais dans la musique.

Nous nous tûmes. Il s'assit et essuya sa transpiration. Il me regarda dans les yeux :

— Toi, ce que tu veux c'est fuir. Je ne sais pas qui, mais tu veux fuir. J'espère que ce n'est pas moi.

Je regardai les autres partitions qu'il avait apportées.

— Je pense que c'est une bonne idée de jouer les quatre pièces de Massià. Qui va t'accompagner au piano ?

— Tu ne crois pas que tu peux t'ennuyer beaucoup en étudiant ces choses, sur les idées et tout ça ?

— Il le mérite, Massià. Et ces pièces sont vraiment belles. Celle que je préfère, c'est l'Allegro spiritoso.

— Et puis, pourquoi tu veux suivre les cours d'un linguiste, si tu veux étudier l'histoire de la culture ?

— Fais attention à la Ciaccona, elle est traîtresse.

— Ne t'en va pas, salaud.

— Oui, dit-il, des Beaux-Arts.

— Et de quoi s'agit-il ?

La silhouette glacée de madame Voltes-Epstein lui fit peur. Il avala sa salive et dit il manque un document pour entériner le transfert de son dossier et c'est pourquoi nous avons besoin de son adresse.

— Vous n'avez besoin de rien.

— Si, je vous assure. L'engagement de réinscription.

— Et qu'est-ce que c'est, exactement ? – Elle avait l'air sincèrement curieuse de le savoir.

— Rien. Un détail. Mais il doit être signé par l'intéressé. – Il regarda les papiers et ajouta, l'air de rien : Par l'intéressé-e.

— Laissez-moi ces papiers et…

— Non, non. Je n'ai pas le droit. Peut-être que si vous me donnez le nom de l'école de Paris où le dossier a été transféré…

— Non.

— Aux Beaux-Arts, ils ne l'ont pas. – Il se corrigea : Nous ne l'avons pas.

— Qui êtes-vous ?

— Pardon ?

— Ma fille n'a fait aucun transfert de dossier. Qui êtes-vous ?

— Et elle m'a claqué la porte au nez, vlan !

— Elle t'a vu venir.

— Oui.

— Merde.

— Oui.

— Merci, Bernat.

— Je me sens… Je suis sûr que j'aurais pu faire beaucoup mieux.

— Non, non. Tu as fait ce que tu as pu.

— Eh bien ça me fout en rogne, si tu veux que je te dise.

Après un moment de silence épais, Adrià dit je suis désolé, mais je crois que je vais pleurer un peu.

L'examen de Bernat s'acheva sur notre Ciaccona de la deuxième suite. Je l'avais entendu la jouer si souvent... Et j'avais toujours une remarque à faire, comme si j'étais le virtuose et lui le disciple. Il commença à la travailler quand nous l'avons entendue au Palau de la Música, jouée par Heifetz. Bien. Parfaite. Mais, une fois de plus, sans âme, peut-être à cause de la nervosité de l'examen. Sans âme, comme si la dernière répétition à la maison, tout juste vingt-quatre heures plus tôt, avait été un mirage. Bernat, quand il avait un public devant lui, son souffle créateur se dégonflait, il lui manquait un atome de divinité qu'il essayait de remplacer par la volonté et l'étude, et le résultat était bon, mais trop prévisible. C'est ça : mon meilleur ami était sacrément prévisible, même dans ses emportements.

Il finit l'examen trempé de sueur, certainement convaincu de s'en être bien sorti. Les membres du jury, qui avaient fait une tête de trois pieds de long pendant les deux heures qu'il avait passées à jouer, délibérèrent pendant quelques secondes et décidèrent de lui donner la mention "excellent" à l'unanimité, et les félicitations personnelles de chacun des trois juges. Et la mère Trullols, qui se trouvait au milieu du public, attendit que la mère de Bernat l'ait embrassé, et tout ce que font les mères qui ne sont pas comme la mienne, et elle l'embrassa sur la joue, émue, comme certaines profs sont émues, et je l'entendis lui dire, avec ses dons de prophétie, Bernat, tu es le meilleur élément qui me soit passé entre les mains. Tu as un avenir radieux devant toi.

— Extraordinaire, lui dit Adrià.

Bernat cessa de détendre l'archet et regarda son ami. En silence, il rangea l'archet dans l'étui et le ferma. Adrià insista : formidable, mon pote ; je te félicite.

— Hier je t'ai dit que j'étais ton ami. Que tu étais mon ami.

— Oui. Et tu as même dit ami intime.

— Un ami intime, on ne le trompe pas.

— Pardon ?

— J'ai assuré, c'est tout. Il me manque l'*élan**.

— Aujourd'hui, tu t'en es bien sorti.

— Tu t'en serais mieux sorti que moi.

— Qu'est-ce que tu racontes ! Ça fait deux ans que je n'ai pas touché un violon !

— Si mon ami intime est assez fumier pour ne pas me dire la vérité et préfère se comporter comme tout le monde…

— Qu'est-ce que tu dis ?

— Ne me mens plus jamais, Adrià. – Il essuya la sueur de son front. – Tes commentaires me blessent et me révoltent.

— Eh bien, je…

— Mais je sais que tu es le seul qui dise la vérité. – Il lui fit un clin d'œil. – Auf Wiedersehen.

Lorsque j'eus le billet de train dans les mains, je compris qu'aller faire des études à Tübingen était beaucoup plus que penser à l'avenir. C'était mettre un terme à mon enfance ; c'était m'éloigner de mon Arcadie. Oui, oui : j'étais un enfant solitaire et malheureux avec des parents insensibles à tout ce qui n'était pas mon intelligence, et qui étaient incapables de se demander si je voulais aller au Tibidabo voir les automates qui bougeaient comme des humains si on mettait une pièce. Mais être un enfant cela veut dire savoir respirer le parfum de la fleur qui brille dans la boue toxique. Et cela veut dire savoir être heureux avec un camion à cinq essieux qui était une boîte en carton pour emballer des chapeaux de femme. Et en achetant le billet pour Stuttgart je savais que c'en était fini de l'âge de l'innocence.

IV

PALIMPSESTUS

*Il n'existe aucune organisation qui puisse
se protéger d'un grain de sable.*

MICHEL TOURNIER

24

Il y a très longtemps, quand la terre était plate et que les voyageurs téméraires, en arrivant au bout du monde, se heurtaient à la brume froide ou s'abîmaient dans le sombre précipice, vivait un saint homme qui décida de consacrer sa vie à Dieu Notre Seigneur. Il s'appelait Nicolau Eimeric, était de nation catalane et devint un professeur renommé de théologie sacrée, de l'ordre des prédicateurs du couvent de Gérone. Son zèle religieux le poussa à diriger de main ferme l'Inquisition contre la malice hérétique, dans les terres de Catalogne et du royaume de Valence. Nicolau Eimeric était né à Baden-Baden le 25 novembre 1900 ; il avait été promu assez rapidement Obersturmbannführer et, après une première étape, glorieuse, comme Oberlagerführer d'Auschwitz, il en reprit le commandement en 1944 pour apporter solution au problème hongrois. Dans un réquisitoire, il déclarait coupable de dépravation hérétique le livre *Philosophica amoris*, de l'opiniâtre Ramon Llull, Catalan habitant le royaume de Majorque, et déclarait mêmement coupables de dépravation hérétique tous ceux qui, à Valence, Alcoi, Saragosse, Alcanyís, Montpellier ou tout autre endroit, liraient, divulgueraient, enseigneraient, copieraient ou professeraient la doctrine hérétique et pestiférée de Ramon Llull, qui n'est pas inspirée par Dieu mais par le diable. Signé et paraphé en la ville de Gérone le 13 juillet 1367.

— Procédez. Je commence à avoir de la fièvre et je ne veux pas m'aliter avant que…

— Vous pouvez partir tranquille, Excellence.

Fra Nicolau essuya la sueur de son front, moitié de chaleur, moitié de fièvre, regarda fra Miquel de Susqueda, son jeune secrétaire, terminer d'écrire de son écriture si nette l'acte de condamnation, sortit dans la rue brûlée par un soleil d'enfer et, presque sans avoir le temps de reprendre son souffle, se plongea dans l'obscurité un peu moins suffocante de la chapelle de Sainte-Agathe. Il se mit à genoux au milieu de la chapelle et baissa humblement la tête devant la présence divine dans le tabernacle et dit ô Seigneur, donnez-moi la force, ne permettez pas que ma faiblesse humaine me fasse défaillir ; ne permettez pas que les calomnies, les murmures, les envies et les mensonges viennent à bout de mon courage. Aujourd'hui, Seigneur c'est le roi lui-même qui ose critiquer mon action au service de la seule et véritable foi. Donnez-moi la force nécessaire pour que je ne cesse jamais de vous servir dans la mission de stricte observation de la vérité. Après un amen comme un soupir de la pensée, fra Nicolau demeura agenouillé encore un moment, jusqu'à ce que le soleil, si étrangement ardent, descende caresser les sommets du couchant ; il demeura l'esprit vide, en prière, en communication directe avec le Seigneur de la Vérité.

Quand la lumière qui pénétrait par le vitrail commença à baisser, fra Nicolau quitta la chapelle avec la même énergie que lorsqu'il y était entré. Dehors, il respira avec avidité l'odeur de thym et d'herbe sèche qui émanait de la terre encore embrasée par la journée la plus chaude de toutes celles dont se souvenaient les anciens. Il essuya à nouveau la sueur de son front, qui le brûlait déjà, et se dirigea vers le bâtiment en pierre grise, au bout de la ruelle. À l'entrée, il dut refréner son impatience parce que, précisément, cette femme, toujours cette femme, accompagnée par le Guerxo de Salt, qui lui tenait lieu de mari, charriait lentement un sac de navets plus gros qu'elle vers l'intérieur du palais.

— Faut-il qu'ils utilisent cette porte? dit-il irrité, à fra Miquel, qui était sorti pour le recevoir.

— L'entrée du potager est inondée, Excellence.

D'une voix sèche, fra Nicolau Eimeric demanda si tout était prêt et, marchant toujours à grandes enjambées vers la salle, il pensa ô Seigneur, toute mon énergie est employée à défendre votre Vérité, de jour comme de nuit. Donnez-moi la force nécessaire, car à la fin de la lumière c'est vous qui me jugerez et non les hommes.

Je suis un homme mort, pensa Josep Xarom. Il n'avait pas pu soutenir le regard noir de ce diable d'inquisiteur qui était entré dans la salle comme en coup de vent, avait posé sa question en criant et attendait impatiemment une réponse.

— Quelles hosties? demanda le docteur Xarom au bout d'un long moment, d'une voix étouffée par la panique.

L'inquisiteur se leva, essuya la sueur de son front pour la troisième fois depuis qu'il était entré dans la salle d'interrogatoire et répéta la question combien as-tu payé Jaume Malla pour les hosties consacrées qu'il t'a données.

— Je ne sais rien de tout ça. Je ne connais pas de Jaume Malla. Je ne sais pas ce que c'est que ces hosties.

— Cela veut dire que tu te considères comme juif.

— Eh bien… oui, Excellence, je suis juif. Vous le savez. Ma famille et toutes les familles de la juiverie sont sous la protection du roi.

— Entre ces murs, la seule protection est celle de Dieu. Ne l'oublie jamais.

Adonaï le Très-Haut, où es-tu quand je te cherche, pensa le vénérable docteur Xarom, sachant qu'il péchait en manquant ainsi de confiance dans le Très-Haut.

Pendant une heure interminable, fra Nicolau, avec une sainte patience, faisant fi de son mal de tête et de ses humeurs internes, essaya de connaître le secret du péché infâme qu'avait commis cette créature abominable avec les hosties consacrées dont faisait mention la dénonciation minutieuse et providentielle, mais Josep Xarom ne fit que répéter des choses déjà dites, qu'il s'appelait Josep Xarom, qu'il était né dans le ghetto, où il avait vécu tout ce temps, qu'il avait appris l'art de la médecine, qu'il avait aidé des enfants à naître, à l'intérieur et à l'extérieur du ghetto, et que sa vie tenait à l'exercice de cette profession et rien de plus.

— Et à te rendre à la synagogue le jour de votre sabbat.

— Mais le roi ne nous l'a pas interdit.

— Le roi n'est pas autorisé à parler des fondements de l'âme. Tu es accusé de commettre des crimes infâmes avec les hosties consacrées. Que peux-tu dire pour ta défense ?

— Qui m'accuse ?

— Tu n'as pas besoin de le savoir.

— Bien sûr que j'ai besoin de le savoir. C'est une calomnie et, selon qui en est l'auteur, je peux prouver les motifs qui le poussent à

— Tu insinues qu'un bon chrétien peut mentir ?

— Oui, Excellence. Et comment.

— Cela aggrave ton cas car si tu insultes un chrétien tu insultes Jésus-Christ Notre Seigneur que tu as fait tuer de tes mains.

Ô toi le Très-Haut, Seigneur miséricordieux, tu es le seul et l'unique Dieu, Adonaï.

Sans même le regarder, tant il lui inspirait de mépris, l'inquisiteur général Nicolau Eimeric, tout en passant le plat de sa main sur son front soucieux, dit aux recors qui gardaient l'obstiné de le soumettre au tourment et amenez-le-moi d'ici une heure avec ses aveux signés.

— Quel tourment, Excellence ? demanda fra Miquel.

— Le chevalet pendant un Credo in unum Deum. Et s'il le faut les crochets, pendant deux ou trois Pater noster.

— Excellence…

— Et si sa mémoire n'en est pas rafraîchie, recommencez autant de fois que ce sera nécessaire.

Il s'approcha de fra Miquel de Susqueda, qui avait baissé le regard depuis un moment, et presque au creux de l'oreille il lui ordonna de faire savoir au dit Jaume Malla que s'il recommence à vendre ou à donner des hosties à un juif, il entendra parler de moi.

— Nous ne savons pas qui est ce Jaume Malla. – Et, prenant une profonde respiration : Il n'existe peut-être pas.

Mais le saint homme ne l'entendit pas parce qu'il était concentré sur son terrible mal à la tête, l'offrant à Dieu Notre Seigneur, en pénitence.

Soumis au chevalet et aux crochets de boucher qui lui avaient troué la chair et déchiqueté les tendons, le médecin Josep Xarom avoua que oui, oui, oui, par Dieu le Très-Haut, je l'ai fait, je les ai achetées à l'homme que vous dites, oui, oui, mais cessez, pour l'amour de Dieu.

— Et qu'en as-tu fait ? – Miquel de Susqueda, assis, devant le chevalet, essayant de ne pas regarder le sang qui s'en répandait.

— Je ne sais pas. Ce que vous direz, mais par charité, ne tirez plus, je…

— Attention, s'il perd connaissance, c'en est fini de sa déclaration.

— Et alors ? Puisqu'il a avoué.

— Très bien : tu parleras avec fra Nicolau, oui, toi, le rouge, et tu lui diras que pendant tout le temps où on a appliqué le tourment l'accusé n'a fait que dormir, et je t'assure qu'il vous fera grimper lui-même sur le chevalet, pour avoir mis des bâtons dans les roues de la justice divine. Tous les deux. – Exaspéré : On dirait que vous ne connaissez pas Son Excellence !

— Messire, nous n'avons…

— Oui. Et je serai aussi le notaire de vos tourments. Allons, hâtez-vous.

— Bon : toi, attrape les cheveux, comme ça. Allez, on recommence : qu'est-ce que tu en as fait, des hosties consacrées ? Tu m'entends ! Eh, le Xarom de mes couilles !

— Je ne tolérerai pas de mots grossiers dans un bâtiment de la Sainte Inquisition. – Fra Miquel, indigné : Comportez-vous en bons chrétiens.

Comme la lumière du jour avait totalement disparu, la salle était éclairée par une torche à la flamme tremblante comme l'âme de Xarom, qui écoutait, dans un état de semi-inconscience, les conclusions du haut tribunal, lues par la voix puissante de Nicolau Eimeric qui le condamnait, en présence des témoins de ses aveux, à la peine de mort purifié par le feu, la veille de la fête de l'apôtre saint Jacques, car il refusait de faire pénitence et de se convertir, évitant ainsi, sinon la mort de son corps, du moins celle de son âme. Fra Nicolau, après avoir paraphé et signé la sentence, fit une remarque à fra Miquel.

— Les condamnés doivent auparavant avoir la langue tranchée. Ne l'oubliez pas.

— Le bâillon ne suffit-il pas, Excellence ?

— Les condamnés doivent auparavant avoir la langue tranchée, insista fra Nicolau avec une sainte patience. Et je ne tolérerai aucun laisser-aller.

— Mais, Excellence…

— Ils sont trop malins, ils mordent le bâillon, ils… Et je veux que les hérétiques soient muets à partir du moment où ils sont conduits au bûcher avant qu'on l'enflamme, car s'ils gardaient la faculté de parler, ils pourraient blesser gravement, par leurs blasphèmes et leurs exécrations, la piété de ceux qui assistent à la cérémonie.

— Ici, il ne s'est jamais produit…

— Mais à Lleida oui. Et tant que j'occuperai ces fonctions, je ne le permettrai jamais. – Il le regarda avec des yeux si noirs qu'ils faisaient mal, et d'une voix plus basse : Regardez-moi dans les yeux quand je parle, fra Miquel ! Jamais.

Il se leva et quitta la salle en hâte, sans regarder les secrétaires ni le condamné ni les autres assistants, car il était invité à dîner au palais épiscopal, il était en retard et il était d'autant plus incommodé par la chaleur intense, le mal de tête et la fièvre de son corps.

Dehors, en raison du froid extrême, le déluge avait fait place à une chute de neige abondante et silencieuse. À l'intérieur, tout en regardant la couleur irisée du vin dans son verre levé, il dit oui, je suis né au sein d'une famille aisée et très religieuse, et la rectitude morale de mon éducation m'a aidé à assumer, malgré mes limites, la lourde charge, sur l'ordre direct du Führer exprimé par les instructions concrètes du Reichsführer Himmler, de devenir un rempart inébranlable contre l'ennemi intérieur de la patrie. Ce vin est excellent, docteur.

— Merci. C'est pour moi un honneur que vous puissiez le goûter, dans ma demeure improvisée.

— Improvisée mais confortable.

Une seconde gorgée. Dehors, la neige couvrait les parties honteuses de la terre d'un linceul épais et froid. La douce chaleur du vin. L'Obersturmbannführer Rudolf Höss, qui était né à Gérone pendant l'automne pluvieux de l'an 1320, à l'époque si lointaine où la terre était plate et où les voyageurs téméraires écarquillaient les yeux lorsque, poussés par la curiosité et la fantaisie, ils s'obstinaient à scruter les confins du monde, était particulièrement fier de partager ce vin, de tu à toi, avec le prestigieux et influent docteur Voigt, et il avait hâte d'en faire le commentaire, mine de rien, à quelque camarade. Et la vie est belle. Surtout maintenant que la terre était à nouveau plate et qu'eux, avec l'aide du regard serein du Führer, indiquaient à l'humanité où étaient la force, le pouvoir, la vérité et l'avenir et montraient que la poursuite indéfectible de l'idéal était incompatible avec toute forme de compassion. La force du Reich n'avait plus de limites et transformait tous les actes de tous les Eimeric de l'histoire en enfantillages. Aidé par le vin, il eut l'idée d'une phrase sublime :

— Pour moi les ordres sont sacrés, aussi lourds puissent-ils paraître, car en tant que SS je dois être prêt au sacrifice total de ma personne pour accomplir mon devoir envers la patrie. C'est pourquoi je suis entré en 1334, à l'âge de quatorze ans, au couvent des frères prédicateurs dominicains de ma ville de Gérone, et j'ai consacré toute ma vie à faire resplendir la Vérité. On me dit cruel, le roi Pere me hait, m'envie et voudrait m'anéantir, mais je me montre impassible parce que contre la foi je ne défends ni le roi ni mon père, je ne défends pas ma mère et je ne respecte pas mon lignage car par-dessus toutes choses je ne sers que la Vérité. Dans ma bouche, vous ne trouverez que la Vérité, monseigneur.

L'évêque en personne remplit le verre de fra Nicolau et celui-ci but une gorgée sans prêter attention à ce qu'il buvait car, enragé, il poursuivait son discours et disait j'ai enduré l'exil, j'ai été démis de la charge d'inquisiteur sur ordre du roi Pere, j'ai été élu vicaire général de l'ordre de saint Dominique, ici à Gérone, mais ce que vous ne savez pas c'est que ce maudit roi a fait pression sur le saint-père Urbain, qui a fini par refuser ma nomination.

— J'ignorais cela.

Monseigneur l'évêque, assis sur sa chaise confortable, mais le dos bien droit, tout son corps en alerte, observa en silence l'inquisiteur général essuyer la sueur de son front avec la manche de son habit. Au bout de deux bons Pater noster :

— Vous vous sentez bien, Excellence ?

— Oui.

L'évêque se tut et ils burent une gorgée de vin.

— Cependant, Excellence, vous êtes à nouveau vicaire général.

— Grâce à ma constance et ma foi en Dieu et en sa sainte miséricorde, on m'a restitué la charge et la dignité d'inquisiteur général.

— Rendons grâce à Dieu.

— Oui, mais maintenant le roi me menace d'un nouvel exil et des voix amies m'ont avisé qu'il veut me faire tuer.

L'évêque réfléchit profondément. Au bout du compte, Sa Seigneurie leva un doigt timide et dit le roi Pere soutient que votre obsession de faire condamner l'œuvre de Llull…

— Llull ? cria Eimeric. Avez-vous lu quelque écrit de Llull, monseigneur ?

— Eh bien, je… En fait… moui…

— Et alors ?

Le regard noir d'Eimeric, qui transperçait les âmes. Sa Seigneurie avala sa salive :

— Je ne sais que dire. Moi… J'ai lu… Enfin, je ne savais pas que… – Il finit par capituler : C'est que je ne suis pas théologien.

— Et moi, je ne suis pas ingénieur, mais j'ai réussi à ce que les fours crématoires de Birkenau fonctionnent vingt-quatre heures par jour sans exploser. Et j'ai réussi à ce que mes hommes, qui commandent les groupes de rats du Sonderkommando, ne deviennent pas fous.

— Comment y êtes-vous parvenu, mon cher Oberlagerführer Höss ?

— Je ne sais pas. En prêchant la Vérité. En montrant à toutes les âmes assoiffées qu'il n'y a qu'une doctrine évangélique et que ma mission sacrée est d'éviter que l'erreur et la méchanceté pourrissent les fondements de l'Église. C'est pourquoi j'œuvre pour éliminer toutes les hérésies et la façon la plus efficace de le faire est d'éliminer les hérétiques, relaps ou nouveaux.

— Cependant, le roi...

— L'inquisiteur général majeur et vicaire de l'ordre, venu de Rome, l'a bien compris. Il connaissait l'hostilité du roi Pere envers ma personne et put apprécier que, malgré tout, je poursuivais ma tâche, condamnant toute l'œuvre, livre après livre, de l'abominable et dangereux Ramon Llull. Il ne discuta aucune des procédures par nous entamées pendant ces années et, lors d'une émouvante célébration de la sainte messe, au moment du sermon, il donna mon humble personne en exemple de la façon dont devaient agir du premier au dernier Oberlagerführer. Quoi qu'en dise le roi de Valence et de Catalogne et d'Aragon et des Majorques. Et alors je me tins pour un homme heureux car j'étais fidèle au plus sacré des serments que j'aie faits et que je puisse jamais faire dans ma vie. Le seul problème, si on veut, c'était cette femme.

— Il y a une chose que... – L'évêque, après avoir hésité, leva le doigt, prudemment. – Attention : je ne dis pas qu'ils ne méritent pas la mort. – Il regarda la robe du vin dans son verre et elle lui parut rouge comme la flamme. – Ne pourrait-on pas les...

— Ne pourrait-on quoi ? – Eimeric, impatient.

— Faut-il nécessairement qu'ils meurent par le feu ?

— La pratique générale de toute l'Église du Christ confirme qu'effectivement ils doivent mourir par le feu, monseigneur.

— C'est une mort affreuse.

— En ce moment même je suis dévoré par la fièvre et je ne me plains pas, et je ne cesse de travailler pour le bien de notre sainte mère l'Église.

— Je persiste à dire que la mort par le feu est affreuse.

— Mais méritée! explosa Son Excellence. Plus affreux est d'être blasphème et relaps dans l'erreur. N'est-il pas vrai, monseigneur? tandis que je regardais le cloître désert, perdu dans mes pensées. Et je me rendis compte que j'étais seul. Je regardai autour de moi. Où est passée Kornelia?

Le groupe de touristes attendait, patient et discipliné, dans un coin du cloître de Bebenhausen, sauf Kornelia qui… Maintenant je la voyais : elle se promenait, pensive, seule, au beau milieu du cloître, toujours imprévisible. Je l'observai avec une certaine gourmandise et j'eus l'impression qu'elle se rendait compte que je la regardais. Elle s'arrêta, de dos, et se retourna vers le groupe de gens qui attendaient d'être assez nombreux pour commencer la visite. Je lui fis coucou de la main, mais elle ne fit pas attention ou fit semblant de ne pas me voir. Kornelia. Un pinson se posa sur la fontaine, devant moi, but une gorgée d'eau et lança un trille superbe. Adrià sentit un frisson le parcourir.

La veille de la Saint-Jacques, vers le soir, la seule consolation de Josep Xarom fut de ne pas avoir à supporter le regard de fra Nicolau, le défenseur de l'Église, qui gisait sur sa couche, terrassé par une fièvre tenace. Mais la relative tiédeur de fra Miquel de Susqueda, notaire du tribunal et coadjuteur de l'inquisiteur général, ne lui épargna aucune douleur, aucune souffrance, aucune horreur. Dans l'obscurité paresseuse de l'aube de la Saint-Jacques, échauffée par des jours et des jours d'un soleil impitoyable, deux femmes et un homme menant trois mules chargées de bâts et de couffins pleins de souvenirs, et par-dessus cinq petits enfants endormis, abandonnaient le ghetto et prenaient la fuite par la rive du Ter, sur les talons des deux familles qui étaient parties la veille. Ils laissaient derrière eux seize générations de Xarom et de Meir, dans la noble et ingrate ville de Gérone, chère à leur cœur. On voyait encore s'élever, lente, la fumée de l'iniquité, là où avait disparu l'infortuné Josep, mort du fait de l'envie de son délateur anonyme. Dolça Xarom, le seul enfant qui se réveilla à temps pour voir pour la dernière fois les murs orgueilleux de la cathédrale se détachant sur les étoiles, pleura en silence, au pas de la mule, la mort de tant de choses en une seule nuit. L'étincelle de l'espoir attendait le groupe à l'Estartit, dans une barque louée par le pauvre Josep Xarom et par Massot Bonsenyor, quelques jours plus tôt, quand ils voyaient arriver le mal, quand ils le pressentaient sans savoir exactement quand, comment et par où il leur tomberait dessus.

L'embarcation profita d'une tiède brise de ponant pour s'éloigner du cauchemar. Le lendemain au soir elle fit halte à Ciutadella de Minorque, où embarquèrent six autres personnes, et trois jours plus tard elle arriva à Palerme, en Sicile, où ils se reposèrent pendant la moitié d'une semaine du mal de mer provoqué par la forte houle qui les avait accueillis dans la mer Tyrrhénienne. Une fois remis, profitant des vents favorables, ils traversèrent la mer Ionienne jusqu'au port albanais de Durrësi, où débarquèrent les six familles qui fuyaient les larmes, vers un lieu où personne ne se scandaliserait de leurs chuchotements le jour du sabbat. Comme ils furent magnifiquement accueillis par la communauté juive de Durrësi, ils s'installèrent là.

Dolça Xarom, la petite fugitive, y eut des enfants, des petits-enfants et des arrière-petits-enfants, et à l'âge de quatre-vingts ans elle se rappelait avec obstination les rues silencieuses du ghetto de Gérone et la masse de sa cathédrale chrétienne se détachant sur les étoiles et voilée par les larmes. Malgré la nostalgie, la famille Xarom Meir vécut et prospéra pendant douze générations à Durrësi et le temps fut si tenace qu'il vint un moment où le souvenir de l'ancêtre brûlé par les goyim impies devint fragile et s'effaça presque de la mémoire des fils des fils des fils, tout comme le nom lointain de Gérone la bien-aimée. Un beau jour de l'année des patriarches 5420, la néfaste année 1660 des chrétiens, Emanuel Meir se laissa séduire par la situation faste dont jouissait le commerce sur la mer Noire. Emanuel Meir, huitième arrière-arrière-petit-fils de Dolça la fugitive, alla s'installer à Varna, la tumultueuse ville bulgare de la mer Noire, à l'époque où la Sublime Porte y dictait sa loi. Mes parents, qui étaient de fervents catholiques dans une Allemagne majoritairement luthérienne, aspiraient à ce que je devienne prêtre. Et pendant quelque temps je caressai sérieusement cette idée.

— Vous auriez fait un bon prêtre, Obersturmbann-führer Höss.

— Je suppose que c'est vrai.

— Moi, j'en suis sûr : quoi que vous fassiez, vous le faites toujours bien.

L'Obersturmbannführer Höss se rengorgea à cet éloge mérité. Et il voulut approfondir, prenant un air plus solennel :

— Ce que vous décrivez comme une vertu de ma part peut aussi être ma perte. Et plus encore maintenant, au moment où le Reichsführer Himmler doit nous rendre visite.

— Pourquoi ?

— Parce qu'en ma qualité d'Oberlagerführer je dois assumer toutes les failles du système. Par exemple, il ne reste de la dernière commande de bidons de gaz Zyklon qu'à peine assez pour deux ou trois prestations, et l'intendant n'a pas eu l'idée de me prévenir ni de passer commande. Et hop, demande des faveurs, fais venir des camions qui devraient peut-être se trouver ailleurs, et retiens-toi d'engueuler l'intendant parce que tout le monde vit à la limite de ses forces, à Oświęcim, pardon, à Auschwitz.

— Je suppose que l'expérience de Dachau…

— Du point de vue psychologique, la différence est abyssale. À Dachau nous avions des prisonniers.

— Je sais pertinemment qu'il en mourait et qu'il en meurt énormément.

— Oui, docteur Voigt, mais Dachau est un camp de prisonniers. Auschwitz-Birkenau est conçu, pensé et calculé pour exterminer des rats. Si ce n'était que les juifs ne sont pas humains, je penserais que nous vivons un enfer, avec une porte qui est la chambre à gaz et une destination qui sont les fours crématoires et leurs flammes, ou les fosses ouvertes dans la forêt, dans lesquelles nous brûlons les unités en trop, parce que le matériel qu'on nous envoie ne suffit pas. C'est la première fois que je parle de ces choses avec quelqu'un d'étranger au camp, docteur.

— Vous avez bien raison de vous soulager, Obersturmbannführer Höss.

— Je compte sur votre sens du secret professionnel, parce que le Reichsführer…

— Naturellement. Vous qui êtes chrétien… Un psychiatre est comme un confesseur, le confesseur que vous auriez pu être.

Pendant un instant, puisqu'il avait commencé à s'épancher, l'Oberlagerführer eut la tentation de lui dire quelque chose à propos de cette femme, mais après avoir beaucoup hésité, il s'en sortit sans la mentionner. Il eut l'impression qu'il s'en était fallu d'un cheveu. Il aurait dû faire plus attention avec le vin. Il s'étendit sur le fait que mes hommes doivent être très forts pour s'acquitter de la tâche qui leur est confiée. L'autre jour, un soldat de trente ans accomplis, pas un adolescent, hein, s'est mis à pleurer dans un baraquement au milieu de ses camarades.

Le docteur Voigt jeta un rapide coup d'œil vers son invité et dissimula sa surprise ; il laissa l'autre avaler un autre verre presque sans respirer et attendit quelques bonnes secondes avant de prononcer la question que l'autre attendait avec impatience :

— Et qu'est-ce qui s'est passé ?

— Bruno, Bruno, réveille-toi !

Mais Bruno ne se réveillait pas, il beuglait et la peine sortait par ses yeux, et le Rottenführer Mathäus fit prévenir ses supérieurs, parce qu'il ne savait que faire, et au bout de trois minutes l'Oberlagerführer en personne, l'Obersturmbannführer Höss, fit son apparition au moment où le soldat Bruno Lübke sortait son pistolet et le mettait dans sa bouche sans cesser de beugler. Un soldat SS ! Un SS !

— Garde à vous, soldat ! cria l'Obersturmbannführer Höss.

Mais comme le soldat beuglait et s'enfonçait le canon dans la gorge, son supérieur fit le geste de l'en empêcher et Bruno Lübke tira avec l'espoir d'aller directement en enfer et d'oublier Birkenau, la cendre qu'on leur faisait respirer et le regard de cette petite fille qui était le portrait de son Ursula et qu'il avait poussée pour la faire entrer dans la chambre à gaz l'après-midi même et qu'il avait revue plus tard quand une rate juive du Sonderkommando lui rasait le crâne et la mettait sur le tas devant les fours crématoires.

Höss contempla avec mépris le soldat étendu sur le sol et la mare de sang pâle de ce chacal couard et profita de l'occasion pour faire un discours improvisé devant les soldats stupéfaits, et il leur dit qu'il n'y a pas d'autre consolation intérieure ni aucune joie spirituelle que d'avoir la certitude absolue que les actions que l'on fait sont menées à terme au nom de Dieu et dans l'intention de préserver la sainte foi apostolique de ses multiples ennemis qui jamais n'auront de repos jusqu'à ce qu'ils l'anéantissent, fra Miquel. Et si un jour vous vacillez et discutez en public le bien-fondé de l'amputation de la langue des condamnés après leurs aveux, bien que je reconnaisse les services que vous me rendez, je vous assure que je vous dénoncerai aux plus hautes instances pour laxisme et faiblesse, indignes d'un officier du tribunal de la Sainte Inquisition.

— J'ai parlé ainsi par miséricorde, Excellence.

— Vous confondez miséricorde et faiblesse. – Fra Nicolau Eimeric se mit à trembler de rage contenue. – Et si vous insistez, vous serez coupable de gravissime désobéissance.

Fra Miquel baissa la tête, tremblant de peur, et son âme fondit quand il entendit que son supérieur ajoutait encore vous commencez à me sembler suspect de laxisme, non seulement par faiblesse, mais par connivence avec les hérétiques.

— Pour l'amour de Dieu, Excellence !

— Ne prononcez pas le nom de Dieu sans nécessité. Et apprenez que je sais que la faiblesse fera de vous un traître et un ennemi de la Vérité.

Fra Nicolau se couvrit le visage avec les mains et pria profondément pendant un moment. Du fond de sa réflexion sortit une voix caverneuse qui disait nous sommes le seul œil attentif au péché, nous sommes les gardiens de l'orthodoxie, fra Miquel, nous possédons et nous sommes la vérité, et aussi dur que puisse vous paraître le châtiment que nous infligeons à l'hérétique, que ce soit dans son corps ou dans ses écrits, comme ce fut le cas pour l'abominable Llull, que je regrette de ne pas avoir pu conduire au bûcher, sachez que nous appliquons le droit et la justice, ce qui n'est aucunement démérite, mais grand mérite. De plus, je vous rappelle que nous ne sommes responsables que devant Dieu et non devant les hommes. Si heureux sont ceux qui ont faim et soif d'être justes, fra Miquel, bien plus heureux sont ceux qui appliquent la justice, et a fortiori si vous considérez que notre mission a été définie de façon explicite par notre Führer adoré, qui sait qu'il peut compter pleinement sur l'intégrité, le patriotisme et la dureté de caractère de ses SS. Ou bien certains d'entre vous douteraient-ils des desseins du Führer ? Il les regarda tous, dominateur, provocateur, tout en marchant de long en large sans rien dire. Ou bien certains d'entre vous douteraient-ils de la capacité de décision de notre Reichsführer Himmler ? Que lui direz-vous, après-demain, quand il sera ici ? Hein ? – Et après une pause théâtrale, d'au moins cinq secondes : Emportez-moi cette charogne !

Ils burent encore deux ou trois verres, ou peut-être quatre, et il raconta d'autres choses qu'il ne se rappelait pas bien, emporté par l'euphorie que lui procurait l'évocation de cette scène héroïque.

Rudolf Höss quitta la résidence du docteur Voigt très réconforté et un peu nauséeux. Ce qui le préoccupait, ce n'était pas l'enfer de Birkenau mais la faiblesse humaine. Malgré tous les serments solennels professés, ces hommes et ces femmes n'étaient pas capables de supporter la mort de si près. Ils n'avaient pas l'âme d'acier et alors ils se trompaient souvent, et il n'y a pas pire façon de faire les choses que de devoir les répéter pour... À vrai dire, c'était pénible. Heureusement qu'il n'avait pas fait la moindre allusion à l'existence de cette femme. Et je me rendis compte que, sans le vouloir, je surveillais Kornelia du coin de l'œil au cas où elle sourirait à un autre visiteur ou... Je n'aimerais pas être un type jaloux, me dis-je. Mais c'est que cette fille... Enfin ! Nous étions enfin dix et la visite pouvait commencer. Le guide entra dans le cloître et dit le monastère de Bebenhausen, que nous allons visiter, fut fondé par Rudolf Ier de Tübingen en mille cent quatre-vingt et fut sécularisé en mille huit cent six. Je cherchai Kornelia des yeux ; à ce moment-là, elle était à côté d'un beau garçon qui lui souriait. Et elle me regarda, enfin, et il faisait froid à Bebenhausen. Qu'est-ce que ça veut dire sécularisé ? demanda un petit homme chauve.

Cette nuit-là, Rudolf et Hedwig Höss n'accomplirent pas leur devoir conjugal. Il avait trop de choses en tête et la conversation avec le docteur Voigt revenait sans cesse. Et s'il avait trop parlé ? Et si le troisième ou le quatrième ou le septième verre lui avait fait dire des choses qu'il n'aurait jamais dû dire ? C'est que son obsession de l'organisation parfaite était minée par les énormes erreurs de ses subordonnés au cours des dernières semaines et il ne pouvait permettre en aucune façon, en aucune façon, que le Reichsführer Himmler en personne puisse penser qu'il n'était pas à la hauteur, car tout a commencé quand je suis entré dans l'ordre des Prêcheurs, guidé par ma foi absolue dans les directives du Führer. Pendant le noviciat, guidé par la main affable de fra Anselm Copons, nous apprîmes à durcir notre cœur face aux misères humaines, car tout SS doit savoir offrir le sacrifice total de sa personne au service absolu du Führer. Et là où, nous autres frères prêcheurs, nous avions un rôle essentiel, c'est précisément dans l'éradication des dangers internes. Pour la vraie foi, la présence d'un hérétique est mille fois plus dangereuse que celle d'un infidèle. L'hérétique a été nourri des enseignements de l'Église et vit en son sein, mais en même temps, par sa nature empoisonnée et pestiférée, il pourrit les éléments sacrés de l'institution. À partir de 1941, la décision qui fut prise pour résoudre le problème une fois pour toutes fut de laisser la Sainte Inquisition aux enfants de chœur et de programmer l'extermination de tous les juifs sans exception. Et là où il devait y avoir de l'horreur, que cette horreur soit infinie. Et là où il devait y avoir de la cruauté, qu'elle soit absolue, parce que maintenant c'était l'histoire qui prenait la parole. Naturellement, un objectif aussi difficile à atteindre, une prouesse aussi valeureuse, ne pouvaient être menés à terme que par de véritables héros avec un cœur de fer et une volonté d'acier. Et moi, en frère prêcheur fidèle et discipliné, je me mis au travail. Jusqu'à l'année 1944 seuls quelques médecins et moi savions quels étaient les ordres ultimes du Reichsführer : commencer par les malades et les enfants et utiliser ceux qui pouvaient encore travailler, seulement pour des raisons économiques. Je m'attelai à la tâche avec la volonté absolue d'être fidèle à mon serment de SS. C'est pourquoi, dans l'Église, nous considérons que les juifs ne sont pas des infidèles, mais des hérétiques qui vivent parmi nous, obsédés par leur hérésie, qui commença quand ils crucifièrent Jésus Notre Seigneur, et qui continue en tout lieu et en tout moment avec leur opiniâtreté à ne pas abjurer leurs fausses croyances, à perpétrer des sacrifices humains avec des enfants chrétiens et à inventer des actes abominables contre les saints sacrements, comme l'affaire précédemment évoquée des hosties consacrées profanées par le perfide Josep Xarom. C'est pourquoi les ordres que j'ai donnés à chaque Schutzhaftlagerführer de tous les camps dépendant d'Auschwitz étaient sévères : le chemin était étroit, il était fonction de la capacité des fours crématoires, la récolte était trop abondante, des milliers et des milliers de rats, et la solution était entre nos mains. La réalité, qui diffère toujours du pur idéal, c'est que les crématoires un et deux peuvent incinérer deux mille unités en vingt-quatre heures et pour éviter les avaries je ne peux pas dépasser ce chiffre.

— Et les deux autres ? lui avait demandé le docteur Voigt avant le quatrième verre.

— Le trois et le quatre, c'est ma croix : ils n'atteignent pas les mille cinq cents unités par jour. Les modèles choisis m'ont beaucoup déçu. Si nos supérieurs écoutaient ceux qui s'y connaissent… Ne prenez pas cela pour une critique de nos dirigeants, docteur, avait-il dit pendant le dîner ou peut-être au cinquième verre. Avec tout le travail qui nous tombait dessus, non seulement tout sentiment comparable à de la compassion devait être extirpé de l'esprit des SS, mais il devait être châtié avec la plus grande dureté, pour le bien de la patrie.

— Et que devient la… les résidus?

— La cendre, nous la chargeons sur des camions et nous la jetons dans la Vistule. Chaque jour, le fleuve charrie des tonnes de cendres vers la mer qui est la mort, comme nous l'enseignaient les classiques latins, dans les inoubliables leçons de fra Anselm Copons, au noviciat de Gérone.

— Quoi?

— Je ne suis que le notaire substitut, Excellence. Je…

— Mais que venez-vous de lire, malheureux?

— Eh bien que… que Josep Xarom vous a maudit juste avant que les flammes…

— Ne lui avait-on pas coupé la langue?

— Fra Miquel ne l'a pas permis. Avec son autorité de

— Fra Miquel? Fra Miquel de Susqueda? – Pause dramatique, d'un demi-Ave Maria. – Amenez-moi cette charogne.

Le Reichsführer Himmler, venu de Berlin, fut compréhensif. C'est un homme sage et il comprit à quelle pression étaient soumis les hommes de Rudolf Höss et il ferma les yeux avec élégance, mais quelle élégance, sur les faiblesses qui nous mortifient tellement. Il approuva le chiffre quotidien d'éliminations, même si je pus voir sur son noble front une ombre de préoccupation parce que, manifestement, il est urgent d'en finir avec le problème juif et nous n'en sommes qu'à la moitié du processus. Il ne discuta aucune de mes initiatives et, lors d'une réunion émouvante, devant l'état-major du Lager, il prit mon humble personne comme exemple de la façon dont devaient agir du premier au dernier des officiers du haut tribunal de l'Inquisition. Je pouvais me considérer comme un homme heureux parce que j'étais fidèle aux plus sacrés des serments que j'aie faits dans ma vie. Le problème, si on veut, c'était cette femme.

Mercredi, quand Frau Hedwig Höss était sortie avec le groupe de femmes pour acheter des provisions au village, l'Obersturmbannführer Höss attendit qu'elle arrive chez lui, sous la supervision de sa surveillante, avec ces yeux, avec ce regard si doux, avec ces mains tellement parfaites que, d'une certaine façon, elle a l'air d'un véritable être humain. Il fit semblant d'avoir du travail en retard accumulé sur son bureau et l'observa tandis qu'elle balayait le sol qui, même si on le nettoyait deux fois par jour, était toujours recouvert d'une très fine couche de cendre.

— Excellence… Je ne savais pas que vous étiez là.

— Ça ne fait rien. Continue.

Enfin, après des jours de tension, de regards en biais, d'imaginations démoniaques et obsessionnelles, de plus en plus puissantes et insurmontables, le démon de la chair se rendit maître de la volonté de fer de fra Nicolau Eimeric qui, malgré les saints habits qu'il portait, dit assez, cela suffit, et enlaça cette femme par le dos, les mains serrées sur cette poitrine tentatrice, et il enfonça sa vénérable barbe dans cette nuque qui promettait mille délices. La femme, effrayée, laissa tomber son fagot et resta immobile, tendue, ne sachant si elle devait crier, si elle devait se mettre à courir ou si, au contraire, elle devait rendre un service inestimable à l'Église.

— Lève ta jupe, dit Eimeric tout en dénouant le rosaire de cinq dizains qui ceignait sa robe.

La détenue numéro 615428, provenant du chargement A27 de Bulgarie de janvier 1944, sauvée de la chambre à gaz au dernier moment parce que quelqu'un avait décidé qu'elle pourrait servir pour le travail domestique, n'osa pas regarder les yeux de cet officier nazi, horripilée de peur, et elle pensa à nouveau, non, Seigneur, le Très Haut et Miséricordieux. L'Obersturmbannführer

Höss, sans montrer d'irritation, compréhensif, répéta son ordre. Comme elle ne réagissait pas, avec plus d'impatience que de brutalité, il la poussa vers le fauteuil, déchira ses vêtements et caressa ses yeux, son visage, son regard si doux. Quand il la pénétra, extasié par cette beauté sauvage, née de la faiblesse et de l'anéantissement, il sut que la 615428 lui était entrée dans la peau à jamais. La 615428 fut le secret le plus profond de sa vie. Il se leva précipitamment, maîtrisant à nouveau la situation, rajusta sa robe, dit à la femme habille-toi, six un cinq quatre deux huit. Vite. Alors il lui fit bien comprendre qu'il ne s'était rien passé et il lui jura que si elle parlait à qui que ce soit, il emprisonnerait son mari, le Guerxo de Salt, ainsi que son fils et sa mère, et elle, il l'accuserait de sorcellerie parce que tu n'es rien d'autre qu'une sorcière et tu as essayé de me séduire avec tes pouvoirs maléfiques.

Pendant quelques jours, l'opération se répéta. La prisonnière 615428 dut s'agenouiller, nue, et l'Obersturmbannführer Höss la pénétra, et Son Excellence Nicolau Eimeric lui rappelait, haletant, que si tu parles à ce misérable Guerxo de Salt, c'est toi qui iras sur le bûcher comme sorcière, car tu m'as ensorcelé, et la 615428 ne pouvait dire ni oui ni non parce qu'elle ne pouvait que pleurer d'horreur.

— As-tu vu mon rosaire ? dit Son Excellence. Si tu me l'as volé, prends garde à toi.

Jusqu'au moment où le docteur Voigt s'intéressa à son violon et franchit la limite qu'aucun inquisiteur général ne pouvait permettre à quiconque de franchir. Malgré cela, Voigt gagna la partie et l'Oberlagerführer Eimeric dut reposer l'instrument sur la table, d'un coup sec.

— C'est bien la peine de me parler du secret de la confession, salopard.

— Je ne suis pas prêtre.

Le Sturmbannführer Voigt prit le violon avec des mains avides et Rudolf Höss claqua la porte trop fort en sortant et se précipita vers la chapelle du siège de l'Inquisition et resta à genoux pendant deux heures, pleurant sur sa faiblesse face à la tentation de la chair, jusqu'à ce que le nouveau premier secrétaire, préoccupé parce qu'il ne s'était pas présenté à l'audition préalable, le trouve dans cet édifiant état de sainte dévotion et de piété. Fra Nicolau se releva, informa le secrétaire qu'il ne fallait pas l'attendre avant le lendemain et se dirigea vers le bureau d'enregistrement.

— La détenue 615428.

— Un moment, Obersturmbannführer. Oui. Chargement A27 de Bulgarie du treize janvier de l'année en cours.

— Comment s'appelle-t-elle ?

— Elisaveta Meireva. Tiens, c'est une des rares à avoir une fiche.

— Que dit-elle ?

Le Gefreiter Hänsch consulta le fichier et en tira une fiche et dit Elisaveta Meireva, dix-huit ans, fille de Lazar Meirev et de Sara Meireva de Varna. Il n'y a rien d'autre. Il y a un problème, Obersturmbannführer ?

Elisaveta, douce, yeux de fée, yeux de sorcière, lèvres de mousse fraîche ; dommage que tu sois si maigre.

— Un motif de plainte, Obersturmbannführer ?

— Non, non… Mais je veux qu'elle soit renvoyée aujourd'hui même et qu'elle entre dans la procédure d'urgence.

— Il lui reste seize jours à faire dans le Kommando de service domestique de

— C'est un ordre, Gefreiter.

— Je ne peux pas…

— Vous savez ce que c'est, un ordre d'un supérieur, Gefreiter ? Et levez-vous quand je vous parle.

— Oui, Obersturmbannführer !

— Alors, exécution !

— Ego te absolvo a peccatis tuis, in nomine Patris et Filii et Spiritus Sancti, Obersturmbannführer.

— Amen, répondit fra Nicolau en embrassant humblement la croix de fils d'or de l'étole du vénérable père confesseur, l'âme merveilleusement allégée par le sacrement de la confession.

— Vous les catholiques, vous vous en sortez bien, avec ce système de la confession, dit Kornelia, au milieu du cloître, les bras en croix, se laissant caresser par le soleil printanier.

— Je ne suis pas catholique. Je ne suis pas croyant. Et toi?

Kornelia haussa les épaules. Quand elle n'obtenait pas de réponse adéquate, elle haussait les épaules et ne disait plus rien. Adrià comprit que le sujet la mettait mal à l'aise.

— Vu de l'extérieur, lui dis-je, je vous préfère, vous les luthériens : vous portez vos fautes jusqu'à la mort.

— Je n'aime pas parler de ces choses, dit Kornelia, très tendue.

— Pourquoi?

— Ça me fait penser à la mort, je n'en sais rien! – Elle le prit par le bras et ils sortirent de l'enceinte du monastère de Bebenhausen. – Viens, on va rater le car.

Dans l'autocar, Adrià, regardant le paysage sans le voir, se mit à penser à Sara, comme il le faisait chaque fois qu'il baissait la garde. Il se sentait humilié de s'apercevoir que les traits de son visage commençaient à s'estomper. Les yeux étaient sombres, mais étaient-ils noirs ou marron foncé? Sara, de quelle couleur étaient tes yeux? Sara, pourquoi es-tu partie? Et la main de Kornelia prit la sienne et Adrià sourit tristement. Et l'après-midi, ils iraient traîner dans les cafés de Tübingen, d'abord boire de la bière, et quand il serait saturé, il demanderait un thé bien chaud, avant de dîner et d'aller au Deutsches Haus, parce qu'à part travailler et aller au concert, Adrià ne savait pas ce qu'on pouvait faire à Tübingen. Lire Hölderlin, écouter Coşeriu, quand il s'emportait contre ce bon à rien de Chomsky, le générativisme et la maquerelle qui les avait tous engendrés.

Quand ils descendirent du car, devant le Brechtbau, Kornelia lui dit au creux de l'oreille ce soir ne viens pas à la maison.

— Pourquoi?

— Parce que je suis occupée.

Elle partit sans l'embrasser et Adrià éprouva une sorte de vertige au beau milieu de l'âme. Et tout était de ta faute parce que tu m'avais laissé sans aucune raison de vivre, et pourtant il n'y avait que quelques mois que nous sortions ensemble, Sara, mais je vivais dans les nuages avec toi et tu étais la meilleure chose qui pouvait m'arriver, jusqu'à ce que tu t'enfuies, et Adrià, une fois à Tübingen, bien loin de son souvenir douloureux, passa quatre mois à étudier de façon désespérée, essayant de s'inscrire, sans succès, dans un cours de Coşeriu, mais l'écoutant en catimini, allant à tous les séminaires, conférences, débats et réunions ouvertes qui se tenaient au Brechtbau, dont les locaux venaient d'ouvrir, ou dans tout autre lieu, surtout à la Burse, et quand l'hiver arriva d'un seul coup, le chauffage électrique de sa chambre était parfois insuffisant, mais il n'arrêtait pas de travailler pour ne pas penser à Sara, Sara, pourquoi es-tu partie sans rien dire, et quand la tristesse était trop forte, il sortait se promener sur la berge du Neckar, le nez gelé, et il arrivait à la tour de Hölderlin et il se dit que s'il n'y remédiait pas il allait mourir d'amour. Et un jour la neige commença à fondre et le paysage verdissait peu à peu, et il aurait aimé ne pas être triste pour observer les différents tons de vert. Et comme il n'avait aucune intention de rentrer chez lui en été, chez cette mère lointaine, il décida de changer de vie, de rire un peu, de boire de la bière avec ses camarades de pension, de fréquenter le

Clubhaus de la faculté, de rire sans raison et d'aller au cinéma voir des histoires ennuyeuses et incroyables et, surtout, de ne pas mourir d'amour, et pris d'une sorte de frénésie inconnue il se mit à regarder les étudiantes avec des yeux différents, maintenant qu'elles commençaient à enlever leurs anoraks et leurs bonnets, et il s'aperçut qu'elles faisaient vraiment plaisir à voir, et cela estompait un peu le souvenir de Sara la fugitive et, en revanche cela n'effaçait pas les questions que je me suis posées toute ma vie comme, par exemple, à quoi faisais-tu allusion quand tu m'as dit je me suis enfuie en pleurant et en disant non, pas une autre fois, ce n'est pas possible. Mais en cours d'histoire de l'esthétique I, Adrià s'assit derrière une fille aux cheveux noirs et plutôt frisés, qui avait un regard qui faisait un peu tourner la tête et qui s'appelait Kornelia Brendel et était d'Offenbach. Il la remarqua parce qu'elle lui paraissait hors d'atteinte. Et il lui sourit et elle lui rendit son sourire, et tout de suite ils allèrent prendre un café au bar de la faculté et elle n'en revenait pas qu'il n'ait pas la moindre pointe d'accent, je croyais que tu étais allemand, je te jure. Et après le café ils allèrent se promener ensemble dans ce parc qui explosait au printemps, et Kornelia est la première femme avec qui j'ai couché, Sara, et je l'enlaçais en faisant semblant de... Mea culpa, Sara. Et j'ai commencé à l'aimer même si elle disait parfois des choses que je ne comprenais pas. Et je savais soutenir son regard. Elle me plaisait, Kornelia. Et nous sommes restés quelques mois comme ça. Je m'accrochais à elle désespérément. C'est pourquoi je me sentis inquiet quand, au début du second hiver, en revenant de visiter le monastère de Bebenhausen, elle me dit ce soir ne viens pas à la maison.

— Pourquoi?

— Parce que je serai occupée.

Elle partit sans même l'embrasser et Adrià sentit une sorte de vertige au beau milieu de l'âme, parce qu'il ne savait pas si à une femme comme ça on pouvait répondre, hé là, hé là, qu'est-ce que ça veut dire que tu seras occupée ? Ou s'il faut être prudent et penser qu'elle est assez grande pour ne pas avoir à te donner d'explications. Ou si ? N'est-ce pas que c'est ta petite amie ? Kornelia Brendel, veux-tu d'Adrià Ardèvol i Bosch comme petit ami ? Est-ce que Kornelia Brendel peut avoir des secrets ?

Adrià laissa Kornelia s'éloigner dans la Wilhelmstrasse sans lui demander d'explications parce que, dans le fond, c'est lui qui avait des secrets pour Kornelia : il ne lui avait pas encore parlé de Sara, par exemple. D'accord, mais au bout de deux minutes il s'en voulait déjà de l'avoir laissée partir comme ça. Il ne la vit ni en cours de grec, ni à celui de philosophie morale, qu'elle n'acceptait de rater sous aucun prétexte. Et très honteux de moi-même, je me dirigeai vers la Jakobgasse et je me plantai, un peu caché et encore plus honteux de moi-même, au coin de la Schmiedtorstrasse, comme si j'étais en train d'attendre le 12. Et après avoir laissé passer dix ou douze 12, j'étais encore là, debout, par un froid qui me brisait les pieds, essayant de découvrir le secret de Kornelia.

À cinq heures du soir, alors que j'étais congelé du cœur aux pieds, Kornelia apparut, avec son secret. Elle portait son manteau habituel, tellement belle, Kornelia. Le secret était ce garçon grand, beau gosse, rieur, qu'elle avait rencontré dans le cloître de Bebenhausen et qui maintenant l'embrassait avant qu'ils entrent tous les deux dans l'immeuble. Il l'embrassa bien mieux que ce que je savais faire. Les problèmes commencèrent là. Pas parce que je l'avais espionnée, mais parce qu'elle s'en aperçut lorsqu'elle tira le rideau du petit salon et vit Adrià au coin de la rue devant chez elle, en train de la regarder d'un air incrédule, les yeux écarquillés, en attendant le 12. Ce soir-là je pleurai dans la rue et en arrivant à la maison je trouvai une lettre de Bernat ; cela faisait des mois que je n'avais pas de nouvelles de lui et dans sa lettre il me disait qu'il débordait de bonheur, qu'elle s'appelait Tecla et qu'il venait me voir, que je le veuille ou pas.

Depuis que j'étais à Tübingen, mes rapports avec Bernat s'étaient un peu refroidis. Je n'écris pas de lettres : enfin, je n'en écrivais pas quand j'étais jeune. Le premier signe de vie de sa part fut une carte postale suicidaire envoyée depuis Palma, avec le texte visible par la censure militaire franquiste, où il disait je joue du clairon pour le colonel du régiment et je joue de la clarinette à moustaches quand on ne nous laisse pas sortir, ou je casse les couilles aux copains quand je travaille mon violon. Je hais la vie, les militaires, le régime et leur putain de mère à tous. Et toi, comment ça va ? Il ne me disait pas où je devais lui envoyer la réponse et Adrià lui envoya une réponse chez ses parents. Il me semble que je lui ai parlé de Kornelia mais sans insister. Mais l'été suivant je descendis à Barcelone et avec l'argent que maman avait mis sur un compte à mon nom, je versai un bon paquet à Toti Dalmau, qui était déjà médecin, et il me fit faire quelques examens à l'Hôpital militaire et j'en sortis avec un certificat de problèmes respiratoires graves qui m'empêchaient de servir la patrie. Adrià, pour une cause qu'il considérait juste, avait tiré les fils de la corruption. Et je ne le regrette pas. Aucune dictature n'a le droit d'exiger un an et demi ou deux de ta vie, amen.

25

Il voulait venir avec Tecla. Je lui dis que j'avais seulement un lit dans mon appartement et patati et patata, ce
qui était un mensonge parce qu'ils auraient parfaitement
pu aller à l'auberge. Et ensuite il se trouve que Tecla ne
pouvait pas venir parce qu'elle avait trop de travail accumulé, ce qui voulait dire, comme il me l'avoua par la
suite, que les parents de Tecla ne la laissèrent pas faire
un aussi long voyage avec ce garçon trop grand, aux
cheveux trop longs et au regard trop triste. Je me réjouis
qu'il ne se soit pas pointé avec la fille, parce que sinon
nous n'aurions pas pu parler vraiment, ce qui veut dire
qu'Adrià se serait senti tellement envieux qu'il n'aurait
même pas pu respirer et il lui aurait dit mais qu'est-ce
que tu fais avec une femme, les amis doivent toujours
passer avant tout ; tu comprends ce que je dis, misérable ?
Les amis ! Et il aurait dit ça à cause de sa pputain d'envie
et par désespoir de voir que mes problèmes cardiaques
avec Kornelia prenaient le même chemin que ceux que
j'avais eus avec toi, ma bien-aimée. À la différence près
que je découvris le secret de Kornelia. Les secrets. Et
toi… Je continuais à me demander pourquoi tu t'étais
enfuie à Paris. Donc, il vint seul, avec un violon d'étude
et avec une grande envie de bavarder. J'eus l'impression
qu'il avait encore grandi un peu. Il me dépassait d'une
bonne demi-tête. Et il commençait à regarder le monde
avec un peu moins d'impatience. Et il lui arrivait même

d'avoir, de temps en temps, un sourire sans argument, un sourire comme ça, parce que la vie.

— Tu es amoureux?

Alors son sourire s'élargit. Oui, il était amoureux. Éperdument amoureux. Il n'était pas comme moi, qui étais éperdument désorienté d'une Kornelia qui, dès que j'étais un peu distrait, partait avec un autre parce que c'est l'âge des expériences. J'enviai le sourire de Bernat, tellement tranquille. Mais il y eut quelque chose qui m'ennuya. Quand il s'installa dans ma chambre, sur le lit de camp, il ouvrit son étui à violon. Les violonistes plus ou moins professionnels transportent toujours bien plus que leur violon dans leur étui. Ils transportent la moitié de leur vie : deux ou trois archets, de la résine pour les cordes, des photos, des partitions dans une poche latérale, des cordes de rechange et un ou deux articles parus dans un journal local. Bernat transportait dans son étui son violon d'étude, un archet, et c'est tout. Et non, aussi une chemise en carton. Et c'est la première chose qu'il ouvrit : la chemise. Il y avait un texte agrafé maladroitement, qu'il me tendit. Tiens, lis.

— Qu'est-ce que c'est?

— Un récit. Je suis écrivain.

La façon dont il dit je suis écrivain m'ennuya. En fait, ça m'a ennuyé toute ma vie. Avec son manque de tact habituel, il prétendait que je le lise sur-le-champ. Je le pris, regardai le titre, l'épaisseur de la liasse, et je lui dis il faut que je lise ça tranquillement, mon vieux.

— Oui, bien sûr, bien sûr. Je sors faire un tour.

— Non. Je lirai ce soir, à l'heure où on lit. Raconte-moi comment est Tecla.

Il me dit qu'elle était comme ci et comme ça, qu'elle avait des fossettes exquises sur les joues, qu'il l'avait rencontrée au conservatoire du Liceu ; elle jouait la partie de piano et lui le premier violon du quintet de Schumann.

— Ce qui est con, c'est qu'elle joue du piano et qu'elle s'appelle Tecla[1].

— Elle s'en remettra. Elle joue bien ?

Si ça n'avait tenu qu'à lui on n'aurait jamais bougé, alors je pris mon anorak et je lui dis suis-moi et je l'emmenai au Deutsches Haus, qui était plein, comme d'habitude, et je regardai du coin de l'œil si je voyais Kornelia avec une de ses expériences, et c'est pourquoi je ne prêtai pas une grande attention à la conversation de Bernat qui, après avoir demandé, à tout hasard, la même chose que moi, commença à dire tu me manques parce que je ne veux pas partir faire des études en Europe et…

— Tu as tort.

— Je préfère faire un voyage intérieur. C'est pour ça que je me suis mis à écrire.

— Ça, c'est des âneries. Il faut que tu voyages. Tu dois chercher des maîtres pour secouer la poussière qui te recouvre.

— Ce truc, c'est dégoûtant.

— Non, c'est de la Sauerkraut.

— Quoi ?

— De la choucroute. On finit par s'habituer.

Aucune trace de Kornelia pour l'instant. Au bout d'une demi-saucisse j'étais déjà plus serein et je ne pensais presque plus à elle.

— Je veux arrêter le violon, dit-il pour me provoquer, à ce qu'il me sembla.

— Je te l'interdis.

— Tu attends quelqu'un ?

— Non, pourquoi ?

— Non, c'est que tu… Je ne sais pas, on dirait que tu attends quelqu'un.

— Pourquoi dis-tu que tu veux arrêter le violon ?

— Et toi, pourquoi tu as arrêté ?

1. Le mot catalan *tecla* signifie "touche".

— Tu le sais bien. Je ne suis pas bon.

— Moi non plus. Je ne sais pas si tu te souviens. Je manque d'âme.

— En étudiant à l'étranger, tu la trouveras. Prends des cours avec Kremer, ou avec ce type, Perlman. Ou débrouille-toi pour que Stern t'entende jouer. Enfin merde ! L'Europe est pleine de grands professeurs que nous ne connaissons pas. Mets le feu. Brûle-toi. Ou va en Amérique.

— Je n'ai pas d'avenir comme soliste.

— Foutaises.

— Tais-toi, tu n'y connais rien. Je ne peux pas faire davantage que ce que je fais.

— D'accord. Alors tu peux être un musicien d'orchestre très respectable.

— J'ai encore envie de conquérir le monde.

— À toi de décider. Ou tu prends des risques ou tu n'en prends pas. Et le monde, tu peux le conquérir depuis ton pupitre.

— Non. Je n'ai plus le feu sacré.

— Et la musique de chambre ? Ça ne te rend pas heureux d'en faire ?

Là, Bernat fut un peu ébranlé et hésita, regardant le mur. Je le laissai à son hésitation parce qu'à ce moment-là Kornelia faisait son entrée avec une nouvelle expérience à son bras, et j'aurais voulu devenir invisible et je la suivis du regard. Elle fit semblant de ne pas me voir et ils s'assirent derrière moi. Je sentis un vide horrible dans mon dos.

— Peut-être que oui.

— Quoi ?

Bernat me regarda, étonné. Patiemment :

— Peut-être que oui, quand je fais de la musique de chambre, je suis presque heureux.

Moi, la musique de chambre de Bernat, ce soir-là, je n'en avais rien à foutre. La priorité, c'était le vide, le picotement dans le dos. Et je me retournai en faisant semblant de chercher la serveuse blonde. Kornelia riait en examinant la liste de saucisses sur la carte plastifiée. L'expérience avait une moustache étonnante et totalement odieuse et déplacée. Diamétralement opposée au secret grand et blond d'il y avait dix jours.

— Qu'est-ce qui t'arrive ?

— À moi ? Qu'est-ce que tu veux qu'il m'arrive ?

— Je ne sais pas. Tu es comme…

Alors Adrià sourit à la serveuse qui passait devant lui et lui demanda un peu de pain et regarda Bernat et dit vas-y, je t'écoute, excuse-moi, c'est que j'étais…

— Eh bien quand je fais de la musique de chambre peut-être bien que…

— Tu vois ! Et si tu fais l'intégrale de Beethoven avec Tecla ?

Le picotement dans le dos était toujours si fort que je ne me demandai pas si j'étais en train de dire une bêtise.

— Oui, je peux faire ça. Et après ? Qui va nous demander de jouer ça dans une salle ? Ou de l'enregistrer sur une douzaine de trente-trois tours ? Hein ?

— Eh bien… Rien que le fait de le faire… Excuse-moi un instant.

Je me levai et me dirigeai vers les toilettes. En passant devant Kornelia et son expérience, je la regardai, elle leva la tête, me vit, me dit salut et continua à regarder la carte des saucisses. Salut. Comme si c'était parfaitement normal, après t'avoir juré un amour éternel ou presque, après avoir couché avec toi, elle attrape une expérience et quand tu tombes sur elle, elle te dit salut et continue à regarder la carte des saucisses. Je fus sur le point de lui dire ma Bratwurst est succulente, mademoiselle. Tandis que j'allais vers les toilettes j'entendis l'expérience, avec un accent bavarois à couper au couteau, demander qui c'est ce mec à la Bratwurst ? Je n'entendis pas la réponse de Kornelia parce que des serveuses aux plateaux surchargés m'obligèrent à me réfugier dans les toilettes.

Nous dûmes sauter les grilles pointues pour pouvoir nous promener la nuit dans le cimetière. Il faisait très froid mais cela nous faisait du bien à tous les deux parce que nous avions bu toute la bière du monde, lui en l'honneur de la musique de chambre et moi en découvrant les nouvelles expériences. Je lui parlai des cours d'hébreu et des matières de philosophie que j'intercalais avec celles de philologie et de ma décision de passer ma vie à étudier et si je peux donner des cours à l'université, super ; sinon, je deviendrai érudit privé.

— Et comment gagneras-tu ta vie ? Si jamais tu as besoin de la gagner.

— Je peux toujours aller dîner chez toi.

— Combien de langues parles-tu ?

— Toi, n'abandonne pas le violon.

— Je suis sur le point de le faire.

— Et pourquoi l'as-tu apporté ?

— Pour m'exercer. Dimanche, je joue chez Tecla.

— C'est bien, non ?

— Oh, oui. Passionnant. Mais il faut que j'impressionne ses parents.

— Qu'est-ce que vous allez jouer ?

— César Franck.

Pendant une minute, tous les deux, j'en suis sûr, nous nous sommes remémorés le début de la sonate de Franck, ce dialogue tellement élégant entre les deux instruments qui n'était que l'introduction à de grands plaisirs.

— Je regrette d'avoir abandonné le violon, dis-je.

— C'est bien le moment de te plaindre, grand couillon.

— Je le dis parce que je ne veux pas que tu regrettes d'ici quelques mois et que tu me traites de tous les noms parce que je ne t'ai pas prévenu.

— Il me semble que je veux être écrivain.

— Ça me paraît très bien que tu écrives. Mais il ne faut pas renoncer à

— Tu veux bien cesser d'être paternaliste, merde ?

— Va te faire foutre.

— Tu as des nouvelles de Sara ?

Ils marchèrent en silence jusqu'au bout de l'allée, jusqu'à la tombe de Franz Grübbe. Je me rendais compte que j'avais bien fait de ne pas lui parler de Kornelia et de mes souffrances. À cette époque-là, j'aimais déjà contrôler l'image que je présente aux autres.

Bernat répéta sa question seulement avec le regard et n'insista pas. Le froid était coupant et me faisait pleurer les yeux.

— Pourquoi on ne rentre pas ? dis-je.

— C'est qui ce Grübbe ?

Adrià regarda la croix épaisse d'un air pensif.

Franz Grübbe, 1918-1943. Lothar Grübbe, d'une main tremblante et indignée, écarta une ronce que quelqu'un avait mise là comme une insulte. La ronce lui fit une égratignure et il ne put penser à la petite rose de la lande de Schubert parce que sa pensée, depuis longtemps, avait été aspirée par le mauvais sort. Amoureusement, il déposa un bouquet de roses blanches comme l'âme de son fils.

— Tu cherches ta perte, lui dit Herta qui, pourtant, avait voulu l'accompagner. Ces fleurs crient.

— Je n'ai rien à perdre. – Il se releva. – Au contraire. J'ai eu ma récompense : un fils qui est un héros, un brave et un martyr.

Il regarda aux alentours. Son haleine formait un nuage épais. Il savait que le soir venu les roses blanches, plus qu'un cri de rébellion, seraient congelées. Mais cela faisait un mois que, comme on dit, ils avaient enterré Franz, et il avait promis à Anna de lui apporter des fleurs le seize de chaque mois, jusqu'au jour où il ne pourrait plus marcher. C'était la moindre des choses qu'il pouvait faire pour son fils le héros, le brave, le martyr.

— C'est quelqu'un d'important, ce Grübbe ?

— Hein ?

— Pourquoi tu t'arrêtes ici ?

— Franz Grübbe, mille neuf cent dix-huit, mille neuf cent quarante-trois.

— Qui est-ce ?

— Aucune idée.

— Merde, il fait un froid de gueux, à Tübingen. C'est toujours comme ça ?

Lothar Grübbe avait vécu silencieux et renfrogné depuis l'arrivée de Hitler au pouvoir et il montrait son silence renfrogné à ses voisins, qui faisaient semblant de ne pas voir Lothar Grübbe renfrogné et ils disaient cet homme cherche les ennuis ; et lui, renfrogné, il parlait à son Anna tout en se promenant solitaire dans le parc, et il lui disait ce n'est pas possible qu'il n'y ait personne qui se révolte, ce n'est pas possible. Et quand Franz revint de l'université, où il perdait son temps à étudier des lois qui allaient être abolies par l'Ordre nouveau, le ciel lui tomba sur la tête parce que son Franz, les yeux brillants d'émotion, lui dit papa, conformément aux directives et aux souhaits du Führer, je viens de demander mon admission dans les SS et il est très probable qu'on m'accepte parce que j'ai pu prouver que nous sommes sans tache jusqu'à la cinquième ou la sixième génération. Et Lothar, perplexe, déconcerté, lui dit qu'est-ce qu'ils t'ont fait, mon fils, comment ça se fait que…

— Papa : Nous entrons dans une Nouvelle Ère Faite De Puissance, D'Énergie, De Lumière et D'Avenir. Etc., papa. Et je veux que tu t'en réjouisses.

Lothar pleura devant son fils enthousiaste, qui le gronda pour toutes ces larmes de faiblesse. Le soir, il raconta à Anna et lui dit pardonne-moi Anna, c'est ma faute, c'est ma faute parce que je l'ai laissé partir loin de la maison pour ses études ; on nous l'a intoxiqué de fascisme, mon Anna bien-aimée. Et Lothar Grübbe eut beaucoup de temps pour pleurer parce que, un mauvais jour, le jeune Franz, qui était à nouveau loin de chez lui, ne voulut pas affronter le regard plein de reproches de son père et se contenta de lui envoyer un télégramme enflammé qui disait que La Troisième Compagnie Des Waffen-SS de Je Ne Sais Quel Bordel De Merde, Papa, Est Envoyée Sur Le Front Du Sud, Stop. Je Vais Enfin Pouvoir Offrir Ma Vie À Mon Führer, Stop. Ne Me Pleure Pas Si Je Viens À Mourir. Stop. Je Vivrai Éternellement Au Walhalla. Stop. Et Lothar pleura et décida que cela devait rester secret et ce soir-là il ne raconta pas à Anna qu'il avait reçu un Télégramme de Franz, Rempli De Majuscules Odieuses.

Drago Gradnik dut incliner l'immense masse de son corps pour entendre la petite voix anémique du préposé au service postal de Jesenice, au bord de la Sava Dolinka, dont les eaux étaient gonflées par la fonte printanière.

— Qu'est-ce que vous dites ?

— Que cette lettre n'arrivera pas à destination.

— Pourquoi ? – voix de stentor.

Le pépé chargé du courrier mit ses lunettes et lut à voix haute : Fèlix Ardèvol, 283 València ulica, Barcelona, Španija. Et il mit la lettre entre les mains du géant.

— Elle se perdra en chemin, mon capitaine. Toutes les lettres de ce sac ont pour destination Ljubljana et c'est tout.

— Je suis sergent.

— Ça m'est égal. Elle se perdra quand même. Nous sommes en guerre. Vous n'étiez pas au courant ?

Gradnik, contrairement à son habitude, fit un geste menaçant à l'endroit du fonctionnaire et dit, en prenant la voix la plus profonde et la plus désagréable de son répertoire, vous allez lécher un timbre de cinquante para, le coller sur l'enveloppe, mettre un tampon, fourrer la lettre dans le sac que je dois emporter et laisser pisser. Vous m'avez compris ?

Bien qu'on l'appelât à l'extérieur, Gradnik attendit que l'homme, offensé, obéisse sans mot dire aux ordres de ce partisan hurluberlu. Et lorsqu'il eut fini il mit l'enveloppe dans le sac de la maigre correspondance qui devait partir pour Ljubljana. Le gigantesque sergent le prit et sortit dans la rue ensoleillée. Deux hommes impatients l'appelèrent depuis le camion, dont le moteur avait démarré quand ils l'avaient vu sortir. Dans la benne du camion, six ou sept sacs semblables et Vlado Vladić étendu, en train de fumer et disant, putain, sergent, il n'y avait qu'à ramasser le sac.

Le camion avec les sacs de courrier et une quinzaine de partisans ne put se mettre en route. Une Citroën insolite s'arrêta juste devant et il en descendit trois partisans qui les mirent au courant : ce dimanche des Rameaux, jour où, en Croatie et en Slovénie, on commémorait l'entrée triomphale de Jésus à Jérusalem monté sur un âne, trois compagnies de la SS-Division Reich avaient décidé d'imiter le fils de Dieu et étaient entrées triomphalement en Slovénie, mais motorisées, tandis que la Luftwaffe mettait en pièces le centre de Belgrade et que le gouvernement du roi, avec le roi en première ligne, fuyait la queue entre les jambes, camarades. C'est le moment de donner notre vie pour la liberté. Vous irez à Kranjska Gora freiner la division des Waffen-SS. Et Drago Gradnik pensa l'heure de ma mort est venue, béni soit le Seigneur. Je mourrai à Kranjska Gora en essayant de freiner une inexorable division des Waffen-SS. Et, comme il l'avait fait pendant toute sa vie, il évita de se plaindre. Depuis le moment où il avait raccroché la soutane et où il était allé voir le commando de partisans qui agissaient dans sa zone pour offrir de servir son pays, il savait qu'il se trompait mais qu'il ne pouvait rien faire d'autre parce que devant lui il y avait le mal, qu'il s'agisse des oustachis de Pavelić ou des SS du diable, et les théologies devaient laisser la place à de tristes urgences. Ils arrivèrent à Kranjska Gora sans rencontrer le moindre diable et tous pensaient plus ou moins que l'information n'était peut-être pas très fiable. Mais au départ de la route de Borovška, un commandant sans étoiles, avec l'accent croate et une barbe de vingt jours, leur dit l'heure de la vérité est venue ; c'est une lutte à mort contre le nazisme : vous êtes l'armée des partisans pour la liberté et contre le fascisme. N'ayez aucune pitié envers l'ennemi, comme aucun ennemi n'en a eu pour nous ni n'en aura jamais. Drago Gradnik eut envie d'ajouter pour les siècles des siècles, amen. Mais il s'abstint, parce que le commandant sans étoiles leur expliqua clairement comment devait agir chaque nid défensif. Gradnik eut le temps de penser que ça y était, que maintenant il allait devoir tuer.

— Allez, on cavale vers les collines. Et bonne chance !

Le gros de la troupe, avec des mitrailleuses, des grenades et des mortiers, occupa des endroits sûrs. Les tireurs étaient placés au-dessus, comme des aigles. La douzaine de tireurs se déploya agilement – sauf le curé Gradnik, qui soufflait comme une baleine – dans les postes défensifs, chacun avec son fusil et seulement treize chargeurs. Et si vous n'avez plus de balles, utilisez des pierres ; et s'ils s'approchent de vous, étranglez-les ; mais empêchez-les d'arriver au village. Les bons tireurs recevaient un Nagant à visée télescopique. Et cela signifiait qu'ils devaient regarder, suivre, observer, être en relation avec celui qu'ils allaient finir par tuer.

Alors qu'il était sur le point de mourir étouffé par son propre halètement, une main l'aida à faire le dernier pas. C'était Vlado Vladić, qui était déjà couché, visant le tournant désert, sur la route, et qui lui dit sergent il faut soigner cette forme. Du haut de la colline on entendait les loriots effarouchés qui volaient au-dessus d'eux comme s'ils voulaient révéler leur présence aux Allemands. Ils restèrent en silence une ou deux minutes, tandis qu'il reprenait son souffle.

— Qu'est-ce que vous faisiez avant la guerre, sergent ? demanda le partisan serbe dans un épouvantable slovène.

— J'étais boulanger.

— Mes couilles. Vous étiez curé.

— Si tu sais, pourquoi tu demandes ?

— Je veux me confesser, mon père.

— Je suis en guerre. Je ne suis pas prêtre.

— Si, vous l'êtes.

— Non. J'ai péché contre l'espérance. C'est moi qui devrais me confesser. J'ai raccroché la

Il se tut d'un coup : au tournant solitaire apparaissait une automitrailleuse, suivie de deux, quatre, huit, dix, douze, putain de merde, mon Dieu. Vingt ou trente ou mille voitures blindées remplies de soldats. Et derrière, au moins trois ou quatre compagnies à pied. Les loriots continuèrent leur chahut, indifférents à la haine et à la peur.

— Quand le bal commencera, mon père, vous descendez le lieutenant de droite et moi celui de gauche. Ne perdez pas de vue le vôtre.

— Le grand maigre ?

— Ouais. Faites comme moi.

Ça, c'était vraiment tutoyer la mort, pensa Gradnik, l'angoisse au cœur.

Après le dernier véhicule, le jeune SS-Obersturmführer Franz Grübbe, à la tête de sa section, projetait son regard vers les collines de gauche, au-dessus desquelles voletaient des oiseaux qu'il n'avait jamais vus. Il regardait vers le haut, non pour repérer l'ennemi, mais parce qu'il imaginait Le Moment Glorieux Où Toute l'Europe Serait

Guidée Par Notre Führer Clairvoyant Et Où L'Allemagne Deviendrait Le Modèle De Société Idéale Que Les Peuples Devraient Essayer D'Imiter. Et juste sur la colline de gauche, presque devant les premières maisons de Kranjska Gora, cent partisans camouflés par le paysage attendaient le signal du commandant croate. Et le signal, c'était le premier tir de mitrailleuse contre les véhicules. Et Drago Gradnik, né à Ljubljana le trente août mille huit cent quatre-vingt-quinze, ancien élève du collège de Jésuites de sa ville, qui avait décidé de consacrer sa vie à Dieu et était entré, poussé par la dévotion, au séminaire diocésain de Vienne et, qui, compte tenu de ses capacités intellectuelles, avait été choisi pour suivre des études de théologie à la Pontificia Università Gregoriana et d'exégèse biblique au Pontificio Istituto Biblico, et qui était destiné à accomplir de grands desseins dans notre sainte mère l'Église, eut pendant une seconde qui dura une éternité, dans le point de mire de son Nagant, ce jeune et répugnant officier SS qui regardait en l'air avec une morgue de vainqueur et qui ouvrait la marche de cette compagnie? section? patrouille? qu'ils devaient arrêter.

Et le bal commença. Pendant un moment, on aurait dit que les soldats étaient surpris d'une résistance à laquelle ils ne s'attendaient pas, aussi loin de Ljubljana. Gradnik, froidement, suivait avec son viseur télescopique les mouvements de sa victime et pensa si tu presses la détente, Drago, tu n'auras plus le droit de mettre les pieds au paradis. Tu vis avec l'homme que tu dois finir par tuer. La sueur voulait troubler sa vue, mais il refusa d'être aveuglé. Il était pleinement déterminé et il devait garder sa victime dans son viseur. Tous les soldats, enfin, avaient chargé leurs armes, mais ils ne savaient pas bien où viser. Mais les gros dégâts étaient subis par les voitures blindées et leurs occupants.

— Maintenant, curé!

Ils tirèrent en même temps. Gradnik avait son officier de face, le fusil prêt, regardant encore sans savoir dans quelle direction il devait tirer. L'officier SS s'appuya contre le talus qui était derrière lui et, tout à coup, laissa tomber son fusil, indifférent à tout ce qui se passait, le visage subitement rouge de sang. Le jeune SS-Obersturmführer Franz Grübbe n'avait eu le temps de penser ni à la Gloire du Combat ni à l'Ordre Nouveau ni au Lendemain Glorieux qu'il offrait aux survivants par sa mort, parce qu'on lui avait arraché la moitié de la tête et il ne pouvait plus penser, ni aux oiseaux inconnus ni à l'endroit d'où venaient les coups de feu. Alors Gradnik reconnut que cela lui était égal si le paradis lui était fermé parce qu'il avait fait ce qu'il avait fait. Il rechargea son Nagant. Avec le viseur télescopique, il balaya les rangs ennemis. Un sergent SS houspillait les soldats pour les mettre en ordre. Il le visa au cou pour le faire taire et tira. Et froidement, sans perdre son calme, il rechargea encore et abattit encore quelques sous-officiers.

Avant que le soleil se couche, la colonne des Waffen-SS s'était repliée en abandonnant les morts et la ferraille des véhicules. Les partisans descendirent comme des vautours fouiner au milieu des cadavres. De temps en temps, on entendait le claquement glacial du pistolet du commandant sans uniforme qui achevait les blessés avec aux lèvres un rictus dur.

Suivant des ordres stricts, tous les partisans survivants devaient fouiller les cadavres et ramasser armes, munitions, bottes et vestes en cuir. Drago Gradnik, comme s'il était poussé par une force mystérieuse, alla à la rencontre de son premier mort. C'était un jeune homme à l'air bonasse, les yeux couverts de sang, qui regardait en avant, toujours appuyé contre le talus, le casque pulvérisé et le visage rouge. Il ne lui avait laissé aucune chance. Pardonne-moi, mon fils, dit-il. Et alors il vit que Vlado

Vladić, avec deux autres camarades, ramassait les plaques d'identité ; ils faisaient toujours ça, quand ils pouvaient, pour rendre plus difficile le travail d'identification des ennemis. Lorsqu'il arriva près de son mort, Vladić arracha la plaque sans ménagement. Gradnik réagit :

— Attends ! Donne-la-moi !

— Curé, il faut qu'on…

— Je t'ai dit de me la donner !

Vladić haussa les épaules et lui passa la plaque.

— C'est votre premier mort, hein ?

Et il poursuivit sa tâche. Drago Gradnik regarda la plaque. Franz Grübbe. Son premier mort s'appelait Franz Grübbe et c'était un jeune SS-Obersturmführer probablement aux yeux bleus et aux cheveux blonds. Il s'imagina un instant rendant visite à la veuve ou aux parents du mort, pour les consoler et leur dire, à genoux, c'est moi qui ai fait ça, c'est moi, confiteor. Et il mit la plaque dans sa poche.

Je haussai les épaules devant cette tombe et je répétai allez on rentre, ça caille. Et Bernat comme tu voudras, c'est toi qui commandes, tu as toujours commandé dans ma vie.

— Va te faire foutre.

Comme nous étions raides de froid, sauter la grille du cimetière me valut une déchirure au pantalon. Et nous laissâmes les morts seuls et glacés, dans l'obscurité, avec leurs histoires éternelles.

Je ne lus pas son texte ; Bernat s'endormit dès qu'il posa la tête sur l'oreiller parce qu'il devait être épuisé par le voyage. Je préférai penser au choc des cultures pendant le déclin de l'Empire romain en attendant que le sommeil arrive et je me demandai si c'était possible dans l'Europe actuelle. Mais tout à coup, Kornelia et Sara entrèrent dans mes pensées heureuses et je me sentis profondément triste. Et tu n'auras pas le cran de raconter ça à ton meilleur ami.

Finalement, c'est l'option Bebenhausen qui l'emporta parce qu'Adrià, ce jour-là, avait l'humeur très historique et

— Non : c'est dans ta vie que tu as l'humeur historique. Pour toi, tout est histoire.

— C'est plutôt que l'histoire de n'importe quelle chose explique l'état présent de cette chose quelconque. Et aujourd'hui j'ai l'humeur historique et on va à Bebenhausen parce que d'après toi j'ai toujours commandé.

Il faisait un froid inimaginable. Devant la faculté, les arbres de la Wilhelmstrasse, dénudés de leurs feuilles, les pauvres, gardaient patiemment la pose, sachant que des jours meilleurs viendraient.

— Je ne pourrais pas vivre ici. Mes mains gèleraient et je ne pourrais pas jouer…

— De toute, façon, puisque tu abandonnes le violon, tu peux bien rester vivre ici.

— Je t'ai dit comment elle est, Tecla ?

— Oui. – Il se mit à courir. – Allez, c'est notre car !

Dans le car, il faisait aussi froid que dehors, mais les gens déboutonnaient le col de leur manteau. Bernat commença à dire qu'elle a des fossettes aux joues qui ont l'air

— De deux nombrils, tu me l'as déjà dit.

— Eh, si tu ne veux pas que…

— Tu n'as pas de photo d'elle ?

— Non. Je n'y ai pas pensé, merde.

En réalité, Bernat n'avait pas de photo de Tecla parce qu'il n'avait pas encore pris de photo d'elle, parce qu'il n'avait pas encore d'appareil photo et parce que Tecla n'en avait pas non plus, qu'elle aurait pu lui prêter, mais ça m'est égal parce que je ne me lasse pas de la décrire.

— Moi, ça me lasse.

— Tu es tellement antipathique que je ne sais même pas pourquoi je te parle.

Adrià ouvrit sa serviette, qui faisait partie intégrante de son être, en tira quelques feuilles de papier et les lui montra.

— Parce que je lis tes lubies.

— Merde, ça y est, tu l'as lu ?

— Pas encore.

Adrià lut le titre et ne tourna pas la page. Bernat l'observait du coin de l'œil. Aucun des deux ne s'aperçut que la route droite entrait dans une vallée où la forêt de sapins, de part et d'autre, était enfarinée. Deux minutes éternelles s'écoulèrent, pendant lesquelles Bernat pensa que si rien que pour lire le titre il mettait tant de temps c'était que… Peut-être qu'il lui suggère des choses ; peut-être qu'il le transporte, comme moi quand je l'ai écrit sur la première page. Mais Adrià regardait les premiers mots du titre et pensait pourquoi je ne peux pas y aller et lui dire Kornelia, on laisse tomber, c'est fini. Et tu t'es comportée comme une dégueulasse, d'accord ? Et à partir de maintenant je vais m'occuper à regretter Sara ; et il savait que ce qu'il pensait était un mensonge parce quand il se retrouverait face à Kornelia tout son être fondrait, il ouvrirait la bouche et ferait ce qu'elle lui dirait, même si elle lui disait de s'en aller parce qu'elle attendait une nouvelle expérience, mon Dieu, pourquoi suis-je aussi dégonflé.

— Il te plaît ? C'est un bon titre, n'est-ce pas ?

Adrià revint de son monde. Il se leva, affolé :

— Eh ! C'est là !

Ils descendirent à l'arrêt de la grand-route. Devant eux, le village glacé de Bebenhausen. Une femme aux cheveux blancs était descendue en même temps qu'eux et leur sourit. Et Adrià eut tout à coup une idée : il lui demanda si elle pouvait les prendre en photo avec cet appareil, vous voyez ? Elle posa son cabas par terre, prit l'appareil et dit bien sûr, où faut-il appuyer ?

— Ici. Merci beaucoup, madame.

Les deux amis posèrent de façon à ce que l'on voie le village recouvert par une fine couche de glace, qui le rendait tellement inhospitalier. La femme appuya sur le déclencheur et dit ça y est. Adrià reprit l'appareil photo et se saisit du cabas. Il lui fit signe de monter, qu'il se chargeait du fardeau. Tous les trois se rapprochèrent des maisons par la rampe qui y menait.

— Faites attention à l'asphalte glacé, dit la femme ; il est traître.

— Qu'est-ce qu'elle t'a dit ? demanda Bernat, tout ouïe.

À ce moment il glissa et tomba sur le derrière au milieu de la rampe.

— Ça, dit Adrià en éclatant de rire.

Bernat se leva, humilié, marmonna un juron et dut reprendre une contenance. En haut de la montée, Adrià rendit son cabas à la femme.

— Touristes ?

— Étudiants.

Il lui tendit la main et dit Adrià Ardèvol, enchanté.

— Herta, dit la femme. Et elle s'éloigna, son cabas à la main, sans glisser le moins du monde.

Le froid était plus intense qu'à Tübingen. Il était obscène. Le cloître, tranquille et silencieux tandis qu'ils attendaient qu'il soit dix heures pile, pour la visite guidée. Les autres visiteurs attendaient dans le vestibule, à l'abri. Ils foulèrent au pied le givre encore vierge de la nuit.

— Que c'est beau, dit Bernat, émerveillé.

— J'aime beaucoup cet endroit. J'y suis venu six ou sept fois, au printemps, à l'été, à l'automne… C'est relaxant.

Bernat respira, satisfait, et dit comment peux-tu ne pas croire quand tu vois la beauté et la paix de ce cloître.

— Ceux qui vivaient ici adoraient un Dieu vengeur et rancunier.

— Un peu de respect.

— Je le dis avec beaucoup de peine, Bernat ; je ne plaisante pas.

Quand ils se taisaient on entendait seulement la glace mise en miettes par leurs pas. Aucun oiseau ne souhaitait être congelé. Bernat respira profondément et exhala un nuage épais, comme s'il était une locomotive. Adrià relança la conversation :

— Le Dieu chrétien est rancunier et vengeur. Si tu commets une faute et que tu ne t'en repens pas, il te punit de l'enfer éternel. Cela me semble une réaction disproportionnée et je ne veux rien avoir à faire avec ce Dieu.

— Mais…

— Mais quoi.

— Eh bien, c'est le Dieu d'amour.

— Compte là-dessus et bois de l'eau fraîche : être condamné à rôtir éternellement parce que tu n'es pas allé à la messe ou que tu as volé ton voisin. Je ne vois d'amour nulle part.

— C'est une vision partiale.

— Je ne dis pas le contraire : je ne suis pas spécialiste. – Il s'arrêta tout net. – Il y a des choses qui m'angoissent davantage.

— Quoi par exemple ?

— Le mal.

— Quoi ?

— Le mal. Pourquoi ton Dieu le permet-il ? Il n'évite pas le mal : il se contente de punir le méchant par le feu éternel. Pourquoi n'évite-t-il pas le mal ? Tu as une réponse ?

— Non… Eh bien… Dieu respecte la liberté humaine.

— C'est ce que t'ont fait croire les prêtres malins ; peur eux aussi, le peu d'empressement de Dieu à agir contre le mal est inexplicable.

— Le méchant sera puni.

— Sans blague : après avoir commis tous ses méfaits.

— Je ne sais pas, Adrià, merde ; je ne sais pas parler avec toi. Je n'ai pas d'arguments, tu le sais… Je suis croyant, un point c'est tout.

— Excuse-moi. Je ne veux pas te… Mais c'est toi qui as abordé ce sujet.

Une porte s'ouvrit et un petit groupe d'explorateurs, menés par le guide, s'apprêta à entreprendre la visite.

— Le monastère de Bebenhausen, que nous allons visiter, fut fondé par Rudolf Ier de Tübingen en mille cent quatre-vingt et fut sécularisé en mille huit cent six.

— Qu'est-ce que ça veut dire sécularisé? (Une dame avec des lunettes d'écaille très épaisses et un manteau grenat.)

— Disons qu'il a cessé d'être utilisé comme monastère.

Alors, le guide leur passa élégamment de la pommade, parce que c'étaient des personnes cultivées qui préféraient l'architecture du douzième ou du treizième siècle au petit verre de schnaps ou à la bière. Et il poursuivit en disant qu'à différentes reprises, au vingtième siècle, il fut utilisé comme lieu de réunion par différentes entités politiques locales et régionales jusqu'à ce que, grâce une décision récente du gouvernement fédéral, on prévoie sa restauration totale, afin que le visiteur puisse observer de la façon la plus exacte l'aspect qu'il avait quand c'était un monastère, habité par une nombreuse colonie de moines cisterciens. Les travaux de restauration commenceront cet été. Maintenant, si vous voulez bien me suivre, nous allons entrer dans ce qui fut l'église abbatiale. Attention aux marches. Attention. Tenez-vous là, madame, si vous vous cassez une jambe, vous raterez mes magnifiques explications. Et quatre-vingt-dix pour cent des visiteurs eurent un sourire.

Congelés, ils entrèrent dans l'église en faisant très attention aux marches. Une fois à l'intérieur, Bernat s'aperçut que parmi les neuf visiteurs gelés, il n'y avait pas Adrià. Tandis que le guide aux cheveux blancs disait cette église, qui garde encore de nombreux éléments du gothique flamboyant, comme cette voûte au-dessus de nos têtes, Bernat sortit de l'église et retourna au cloître. Il le vit assis sur une pierre blanche de neige, de dos, en train de lire… oui, en train de lire ses pages ! Il l'observa intensément. Il regretta de ne pas avoir d'appareil photo, parce qu'il n'aurait pas hésité à immortaliser le moment où Adrià, son mentor spirituel et intellectuel, la personne en qui il avait le plus confiance et en qui il avait le moins confiance, était absorbé par les fictions qu'il avait créées, lui, à partir de rien. Pendant un instant, il se sut important et il cessa de sentir le froid. Il entra à nouveau dans l'église. Le groupe se trouvait sous une fenêtre qui avait subi des dégâts il ne put savoir pourquoi, et alors un des congelés demanda combien de moines vivaient là, à l'époque de splendeur.

— Au quinzième siècle, il y eut jusqu'à cent moines, répondit le guide.

Comme les pages de mon récit, pensa Bernat. Et il imagina que son ami devait être arrivé à la page seize, quand Elisa dit que la seule solution qui lui reste est de s'enfuir de chez elle.

— Mais où iras-tu, ma pauvre enfant ? – Amadeu, effrayé.

— Ne m'appelle pas ma pauvre enfant. – Elisa, indignée, rejetant sa chevelure en arrière d'un geste brusque.

Quand elle était en colère, Elisa avait aux joues des petites fossettes qui ressemblaient à des petits nombrils, et Amadeu les voyait, les regardait, et perdait le nord.

— Pardon ?

— Vous ne pouvez pas rester seul ici. Vous devez suivre le groupe.

— Pas de problème, dit Bernat en levant les bras en signe d'innocence et en abandonnant ses personnages à la lecture attentive d'Adrià. Et il prit place à la fin du groupe qui maintenant descendait l'escalier et attention aux marches, avec ce froid, elles sont traîtresses. Adrià était encore dans le cloître, en train de lire, indifférent à la bise glaciale, et pendant un instant Bernat fut l'homme le plus heureux du monde.

Il décida de payer à nouveau et de refaire le tour avec un nouveau groupe de visiteurs à l'air gelé. Dans le cloître, immobile, Adrià lisait sans lever la tête. Et s'il est congelé ? s'inquiéta Bernat. Il ne se rendit pas compte que ce qui lui faisait le plus de peine, si Adrià était transformé en bloc de glace, c'était qu'il n'aurait pas fini de lire son récit. Mais il le regarda du coin de l'œil en même temps qu'il entendait le guide dire, en allemand cette fois, le monastère de Bebenhausen, que nous allons visiter, fut fondé par Rudolf Ier de Tübingen en mille cent quatre-vingt et fut sécularisé en mille huit cent six.

— Qu'est-ce que ça veut dire sécularisé ? (Un homme jeune, grand et mince, engoncé dans un anorak bleu électrique.)

— Disons qu'il a cessé d'être utilisé comme monastère.

Alors, le guide leur passa élégamment de la pommade, parce que c'étaient des personnes cultivées qui préféraient l'architecture du douzième ou du treizième siècle au petit verre de schnaps ou à la bière. Et il poursuivit en disant qu'à différentes reprises, au vingtième siècle, il fut utilisé comme lieu de réunion par différentes entités politiques locales et régionales jusqu'à ce que, grâce à une décision récente du gouvernement fédéral, on prévoie sa restauration totale, afin que le visiteur puisse observer de la façon la plus exacte l'aspect qu'il avait quand c'était un monastère, habité par une nombreuse colonie de moines cisterciens. Les travaux de restauration commenceront cet été. Maintenant, si vous voulez bien me suivre, nous allons entrer dans ce qui fut l'église abbatiale. Attention aux marches. Attention. Tenez-vous là, madame, si vous vous cassez une jambe, vous raterez mes magnifiques explications. Et quatre-vingt-dix pour cent des visiteurs eurent un sourire. Bernat entendit que l'homme commençait à dire cette église, qui garde encore de nombreux éléments du gothique flamboyant, comme cette voûte au-dessus de nos têtes ; mais il l'entendit depuis la porte parce qu'il revenait furtivement en arrière, dans le cloître, où il se cacha derrière une colonne. Non, Adrià n'avait pas été transformé en bloc de glace : il tournait une page, frissonnait et se concentrait à nouveau. Page quarante ou quarante-cinq, calcula Bernat. Et Adrià lisait en faisant des efforts pour que ni Sara ni Kornelia ne deviennent Elisa et il ne voulait pas bouger de là malgré le froid. Quarante ou quarante-cinq, au moment où Elisa grimpe la côte du Cantó à bicyclette, les cheveux au vent ; maintenant que j'y pense, si c'est en montée, ses cheveux ne peuvent pas voler au vent parce qu'elle a beaucoup de mal à faire avancer la bicyclette. Il faudra que je revoie ça. Si c'était en descente, d'accord. Donc je changerai ça en descente du Cantó. C'est ça, la descente du Cantó et les cheveux au vent. Ça lui plaît sûrement, il ne remarque même pas le froid. S'efforçant de ne pas faire de bruit en marchant, il rejoignit le groupe qui à ce moment-là levait la tête comme un seul homme pour contempler les caissons, une merveille de marqueterie, et une femme aux cheveux couleur paille dit wunderbar et regarda Bernat comme si elle lui demandait une prise de position esthétique. Bernat, qui se sentait d'humeur pléthorique, fit oui de la tête, trois ou quatre fois, mais il n'osa pas dire wunderbar parce qu'on aurait remarqué à des kilomètres qu'il n'était pas allemand et il ne voulait pas se faire remarquer. En tout cas pas avant qu'Adrià lui ait dit ce qu'il pensait, et qu'il se mette à sauter et à crier, fou de joie. La femme aux cheveux paille se tint

pour satisfaite du geste ambigu de Bernat et dit wunderbar, plus bas cette fois, seulement pour elle.

À la quatrième visite du cloître, le cicerone, qui regardait Bernat avec méfiance depuis un moment, s'approcha
de lui et le regarda dans les yeux, comme s'il voulait élucider si ce touriste muet et solitaire se fichait de sa gueule
ou s'il était une victime ravie des charmes du monastère
de Bebenhausen, ou peut-être de ses explications. Bernat
regarda avec enthousiasme le dépliant, qu'il avait froissé
dans sa nervosité, et le guide s'éloigna en secouant la
tête et dit le monastère de Bebenhausen, que nous allons
visiter, fut fondé par Rudolf Ier de Tübingen en mille cent
quatre-vingt et fut sécularisé en mille huit cent six.

— Wunderbar. Qu'est-ce que ça veut dire sécularisé ?
(Une femme jeune, jolie, couverte comme un Eskimo et
le nez rougi par le froid.)

Lorsqu'ils sortirent du cloître après avoir admiré les
caissons du plafond, Bernat, caché parmi les morceaux
de glace qu'étaient les visiteurs, vit qu'il devait en être
vers la page quatre-vingt et Elisa avait déjà vidé le bassin et avait laissé mourir les douze poissons rouges, dans
la scène émouvante où elle décide de châtier les sentiments et non les corps des deux garçons, en les pri-
vant de poissons rouges. Et ça, c'était la préparation du
finale inespéré, dont il était particulièrement et humblement orgueilleux.

Il n'y avait plus de groupe. Bernat resta dans le cloître,
regardant sans vergogne Adrià, qui à ce moment tournait
la page cent trois, pliait les feuilles de papier et restait
un moment à regarder les buis gelés qui se trouvaient
devant lui. Tout à coup il se leva et alors je vis Bernat
qui me regardait comme si j'étais une apparition, avec

un air étrange, et qui me disait je pensais que tu t'étais transformé en bloc de glace. Nous sortîmes en silence et Bernat demanda timidement si je voulais faire la visite guidée et je lui dis que ce n'était pas la peine, que je la connaissais par cœur.

— Moi aussi, répondit-il.

Une fois dehors, je dis que je devais boire un thé chaud de toute urgence.

— Bon, eh bien, alors?

Adrià regarda son ami avec étonnement. Celui-ci, du menton, montra la liasse de feuilles que l'autre tenait dans sa main gantée. Il s'écoula huit ou dix ou mille secondes de silence angoissant. Alors Adrià, sans regarder Bernat dans les yeux, dit c'est très, très mauvais. Ça manque d'âme ; je n'ai pas cru à une seule émotion. Je ne sais pas pourquoi, mais je trouve que c'est très mauvais. Je ne sais pas qui est Amadeu ; et le pire, c'est que je m'en moque complètement. Quant à Elisa, n'en parlons pas.

— Tu dis ça pour rire. – Bernat, pâle comme maman quand elle m'a dit ton père est monté au ciel.

— Non. Je me demande pourquoi tu t'obstines à écrire alors qu'avec la musique…

— Tu es vraiment un fils de pute.

— Il ne fallait pas me le faire lire.

Le lendemain, ils étaient dans le car qui les conduisait à la gare de Stuttgart, parce que je ne sais pas ce qui se passait avec les trains à Tübingen, chacun regardant son paysage, Bernat enfermé dans un silence hostile et têtu, avec une tête comme une porte de prison, qu'il s'était efforcé de garder depuis la visite tellement instructive du monastère de Bebenhausen.

— Un jour tu m'as dit qu'on ne trompe pas un ami intime. Rappelle-toi, Bernat. Alors arrête de jouer les offensés, merde.

Il dit cela à voix haute parce que parler catalan dans un autocar qui va de Tübingen à Stuttgart donne un sentiment d'isolement et d'impunité.

— Pardon? C'est à moi que tu parles?

— Oui. Et tu as ajouté que si ce fils de pute d'ami intime est incapable de me dire la vérité et préfère dire comme tout le monde, oh que c'est beau, Bernat, quel festival de... Il me manque l'étincelle magique. Et toi, tu ne devrais pas me mentir. Ne me mens plus jamais, Adrià. Ou nous cesserons d'être amis. Tu te souviens de ces mots? Ce sont tes mots. Et tu en as encore dit davantage : tu as dit je sais que tu es la seule personne à me dire la vérité. – Il le regarda un peu en biais. – Et je le ferai toujours, Bernat. – Regardant en avant, il ajouta : Si je suis assez fort.

Ils laissèrent l'autocar parcourir quelques kilomètres brumeux et humides.

— Je joue parce que je ne sais pas écrire. – Bernat dit cela en regardant par la fenêtre.

— Là tu me plais! s'écria Adrià. Et il regarda la femme assise en face de lui, comme s'il voulait lui demander son avis. La femme détourna le regard vers le paysage gris, pluvieux et triste qui les rapprochait de Stuttgart : méditerranéens braillards ; sûrement des Turcs. Un silence interminable, jusqu'à ce que le plus grand des jeunes Turcs se relâche et regarde son camarade du coin de l'œil :

— Je te plais? Qu'est-ce que tu veux dire?

— L'art véritable naît toujours d'une frustration. À partir du bonheur, on ne crée rien.

— Alors si c'est comme ça je suis un putain d'artiste.

— Eh, tu es amoureux, ne l'oublie pas!

— Tu as raison. Mais il n'y a que mon cœur qui fonctionne, précisa Kemal Bernat. Le reste est une merde.

— J'échange tout de suite. – Ismaïl Adrià parlait sérieusement.

— D'accord, Mais ce n'est pas possible. Nous sommes condamnés à nous envier.

— Qu'est-ce que cette femme doit penser de nous ?

Kemal l'observa tandis qu'elle s'obstinait à contempler le paysage qui était déjà urbain mais toujours aussi gris et pluvieux. Kemal était content de pouvoir cesser de faire la gueule car, même s'il était profondément offensé, c'était très dur à tenir. Et, comme s'il exprimait une pensée profonde :

— Je ne sais pas. Mais je suis certain qu'elle s'appelle Ursula.

Ursula les regarda. Elle ouvrit son sac et le referma, peut-être pour dissimuler son trouble, pensa Kemal.

— Et elle a un fils de notre âge, ajouta Ismaïl.

En attaquant la côte, la charrette commença à gémir et le charretier abattit violemment son fouet sur le dos des chevaux. La côte était trop raide pour qu'on la gravisse avec le poids de vingt hommes, mais un pari c'était un pari.

— Vous pouvez commencer à retourner vos poches, sergent ! dit le charretier.

— On n'est pas encore en haut.

Les soldats, qui voulaient goûter au plaisir de voir le sergent perdre un pari, retinrent leur respiration comme si, de cette façon, ils pouvaient aider les pauvres bêtes à grimper la côte jusqu'à l'endroit où commençaient les premières maisons de Vet. Ce fut une ascension lente, agonique, et quand ils arrivèrent enfin en haut, le charretier se mit à rire et dit Allah est grand, et moi et mes bêtes aussi ! Qu'est-ce que vous en dites, sergent ?

Le sergent tendit une pièce au charretier et Kemal et Ismaïl dissimulèrent un sourire. Pour faire oublier l'humiliation subie, le sous-officier cria des ordres :

— Tout le monde descend. Que les Arméniens se préparent, cette bande d'assassins !

Le charretier alluma une cigarette, satisfait, tout en regardant les soldats armés jusqu'aux dents descendre

de la charrette et se diriger vers la première maison de
Vet, prêts à tout.

— Adrià ?

— Oui.

— Où es-tu ?

— Hein ?

Adrià regarda devant lui. Ursula rajustait sa veste et
regardait à nouveau le paysage, se désintéressant apparemment des affaires des jeunes Turcs.

— Peut-être qu'elle s'appelle Barbara.

— Hein ? – S'efforçant de revenir dans l'autocar. –
Oui. Ou Ulrike.

— Si j'avais su, je ne serais pas venu te voir.

— Si tu avais su quoi ?

— Que tu n'aimerais pas mon récit.

— Récris-le. Mais mets-toi dans la peau d'Amadeu.

— C'est Elisa la protagoniste.

— Tu en es sûr ?

Silence des deux jeunes Turcs. Au bout d'un moment :

— Eh bien regarde ça de plus près : tu racontes tout
du point de vue d'Amadeu et…

— D'accord, d'accord, d'accord. Je vais le récrire.
Tu es content ?

Sur le quai, Bernat et Adrià s'embrassèrent et Frau
Ursula pensa alors là, ces Turcs, comme ça, en plein
jour, et elle poursuivit jusqu'au secteur B du quai, nettement plus loin.

Bernat, enlaçant toujours Adrià, me dit merci, sale
con, je te le dis du fond du cœur.

— Du fond du cœur sale con ou merci ?

— Du fond du cœur… ce que tu m'as dit sur l'insatisfaction.

— Reviens quand tu veux, Bernat.

Ils durent courir sur le quai parce qu'ils ne savaient pas
qu'ils auraient dû attendre dans le secteur C. Frau Ursula

les vit passer alors qu'elle était déjà assise et pensa doux Jésus, quel spectacle.

Bernat grimpa dans le wagon en soufflant. Au bout d'une bonne minute je remarquai qu'il était encore debout, en train de parler avec quelqu'un, de faire des gestes, de remettre son sac à dos en place et de montrer son billet. Je ne sais pas si je dois monter l'aider ou le laisser se débrouiller, et qu'on me fiche la paix. Bernat se pencha pour regarder par la fenêtre et lui dédia un sourire. Il s'assit avec un air fatigué et le regarda à nouveau. Quand tu accompagnes un ami très cher à la gare, tu dois partir une fois qu'il est monté dans le train. Mais pour Adrià c'était trop tard. Il lui rendit son sourire. Ils durent détourner le regard. Ils regardèrent chacun leur montre au même moment. Trois minutes. Je m'armai de courage, fis au revoir de la main, lui, il ne bougea presque pas, et je m'en allai sans regarder en arrière. Avant de sortir de la gare, j'achetai le *Frankfurter Allgemeine* et, en attendant le car, je le feuilletai, désireux de me concentrer sur autre chose que le séjour éclair et aigre-doux de Bernat à Tübingen. Page douze, sur une seule colonne, une brève avec un titre : "Assassinat d'un psychiatre à Bamberg." Bamberg ? Bavière. Pourquoi, mon Dieu, quelqu'un voudrait-il assassiner un psychiatre ?

— Herr Aribert Voigt ?

— Lui-même.

— Je n'ai pas pris rendez-vous. Je suis désolé.

— Ça ne fait rien, entrez.

Le docteur Voigt fit entrer la mort avec un geste distingué. Le nouveau venu s'assit sur la chaise toute simple de la salle d'attente et le médecin entra dans son cabinet en disant je m'occupe de vous tout de suite. Depuis la salle d'attente, il entendit le bruit de papiers que l'on rassemble et de classeurs que l'on ouvre et referme. Enfin, le médecin passa la tête dans la salle d'attente et pria la mort d'entrer dans son cabinet. Le nouveau venu s'assit sur le siège que lui indiqua le médecin, qui s'assit dans son fauteuil.

— Je vous écoute, dit-il.

— Je suis venu vous tuer.

Avant que le docteur Aribert Voigt ait le temps de faire le moindre geste, le nouveau venu s'était levé et braquait un pistolet Star sur sa tempe. Le médecin baissa la tête sous la pression de l'arme.

— Vous n'y pouvez rien, docteur. Vous savez que la mort vient quand elle vient. Sans prendre de rendez-vous.

— Vous êtes poète? – Sans bouger la tête, à quelques centimètres de la table.

— Signor Falegnami, Herr Zimmermann, docteur Voigt… Je vous tue au nom des victimes de vos expériences inhumaines à Auschwitz.

— Et si je vous dis que vous vous trompez de personne?

— Vous me ferez mourir de rire. Il vaut mieux que vous ne le disiez pas.

— Je vous donne le double.

— Je ne vous tue pas pour de l'argent.

Silence, les gouttes de sueur du médecin coulaient déjà sur la pointe de son nez, comme s'il était au sauna avec Brigitte. La mort jugea utile de préciser les concepts :

— Je tue pour de l'argent. Mais pas vous. Voigt, Budden et Höss. Pour Höss, nous ne sommes pas arrivés à temps. Vous et Budden, c'est vos propres victimes qui vous tuent.

— Je demande pardon.

— Là, je m'écroule de rire.

— Je peux vous mettre sur la piste de Budden.

— Hou le traître. Allez-y.

— En échange de la vie.

— En échange de rien.

Le docteur Voigt étouffa un sanglot. Il fit un effort pour prendre le dessus mais en fut incapable. Il ferma les yeux et se mit à pleurer avec rage et à contrecœur.

— Allez ! Finissez-en une fois pour toutes ! cria-t-il.

— Vous êtes pressé ? Parce que moi je ne le suis pas.

— Qu'est-ce que vous voulez ?

— Nous allons faire une expérience avec vous. Comme celles que vous faisiez avec vos petites souris. Ou avec les enfants.

— Non.

— Si.

— Qui est là ? – Il voulait lever la tête mais le pistolet l'en empêchait.

— Des amis, ne vous en faites pas. – Claquant la langue avec impatience. – Allons, les informations sur Budden.

— Je n'en ai pas.

— Oh ! Vous voulez le sauver ?

— Je m'en fous pas mal de Budden. Je me repens de ce que j'ai fait.

— Levez la tête, dit la mort en lui prenant le menton et en lui faisant lever la tête sans ménagement. Qu'est-ce que vous vous rappelez ?

Devant lui, des ombres obscures et silencieuses, comme dans une exposition de centre paroissial, tenaient un panneau avec des photos : des hommes aux yeux crevés, un enfant en pleurs avec les genoux ouverts comme des grenades, la femme à qui on a fait une césarienne sans anesthésie. Et deux ou trois autres qu'il ne reconnaissait pas.

Le docteur Voigt se remit à pleurer et à appeler au secours et à l'aide. Il ne se tut que lorsque le coup de feu retentit.

"Assassinat d'un psychiatre à Bamberg." "Le docteur Aribert Voigt a été assassiné d'un coup de feu dans son cabinet de la ville bavaroise de Bamberg." Cela faisait peu de temps que j'étais à Tübingen. Mille neuf cent soixante-douze ou soixante-treize, je ne suis pas sûr. Mais ce que je sais c'est que pendant ces longs mois glacés je souffrais à cause de Kornelia. De Voigt, je ne pouvais rien savoir, parce que je n'avais pas encore lu le manuscrit en araméen et je ne savais pas tout ce que je sais maintenant, et je ne voulais t'écrire aucune lettre. Au bout de quelques semaines, j'avais des examens. Et chaque jour je vivais un des secrets de Kornelia. Je ne l'ai peut-être pas lu, Sara. Mais c'est à cette époque que quelqu'un a tué un psychiatre à Bamberg et j'étais incapable d'imaginer que cet homme était davantage lié à ma vie que Kornelia et ses secrets. Que la vie est étrange, Sara.

26

Je m'accuse de ne pas avoir pleuré assez quand maman est morte. Mon esprit était totalement occupé par ma prise de bec avec Coşeriu, mon idole, qui démolissait Chomsky, mon idole, curieusement sans citer Bloomfield. Je savais bien qu'il faisait ça pour nous faire enrager, mais le jour où il s'était moqué de *Language and Mind*, Adrià Ardèvol, qui était un peu las de la vie et ce genre de choses, et qui était à bout de patience, dit à voix basse, en catalan, ça va comme ça, Herr Professor, ça va comme ça ; ce n'est pas la peine de répéter. Et alors Coşeriu me regarda de l'autre bout de la table, avec le regard le plus terrifiant de sa panoplie, et mes onze autres condisciples devinrent muets.

— Ça va comme ça, quoi ? me défia-t-il, en allemand.

Moi je me tus, lâchement. J'avais été effrayé par son regard et par l'éventualité qu'il me mette en morceaux devant le groupe. Et pourtant, un jour, il m'avait félicité parce qu'il m'avait surpris en train de lire *Mitul reintegrării* et il m'avait dit Eliade est bon quand il pense ; vous faites bien de le lire.

— Vous viendrez plus tard me voir dans mon bureau, me dit-il en roumain, à voix plus basse. Et il continua son cours comme s'il ne s'était rien passé.

Curieusement, quand il entra dans le bureau de Coşeriu, Adrià Ardèvol n'avait pas les jambes qui tremblaient. Cela faisait exactement une semaine qu'il avait rompu avec

Augusta, qui avait succédé à Kornelia, qui ne lui avait pas donné l'occasion de rompre parce que, sans explication, elle était partie avec une expérience de deux mètres dix, un joueur de basket qui venait de signer avec un club important de Stuttgart. La relation avec Augusta avait été plus mesurée et calme, mais Adrià avait décidé de prendre ses distances après quelques disputes pour des bêtises. Stupiditates. Et maintenant il était de mauvaise humeur et il était tellement humilié par sa peur du regard de Coșeriu que rien que pour ça mes jambes ne tremblaient pas.

— Asseyez-vous.

Ce fut amusant parce que Coșeriu parlait en roumain et Ardèvol répondait en catalan, selon la ligne de provocation mutuelle qu'ils avaient adoptée dès le troisième cours, quand Coșeriu avait dit qu'est-ce qui se passe ici, personne ne pose aucune question, et Ardèvol, qui l'avait sur les lèvres, posa sa première question sur l'immanence linguistique et le reste du cours fut la réponse à la question d'Ardèvol multipliée par dix et que je garde comme un trésor, parce que ce fut le cadeau splendide d'un professeur génial mais avec un caractère de cochon.

Ce fut amusant parce qu'ils se comprirent parfaitement en parlant chacun sa langue. Ce fut amusant parce qu'ils savaient que l'un comme l'autre imaginait le cours que donnait le maître comme une sorte de sainte Cène de Santa Maria delle Grazie, Jésus et les douze apôtres, tous suspendus aux paroles du maître ou à ses moindres gestes, sauf Judas, qui suivait son idée.

— Et qui est Judas ?

— Vous, naturellement. Quelles études suivez-vous ?

— À la carte. Histoire, philosophie, un peu de théologie et de linguistique, du grec, de l'hébreu… À cheval entre le Brechtbau et la Burse.

Silence. Au bout d'un moment, Adrià avoua que je me sens très… très mécontent, parce que je voudrais tout étudier.

— Tout?

— Tout.

— Oui. Il me semble que je vous comprends. Quelle est votre situation académique?

— Si tout se passe bien, je soutiendrai ma thèse de doctorat en septembre.

— Et sur quoi porte votre thèse?

— Sur Vico.

— Vico?

— Vico.

— Ça me plaît.

— Eh bien… moi… J'ai toujours envie d'ajouter des choses, de faire des retouches… Je n'arrive pas à finir.

— Quand vous aurez votre date de remise vous saurez bien finir. – Il leva une main comme il faisait habituellement quand il allait dire quelque chose d'important : Ça me plaît que vous ayez eu l'idée de dépoussiérer Vico. Et passez d'autres doctorats, croyez-moi.

— Si je peux rester plus de temps à Tübingen, je le ferai.

Mais je ne pus rester plus de temps à Tübingen parce qu'en arrivant à l'appartement je trouvai le télégramme plein de larmes de Lola Xica qui me disait petit, Adrià, mon fils. Stop. Ta mère est morte. Stop. Et je ne pleurai pas. Je m'imaginai la vie sans maman et je vis qu'elle serait pareille que jusqu'à présent et je répondis ne pleure pas, Lola Xica, ma grande, stop. Comment ça s'est passé? Elle n'était pas malade, non?

J'eus un peu honte de poser ce genre de questions sur ma mère : je ne savais rien d'elle depuis des mois. De temps en temps, un coup de téléphone et une conversation très brève, décharnée, tout va bien, comment ça va, toi, ne travaille pas autant, allez, prends soin de toi. Qu'est-ce qu'il a, ce magasin, me disais-je, il aspire la cervelle de ceux qui s'en occupent.

Si, elle était malade, mon petit, depuis quelques semaines, mais elle avait interdit qu'on te prévienne ; seulement si elle se mettait à aller plus mal, alors... et c'était trop tard, parce que tout est allé très vite. C'est qu'elle était très jeune. Oui, elle est morte ce matin même ; viens tout de suite, pour l'amour de Dieu, mon petit, Adrià. Stop.

J'ai raté deux cours de Coşeriu et j'ai conduit les funé-railles, religieuses, selon le vœu exprès de la défunte, à côté d'une tante Leo vieillie et attristée, de Xevi, de Quico, de leurs épouses et de Rosa, qui me dit que son homme n'avait pas pu venir par / s'il te plaît, Rosa, tu n'as pas à t'excuser, il ne manquerait plus que ça. Cecília, comme d'habitude, tirée à quatre épingles, m'a pincé la joue comme si j'avais huit ans et que je trimba-lais le shérif Carson dans ma poche. Et monsieur Beren-guer avait les yeux qui brillaient, je pensais que c'était de chagrin et de désarroi, mais j'appris plus tard que c'était de joie débordante. Et j'allai chercher Lola Xica, qui restait au fond, avec des dames que je ne connais-sais pas, et je l'amenai en la tenant par le bras jusqu'au banc de la famille, et alors elle commença à pleurer et à ce moment-là je commençai à sentir le chagrin de la mort. Il y avait beaucoup de gens inconnus, beaucoup. Je fus même étonné que maman connaisse tant de gens. Et ma prière avec litanies fut maman, tu es morte sans me dire pourquoi toi et papa étiez tellement éloignés de moi ; tu es morte sans me dire pourquoi vous étiez telle-ment éloignés l'un de l'autre ; tu es morte sans me dire pourquoi tu n'as jamais voulu faire mener une enquête sérieuse sur la mort de papa ; tu es morte sans me dire, oh maman, pourquoi tu ne m'as jamais vraiment aimé. Et je pensai cette prière parce que je n'avais pas encore lu ton testament.

Cela faisait des mois qu'Adrià n'avait pas mis les pieds dans l'appartement. Maintenant, il lui apparais-sait plus silencieux que jamais. Je dus faire un effort pour entrer dans la chambre des parents. Toujours dans une demi-pénombre ; le lit était défait, le matelas soulevé ; l'armoire, la coiffeuse, le miroir, tout était exactement pareil que pendant toute ma vie, mais sans papa et sa mauvaise humeur, et sans maman et ses silences.

Lola Xica, assise à la table de la cuisine, regardait dans le vide, encore avec ses vêtements de deuil. Sans lui demander son avis, Adrià fouilla dans les placards et finit de trouver ce qu'il fallait pour faire un thé. Lola Xica était tellement anéantie qu'elle ne se leva pas, qu'elle ne dit pas laisse, mon petit, dis-moi ce que tu veux et je te le prépare. Non, Lola Xica regardait le mur et l'infini au-delà du mur.

— Bois, ça te fera du bien.

Lola Xica prit la tasse machinalement et but une gorgée. Il me semble qu'elle ne se rendait pas compte de ce qu'elle faisait. Je sortis de la cuisine en silence, la peine de Lola Xica sur les épaules, prenant la place de mon manque de douleur pour la mort de maman. Adrià était triste, oui, mais il n'était pas dévoré de douleur et cela le mettait mal à l'aise ; de la même façon qu'avec la mort de son père il avait laissé entrer les peurs en lui et surtout l'idée de la grande culpabilité, maintenant il se sentait à l'extérieur de cette mort inattendue, comme s'il n'avait aucun rapport avec elle. Dans la salle à manger, il releva les stores de la porte-fenêtre pour laisser entrer la lumière du jour. L'Urgell du mur au-dessus du buffet recevait la lumière du balcon de façon naturelle, presque comme si c'était la lumière de l'intérieur du tableau. Le clocher-mur du monastère de Santa Maria de Gerri de la Sal resplendissait, éclairé par le soleil couchant, presque rouge. Le clocher à trois étages, le clocher à cinq cloches, qu'il avait observé un nombre incalculable de fois et qui l'avait aidé à rêver pendant les interminables dimanches après-midi, tellement ennuyeux. Il s'arrêta au beau milieu du pont, impressionné, pour le contempler. Il n'avait jamais vu un clocher comme celui-là et il comprit ceux qui lui avaient expliqué que le monastère où il arrivait maintenant était une institution qui, encore récemment, était riche et puissante grâce aux salines. Pour mieux le contempler, il dut rabattre son capuchon et son front large et noble fut éclairé, comme le clocher, par le soleil qui se cachait du côté de Trespui. À cette heure vespérale, les moines devaient commencer à prendre leur collation du soir, calcula-t-il.

Le pèlerin, après qu'on eut vérifié qu'il ne s'agissait pas d'un espion du comte, fut reçu avec une hospitalité bénédictine, simple, sans façon mais pratique. Il fut amené directement dans le réfectoire, où la communauté silencieuse prenait un repas frugal tout en écoutant, dans un latin fort imparfait, le récit de la vie exemplaire de saint Ot, évêque d'Urgell qui, comme il l'apprit à cette occasion, était enterré là, dans le monastère de Santa Maria. La tristesse du visage de la trentaine de moines reflétait peut-être la nostalgie de ces temps plus heureux.

À la première heure du matin, le lendemain, alors qu'il faisait encore nuit, deux moines prirent le chemin du nord qui, après deux jours de marche, devait les conduire à Sant Pere del Burgal, où ils devaient recueillir le Coffre sacré, oh peine infinie, car le petit monastère perché au-dessus de la même rivière que celui de Santa Maria avait été dépeuplé par la mort.

— Quel est le motif de votre voyage ? demanda courtoisement le père prieur après la collation, en déambulant dans le cloître qui n'abritait en rien de l'air froid du nord qui descendait par le canal que formait le lit de la Noguera.

— Je cherche un de vos frères.

— De cette communauté ?

— Oui, mon père. Je lui apporte un message personnel, familial.

404

— Et de qui s'agit-il ? Je le ferai mander.

— Fra Miquel de Susqueda.

— Aucun de nos moines ne porte ce nom, monsieur.

Voyant l'autre tressaillir, il ébaucha un geste d'excuse et dit ce printemps est bien froid, monsieur.

— Fra Miquel de Susqueda, qui appartint un temps à l'ordre de saint Dominique.

— Je vous assure que non, monsieur. Et quelle sorte de message voulez-vous lui faire parvenir ?

Le noble fra Nicolau Eimeric, inquisiteur général du royaume d'Aragon, du royaume de Valence et de Majorque et de la principauté de Catalogne, gisait sur son lit d'agonie dans le couvent de Gérone, veillé par deux jumeaux, tous deux frères lais, qui tempéraient sa fièvre avec un linge humide et des prières chuchotées. Le malade se redressa en entendant la porte s'ouvrir. Il était manifeste qu'il avait du mal à distinguer le nouvel arrivant, tant sa vue était devenue faible.

— Ramon de Nolla ? demanda-t-il d'un ton inquiet. Est-ce vous ?

— Oui, Excellence, répondit le chevalier en s'inclinant devant le lit, dans une révérence.

— Laissez-nous seuls.

— Mais, Excellence ! protestèrent les deux frères à l'unisson.

— Je vous ai dit de nous laisser seuls, cracha-t-il avec une énergie encore redoutable, mais sans crier parce qu'il n'en avait plus la force. Les deux frères, marris, quittèrent la pièce sans ouvrir la bouche. Eimeric, à moitié dressé sur sa couche, regarda le chevalier :

— Voici l'occasion d'achever votre pénitence.

— Loué soit le Seigneur !

— Vous serez le bras exécuteur du tribunal du Saint-Office.

— Vous savez que je ferai ce que vous m'ordonnerez, si cela me permet d'obtenir le pardon.

— Si vous vous acquittez de la pénitence que je vous impose, Dieu vous pardonnera et votre âme sera blanchie et vous cesserez de connaître le tourment intérieur.

— Je ne désire rien d'autre, Excellence.

— Mon ancien secrétaire personnel, au tribunal.

— Qui est-il et où vit-il?

— Il a nom fra Miquel de Susqueda. Il a été condamné à mort par contumace pour haute trahison envers le tribunal du Saint-Office. Cela fait des années, mais aucun de mes agents n'a réussi à le trouver. J'ai choisi de faire appel à un homme de guerre, comme vous.

Il se mit à tousser, sans doute sous l'effet de la passion qu'il avait mise dans ses paroles. Un des frères infirmiers ouvrit la porte, mais Ramon de Nolla la lui referma au nez. Fra Nicolau lui expliqua que le fugitif ne se cachait pas à Susqueda, qu'on l'avait vu du côté de Cardona et que certains agents du tribunal affirmaient qu'il était entré dans l'ordre de saint Benoît, mais qu'ils ne savaient pas dans quel monastère. Et il lui donna d'autres détails sur sa sainte mission. Et peu importe si je suis mort; peu importe que les années passent; mais quand vous le verrez, dites-lui que c'est moi qui le châtie, plantez une dague dans son cœur, coupez-lui la langue et apportez-la-moi. Et si je suis déjà mort, posez-la devant ma tombe, qu'elle y pourrisse par la volonté de Dieu Notre Seigneur.

— Amen.

— C'est un message personnel, père prieur, dut répéter le visiteur alors qu'ils arrivaient, en silence, à l'extrémité du cloître glacé de Santa Maria.

En vertu de la courtoisie bénédictine, et puisqu'il ne représentait aucun danger, le noble chevalier fut reçu par le père abbé, à qui il répéta qu'il cherchait un de vos frères, père abbé.

— Qui?

— Fra Miquel de Susqueda, père abbé.

— Aucun de nos moines ne porte ce nom. Et que lui voulez-vous ?

— C'est pour une affaire personnelle, père abbé. Familiale. Et extrêmement importante.

— Eh bien vous aurez fait le voyage en vain.

— Avant d'entrer dans l'ordre de saint Benoît comme moine, il fut, pendant plusieurs années, frère dominicain.

— Maintenant, je sais de qui vous voulez parler, le coupa l'abbé. Précisément. Il professe à Sant Pere del Burgal, près d'Escaló. Le frère Julià de Sau a été frère dominicain, il y a très longtemps de cela.

— Dieu soit loué ! s'exclama Ramon de Nolla, en proie à une grande émotion.

— Vous ne le trouverez peut-être pas en vie.

— Que voulez-vous dire ? s'inquiéta le noble chevalier.

— À Sant Pere, il ne restait que deux moines, et hier nous avons appris qu'un des deux était mort. Je ne sais pas s'il s'agit du père prieur ou de frère Julià. Les émissaires n'étaient pas certains.

— Alors… Comment puis-je…

— Nos règles imposent, lorsqu'il reste un seul moine dans un monastère, que celui-ci soit fermé, quelle que soit la douleur que cela nous cause.

— Je comprends. Mais comment puis-je…

— Et il faut attendre des temps meilleurs.

— Oui, père abbé. Mais comment puis-je savoir si le survivant est le frère que je cherche ?

— Je viens d'envoyer deux moines recueillir le Coffre sacré et le moine survivant. Quand ils reviendront, vous saurez.

Silence, chacun pensant à ses affaires. Et le père abbé :

— Que c'est triste. Un monastère qui ferme ses portes après presque six cents ans passés à louer le Seigneur en chantant toutes les heures de toutes les journées du monde.

— Que c'est triste, père abbé. Je vais me mettre en route pour essayer de rattraper vos moines.

— Ce n'est pas nécessaire : attendez-les. Ils seront là dans deux ou trois jours.

— Non, père abbé. Je suis pressé.

— Comme vous voudrez, monsieur : ils vous mèneront à bon port.

Avec les deux mains, il décrocha le tableau du mur de la salle à manger et l'approcha de la lumière, plus faible maintenant, du balcon. *Santa Maria de Gerri*, de Modest Urgell. De la même façon que beaucoup de familles ont une reproduction plus ou moins heureuse d'une Cène, à la maison la salle à manger était placée sous les auspices d'un Urgell. Le tableau à la main, il alla jusqu'à la cuisine et dit Lola Xica, ne me dis pas non : prends ce tableau.

Lola Xica, qui était encore assise à la table de la cuisine en pensant au mur, regarda Adrià.

— Quoi ?

— Il est pour toi.

— Tu ne sais pas ce que tu dis, mon pauvre petit. Tes parents…

— Peu importe. Maintenant c'est moi qui commande. Je te le donne.

— Je ne peux pas accepter.

— Pourquoi ?

— Il a trop de valeur. Je ne peux pas.

— Non. Ce qui te fait peur c'est de penser que maman ne voudrait pas.

— Je ne sais pas. En tout cas, je n'en veux pas.

Et moi, me voilà avec un Urgell refusé sur les bras.

Je le remis à l'endroit d'où je ne l'avais jamais vu bouger et la salle à manger redevint ce qu'elle avait toujours été. Je me mis à tourner dans l'appartement, entrai dans le bureau de papa et de maman, remuant les tiroirs sans aucun objectif. Et une fois les tiroirs retournés, Adrià se mit à penser. Après deux heures de calme, il se leva et alla dans la buanderie.

— Lola Xica.

— Quoi.

— Il faut que je retourne en Allemagne. Je resterai absent six ou sept mois.

— Ne t'inquiète pas.

— Je ne m'inquiète pas. Reste, s'il te plaît. C'est chez toi, ici.

— Non.

— C'est davantage chez toi que chez moi. Moi, du moment que j'ai le bureau...

— Je suis venue ici il y a trente et un ans pour prendre soin de ta mère. Maintenant qu'elle est morte, je n'ai plus rien à faire ici.

— Reste, Lola Xica.

Cinq jours plus tard, je pus lire le testament. En réalité, ce fut le notaire Casas qui en fit lecture, devant moi, Lola Xica et la tante Leo. Et quand, de sa voix de fausset, l'homme annonça que j'exprime le désir que le tableau portant le titre *Santa Maria de Gerri*, peint par Modest Urgell, et qui est la propriété personnelle de la famille, soit donné sans aucune contrepartie à ma fidèle amie Dolors Carrió, que nous avons toujours appelée Lola Xica, en infime témoignage de reconnaissance pour le soutien qu'elle m'a apporté pendant toute ma vie, je me mis à rire, Lola Xica fondit en larmes et la tante Leo nous regarda, déconcertée. Le reste du testament était plus compliqué, à l'exception d'une lettre personnelle enfermée dans une enveloppe cachetée que le contre-ténor me remit et qui commençait par mon cher Adrià, enfant de mon cœur, ce qu'elle ne m'avait jamais dit pendant toute ma pputain de vie.

Mon cher Adrià, enfant de mon cœur.

Là s'arrêtait l'expansion sentimentale de ma mère. Le reste, c'étaient des instructions à propos du magasin. Sur mon obligation morale de m'en charger. Et elle expliquait par le menu les rapports insolites qu'elle entretenait avec monsieur Berenguer, condamné à un certain salaire pendant encore un an pour rembourser un détournement passé. Et que ton père avait mis tous ses espoirs dans le magasin et maintenant que je ne suis plus là tu ne peux pas t'en désintéresser. Mais comme je sais que tu as toujours fait et que tu feras toujours ce qui te chante, je ne suis pas du tout certaine que tu m'écouteras, que tu retrousseras tes manches, que tu entreras au magasin et que tu les feras tous marcher droit, comme je l'ai fait après la mort de ton père. Je ne veux pas dire du mal de lui, mais c'était un romantique : j'ai dû mettre de l'ordre au magasin, je l'ai rationalisé, j'en ai fait une affaire florissante, dont nous avons pu vivre, toi et moi, et je n'ai ajouté que deux salaires, comme tu le sais. Je regrette beaucoup que tu ne gardes pas le magasin ; mais comme je ne pourrai pas voir ça, eh bien tant pis. Et elle poursuivait en me donnant des instructions très précises pour traiter avec monsieur Berenguer et en me priant de les suivre. Ensuite, elle revenait sur le terrain personnel et disait mais si je t'écris ces lignes aujourd'hui, le vingt janvier mille neuf cent soixante-quinze, c'est parce que le médecin m'a confirmé que j'ai peu de chances de vivre encore longtemps. J'ai donné l'ordre qu'on ne te dérange pas dans tes études avant que le moment soit venu. Mais je t'écris parce que je veux que tu saches deux choses encore. Premièrement : je suis revenue dans le sein de l'Église. Quand je me suis mariée avec ton père, j'étais une jeune fille sans caractère, très influençable, qui ne savait pas exactement ce qu'elle attendait de la vie, et quand ton père m'a dit le plus probable c'est que Dieu n'existe pas, j'ai dit ah bon, très bien. Ensuite, j'ai ressenti cruellement son absence, surtout au moment de la mort de mon père et de la mort de Fèlix, et avec la solitude et le fait que je ne savais pas ce que je devais faire de toi.

— Ce que tu devais faire ? M'aimer.

— Je t'ai aimé, mon fils.

— À distance.

— À la maison, nous avons toujours été peu affectueux, plutôt froids ; ce qui ne veut pas dire que nous soyons de mauvaises gens.

— Maman : m'aimer, me regarder dans les yeux, me demander ce que je veux faire.

— Et la mort de ton père a tout empiré.

— Tu aurais pu essayer.

— Je ne t'ai jamais pardonné d'avoir abandonné l'étude du violon.

— Je ne t'ai jamais pardonné de m'obliger à être le meilleur.

— Tu l'es.

— Non. Je suis intelligent et, si tu veux, surdoué. Mais je ne peux pas tout faire. Et je n'ai aucune obligation d'être le meilleur. Papa et toi vous vous êtes trompés à mon sujet.

— Pas ton père.

— Je suis en train de finir mon doctorat et je pense m'inscrire en droit. Et je n'ai pas appris le russe.

— Pour l'instant.

— Bon. Pour l'instant.

— Ne discutons pas davantage, je suis morte.

— D'accord. Et quelle autre chose veux-tu que je sache ? Au fait : est-ce que Dieu existe, maman ?

— Je meurs avec de nombreuses épines plantées dans le cœur. La principale, c'est de ne pas savoir qui a tué ton père et pourquoi.

— Qu'as-tu fait pour le découvrir ?

— Maintenant je sais que tu m'espionnais caché derrière le canapé. Tu sais des choses que je ne savais pas que tu savais.

— Ne crois pas ça. Ce que j'ai appris, c'est seulement ce que c'est qu'un lupanar. Mais pas qui a tué mon père.

— Eh, voilà la veuve noire qui monte ! fit l'inspecteur Ocaña, alarmé, en passant la tête par la porte du bureau du commissaire.

— Tu es sûr ?

— Tu ne l'avais pas envoyée balader définitivement ?

— Putain de femelle.

Le commissaire Plasencia mit dans le tiroir les restes de son sandwich, se leva et regarda par la fenêtre la circulation dans la via Laietana. Quand il sentit la présence féminine à la porte, il se retourna.

— Quelle surprise.

— Bonsoir.

— Cela faisait des jours que…

— Oui. C'est que… j'ai fait enquêter et…

Sur la table, dans un cendrier, un cigarillo éteint, à moitié fumé, empuantissait l'atmosphère.

— Et alors ?

— Aribert Voigt, commissaire. Vengeance commerciale, commissaire. Ou, si vous préférez, vengeance personnelle. Mais rien à voir avec des maisons closes ou des petites filles violées. Je ne sais pas pourquoi vous avez inventé une histoire aussi lamentable.

— J'obéis toujours aux ordres.

— Pas moi, commissaire. Et j'ai l'intention de vous traîner devant les tribunaux pour dissimulation de

— Ne me faites pas rire ! la coupa le policier, sèchement. L'Espagne n'est pas une démocratie, Dieu merci. Ici, ce sont les bons qui commandent.

— Vous recevrez sous peu une citation à comparaître. Et si les coupables se trouvent plus haut, nous tirerons les fils.

— Quels fils ?

— Qui a laissé cet assassin agir impunément. Et qui l'a laissé partir sans l'importuner.

— Ne soyez pas ingénue.

Le commissaire prit le cigarillo dans le cendrier, frotta une allumette et le ralluma. Un nuage bleuté et épais cacha momentanément son visage.

— Et pourquoi tu n'as pas fait de procès, maman?

Le commissaire Plasencia s'assit, expulsant encore de la fumée par le nez et par la bouche. Maman préféra rester debout devant lui.

— Ce ne sont pas les fils qui manquent! dit-elle.

— Madame, j'ai du travail, répondit le commissaire, se souvenant de son sandwich entamé.

— Un nazi, qui vit en toute tranquillité. Si toutefois il n'est pas mort.

— Des noms. Sans noms, c'est la chasse aux courants d'air.

— Un nazi. Aribert Voigt. En voilà un de nom!

— Je vous souhaite le bonjour, madame.

— L'après-midi du jour où il a été assassiné, mon mari m'a dit qu'il allait à l'Ateneu voir un certain Pinheiro…

— Maman, pourquoi tu n'es pas allée en justice?

— … mais ce n'était pas vrai qu'il allait voir Pinheiro. C'est un commissaire qui l'avait appelé.

— Des noms. madame. À Barcelone, il y a beaucoup de commissaires.

— Et c'était un piège. Aribert Voigt agissait sous la protection de la police espagnole.

— Ce que vous dites là peut vous conduire en prison.

— Maman, pourquoi tu n'es pas allée en justice?

— Et l'homme a perdu tout contrôle. Il voulait faire du mal à mon mari. Il voulait l'effrayer, je crois. Mais il a fini par le tuer et par le mettre en morceaux.

— Madame, ne dites pas de sottises.

— Et au lieu de l'arrêter, on l'a expulsé du pays. N'est-ce pas que ça s'est passé comme ça, commissaire Plasencia?

— Madame, vous lisez trop de romans.

— Je vous assure que ce n'est pas le cas.

— Si vous ne cessez pas de m'embêter et d'importuner la police, vous allez le sentir passer. Vous, votre amante et votre fils. Même si vous vous enfuyez au bout du monde.

— Maman, j'ai bien entendu ?

— Qu'est-ce que tu as bien entendu ?

— Ce truc, ton amante.

Le commissaire se pencha en arrière pour observer l'effet produit par ses mots. Et il enfonça le clou :

— Il me sera très facile de faire circuler cette information dans les milieux que vous fréquentez. Je vous souhaite le bonjour, madame Ardèvol. Et ne revenez jamais. – Et il ouvrit le tiroir à moitié vide, avec le reste du sandwich sacrifié, et il le referma rageusement, cette fois devant la veuve noire.

— Oui, oui, d'accord, maman. Mais comment savais-tu que c'étaient des mensonges ces histoires de bordels et de viols ?

Maman, même morte, garda le silence. J'attendais une réponse, ardemment. Au bout d'une éternité :

— Je le sais et c'est tout.

— Ça ne me suffit pas.

— D'accord. – Une pause dramatique, je suppose pour se donner du courage. – Depuis le tout début de notre mariage, peu après que tu as été conçu, ton père a été atteint d'une impuissance sexuelle totale. À partir de ce moment, il a été absolument incapable d'avoir une érection. Ça l'a aigri pour le reste de sa vie. Il a tout essayé, en vain : médecins, visites pitoyables à des dames compréhensives. Ton père était ce qu'il était, mais il était impossible qu'il viole une petite fille parce qu'il avait fini par haïr le sexe et tout ce qui s'y rapportait. Je suppose que c'est pour ça qu'il se réfugiait auprès de ses objets sacrés.

— Si c'est comme ça, pourquoi tu ne les as pas traînés en justice ? Ils t'ont soumise à un chantage ?

— Oui.

— Cette histoire d'amante ?

— Non.

Et la lettre de maman finissait par une série de recommandations plus générales et une timide effusion sentimentale, à la fin, quand elle disait adieu, mon fils chéri. La dernière phrase, je te suivrai depuis le ciel, m'a toujours paru contenir une certaine menace.

— Voyez-vous ça, dit monsieur Berenguer, une fois assis, essuyant une poussière inexistante sur la jambe de son pantalon immaculé. Alors comme ça tu t'es décidé à te retrousser les manches et à travailler.

Il était assis dans le bureau de maman, l'air d'avoir reconquis un territoire précieux, et l'irruption de ce rêveur d'Ardevol, avec son air de sainte nitouche, le tira de ses pensées. Il était étonné que le garçon soit entré dans son bureau sans frapper. C'est pourquoi il dit voyez-vous ça.

— De quoi veux-tu parler ?

Il voulait parler de tout, Adrià. Mais d'abord, adroitement, il posa les bases d'une bonne entente :

— La première chose que je veux faire c'est vous éloigner du magasin.

— Quoi ?

— Vous m'avez bien entendu.

— Tu connais les accords que j'ai avec ta mère ?

— Elle est morte. Et oui, je les connais.

— Je ne crois pas : j'ai un engagement signé qui m'oblige à travailler au magasin. Il me reste encore un an de galère.

— Je vous en fais cadeau : je veux vous savoir loin.

— Je ne sais pas ce qu'on vous a donné, dans cette famille, mais vous avez un caractère de chien…

— Je n'ai pas de leçons à recevoir de vous, monsieur Berenguer.

— Des leçons, non ; mais des informations, oui. Sais-tu que ton père était un prédateur ?

— Plus ou moins. Et que vous étiez la hyène qui essayait de lui voler les restes.

Monsieur Berenguer eut un large sourire, qui découvrit une canine dorée.

— Ton père était un prédateur sans pitié quand il s'agissait de faire une plus-value sur un achat qui, parfois, était une mainmise éhontée.

— D'accord, une mainmise. Mais vous, vous ramassez vos affaires aujourd'hui même et vous n'avez plus l'autorisation d'entrer dans le magasin.

— Punaise... – Un rictus étrange essayait de cacher la surprise que lui causaient les paroles du jeune chiot Ardèvol. – Et tu te permets de dire que je suis une hyène ? Qui es-tu pour...

— Je suis le fils du roi de la jungle, monsieur Berenguer.

— Un fumier, comme ta mère.

— Je vous souhaite le bonjour, monsieur Berenguer. Demain, le nouveau gérant vous appellera ; s'il le faut, en compagnie d'un avocat qui est au courant de tout.

— Tu le sais, que ta fortune a été bâtie sur des extorsions ?

— Vous êtes encore là ?

Par chance pour moi, monsieur Berenguer crut que j'étais fait en pierre de taille, comme maman ; il confondit mon fatalisme résigné avec une sorte d'indifférence profonde et cela le désarmait et me rendait plus fort. Il ramassa en silence ce qu'il devait avoir mis depuis fort peu de temps dans un tiroir du bureau de maman et il sortit de la pièce. Je le vis remuer des objets à droite et à gauche et je remarquai que Cecília, tout en faisant semblant de travailler sur les catalogues, observait avec curiosité les mouvements de la hyène. Elle comprit vite de quoi il retournait et un grand sourire s'afficha sur son visage.

Monsieur Berenguer ferma la porte de la rue violemment, essayant de fendre un carreau, sans y parvenir. Il me semble que les deux nouveaux employés ne comprirent pas grand-chose. Monsieur Berenguer, après y avoir travaillé trente ans, avait mis à peine une heure à disparaître du magasin et, pensais-je, de ma vie. Et je m'enfermai à clef dans le bureau de papa et de maman. Au lieu de demander des informations et de chercher des indices sur les exploits du roi de la jungle, je me mis à pleurer. Le lendemain, au lieu de demander des informations et de chercher des indices, je mis le magasin entre les mains du gérant et je retournai à Tübingen parce que je ne voulais pas rater d'autres cours de Coşeriu. Des informations et des indices.

27

Les derniers mois de Tübingen me servirent à commencer à avoir la nostalgie de cette ville et du paysage du Bade-Wurtemberg et de la Forêt-Noire et de toutes ces choses si belles ; parce qu'il arrivait à Adrià la même chose qu'à Bernat : il était plus heureux quand il pleurait pour ce qu'il n'avait pas sous la main qu'en regardant ce qu'il avait devant lui. Il pensait plutôt à comment diable vais-je faire pour vivre loin de ce paysage quand je serai rentré à Barcelone, punaise. Et pourtant il était en train de finir sa thèse sur Vico qui, d'une certaine façon, était devenue une sorte de pile atomique dans laquelle il avait mis toute sa pensée et dont je savais qu'elle me fournirait toutes sortes de réflexions intellectuelles, qui me serviraient pendant toute ma vie. Cela peut expliquer, ma bien-aimée, que je ne veuille pas être distrait par des informations et des indices qui pouvaient perturber ma vie et mes études. Et je m'efforçai de ne plus trop y penser jusqu'au moment où je pris l'habitude de ne plus y penser du tout.

— Elle est… Non, elle n'est pas brillante. Elle est profonde, admirable, lui dit Coşeriu le lendemain de la soutenance de sa thèse. Surtout, continuez à travailler. Et si vous vous orientez vers la linguistique, tenez-moi au courant.

Ce qu'Adrià ne savait pas, c'est que Coşeriu avait passé deux jours et presque une nuit blanche à lire l'exemplaire d'un des membres du jury. Il l'apprit quelques années plus tard, de la bouche du docteur Kamenek en personne. Parce que ce jour-là Adrià put seulement rester debout, seul dans le couloir, voyant Coşeriu s'éloigner, sans arriver à se convaincre que cet homme l'avait embrassé et lui avait dit qu'il l'admirait ; non, qu'il admirait ce qu'il avait écrit. Coşeriu reconnaissant que

— Qu'est-ce qui t'arrive, Ardèvol ?

Cela faisait cinq minutes qu'il était planté dans le couloir et il n'avait pas vu arriver Kamenek par-derrière.

— À moi ? Quoi ?

— Tu te sens bien ?

— Moi ? Oui… Oui, oui. J'étais en train…

Il fit un geste vague avec les mains pour indiquer qu'il ne savait pas bien quoi. Ensuite, Kamenek lui demanda si oui ou non il avait décidé s'il restait à Tübingen pour continuer à travailler, et il lui répondit qu'il était tenu par de nombreuses obligations, ce qui n'était pas vrai, parce qu'il se souciait du magasin comme d'une guigne et la seule chose qui lui manquait c'était le bureau de papa et il commençait aussi à avoir la nostalgie de la possibilité d'avoir la nostalgie du paysage froid de Tübingen. Et il voulait aussi être plus près du souvenir de Sara ; je me voyais comme un homme châtré maintenant, sans toi. C'est pourquoi il commençait à comprendre qu'il ne parviendrait jamais au bonheur. Que, certainement, personne ne pouvait y parvenir. Le bonheur était toujours là-devant, tout près, mais impossible à atteindre ; certainement impossible à atteindre pour tout le monde. Malgré les joies que la vie lui procurait parfois, comme le jour où Bernat l'avait appelé et, comme si cela ne faisait pas six mois qu'ils étaient plus ou moins officiellement fâchés, lui avait dit tu entends ? Il est enfin mort, le vieux salaud ! Ici tout le monde sort le champagne du frigidaire, tu devrais voir ça. Et alors il avait dit maintenant c'est le moment pour l'Espagne de réfléchir, de donner la liberté à ses peuples et de demander, devant l'histoire, tous les pardons nécessaires.

— Aïe.

— Quoi ? Je n'ai pas raison ?

— Si. Mais on dirait que tu ne connais pas l'Espagne.

— Tu verras, tu verras. – Et, avec le même élan : Ah, et attends-toi à une belle surprise.

— Tu es enceint ?

— Non, je ne déconne pas. Attends quelques jours.

Et il raccrocha parce qu'un appel téléphonique en Allemagne coûtait la peau des fesses et il appelait d'une cabine, euphorique, se répétant Franco est mort, l'ogre est mort, le loup est mort, la bête est morte et son venin est mort. C'est qu'il y a des moments où les braves gens peuvent aussi se réjouir de la mort de quelqu'un.

Bernat ne lui avait pas menti : outre la confirmation de la mort du dictateur qui faisait la une des journaux du lendemain, cinq jours plus tard, il reçut une lettre urgente, laconique, qui disait Mon cher rat de bibliothèque, tu te souviens de la rengaine c'esttrèsmauvais, trèsmauvais. Çamanqued'âme ; jen'aipascruàuneseuleémotion. Jenesaispaspourquoi, maisjetrouveçatrèsmauvais. JenesaismêmepasquiestAmadeu ; etlepirec'estquejem'enfichecomplètement. EtElisabehtn'enparlonspas. Tu t'en souviens ? Eh bien ce récit sans émotions crédibles vient de recevoir le prix Recull de Blanes. Décerné par un jury intelligent. Je suis heureux. TonamiBernat.

Etmoij'ensuisravi, lui répondit Adrià. Maisn'oubliepasquesitunel'aspasarrangéc'estoujoursaussimauvais. TonamiAdrià. Et Bernat lui répondit avec un télégramme urgent qui disait VatefairevoirchezlesTurcsStop. TonamiBernatStop.

Quand je rentrai à Barcelone, on me proposa un cours d'histoire de l'esthétique et de la culture à l'université et j'acceptai, sans réfléchir, bien que je n'en aie nul besoin. C'était amusant, après quatre ans passés à l'étranger, je trouvais du travail dans mon quartier, à dix minutes à pied de la maison. Et le premier jour où j'allai au département pour régler les détails de mon recrutement, je rencontrai Laura. Le premier jour! Blonde, plutôt petite, aimable, enjouée et, je ne le savais pas encore, triste à l'intérieur. Elle était en cinquième année et demandait à voir je ne sais quel professeur, il me semble que c'était Cerdà, qui, à ce qu'il paraît, dirigeait son mémoire, sur Coşeriu justement. Et des yeux bleus. Et une voix agréable. Des mains nerveuses, pas très soignées. Et une eau de toilette, ou un parfum – je ne sais pas encore très bien la différence entre les deux –, très intéressante. Et Adrià qui lui souriait et elle bonjour, tu travailles ici? Et lui : je ne suis pas sûr. Et toi? J'aimerais bien!

— Tu n'aurais pas dû revenir.

— Pourquoi?

— Ton avenir est en Allemagne.

— Et c'est toi qui ne voulais pas que je parte? Comment ça va, le violon?

— Je me présente à un concours pour un pupitre à l'orchestre Ciutat de Barcelona.

— Super, non?

— Oui, si on veut. Je vais être fonctionnaire.

— Non : tu seras violoniste dans un bon orchestre qui a un bel avenir.

— Si je suis pris. – Quelques secondes d'hésitation. – Et je me marie avec Tecla. Tu veux être mon témoin?

— Évidemment. Vous vous mariez quand?

Entre-temps, il se passait des choses. Je dus mettre des lunettes pour lire et mes cheveux commençaient à m'abandonner sans guère d'explications. Je vivais seul dans un immense appartement de l'Eixample, entouré de cartons de livres venus d'Allemagne que je n'avais jamais le courage de classer et de ranger, entre autres raisons parce que je n'avais pas assez de rayonnages. Et surtout, il arriva que je ne pus convaincre Lola Xica.

— Adieu Adrià, mon petit.

— Ça me fait vraiment de la peine, Lola Xica.

— J'ai envie de vivre ma vie.

— Ça, je le comprends. Mais ici, c'est toujours chez toi.

— Cherche une bonne, crois-moi.

— Non, non. Si tu ne… Impossible.

Allais-je me mettre à pleurer à cause du départ de Lola Xica ? Non. Ce que je fis, c'est acheter un bon piano droit que j'installai dans la chambre des parents, qui devenait la mienne. Le couloir, qui était très large, s'était habitué aux obstacles des cartons de livres à déballer.

— Mais… Tu me pardonnes, n'est-ce pas ?

— Tu as une maison ?

— Bien sûr. Même si ça fait mille ans que je n'y habite pas, j'ai un petit appartement à la Barceloneta. Je l'ai fait repeindre.

— Lola Xica.

— Quoi ?

— Ne le prends pas mal, mais je… Je voudrais t'offrir quelque chose, je ne sais pas quoi. En signe de reconnaissance.

— J'ai été payée pour tous et chacun des jours que j'ai passés dans cette maison.

— Je ne parle pas de ça. Je veux dire…

— Eh bien ce n'est pas la peine que tu le dises.

Lola me prit par le bras et me conduisit à la salle à manger ; elle me montra le mur nu, où manquait le tableau de Modest Urgell.

— Ta mère m'a fait un cadeau que je ne mérite pas.

— Qu'est-ce que je peux faire de plus pour toi…

— Ranger les livres. On ne peut pas vivre comme ça.

— Allez, Lola Xica ? Qu'est-ce que je peux faire de plus pour toi ?

— Me laisser partir tranquillement ; je parle sérieusement.

Je l'embrassai et je me rendis compte que… C'est énorme, Sara, mais il me semble que j'ai plus aimé Lola Xica que ma propre mère.

Lola Xica quitta la maison ; les tramways ne remontent plus le carrer Llúria en faisant grand bruit, parce que la mairie de la fin du franquisme avait choisi la pollution directe et avait remplacé tous les tramways par des autobus et elle n'avait pas enlevé les rails, qui devenaient l'instrument idéal pour faire déraper les motos. Et je m'enfermai à la maison, disposé à continuer à étudier et à t'oublier. Installé dans la chambre des parents et dormant dans le lit même où j'étais né à six heures trente-cinq du matin du trente avril mille neuf cent quarante-six.

Bernat et Tecla se marièrent, profondément amoureux, de la joie plein les yeux ; et je fus leur témoin. Pendant le déjeuner de noces, habillés en mariés, ils nous offrirent la *Première sonate* de Brahms, comme ça, au flan et sans partition. Et ça m'a rendu salement jaloux… Bernat et Tecla avaient toute la vie devant eux et j'enviai joyeusement le bonheur de mon ami. Je ressentis l'absence de Sara, après sa fuite inexplicable, j'enviai à nouveau Bernat, profondément, je lui souhaitai tout le bonheur du monde pour sa vie en commun, ils partirent en voyage de noces, rieurs, exubérants, et peu à peu ils commencèrent à travailler, avec constance et sérieux, à leur malheur.

Pendant quelques mois, alors que je m'habituais aux cours, au manque d'intérêt des étudiants pour l'histoire de la culture, au paysage désert, sans forêts, de l'Eixample, je pris des leçons de piano avec une dame qui ne parvenait pas à me rappeler la mère Trullols, mais qui fut très efficace. Mais j'avais encore trop d'heures de liberté.

— ḥāḏ.

— hadh.

— trēn.

— trén.

— tlāṯ.

— tláth.

— 'arba'.

— árba.

— 'arba'.

— árba.

— "'arba'"!

— "'arba'"!

— Raba taua !

Les leçons d'araméen furent un bon lénitif. Le professeur, madame Gombreny, se plaignait de ma prononciation au début, et puis elle n'en parla plus, parce que je prononçais mieux ou parce qu'elle s'était lassée, je ne sais pas.

Comme les mercredis lui semblaient longs, Adrià s'inscrivit à un cours d'initiation au sanscrit qui m'ouvrit un monde nouveau, surtout parce que c'était un plaisir que d'entendre le professeur, monsieur Figueres, avancer prudemment des étymologies et établir des réseaux d'interconnexion entre les différentes langues indo-européennes. Il faisait aussi du slalom dans le couloir pour éviter les cartons de livres, dont il connaissait la place exacte et qu'il ne heurtait jamais, même dans l'obscurité. Et quand j'étais fatigué de lire, je jouais sur mon Storioni pendant des heures et je finissais trempé de sueur, comme Bernat le jour de son examen. Les journées me semblaient courtes et je pensais à toi presque uniquement au moment de préparer mon dîner, parce qu'à ce moment-là je baissais la garde. Et j'allais me coucher avec une pointe de tristesse et, surtout, avec la question sans réponse de savoir pourquoi, Sara. Seulement deux fois, je dus faire le point avec le gérant du magasin, un homme très dynamique qui prit aussitôt la mesure de ma situation. La deuxième fois, il me dit que Cecília allait prendre sa retraite et, même si je l'avais très peu fréquentée, j'éprouvai de la tristesse. Cela semble incroyable, mais Cecília m'avait pincé la joue ou passé la main dans les cheveux plus souvent que maman.

La première fois que je sentis la démangeaison dans mes doigts, ce fut quand Morral, un vieux bouquiniste du marché de Sant Antoni, que mon père avait connu, me dit je crois bien que vous devriez m'accompagner pour que je vous montre quelque chose qui pourrait vous intéresser, docteur.

Adrià, qui était en train d'examiner une pile de livres de la collection "A tot vent", de ses débuts jusqu'au début de la guerre civile, avec des dédicaces d'inconnus qui l'amusaient beaucoup, leva la tête, étonné.

— Pardon?

Le libraire s'était levé et, de la tête, lui faisait signe de l'accompagner. Il claqua des doigts à l'intention de son voisin de stand, afin de lui signifier qu'il s'absentait et qu'il veuille bien avoir l'amabilité de surveiller. En cinq minutes, sans dire un mot, ils arrivèrent à une petite maison étroite, à l'escalier obscur, du carrer del Comte Borrell, où il se rappelait être déjà venu avec son père. Au premier, Morral tira un trousseau de clefs de sa poche et ouvrit une porte. L'appartement était dans l'obscurité. Il alluma une petite ampoule anémique qui n'arrivait pas à projeter sa lumière jusqu'au sol et, en quatre pas, dans un couloir très étroit, il le mena dans une pièce occupée par un immense meuble avec des tas de tiroirs vastes mais très peu hauts, comme ceux que les dessinateurs utilisent pour ranger leurs planches. La première chose qu'il pensa fut mais comment ont-ils fait pour faire entrer ce meuble par un couloir aussi étroit. La lumière de la pièce était plus puissante que celle de l'entrée. Alors, Adrià s'aperçut qu'il y avait une table au centre, avec une lampe que Morral alluma également. Il ouvrit un des tiroirs et en tira une liasse de papiers qu'il posa sur la table, sous le rayon de lumière. Alors je sentis les palpitations, les démangeaisons dans mes entrailles et au bout des doigts. Nous étions tous les deux penchés sur le trésor : des feuilles d'un papier rudimentaire. Je dus mettre mes lunettes car je ne voulais pas en perdre un seul détail. J'eus du mal à déchiffrer l'étrange calligraphie de ce manuscrit. À voix haute, je lus *Discours de la méthode. Pour bien conduire la raison, & chercher la vérité dans les sciences*. Rien de plus. Je n'osais pas toucher le papier. Je dis seulement non.

— Si.

— Ce n'est pas possible.

— N'est-ce pas que ça vous intéresse ?

— Où diable avez-vous trouvé ça ?

Morral, au lieu de me répondre, tourna le premier feuillet. Et au bout d'un moment il dit je suis sûr que ça vous intéresse.

— Qu'est-ce que vous en savez.

— Vous êtes comme votre père ; je sais que ça vous intéresse.

Adrià avait sous les yeux le manuscrit original du *Discours de la méthode*, écrit avant 1637, date à laquelle il fut publié en même temps que la *Dioptrique*, *Les Météores* et la *Géométrie*.

— Complet ?

— Complet. Enfin… il manque… rien, deux pages.

— Et qui me dit que ce n'est pas une escroquerie.

— Quand vous connaîtrez le prix vous comprendrez que ce n'est pas une escroquerie.

— Non : je comprendrai que c'est trop cher. Comment puis-je être sûr que vous ne me trompez pas ?

L'homme fouilla dans une sacoche qui était appuyée contre un pied de la table et en tira une liasse de papiers qu'il tendit à Adrià.

Les huit ou dix premières années de la collection "A tot vent" durent attendre une autre occasion. Adrià Ardèvol passa l'après-midi à examiner le manuscrit, à le confronter avec le certificat d'authenticité et à se demander d'où avait pu sortir un pareil trésor et à conclure qu'il valait peut-être mieux ne pas poser trop de questions.

Je ne posai aucune question qui ne fût en rapport avec l'authenticité du manuscrit et je finis par payer une petite fortune, après un mois d'hésitations et de consultations discrètes. Ce fut le premier manuscrit que j'acquis moi-même, des vingt qui constituent ma collection. À la maison, venant de papa, j'avais déjà vingt pages dépareillées de la *Recherche*, le manuscrit complet de *The Dead*, de Joyce, quelques pages de Zweig, ce type qui s'est suicidé au Brésil, et l'acte de consécration du monastère de Sant Pere del Burgal par l'abbé Delligat. Depuis ce jour, je compris que j'étais possédé par le même démon que mon père. La démangeaison dans l'estomac, dans les doigts, la bouche sèche… Tout cela dans le doute de l'authenticité, de la valeur du manuscrit, avec la peur de rater l'occasion de le posséder, la peur de le payer trop cher, la peur de ne pas en offrir assez et de le voir s'éloigner de ma vie…

Le *Discours de la méthode* fut mon grain de sable.

Le grain de sable, c'est d'abord une poussière dans l'œil ; ensuite, cela devient un agacement dans les doigts, une brûlure à l'estomac, une petite protubérance dans la poche et, si le mauvais sort s'en mêle, cela finit par devenir une lourde pierre sur la conscience. Tout commence comme ça, ma chère Sara, la vie comme les récits, par un grain de sable inoffensif, qui passe inaperçu.

J'entrai comme si j'entrais dans le temple. Ou dans le labyrinthe. Ou en enfer. Depuis l'expulsion de monsieur Berenguer dans les ténèbres extérieures, je n'y avais pas remis les pieds. La même clochette tintait quand on ouvrait la porte. La même clochette que toujours. Il fut reçu par les yeux attentifs de Cecília, encore derrière le comptoir, comme si elle n'avait jamais bougé. Comme si elle était un objet exposé pour être vendu à un collectionneur qui en aurait les moyens. Toujours pomponnée et bien coiffée. Sans bouger, comme si cela faisait des heures qu'elle l'attendait, elle lui réclama un baiser, comme quand il avait dix ans. Elle lui demanda comment vas-tu, mon petit, et lui bien, bien. Et toi ?

— J'attendais que tu viennes.

Adrià regarda alentour. Au fond, une fille inconnue nettoyait patiemment des objets en cuivre.

— Il n'est pas encore arrivé, dit-elle. – Et elle lui prit la main pour le rapprocher d'elle et elle ne put se retenir de

lui passer la main dans les cheveux, comme Lola Xica. –
Ils commencent à être clairsemés.

— Oui.

— Tu ressembles chaque jour davantage à ton père.

— Vraiment?

— Tu as une fiancée?

— Hum.

Elle ouvrit un tiroir et le referma. Silence. Peut-être
se demandait-elle si elle avait bien fait de poser cette
question.

— Pourquoi tu ne fouilles pas un peu?

— Tu me donnes l'autorisation?

— Tu es le propriétaire, dit-elle en ouvrant les bras.
– Pendant un instant, Adrià eut l'impression qu'elle s'offrait à lui.

Je fis ma dernière promenade dans l'univers du magasin. Les objets avaient changé, mais l'atmosphère et
l'odeur étaient les mêmes. Il vit papa consultant des
documents, monsieur Berenguer brassant de grandes
idées tout en regardant la porte de la rue, Cecília coiffée
et maquillée, plus jeune, souriant à la cliente qui prétendait faire baisser, sans arguments, le prix d'un splendide
bureau Chippendale, papa appelant monsieur Berenguer
dans son bureau, s'enfermant avec lui et lui parlant longuement d'on ne savait quoi, ou si, on savait bien de
quoi. Je retournai auprès de Cecília, qui parlait au téléphone. Quand elle raccrocha, je me plantai devant elle :

— Quand prends-tu ta retraite?

— À Noël. Tu ne veux pas t'occuper du magasin,
n'est-ce pas?

— Je ne sais pas, mentis-je. J'ai un travail à l'université.

— Ce n'est pas incompatible.

J'eus l'impression qu'elle allait me dire quelque chose,
mais à ce moment monsieur Sagrera fit son entrée, s'ex-
cusant de son retard, saluant Cecília et me montrant le

bureau d'un geste, tout cela en même temps. Nous nous enfermâmes dans le bureau et le gérant me dit comment allaient les choses et quelle était la valeur actuelle du magasin. Et bien que tu ne me demandes pas mon avis, je dois te dire que c'est une affaire rentable et pleine d'avenir. Le seul poids mort, c'était monsieur Berenguer, mais tu as fait place nette. – Il s'appuya sur le dossier de son fauteuil pour donner plus de force à ses mots : Une affaire rentable et pleine d'avenir.

— Je veux la vendre. Je ne veux pas être boutiquier.

— Quel mal y a-t-il à cela ?

— Monsieur Sagrera…

— C'est toi qui commandes. C'est ton dernier mot ?

Est-ce que je sais si c'est mon dernier mot. Est-ce que je sais ce que je veux faire.

— Oui, monsieur Sagrera, c'est mon dernier mot.

Alors, monsieur Sagrera se leva, alla au coffre-fort et l'ouvrit. Je fus surpris que monsieur Sagrera ait la clef du coffre et moi pas. Il en tira une enveloppe.

— De la part de ta mère.

— Pour moi ?

— Elle m'a dit de te la donner si tu venais au magasin.

— Mais je ne veux pas…

— Si tu passais par le magasin, pas si tu décidais de t'en occuper.

C'était une enveloppe fermée. Je l'ouvris devant monsieur Sagrera. La lettre ne commençait pas par mon fils chéri et ne commençait par aucune formule même pas hé Adrià, comment ça va. C'était une liste d'instructions, froide mais pratique, avec des conseils qui, je le compris, me seraient d'une grande utilité.

Contrairement à mes intentions, au bout de quelques jours ou de quelques semaines, je ne m'en souviens pas, j'assistai à une vente aux enchères clandestine. Morral, le libraire bouquiniste du marché de Sant Antoni, m'avait donné l'adresse en prenant un air mystérieux. Peut-être le mystère était-il superflu, parce qu'apparemment il n'y avait aucun filtrage. On sonnait à la porte, quelqu'un vous ouvrait et on entrait dans un garage d'une zone industrielle de l'Hospitalet. Il y avait une table à vitrine, comme dans une bijouterie, soigneusement éclairée, avec les objets qui allaient être mis aux enchères. Rien que de commencer à les examiner, j'éprouvai la fameuse démangeaison et j'eus ces espèces de sueurs qui m'ont toujours accompagné quand j'ai été sur le point de faire une acquisition. Et la bouche pâteuse. Il me semble que c'est ce que ressent un joueur devant la machine à sous. Une grande partie des choses dont je t'ai toujours dit qu'elles étaient à mon père, c'est moi qui les ai achetées. Par exemple, la pièce de cinquante ducats du seizième siècle et qui vaut maintenant une fortune. Je l'ai achetée là. Et elle m'a coûté un bon paquet. Ensuite, à d'autres ventes, ou par des échanges frénétiques, en faisant de grands sauts dans le vide, au coude à coude avec un autre collectionneur pris de folie, les cinq florins d'or frappés à Perpignan à l'époque de Jaume III de Majorque. Quel plaisir de les avoir dans ma main et de les faire sonner. Avec les pièces de monnaie dans ma main je me sentais comme quand papa me sermonnait à propos du Vial et des différentes personnes qui passèrent dans sa vie, le servant, essayant d'en tirer un beau son, le respectant, le vénérant. Ou les treize louis d'or, magnifiques ; quand je les prends et que je les fais sonner ils ont un son semblable à celui qui apaisa Guillaume-François Vial, en son vieil âge. Malgré le danger qu'il y avait à vivre avec ce Storioni, il s'était pris d'affection pour lui et il ne voulut pas s'en séparer, jusqu'à ce qu'il apprenne que monsieur La Guitte avait fait courir le bruit qu'un violon du célèbre Lorenzo Storioni pouvait être en rapport avec l'assassinat, des années plus tôt, de monsieur

Leclair. Alors, ce violon si cher à son cœur commença à lui brûler les mains et, de possession intime, il finit par devenir un cauchemar. Il décida de s'en défaire loin de Paris. Alors qu'il revenait d'Anvers, où il avait pu le vendre de façon très satisfaisante, avec son étui taché du sang odieux de tonton Jean, le violon s'était transformé en une rassurante bourse de peau de chèvre remplie de louis d'or. Qu'elle sonnait agréablement, cette bourse. Il lui vint à l'esprit que cette bourse était son avenir, sa cachette, son triomphe sur la grossièreté et la vanité de tonton Jean. Maintenant, plus personne ne pourrait le relier au violon qu'avait acquis Heer Arcan d'Anvers. Et c'était le son des louis d'or quand je les faisais sonner.

— Tu veux venir à Rome ?

Laura le regarda, surprise. Ils étaient dans le cloître de l'université, entourés d'étudiants, lui avec les mains dans les poches, elle avec une serviette pleine, ressemblant à l'avocate commise d'office sur le point d'entrer dans la salle d'audience pour une affaire difficile, et moi contemplant son regard si bleu. Laura n'était plus une étudiante assoiffée de connaissance. C'était un professeur apprécié par ses étudiants. Elle avait toujours son regard bleu et sa tristesse à l'intérieur. Et Adrià la contemplait plein d'incertitude tandis que des images de toi, Sara, venaient se mélanger à celles de cette femme qui, à ce que je voyais, n'avait guère de chance avec les fiancés qu'elle dégotait.

— Pardon ?

— Il faut que j'y aille pour une histoire de travail… Cinq jours tout au plus. Nous pourrions être de retour lundi et tu ne raterais aucun cours.

En réalité, Adrià avait improvisé. Cela faisait des jours qu'il sentait qu'il ne savait pas comment se rapprocher de ce regard bleu. Il avait envie de franchir le pas mais il ne savait pas comment. Et j'avais peur de me décider parce que je pensais que, ce faisant, je trahissais ta mémoire. Et alors il avait eu l'idée de ce subterfuge pitoyable ; le regard bleu sourit et Adrià se demanda s'il y avait des moments où Laura ne souriait pas. Et il fut très surpris de l'entendre dire, allez, ça marche.

— Qu'est-ce qui marche ?

— Que je vais à Rome avec toi. – Elle le regarda, inquiète. – C'était bien ça, non ?

Ils rirent tous les deux et il pensa tu te lances dans une nouvelle histoire et tu n'as pas la moindre idée de comment est Laura, à part le bleu.

Au moment du décollage et de l'atterrissage, elle lui prit la main pour la première fois, sourit timidement et avoua j'ai une peur panique de l'avion, et il lui dit mais tu aurais dû me le dire. Et elle eut une mimique pour dire bon, c'est passé, qu'il interpréta comme cela valait la peine de surmonter sa panique pour aller à Rome avec Ardèvol ; je me sentis très fier de mon pouvoir d'attraction, chère Sara, même si c'était sur un professeur toute jeunette, qui avait l'avenir devant elle.

Rome n'était pas une fête ; c'était un chaos automobile dans une ville immense, sous la coupe de chauffeurs de taxi suicidaires, comme celui qui nous conduisit en un temps record de l'hôtel à la via del Corso, crucifiée par la circulation. La boutique de fruits Amato était une merveille de caisses de fruits appétissants, sur lesquels les passants se retournaient. Un homme à la barbe drue, qui servait une cliente exigeante, lui donna, quand il se présenta, une carte avec une indication écrite, et il fit un signe vers le haut, vers la piazza del Popolo.

— Je peux savoir ce qu'on fait ?

— Tu vas le savoir tout de suite.

— Bon ; ce que je voudrais savoir c'est ce que moi, je fabrique ici.

— Tu m'accompagnes.

— Pourquoi ?

— Parce que j'ai peur.

— Super. – Elle dut courir pour rattraper Adrià, qui marchait à grandes enjambées. – Alors tu pourrais peut-être m'expliquer le film, non ?

— Écoute, nous sommes arrivés.

C'était trois portes plus loin. Il appuya sur une des sonnettes et aussitôt un petit bruit dans la serrure leur indiqua que la porte était ouverte, comme si on les attendait. En haut, tenant la porte de l'appartement ouverte, mon ange – qui n'était plus mon ange – nous attendait avec un sourire un peu distant. Adrià l'embrassa, la montra familièrement de la main et expliqua à Laura :

— C'est ma demi-sœur. C'est la signora Daniela Amato.

Et, à propos de Laura, je dis à Daniela :

— C'est mon avocate.

Laura a bien réagi. Elle a été fantastique. Pas un de ses cils n'a bougé. Les deux femmes se regardèrent pendant quelques secondes, comme si elles calculaient les forces qu'elles devaient engager. Daniela les fit entrer dans un salon très bien rangé, où il y avait un buffet Sheraton que j'étais sûr d'avoir vu au magasin ; sur le buffet, une photo de papa, très jeune, et d'une fille très jolie, qui avait une certaine ressemblance avec Daniela. Je supposai que c'était la légendaire Carolina Amato, l'amour romain de papa, la fille du fruttivendolo Amato. Sur la photo, c'était une jeune femme, au regard intense et à la peau délicate. C'était étrange, parce que j'avais devant moi la fille de cette jeunesse qui, à cinquante ans passés, ne prenait plus la peine de dissimuler les plis de son visage. Ma demi-sœur était toujours une femme belle et élégante. Avant qu'elle commence à parler, un adolescent monté en graine et avec de gros sourcils entra dans la pièce, portant un plateau avec du café.

— Mon fils Tito, annonça Daniela.

— Piacere di conoscerti, lui dis-je en lui serrant la main.

— Ne te fatigue pas, répondit-il en catalan, tout en posant délicatement le plateau sur un guéridon. Mon père est de Vilafranca.

Et alors Laura commença à me lancer des regards assassins, parce qu'elle devait trouver que c'était trop, de devoir jouer les avocates et bavarder avec la branche italienne de ma famille, dont elle se souciait comme de sa première chemise. Je lui souris et posai une main sur la sienne, pour la calmer ; j'y parvins, comme jamais plus je ne devais y parvenir avec personne. Pauvre Laura : il me semble que je lui dois mille explications et je crains de ne plus en avoir le temps.

Le café était épatant. Et les conditions de vente du magasin aussi. Laura se contenta de rester silencieuse ; j'annonçai le prix, Daniela regarda Laura une ou deux fois et vit qu'elle faisait non de la tête, discrètement, lentement, très professionnelle. Malgré tout, elle essaya de marchander.

— Je ne suis pas d'accord avec cette offre.

— Excusez-moi, intervint Laura, et je la regardai avec surprise. Et elle ajouta, d'un ton las : C'est la seule offre que monsieur Ardèvol compte vous faire.

Elle regarda sa montre, comme si elle était très pressée, et elle se tut à nouveau, l'air sérieux. Adrià mit quelques secondes à réagir et dit que l'offre, de plus, était assortie du doit de récupérer ces objets, avant que tu prennes possession des lieux. Daniela lut attentivement la liste que je lui présentai tandis que je regardais Laura, que je lui faisais un clin d'œil qu'elle ne me rendait pas, toujours sérieuse dans son rôle d'avocate.

— Et l'Urgell qui est chez toi ? demanda Daniela en relevant la tête.

— Il appartient au patrimoine familial, pas au magasin.

— Et le violon?

— Pareil. Il y a des papiers pour tout.

Laura leva la main comme si elle voulait demander la parole et, avec un air las très étudié, regardant Daniela, elle dit vous savez qu'il s'agit d'un magasin d'intangibles.

Aïe, Laura.

— Quoi? dit Daniela.

Tu aurais mieux fait de te taire.

— Qu'il y a l'objet d'une part, et de l'autre sa valeur.

Qu'est-ce qui m'est passé par la tête de te demander est-ce que tu veux venir à Rome, Laura.

— Magnifique. Et alors?

— Alors, le prix augmente chaque jour.

Il vaudrait mieux ne pas tout embrouiller.

— Oui?

— Donc, le prix dont vous conviendrez ensemble est une chose. – Laura disait cela sans me regarder, comme si je n'étais pas là. Et tandis que je pensais ne fais pas tout foirer, bon Dieu de merde, elle dit mais quel que soit le prix dont vous conviendrez, vous n'approcherez jamais la valeur réelle.

— Par simple curiosité, je serais très heureuse que vous m'indiquiez la valeur réelle du magasin, madame l'avocate.

Moi aussi, Laura. Mais il vaudrait peut-être mieux que tu arrêtes le massacre, non?

— Personne ne la connaît. Tant de pesètes, prix officiel. Pour obtenir la valeur réelle, il faut ajouter le poids de l'Histoire.

Silence. Comme si nous étions en train de digérer ces sages paroles. Laura écarta ses cheveux de son front, les rejeta derrière son oreille et, sur un ton de voix très sûr, que je ne lui connaissais pas, elle ajouta, en se penchant vers Daniela, nous ne parlons pas précisément de pommes et de bananes, madame Amato.

Nous ne disions toujours rien. Je savais que Tito était derrière la porte, parce qu'une ombre avec de gros sourcils trahissait sa présence. J'imaginai aussitôt que ce garçon avait lui aussi la folie des objets, comme papa, comme maman ensuite, comme moi maintenant, comme Daniela… Touché par la folie familiale. Le silence était tellement épais que j'eus l'impression que nous étions tous les trois en train d'essayer d'évaluer le poids de l'Histoire.

— Marché conclu. Les avocats mettront ça en forme, lança Daniela en relâchant l'air de ses poumons. Puis elle regarda Laura avec une pointe d'ironie et dit les millions de lires de l'Histoire, nous en parlerons un autre jour, maître, quand nous serons d'humeur à cela.

Tant que nous ne fûmes pas assis l'un en face de l'autre, nous ne prononçâmes pas un mot. Ce furent trois quarts d'heure d'un silence difficile à évaluer parce que cette fille bleue et blonde l'avait complètement désorienté. Une fois assis, après avoir demandé le premier plat et attendu qu'on le lui apporte, Laura attrapa avec sa fourchette un écheveau de spaghettis qui se défit aussitôt.

— Tu es un fils de pute, dit-elle avant d'aspirer, penchée sur son assiette, l'unique et interminable spaghetti survivant.

— Moi ?

— C'est à toi que je parle, oui.

— Pourquoi ?

— Je ne suis pas ton avocate, et tu n'en avais vraiment pas besoin. – Elle posa sa fourchette dans son assiette. – Au fait, j'ai compris que vous vendez des objets anciens.

— Tout juste.

— Et pourquoi tu ne m'en avais pas parlé avant ?

— Tu devais garder le silence.

— Personne n'a daigné me donner le mode d'emploi de ce voyage.

— Excuse-moi, c'est de ma faute.

— Ça oui.

— Mais tu t'en es très bien sortie.

— Eh bien ce que je voulais c'est tout faire foirer et partir en courant, parce que tu es un salaud.

— Tu as raison.

Laura réussit à attraper un autre spaghetti et, au lieu d'être affecté par ses mots, je pensai seulement à ce rythme elle ne finira jamais son assiette. Je voulus lui donner les explications que je ne lui avais pas données avant :

— Maman m'a laissé des instructions pour vendre le magasin à Daniela ; des instructions détaillées. Elle m'a même précisé comment je devais la regarder et quels gestes je devais faire.

— Alors tu jouais la comédie.

— D'une certaine façon. Mais tu m'as surpassé.

Tous deux regardaient leur assiette, jusqu'à ce qu'Adrià pose sa fourchette et, mettant sa serviette devant sa bouche pleine :

— La valeur du poids de l'Histoire ! dit-il en éclatant de rire.

Le dîner se poursuivit, avec de grandes taches de silence. Ils essayaient de ne pas se regarder dans les yeux.

— Alors comme ça ta mère t'a laissé un mode d'emploi.

— Oui.

— Et tu l'appliquais.

— Oui.

— Je te trouvais… Je ne sais pas ; différent.

— Différent de quoi ?

— De ce que tu es habituellement.

— Et comment je suis, habituellement ?

— Tu n'es pas là ; tu es toujours ailleurs.

Ils grignotèrent les olives en silence, sans savoir que se dire, en attendant le dessert. Jusqu'au moment où Adrià dit je ne savais pas qu'elle était si clairvoyante.

— Qui ?

— Ma mère.

Laura posa sa fourchette sur la nappe et le regarda dans les yeux.

— Tu sais que je me suis sentie manipulée ? insista-t-elle. Tu l'as compris, après tout ce que je t'ai dit ?

Je la regardai attentivement et je vis que son regard bleu était humide. Pauvre Laura : elle disait la grande vérité de sa vie et je ne voulais pas encore le reconnaître.

— Excuse-moi. J'étais incapable de faire ça tout seul.

Cette nuit-là, Laura et moi fîmes l'amour, d'une façon très tendre, très prudente, comme si nous avions peur de nous faire mal. Elle regarda avec curiosité la médaille qu'Adrià portait au cou, mais elle ne fit aucun commentaire. Et ensuite elle pleura : ce fut la première fois que Laura l'enjouée me montra sa dose éternelle de tristesse. Et elle ne me dit rien de ses chagrins d'amour. Moi non plus, je ne dis rien.

Après nous être promenés dans les musées du Vatican et avoir admiré en silence, pendant plus d'une heure, le Moïse de San Pietro in Vincoli, le patriarche fit un pas en avant, les tables de la Loi à la main, et s'approchant de son peuple et voyant qu'il adorait un veau d'or et dansait tout autour, il saisit rageusement les tables de pierre où Yahvé avait gravé de son écriture divine les termes de l'alliance avec son peuple et les jeta à terre, et elles se brisèrent en morceaux. Tandis qu'Aaron s'accroupissait et en prenait un morceau anguleux, ni très gros ni très petit, qu'il garda en souvenir, Moïse éleva la voix et dit bande de fainéants, qu'est-ce que vous foutez là à adorer de faux dieux dès que je tourne le dos, foutrebleu, misérables ! Et le peuple de Dieu dit pardonne-nous, Moïse, on ne recommencera pas. Et il répondit ce n'est pas moi qui dois vous pardonner mais le Dieu de miséricorde, contre qui vous avez péché en adorant de fausses idoles. Rien que pour ça vous mériteriez d'être lapidés. Tous. Et alors qu'ils sortaient dans le soleil éblouissant de Rome à midi, pensant aux pierres et aux tables mises en miettes, il me vint à l'esprit, sans raison apparente, qu'un siècle plus tôt, en l'an mille deux cent quatre-vingt-dix de l'hégire, était née dans la petite ville d'al-Hisw une petite fille braillarde, avec un visage de lune, et sa mère, en la voyant, dit cette fille est un don d'Allah le Miséricordieux ; elle est belle comme la lune et splendide comme le soleil, et son père, Azizzadeh le commerçant, en voyant l'état de santé fragile de son épouse, lui dit, en dissimulant son angoisse, quel nom veux-tu lui donner, mon épouse, et elle répondit elle s'appellera Amani, et les gens d'al-Hisw la connaîtront sous le nom d'Amani la belle ; et elle fut gagnée par l'épuisement comme si les mots qu'elle avait prononcés l'avaient vidée ; et son époux, Azizzadeh, avec des larmes amères dans ses yeux sombres, après s'être assuré que tout était en ordre, donna une pièce de monnaie blanche et un panier de dattes à la sage-femme ; il regarda son épouse, confus, et un nuage noir traversa ses pensées. La voix brisée de la mère dit encore Azizzadeh, si je meurs, garde bien ce joyau d'or en mémoire de moi.

— Tu ne mourras pas.

— Écoute-moi. Et quand la belle Amani connaîtra son premier sang, donne-le-lui de ma part. Qu'elle ait cela en souvenir, mon époux. En souvenir d'une mère qui n'a pas eu assez de force pour. – Et elle se mit à tousser. – Jure-le-moi, insista-t-elle.

— Je te le jure, mon épouse.

La sage-femme entra dans la chambre et dit elle a besoin de repos. Azizzadeh secoua la tête et retourna à la boutique parce qu'il devait surveiller le déchargement de la livraison de pistaches et de noix du Liban, qui venait d'arriver. Mais même si on l'avait gravé dans des tables comme celles de la Loi des infidèles, fils de Mussa, ceux qui s'appellent eux-mêmes le peuple élu, Azizzadeh n'aurait jamais cru à la triste fin de la belle Amani, quinze ans plus tard, loué soit le Seigneur miséricordieux.

— À quoi penses-tu?

— Pardon?

— Tu vois bien que tu es toujours ailleurs.

Nous rentrâmes à Barcelone en train et nous y arrivâmes le mercredi : Laura avait raté deux cours pour la première fois de sa vie et sans avoir prévenu. Bastardes, qui devait deviner beaucoup de choses, ne lui fit aucun reproche. Et moi, après l'opération Rome, je savais que je pourrais consacrer ma vie à étudier ce qui me plairait et à donner peu de cours, le minimum pour garantir ma présence dans le monde académique. Il me semblait que, mis à part les problèmes de cœur, le ciel s'ouvrait devant moi. Tout cela à condition qu'aucun manuscrit alléchant ne se mette en travers de mon chemin.

29

Adrià s'était soulagé d'un poids, aidé par sa mère intraitable, qui avait pensé à son incapacité pour les choses pratiques et qui, depuis la mort, avait veillé sur son fils comme le font toutes les mères du monde sauf la mienne. Rien que d'y penser, je suis ému et je me dis que peut-être, à un moment ou à un autre, maman m'a aimé. Maintenant je sais de façon certaine qu'à un moment donné papa m'a admiré ; mais je suis convaincu qu'il ne m'a jamais aimé. J'étais un objet parmi d'autres dans sa grande collection. Et cet objet parmi d'autres revint de Rome avec la ferme intention de mettre de l'ordre dans la maison, car cela faisait trop longtemps qu'il se cognait à tout bout de champ contre les cartons de livres venus d'Allemagne, qu'il n'avait pas encore ouverts, il alluma la lampe et la lumière fut. Et il convoqua Bernat pour qu'il l'aide à planifier cet ordre idéal, comme si Bernat était Platon et lui Périclès, et l'appartement de l'Eixample la tumultueuse ville d'Athènes. Et ainsi les deux hommes sages décidèrent qu'il laisserait dans le bureau les manuscrits et les incunables qu'il achèterait, les objets fragiles, les livres de ses parents, les disques, les partitions et les dictionnaires d'usage le plus fréquent, et ils séparèrent les eaux d'en bas de celles d'en haut et ainsi fut fait le firmament avec ses nuages, séparé des eaux de la mer. Dans la chambre des parents, qu'il avait réussi à faire sienne, ils placèrent la poésie et les livres de musique, et il fit s'écarter les eaux d'en bas afin qu'il y eût un lieu sec et il lui donna le nom de terre, et il nomma les eaux mers et océans. Dans sa chambre d'enfant, à côté du shérif Carson et du vaillant Aigle-Noir, qui montaient une garde permanente sur la table de nuit, ils vidèrent, sans même regarder, toutes les étagères des livres qui l'avaient accompagné quand il était petit et ils y mirent les livres d'histoire, de la naissance de la mémoire jusqu'à aujourd'hui. Et aussi la géographie, et la terre commençait à avoir des arbres et des graines qui germaient et devenaient herbes et fleurs.

— Qu'est-ce que c'est que ces cow-boys ?

— N'y touche pas !

Il n'osa pas dire qu'il n'en avait rien à faire. Cela lui aurait semblé trop injuste. Il se contenta de dire ce n'est rien, je les jetterai un autre jour.

— Ugh.

— Quoi.

— Tu as honte de nous.

— J'ai beaucoup de travail, là.

Il entendit que le shérif, derrière le chef arapaho, crachait par terre avec mépris et préférait ne pas intervenir.

Les trois longs couloirs de l'appartement furent consacrés à la prose littéraire, classée par langues. Avec de nouveaux et interminables rayonnages, commandés chez Planas. Dans le couloir de la chambre, les langues romanes. Dans celui qui suivait l'entrée, les langues slaves et nordiques, et dans le large couloir du fond, les langues germaniques et anglo-saxonnes.

— Comment peux-tu lire dans une langue aussi bizarre ? dit tout à coup Bernat en brandissant *Пешчани cat*, de Danilo Kiš.

— Avec de la patience. Si tu sais le russe, le serbe n'est pas si difficile que ça.

— Si tu sais le russe… marmonna Bernat, vexé. Il plaça le livre à l'endroit qui lui était échu et marmonna encore : Vu comme ça, il n'y a aucun mérite.

— Dans la salle à manger, nous allons mettre les essais littéraires, la théorie littéraire et l'esthétique.

— Ou tu enlèves la cristallerie ou tu enlèves le buffet. – Il montra les murs, sans faire allusion à la tache blanche au-dessus du buffet. Adrià baissa les yeux et dit je donne toute la cristallerie au magasin. Qu'ils la vendent et grand bien leur fasse. Je gagne trois murs. Et les poissons furent faits et les créatures marines et tous les monstres de la mer. Et le vide qu'avait laissé sur le mur le monastère de Santa Maria de Gerri de Modest Urgell fut meublé par Wellek, Warren, Kayser, Berlin, Steiner, Eco, Benjamin, Ingarden, Frye, Canetti, Lewis, Fuster, Johnson, Calvino, Mira, Todorov, Magris et autres joyeusetés.

— Combien de langues connais-tu?

— Je ne sais pas. Ça n'a pas d'importance. Quand on en connaît quelques-unes, on peut en lire bien plus qu'on ne croit.

— Mais oui, bien sûr, c'est justement ce que j'allais dire, rétorqua Bernat, un peu irrité. Et quelques secondes plus tard, tandis qu'ils poussaient un meuble : Tu ne m'avais pas dit que tu apprenais le russe.

— Et toi, tu ne m'avais pas dit que tu préparais le deuxième concerto de Bartók.

— Comment le sais-tu?

— J'ai des contacts. Dans la buanderie, je vais mettre

— Dans la buanderie, ne touche à rien. – Bernat, la voix de la raison. – Il faudra bien que tu fasses venir quelqu'un pour faire le ménage, repasser, ce genre de choses. Et il faut que cette personne ait un endroit à elle.

— Je le ferai moi-même.

— Mon cul. Engage quelqu'un.

— Je sais faire les omelettes, le riz bouilli, les œufs sur le plat, les macaronis et d'autres sortes de pâtes, et tout ce qu'il faut. Les omelettes aux pommes de terre. Les salades. Les légumes bouillis.

— Je te parle de choses un peu plus compliquées : repasser, coudre, faire la lessive. Faire des cannellonis ou du chapon rôti.

Quelle flemme. Mais il finit par écouter Bernat et engagea une femme encore jeune et active qui s'appelait Caterina. Elle venait le lundi, restait déjeuner et faisait toute la maison sans rien oublier. Et elle repassait. Et elle cousait. Un vrai rayon de soleil dans toutes ces ténèbres.

— Bon, le bureau, il vaut mieux que vous n'y entriez pas. D'accord ?

— Comme vous voudrez, dit-elle en entrant et en y jetant un coup d'œil expert. Mais je vous préviens, c'est un nid à poussière.

— Pas tant que ça. N'exagérons rien…

— Un nid à poussière, et plein de ces bestioles argentées qui vivent dans les livres.

— Vous exagérez, Lola Xica.

— Caterina. Laissez-moi seulement enlever la poussière de ces vieux bouquins.

— Pas question.

— Alors laissez-moi donner un coup de balai et passer la serpillière, dit Caterina, essayant de gagner quelques points dans la négociation.

— D'accord. Mais ne touchez à rien de ce qui est sur la table.

— Ça ne me viendrait même pas à l'esprit. – Mensonge.

Malgré ses bonnes intentions initiales, il utilisa tous les murs où il n'y avait pas de placards et Caterina dut cohabiter avec les beaux-arts et les encyclopédies. C'est en vain qu'elle pinça le nez ostensiblement.

— Vous ne voyez pas qu'il n'y a plus de place ailleurs ? implora Adrià.

— Et pourtant, l'appartement n'est pas petit. Pourquoi vous avez besoin de tous ces livres ?

— Pour les manger.

— Gâcher un aussi joli appartement ! On ne voit même plus les murs.

Caterina inspecta l'état de la buanderie et dit il faudra que je m'habitue à travailler entourée de livres.

— Ne t'inquiète pas, Lola Xica, pendant la journée ils restent tranquilles.

— Caterina, dit Caterina en le regardant de travers parce qu'elle ne savait pas s'il se fichait d'elle ou s'il était complètement cinglé.

— Et tout ce que tu as rapporté d'Allemagne, qu'est-ce que c'est ? demanda Bernat, un autre jour, en soulevant d'un air méfiant le couvercle d'un carton, du bout des doigts.

— Essentiellement de la philologie et de la philosophie. Et quelques romans. Böll, Grass, Faulkner, Mann, Llor, Capmany, Roth et d'autres choses du même genre.

— Où veux-tu mettre ça ?

— La philosophie dans l'entrée. Avec les mathématiques et l'astronomie. Et la philologie et la linguistique dans la chambre de Lola Xica. Les romans, dans les couloirs correspondants.

— Eh bien allons-y.

— Avec quel orchestre tu veux jouer Bartók ?

— Avec le mien. Je vais demander à passer une audition.

— C'est super, non ?

— On verra si la trompette retentit.

— Tu veux dire le violon.

— Oui. Tu vas devoir commander d'autres rayonnages.

Il les commanda, et Planas ne se sentait plus d'aise de voir que la fureur de rangement d'Adrià ne cédait pas. Et le quatrième jour de la création, Caterina obtint une victoire importante parce qu'elle arracha au Seigneur l'autorisation d'enlever la poussière de tous les livres de l'appartement, sauf de ceux du bureau. Et elle décida qu'elle viendrait aussi le jeudi matin, pour un supplément modique, et de cette façon elle garantissait qu'une fois par an elle les dépoussiérerait tous. Et Adrià dit comme tu voudras Lola Xica, tu t'y connais sûrement bien mieux que moi.

— Caterina.

— Et comme il reste de la place dans la chambre d'amis, on y mettra la religion, la théologie, l'ethnologie et le monde gréco-romain.

Et c'est à ce moment que le Seigneur sépara les eaux et laissa la terre sèche et créa les mers et les océans.

— Il faudra que tu… Qu'est-ce que tu préfères, les chiens ou les chats ?

— Non, non, rien. – Sèchement : Rien.

— Tu ne veux pas qu'ils chient partout, c'est ça ?

— Non, ce n'est pas ça.

— Oui, bien sûr, puisque tu le dis… – Ton ironique de Bernat, tandis qu'il posait sur le sol une pile de livres. – Mais ça te ferait du bien d'avoir un animal de compagnie.

— Je ne veux voir mourir personne. D'accord ? dit-il en garnissant la deuxième rangée devant les toilettes avec la prose en langues slaves. Et les animaux domestiques furent créés et les animaux sauvages qui peuplèrent la terre et il vit que cela était bien.

Et, assis sur le sol sombre du couloir, ils déroulèrent leur mélancolie :

— Purée, Karl May. Moi aussi j'en ai des tas.

— Regarde : Salgari. Dix, non, douze Salgari.

— Et Jules Verne. Moi, je les avais avec les gravures de Gustave Doré.

— Où tu les as mis ?

— Aucune idée.

— Et Enid Blyton. C'est vraiment faiblard. Mais je les ai lus une trentaine de fois.

— Qu'est-ce que tu vas faire des Tintin ?

— Je ne veux rien jeter, mais je ne sais pas où les mettre.

— Tu as encore beaucoup d'endroits.

Et le Seigneur dit oui, j'ai beaucoup d'endroits, mais je ne veux pas cesser d'acheter des livres à mettre dans ces endroits. Et mon problème c'est où je mets les karl-mays et les julesvernes, tu comprends? Et l'autre dit je comprends. Et ils virent que dans les toilettes il y avait un espace entre la petite armoire à pharmacie et le plafond et Planas, enthousiaste, fit une double étagère bien résistante qui reçut toute la littérature enfantine.

— Ça ne va pas tomber?

— Si ça tombe, je viens en personne vous le faire tenir pour l'éternité.

— Comme Atlante.

— Vous dites?

— Comme une cariatide.

— Euh, je ne sais pas. Mais je vous assure que ça ne tombera pas. Vous pouvez caguer tranquille. Excusez-moi. Je veux dire que vous pouvez être tranquille.

— Et dans les autres toilettes, les revues.

— Ça me paraît bien, dit Bernat tout en transportant les kilos d'histoire ancienne dans le couloir de la prose en langues romanes, vers la chambre d'Adrià quand il était petit.

— Et à la cuisine, les livres de cuisine.

— Tu as besoin de bibliographie pour faire un œuf sur le plat?

— C'est des livres de maman, je ne veux pas les jeter.

Et au moment de dire je ferai l'homme à mon image et ressemblance, il pensa à Sara. Et à Laura. Non, à Sara. Non, à Laura. Je ne sais pas. Mais il y pensa.

Et le septième jour Adrià et Bernat se reposèrent et invitèrent Tecla à voir l'œuvre de la création et après la visite ils s'assirent dans les fauteuils du bureau. Tecla, qui était déjà enceinte de Llorenç, était admirative devant tout ce travail et dit à son mari et si un jour tu te décidais à ranger tes affaires à la maison. Et ils prirent un thé de can Múrria qui était délicieux. Et Bernat se leva tout à coup, comme si on l'avait piqué :

— Où est le Storioni ?

— Dans le coffre.

— Sors-le. Il faut qu'il prenne l'air. Et tu dois en jouer si tu ne veux pas que sa voix s'éteigne.

— Mais j'en joue. J'essaie de retrouver un peu mon niveau. J'en joue, obsessionnellement, et je commence à aimer cet instrument.

— Ce Storioni a tout pour se faire aimer, dit Bernat entre ses dents. Il a un son dément.

— Il paraît que tu joues aussi du piano, dit Tecla, curieuse.

— Niveau élémentaire. – Et, comme pour s'excuser : Quand on vit seul, on a beaucoup de temps à soi.

Sept deux huit zéro six cinq. Le Vial était le seul occupant du coffre. Quand il le sortit, il eut l'impression qu'il avait pâli dans ces oubliettes.

— Le pauvre. Pourquoi ne le mets-tu pas dans la vitrine, avec les incunables ?

— Bonne idée. Mais les gens de l'assurance…

— Qu'ils aillent se faire voir. Qui pourrait te le voler ?

Adrià, d'un geste qui se voulait solennel, le passa à son ami. Joue quelque chose, lui dit-il. Et Bernat l'accorda, le ré était très bas, et il joua les deux fantaisies de Beethoven de telle façon qu'on devinait l'orchestre. Il me semble, encore aujourd'hui, qu'il joua de façon extraordinaire, comme si le fait d'avoir vécu loin de moi l'avait fait mûrir, et je pensai que lorsque Tecla ne serait pas au milieu, je lui dirais mon pote, pourquoi tu n'arrêtes pas de prétendre écrire ce que tu ne sais pas écrire et tu ne te consacres pas à ce que tu fais si bien, hein ?

— Ne viens pas me casser les couilles, lui répondit Bernat, quand il finit par lui dire ça, au bout de huit jours. Et le Seigneur contempla son œuvre et dit que c'était très bien, parce qu'il avait tout l'univers chez lui, dans une classification plus ou moins décimale universelle. Et il dit aux livres croissez et multipliez-vous et répandez-vous dans toute la maison.

— Je n'avais jamais vu un appartement aussi grand, dit Laura, admirative, avant même d'enlever son manteau.

— Donne, enlève ça.

— Ni aussi sombre.

— C'est que je ne pense jamais à ouvrir les stores. Attends.

Il lui montra la partie la plus présentable de l'appartement et, quand ils entrèrent dans le bureau, il ne put éviter de le faire avec une sorte d'orgueil possessif.

— Punaise, c'est un violon ?

Adrià le sortit de la vitrine et le lui mit dans les mains. On voyait bien que la fille ne savait qu'en faire. Alors il le plaça sous la loupe et alluma la lampe.

— Lis ce qui est écrit à l'intérieur.

— Laurentius Storioni Cremonensis... – avec difficulté, mais avec intérêt – me fecit mille sept sent soixante-quatre. Punaise. – Elle releva la tête, admirative. – Ça doit valoir la peau des fesses, je veux dire une sacrée somme.

— Je suppose. Je ne sais pas.

— Tu ne sais pas ?

La bouche ouverte, elle lui rendit l'instrument, comme s'il lui brûlait les doigts.

— Je ne veux pas savoir.

— Tu es étrange, Adrià.

— Oui.

Ils restèrent un moment en silence, sans savoir que se dire. Elle me plaît, cette fille. Mais chaque fois que je la fréquente je pense à toi, Sara, et je commence à ruminer les raisons pour lesquelles notre amour qui était éternel a connu tant de malheurs. À ce moment-là, je ne pouvais pas encore comprendre.

— Tu joues du violon?

— Mouais. Un peu.

— Allez, joue quelque chose.

— Hou là là.

Je me dis que Laura ne devait pas beaucoup s'y connaître, en musique. En réalité je me trompais : elle n'y connaissait rien du tout. Mais comme je ne le savais pas, je lui offris, de mémoire et en inventant un peu, la *Méditation de Thaïs*, qui fait beaucoup d'effet. Les yeux fermés, parce qu'il ne se rappelait pas bien le doigté et qu'il avait besoin de toute sa concentration. Et quand Adrià ouvrit les yeux, Laura était en train de pleurer des larmes bleues, désespérées, et elle me regardait comme si j'étais un dieu ou un monstre et je lui demandai qu'est-ce qui t'arrive, Laura, et elle me répondit je ne sais pas, il me semble que c'est l'émotion parce que j'ai senti quelque chose ici et elle fit des cercles sur son estomac avec sa main ; et je lui répondis c'est le son de ce violon qui est magnifique. Et alors elle ne put réprimer un sanglot et ce n'est qu'à ce moment que je me rendis compte qu'elle avait les yeux à peine maquillés parce que le rimmel avait un peu coulé et elle était adorable. Mais cette fois il ne l'avait pas utilisée, comme à Rome. Elle était venue parce que ce matin-là je lui avais dit tu veux venir à l'inauguration de mon appartement? Et elle, qui sortait de cours de grec, me semble-t-il, elle me dit tu as déménagé? Et moi, non. Et elle, tu fais une fête? Et moi, non, mais j'inaugure un nouvel ordre dans mon appartement et…

— Il y aura beaucoup de monde?

— Assez.

— Qui?

— Eh bien toi et moi.

Et elle vint. Et après le sanglot qu'elle ne put contrôler, elle demeura pensive pendant un moment, assise sur le canapé derrière lequel j'avais vécu des heures d'espionnage en compagnie du shérif Carson et de son vaillant ami.

Sur la table de nuit côté histoire et géographie Aigle-Noir montait la garde. Lorsque nous entrâmes, elle le prit, le regarda, le vaillant chef arapaho ne protesta pas et elle se retourna pour me dire quelque chose, mais Adrià fit mine de ne s'être aperçu de rien et lui demanda n'importe quoi. Je l'embrassai. Nous nous embrassâmes. Ce fut tendre. Et ensuite je la raccompagnai chez elle, convaincu de me tromper avec cette fille, et que j'étais probablement en train de lui faire du mal. Mais je ne savais pas encore pourquoi.

Ou je ne le savais que trop. Parce que dans les yeux bleus de Laura je cherchais tes yeux sombres de fugitive, et c'est une chose qu'aucune femme ne peut me pardonner.

30

L'escalier était étroit et sombre. Plus il montait, plus il se sentait mal. On aurait dit un escalier en jouet, d'une maison de poupée sans lumière. Au troisième étage, la première porte. La sonnette, qui imitait le son d'une clochette, fit ding et puis dong. Et ensuite le silence. On entendait les cris des enfants dans la rue étroite et sans lumière de ce coin perdu de la Barceloneta. Alors qu'il se disait qu'il s'était trompé, il entendit un bruit étouffé de l'autre côté de la porte et celle-ci s'ouvrit délicatement, silencieusement. Je ne te l'ai jamais raconté, Sara, mais ce fut certainement le jour le plus important de ma vie. Se tenant à la porte, vieillie, usée, mais aussi soignée et proprette que toujours, elle me regarda dans les yeux pendant quelques secondes, sans rien dire, comme si elle me demandait ce que je faisais là. Puis elle réagit, ouvrit la porte en grand et s'écarta pour me laisser passer. Après avoir refermé, elle me dit tu ne vas pas tarder à être chauve.

Nous pénétrâmes dans une pièce minuscule qui était la salle à manger et le salon. Sur un mur, majestueux, l'Urgell du monastère de Santa Maria de Gerri recevait, comme d'habitude, la lumière vespérale du soleil qui se cachait du côté de Trespui. Adrià, l'air de s'excuser, dit qu'il savait qu'elle était malade et…

— Comment l'as-tu appris ?
— Par un ami médecin. Comment te sens-tu ?

— Surprise de te voir par ici.

— Non, je parle de ta santé.

— Je suis en train de mourir. Tu veux un thé ?

— Oui.

Elle disparut dans le couloir. La cuisine était juste à côté. Adrià regarda le tableau et éprouva la sensation de retrouver un vieil ami qui, malgré les années, n'avait guère vieilli ; il perçut jusqu'au bruit de la rivière et ressentit le même froid que Ramon de Nolla quand il arriva à cet endroit, en quête de sa victime. Il resta là, à l'observer, jusqu'au moment où il sentit derrière lui la présence de Lola Xica. Elle portait un plateau avec deux tasses. Adrià observa la sobriété de ce minuscule appartement, qui aurait pu largement tenir dans son bureau.

— Pourquoi n'es-tu pas restée vivre avec moi ?

— Je suis bien. Ici, c'était ma maison avant d'aller vivre aux côtés de ta mère et c'est ma maison après. Je ne me plains pas. Tu m'entends ? Je ne me plains pas. J'ai plus de soixante-dix ans, plus que tes parents ; et j'ai vécu la vie que je voulais vivre.

Ils s'assirent autour de la table. Une gorgée de thé. Adrià goûtait le silence. Au bout d'un moment :

— Ce n'est pas vrai que je deviens chauve.

— Tu dis ça parce que tu ne peux pas voir ta nuque. Tu as l'air d'un frère franciscain.

Adrià sourit. C'était la Lola Xica de toujours. Et elle était toujours la seule personne au monde qu'il n'avait jamais vue faire une grimace de dégoût.

— Il est très bon, ce thé.

— J'ai reçu ton livre. Il est difficile à lire.

— Je sais, mais je voulais que tu l'aies.

— Qu'est-ce que tu as fait d'autre, à part écrire et lire ?

— Jouer du violon. Des heures et des heures, et des jours, et des mois.

— Tout ça pour rien ! Pourquoi tu as abandonné le violon ?

— Il m'étouffait. À ce moment-là, c'était le violon ou moi. Et j'ai choisi moi.

— Tu es heureux ?

— Non. Et toi ?

— Oui, assez. Pas tout à fait.

— Je peux y faire quelque chose ?

— Oui. Pourquoi es-tu aussi inquiet ?

— C'est que… Je ne peux pas m'empêcher de penser que si tu vendais le tableau tu pourrais t'acheter un appartement plus grand.

— Tu ne comprends rien à rien, mon petit.

Ils se turent. Elle fixa l'Urgell avec un regard qui dénotait l'habitude de contempler ce paysage et de sentir, sans le savoir, le froid qui avait glacé les os du fugitif Miquel de Susqueda quand il y cherchait refuge loin de la menace de la justice divine, sur le chemin du Burgal. Ils restèrent peut-être cinq minutes en silence, buvant leur thé et se remémorant chacun des moments de sa vie. Et à la fin Adrià la regarda dans les yeux et lui dit Lola Xica, je t'aime beaucoup ; tu es une brave femme. Elle avala la dernière gorgée de thé, baissa la tête, resta en silence pendant un long moment et ensuite elle commença à lui expliquer que ce qu'il venait de dire n'était pas vrai parce que ta mère m'a dit Lola Xica, il faut que tu m'aides.

— Qu'est-ce que tu veux, Carme ? – Un peu inquiète du ton de l'autre.

— Tu connais cette fille ? – Elle posa sur la table de la cuisine la photo d'une jolie fille, aux cheveux et aux yeux foncés. – Tu l'as déjà vue ?

— Non. Qui est-ce ?

— Une fille qui veut embobiner Adrià.

Carme s'assit à côté de Lola Xica et lui prit la main.

— Il faut que tu me rendes un service.

— Elle me demanda de vous suivre, toi et Sara, pour confirmer ce que lui avait dit le détective qu'elle avait engagé. Oui, vous flirtiez devant l'arrêt du 47, sur la Gran Via.

— Ils s'aiment, Carme, lui dit-elle.

— C'est dangereux, insista Carme.

— Ta mère savait que cette fille voulait te mettre le grappin dessus.

— Mon Dieu, dit Adrià. Et qu'est-ce que ça veut dire qu'elle voulait me mettre le grappin dessus ?

Lola Xica regarda Carme d'un air étonné et répéta la question :

— Qu'est-ce que ça veut dire qu'elle veut lui mettre le grappin dessus ? Tu ne vois pas qu'ils s'aiment ? Eh, Carme ?

Maintenant elles étaient debout dans le bureau de monsieur Ardèvol et Carme dit j'ai fait enquêter sur la famille de cette fille : ils s'appellent Voltes-Epstein.

— Et alors ?

— Ils sont juifs.

— Ah. – Une pause. – Et alors ?

— Je n'ai rien contre les juifs, ce n'est pas ça. Mais Fèlix... Ah, ma petite, je ne sais pas comment te dire...

— Essaie.

Carme fit quelques pas, ouvrit la porte pour s'assurer de ce qu'Adrià n'était pas encore rentré, ce qu'elle savait parfaitement, ferma la porte et dit, à voix plus basse, que Fèlix avait été en affaires avec des gens de cette famille et...

— Et quoi ?

— Eh bien ils se sont fâchés. Fâchés très fort.

— Fèlix est mort, Carme.

— Cette fille s'est glissée dans notre vie pour nous embrouiller. Je suis sûre qu'elle en a après le magasin. – Presque dans un murmure : Elle se fiche pas mal d'Adrià.

— Carme...

— Il est très vulnérable. Comme il vit dans les nuages, elle n'a aucun mal à lui faire faire ce qu'elle veut.

— Je suis sûre que cette fille ne sait même pas que le magasin existe.

— Tu peux me croire. Ils nous ont bel et bien jaugés.

— Tu ne peux pas en être sûre.

— Si. Il y a quinze jours elle est venue avec une dame qui doit être sa mère.

Avant de se décider à demander quoi que ce soit, elles firent comme beaucoup de clients, elles jetèrent un coup d'œil, mais sans se presser, comme si elles voulaient évaluer l'ensemble du magasin, de l'affaire. Carme les repéra depuis le bureau et reconnut tout de suite la fille qui sortait avec Adrià : alors, les pièces du puzzle s'assemblèrent et elle comprit que tous ces secrets de la part de la fille cachaient des intentions troubles. Cecília s'occupa d'elles ; Carme, ensuite, apprit qu'elles étaient étrangères, probablement françaises, à cause de leur façon de prononcer les r de pogte-pagapluie et de fauteuil en gotin, parce qu'elles avaient demandé un pogte-paga-pluie et deux fauteuils en gotin, mais qu'on voyait bien qu'elles n'avaient rien de précis en tête, comme si elles étaient en train de jeter un coup d'œil au magasin. Vous me comprenez, madame Ardèvol ? Ce soir-là, Carme Bosch appela l'agence Espelleta, demanda à parler au patron et lui confia une nouvelle mission, parce qu'elle n'était pas disposée à ce qu'on se serve des sentiments de son fils à des fins inavouables. Oui, si possible, le même détective.

— Mais comment… Comment maman… On se voyait en secret, Sara et moi !

— Eh bien, tu sais… – Lola Xica baissa la tête et regarda la toile cirée de la table.

— Comment a-t-elle pu soupçonner…

— Maître Manlleu. Quand tu lui as dit que tu abandonnais définitivement le violon.

— Qu'est-ce que tu as dit ? – Maître Manlleu, hors de lui, indigné, les sourcils blancs, touffus et ébouriffés, comme des nuages de tempête au-dessus des yeux exorbités.

— Que dès la fin de l'année je passe mon examen et j'abandonne le violon. À jamais.

— Ça, c'est à cause de cette fille qui t'a tourné la tête.

— Quelle fille ?

— Ne fais pas l'innocent. A-t-on jamais vu deux personnes se tenir par la main pendant toute la *Quatrième* de Bruckner ? Hein ?

— D'accord, mais…

— Mais on vous voit à des kilomètres, andouille, tous les deux à l'orchestre, roucoulant comme deux pigeons négroïdes et sirupeux.

— Cela n'a rien à voir avec ma décision de

— Cela a beaucoup à voir avec ta décision de. Cette harpie a une mauvaise influence. Et il faut que tu t'en débarrasses au plus vite.

Et comme j'étais ébahi de tant d'audace, il en profita pour enfoncer le clou :

— C'est avec le violon que tu dois te marier.

— Excusez-moi, Maître, mais c'est ma vie qui est en jeu.

— Tout ce que tu voudras, gros malin. Mais je te préviens que le violon, tu ne l'abandonneras pas.

Adrià Ardèvol ferma l'étui en faisant plus de bruit qu'il n'était nécessaire. Il se leva et regarda le génie dans les yeux. Maintenant, il le dépassait d'une demi-tête.

— J'abandonne le violon, maître Manlleu, inutile de vous mettre dans ces états. Et ma mère le saura aujourd'hui, elle aussi.

— Alors comme ça, tu as eu la délicatesse de me le dire d'abord.

— Oui.

— Tu n'abandonneras pas le violon. D'ici deux mois, tu te traîneras devant moi et je te dirai non, je suis désolé, mon petit, je n'ai plus de place. Et tu iras te faire foutre.

– Il le regarda avec des yeux qui jetaient des étincelles. –
Je croyais que tu partais.

— Et ensuite il se précipita pour dire à ta mère qu'il
y avait une fille au milieu et Carme s'est mis en tête que
tout était de la faute de Sara et elle en a fait son ennemie.

— Mon Dieu.

— Je lui ai dit de ne pas le faire, mais elle a écrit une
lettre à la mère de Sara.

— Qu'est-ce qu'elle disait ? Tu l'as lue ?

— Elle disait des choses inventées ; des choses laides
sur toi, je suppose. – Long silence, plongée dans la
contemplation de la toile cirée. – Je ne l'ai pas lue.

Elle jeta un coup d'œil à Adrià, qui avait les yeux écarquillés, perplexes et humides, et retourna à sa toile cirée.

— Ta mère voulait éloigner cette fille de ta vie. Et
du magasin.

— Cette fille, elle s'appelle Sara.

— Oui, excuse-moi, Sara.

— Mon Dieu.

Les cris des enfants dans la rue commencèrent à dimi-
nuer. Et dehors, la lumière baissait. Au bout de mille
ans, alors que la salle à manger était dans une demi-
pénombre, Adrià, qui était en train de jouer avec sa tasse
à thé, regarda Lola Xica.

— Pourquoi tu ne me l'avais pas dit ?

— Par fidélité envers ta mère. Adrià, mon petit, je suis
vraiment désolée.

Ce qui me désola encore plus, c'est que je partis de
chez Lola Xica ulcéré, presque sans lui dire au revoir,
presque sans lui dire Lola Xica, je suis désolé que tu sois
malade. Je lui fis un baiser trop sec et je ne la revis plus
jamais de son vivant.

31

Huitième arrondissement ; quarante-huit rue Laborde. Un immeuble d'appartements plutôt triste et à la façade noircie par la fumée. Il appuya sur le bouton et la porte s'ouvrit en faisant un bruit sec, prémonitoire. Sur les boîtes aux lettres, il vérifia qu'il devait monter jusqu'au sixième étage. Il préféra le faire à pied plutôt qu'en ascenseur, pour dépenser toute l'énergie accumulée, produite par la panique. Lorsqu'il arriva en haut, il resta quelques minutes sur le palier pour calmer les battements de son cœur et sa respiration. Il appuya sur la sonnette qui fit bzsbzsbzsbzs, comme si elle voulait préserver le mystère. Le palier était assez sombre et personne n'ouvrait la porte. Des pas légers ? Oui ? La porte s'ouvrit.

— Bonjour.

En me voyant, tu es restée la bouche ouverte, une expression figée sur le visage. Tu n'imagines pas le coup au cœur que ça me fit de te revoir après tant d'années, Sara. Tu avais grandi ; je ne veux pas dire plus que tu étais vieillie, mais plus grande, oui, et toujours aussi belle. Plus sereinement belle. Et alors je pensai que personne n'avait le droit de nous voler notre jeunesse comme on l'avait fait. Derrière toi, sur une console, un bouquet de très belles fleurs, mais dont la couleur me parut très triste.

— Sara.

Elle ne disait toujours rien. Bien sûr qu'elle m'avait reconnu, mais elle ne m'attendait pas. Je n'arrivais pas au bon moment ; je n'étais pas le bienvenu. Je m'en vais, je reviendrai plus tard, je t'aime, je voudrais, je veux te parler de… Sara.

— Qu'est-ce que tu veux ?

Comme le vendeur d'encyclopédies qui sait qu'il dispose d'une demi-minute pour délivrer le message qui empêchera le client sceptique de lui fermer la porte au nez, Adrià ouvrit la bouche et gâcha treize secondes avant de lui dire on nous a trompés, on t'a trompée ; tu t'es enfuie parce qu'on t'a dit des choses horribles sur moi. Des choses fausses. Et des choses horribles sur mon père. Des choses vraies.

— Et la lettre que tu m'as envoyée pour me dire que j'étais une saloperie de juive et que je pouvais faire des confitures avec ma famille de merde et ses prétentions, hein ?

— Je ne t'ai envoyé aucune lettre ! Tu me connais, pourtant !

— Non.

L'encyclopédie est un outil indispensable à toute famille qui s'intéresse à la culture, comme c'est votre cas, madame.

— Sara, je suis venu te dire que tout ça était un coup monté de ma mère.

— À la bonne heure. Et cela fait combien de temps ?

— De nombreuses années ! Mais je ne l'ai appris qu'il y a cinq jours ! Le temps que j'ai mis à te retrouver ! C'est toi qui as disparu !

Un ouvrage de ce genre est toujours utile, pour votre mari comme pour vos enfants. Vous avez des enfants, madame ? Vous avez un mari ? Tu t'es mariée, Sara ?

— Je pensais que tu t'étais enfuie parce que tu avais des problèmes, et personne n'a voulu me dire où tu étais. Pas même tes parents…

Des conditions très avantageuses, un règlement étalé sur vingt-deux échéances. Et vous pourrez profiter des dix volumes dès le premier jour.

— À la maison on haïssait ton père à cause de…

— Je sais tout ça, maintenant.

Vous pouvez garder ce premier volume pour l'examiner, madame. Je reviendrai, je ne sais pas, l'année prochaine, mais ne vous fâchez pas contre moi.

— Je n'en savais rien.

— La lettre que tu m'as écrite… tu l'as donnée à ma mère, toi, en personne. – Maintenant la main qui tenait la porte se crispait, comme si elle était prête à la lui envoyer en pleine figure. – Lâche !

— Je ne t'ai écrit aucune lettre. Tout ça, c'est des mensonges ! je n'ai rien donné à ta mère. Tu n'as même pas voulu que je fasse sa connaissance !

Attaque désespérée avant la retraite : ne me faites pas croire, madame, que vous n'êtes pas une femme cultivée, qui s'intéresse aux problèmes du monde !

— Montre-la-moi ! Tu ne sais pas reconnaître mon écriture ? Tu ne voyais pas qu'on te trompait ?

— Montre-la-moi, fit-elle, sardonique. Je l'ai déchirée en petits morceaux et je l'ai brûlée. C'était une lettre pleine de haine.

Mon Dieu, cette envie de tuer. Qu'est-ce que je dois faire, qu'est-ce que je dois faire ?

— Nos mères nous ont manipulés.

— Je recherche le bien de mon fils et je préserve son avenir, dit madame Ardèvol.

— Et moi celui de ma fille. – Réponse glaciale de madame Voltes-Epstein. – Je n'ai aucun intérêt à ce qu'elle fréquente votre fils. – Un sourire sec. – Savoir de qui il est le fils me le montre sous le plus mauvais jour.

— Eh bien n'en parlons plus. Pouvez-vous éloigner votre fille pendant quelque temps ?

— Vous n'avez aucun droit de m'ordonner quoi que ce soit.

— Très bien. Je vous prie de faire parvenir cette lettre de mon fils à votre fille.

Elle lui tendit une enveloppe fermée. Rachel Epstein hésita quelques secondes mais la prit.

— Vous pouvez la lire.

— Vous n'avez aucun droit de me dire ce que je dois faire.

Elles se séparèrent froidement ; elles s'étaient parfaitement comprises. Et madame Voltes-Epstein ouvrit la lettre avant de la remettre à Sara, eh oui, Adrià.

— Je ne t'ai écrit aucune lettre…

Silence. Debout sur le palier de l'appartement de la rue Laborde dans le huitième arrondissement. Une voisine descendit avec un petit chien ridicule et eut une expression distante pour saluer Sara, qui répondit d'un signe de tête distrait.

— Pourquoi tu ne m'as rien dit ? Pourquoi tu ne m'as pas appelé ? Pourquoi tu n'as pas voulu te bagarrer avec moi ?

— Je me suis enfuie en pleurant et en disant non, pas une autre fois, pas une autre fois.

— Une autre fois ?

Maintenant tu avais les yeux humides, pleins de ton histoire inconnue.

— J'avais eu une déconvenue. Avant de te connaître.

— Mon Dieu. Je suis innocent, Sara. Moi aussi j'ai souffert de ta fuite. Cela ne fait que cinq jours que j'ai appris pourquoi tu avais fui.

— Et comment m'as-tu trouvée ?

— Par la même agence de détectives qui nous avait espionnés. Je t'aime. Je n'ai pas cessé de ressentir ton absence, chaque jour. J'ai demandé des explications à tes parents, mais ils n'ont voulu me dire ni où tu étais ni pourquoi tu t'étais enfuie. C'était horrible.

Et ils étaient encore sur le palier de l'appartement du huitième arrondissement, avec la porte ouverte éclairant le visage d'Adrià, et elle ne le laissant pas entrer.

— Je t'aime. Ils ont voulu détruire notre amour. Tu comprends?

— Ils l'ont détruit.

— Je ne comprends pas comment tu as pu croire tout ce qu'ils t'ont dit.

— J'étais très jeune.

— Tu avais déjà vingt ans!

— Je n'avais que vingt ans, Adrià. – Hésitant : ... Ils m'ont dit ce que je devais faire et je l'ai fait.

— Et moi?

— Oui, d'accord. Mais c'était horrible. Ta famille...

— Quoi?

— Ton père... a fait des choses.

— Je ne suis pas mon père. Je ne suis pas responsable d'être le fils de mon père.

— J'ai eu beaucoup de mal à voir les choses de cette façon.

La femme veut fermer la porte et, avec un sourire plein d'assurance, on lui dit oublions l'encyclopédie, madame, et on joue son va-tout : le dictionnaire encyclopédique, un ouvrage en un seul volume pour aider vos enfants à faire leurs devoirs. Pputain de vie, et sûr et certain que tu as une flopée de gosses.

— Et pourquoi tu ne m'as pas appelé à ce moment-là?

— J'avais refait ma vie. Il faut que je ferme la porte, Adrià.

— Qu'est-ce que ça veut dire j'avais refait ma vie? Tu t'es mariée?

— Ça suffit, Adrià.

Et la femme referma la porte. La dernière image qu'il eut d'elle fut celle des fleurs tristes. Sur le palier, rayant le nom de la cliente ratée et maudissant ce travail fait de nombreux échecs et de quelques rares succès.

La porte refermée, je restai seul avec la noirceur de mon âme. Je n'avais même pas le courage de me promener dans la Ville lumière ; tout m'était égal. Adrià Ardèvol retourna à l'hôtel, s'étendit sur le lit et se mit à pleurer. Pendant un moment, il se demanda s'il devait briser le miroir de l'armoire qui reflétait sa peine, ou se jeter par la fenêtre. Il décida de passer un coup de fil, les yeux humides et le désespoir aux lèvres.

— Allô.

— Bonjour.

— Bonjour, où es-tu ? Je t'ai appelé chez toi et…

— Je suis à Paris.

— Ah.

— Oui.

— Et tu n'avais pas besoin d'avocate, cette fois ?

— Non.

— Qu'est-ce qui t'arrive ?

Adrià laissa passer quelques secondes ; il commençait à se rendre compte qu'il était en train de jouer avec le feu.

— Adrià, qu'est-ce qui t'arrive ? – Et comme le silence se prolongeait excessivement, elle le rompit : Tu as une demi-sœur française ?

— Non, rien, il ne m'arrive rien. Je crois que tu me manques un peu.

— Bien. Quand reviens-tu ?

— Je prends le train demain matin.

— Mais est-ce que tu peux me dire ce que tu fais à Paris ?

— Non.

— Ah, très bien. – Ton mortellement vexé de Laura.

— D'accord… – Ton condescendant d'Adrià : Je suis venu consulter l'original de *Della pubblica felicità.*

— Qu'est-ce que c'est que ça ?

— Le dernier livre écrit par Muratori.

— Ah.

— Intéressant. Entre le manuscrit et l'édition, il y a des variantes intéressantes, comme je le soupçonnais.

— Ah.

— Qu'est-ce qui t'arrive ?

— Rien. Tu es un menteur.

— Oui.

Et Laura raccrocha.

Certainement pour s'ôter de la tête son ton de reproche, il alluma la télévision.

Je tombai sur une chaîne belge en flamand. Et la laissai pour vérifier où en était mon néerlandais. Et j'entendis la nouvelle. Je la compris parfaitement, en partie grâce aux images effroyables, mais Adrià n'aurait jamais imaginé que cela pouvait avoir un rapport avec lui. Je suis impliqué dans tout. Je crois que je suis coupable de la dérive peu enthousiasmante de l'humanité.

Les faits, tels que les rapportèrent les témoins à la presse locale et tels qu'ils parvinrent plus tard à la presse belge, sont les suivants. Turu Mbulaka (Thomas Lubanga Dyilo, Mantonge, Kinshasa, résident à Yumbu-Yumbu) avait été admis à l'hôpital de Bebenbeleke le jour même, souffrant de fortes douleurs abdominales. Le docteur Müss avait diagnostiqué une péritonite, s'en était remis à Dieu et avait opéré en urgence dans la salle d'opération rudimentaire de l'hôpital. Il dut spécifier très fermement qu'aucun garde du corps, armé ou sans armes, ne pouvait pénétrer dans la salle d'opération ; pas plus qu'aucune des trois épouses du patient ni son fils aîné, et que, pour qu'on l'opère, il devait enlever ses lunettes de soleil. Et que s'il le soignait en urgence ce n'était pas parce qu'il était le chef tribal de la zone mais parce qu'il était en danger de mort. Turu Mbulaka beugla qu'on laisse le médecin faire son pputain de métier, qu'il était plié en deux de douleur et qu'il ne voulait pas s'évanouir parce que l'homme qui perd le contrôle de ses sens à cause de la douleur baisse la garde et peut être abattu par ses ennemis.

L'anesthésie, pratiquée par la seule infirmière anesthésiste de l'hôpital, obligea Turu Mbulaka à baisser la garde à treize heures et trois minutes. L'opération dura exactement une heure et le patient fut ramené dans la salle commune deux heures plus tard (à Bebenbeleke, il n'y avait pas d'unité de soins intensifs), alors que l'effet de l'anesthésie commençait à se dissiper et qu'il pouvait dire sans se mordre la langue que son ventre lui faisait un mal de chien, qu'est-ce que vous m'avez fait, putain de merde ? Le docteur Müss ne prêta aucune attention à la remarque menaçante de son patient – dans sa longue carrière, il en avait tant entendu – et il interdit l'accès de la salle aux gardes du corps. Ils pouvaient attendre sur le banc de couleur verte qui se trouvait juste à l'entrée, monsieur Turu Mbukala avait besoin de se reposer. Les épouses du chef avaient apporté des draps propres, des éventails pour la chaleur et une télévision à piles qu'elles placèrent au pied de son lit. Et beaucoup de nourriture, à laquelle le patient ne put toucher pendant cinq jours.

Le docteur Müss eut une fin de journée chargée, avec les visites habituelles au dispensaire. L'âge lui pesait chaque jour davantage, mais il faisait mine de rien et travaillait toujours avec la même efficacité. Il ordonna aux infirmières, sauf à l'infirmière de garde, d'aller se reposer même si ce n'était pas encore l'heure ; il avait l'habitude de faire cela parce qu'il voulait qu'elles soient reposées pour affronter un lendemain dont on ne savait jamais ce qu'il pouvait réserver. C'est à peu près à ce moment-là qu'il reçut la visite d'un étranger inconnu, avec lequel il s'enferma pendant plus d'une heure, parlant d'on ne sait quoi. Il commençait à faire sombre et par la fenêtre entrait le caquètement d'une poule particulièrement agitée. Alors que la lune pointait le bout de son nez du côté de Moloa, on entendit un claquement sourd. Peut-être un coup de feu. Les deux gardes du corps se levèrent d'un même mouvement du banc où ils étaient assis en train de fumer, comme mus par un mécanisme d'horlogerie, tirèrent leur arme et se regardèrent avec étonnement. Le bruit venait de l'autre côté. Qu'est-ce qu'on fait, on y va tous les deux, tu restes ici, j'y vais moi. Allez vas-y toi, je reste ici au cas où.

— Épluche-moi cette mangue, avait crié Turu Mbulaka à sa troisième épouse quelques instants avant que retentisse le coup de feu, si c'était bien un coup de feu.

— Le docteur a dit que… – On n'avait pratiquement rien entendu dans la salle, ni l'éventuel coup de feu ni la conversation, parce que la télévision faisait un boucan terrible avec un candidat qui ne savait pas répondre à une question, ce qui faisait beaucoup rire le public.

— Qu'est-ce qu'il y connaît le docteur. Il veut me voir souffrir. – Il regarda la télévision et eu une expression de mépris. – Bande d'ignorants, dit-il au malheureux candidat. – Et à sa troisième épouse : Épluche-moi cette mangue, allez.

Au moment où Turu Mbulaka mordait dans le fruit interdit, la tragédie se déclencha : un homme armé entra dans la salle plongée dans la pénombre et tira une rafale sur Turu Mbulaka, faisant exploser la mangue et trouant le pauvre patient de telle façon que son opération récente n'était plus qu'une anecdote. Avec précision, l'assassin tira sur les trois épouses sans défense, pointa son arme dans tous les coins, cherchant sans doute le fils aîné, puis quitta les lieux. Les vingt malades qui occupaient les lits attendaient le coup de grâce, résignés, mais le souffle de la mort passa sans les toucher. L'assassin, qui selon les uns portait un foulard jaune, bleu selon les autres, mais qui de toute façon lui cachait le visage, disparut prestement dans la nuit. Certains affirmaient avoir entendu le moteur d'une voiture ; d'autres ne voulaient pas en entendre parler et tremblaient rien que d'y penser, et la presse de Kinshasa expliqua que l'assassin ou les assassins avaient abattu les deux gardes du corps incompétents de Turu Mbulaka, l'un dans les couloirs de l'hôpital, l'autre sur un banc vert qui avait été maculé de sang. Et ils avaient également assassiné une infirmière congolaise et le médecin de l'hôpital de Bebenbeleke, le docteur Müss qui, alerté par le vacarme, était entré dans la salle commune et avait dû être un obstacle pour les assassins. Ou alors, il aurait tenté d'empêcher l'agression, avec son mépris habituel du danger, alléguant qu'il venait d'opérer cet homme. Ou, tout simplement, ils l'avaient tué d'une balle dans la tête avant qu'il puisse dire un mot. Non, selon un autre témoignage, d'une balle dans la bouche. Non, dans la poitrine. Dans la tête. Chaque malade défendait une version différente de tous les chapitres de la tragédie, même s'il n'avait rien vu ; et le foulard de l'assassin était vert, je le jure ; ou peut-être jaune, mais je le jure. Par ailleurs, quelques malades, dont des enfants, avaient été touchés par des balles destinées au chef tribal Turu Mbulaka. Voilà ce que l'on pouvait dire de cette attaque surprenante, perpétrée dans une zone où il y avait peu d'intérêts européens. Et la VRT y consacra quatre-vingt-six secondes, parce que l'ex-président Giscard d'Estaing, lorsqu'avait éclaté l'information qui le compromettait dans une affaire de diamants avec l'empereur Bokassa, avait fait une tournée en Afrique, avait visité la région du Kwilu et avait fait des pieds et des mains pour aller jusqu'à Bebenbeleke, qui avait commencé à acquérir une certaine réputation, malgré les réticences de son fondateur, qui ne vivait que pour son travail. Giscard s'était fait photographier avec le docteur Müss, qui gardait toujours la tête baissée, toujours en train de penser à ce qu'il lui restait à faire. Et avec les infirmières de Bebenbeleke et avec des enfants aux dents qui exhibaient un sourire d'une blancheur éclatante, derrière les officiels. Cela ne faisait pas si longtemps de ça. Et Adrià éteignit le téléviseur parce qu'il ne manquait plus que cette nouvelle pour achever de l'accabler.

La presse française, comme la presse belge, deux jours plus tard, ouvraient la section des faits divers avec les détails du massacre de l'hôpital de Bebenbeleke : dans l'attentat contre le chef tribal Turu Mbulaka, personnage respecté, exécré, glorifié et craint dans toute la région, sept personnes étaient mortes : cinq membres de la suite du cacique, une infirmière et le directeur de l'hôpital, le docteur Eugen Müss, connu pour son dévouement au service des malades, depuis trente ans, dans ce coin du monde de Beleke et Kikongo. On s'interroge sur l'avenir de l'hôpital, fondé par le médecin dans les années cinquante... Et au passage, comme un ajout de dernière minute, de moindre importance, les dernières phrases de l'article disaient qu'en réponse à l'attentat bestial contre Turu Mbulaka, il y avait eu des troubles à Yumbu-Yumbu, qui avaient fait une douzaine de morts parmi les partisans et les adversaires de ce personnage controversé, mi-seigneur de la guerre, mi-cacique, pur produit du processus de décolonisation mené par l'État belge.

À trois cent quarante-trois kilomètres au nord de l'hôtel où Adrià voyait passer les heures en rêvant que Sara venait le voir et lui demandait de recommencer et lui, il lui dirait comment savais-tu que j'étais dans cet hôtel, et elle, eh bien parce que je me suis mise en rapport avec le détective à qui tu as fait appel pour savoir où j'étais ; mais comme elle ne venait pas il ne descendait même pas déjeuner ou dîner, ne se rasait même pas, parce qu'il voulait seulement mourir et c'est pourquoi il n'arrêtait pas de pleurer ; à trois cent quarante-trois kilomètres de la douleur d'Adrià, les mains tremblantes qui tenaient un exemplaire de la *Gazet van Antwerpen* le laissèrent retomber. Le journal tomba sur la table, à côté de la tasse de tilleul. Devant le téléviseur, qui donnait la même nouvelle. L'homme écarta le journal, qui tomba par terre, et regarda ses mains. Elles tremblaient de façon incontrôlée. Il se cacha le visage et se mit à pleurer comme il ne l'avait pas fait depuis trente ans. L'enfer est toujours prêt à entrer dans n'importe quel recoin de notre âme.

Le soir, on en parla sur la deuxième chaîne de la VRT, mais en insistant sur la personnalité du fondateur de l'hôpital. Et on annonça qu'à dix heures du soir on passerait le documentaire de la VRT qui, deux ans plus tôt, lui avait été consacré, à l'occasion de son refus de recevoir le prix du roi Baudouin, parce qu'il n'était pas accompagné d'une subvention pour le fonctionnement de l'hôpital de Bebenbeleke. Et parce qu'il n'était pas disposé à se rendre à Bruxelles pour recevoir une récompense, car il considérait que sa présence était plus utile à l'hôpital qu'à tout autre endroit.

À dix heures du soir, une main tremblante appuya sur le bouton pour allumer le vieux téléviseur. On entendit un soupir de souffrance. Sur l'écran, le générique de *60 minuten* et, aussitôt après, d'autres images, de toute évidence filmées à son insu, du docteur Müss en train de marcher devant l'entrée de l'hôpital, près d'un banc peint en vert et sans aucune trace de sang, en train de dire à quelqu'un qu'il n'était pas question qu'ils fassent le moindre reportage ; que dans cet hôpital ils avaient beaucoup de travail et qu'ils n'avaient pas de temps à perdre.

— Un reportage peut être d'un grand bénéfice pour vous – la voix d'un Randy Oosterhoff un peu haletant, marchant à reculons en braquant la caméra cachée sur le médecin.

— Si vous voulez faire un don, l'hôpital vous en sera très reconnaissant. – Il fit un geste en arrière. – Aujourd'hui, nous vaccinons et ce sera une journée très lourde.

— Nous pouvons attendre.

— Je vous en prie.

Alors apparaissait le titre : *Bebenbeleke*. Et ensuite des plans des installations précaires de l'hôpital, des infirmières en plein travail, ne levant presque pas la tête, affairées, pénétrées de ce dévouement presque inhumain. Et, de très loin, le docteur Müss. Une voix expliquait que le docteur Müss était originaire d'un petit village de la Baltique et qu'il s'était installé à Bebenbeleke trente ans plus tôt, avec littéralement trois fois rien et qu'il avait construit pierre à pierre cet hôpital qui assure, autant que faire se peut, le service de santé dans la vaste région du Kwilu.

L'homme à la main tremblante se leva et alla éteindre la télévision. Il connaissait ce reportage par cœur. Il soupira.

Cela faisait deux ans qu'il avait été diffusé pour la première fois. Il regardait très peu la télévision mais elle était allumée à ce moment-là. Il se rappelle parfaitement que ce qui avait attiré son attention c'était cette espèce d'introduction dynamique, très journalistique, avec le docteur Müss en train de marcher pour répondre à une urgence, disant aux journalistes qu'il n'avait pas de temps à consacrer à quoi que ce soit d'autre que…

— Je connais cet homme, avait dit l'homme aux mains tremblantes.

Il suivit le reportage avec attention. Le nom de Bebenbeleke ne lui disait rien, pas plus que ceux de Beleke et de Kikongo. C'était le visage, le visage du docteur… Un visage qu'il associait à la douleur, à sa grande et unique douleur, mais il ne savait pas pourquoi. Et lui revint le souvenir lancinant de ses femmes, de la petite Trude, ma Truu disparue, d'Amelietje l'accusant, du regard, de ne rien faire, lui qui devait les sauver toutes, et sa belle-mère qui n'arrêtait pas de tousser, agrippée au violon, et ma Berta avec Juliet dans les bras, et toute l'horreur du monde. Et qu'est-ce que le visage de ce docteur avait à voir avec tant de douleur ? Vers la fin du reportage, qu'il s'obligea à regarder, il apprit que Bebenbeleke, dans cette zone d'instabilité politique endémique, était le seul hôpital à des centaines de kilomètres à la ronde. Bebenbeleke. Et un médecin avec un visage qui lui faisait mal. C'est alors, pendant que défilait le générique, qu'il se rappela où et comment il avait connu le docteur Müss ; le frère Müss, le frère trappiste au regard doux.

Ils avaient commencé à s'alarmer quand le père prieur avait été informé de l'état de frère Robert par un frère infirmier bien marri qui lui disait au creux de l'oreille je ne sais pas quoi faire, quarante-neuf kilos, mon père, on dirait un vermicelle, mon père, et il a perdu la lumière de son regard. Je…

— Il n'a jamais eu la moindre lumière dans le regard, lâcha imprudemment le père prieur, qui pensa aussitôt qu'il avait manqué de charité envers un frère de la communauté.

— C'est que je ne sais plus quoi faire. C'est à peine s'il touche à la soupe de viande et de poisson des malades. Du gâchis.

— Et l'obédience ?

— Il fait des efforts, mais il ne peut pas. C'est comme s'il avait perdu l'envie de vivre. Au contraire, c'est comme s'il était pressé de, que Dieu me pardonne s'il faut que je dise ce que je pense.

— Vous devez le dire, mon frère. Vous y êtes tenu par le vœu d'obéissance.

— Le frère Robert, lâcha le frère infirmier après avoir passé un mouchoir sur sa calvitie en sueur afin de contrôler le tremblement de sa voix, le frère Robert a envie de mourir. Et de plus, mon père…

Il fit disparaître son mouchoir dans les plis de sa robe et raconta le secret que le père prieur ne connaissait pas encore, parce qu'il avait suivi dans la tombe le révérend père Maarten, l'abbé qui avait signé l'accord d'entrée du frère Robert au noviciat de la Communauté cistercienne de la stricte observance d'Achel, tout près des eaux fraîches et limpides du Tongelreep, qui semblait être le lieu idéal pour apaiser les tourments de l'âme martyrisée par les péchés des autres et par sa propre faiblesse. L'abbaye de Saint-Benoît-d'Achel était un lieu idyllique où Matthias Alpaerts, le futur frère Robert, pouvait apprendre à faire le paysan et à respirer l'air pur à côté du fumier des vaches, et où il pourrait apprendre à faire du fromage, à travailler le cuir ou à balayer les recoins poussiéreux du cloître ou de tout autre lieu qu'on lui indiquerait, entouré du silence qui enveloppait les vingt-quatre heures de la journée de ces moines trappistes, ses nouveaux frères. Et il ne lui fut guère difficile de se lever tous les jours à trois heures du matin, l'heure la plus glaciale de la nuit, et d'aller, les pieds bleus par le froid dont les sandales ne protégeaient pas, chanter les matines qui renouvelaient l'espoir en un jour nouveau et, peut-être en une nouvelle espérance. Et ensuite de retourner dans sa cellule pour lire la leçon divine qui, cependant, pouvait devenir l'heure de son tourment car toutes les images indélébiles revenaient dans ses pensées sans pitié pour son âme mise en pièces et Dieu, chaque jour, restait muet, comme il était muet quand ils étaient dans l'enfer. C'est pourquoi la cloche qui appelait à laudes sonnait comme une petite espérance et ensuite, pendant la messe conventuelle de six heures, il ne cessait de regarder, autant que le permettait la modestie, ses frères vivants, dévots, et de prier avec eux à l'unisson en disant plus jamais, Seigneur, plus jamais. Mais c'est quand il entamait ses quatre heures de travail continu à la ferme qu'il approchait du bonheur. Il murmurait ses terribles secrets aux vaches en les trayant et elles lui adressaient un regard intense, plein de pitié et de compassion. Il apprit bientôt à faire du fromage aux tuinkruiden, celui qui était si aromatique, et il rêvait qu'il le distribuait à des milliers de fidèles rassemblés et qu'il leur disait le corps du Christ, lui qui n'avait pas la faculté de distribuer la communion car il avait supplié que l'on respecte sa volonté de ne pas même recevoir les ordres mineurs, parce qu'il n'était personne et qu'il voulait seulement un coin où prier à genoux pour le restant de ses jours, comme l'avait fait fra Miquel de Susqueda, un autre fugitif, lorsqu'il avait demandé à entrer à Sant Pere del Burgal, quelques siècles plus tôt. Quatre heures dans la bouse de vache, à remuer les bottes de foin, interrompant son travail pour prier tierce, et après s'être lavé les mains et le visage pour chasser la puanteur et ne pas offenser les autres frères il entrait dans l'église comme si c'était un refuge contre le mal, et il récitait sexte avec ses frères, l'heure de la mi-journée. Plus d'une fois, ses supérieurs lui avaient interdit de laver les assiettes tous les jours, car c'était une tâche qui incombait à tous les membres de la communauté sans exception, et lui, par sainte obéissance, il devait réprimer son envie de servir et à deux heures de l'après-midi ils retrouvaient le refuge de l'église pour none, et il lui restait encore deux heures de travail qu'il ne consacrait pas aux vaches mais à nettoyer les lisières et à brûler des herbes tandis que le frère Paulus trayait les vaches, et il devait se laver à nouveau parce qu'il n'était pas comme les autres frères qui travaillaient dans la bibliothèque et qui, tout au plus, devaient mouiller leurs doigts poussiéreux lorsqu'ils quittaient leur travail et qui, peut-être, enviaient les frères qui se dépensaient physiquement au lieu de rester enfermés, usant leur vie et leur mémoire. La seconde leçon divine, celle de l'après-midi, était le long prélude qui culminait, à six heures, avec le chant des vêpres. L'heure du dîner, pendant lequel il faisait semblant de manger, était suivie de complies ; tous à l'église, dans l'obscurité, avec seulement la flamme de deux cierges qui éclairaient l'image de la mère de Dieu d'Achel. Et quand les cloches du monastère de Saint-Benoît sonnaient huit heures, il se mettait au lit, comme ses frères, avec l'espoir que le lendemain serait exactement pareil au jour qu'il venait de vivre et le jour suivant aussi pour les siècles des siècles.

Le père prieur regarda le frère infirmier bouche bée. Pourquoi le révérend père abbé Manfred s'était-il absenté précisément ce jour-là ! Pourquoi le chapitre général devait-il se réunir précisément le jour où le frère Robert était tombé dans une espèce de prostration dont la science limitée du frère infirmier ne pouvait pas le faire sortir. Pourquoi, Dieu de l'univers. Pourquoi ai-je accepté la charge de prieur.

— Mais il est vivant, n'est-ce pas ?

— Oui. Catatonique. Il me semble. On lui dit lève-toi et il se lève. On lui dit assieds-toi et il s'assied. On lui dit parle et il se met à pleurer, mon père.

— Ça, ce n'est pas un état catatonique.

— Écoutez, mon père : des blessures, des égratignures, des os brisés, démis, des grippes et des rhumes et des maux de ventre, autant que vous voudrez ; mais ces choses de l'esprit…

— Et que me conseillez-vous, mon frère ?

— Moi, mon père…

— Oui, que me conseillez-vous ?

— Qu'un vrai médecin l'examine.

— Le docteur Geel ne saurait que faire.

— Oui, je veux parler d'un vrai médecin.

Par bonheur, le père abbé Manfred, au cours de la troisième réunion du chapitre général, préoccupé, fit allusion devant les autres frères à ce que lui avait communiqué le prieur par téléphone, d'une voix effrayée et lointaine. Le père abbé de Mariawald lui dit que, s'il le jugeait opportun, il y avait dans son monastère un moine médecin qui, malgré son extrême humilité, et totalement à son cœur défendant, avait acquis une grande réputation dans le monastère et à l'extérieur. Pour les maux du corps et ceux de l'esprit. Que le frère Eugen Müss était à sa disposition.

Pour la première fois en dix ans depuis le seize avril de l'an de grâce mille neuf cent cinquante, jour où il avait réussi à entrer dans l'abbaye de Saint-Benoît-d'Achel et était devenu le frère Robert, Matthias Alpaerts franchissait les limites des terres de l'abbaye. Ses mains ouvertes sur ses jambes tremblaient exagérément. Avec des petits yeux effrayés, il regardait à travers les vitres sales de la traction avant qui cahotait sur le chemin poussiéreux qui l'éloignait de son refuge et l'emmenait dans le monde de tempêtes qu'il avait voulu fuir à jamais. Le frère infirmier le regardait de temps en temps du coin de l'œil et il s'en rendait compte et il essayait de se distraire en contemplant la nuque du chauffeur silencieux. Le voyage jusqu'à Heimbach dura quatre heures et demie, pendant lesquelles le frère infirmier, pour essayer de briser son silence obstiné, eut le temps de murmurer, accompagné par le vrombissement du moteur, les prières de tierce, sexte et none, et ils arrivèrent aux portes de Mariawald au moment où les cloches, tellement différentes de celles d'Achel, Seigneur, appelaient la communauté pour les vêpres.

Ce fut le lendemain, après laudes, qu'on lui dit d'attendre, assis sur un banc dur, dans un coin d'un couloir large et bien éclairé. Les paroles en allemand du frère infirmier, rares et respectueuses, avaient résonné dans ses oreilles comme des ordres cruels. Le frère infirmier, l'assistant du frère Müss, accompagné par le frère infirmier d'Achel, disparut derrière une porte. Ils voulaient sans doute un rapport préalable. Le fait est qu'ils le laissèrent seul, avec toutes ses peurs, et ensuite le frère Müss le fit entrer dans son cabinet silencieux et ils s'assirent de part et d'autre d'une table et il le pria, dans un hollandais très correct, de lui exposer son tourment, et le frère Robert plongea ses yeux dans les siens et y trouva un regard doux, et alors la douleur explosa et il commença à dire parce que tu imagines que tu es en train de déjeuner chez toi, avec ta femme, ta belle-mère et les trois petites, la belle-mère un peu patraque, avec la nappe toute neuve, la nappe à carreaux bleus et blancs, parce qu'aujourd'hui c'est l'anniversaire de la petite Amelietje, qui est l'aînée. Et après avoir dit ça le frère Robert parla sans s'arrêter une heure entière durant, sans respirer, sans demander un verre d'eau, sans cesser de regarder la table polie et sans se rendre compte du regard attristé du frère Eugen Müss. Et quand il eut raconté toute l'histoire, il ajouta encore c'est comme ça que j'ai passé toute ma vie la tête baissée, pleurant sur ma lâcheté et cherchant une façon de réparer ma vilenie, jusqu'à ce que j'aie l'idée de me cacher là où le souvenir serait incapable de parvenir. J'ai ressenti le besoin de parler à nouveau avec Dieu et j'ai imploré d'être admis dans un monastère chartreux, où on m'a expliqué que ce que je demandais n'était pas une bonne idée. À partir de ce moment, j'ai menti et dans les deux autres endroits où j'ai frappé à la porte, je n'ai pas indiqué les vraies raisons de ma douleur et je l'ai gardée cachée. À chaque nouvelle entrevue j'ai appris un peu plus ce que je devais dire et ce que je devais taire, si bien que lorsque j'ai frappé à la porte de l'abbaye de Saint-Benoît-d'Achel je savais que personne ne mettrait d'obstacles à ma vocation tardive et j'ai supplié, si l'obédience ne s'y opposait pas, qu'on me laisse vivre à jamais en m'acquittant des tâches les plus humbles du monastère. C'est depuis ce jour que j'ai recommencé à parler avec Dieu, un tout petit peu, et que j'ai appris à me faire écouter par les vaches.

Le docteur Müss lui prit la main. Ils demeurèrent ainsi, en silence, dix ou peut-être vingt minutes. Et alors le frère Robert commença à respirer plus paisiblement et dit, après des années de silence dans le monastère le souvenir a explosé à nouveau dans ma tête.

— Vous devez vous préparer à ce qu'il explose de temps en temps, frère Robert.

— Je ne le supporterai pas.

— Si, vous le pourrez ; avec l'aide de Dieu.

— Dieu n'existe pas.

— Vous êtes un moine trappiste, frère Robert. Cherchez-vous à me scandaliser ?

— Je demande pardon à Dieu, mais je ne comprends pas ses desseins. Pourquoi, si Dieu est amour...

— Ce qui vous fera vous sentir homme, c'est la certitude que vous n'avez jamais causé un mal égal à celui qui ronge votre esprit. Au mal qu'on vous a fait.

— À moi, non : à Truu, à Amelia, à la petite Julietje, à ma Berta et à ma belle-mère enrhumée.

— Vous avez raison ; mais à vous aussi on vous a fait du mal. L'homme héroïque est celui qui rend le bien pour le mal.

— Si j'avais devant moi les responsables de... – Un sanglot. – Je ne sais pas ce que je ferais, mon père. Je vous jure que je ne crois pas que je serais capable de leur pardonner...

Le frère Eugen Müss écrivait quelque chose sur un morceau de papier. Le frère Robert le regarda dans les yeux et l'autre lui rendit son regard, comme quand le docteur Müss disait au journaliste qu'il n'avait pas de temps à perdre et, sans le savoir, regarda dans l'objectif de la caméra cachée et le regarda, lui, avec le même regard. Et alors Matthias Alpaerts comprit qu'il devait aller à Bebenbeleke, aussi loin qu'il fallait, pour retrouver ce regard qui pouvait l'apaiser parce que, depuis plusieurs jours, les souvenirs avaient explosé à nouveau dans sa tête.

La première chose que l'on découvre, quand on arrive à Bebenbeleke, c'est qu'il n'y a aucun village qui s'appelle comme ça. Seulement l'hôpital, qui se trouve au milieu du néant, à de nombreux kilomètres au nord de

Kikwit, à de nombreux kilomètres au sud de Yumbu-Yumbu et passablement à l'écart de Kikongo et de Beleke. L'hôpital est entouré de cases, que des patients ont construites contre le centre sanitaire et que, sans que cela ait été établi de façon officielle, les parents des malades utilisent quand l'hospitalisation doit durer plusieurs jours et qui, peu à peu, engendrent de nouvelles cases, dont certaines commencent à être habitées par des gens qui ont peu ou aucun rapport avec l'hôpital et qui, avec le temps, formeront le village de Bebenbeleke. Ça ne posait pas de problème au docteur Müss. Ni aux poules qui divaguent tranquillement aux abords de l'hôpital et qui, bien que ce soit interdit, s'égarent souvent à l'intérieur de l'établissement. Bebenbeleke est un village fait de douleur, parce qu'à un demi-kilomètre de l'hôpital, dans la direction de Djilo, après la roche blanche, il y a le cimetière des patients qui n'ont pas réussi à surmonter la maladie. L'indicateur des échecs du docteur Müss.

— J'ai abandonné l'ordre au bout de quelques mois, dit Matthias Alpaerts, J'y étais entré en pensant que c'était le remède et j'en suis sorti convaincu que c'était le meilleur remède. Mais à l'intérieur du monastère ou à l'extérieur, les souvenirs restent frais.

Le docteur Müss le fit asseoir sur le banc vert, pas encore taché de sang, qui se trouvait à l'entrée et lui prit la main comme il l'avait fait trente ans plus tôt dans la salle de consultation de l'abbaye de Mariawald.

— Merci d'avoir essayé de m'aider, frère Müss, dit Matthias Alpaerts.

— Je regrette de ne pas avoir pu vous venir davantage en aide.

— Vous m'avez beaucoup aidé, frère Müss. Maintenant, je suis prévenu, quand le souvenir éclate, et je peux m'en défendre un peu mieux.

— Ça vous arrive souvent ?

— Plus souvent que je ne voudrais, frère Müss. Parce que…

— Ne m'appelez pas frère ; je ne suis plus moine, l'interrompit le docteur Müss. Peu après notre rencontre, j'ai demandé ma dispense à Rome.

Le silence de l'ancien frère Robert était éloquent et l'ancien frère Müss dut le briser et il lui expliqua qu'il avait abandonné l'ordre par pénitence et, que Dieu me pardonne, parce qu'il pensait profondément qu'il pourrait être plus utile en faisant le bien parmi les déshérités qu'enfermé à réciter les heures.

— Je vous comprends.

— Je n'ai rien à reprocher à la vie monastique. C'était l'état de mon âme, et mes supérieurs l'ont compris.

— Vous êtes un saint, perdu dans ce désert.

— Ce n'est pas un désert. Et je ne suis pas un saint. Je suis un médecin, un ancien moine, et je ne fais qu'exercer la médecine. Et j'essaye de lutter contre la maladie.

— Ce qui me ronge, c'est le mal.

— Je sais. Mais je ne peux lutter que contre les maladies.

— Je veux rester ici pour vous aider.

— Vous êtes trop âgé. Vous avez plus de soixante-dix ans, n'est-ce pas ?

— Peu importe. Je peux être utile.

— Impossible.

D'un seul coup, le ton du docteur Müss était devenu cassant. Comme si l'autre l'avait profondément offensé. Les mains de Matthias Alpaerts se mirent à trembler et il les cacha dans ses poches pour que le médecin ne les voie pas.

— Quand tremblent-elles comme ça ?

Le docteur Müss fit un signe vers les mains cachées et Matthias réprima une grimace de mécontentement. Il tendit les mains devant lui ; elles tremblaient exagérément.

— Quand mes souvenirs éclatent. Parfois, j'ai l'impression qu'il est impossible qu'elles bougent autant hors de ma volonté.

— Vous ne pouvez pas m'être utile, avec ces tremblements.

Matthias Alpaerts le regarda dans les yeux ; cette remarque était pour le moins cruelle.

— Je peux être utile de nombreuses façons, dit-il, blessé. En travaillant dans le potager, par exemple. Au monastère d'Achel, j'ai appris le métier de paysan.

— Frère Robert… Matthias… N'insistez pas. Vous devez rentrer chez vous.

— Je n'ai pas de chez moi. Ici, je peux être utile.

— Non.

— Je n'accepte pas ce refus.

Alors le frère Müss prit Matthias Alpaerts par un bras et l'emmena dîner. Comme chaque soir, il y avait, pour toute nourriture, une pâte de mil collante, que le docteur réchauffa sur un petit fourneau. Ils s'installèrent dans le bureau, utilisant la table du docteur Müss. Celui-ci ouvrit une petite armoire, en sortit deux assiettes, et Matthias remarqua qu'il cachait quelque chose, peut-être un linge sale, derrière des verres en plastique. Tandis qu'ils mangeaient sans faim, le docteur lui expliqua pourquoi il était impossible qu'il reste pour l'aider, que ce soit comme infirmier improvisé, comme jardinier, comme cuisinier ou comme paysan sur une terre qui ne savait pas donner de fruits si on n'y suait pas sang et eau.

À minuit, àlors que tout le monde dormait, les mains de Matthias Alpaerts ne tremblaient pas quand il entra dans le bureau du docteur Müss. Il ouvrit la petite armoire près de la fenêtre et, avec l'aide d'une lampe de poche, il trouva ce qu'il cherchait. Il examina le linge à la lumière vacillante de la lampe. Pendant une très longue minute, il hésita, parce qu'il n'était pas sûr de le reconnaître. Tout le tremblement se concentrait dans son cœur, qui faisait des efforts pour s'échapper par sa gorge. En entendant chanter un coq, il se décida et remit le linge à sa place. Il sentit une brûlure aux doigts, la même que sentait Fèlix Ardèvol ou que je commençais à sentir quand l'objet désiré s'éloignait irrémédiablement. Brûlure et tremblement de la pointe des doigts. Mais la maladie de Matthias Alpaerts était différente de la nôtre.

Il partit avant le lever du jour, avec la camionnette qui venait de Kikongo et qui apportait des médicaments et de la nourriture, et aussi une goutte d'espérance pour les malades de cette vaste zone qui avait les pieds dans le Kwilu.

32

Je revins de Paris la tête basse et la queue entre les jambes. À cette époque, Adrià Ardèvol donnait un cours sur l'histoire de la pensée contemporaine devant une assistance nombreuse d'étudiants relativement sceptiques, malgré la réputation de savant-bougon-antipathique-qui-n'en-fait-qu'à-sa-tête-et-qui-jamais-au-grand-jamais-ne-va-prendre-un-café-et-snobe-les-réunions-parce-qu'il-est-au-dessus-du-bien-et-du-mal qu'il commençait à avoir auprès de ses collègues de l'université de Barcelone. Et le prestige relatif d'avoir publié de façon presque clandestine *La Révolution française* et *Marx?* deux petits livres plutôt provocateurs, qui commencèrent à lui attirer admirateurs et détracteurs. Les jours passés à Paris l'avaient accablé et il n'avait aucune envie de parler d'Adorno, parce qu'il se fichait de tout.

Je n'avais plus pensé à toi, Lola Xica, parce que ma tête était pleine de Sara. Jusqu'à ce que je reçoive un coup de fil d'une vague parente qui me dit ma cousine est morte et elle a laissé les coordonnées de gens qu'elle voulait qu'on prévienne. Elle ajouta l'information du jour et du lieu et nous échangeâmes quelques mots de courtoisie et de condoléances.

À l'enterrement, nous étions une vingtaine de personnes. Je me rappelais vaguement trois ou quatre visages, mais je ne pus saluer personne, pas même la vague cousine. Dolors Carrió i Solegibert "Lola Xica"

(1910-1982), née et morte à la Barceloneta, amie de maman, brave femme, qui m'a joué un sale tour, parce que la seule et véritable famille de Lola Xica c'était maman. Et probablement aussi son amante. Je n'ai pas pu te dire adieu avec l'affection que tu méritais, malgré tout.

— Eh, mais ça fait combien de temps que vous vous êtes séparés ? Vingt ans ?

— Vingt ans, comme tu y vas ! Et nous ne nous sommes pas séparés, on nous a séparés.

— Elle doit avoir des petits-enfants.

— Pourquoi crois-tu que je n'ai pas cherché d'autre femme ?

— À vrai dire, je ne sais pas.

— Je vais t'expliquer : chaque jour, enfin, presque chaque jour, quand je vais me coucher, tu sais ce que je pense ?

— Non.

— Je pense qu'on va sonner à la porte, ding dong.

— Mais ta sonnette fait rsrsrsrsrsrsrsrs.

— D'accord : rsrsrsrsrsrsrsrs, et j'ouvre et il se trouve que c'est Sara, qui me dit qu'elle était partie je ne sais pourquoi et veux-tu encore de moi dans ta vie, Adrià.

— Eh, mon garçon, ne pleure pas. Et maintenant il ne faut plus que tu y penses. Tu vois ? Dans le fond ça vaut mieux, non ?

Bernat était mal à l'aise face à cet épanchement, tellement inhabituel chez Adrià.

Il montra l'armoire et Adrià haussa les épaules, Bernat interpréta ça comme oui, comme tu veux, et il sortit le Vial et lui offrit deux fantaisies de Telemann, après lesquelles je me sentis mieux, merci Bernat, mon ami.

— Si tu veux pleurer, vas-y, pleure.

— Merci de me donner la permission, dit Adrià en souriant.

— Tu es mou, totalement mou.

— Ça m'a détruit, d'apprendre que nos deux mères ont comploté contre notre amour et que nous sommes tombés dans le panneau si facilement.

— Très bien. Les deux mères sont mortes et tu peux continuer à faire…

— Qu'est-ce que je peux continuer à faire ?

— Je ne sais pas. Je disais ça pour…

— J'envie ta stabilité émotionnelle.

— Ne crois pas ça.

— Mais, si. Tecla et toi, ça marche au poil.

— Je ne m'entends pas bien avec Llorenç.

— Quel âge a-t-il ?

— Il a l'esprit de contradiction.

— Il ne veut pas apprendre le violon ?

— Comment le sais-tu ?

— Je connais la chanson.

Adrià demeura pensif pendant un moment. Il secoua la tête : il me semble que la vie est mal emmanchée, dit-il en conclusion. Et le dimanche, comme on s'adonne à la boisson, il alla se distraire au marché de Sant Antoni, se dirigea comme par hasard vers l'étal de Morral et celui-ci lui fit signe de le suivre. Cette fois, c'étaient les dix premières pages du manuscrit de *Renée Mauperin*, des Goncourt, d'une écriture uniforme, avec peu de corrections en marge, et qui, m'affirmait Morral, était celle de Jules.

— Vous vous y connaissez, en littérature ?

— Moi, je vends des choses : des livres, des chromos, des manuscrits et des chewing-gums Bazooka.

— Mais d'où vous sortez ça, nom de Dieu ?

— Les chewing-gums ?

Morral, roublard, ne me révéla pas son secret. Le silence était pour lui une sécurité et aussi la garantie que sa médiation serait toujours nécessaire.

J'achetai les pages des Goncourt. Et je vis arriver, en quelques semaines, comme s'ils m'attendaient, des manuscrits, des pages isolées d'Orwell, de Huxley et de

Pavese. Adrià les acheta toutes, malgré sa réticence de principe à acheter pour acheter. Mais il ne pouvait pas laisser passer le numéro du huit février de je ne sais quelle année d'*Il mestiere di vivere*, une simple feuille qui parlait de la femme de Guttuso et de l'espoir de vivre en ayant une femme qui t'attend, qui dormira avec toi et qui te tient chaud et t'accompagne et te fait vivre, ma Sara, je ne t'ai pas et je ne t'aurai jamais. Comment pouvais-je dire non à cette page ? Et je suis sûr que Morral remarquait mon tremblement et fixait le prix en fonction de son intensité. Et je suis convaincu qu'il est très difficile de résister à la possession des originaux de textes bouleversants. Le papier avec l'écriture, le tracé, le geste et l'encre, qui est l'élément matériel dans lequel s'incarne l'idée spirituelle qui finira par devenir une œuvre d'art ou une œuvre de la pensée universelle ; le texte qui s'introduit dans le lecteur et le transforme. Il est impossible de dire non à ce miracle. C'est pourquoi je n'y ai pas pensé à deux fois quand Morral servit d'intermédiaire et me présenta un homme dont j'ignore le nom, qui vendait deux poèmes d'Ungaretti à des prix démentiels : *Soldati* et *San Martino del Carso*, le poème qui parle d'un village en ruine à cause de la guerre et non du temps. È il mio cuore il paese più straziato. Et le mien aussi, cher Ungaretti. Quelle mélancolie, quelle peine, quelle joie de pouvoir posséder le papier que l'auteur avait utilisé pour transformer en œuvre d'art son intuition première. Et je payai ce qu'on m'en demandait, presque sans marchander, et alors Adrià entendit un crachat sec sur le sol et regarda autour de lui.

— Qu'est-ce qu'il y a, Carson ?

— Ugh ! Moi aussi je veux parler.

— Allez-y, parlez.

— Nous avons un problème, dirent-ils tous les deux en même temps.

— Lequel ?

— Tu ne vois donc pas ?

— Je ne veux pas voir.

— Tu as calculé ce que tu as dépensé en manuscrits ces dernières années ?

— J'aime Sara et elle est partie parce que nos mères l'ont trompée.

— Ça, tu n'y peux plus rien. Elle a refait sa vie.

— Un autre whisky, s'il vous plaît. Double.

— Tu sais combien tu as dépensé ?

— Non.

On entendit le bourdonnement d'une machine à calculer de bureau. Je ne sais pas si c'était le vaillant Arapaho ou le cow-boy revêche qui la manipulait. Quelques secondes de silence avant qu'ils m'annoncent la somme scandaleusement élevée que

— D'accord, d'accord, je ne le ferai plus. C'est bon. Vous êtes contents ?

— Regardez, docteur, dit Morral un autre jour. Un Nietzsche.

— Un Nietzsche ?

— Cinq pages de *Die Geburt der Tragödie.* Soit dit en passant, j'ignore ce que cela signifie.

— La naissance de la tragédie.

— Je m'en doutais. – Morral, un cure-dents aux lèvres parce que c'était après le déjeuner.

Au lieu de voir dans le titre un signe prémonitoire, je regardai les cinq feuillets avec attention pendant une bonne heure et à la fin Adrià leva la tête et s'écria mais où diable trouvez-vous ça ? Pour la première fois, Morral répondit à la question :

— J'ai mes contacts.

— Ah. Des contacts…

— Oui. Des contacts. S'il y a des acheteurs, les manuscrits poussent comme des champignons. Surtout quand on garantit l'authenticité de la marchandise, comme nous le faisons.

— C'est qui, nous?

— Vous êtes intéressé oui ou non?

— Combien?

— Tant.

— Tant?

— Tant.

— Punaise.

Mais la démangeaison, les doigts et la raison qui s'enflamment.

— Nietzsche. Les cinq premières pages de *Die Geburt der Tragödie*, ce qui veut dire la renaissance de la tragédie.

— La naissance.

— C'est ce que je voulais dire.

— Où trouvez-vous tant de premières pages?

— Le manuscrit complet serait hors de prix.

— Vous voulez dire que quelqu'un les coupe en morceaux pour… – Effrayé. – Et si j'en veux davantage? Et si je veux tout le livre?

— Vous devrez d'abord connaître le prix. Mais il me semble qu'il serait préférable de commencer par ce que nous avons là. Vous êtes intéressé?

— Et comment!

— Vous connaissez le prix.

— Tant moins tant.

— Non. Tant.

— Alors moins tant.

— Là. on peut commencer à s'entendre.

— Ugh.

— Pas maintenant, merde!

— Pardon?

— Ne faites pas attention. Alors nous sommes d'accord?

Adrià Ardèvol paya tant moins tant et emporta les cinq premières pages du Nietzsche et aussi le besoin impérieux de parler à nouveau avec Morral pour acquérir le manuscrit complet, à supposer qu'ils l'aient vraiment. Et il pensa que c'était peut-être le moment de demander à monsieur Sagrera combien d'argent il lui restait pour savoir si les aïe et les hou là là de Carson et d'Aigle-Noir avaient un sens ou pas. Mais Sagrera lui dirait qu'il devait investir, que laisser cet argent sur un livret d'épargne était vraiment dommage.

— Je ne sais pas qu'en faire.

— Achète des appartements.

— Des appartements ?

— Oui. Et de la peinture. Je veux dire des tableaux.

— C'est que… J'achète des manuscrits.

— Qu'est-ce que c'est que ça ?

Il lui montrerait sa collection. Monsieur Sagrera les examinerait en pinçant le nez et, après une profonde réflexion, conclurait que c'est très risqué.

— Pourquoi ?

— C'est fragile. Les souris peuvent les ronger, ou ces insectes argentés, vous savez.

— Je n'ai pas de souris. Et les lépismes, Lola Xica s'en occupe.

— Ugh.

— Quoi ?

— Caterina.

— Oui, merci.

— J'insiste : si tu achètes un appartement, tu achètes quelque chose de solide dont le prix ne peut jamais baisser.

Comme il voulait s'épargner cette conversation, Adrià Ardèvol ne parla pas d'appartements ni de souris avec monsieur Sagrera. Ni de l'argent dépensé en aliments pour les lépismes.

Quelques nuits plus tard, je pleurai à nouveau, mais ce ne fut pas d'amour. Ou si : ce fut d'amour. Dans la boîte aux lettres de la maison il y avait une notification d'un certain Calaf, notaire à Barcelone, un monsieur que je ne connaissais en rien, et je pensai tout de suite à des problèmes liés à la vente du magasin ou à je ne sais quelles histoires de famille, parce que je me suis toujours méfié des notaires bien que je sois en train de me faire le notaire d'une vie qui m'appartient de moins en moins. Que disais-je ? Oui, le notaire Calaf, un monsieur inconnu qui me fit attendre une demi-heure sans explications dans une salle d'attente riquiqui. Avec trente minutes de retard, il entra dans la salle d'attente riquiqui, ne s'excusa pas de son retard, ne me regarda pas dans les yeux, se caressa une barbiche blanche et épaisse et me demanda de lui montrer ma carte d'identité. Il me la rendit avec une grimace qui me semblait exprimer du déplaisir, de la déception.

— Madame Maria Dolors Carrió a manifesté la volonté que vous soyez bénéficiaire d'une partie de son héritage.

Moi, hériter de Lola Xica ? Elle était millionnaire et avait fait la bonne toute sa vie, et qui plus est dans une famille comme la mienne ? Mon Dieu.

— Et de quoi suis-je censé hériter ?

Le notaire me regarda un peu de travers ; à coup sûr, il me trouvait très antipathique, mais mon cœur était encore plein du chagrin de Paris, avec ce j'avais déjà refait ma vie, Adrià, et la porte qui se refermait, et je me fichais bien de ce que pouvait penser de moi la chambre des notaires au grand complet. Le notaire se caressa à nouveau la barbiche, secoua la tête et lut le document qui se trouvait devant lui, en prenant une voix excessivement nasale :

— Une peinture d'un certain Modest Urgell, datée de mille huit cent quatre-vingt-dix-neuf.

— Lola Xica, tu es plus têtue que moi.

Une fois les formalités réglées, ainsi que les droits, Adrià accrocha à nouveau un certain Urgell, le tableau du monastère de Santa Maria de Gerri, sur le mur où il n'avait pas voulu mettre d'autre tableau ni de bibliothèque. La lumière du soleil couchant l'éclairait encore avec une certaine tristesse depuis Trespui. Adrià tira une chaise de la table de la salle à manger et s'y assit. Il resta un long moment à regarder le tableau, comme s'il voulait percevoir le lent mouvement du soleil. Quand il revint de devant le monastère de Santa Maria de Gerri, il se mit à pleurer.

33

L'université, les cours, pouvoir lire toute la vie écrite…
Sa grande joie, c'était quand il découvrait un livre inattendu dans la bibliothèque de la maison. Et il ne souffrait
pas de la solitude parce qu'il était tout le temps occupé.
Les deux livres qu'il avait publiés avaient été durement
critiqués par leurs rares lecteurs. Sur le second livre, un
commentaire au vitriol parut dans *El Correo Catalán* ;
Adrià le découpa et le rangea dans un dossier. Dans le
fond, il était fier de susciter des sentiments violents. De
toute façon, il considérait tout cela avec indifférence,
parce que ses véritables peines étaient d'un autre ordre
et parce qu'il savait qu'il ne faisait encore qu'assouplir
sa plume. De temps en temps, je jouais sur mon cher Storioni, surtout pour que sa voix ne s'éteigne pas ; et aussi
pour apprendre les histoires qui avaient laissé des cicatrices sur sa peau. À certains moments, je repris même
les exercices mécaniques de la mère Trullols et je la
regrettai un petit peu. Qu'est-ce qu'ils ont pu bien devenir, tous et tout. Qu'est-ce qu'elle peut bien être devenue, la mère Trullols…

— Elle est morte, lui dit Bernat, un jour, maintenant
qu'ils recommençaient à se voir de temps en temps. Et
tu devrais te marier, ajouta-t-il, comme s'il était le grand-
père Ardèvol, décidant les mariages à Tona.

— Il y a longtemps qu'elle est morte ?

— Ce n'est pas bon que tu restes seul.

— Je suis très bien seul. Je passe mes journées à lire et à travailler. Et à jouer du violon et du piano. De temps en temps, je me paie un petit caprice et j'achète du fromage, du foie gras ou du vin à can Múrria. Qu'est-ce qu'il me faut de plus. Et ma vie, c'est Lola Xica qui s'en occupe.

— Caterina.

— Caterina, oui.

— C'est fantastique.

— C'est ce que je voulais faire.

— Et baiser ?

Baiser, à d'autres. Lui, c'était le cœur. C'est pourquoi il était tombé raide fou amoureux de vingt-trois étudiantes et de deux collègues, mais il n'avait pas avancé d'un pas, parce que… Bon, sauf avec Laura qui, enfin, qui…

— De quoi elle est morte, la mère Trullols ?

Bernat se leva et montra la vitrine. Adrià leva la main pour dire vas-y. Et Bernat joua un csárdás diabolique qui fit danser jusqu'aux manuscrits et ensuite une petite valse toute douce, un peu sucrée mais très bien interprétée.

— Il sonne merveilleusement bien, dit Adrià, admiratif. Et prenant le Vial, il ajouta, un peu jaloux : Le jour où tu feras de la musique de chambre, demande-le-moi.

— Hou là, quelle responsabilité.

— Et alors ? Qu'est-ce que tu voulais de si urgent ?

Bernat voulait qu'il lise un récit qu'il avait écrit et je soupçonnai que nous allions à nouveau avoir des problèmes.

— C'est que je n'arrête pas d'écrire. Même si tu me dis toujours de laisser tomber.

— Tu le cherches.

— Mais je crains que tu aies raison.

— Sur quel point ?

— Que ce que j'écris n'a pas d'âme.

— Et pourquoi ça n'en a pas ?

— Si je le savais…

494

— Peut-être que ce n'est pas ton moyen d'expression.

Alors, Bernat me prit le violon des mains et joua le *Caprice basque* de Sarasate, avec six ou sept erreurs flagrantes. Et quand il eut fini il dit tu vois ? le violon n'est pas mon moyen d'expression.

— Tu t'es trompé exprès. Je te connais, mon vieux.

— Je ne pourrai jamais être soliste.

— Tu n'as pas besoin de l'être. Tu es musicien, tu joues du violon, tu gagnes ta vie avec ça. Qu'est-ce que tu veux de plus, merde ?

— Je veux gagner l'estime et l'admiration des gens, pas gagner ma vie. Et comme assistant premier violon solo, je ne laisserai pas un souvenir durable.

— L'orchestre laisse un souvenir durable.

— Je veux être soliste.

— Tu ne peux pas l'être ! Tu viens de le dire toi-même.

— C'est pour ça que je veux écrire : l'écrivain est toujours soliste.

— Je ne crois pas que ce soit la meilleure raison de faire de la littérature.

— C'est ma raison.

Si bien que je dus prendre le récit, qui n'en était pas un, mais un recueil de récits ; je les lus et au bout de quelques jours je lui dis peut-être que c'est le troisième le meilleur, celui du marchand ambulant.

— Et c'est tout ?

— Heu. Oui.

— Tu n'y as pas trouvé d'âme, peau de balle…

— Pas d'âme, peau de balle. Mais tu le sais déjà !

— Toi, ton problème c'est que tu es aigri parce qu'on descend en flammes tout ce que tu écris. Et pourtant, moi, j'aime bien.

Avec cette déclaration de principes, pendant long-temps, Bernat cessa d'importuner Adrià avec ses écrits. Il avait publié trois recueils de récits qui n'avaient pas bouleversé le monde littéraire catalan et qui, probablement, n'avaient bouleversé aucun lecteur. Et au lieu de se contenter d'être heureux avec l'orchestre, il cherchait la façon de se gâcher un peu la vie. Et moi qui donne des leçons sur la façon d'atteindre le bonheur. Comme si j'étais spécialiste. Comme si le bonheur était une matière obligatoire.

Le cours avait été dans la moyenne, plutôt bon. Il avait parlé de la musique qui se faisait à l'époque de Leibniz. Il les avait transportés dans la Hanovre de Leibniz et il leur avait fait écouter de la musique de Buxtehude, plus précisément les variations pour clavecin sur l'aria *La Capricciosa* (BuxWV 250) et je leur ai demandé si ça leur rappelait une œuvre postérieure (pas trop, attention), d'un musicien plus connu. Adrià se leva, rembobina la cassette et les laissa écouter une minute de plus le clavecin de Trevor Pinnock.

— Vous savez de quelle œuvre je veux parler? – Silence. – Non?

Certains étudiants regardaient par la fenêtre. D'autres fixaient leurs notes. Une fille faisait non de la tête. Pour les aider, il leur parla de la Lübeck de l'époque et dit toujours pas? Et alors il baissa scandaleusement le niveau de ses exigences et dit allez, ne me dites pas le nom de l'œuvre mais seulement celui de son auteur. Alors un étudiant qu'il n'avait jamais vu et qui était dans les rangs du milieu, sans lever le bras, dit Johann Sebastian Bach? comme ça, comme une question, et Adrià dit bravo! Et l'œuvre a une structure similaire. Un thème, celui que je vous ai repassé, qui rappelle le développement d'une variation… Vous savez quoi? Pour le cours de mercredi, essayez de trouver de quelle œuvre je veux parler. Et tâchez de l'écouter deux ou trois fois.

— Et si on ne trouve pas? – La fille qui avait fait non de la tête.

— C'est le numéro 988 de son catalogue. Ça ira comme ça? Vous voulez plus d'aide?

Malgré les concessions que je devais faire, à cette époque j'aurais aimé que les cours durent cinq heures. J'aurais aussi aimé que les étudiants soient vivement intéressés par tout et me posent des questions qui m'obligent à leur demander de me laisser le temps, pour apporter une réponse élaborée au cours suivant. Mais Adrià devait se contenter de ce qu'il avait. Les étudiants descendaient les escaliers de l'amphithéâtre jusqu'à la porte de sortie. Tous sauf celui qui avait trouvé la réponse, qui était encore assis sur son banc. Adrià, tout en rangeant la cassette, lui dit il me semble que je ne t'ai pas vu souvent. Comme l'autre ne répondait pas, il leva la tête et s'aperçut qu'il souriait sans rien dire.

— Comment t'appelles-tu.

— Je ne suis pas un de tes étudiants.

— Qu'est-ce que tu fais là, alors?

— Je t'écoute. Tu ne me reconnais pas?

Il se leva et descendit, sans cartable et sans notes, jusqu'à l'estrade du professeur. Adrià avait déjà mis ses papiers dans son cartable, où il rangea aussi la cassette.

— Non. Je devrais te reconnaître?

— Eh bien… Techniquement, tu es mon oncle.

— Moi, ton oncle?

— Tito Carbonell, dit-il en lui tendant la main. Nous nous sommes vus à Rome, chez maman, quand tu lui as vendu le magasin.

Maintenant il se souvenait de lui : un adolescent silencieux aux sourcils épais, qui écoutait aux portes, et qui était devenu un jeune homme plutôt joli garçon et plein d'assurance.

Adrià demanda comment va ta mère, il lui dit bien, elle t'envoie ses amitiés, et la conversation commença à languir. Alors, il posa la question :

— Pourquoi es-tu venu à ce cours?

— Je voulais te connaître davantage avant de te faire la proposition.

Tito s'assura qu'il n'y avait personne d'autre dans l'amphithéâtre et alors il lui dit je veux t'acheter le Storioni.

Adrià le regarda, surpris. Il tarda à réagir.

— Il n'est pas à vendre, finit-il par dire.

— Si tu écoutes mon offre, tu le mettras en vente.

— Je ne veux pas le vendre. Je n'écoute aucune offre.

— Deux cent mille douros.

— Je t'ai dit qu'il n'est pas à vendre.

— Deux cent mille douros, c'est un paquet de fric.

— Même si tu m'en offrais le double. – Il approcha son visage du sien. – Il-n'est-pas-à-vendre. – Il se redressa. – Tu as compris ?

— Parfaitement. Ça fait deux millions de pesètes.

— Tu écoutes les gens quand on te parle ?

— Avec deux millions de pèles, tu peux mener une vie confortable, sans avoir à donner des cours à des gens qui connaissent des clous à la musique.

— Tito, c'est bien comme ça que tu t'appelles ?

— Oui.

— Tito : non.

Il prit son cartable et se disposa à sortir. Tito Carbonell ne bougea pas de là où il était. Peut-être Adrià s'attendait-il à ce que l'autre l'empêche de sortir. Voyant qu'il avait la voie libre, il se retourna.

— Comment ça se fait qu'il t'intéresse autant ?

— Pour le magasin.

— Je vois. Et pourquoi ce n'est pas ta mère qui me fait cette offre ?

— Elle n'a pas la tête à ce genre de choses.

— Ah bon. Ce qui veut dire qu'elle n'est pas au courant.

— Appelez ça comme vous voudrez, professeur Ardèvol.

— Quel âge as-tu ?

— Vingt-six ans. – C'était un mensonge, mais je ne le sus que bien plus tard.

— Et tu complotes en marge du magasin ?

— Deux millions cent mille pesètes, dernière offre.

— Ta mère devrait être mise au courant.

— Deux millions et demi.

— Tu n'écoutes pas quand on te parle, n'est-ce pas ?

— J'aimerais savoir pourquoi tu ne veux pas le vendre…

Adrià ouvrit la bouche et la referma. Il ne savait que répondre. Il ne savait pas pourquoi il ne voulait pas vendre le Vial, ce violon qui était marqué par tant de malheurs mais dont j'avais pris l'habitude de jouer, chaque jour plus longuement. Peut-être à cause des histoires que m'avait racontées papa ; peut-être à cause de celles que je pouvais imaginer en touchant le bois de l'instrument… Sara, parfois, rien qu'en passant le doigt sur la peau du violon, je m'en vais à l'époque où ce bois poussait sur un arbre sans même soupçonner qu'un jour il prendrait une forme qui le changerait en violon, en Storioni : le Vial. Je ne dis pas ça pour me disculper, mais le Vial était une sorte de mirador pour l'imagination. Si Sara était là, si je la voyais chaque jour… peut-être que tout serait différent… mais bien sûr… j'aurais mieux fait de le vendre à Tito à ce moment-là, même pour vingt douros. Mais ça, je ne pouvais pas m'en douter.

— Alors ? fit Tito Carbonell, patiemment. Pourquoi est-ce que tu ne veux pas le vendre ?

— Je crains que ça ne te regarde pas.

Je sortis de l'amphithéâtre avec une sensation de froid sur la nuque, comme si je m'attendais à recevoir à chaque instant un coup de feu tiré en traître. Tito Carbonell ne me tira pas dans le dos et j'eus l'illusion d'avoir survécu.

34

Il y avait environ deux millénaires qu'avait eu lieu la Création du Monde selon le Système Décimal, qui avait présidé à l'installation des livres dans toute la maison mais qui n'avait pas pénétré totalement dans le bureau de papa. Adrià avait réservé le troisième tiroir de la table des manuscrits pour y ranger, dans des enveloppes, tous les documents de son père impossibles à classer, qui étaient sans rapport avec le magasin et qui ne figuraient pas dans le registre des acquisitions, parce que monsieur Ardèvol avait un registre d'acquisition de tous les documents de valeur qui entraient en sa possession, ce qui était sa façon de commencer à jouir de l'objet qu'il avait traqué pendant des jours, voire des années. Tout, dans la bibliothèque, était en ordre. Presque tout. Seuls les documents inclassables n'étaient pas classés ; mais ils étaient tous ensemble. Adrià les avait relégués dans le troisième tiroir avec la promesse sincère de leur jeter un coup d'œil dès qu'il trouverait le temps nécessaire. Quelques années passèrent et, apparemment, Adrià ne trouva pas le temps nécessaire.

Parmi les différents papiers du troisième tiroir, il y avait la correspondance. Il était étrange qu'un homme aussi méticuleux que papa ait considéré la correspondance comme un matériel inclassable et n'ait pas gardé de copie des lettres qu'il avait écrites ; il n'avait conservé que celles qu'il recevait. Il s'agissait de deux dossiers usés, remplis à craquer. Il y avait des réponses d'un certain Morlin à des questions de papa, professionnelles, je suppose. Il y avait aussi cinq lettres très étranges, écrites dans un latin impeccable, pleines d'allusions difficiles à comprendre, d'un prêtre qui s'appelait Gradnik. Il était de Ljubljana et il s'étendait sur l'insupportable crise de foi qui le tenaillait depuis des années. À ce qu'il disait, il avait été le condisciple de papa à la Gregoriana et il lui demandait instamment son opinion sur des points de théologie. Dans la dernière lettre, il changeait de ton. Elle était datée de Jesenice, à l'automne 1941, et elle commençait en disant il est très probable que cette lettre ne te parvienne pas, mais je ne peux m'empêcher de t'écrire ; tu es le seul à toujours m'avoir répondu, même quand j'étais absolument seul, à faire le curé et le croque-mort dans la neige et la glace d'un petit village près de Kamnik, dont j'ai essayé d'oublier le nom à jamais. Ce sera peut-être ma dernière lettre, parce qu'il est plus que probable que je mourrai sous peu. Cela fait déjà un an que je me suis défroqué. Il n'y a pas de femme mêlée à ça. Tout se limite au fait que j'ai perdu la foi. Je l'ai perdue goutte à goutte et je n'ai pas été capable de la conserver. Je suis responsable : confiteor. Depuis la dernière fois que je t'ai écrit et après tes mots de réconfort, qui m'ont beaucoup soutenu, je peux en parler de façon plus objective. Peu à peu, je me suis aperçu que ce que je faisais n'avait aucun sens. Toi, tu as dû choisir entre un amour auquel il était impossible de résister et la prêtrise. Moi, aucune femme n'a croisé mon chemin et ne m'a tourné la tête. Tous mes problèmes sont dans ma tête. Cela fait un an que j'ai pris la grande décision. Maintenant que toute l'Europe est en guerre, je vois que j'avais raison. Rien n'a de sens, Dieu n'existe pas et les hommes doivent se défendre comme ils le peuvent des ravages de l'histoire. Sache-le, mon très cher ami : je suis tellement sûr de ma décision que je viens de la compléter, il y a quelques semaines, en m'engageant dans l'Armée du peuple. Pour résumer, on pourrait dire que j'ai troqué la soutane pour le fusil. Je suis plus utile en essayant de sauver les miens du Mal. Mes doutes se sont envolés, ami Ardèvol. Depuis des années, je parlais du Mal, du Malin, du diable… et j'étais incapable de comprendre la nature du Mal, je me plongeais dans des spéculations sur le mal de faute, le mal de peine, le mal métaphysique, le mal physique, le mal relatif et le mal absolu et, surtout, sur la cause efficiente du Mal. Et après tant d'études, après avoir retourné la question dans tous les sens, il se trouve que je devais entendre en confession les bigotes de ma paroisse qui s'accusaient de l'horrible péché de ne pas avoir observé assez strictement le jeûne à partir de minuit avant de communier. Mon Dieu, en mon for intérieur je me disais ce n'est pas possible, ce n'est pas possible, Drago, tu es en train de perdre la raison d'être de ta vie, si toutefois tu veux continuer à être utile à l'humanité. J'en ai pris totalement conscience quand une mère m'a dit comment se fait-il que Dieu permette que ma petite fille meure dans de telles souffrances, mon père ; comment se fait-il que Dieu n'intervienne pas pour empêcher ça. Et moi je n'avais pas de réponse et je me suis retrouvé en train de lui faire un sermon sur la cause efficiente du Mal avant de me taire, honteux, de lui demander pardon et de lui dire que je ne savais pas. Je lui ai dit je ne sais pas, Andreja, pardonne-moi mais je ne sais pas. Peut-être que je vais te faire rire, mon cher Fèlix Ardèvol, toi qui m'écris de très longues lettres dans lesquelles tu défends le cynisme égoïste qui gouverne maintenant ta vie, à ce que tu me dis. Les doutes m'étouffaient parce que je me trouvais désemparé devant les larmes ; mais plus maintenant. Je sais où est le Mal. Même le Mal absolu. Il s'appelle Himmler. Il s'appelle Hitler. Il s'appelle Pavelić. Il s'appelle Luburić et sa macabre invention de Jasenovac. Il s'appelle Schutzstaffel et Abwehr.

La guerre exacerbe la partie la plus bestiale de la nature humaine. Mais le Mal préexiste à la guerre et ne dépend d'aucune entéléchie, il dépend des êtres humains. C'est pourquoi mon inséparable compagnon, depuis quelques semaines, est un fusil à viseur télescopique, parce que le commandant a décidé que je suis bon tireur. Nous allons bientôt engager le combat. Alors, je décapiterai le Mal à coups de fusil et ça ne me dérange pas d'y penser. Tant que celui que j'aurai en ligne de mire sera un nazi, un oustachi ou, que Dieu me pardonne, un soldat ennemi. Le Mal se sert de la Peur et de la Cruauté absolue. Sans doute pour être certains que nous nous emplissons de rage, les gradés nous racontent des choses épouvantables sur l'ennemi et nous avons tous envie de l'avoir en face de nous. Un jour je tuerai un homme et j'espère ne ressentir aucune peine. J'ai été incorporé à un groupe plein de Serbes qui vivent dans des villages croates mais qui ont dû fuir par peur des oustachis ; nous sommes quatre Slovènes et il y a aussi quelques-uns des nombreux Croates qui croient à la liberté. Bien que je n'aie aucun grade militaire, certains m'appellent sergent parce qu'on me voit tout de suite ; oui, je suis toujours aussi grand et aussi gros. Et les Slovènes me disent mon père parce qu'un jour je me suis enivré et j'ai dû trop parler ; j'ai ce que je mérite. Je suis prêt à tuer avant qu'on me tue. Je n'éprouve aucune sorte de remords et je ne me repens pas de ce que je fais. Il est probable que je mourrai dans une escarmouche maintenant que l'armée allemande avance vers le sud, à ce que l'on dit. Nous savons tous que la moindre opération militaire laisse un sillage de morts, aussi parmi les nôtres. Ici, à la guerre, on évite de se faire des amis : nous sommes un, parce que nous dépendons de tous, et je pleure la mort de celui qui hier déjeunait à côté de moi, mais à qui je n'ai pas eu le temps de demander comment il s'appelait. Allons, bas les masques : l'idée de tuer quelqu'un me panique.

Je ne sais pas si je pourrai. Mais le Mal, c'est des vrais gens. J'espère être courageux et j'espère être capable d'appuyer sur la détente sans que mon cœur tremble trop.

Je t'écris depuis un village slovène qui s'appelle Jesenice. Je ferai tamponner ma lettre, comme s'il n'y avait pas la guerre. Et je l'emporterai sur notre camion, qui aujourd'hui est chargé de sacs de courrier parce que tant que les affrontements ne commencent pas pour de bon, ils ne veulent pas que nous restions sans rien faire et ils nous ordonnent de faire des choses utiles. Mais cette lettre, je la confierai à Jančar, la seule personne capable de te la faire parvenir. Que le Dieu en qui je ne crois plus lui vienne en aide. Je te prie de me répondre au bureau de poste habituel, à Maribor. Si on ne me tue pas, j'attendrai ta réponse avec impatience. Je me sens tellement seul, mon cher Fèlix Ardèvol. La mort donne froid et je frissonne de plus en plus souvent. Ton ami, Drago Gradnik, ex-prêtre, ex-théologien, qui a renoncé à une brillante carrière à la curie de l'évêché de Ljubljana et peut-être à Rome. Ton ami qui est maintenant tireur d'élite chez les partisans et qui est impatient d'extirper le Mal à la racine.

Il y avait également des réponses de huit ou dix anti-quaires, collectionneurs et brocanteurs de toute l'Europe à des demandes précises de papa. Et deux ou trois lettres du docteur Wuang, de Shanghai, qui l'assurait, dans un anglais imprécis, que cet heureux manuscrit (sans autre indication) n'avait jamais été en sa possession et qu'il lui souhaitait une longue vie heureuse et la prospérité dans les affaires et une richesse heureuse et croissante dans les relations personnelles, de la famille et du cœur. Je me sentis concerné par les vœux du docteur Wuang. Et beaucoup d'autres documents de toutes sortes.

Un après-midi ennuyeux et pluvieux, profitant de ce que j'avais fini de corriger des examens et que je n'avais pas envie de penser à la philosophie du langage, je décidai de m'ennuyer à la maison, sans lire, sans rien faire. Au théâtre, à peu près rien ; la musique, rien qui me tentât, et il y avait tant d'années que je n'avais pas mis les pieds dans un cinéma que je ne me risquai pas à vérifier que les films étaient toujours en couleurs. Si bien que je me mis à bâiller et pensai que ce serait un bon moment pour ranger de façon définitive tous ces papiers de papa. Après avoir préparé la *Tétralogie* sur le tourne-disque, je me mis à l'œuvre. Je tombai d'abord sur une des lettres de Morlin, qui vivait à Rome et qui avait l'air d'être prêtre, même si je ne le savais pas encore. C'est alors que j'eus envie d'en savoir davantage sur certaines périodes de la vie de papa. Non pas dans l'idée que de cette façon je pourrais en savoir plus sur sa mort, mais parce que chaque fois que je découvrais des papiers qui lui avaient appartenu ils me réservaient une petite surprise, qui m'affectait. C'est peut-être pourquoi je t'écris depuis tant de semaines, infatigablement, comme je ne l'avais jamais fait de ma vie. On voit bien que le chien qui me poursuit est sur le point de m'attraper. C'est peut-être pourquoi je fais des coupons de mémoire que, le moment venu, j'aurai bien du mal à assembler de façon présentable. Donc, je me donnai du courage et poursuivis mon rangement. Pendant deux heures, toujours pendant le prologue (on en était au moment où Wotan et Loge, furieux, volent l'anneau, et où le Nibelung profère la terrible malédiction des malheurs qui accableront ceux qui passeront l'anneau à leur doigt), je mis en ordre la correspondance et quelques dessins d'objets divers, sans doute faits par papa. Au bout d'une bonne heure et demie, quand Brünnhilde désobéit à Wotan et aide la pauvre Sieglinde à fuir, je me retrouvai avec un texte en hébreu, deux pages jaunies, au format hollandais, aujourd'hui tombé en désuétude, écrites à l'encre, d'une écriture que je reconnaissais comme étant celle de mon père. J'espérais y trouver une des mille choses qui avaient éveillé sa curiosité et, quand je commençai à le lire, je me dis que mon hébreu, un peu rouillé, ne me permettrait pas une lecture fluide. Au bout de cinq minutes d'efforts infructueux, avec différentes consultations inutiles des dictionnaires, la surprise éclata. Ce n'était pas un texte en hébreu mais en araméen, mais camouflé, caché dans l'alphabet hébreu. J'avais du mal à le lire parce que, pour l'araméen, je suis plus habitué à l'alphabet syriaque. Mais je n'avais qu'à m'y mettre. Au bout d'une minute, je m'aperçus de deux choses. D'abord, que la madame Gombreny avait fait du bon travail, parce que je me défends assez bien en araméen. Ensuite, que ce n'était pas une copie d'un texte ancien mais une lettre que mon père m'envoyait à moi. À moi ! Mon père qui, lorsqu'il était vivant, s'était peut-être adressé directement à moi une cinquantaine de fois, et presque toujours pour me dire nom de Dieu, qu'est-ce que c'est que ces cris, avait écrit un texte à l'intention de son fils ignoré. Et je pus constater que papa se défendait bien mieux que moi en araméen. À ce moment-là, quand j'eus fini de lire, Siegfried, le fils intrépide de Sieglinde, avec la cruauté propre aux héros, tue le Nibelung Mime, qui l'avait élevé, pour éviter qu'il le trahisse. La forêt des héros, le texte en araméen, tout convoquait le sang. J'étais entouré de sang. Adrià, plongé dans le texte, sans le voir, pensant aux choses terribles qu'il avait lues, laissa le disque tourner à vide pendant une bonne demi-heure. Comme si les personnages répétaient leurs gestes indéfiniment, accompagnés par le léger crépitement du saphir. Il était, comme Siegfried, frappé par la révélation. Parce que la lettre disait mon cher fils Adrià. Je t'écris ce secret avec l'espoir incertain qu'un jour, dans de nombreuses années, tu saches ce qui s'est passé. Le plus probable est que cette lettre reste à jamais perdue au milieu de papiers qui, peu à peu, seront détruits, dévorés par les voraces lépismes argentés qui nous accompagnent toujours, nous qui avons des bibliothèques avec de vieux livres. Si tu lis cela c'est que tu auras rangé mes papiers, que tu as fait ce à quoi je t'ai destiné et que tu as appris l'hébreu et l'araméen. Et si tu as appris l'hébreu et l'araméen, mon fils, c'est que tu es le genre d'érudit que j'avais imaginé que tu serais. Et j'aurai gagné la partie contre ta mère, qui veut faire de toi un violoniste décadent. (De fait, en araméen, il disait un joueur de rebec décadent, mais on comprenait bien sa mauvaise intention.) Je veux que tu saches que si tu lis ce texte c'est que je n'ai pas pu revenir à la maison pour le détruire. Je ne sais pas si, officiellement, on dira que j'ai eu un accident, mais je veux que tu saches que je suis mort assassiné et que mon assassin s'appelle Aribert Voigt, un ancien médecin nazi qui s'est livré à des brutalités dont je t'épargne le récit et qui a voulu récupérer le Storioni que je lui ai pris un jour de façon malhonnête. Donc, je m'éloigne de la maison pour que sa colère ne tombe pas sur vous, comme l'oiseau qui fait semblant d'être blessé à mort et qui attire le prédateur loin de sa couvée. Ne cherche pas l'assassin. Quand tu liras ceci, il est certain qu'il sera mort depuis longtemps. Ne cherche pas le violon, non plus ; ça ne vaut pas la peine. Et ne cherche pas ce que j'ai trouvé dans beaucoup des objets que j'ai collectionnés : la satisfaction de posséder ce qui est rare. Ne cherche pas cela, parce que cela finit par te consumer et c'est une passion qui n'a pas de limite et qui te fait faire des choses qu'ensuite tu voudrais ne pas avoir faites. Si ta mère est vivante, épargne-lui cette histoire. Adieu. Et en dessous, une sorte de post-scriptum qui m'a conduit au malheur. Un post-scriptum qui disait c'est Aribert Voigt qui m'a tué. J'ai arraché le Vial à ses griffes tachées de sang. Je sais qu'on l'a laissé en liberté et que, fatalement, il viendra me chercher. Voigt est le mal. Moi aussi je suis le mal, mais Voigt est le Mal absolu. Si je meurs de mort violente, ne crois pas ceux qui te parleront d'accident.

Voigt. Je ne veux pas que tu te venges, mon fils. Tu ne pourras pas le faire, évidemment ; mais quand tu liras ceci, si jamais tu le lis, cela fera de nombreuses années que Voigt pourrit en enfer. Si on m'a tué, cela veut dire que le Vial, notre Storioni, aura disparu de la maison. Si d'aventure on en vient à parler ouvertement de Voigt ou de notre violon, sache que j'ai fait rechercher à qui appartenait l'instrument avant que Voigt le confisque : la propriétaire était une Belge, Netje de Boeck. Je désire de tout mon cœur que Voigt ait une mauvaise fin et que quelqu'un, je ne sais pas qui, l'empêche de dormir tranquille jusqu'à sa mort. Mais je ne veux pas que ce soit toi, parce que je ne veux pas t'éclabousser avec mes histoires. Tu m'as pourtant éclaboussé, papa, et comment, pensa Adrià, parce que tu m'as transmis le mal de la famille, les doigts qui brûlent quand je désire un objet. Et le texte en araméen finissait par un laconique adieu, mon fils. Sans doute les derniers mots qu'il ait écrits. Et pas un mot pour lui dire mon fils, je t'aime. Peut-être qu'il ne l'aimait pas.

Le tourne-disque tournait en silence, accompagnant la perplexité d'Adrià, qui pourtant était un peu étonné de ne pas avoir été trop étonné de cette confirmation, par son père, de sa pointure morale. Un long moment s'écoula avant qu'il commence à se poser des questions, par exemple, pourquoi ne voulait-il pas qu'on sache qu'il avait été tué par un nazi comme ce Voigt. Est-ce qu'il ne voulait pas que d'autres histoires remontent au grand jour ? C'est triste à dire, mais je crois que c'était bien la raison. Tu sais comment je me sentais, Sara ? Comme un imbécile. Moi qui pensais toujours que j'avais façonné ma vie contre tout le monde, voilà qu'il apparaît que j'ai fini par faire ce que mon père autoritaire avait disposé depuis le fond des temps. Pour accompagner ce sentiment étrange, je mis le début de la *Götterdämmerung*, et les trois Norne, filles d'Erda, se rassemblèrent près du rocher de Brünnhilde et se mirent à tisser la corde du destin, comme mon père l'avait fait patiemment avec le mien, sans me demander mon avis ni demander le sien à maman. Mais une corde du destin que papa préparait pour après sa mort avait été tranchée de façon inattendue et confirmait mes craintes les plus profondes : je devenais coupable de sa mort atroce.

— Hé là ! Hé ! Tu m'avais dit trois jours ! – Je n'avais jamais entendu Bernat aussi indigné. – Il n'y a que trois heures que je l'ai !

— Je suis désolé, excuse-moi, je te jure. Tout de suite. Il faut que ce soit tout de suite ou on me tue, je te jure.

— Tu n'as pas de parole. Je t'ai bien appris le vibrato, moi.

— Le vibrato vient tout seul, ça ne s'apprend pas, lui répondis-je désespéré. – À douze ans, je n'avais pas beaucoup de talent pour argumenter. Et je poursuivis, affolé : On va tout découvrir et mon père va me mettre en prison. Et toi aussi. Je vais tout t'expliquer, je te le jure.

Ils raccrochèrent en même temps. Il dut expliquer à Lola Xica ou à maman que Bernat avait mes devoirs de violon.

— Ne descends pas du trottoir.

— Non, bien sûr que non, dit-il, offensé.

Ils se retrouvèrent devant la pâtisserie des Solà. Ils ouvrirent les étuis et firent l'échange, par terre, au coin de València et de Llúria, étrangers au tintamarre du tramway qui remontait Llúria à grand-peine. Bernat lui rendit le Storioni et lui, il lui rendit le violon de Madame d'Angoulême et il lui expliqua que papa était entré dans le bureau en coup de vent et avait laissé la porte ouverte. Et depuis sa chambre Adrià, paniqué, avait vu papa ouvrir le coffre et en tirer l'étui et refermer le coffre sans vérifier que le violon qui était dans l'étui était celui qui devait y être et moi, je te jure, je ne savais pas quoi faire, parce que si je lui dis que c'est toi qui l'as, il me jette par le balcon, c'est sûr, et je ne sais pas ce qui va se passer, mais…

Bernat le regarda froidement :

— Tout ça c'est des blagues.

— Non, c'est vrai ! Dans l'étui, j'avais mis mon violon d'étude pour qu'il ne soupçonne rien s'il l'ouvrait…

— Arrête de me prendre pour un imbécile.

— Mais je te jure que c'est vrai ! – Adrià, désespéré.

— Tu es un dégonflé et tu ne sais pas tenir ta parole.

Je ne savais que dire. Je regardai, impuissant, mon ami plein de colère, qui me dépassait déjà de près d'une tête. Il me fit l'effet d'une sorte de géant vengeur. Mais papa me faisait encore plus peur. Le géant ouvrit à nouveau la bouche :

— Et tu crois que quand il reviendra et qu'il ouvrira le coffre et qu'il verra le Storioni il ne va pas se poser de questions.

— Et qu'est-ce que tu veux que je fasse ? Hein ?

— Il faut s'enfuir. En Amérique.

Là, il m'a épaté, Bernat, avec sa solidarité soudaine. Tous les deux en fuite pour l'Amérique, la classe. Ils ne s'enfuirent pas en Amérique et Adrià n'eut pas le temps de lui demander, eh, Bernat, c'est comment de jouer sur le Storioni, tu vois la différence, ça vaut le coup un violon ancien ? Il ne sut même pas si ses parents s'étaient aperçus de quelque chose ou… Il dit seulement il va me tuer, je te jure qu'il va me tuer, rends-le-moi. Bernat partit sans rien dire, avec une moue qui prouvait qu'il ne croyait pas vraiment à cette histoire bizarre, qui commençait tout juste à se compliquer.

Le jour du Seigneur arrivera comme un voleur en pleine nuit. Six un cinq quatre deux huit. Adrià déposa le Storioni dans le coffre-fort, le referma, effaça les traces de son passage furtif et quitta le bureau. Dans sa chambre, Carson et Aigle-Noir regardaient à droite et à gauche, d'un air dégagé, certainement dépassés par les

événements. Et lui avec un étui vide et, pour compliquer
encore les choses, Lola Xica qui, deux fois de suite, vient
demander de la part de maman si tu vas te mettre à étudier, oui ou non ? Et lui, la deuxième fois, il dit j'ai mal
au doigt, j'ai un durillon, tu vois ? Impossible de jouer.

— Voyons ce doigt ! dit maman, entrant par surprise
au moment où je venais d'accrocher les trois images que
j'avais pu acheter le dimanche au marché de Sant Antoni.

— Je ne vois rien, dit la crudele.

— Mais c'est à moi que ça fait mal.

Maman regarda d'un côté et de l'autre, comme si elle
avait du mal à croire que je me fichais d'elle, et elle partit
sans rien dire. Par bonheur, elle n'avait pas ouvert l'étui.
Maintenant, je n'avais plus qu'à attendre l'engueulade
cosmique de papa.

Mea culpa. Il est mort par ma faute. Même s'il est vrai
que, de toute façon, il serait mort, tué par ce Voigt. Le
taxi l'avait laissé seul au kilomètre trois et était retourné à
Barcelone. À cette heure hivernale, le soleil commençait
à faiblir très tôt. Seul sur la route. Piège, embuscade. Tu
ne le voyais donc pas ? Peut-être pensais-tu que c'était
une plaisanterie de mauvais goût, rien de plus. Fèlix
Ardèvol contempla Barcelone à ses pieds, pour la dernière fois. Le bruit d'un moteur. Une voiture descendait
du Tibidabo, les phares allumés. Elle s'arrêta devant lui
et le signor Falegnami en descendit : plus mince, plus
chauve, avec le même nez épais et les yeux brillants. Il
était escorté par deux hommes musclés et le chauffeur,
qui se joignit à eux. Tous avec un air rébarbatif. Falegnami lui demanda le violon, d'un geste sec. Ardèvol
le lui donna et l'autre entra dans la voiture pour ouvrir
l'étui. Il ressortit, le violon à la main :

— Est-ce que tu me prends pour un imbécile ?

— Qu'est-ce qui se passe, maintenant ? – Je m'imagine papa, plus irrité qu'effrayé.

— Où est le Storioni ?

511

— Mais bon Dieu, vous l'avez dans les mains !

Pour toute réponse, Voigt souleva le violon et le fracassa contre un rocher, sur le bord de la route.

— Qu'est-ce que vous faites ! – papa, aux cent coups.

Voigt lui mit le violon éventré devant les yeux. La table était en miettes et on voyait la signature ; Casa Parramon, carrer del Carme. C'est papa qui ne devait rien comprendre.

— C'est impossible ! Je l'ai pris moi-même dans le coffre-fort !

— Eh bien il doit y avoir longtemps qu'on te l'a volé, imbécile !

Je me plais à imaginer que lorsqu'il lui dit alors s'il en est ainsi, mon cher signor Falegnami, je n'ai pas la moindre idée de la personne qui peut détenir ce merveilleux instrument, il esquissa un sourire.

Voigt remua un sourcil et un des hommes donna un coup de poing dans le ventre de papa, qui se plia en deux, la respiration coupée.

— Fais marcher ta mémoire, Ardèvol.

Et comme papa ne pouvait pas savoir qu'à ce moment-là le Vial était entre les mains de Bernat Plensa i Punsoda, l'élève préféré de mademoiselle Trullols au conservatoire municipal de Barcelone, il ne put faire marcher sa mémoire. En désespoir de cause, il dit je vous jure que je ne sais pas.

Voigt sortit de sa poche un petit pistolet féminin, très agréable à porter.

— Je crois qu'on va s'amuser, dit-il. Et, à propos du pistolet : Tu t'en souviens ?

— Et comment. Et vous, vous voilà sans violon.

Un autre coup de poing dans l'estomac, mais ça valait le coup. À nouveau, le corps plié en deux. À nouveau, la respiration coupée, la bouche et les yeux béants. Et ensuite, je ne sais pas. Le crépuscule hâtif de l'hiver avait fait place à la nuit et à l'impunité et là, ils finirent de démolir papa, d'une façon que je n'ose même pas imaginer.

— Ugh.

— Purée. Où vous étiez passés ?

— Même si ton père leur avait apporté le Vial, ils lui auraient fait la peau.

— Aigle-Noir a raison, intervint Carson. C'était déjà un homme mort, si tu me passes l'expression. – Il cracha sèchement. – Et il le savait quand il a quitté la maison.

— Pourquoi est-ce qu'il n'a pas regardé le violon ?

— Il était trop troublé pour se rendre compte qu'il n'emportait pas le Vial.

— Merci, mes amis. Mais je ne crois pas que cela soit une grande consolation.

Voigt tortura mon père, respectant le serment solennel qu'il avait proféré à Damas, devant Morlin, de ne pas toucher à un seul de ses cheveux : il était déjà chauve comme un œuf. Il ne peut pas en avoir été autrement. Tout comme Brünnhilde envoya Siegfried à la mort par inadvertance, en révélant son point faible à ses ennemis, moi, en faisant l'échange des violons, je fis mourir mon père, qui ne m'aimait pas. Pour honorer la mémoire de Siegfried Ardèvol, qu'elle ne put aimer, Brünnhilde jura que ce violon resterait à jamais à la maison. Elle fit ce serment pour honorer sa mémoire, c'est ça. Mais aujourd'hui je dois reconnaître que je fis ce serment, aussi, parce que les doigts me brûlaient rien qu'à l'idée qu'il pourrait s'éloigner de moi. Aribert Voigt. Siegfried. Brünnhilde. Mon Dieu. Confiteor.

35

— Rsrsrsrsrsrsrs.

Adrià était aux cabinets, en train de lire *Le forme del contenuto*, et il entendit parfaitement le rsrsrsrsrsrsrs. Et il pensa c'est le livreur de can Múrria, qui arrive toujours au mauvais moment. Il attendit que le rsrsrsrsrsrsrs se fasse à nouveau entendre et il se dit qu'il devait faire changer la sonnette et installer quelque chose de plus moderne. Peut-être un ding-dong, c'est quand même plus gai.

— Rsrsrsrsrsrsrs.

— J'y vais, j'y vais, grogna-t-il.

Avec le Eco sous le bras, il ouvrit la porte et se trouva nez à nez avec toi, mon amour, debout sur le palier, l'air grave, avec un sac de voyage plutôt petit ; tu me regardais de tes yeux sombres et pendant une longue minute nous restâmes plantés là, elle sur le palier, lui dans l'appartement, la main sur la porte, encaissant la surprise. Et à la fin de cette minute interminable tout ce qu'il trouva à dire fut qu'est-ce que tu veux, Sara. Je n'en reviens pas : tout ce que j'ai trouvé à te dire c'est qu'est-ce que tu veux, Sara.

— Je peux entrer ?

Tu peux entrer dans ma vie, tu peux faire ce que tu veux, Sara chérie.

Mais elle se contenta d'entrer dans l'appartement. Et elle posa sa petite valise par terre. Et nous étions sur le point d'entamer une autre minute de face-à-face, debout dans l'entrée, cette fois. Alors Sara dit je prendrais volontiers un café. Alors je m'aperçus qu'elle tenait une rose jaune à la main.

Goethe l'avait bien dit. Les personnages qui essaient de réaliser à l'âge mûr le désir de leur jeunesse font fausse route. Pour les personnages qui n'ont pas su trouver ou n'ont pas connu le bonheur le moment voulu, il est trop tard, malgré tous leurs efforts. Eduard et Ottilie passèrent dans la salle à manger pour prendre le café. Elle posa la rose sur la table, comme ça, négligemment, élégamment.

— Il est bon ce café.

— Il vient de can Múrria.

— Can Múrria… Ça existe encore ?

— Et comment

— À quoi penses-tu ?

— Je ne veux pas… – À vrai dire, Sara, je ne savais que dire. C'est pourquoi j'allai droit au but : Tu vas rester ?

Le personnage Sara qui arrivait de Paris n'est pas le même personnage qui avait vingt ans à Barcelone, parce que les gens connaissent des métamorphoses. Et les personnages aussi. Goethe me l'avait expliqué, mais Adrià était Eduard et Sara était Ottilie. Leur temps était révolu ; aussi par la faute de leurs parents. L'atractio electiva duplex fonctionne quand elle fonctionne.

— Je pose une condition. Pardonne-moi. – Ottilie, regardant le sol.

— Laquelle ? – Eduard, sur la défensive.

— Que tu rendes ce que ton père a volé. Pardonne-moi.

— Ce qu'il a volé ?

— Oui. Ton père a abusé de beaucoup de gens et leur a extorqué des choses. Avant, pendant et après la guerre.

— Mais je…

— Comment crois-tu qu'il a monté son affaire ?

— J'ai vendu le magasin, dit-il.

— Vraiment ? – Sara, surprise. J'eus même l'impression qu'elle était secrètement déçue.

— Je ne veux pas être un boutiquier et je n'ai jamais approuvé les méthodes de papa.

Silence. Sara but une gorgée de café et le regarda dans les yeux. Elle fouilla dans son regard et Adrià se sentit obligé de répondre :

— Écoute, j'ai vendu le magasin d'antiquités et de brocante. Je ne sais pas ce que mon père avait acquis de façon frauduleuse. La plupart des objets, je peux t'assurer que non. Et j'ai rompu avec toute cette histoire, mentis-je.

Sara demeura en silence pendant deux minutes. Elle pensait, regardait devant elle mais sans tenir compte de la présence d'Adrià ; et j'eus peur qu'elle soit en train d'imaginer des conditions impossibles à remplir, afin de pouvoir se dérober et fuir une deuxième fois. La rose jaune gisait sur la table, attentive à ce que nous disions. Je la regardai dans les yeux, mais elle, ce n'est pas qu'elle esquivait mon regard, mais elle était plongée dans ses réflexions, comme si je n'étais pas là. C'était une nouvelle façon de te comporter, que je ne te connaissais pas, Sara, et que tu as répétée à des moments très particuliers.

— D'accord, dit-elle au bout de mille ans. On peut essayer.

Et elle but une autre gorgée de café. Moi, j'étais tellement nerveux que j'avalai trois tasses de suite, de celles qui augurent une nuit blanche. Alors oui, elle me regarda dans les yeux, ce qui fait si mal, et me dit j'ai l'impression que tu as la trouille.

— Oui.

Adrià la prit par la main et la conduisit au bureau, devant le meuble aux manuscrits.

— Ce meuble est neuf, as-tu remarqué.

— Tu as bonne mémoire.

Adrià ouvrit les deux premiers tiroirs et j'en tirai mes manuscrits, les joyaux qui me faisaient trembler les doigts : mes Descartes, mes Goncourt… et je dis tous ces manuscrits sont à moi, Sara, je les ai achetés avec mon argent, parce que j'aime les collectionner ou les avoir ou les acheter ou je ne sais quoi. Ils sont à moi, achetés, pas extorqués à je ne sais qui.

Je dis cela avec tous ces mots, en sachant que, selon toute probabilité, je mentais. Il y eut aussitôt un silence grave, obscur. Je n'osai pas la regarder. Mais comme le silence durait, je jetai un coup d'œil de son côté. Elle pleurait en silence.

— Qu'est-ce que tu as ?

— Pardonne-moi. Je ne suis pas venue pour te juger.

— D'accord. Mais tu comprends, je veux que les choses soient claires.

Elle se moucha délicatement et je ne sus comment lui dire qu'en fait je ne savais pas d'où Morral les sortait ces manuscrits, ni par quels procédés.

J'ouvris le tiroir du bas, où il y avait les pages de la *Recherche*, celles de Zweig, et le parchemin de la consécration de Sant Pere del Burgal. Alors que j'étais sur le point de lui dire que ces manuscrits avaient appartenu à papa et qu'ils étaient probablement le fruit d'une extor / elle ferma le tiroir et répéta pardonne-moi, je n'ai aucun droit de te juger. Et je me tus, comme un salaud.

Tu t'es assise, un peu remuée, devant le bureau, où il y avait un livre ouvert, *Masse und Macht*, de Canetti, si je me souviens bien.

— Et le Storioni a été acheté légalement. – Je proférai ce nouveau mensonge en montrant la vitrine aux instruments.

Elle me regarda, les larmes aux yeux, désireuse de me croire.

— D'accord, as-tu dit.

— Et je ne suis pas mon père.

517

Tu as souri faiblement et tu m'as dit pardonne-moi, pardonne-moi, pardonne-moi d'être entrée chez toi comme ça.

— Chez nous, si tu veux.

— Je ne sais pas si tu as une… si tu as… je ne sais pas, un lien qui… – Elle inspira profondément. – S'il y a une autre femme. Je ne voudrais pas détruire quelque chose qui…

— Je suis venu te chercher à Paris. Tu ne t'en souviens pas ?

— Si, mais…

— Il n'y a pas d'autre femme.

Je mentais pour la troisième fois, comme saint Pierre.

C'est sur ces bases que nous reprîmes notre relation. Je sais bien que c'était une imprudence de ma part, mais je voulais la retenir coûte que coûte. Alors elle regarda autour d'elle. Ses yeux se dirigèrent vers le mur où il y avait les petits tableaux. Elle s'en approcha. Elle avança la main et, comme moi quand j'étais petit, elle toucha légèrement, avec deux doigts, la miniature d'Abraham Mignon, qui représentait de splendides gardénias jaunes dans un pot de céramique. Et je ne lui dis pas on regarde avec les yeux ; je me mis à sourire, heureux. Elle se retourna, soupira et dit tout est pareil. Exactement comme je m'en suis souvenue chaque jour de la création. Elle se planta devant moi et me regarda, soudain sereine, et dit pourquoi es-tu venu me chercher ?

— Pour rétablir la vérité. Parce que je n'ai pas supporté que tu aies vécu si longtemps en pensant que je t'avais insultée.

— Je…

— Et parce que je t'aime. Et toi, pourquoi es-tu venue ?

— Je ne sais pas. Mais je t'aime, moi aussi. Je suis peut-être venue pour… Non, rien.

— Dis-le. – Je pris ses deux mains pour l'inciter à parler.

— Eh bieeen… pour réparer la faiblesse de mes vingt ans.

— Moi non plus je ne peux pas te juger. C'est arrivé comme c'est arrivé.

— Et aussi…

— Quoi?

— Aussi parce que je n'ai pas pu oublier ton regard, sur le palier de mon appartement.

Elle sourit, plongée dans ses souvenirs.

— Tu sais à quoi tu ressemblais? demanda-t-elle.

— À un vendeur d'encyclopédies.

Elle éclata de rire, ton rire, Sara! Et elle dit oui, oui, oui, c'est exactement ça. Mais elle se reprit aussitôt et dit je suis revenue parce que je t'aime, oui. Si tu veux. Et je cessai de penser que j'avais trop menti ce matin-là. Je ne fus même plus capable de te dire que devant toi, dans le huitième arrondissement, tu gardais la main sur la porte comme si tu étais prête à me la claquer au nez, je fus pris de panique. Ça, je l'ai caché, comme un bon vendeur d'encyclopédies. Au fond de mon cœur je suis allé à Paris, chez toi, au quarante-huit de la rue Laborde, pour t'entendre dire que tu ne voulais plus entendre parler de moi et, de la sorte, clore un chapitre sans me sentir coupable et en ayant une bonne raison de pleurer. Mais Sara, après avoir dit non à Paris, se présenta à Barcelone et dit je prendrais volontiers un café.

*Adrià sur un fauteuil roulant, regardant le bureau depuis
le seuil. Il serrait dans ses mains un chiffon sale, qu'il
n'avait laissé personne lui enlever. Adrià regardant le
bureau. Une longue minute, extrêmement longue pour
tout le monde. Il respira à fond et dit quand vous voudrez ; pour lui cela avait été une minute très brève. La
main de fer de Jònatan saisit le fauteuil avec une impatience mal dissimulée et l'orienta vers la porte. Adrià
fit un geste vers Xevi et dit Xevi. Il fit un geste vers Bernat et dit Bernat, il fit un geste vers Xènia et dit Tecla.
Et quand il dit Lola Xica à Caterina, pour la première
fois de sa vie, Caterina ne le contredit pas.*

— On va bien s'occuper de vous, ne vous en faites
pas, dit un des survivants.

Le groupe descendit en silence, en regardant du coin
de l'œil l'ascenseur par où descendaient Adrià, le fauteuil roulant et Jònatan. En bas, Bernat eut l'impression qu'en sortant de l'ascenseur et en les revoyant
tous, Adrià ne les reconnut pas. Ce fut comme une bouffée de panique.

L'alerte s'était déclarée en l'espace de dix jours. C'est
Caterina qui l'avait déclenchée quand Adrià s'était
perdu dans l'appartement. Aux littératures slaves, il
regardait tout autour de lui, terrorisé.

— Où voulez-vous aller ?
— Je ne sais pas. Où suis-je ?

— À la maison.

— La maison de qui ?

— La vôtre. Vous savez qui je suis ?

— Oui.

— Qui je suis ?

— L'autre, là. – Une longue pause. Inquiet. – N'est-ce pas ? Ou un complément direct ! Ou le sujet ! Le sujet, c'est ça ?

Cette même semaine, il avait farfouillé dans le frigidaire, de plus en plus inquiet et grognon, et Jònatan, l'infirmier qui faisait les gardes de nuit, lui avait demandé ce qu'il cherchait à cette heure.

— Mes chaussettes. Qu'est-ce que vous voulez que je cherche ?

Jònatan l'avait dit à Plàcida, qui en avait informé Caterina. Et Plàcida ajouta qu'Adrià lui avait demandé de faire bouillir un livre. Il est complètement barjot, hein ?

Et maintenant, devant les littératures slaves, Caterina qui lui dit vous savez qui je suis, Adrià ? Et lui : un complément direct. Si bien qu'elle appela le docteur Dalmau et Bernat, inquiète. Et le docteur Dalmau, inquiet, appela la résidence du docteur Valls et lui dit je crois que le moment est venu. Ce furent des jours remplis d'examens exhaustifs, d'analyses et de tests et de résultats examinés avec crainte. Et de silences. Maintenant, c'est le complément direct ! Et à la fin le docteur Dalmau convoqua Bernat et les cousins de Vic. Bernat proposa sa maison et prit soin que l'eau de Tasmanie ne manque pas dans les verres. Le docteur Dalmau leur expliqua la conduite à suivre.

— Mais c'est un homme… – Xevi, indigné contre le destin, se révoltait encore. – C'est un homme qui parle sept ou huit langues !

— Treize, précisa Bernat.

— Treize ? Il suffit que je tourne le dos pour qu'il en apprenne une de plus. – Ses yeux s'illuminèrent. – Vous voyez, docteur? Treize langues! Moi je suis un paysan, je suis plus âgé et je n'en connais qu'une et demie. Ce n'est pas injuste, ça? Hein?

— Catalan, français, castillan, allemand, italien, anglais, russe, araméen, latin, grec, néerlandais, roumain et hébreu, énuméra Bernat. Et il pouvait en lire très correctement six ou sept autres.

— Vous voyez, docteur? – Argument médical indiscutable de Xevi Ardèvol, qui ouvrait désespérément un autre front de défense.

— Votre cousin est un homme hors du commun, le coupa le médecin, poliment. Je le sais parce que je l'ai suivi de près. Et m'honore d'être son ami. Mais maintenant c'est fini. Son cerveau est en train de se dessécher.

— C'est terrible, terrible...

Après s'être révoltés en vain pendant encore quelques minutes, ils décidèrent que ce qu'ils pouvaient faire de mieux c'était d'organiser la vie d'Adrià et d'accepter les dispositions que lui-même avait prises quand il avait encore les idées claires. Bernat pensa, quelle tristesse, devoir disposer de ses affaires pour le moment où on ne sera plus là ; devoir dire et écrire je donne l'appartement de Barcelone à mes cousins Xavier, Francesc et Rosa Ardèvol, à parts égales. En ce qui concerne ma bibliothèque, je veux, lorsqu'elle ne me sera plus utile, que ce soit Bernat qui décide de la garder ou d'en faire don, selon leurs centres d'intérêt respectifs, aux universités de Tübingen et de Barcelone. À lui de décider car c'est lui, il y a très longtemps, qui m'a aidé à la monter, lorsque nous avons participé à la création du monde.

— Je ne comprends rien. – Xevi, perplexe, le jour où ils se réunirent chez le notaire.

— C'est une plaisanterie d'Adrià. Je crains d'être le seul à la comprendre, précisa Bernat.

— Et je veux que madame Caterina Fargues reçoive l'équivalent de deux ans de son salaire. En outre, Bernat

Plensa a l'autorisation de prendre ce qu'il jugera opportun et qui ne figure pas dans ce testament qui, plus qu'un testament, ressemble plutôt à un livret d'instructions. Et qu'il décide et dispose de tout le reste même si ce sont des choses de valeur, comme ma collection de monnaies ou ma collection de manuscrits, à moins qu'il considère qu'il faut en faire don aux universités mentionnées ci-dessus. Je vous recommande de prendre, à ce sujet, l'avis du professeur Johannes Kamenek, de Tübingen. En ce qui concerne l'autoportrait de Sara Voltes-Epstein, qu'il soit remis à son frère, Max Voltes-Epstein. Quant au tableau de Modest Urgell qui se trouve dans la salle à manger et qui représente le monastère de Santa Maria de Gerri, je veux qu'il soit donné au frère Julià, du monastère voisin de Sant Pere del Burgal, qui est responsable de tout.

— Pardon ? – Xevi, Rosa et Quico, les trois en même temps.

Bernat ouvrit la bouche et la referma. Le notaire relut pour lui-même et dit oui, oui, il dit frère Julià, de Sant Pere del Burgal.

— Qui c'est, ce gars-là ? dit Quico, de Tona, méfiant.

— Et qu'est-ce que ça veut dire qu'il est coupable ? Coupable de quoi ?

— Non, non, il dit responsable.

— Responsable de quoi ?

— De tout, dit le notaire après avoir consulté le papier.

— On va chercher, dit Bernat. Et il fit signe au notaire de continuer.

— Et si on ne le trouve pas ou s'il refuse, je demande qu'on en fasse présent à madame Laura Baylina, d'Uppsala. Au cas où elle ne l'accepterait pas, je laisse à monsieur Bernat Plensa le soin de trouver la meilleure solution. Et ce même Bernat Plensa doit remettre à l'éditeur, ainsi que nous en sommes convenus, le livre que je lui ai confié.

— Un nouveau livre ? – Xevi.

— Oui. Ne vous inquiétez pas. Je m'en occupe.

— À votre avis, il était vraiment sain d'esprit, quand il a écrit ça ?

— Nous devons supposer que c'est le cas, dit le notaire. De toute façon, nous ne pouvons pas lui demander de précisions.

— C'est qui, madame Dupsala ? demanda Rosa. Elle existe ?

— Ne vous en faites pas, je la trouverai. Elle existe.

— Et pour finir, une petite réflexion destinée à vous tous et à ceux qui auront voulu se joindre à vous. On me dit que ni les livres ni la musique ne me manqueront, ce que j'ai du mal à croire. On me dit que je ne vous reconnaîtrai pas : ne soyez pas trop cruels avec moi. On me dit que cet état ne me fera pas souffrir. Par conséquent, vous n'avez pas à en souffrir vous non plus. Et soyez indulgents avec ma dégradation, qui sera progressive mais constante.

— Très bien, dit le notaire, après avoir lu ce qu'Adrià avait intitulé "Instructions pratiques pour la dernière étape de ma vie".

— Il reste un petit bout, risqua Rosa en montrant le papier.

— Oui, excusez-moi, c'est un ajout, une apostille.

— Et qu'est-ce que ça dit ?

— Ça dit pour ce qui est des instructions spirituelles, je les réunis à part.

— Où ça ?

— Dans le livre qu'il a écrit, intervint Bernat. Je m'en charge, ne vous en faites pas.

Bernat ouvrit la porte en tâchant de ne pas faire de bruit. Comme un voleur. Il palpa le mur, cherchant l'interrupteur. Il appuya, mais la lumière ne s'allumait pas.

Merde. Il sortit une lampe de poche de sa serviette et il eut davantage encore l'impression d'être un voleur. Dans l'entrée, il y avait la boîte à fusibles, si c'était encore comme ça qu'on disait. Il enclencha le disjoncteur et la lumière de l'entrée s'alluma, ainsi qu'une lumière au fond de l'appartement, peut-être celle du couloir de la prose en langues germaniques et orientales. Pendant quelques secondes, il resta immobile, contemplant le silence de l'appartement. Il alla vers la cuisine. Le frigidaire débranché et la porte ouverte, et sans chaussette à l'intérieur. Et le congélateur, également vide. Il parcourut la prose en langues slaves et nordiques, guidé par la lumière allumée. La lumière allumée était celle des beaux-arts et des encyclopédies, l'atelier de Sara, qui auparavant avait été la chambre de Lola Xica. Le chevalet était toujours là, comme si Adrià n'avait jamais cessé de croire qu'un jour Sara reviendrait et se mettrait à dessiner et se salirait à nouveau le bout des doigts avec le fusain. Et des tas d'énormes cartons à dessin remplis d'esquisses. Encadrés et disposés sur une sorte d'autel, In Arcadia Hadriani *et* Sant Pere del Burgal : un rêve, *les deux paysages que Sara avait offerts à Adrià et que, faute d'instructions précises, Bernat avait décidé de faire parvenir à Max Voltes-Epstein. Il laissa la lumière allumée. Tout était en ordre. Ensuite il entra dans les essais littéraires et alluma la lumière : la salle à manger était comme toujours. Le soleil, au monastère de Santa Maria de Gerri, continuait à arriver du côté de Trespui. Il sortit l'appareil photo de la poche de son manteau. Il dut pousser deux chaises et il se plaça devant la peinture de Modest Urgell. Il fit quelques photos au flash et quelques autres sans flash. Il sortit des essais littéraires et entra dans le bureau. Tout était comme on l'avait laissé. Il s'assit sur une chaise et se mit à penser aux nombreuses fois où il avait été là, toujours en présence d'Adrià, parlant surtout de musique* et de littérature mais aussi de politique, et de la vie. Et, quand ils étaient adolescents ou enfants, rêvant de mystères clandestins. Il alluma la lampe à pied près du fauteuil de lecture. Il alluma aussi la lampe près du canapé ainsi que le lustre. Là où pendant des années il y avait eu l'autoportrait de Sara, il y avait un vide qui lui donna une sorte de nausée. Il enleva son manteau, se frotta le visage avec la paume de ses mains, comme le faisait Adrià, et dit allons-y. Il passa derrière le bureau et s'accroupit. Il essaya le six un cinq quatre deux huit. Ça ne s'ouvrait pas. Il essaya le sept deux huit zéro six cinq et le coffre s'ouvrit silencieusement. À l'intérieur, rien. Si, des enveloppes. Il les prit et les posa sur le bureau pour les examiner plus à son aise. Il en ouvrit une. Il regarda les feuilles une à une : une liste de personnages. Il y figurait : Bernat Plensa, Sara Voltes-Epstein, Moi, Lola Xica, Tante Leo... Les personnes enfin, les personnages... étaient accompagnés de leur date de naissance et, pour certains, de mort. Encore des papiers : une sorte de schéma tout raturé, comme s'il l'avait rejeté. Une autre liste avec d'autres personnages. Et rien de plus. Si c'était tout, Adrià avait écrit au fil de la plume, en passant d'un endroit à un autre guidé par la mémoire qui lui restait. Il remit le tout dans l'enveloppe et la rangea dans sa serviette. Il baissa la tête et lutta contre l'envie de pleurer. Il respira plusieurs fois à fond pour se calmer. Il ouvrit l'autre enveloppe. Quelques photos : une de Sara en train de se prendre en photo dans une glace. Qu'elle était belle. Même maintenant, il ne voulait pas reconnaître qu'il avait toujours été un peu amoureux d'elle. L'autre photo représentait Adrià en train de travailler, à l'endroit même où lui était assis. Adrià, mon ami. Et encore quelques photos. La photo d'une feuille avec des esquisses du visage d'un tout petit enfant. Et aussi plusieurs photos du Vial, à l'endroit et à l'envers. Il remit les photos dans l'enveloppe et mit le tout dans sa *serviette, cette fois avec une grimace amère, à la pensée du Vial perdu. Il regarda dans le coffre. Rien d'autre ; il ferma la porte sans la verrouiller. Il fit un dernier tour du côté d'histoire géographie. Sur la table de nuit, Carson et Aigle-Noir montaient fidèlement la garde, pour personne. Il les prit, avec leurs chevaux, et les rangea dans sa serviette. Il retourna au bureau et s'assit dans le fauteuil où Adrià avait l'habitude de s'installer pour lire. Pendant près d'une heure, il regarda dans le vide, ressassant les souvenirs et la nostalgie de tout et permettant qu'une larme, de temps en temps, roule le long de sa joue.*

Au bout d'un très long moment, Bernat Plensa i Punsoda sortit de sa torpeur, regarda autour de lui et ne put, cette fois, réprimer des pleurs qui venaient du plus profond de lui. Il se couvrit le visage de ses mains. Lorsqu'il se sentit plus serein, il se leva du fauteuil de lecture ; encore un regard pour inspecter le bureau, tout en mettant son manteau. Adéu, ciao, à bientôt, adiós, tchüss, vale, dag, bye, αντίο, Пока, la revedere, vizlát, heas aega, lehitraot, tchau, maas as-salama, puix beixlama, mon ami.

36

Tu es entrée dans ma vie avec douceur, comme la première fois, et je n'ai plus pensé à Eduard ni à Ottilie,
ni à leurs mensonges, mais à ta présence silencieuse
et réconfortante. Adrià lui dit prends possession de la
maison ; prends possession de moi. Et il lui fit choisir
entre deux pièces pour installer son atelier de dessin, ses
livres, ses vêtements et ta vie, si tu veux, Sara chérie ;
mais je ne savais pas que pour contenir toute la vie de
Sara il fallait bien plus d'armoires que celles qu'Adrià
pouvait lui offrir.

— Ça ira très bien. C'est plus grand que mon atelier
de Paris, as-tu dit en regardant depuis la porte la chambre
de Lola Xica.

— C'est lumineux, et très silencieux. Comme ça
donne à l'intérieur…

— Merci, dit-elle en se retournant vers moi.

— Tu n'as pas à me remercier. C'est moi qui te remercie.

Alors elle s'écarta vivement de moi et entra dans la
chambre. Dans le coin, près de la fenêtre, était accroché
le petit tableau aux gardénias jaunes, de Mignon, lui sou-
haitant la bienvenue.

— Mais comment…

— Il te plaît, n'est-ce pas ?

— Comment savais-tu ?

— Mais il te plaît ou non ?

— C'est l'objet qui me plaît le plus dans cette maison.

— Eh bien à partir de maintenant il est à toi.

Sa façon de dire merci fut de rester plantée devant les gardénias pendant un long moment.

Et son second geste, pour moi presque liturgique, fut d'ajouter le nom de Sara Voltes-Epstein sur la boîte aux lettres, et après dix ans pendant lesquels j'avais vécu seul, quand je lisais ou que j'écrivais, j'entendais à nouveau des pas, ou la petite cuillère tintant sur le verre, ou une musique chaude qui venait de ton atelier, et je me dis que nous pouvions être heureux. Mais Adrià ne pensa pas à fermer l'autre front ; quand on laisse un dossier mal fermé, on peut s'attendre à de grosses déconvenues. Je le savais bien, mais l'enthousiasme était plus fort que la prudence.

Ce qui fut le plus dur pour Adrià, dans cette nouvelle situation, ce fut d'accepter ces sortes de parcelles privées que Sara imposa dans leurs vies. Il s'en aperçut quand elle manifesta de l'étonnement parce qu'Adrià l'avait invitée à faire la connaissance de la tante Leo et des cousins de Tona.

— Il vaut mieux ne pas mêler la famille à ça, avait-elle répondu.

— Pourquoi ?

— Je ne veux pas d'ennuis.

— Je veux te présenter ma tante Leo et mes cousins, s'ils sont là. Je ne veux te causer aucun ennui.

— Je ne veux pas de problèmes.

— Tu n'en auras pas. Pourquoi en aurais-tu ?

Lorsque ses bagages arrivèrent, avec les planches de dessins et les travaux inachevés, et les chevalets et les fusains et les crayons de couleur, elle inaugura officiellement son atelier en m'offrant un dessin au crayon des gardénias de Mignon, que j'accrochai au mur et qui est encore là, à l'endroit où était l'original. Et tu t'es mise à travailler parce que tu étais en retard pour les illustrations de livres pour enfants que t'avaient commandées des maisons d'édition françaises. Jours de silence et de calme, toi dessinant, moi lisant ou écrivant. Nous rencontrant dans un couloir, nous rendant visite de temps en temps, prenant le café à la cuisine au milieu de la matinée, nous regardant dans les yeux et ne nous disant rien pour ne pas entamer ce bonheur retrouvé de façon inespérée.

Ça lui coûta un mal de chien, mais quand Sara eut fini le travail le plus urgent, ils finirent par aller à Tona, dans une Seat 600 de troisième main qu'Adrià avait achetée quand il avait enfin obtenu son permis, après avoir échoué six fois aux épreuves pratiques. À La Garriga, ils durent changer une roue ; à Aiguafreda, Sara le fit stopper devant un magasin de fleurs, y entra et en ressortit avec un petit bouquet, ravissant, qu'elle posa sur le siège arrière sans faire le moindre commentaire. Et à la montée de Sant Antoni, à Centelles, l'eau du radiateur se mit à bouillir ; mais à part ça, tout se passa pour le mieux.

— C'est le plus beau village du monde, lui dit Adrià avec enthousiasme au moment où la Seat 600 arrivait aux Quatre Carreteres.

— Le plus beau village du monde est assez moche, lui répondit Sara quand ils s'arrêtèrent dans le carrer de Sant Andreu et qu'Adrià serra le frein à main avec trop d'énergie.

— Il faut que tu le regardes avec mes yeux. Et in Arcadia ego.

Ils descendirent de la voiture et il lui dit regarde le château, ma chérie. De ce côté, en haut. Il est beau, non ?

— Eh bien… Je ne sais que dire…

Il remarqua qu'elle était nerveuse, mais il ne savait que faire pour…

Il faut que tu le regardes avec mes yeux. Tu vois là, cette maison tellement laide, et l'autre, avec les géraniums ?

— Oui…

— Là, il y avait can Casic.

Et il dit ça comme s'il voyait la ferme, comme s'il avait, à portée de la main, Josep avec son mégot aux lèvres, bossu, en train d'aiguiser des couteaux sur l'aire, à côté de la meule de paille, mordue comme le cœur d'une pomme.

— Tu vois ? dit Adrià. Et il montra l'écurie de la mule, qui s'appelait toujours Estrella et qui portait des petites chaussures à talons qui claquaient contre la pierre couverte de fumier quand elle bougeait pour chasser les mouches, et il entendit même Viola aboyer, furieuse, tirant sur sa chaîne parce que le chat blanc sans nom passait en silence près d'elle, trop près d'elle, exhibant sa liberté avec trop d'aplomb.

— Caguendié, allez jouer ailleurs, les minots. Caguendienne…

Et ils couraient tous se cacher derrière le rocher blanc, et la vie était une aventure excitante, différente du doigté des arpèges en mi bémol majeur ; avec l'odeur du fumier et le bruit des sabots de Maria, de can Casic, quand elle s'approchait de la fosse à purin, et la compagnie de faucheurs, noirs de soleil, à la fin du mois de juillet, la faucille et le volant à la main. Et la chienne de can Casic, qui elle aussi s'appelait toujours Viola et qui enviait les gamins parce qu'ils n'étaient pas attachés à une corde qui mesurait tout juste deux toises.

— Caguendienne est un euphémisme de caguendié qui est un euphémisme de je me cague en Dieu.

— Eh, voyez l'Adrià, il dit caguendieu !

— Oui, mais on ne comprend jamais ce qu'il dit, marmonna Xevi alors qu'ils glissaient sur le toboggan du talus jusqu'à la rue pleine d'ornières de charrettes et du crottin de Bastús, le mulet du boueux.

— Tu dis des choses qu'on ne comprend pas, lui reprocha Xevi, une fois en bas.

— Pardon, c'est que je pense à voix haute.

— Oh, moi, tu sais…

Et ils ne secouaient pas leurs pantalons remplis de terre parce qu'à Tona tout était permis, loin des parents, et il ne t'arrivait rien si tu t'écorchais les genoux.

— Can Casic, Sara… résuma-t-il, debout, dans la rue où pissait Bastús, avant, et qui maintenant était goudronnée ; et il ne lui vint pas à l'idée que Bastús n'était plus un mulet mais un Iveco diesel avec une benne, un amour de camion qui ne mâche pas le moindre brin de paille, tout propre et sans odeur de crottin.

Et alors, les fleurs à la main, tu t'es mise sur la pointe des pieds et tu m'as embrassé de façon inattendue, et j'ai pensé et in Arcadia ego, et in Arcadia ego, et in Arcadia ego, dévotement, comme si c'était une litanie. Et n'aie plus peur, Sara, ici tu es sauvée, à mes côtés. Tu n'as qu'à dessiner et moi pendant ce temps je t'aimerai et tous les deux ensemble nous apprendrons à construire notre Arcadie. Avant de frapper à la porte de can Ges tu m'as passé le bouquet de fleurs.

Au retour, Adrià convainquit Sara qu'elle devait passer son permis ; elle aurait sûrement meilleure allure que lui avec le A au derrière.

— D'accord. – Après un kilomètre de silence : Tu sais qu'elle m'a plu, la tante Leo ? Elle a quel âge ?

Laus Deo. Il avait bien remarqué qu'au bout d'une heure, à can Ges, Sara avait baissé la garde et qu'elle souriait en dedans.

— Je ne sais pas. Plus de quatre-vingts ans.

— Elle est super. Et je ne sais pas d'où elle tire son énergie. Elle n'arrête jamais.

— Elle a toujours été comme ça. Mais elle oblige tout le monde à marcher droit.

— À la fin elle m'a forcée à prendre le pot d'olives, que je le veuille ou non.

— Ça, c'est la tante Leo. – Et, emporté par son élan : Et pourquoi on ne va pas chez toi, un de ces jours ?

— Pas question. – Un ton sec, sans appel.

— Pourquoi, Sara ?

— Ils ne t'acceptent pas.

— La tante Leo t'a bien acceptée.

— Ta mère, si elle était vivante, ne m'aurait même pas laissé mettre les pieds chez toi.

— Chez nous.

— Chez nous. La tante Leo, d'accord. Je finirai même par l'aimer. Mais elle ne compte pas. Celle qui compte, c'est ta mère.

— Elle est morte. Ça fait dix ans qu'elle est morte !

Silence jusqu'au Figueró. Brisant le silence, Adrià tira un peu sur la corde et dit Sara.

— Quoi.

— Qu'est-ce qu'on t'a raconté sur moi ?

Silence. Le train, sur l'autre rive du Congost, montait vers Ripoll. Et nous, nous étions sur le point de nous abîmer dans une conversation.

— Quoi ?

— Chez toi. Pour te faire fuir.

— Rien.

— Et qu'est-ce que je suis censé t'avoir écrit, dans cette fameuse lettre ?

Devant, un camion Danone qui avançait très lentement. Et Adrià qui devait encore y réfléchir à deux fois avant de se risquer à doubler. Le camion ou la conversation. Il renonça à doubler et insista : Alors, Sara ? Qu'est-ce qu'on t'a raconté sur moi ?

— Ne me le demande plus.

— Pourquoi ?

— Plus jamais.

Maintenant il y avait une ligne droite. Il mit le clignotant mais il n'osait pas doubler.

— J'ai le droit de savoir ce que…

— Et moi j'ai le droit de tourner la page.

— Je peux demander à ta mère ?

— Il vaut mieux que tu ne la voies jamais.

— Punaise.

Dépasse qui pourra. Adrià se sentait incapable de doubler un camion lent chargé de yoghourts, surtout parce que ses yeux se brouillaient et qu'il ne pouvait pas leur donner un coup d'essuie-glace.

— Je suis désolé, mais c'est mieux comme ça. Pour tous les deux.

— Je n'insisterai pas. Il me semble que je n'insisterai pas... Mais j'aimerais beaucoup pouvoir saluer tes parents. Et ton frère.

— Ma mère est comme la tienne. Je ne veux pas la forcer. Elle a trop de cicatrices.

Et voilà : le camion de yoghourts, à la hauteur du Molí de Blancafort, prit la bifurcation vers La Garriga, et Adrià se sentit satisfait, comme s'il l'avait dépassé tout seul. Sara poursuivit :

— Toi et moi, nous devons vivre notre vie. Si tu veux que nous restions ensemble, tu ne peux pas ouvrir cette boîte. Comme si c'était la boîte de Pandore.

— On se croirait dans le conte de Barbe-Bleue. Avec des jardins remplis de fruits mais avec une pièce fermée à clef et interdiction d'y entrer.

— Quelque chose comme ça, oui. Comme la pomme de l'arbre défendu. Tu te sens de prendre ce risque ?

— Oui, Sara, mentis-je pour la je ne sais combientième fois. Le plus important, c'était que tu ne t'enfuies pas à nouveau.

Dans le bureau du département, il y avait quatre tables pour trois professeurs. Adrià n'avait pas de table parce qu'il y avait renoncé dès le premier jour : il lui semblait impossible de travailler ailleurs que chez lui. Il avait seulement un endroit pour poser son cartable et un petit placard. Et si, il avait besoin d'une table et il reconnaissait qu'il avait parlé trop vite lorsqu'il y avait renoncé. C'est pourquoi, lorsque Llopis n'était pas à la faculté, il lui prenait la sienne.

Il entra, prêt à tout. Mais Llopis était là, en train de corriger des épreuves ou Dieu sait quoi. Et Laura leva les yeux depuis son siège. Adrià resta planté comme un piquet. Personne ne dit rien. Llopis leva prudemment les yeux, les regarda l'un et l'autre, dit qu'il allait prendre un café et disparut prudemment du champ de bataille. Je m'assis sur la chaise de Llopis, face à Laura et à sa machine à écrire.

— Il faut que je t'explique quelque chose.

— Toi, tu donnes des explications ?

Le ton sarcastique de Laura n'augurait pas une conversation facile.

— Tu veux qu'on en parle ?

— Écoute… Ça fait plusieurs mois que tu ne réponds plus au téléphone, que tu évites de te retrouver ici avec moi, que si je te coince, tu me dis maintenant je ne peux pas, je ne peux pas maintenant…

Silence des deux.

— Et en plus il faudrait que je te dise que c'est vraiment gentil d'être venu aujourd'hui, ajouta-t-elle sur le même ton blessé.

Regards en biais, mal à l'aise. Alors Laura écarta l'Olivetti, comme si elle gênait, là au milieu, et elle dit, comme on se jette à l'eau :

— Il y a une autre fille, c'est ça ?

— Non.

Voyons : s'il y a quelque chose en moi que je n'ai jamais réussi à comprendre, c'est cette incapacité à prendre le taureau par les cornes. Au mieux, je l'attrape par la queue et je reçois une ruade mortelle. Je n'apprendrai jamais ; et je lui dis, non, non, bon Dieu non, il n'y a pas d'autre fille, Laura… C'est moi qui, enfin, c'est moi qui préfère…

— Pitoyable.

— Ne m'insulte pas, dit Adrià.

— Pitoyable n'est pas une insulte. – Elle se leva assez brusquement : Dis les choses clairement, merde. Dis-le, que tu ne m'aimes pas !

— Je ne t'aime pas, dit Adrià au moment où Parera ouvrait la porte et où Laura éclatait en sanglots. Quand elle dit tu es un fils de pute, tu es un fils de pute, tu es un fils de pute, Parera s'était éclipsée et les avait laissés à nouveau seuls.

— Tu me jettes comme un Kleenex.

— Oui. Excuse-moi.

— Va te faire foutre.

Adrià sortit du bureau. Appuyée à la balustrade du cloître, Parera attendait en fumant la cigarette de la paix, prenant peut-être parti sans connaître les détails. Il passa devant elle sans lui dire merci ni rien d'autre.

À la maison, Sara le regarda d'un air étonné, comme si la discussion et la contrariété étaient restées collées sur son visage ou ses vêtements, mais tu n'as rien dit ; je suis sûr que tu avais tout compris, mais tu as eu la sagesse de ne pas mettre ça sur la table et quand tu as dit il faut que je te dise quelque chose, Adrià voyait déjà venir une nouvelle tempête ; mais au lieu de lui faire comprendre que tu savais tout, tu as dit il me semble qu'on devrait changer de boulangerie, ce pain ressemble à du chewing-gum. Qu'est-ce que tu en penses ?

Jusqu'au jour où Sara reçut un coup de téléphone et parla à voix basse dans le combiné de la salle à manger et quand je risquai un œil je vis qu'elle pleurait en silence, la main toujours posée sur l'appareil.

— Qu'est-ce qui se passe ? – Pas de réponse. – Sara ?

Elle le regarda, absente. Elle écarta la main du téléphone, comme s'il brûlait.

— Maman est morte.

Mon Dieu. Je ne sais pas pourquoi, mais je me souvins du jour où papa dit nous commençons à avoir trop de trésors dans cette maison et moi j'avais compris nous commençons à avoir trop de morts dans cette maison. Maintenant j'étais un adulte, mais j'avais du mal à accepter que la vie se fait à coup de morts.

— Je ne savais pas que…

Elle me regarda à travers ses larmes.

— Elle n'était pas malade. Ça s'est produit tout à coup. *Ma pauvre maman**…

Ça m'a mis en colère. Je ne sais pas comment le dire, Sara, mais ça m'a mis en colère que les gens meurent autour de moi. Ça m'a mis en colère même si, avec le temps, les choses ne se sont guère améliorées. C'est sûrement que je n'arrive pas à accepter la vie. C'est pour cela que je me suis révolté de façon inutile et dangereuse et que je t'ai été infidèle. Comme un voleur, comme le Seigneur, je suis entré dans le temple. Je me suis assis sur un banc discret au fond de la synagogue. Et j'ai revu ton père, que je n'avais pas vu depuis le jour de cette terrible conversation, quand tu avais disparu sans laisser de trace et que je ne pouvais me raccrocher qu'au désespoir. Adrià put aussi contempler à loisir la nuque de Max, qui dépassait sa sœur d'une tête ; à peu près la taille de Bernat. Et Sara, serrée entre les deux hommes et d'autres parents qu'on ne me présentera jamais parce que tu ne veux pas, parce que je suis le fils de mon père et que le sang de ses péchés coulera sur ses enfants et les enfants de ses enfants jusqu'à la septième génération. Je voudrais avoir un enfant de toi, Sara, ai-je pensé. Mais je n'osai pas encore te le dire. Quand tu m'as dit il vaut mieux que tu ne viennes pas à l'enterrement, alors Adrià saisit l'ampleur de l'aversion que le souvenir de monsieur Fèlix Ardèvol causait aux Epstein.

Entre-temps, la distance avec Laura se creusait, même si j'ai souvent pensé pauvre Laura, tout est de ma faute. Et je me sentis plus tranquille quand, au milieu du cloître, elle me dit je vais à Uppsala terminer ma thèse. Et j'y resterai peut-être pour toujours.

Plaf. Son regard bleu posé sur moi comme une accusation.

— Je te souhaite toute la chance du monde : tu la mérites.

— Fumier.

— Vraiment, Laura. Bonne chance.

Et pendant plus d'un an, ni je ne l'ai vue ni je n'ai pensé à elle, parce qu'au milieu s'était glissée la peine causée par la mort de madame Voltes-Epstein. Tu ne sais pas comme je souffre de devoir appeler ta mère madame Voltes-Epstein. Et un jour, quelques mois après les funérailles, je retrouvai monsieur Voltes-Epstein dans un café proche de l'université. C'est quelque chose que je ne t'avais jamais raconté, ma bien-aimée. Je n'ai pas osé te le dire. Pourquoi l'ai-je fait ? Parce que je ne suis pas mon père. Parce que je suis coupable de beaucoup de choses. Mais, bien que j'en aie parfois l'impression, je ne suis en aucune façon coupable d'être le fils de mon père.

Il n'y eut pas de poignée de mains. L'un et l'autre firent une sorte de salut de la tête. Tous deux s'assirent en silence. Ils faisaient tout pour ne pas se regarder dans les yeux.

— Je suis désolé de la mort de votre épouse.

Monsieur Voltes-Epstein fit un geste d'assentiment, pour le remercier de cette phrase.

Ils demandèrent deux thés et attendirent que la serveuse s'éloigne pour pouvoir continuer à demeurer silencieux.

— Que veux-tu ? demanda monsieur Voltes au bout d'un long moment.

— Être accepté, je suppose. Je voudrais être là le jour de l'oncle Haïm.

Un éclair de surprise passa dans le regard de monsieur Voltes. Adrià ne pouvait s'enlever de la tête le jour où elle lui avait dit je vais à Cadaqués.

— Je t'accompagne.

— Impossible.

Déception. Une fois de plus, la barrière dressée entre eux.

— Mais demain ce n'est pas Yom Kippour, ni Hanoukkah, ni la bar-mitsvah de quelqu'un.

— C'est l'anniversaire de la mort de l'oncle Haïm.

— Ah.

Les Voltes-Epstein faisaient tout juste shabbat à la synagogue du carrer de l'Avenir, mais ils n'étaient pas vraiment pratiquants. Et s'ils célébraient Rosh ha-Shanah ou les Souccot, c'était pour se dire nous sommes des juifs en terre des goyim. Et nous ne cesserons jamais de l'être. Mais pas par… Mon père n'est pas juif, me dit Sara un jour. Mais c'est comme s'il l'était ; il s'est exilé en trente-neuf. Et il ne croit en rien ; il dit toujours qu'il se contente de ne pas faire le mal.

Maintenant monsieur Voltes-Epstein était assis devant Adrià, remuant le sucre avec sa petite cuiller. Il regarda Adrià dans les yeux et celui-ci se sentit obligé de réagir et je dis monsieur Voltes, j'aime vraiment votre fille. Et il cessa de remuer le sucre et posa doucement la petite cuiller dans la soucoupe.

— Sara ne t'en a jamais parlé ?

— De l'oncle ?

— Oui.

— Un petit peu.

— Quel petit peu ?

— Eh bien, que…

— Qu'un nazi l'a fait sortir de la chambre à gaz pour qu'il l'examine. L'oncle Haïm s'est suicidé en mille neuf cent cinquante-trois et nous nous sommes toujours demandé pourquoi, lui qui avait résisté à tout, pourquoi, alors qu'il était sauvé et qu'il était à nouveau avec sa famille… avec ceux de sa famille qui avaient survécu… et pour commémorer ce pourquoi, nous voulons être seuls. – Et Adrià, avec l'arrogance que confère le fait d'avoir reçu une confidence inattendue, répondit que l'oncle Haïm s'était peut-être suicidé parce qu'il ne pouvait pas supporter d'avoir survécu ; parce qu'il se sentait coupable de ne pas être mort.

— Voyez-moi ce savant. C'est lui qui te l'a dit, peut-être ? Tu le connaissais ?

Pourquoi es-tu incapable de te taire, putain de merde ?

— Excusez-moi. Je ne voulais pas vous offenser.

Monsieur Voltes prit la petite cuiller et recommença à remuer le thé, certainement pour s'aider à réfléchir. Alors qu'Adrià pensait que la conversation était finie, monsieur Voltes reprit, sur un ton monocorde, comme s'il récitait une prière, comme si ce qu'il disait faisait partie de la cérémonie de commémoration de la mort de l'oncle :

— L'oncle Haïm était un homme cultivé, un médecin de renom qui, au retour d'Auschwitz, à la fin de la guerre, n'a pas voulu nous regarder dans les yeux. Et il est venu chez nous, parce que nous étions sa seule famille. Il était célibataire. Son frère, le grand-père de Sara, était mort en mille neuf cent quarante-trois dans un train de marchandises. Un train formé par les Français de Vichy pour aider à la purification ethnique du monde. Son frère. Et sa belle-sœur n'avait pas survécu à la honte et elle était morte dans la prison de Drancy avant le début du voyage. Et lui, longtemps après, il revenait à Paris, auprès de sa nièce, le seul parent qui lui restait. Il ne voulut jamais reprendre l'exercice de la médecine. Et quand nous nous sommes mariés, nous l'avons obligé à venir vivre avec nous. Quand Sara avait trois ans, l'oncle Haïm a dit à Rachel qu'il descendait boire un pastis à l'Auberge, il prit Sara dans ses bras et l'embrassa, embrassa Max, qui arrivait du jardin d'enfants, mit sa casquette et sortit de la maison en sifflant l'andante de la septième de Beethoven. Par la suite, nous apprîmes qu'une demi-heure plus tard il s'était jeté dans la Seine du haut du Pont-Neuf.

— Je suis désolé, monsieur Voltes-Epstein.

— Et nous commémorons sa mort. Nous commémorons tous nos morts de la Shoah. Et nous le faisons ce jour parce que c'est la seule date que nous connaissions, de la mort des quatorze parents proches dont nous savons qu'ils ont été éliminés sans la moindre parcelle de compassion au nom d'un monde nouveau.

Monsieur Voltes but une gorgée de thé et garda le regard fixé devant lui, regardant Adrià sans le voir, voyant peut-être seulement le souvenir de l'oncle Haïm.

Ils restèrent un long moment en silence et monsieur Voltes se leva.

— Je dois partir.

— Comme vous voudrez. Merci d'avoir accepté de me voir.

Il était garé juste devant le café. Il ouvrit la porte de la voiture, hésita une seconde puis proposa :

— Je peux te laisser où tu veux.

— Non, je…

— Monte.

C'était un ordre. Ils tournèrent sans but, dans la circulation dense de l'Eixample. Il appuya sur un bouton et on entendit, feutré, le son d'une sonate pour violon et piano d'Enescu. La deuxième ou la troisième, je ne sais pas. Et tout à coup, à un feu rouge, il reprit un récit qui, certainement, ne s'était pas interrompu dans sa tête :

— Après avoir échappé aux douches parce qu'il était médecin, il resta deux jours dans le baraquement vingt-six, où dormaient soixante personnes silencieuses et maigres, le regard vide, et quand ils partaient au travail ils le laissaient seul avec un kapo roumain qui le regardait de loin, avec méfiance, comme s'il se demandait ce qu'il devait faire de ce nouveau venu qui avait encore l'air en bonne santé. Le troisième jour, un Hauptsturm-bannführer manifestement ivre le tira d'embarras en pointant son nez dans le baraquement vide et en apercevant le docteur Epstein qui, assis sur son grabat, essayait d'être transparent.

— Qu'est-ce qu'il fait là ?

— Ce sont les ordres du Sturmbannführer Barber.

— Toi !

Toi c'était lui. Il se retourna lentement et regarda l'officier dans les yeux.

— Lève-toi quand je te parle !

Toi se leva parce qu'un Hauptsturmbannführer lui parlait.

— D'accord. Je le prends.

— Mais monsieur, dit le kapo, rouge comme une pivoine. Le Sturmbannführer Barber.

— Le Sturmbannführer Barber, tu lui dis que je l'ai pris.

— Mais monsieur !

— Le Sturmbannführer Barber n'a qu'à aller se faire foutre. Tu m'as compris maintenant ?

— Oui, monsieur.

— Allez, toi. Amène-toi, on va s'amuser.

Le divertissement était excellent. Très intense. Il se rendit compte qu'on était dimanche quand l'officier lui dit qu'il recevait des amis chez lui et qu'il l'emmena là où se trouvaient les maisons des officiers et ensuite il le fit entrer dans une sorte de cellier où il y avait huit ou dix paires d'yeux qui le regardèrent avec effroi et il demanda qu'est-ce qui se passe ici, bon sang, et personne ne le comprenait parce que c'étaient des Hongroises et il ne savait dire que köszönöm et ça ne fit sourire personne. Alors quelqu'un ouvrit la porte du souterrain, qui n'était pas un souterrain parce qu'ils étaient au niveau d'une cour longue et étroite, et un Unterscharführer au nez rouge se mit à crier à quelques centimètres de l'oreille de Toi quand je dirai allez mettez-vous à courir jusqu'au mur du fond. Le dernier arrivé est une tapette! Allez!

Les huit ou dix femmes et Toi se mirent à courir, comme les gladiateurs dans le cirque. Derrière eux, ils entendaient les rires de gens enthousiastes. Les femmes et Toi arrivèrent au mur du fond. Une grand-mère était restée à la moitié du chemin. Alors on entendit une sorte de trompette puis des coups de feu. La grand-mère hongroise s'écroula, transpercée par une demi-douzaine de balles, punie d'être arrivée la dernière, pauvre anyóka, pauvre öreganyó ; punie de ne même pas être arrivée au bout, la pouilleuse. Toi se retourna, horrifié. En haut d'une galerie, trois officiers chargeaient leurs fusils et un quatrième, armé lui aussi, laissait une femme visiblement ivre allumer son cigare. Les hommes discutèrent entre eux et l'un d'eux lança un ordre sec au sous-officier au nez rouge, qui le leur transmit en criant, leur disant qu'ils devaient retourner dans leur abri, doucement, que le travail n'était pas fini, et les neuf Hongroises et Toi s'en retournèrent, en pleurs, prenant soin de ne pas marcher sur le cadavre de la grand-mère, et ils voyaient, terrorisés, qu'un officier les mettait en joue au fur et à mesure qu'ils approchaient du souterrain et ils attendaient le coup de feu et un autre officier, se rendant compte des intentions de celui qui visait lui donna une bourrade au moment où il tirait sur une fille très maigre, et la balle, déviée, passa à deux doigts de la tête de Toi.

— Et maintenant vous allez recommencer à courir jusqu'au mur. – À l'oncle, en le poussant : Toi, mets-toi là, bon Dieu !

Il regarda son équipe de lièvres avec une sorte d'orgueil solidaire et cria :

— Le connard qui ne fait pas de zigzags n'arrivera pas au bout. Allez !

Ils étaient tellement saouls qu'ils ne réussirent à tuer que trois femmes. Toi arriva de l'autre côté, vivant, et coupable de n'avoir pas servi de bouclier à l'une des femmes qui gisaient à mi-parcours. Une des femmes abattues était grièvement blessée, et le docteur Toi vit tout de suite que la balle dans le cou lui avait sectionné la jugulaire ; comme si elle voulait lui donner raison, la femme cessa de bouger tandis que la mare de sang qui lui servait de lit s'élargissait. Mea culpa.

Et d'autres choses qu'il n'a dites qu'à moi et que je n'ai pas eu le courage de raconter à Rachel ni aux enfants. Qu'il perdit tout contrôle et cria aux nazis qu'ils étaient des misérables, et celui qui était le plus lucide se mit à rire et visa la plus jeune des survivantes et dit tu fermes ta pputain de gueule ou je les descends toutes l'une après l'autre. Toi ferma sa gueule. Et quand ils retournaient tous dans le souterrain, un des chasseurs se mit à vomir et un de ses camarades lui dit tu vois ? tu vois ? ça t'apprendra à mélanger toutes ces liqueurs sucrées, gros bêta. Et apparemment ils durent interrompre les réjouissances et le souterrain se retrouva dans l'obscurité, et il n'y avait que les gémissements d'horreur pour leur tenir compagnie. Et dehors un échange de cris furieux et d'ordres inquiets que Toi ne pouvait pas comprendre. Et voilà que le lendemain commença l'évacuation du camp parce que les Russes avançaient plus vite que prévu et dans l'affolement personne ne pensa aux six ou sept lièvres qui se trouvaient dans le souterrain. Vive l'Armée rouge, dit Toi en russe quand il comprit la situation ; et une des femmes comprit et expliqua aux autres lièvres. Et les gémissements s'arrêtèrent pour laisser place à l'espoir. Et c'est comme ça que Toi eut la vie sauve. Mais je pense souvent qu'avoir la vie sauve était un châtiment pire que la mort. Tu me comprends, Ardèvol ? C'est pour ça que je suis juif, pas de naissance, que je sache, mais volontairement, comme beaucoup de Catalans qui nous sentons esclaves sur notre propre terre et qui avons un avant-goût de ce qu'est la diaspora, seulement parce que nous sommes catalans. Et depuis ce jour je sais que moi aussi je suis juif, Sara. Juif par la tête, les gens, l'histoire. Juif, sans Dieu et avec une envie de vivre sans faire le mal, comme monsieur Voltes, parce qu'essayer de vivre en faisant le bien est, je crois, trop prétentieux. Mais ce fut peine perdue.

— Il est préférable que tu ne rapportes pas cette conversation à ma fille – tels furent les derniers mots de monsieur Voltes quand je descendis de sa voiture. Et c'est pourquoi, jusqu'à ce jour où je t'écris, je ne t'avais rien dit, Sara. Je t'ai été infidèle aussi avec ce secret. Mais je regrette beaucoup de n'avoir jamais revu monsieur Voltes.

Je ne crois pas me tromper : c'est plus ou moins à cette époque que tu as acheté le *porró*.

Et cela ne faisait que deux ou trois mois que nous vivions ensemble quand Morral m'appela et me dit j'ai le manuscrit d'*El coronel no tiene quien le escriba*.

— Non.

— Si.

— Garanti ?

— Ne m'insultez pas, monsieur Ardèvol.

Et je dis, d'une voix normale, pas du tout altérée, je sors un moment, Sara. Et du fond de son atelier la voix de Sara surgissant du conte de la grenouille rieuse et disant où vas-tu ?

— À l'Ateneu (je te jure que c'est venu tout seul, de te dire que j'allais à l'Ateneu).

— Ah (pouvait-elle se douter, pauvrette).

— Oui, je reviens tout de suite (maestro dell'inganno).

— Ce soir, c'est ton tour de préparer le dîner (innocente e angelica).

— Oui, oui, ne t'inquiète pas. Je reviens tout de suite (traditore).

— Ça va ? (compassionevole).

— Oui, bien sûr, qu'est-ce que tu imagines ? (bugiardo, menzognero, impostore).

Adrià s'enfuit sans se rendre compte qu'en partant il avait claqué la porte trop fort, comme son père l'avait fait des années plus tôt, quand il partait à la rencontre de la mort.

Dans le petit appartement qui servait de centre d'opérations à Morral, je pus examiner le manuscrit, splendide, extraordinaire. La fin était tapée à la machine, mais Morral m'assura que c'était souvent le cas dans les manuscrits de García Márquez. Quel délice.

— Combien ?

— Tant.

— Hou là !

— À vous de voir.

— Tant.

— Ne me faites pas rire. Et pour être tout à fait franc, docteur Ardèvol, je vous dirai que pour l'obtenir j'ai dû prendre quelques risques, et les risques ça se paie.

— Vous voulez dire qu'il a été volé ?

— Vous employez de ces mots… Je peux vous assurer que ces papiers n'ont laissé aucune trace.

— Alors tant.

— Non : tant.

— D'accord.

Ces transactions ne se font jamais par chèque. Je dus attendre le lendemain, impatiemment. Et la nuit, je rêvai que García Márquez en personne venait chez moi me reprocher le vol et que je faisais l'innocent et qu'il me poursuivait à travers l'appartement avec un gigantesque couteau et moi…

— Qu'est-ce qui t'arrive, dit Sara en allumant la lumière.

Il était quatre heures du matin et Adrià s'était dressé dans le lit des parents qui était maintenant le nôtre. Il haletait comme s'il avait beaucoup couru.

— Rien, rien… Un rêve.

— Raconte-le-moi.

— Je ne m'en souviens pas.

Je m'étendis à nouveau. J'attendis qu'elle éteigne et je dis c'est que García Márquez me poursuivait dans l'appartement et voulait me tuer avec un couteau grand comme ça.

Silence. Non : un léger tremblement du lit. Jusqu'au moment où Sara éclata de rire. Ensuite je sentis sa main ébouriffer amoureusement ma tête déjà chauve, comme maman ne l'avait jamais fait. Et je me sentis sale et pécheur parce que j'étais en train de la tromper.

Le lendemain, petit-déjeuner en silence, encore à moitié endormis. Jusqu'au moment où Sara eut encore un accès de rire explosif.

— Et qu'est-ce qui t'arrive, maintenant ?

— C'est que même tes ogres doivent avoir une stature d'intellectuels.

— Eh bien moi, ça m'a vraiment fait peur. Ah, il faut que j'aille à l'université aujourd'hui (impostore).

— Mais on est mardi (angelicale).

— Oui, je sais bien… Mais je ne sais pas ce que veut Parera, elle m'a demandé de… pff… (spregevole).

— Eh bien, patience (innocente).

Mensonge après mensonge, je me rendis à la Caixa, retirai tant et filai chez Morral, avec la prémonition angoissée que cette nuit-là, le feu avait pris chez lui, ou qu'il avait changé d'avis, ou qu'il avait trouvé plus offrant… ou qu'on l'avait arrêté.

Non. Le colonel m'attendait encore avec impatience. Je le pris tendrement. Il était à moi et il ne fallait plus qu'il souffre. À moi.

— Monsieur Morral.

— Oui ?

— Et le manuscrit complet de Nietzsche ?

— Aha.

— Vous m'en dites le prix ?

— Si c'est pour rire, je préfère ne rien dire. Ne le prenez pas mal.

— C'est pour l'acheter, si je peux.

— Appelez-moi d'ici dix jours et je vous dirai combien, si toutefois il n'est pas déjà vendu.

— Quoi !?

— Mais qu'est-ce que vous croyez ? Que vous êtes seul au monde ?

— C'est que je le veux.

— Dix jours.

À la maison, je ne pus te montrer mon trésor. C'était ma facette clandestine contre tes secrets. Je cachai le manuscrit au fond du tiroir. Je voulais acheter un classeur pour qu'on puisse regarder toute l'œuvre page par page, sur les deux faces. Mais il fallait que je fasse ça clandestinement. Et par-dessus le marché, Aigle-Noir.

— Allez, vas-y, parle.

— Tu viens de franchir la rivière interdite.

— Pardon ?

— Tu dépenses et dépenses en verroterie et ta squaw n'en sait rien.

— C'est comme si tu la trompais, ajouta Carson. Ça ne peut pas coller.

— Je ne peux pas faire autrement.

— Nous sommes sur le point de couper les ponts avec l'ami blanc qui nous a accueillis toute notre vie.

— Ou sur le point de tout dire à Sara.

— Pauvres de vous. Je vous balance par la fenêtre.

— Le brave guerrier ne craint pas les menaces du visage pâle menteur et couard. En plus, tu n'aurais pas le courage de le faire.

— Tu parles, intervint Carson. Les malades ne réfléchissent pas à ce qu'ils font. Ils sont dominés par leur vice.

— Je vous jure que l'œuvre complète de Nietzsche sera ma dernière acquisition.

— Et tu veux que je croie ça ? – Carson.

— Je me demande pourquoi tu le caches à ta squaw – Aigle-Noir. Tu achètes tout avec ton or. Ça ne vient pas d'un juif spolié par le blanc cruel au bâton qui crache le feu, et ce n'est pas volé.

— Parfois si, le corrigea Carson.

— Mais la squaw du visage pâle n'a pas à le savoir.

Je les laissai en train de discuter de leur stratégie, incapable de leur dire que je n'avais pas le courage d'aller voir Sara et de lui dire c'est plus fort que moi. Je veux posséder les choses qui attirent mon attention. Je les veux et je tuerais pour les avoir.

— Sic ? – Carson.

— Non. Mais presque. – À Sara : Je ne me sens pas très bien.

— Mets-toi au lit, mon pauvre Adrià, je vais t'apporter le thermomètre (compassionevole e innocente).

Ce furent deux jours de forte fièvre, au terme desquels j'arrivai à une sorte de pacte avec moi-même (pacte que Carson et Aigle-Noir refusèrent de signer), en vertu duquel je m'autorisai, pour le bien de notre relation, à ne pas lui raconter les détails concrets de l'histoire du Vial, que je ne connaissais que par fragments ; et à ne pas lui dire quels objets de la maison je soupçonnais d'être le fruit des cruelles rapines de papa. Ou qu'en vendant le magasin j'avais vendu, et par conséquent encaissé, de nombreux péchés de papa… chose que, je suppose, tu avais bien imaginée. Je n'avais pas assez de courage pour te dire je t'ai menti le jour où tu es venue de Paris avec une fleur jaune à la main et que tu m'as dit je prendrais volontiers un café.

37

— C'est un style qui me rappelle Hemingway, proclama Mireia Gràcia.

Bernat baissa la tête, humblement réconforté par ce commentaire. Momentanément, il cessa de penser que son nom n'avait pas attiré plus de trois personnes à la librairie Pols de Llibres.

— Je ne te conseille pas de faire une présentation publique, lui avait dit Bauçà.

— Pourquoi?

— Il y en a déjà trop. Nous n'aurons personne.

— C'est toi qui le dis. Est-ce que tu ferais des distinctions entre tes auteurs?

Bauçà décida de garder pour lui la réponse cinglante qu'il aurait bien voulu lui servir et dit, avec une expression de lassitude qu'il fut incapable de dissimuler :

— N'en parlons plus : tu me dis le jour qui te convient et la personne que tu souhaites pour faire la présentation. – Et, par-dessus le sourire de Bernat : Mais s'il n'y a personne, ne viens pas m'accuser de quoi que ce soit.

L'invitation disait que Heribert Bauçà et l'auteur vous invitent à la présentation de *Plasma*, le dernier livre de récits de Bernat Plensa, à la librairie Pols de Llibres. Prendront la parole, outre l'auteur et son éditeur, madame le professeur Mireia Gràcia, qui présentera l'ouvrage. On se réunira ensuite autour d'une coupe de *cava*.

Adrià posa l'invitation sur la table et, pendant quelques instants, il imagina ce que Mireia Gràcia pourrait dire de ce livre. Qu'il était faiblard? Que Plensa n'avait pas encore atteint la capacité de transmettre des émotions? Que c'était vraiment dommage de gâcher tant de papier et tant d'arbres?

— Cette fois je ne me fâcherai pas, lui dit Bernat quand il lui demanda de présenter son livre.

— Et comment puis-je être sûr que tu es sincère?

— Parce qu'il te plaira. Et s'il ne te plaît pas, eh bien j'ai grandi : je vais bientôt avoir quarante ans et je commence à comprendre que je ne dois pas me fâcher avec toi pour ça. D'accord? Tu présentes mon livre? Le mois prochain, à Pols de Llibres. C'est une librairie emblématique et…

— Bernat. Non.

— Écoute, lis-le d'abord, non? – offensé, surpris, sidéré.

— J'ai beaucoup de travail. Bien sûr que je vais le lire, mais je ne peux pas te dire quand. Ne me fais pas ça.

Bernat resta la bouche ouverte, incapable de comprendre ce que l'autre avait dit, alors je lui dis bon, ça va, je vais le lire tout de suite. Et si ça ne me plaît pas, je te le dirai et, évidemment, je ne le présenterai pas.

— Ça c'est un ami. Merci. Il va te plaire. – Il pointa son doigt sur lui, comme l'inspecteur Harry : Et tu auras envie de le présenter.

Bernat était convaincu que cette fois c'était la bonne, que cette fois il dirait Bernat, tu m'as étonné : j'ai trouvé dans ton livre la force de Hemingway, l'art de Rulfo et l'ironie de Calders, et Bernat était l'homme le plus heureux du monde jusqu'à ce que, trois jours plus tard, je l'appelle et lui dise on en est toujours au même point, je ne crois pas aux personnages et je me fiche pas mal de ce qui peut leur arriver.

— Pardon?

— La littérature n'est pas un jeu. Ou si c'est seulement un jeu, ça ne m'intéresse pas. Tu comprends ?

— Et il n'y a rien de bon ? Pas même la dernière nouvelle ?

— C'est ce qu'il y a de mieux. Mais ce qu'il y a de mieux dans un naufrage.

— Tu es cruel. Ça te plaît de me massacrer.

— Tu m'avais dit que tu avais quarante ans et que tu ne te fâcherais pas si…

— Je ne les ai pas encore ! Et tu as une façon tellement désagréable de me dire que ça ne te plaît pas que…

— Je n'ai que ma manière.

— Et tu n'es pas capable de dire, je n'aime pas, c'est tout.

— C'est ce que je faisais, avant. Mais tu n'as pas de mémoire historique. Je peux dire je n'aime pas, c'est tout. Et alors tu dis : C'est tout ? Et voilà ? Et alors il faut que je justifie le je n'aime pas et je le justifie en essayant de ne pas te mentir parce que je ne veux pas te perdre et alors je te dis tu n'as pas de talent pour créer des personnages : ce ne sont que des noms. Ils parlent tous pareil ; aucun d'entre eux n'a envie de capter mon intérêt. Aucun de ces personnages n'est nécessaire.

— Mais putain, qu'est-ce que ça veut dire pas nécessaire ? Si Biel n'est pas là, il n'y a pas d'histoire dans "Les rats".

— Tu ne veux pas comprendre. C'est l'histoire qui n'est pas nécessaire. Elle ne m'a pas transformé, elle ne m'a pas enrichi, elle ne m'a rien fait du tout !

Et maintenant, cette idiote de Mireia disait que Plensa a la force de Hemingway. Et Adrià, avant de l'entendre le comparer à Borges et Calders, se cacha derrière un présentoir. Il ne voulait pas que Bernat le voie là, dans une librairie froide, avec dix-sept chaises pliantes vides et trois occupées, dont une par un homme qui avait l'air de s'être trompé d'endroit.

Tu es un lâche, pensa-t-il. Et il pensa aussi que, de la même façon qu'il aimait considérer le monde et les idées du point de vue de l'histoire, s'il étudiait l'histoire de son amitié avec Bernat, il arriverait inéluctablement à un point impossible : Bernat serait heureux s'il concentrait sa capacité de bonheur sur le violon. Il s'enfuit de la librairie sans faire de bruit et fit le tour du pâté de maisons en se demandant ce qu'il devait faire. Comment se faisait-il que Tecla ne soit pas là ? Et leur fils ?

— Et comment ça, tu ne vas pas venir ? C'est un de mes livres !

Tecla finit son bol de lait et attendit que Llorenç retourne dans sa chambre chercher son cartable. Parlant un peu plus bas :

— Si je devais aller à tous tes concerts et à toutes tes présentations…

— Comme s'il y en avait une par semaine. Ça fait six ans qu'il n'y a pas eu de présentation d'un de mes livres.

Silence.

— Tu ne veux pas me soutenir.

— Je veux mettre les choses à leur place.

— Tu ne veux pas venir.

— Je ne peux pas.

— Tu ne m'aimes pas.

— Tu n'es pas le centre du monde.

— Je sais bien.

— Non, tu ne sais pas. Tu ne t'en rends pas compte. Tu es tout le temps en train de demander, d'exiger.

— Je ne te comprends plus.

— Tu penses toujours que tout le monde est à ton service. Que tu es la personne la plus importante de la maison.

— Enfin…

Elle le regarda d'un air de défi. Il fut sur le point de dire bien sûr que je suis la personne la plus importante de la famille ; mais un sixième ou un septième sens le fit s'arrêter à temps. Il resta la bouche ouverte.

— Non, vas-y, parle, l'encouragea Tecla.

Bernat ferma la bouche. En le regardant dans les yeux, elle dit nous avons notre vie, nous aussi : tu tiens pour acquis que nous pouvons toujours aller là où tu nous dis d'aller et que nous devons toujours lire ce que tu fais, avec l'obligation que ça nous plaise ; non, avec l'obligation que ça nous enchante.

— Tu exagères.

— Comment tu as pu dire à Llorenç que tu veux qu'il le lise en dix jours ?

— C'est mal, de demander à son fils de lire un livre ?

— Mais il n'a que neuf ans, pour l'amour du ciel !

— Et alors ?

— Tu sais ce qu'il m'a dit, hier soir ?

Couché dans son lit, le petit alluma la lampe de chevet au moment où sa mère sortait de la chambre sur la pointe des pieds.

— Maman.

— Tu ne dors pas ?

— Non.

— Qu'est-ce que tu as ?

Tecla s'assit sur le bord du lit. Llorenç ouvrit le tiroir de la table de nuit et en sortit un livre. Elle le reconnut.

— J'ai commencé à le lire mais je ne comprends rien.

— Ce n'est pas pour les enfants. Pourquoi le lis-tu ?

— Papa m'a dit que je dois le finir avant dimanche. Que c'est un livre court.

Elle prit le livre.

— Ne fais pas attention.

Elle l'ouvrit et le feuilleta distraitement.

— Il va me poser des questions.

Elle lui rendit le livre.

— Garde-le. Mais tu n'as pas besoin de le lire.

— Tu es sûre ?

— Oui.

— Et s'il me pose des questions ?

— Je lui dirai de ne pas t'en poser.

— Et pourquoi je ne pourrais pas poser de questions à mon fils ? – Bernat, indigné, cognant la soucoupe avec sa tasse. – Je ne suis pas son père, peut-être ?

— Tu as un ego qui l'étouffe.

Llorenç passa la tête par la porte, l'anorak mis et le cartable sur le dos.

— Papa arrive tout de suite. Commence à descendre, mon petit.

Bernat se leva, lança sa serviette sur la table et sortit de la cuisine.

Adrià se retrouvait devant la librairie après avoir fait le tour du pâté de maisons. Et il ne savait toujours pas ce qu'il devait faire. À ce moment, on éteignit une des lumières de la vitrine. Il réagit à temps et s'éloigna de quelques mètres. Mireia Gràcia sortit en coup de vent et passa devant lui sans même le voir parce qu'elle regardait sa montre. Au moment où sortaient Bauçà, Bernat et deux ou trois autres personnes, il arriva en marchant vite, comme quelqu'un qui est très en retard.

— Hé ! Ne me dis pas que c'est fini ! – air et ton déçus d'Adrià.

— Bonjour, Ardèvol.

Adrià fit un geste de la main pour saluer Bauçà. Les autres partaient chacun de son côté. Alors Bauçà dit qu'il s'en allait.

— Tu ne veux pas qu'on aille dîner ? – Bernat.

Bauçà dit que non, qu'il avait déjà un dîner et qu'il était en retard, et il laissa les deux amis seuls.

— Alors ? Comment ça s'est passé ?

— Bien. Très bien. Mireia Gràcia a été très percutante. Très… très bien, quoi. Et il y avait pas mal de monde. Bien, tu vois.

— Tant mieux. J'aurais voulu être là mais…

— Ne t'en fais pas, mon vieux… On m'a même posé des questions.

— Et Tecla ?

Ils se mirent à marcher dans un silence qui voulait tout dire. Quand ils arrivèrent au coin de la rue, Bernat s'arrêta brusquement et regarda Adrià dans les yeux.

— J'ai l'impression d'écrire contre le monde : contre toi, contre Tecla, contre mon fils, contre mon éditeur.

— Qu'est-ce qui te prend, tout à coup ?

— Tout le monde s'en balance, de ce que j'écris.

— Merde, mais tu viens de me dire que…

— Et maintenant je te dis que tout le monde s'en balance, de ce que j'écris…

— Et toi, tu t'en balances ?

Bernat le regarda avec méfiance. Il se foutait de lui ?

— C'est toute ma vie.

— Je ne te crois pas. Tu mets trop de filtres.

— Un jour, j'aimerais te comprendre.

— Si tu écrivais comme tu joues du violon, tu serais grand.

— Tu viens de dire une belle connerie. Avec le violon, je m'ennuie.

— Tu ne veux pas être heureux.

— Ce n'est pas obligatoire, tu me l'as dit.

— D'accord, mais si je savais jouer comme toi… je ferais…

— Rien, peau de balle, voilà ce que tu ferais.

— Qu'est-ce qui se passe ? Tu t'es à nouveau disputé avec Tecla ?

— Elle n'a pas voulu venir.

Ça, c'était déjà plus délicat. Qu'est-ce que je dis, maintenant ?

— Tu veux venir à la maison ?

— Pourquoi on ne va pas dîner ?

— C'est que…

— Sara t'attend.

— Eh bien, je lui avais dit que… Oui, elle m'attend.

Ça, c'est l'histoire Bernat Plensa : il y a très long-temps que nous sommes amis. Il y a très longtemps qu'il m'envie parce qu'il ne réussit pas à me connaître ; cela fait très longtemps que je l'admire pour sa façon de jouer du violon. Et de temps en temps nous avons des disputes phénoménales, comme si nous étions des amants désespérés. Je l'aime et je ne peux m'empêcher de lui dire qu'il écrit mal, de façon terne. Et depuis qu'il a commencé à me faire lire ce qu'il écrit, il a publié plusieurs recueils de récits, tous très mauvais. Et mal-gré ses capacités intellectuelles il ne parvient pas à accepter que s'ils ne plaisent à personne ce n'est peut-être pas parce que tout le monde se fourvoie, mais parce que ce qu'il écrit est totalement dépourvu d'intérêt. Totalement. On en est toujours au même point. Et sa femme… Je ne le sais pas de façon certaine, mais j'ima-gine qu'il doit être difficile de vivre avec Bernat. Il est assistant premier violon solo à l'orchestre Ciutat de Barcelona. Et il fait de la musique de chambre avec un groupe de collègues. Que veut-il de plus ? C'est ce que diraient la plupart des mortels. Mais pas lui. Sans doute, comme tous les mortels, est-il incapable de voir le bon-heur qui est à côté de lui parce qu'il est ébloui par celui qui est hors de portée. Il est trop humain, Bernat. Et aujourd'hui je n'ai pas pu aller dîner avec lui parce que Sara est triste.

Bernat Plensa i Punsoda, un très bon musicien qui s'obstine à chercher le malheur dans la littérature. Contre cela, il n'y a pas de vaccin. Et Ali Bahr contempla le groupe d'enfants qui jouaient à l'abri du soleil, proté-gés par le mur qui séparait le jardin de l'Âne Blanc du chemin qui menait d'al-Hisw au lointain Bi'r Durb. Ali Bahr, qui venait d'avoir vingt ans, ne savait pas qu'une des petites filles, celle qui était en train de crier parce qu'un garnement aux genoux écorchés la bousculait, était Amani, celle qui, quelques années plus tard, serait connue dans toute la plaine comme la belle Amani. Il fustigea son âne parce qu'il fallait qu'il soit chez lui deux heures plus tard. Pour dépenser son énergie, il prit un caillou au milieu du chemin, ni trop gros ni trop petit, et le lança devant lui, violemment, furieusement, comme pour indiquer à l'âne le chemin à suivre.

La vie de *Plasma*, de Bernat Plensa, peut se résumer ainsi : aucun écho, aucune critique, aucune recension, aucune vente. Heureusement, ni Bauçà, ni Adrià, ni Tecla ne lui dirent tu vois, je te l'avais bien dit. Et Sara, quand je lui racontai, me dit tu es un lâche : tu aurais dû être là, pour faire le public. Et moi : mais c'était humiliant. Et elle : non, il se serait senti réconforté par son ami. Et la vie suivit son cours.

— C'est une cabale. Ils veulent que je sois transparent, que je n'existe pas.

— Qui ?

— Eux.

— Un jour, il faudra que tu me les présentes.

— Je ne plaisante pas.

— Bernat, les gens ne sont pas ligués contre toi.

— Non, ils ne savent sûrement pas que j'existe.

— Tu n'as qu'à le leur dire quand ils t'applaudissent à la fin d'un concert.

— Ce n'est pas la même chose et nous en avons parlé des centaines de fois.

Sara les écoutait en silence. Tout à coup, Bernat la regarda et, sur un ton très légèrement accusateur, lui demanda et toi, comment tu l'as trouvé, mon livre ? – La question, la seule question qu'un auteur ne peut pas poser impunément, sans courir le risque qu'on y réponde.

Sara eut un sourire poli et Bernat haussa les sourcils pour manifester qu'il maintenait imprudemment sa question.

— À vrai dire, je ne l'ai pas lu, répondit Sara en soutenant son regard. Et, faisant une concession qui me surprit, elle ajouta : Pas encore.

Bernat resta bouche bée de surprise. Tu n'apprendras jamais, Bernat, pensa Adrià. Et ce jour-là il comprit que c'était un cas désespéré et que cet homme ferait tout pour trébucher sur la même pierre pendant toute sa vie. Entretemps, Bernat avala, sans y prêter attention, un demiverre de ribera-del-duero extraordinaire.

— Je vous jure que j'arrête d'écrire, proclama-t-il en posant son verre, et je suis certain qu'il voulait que Sara se sente coupable d'incurie.

— Consacre-toi pleinement à la musique, as-tu dit avec ce sourire qui aujourd'hui encore me fait fondre. Tu ne peux qu'y gagner.

Et tu as bu une gorgée de vin à la régalade. Un ribera-del-duero au *porró*! Bernat t'a regardée bouche bée, sans rien dire. Il était effondré. S'il ne s'est pas mis à pleurer, c'est sûrement parce qu'Adrià était là. Devant une femme, on pleure plus facilement, même si elle boit au *porró*. Devant un homme, on se laisse moins aller. Mais le soir, il eut sa première grande dispute avec Tecla : Llorenç, dans son lit, les yeux écarquillés, fut témoin des emportements de son père et se sentit l'enfant le plus malheureux du monde.

— Je n'en demande pas tant, merde! criait Bernat. Je veux seulement que tu daignes lire ce que j'écris. Ça me suffirait amplement. – Et, élevant encore le ton : C'est trop demander? Hein?

C'est alors qu'eut lieu l'attaque à revers. Llorenç entra dans la salle à manger, pieds nus et en pyjama, et se jeta comme une furie contre son père au moment où celui-ci disait je ne me sens pas du tout accompagné dans mon aventure artistique. Tecla regardait le mur comme si elle contemplait sa propre carrière de pianiste, interrompue brutalement par sa grossesse, et se sentait profondément blessée. Profondément blessée, tu comprends ? Comme si la seule chose que nous ayons à faire dans la vie c'est de t'adorer. Et alors l'attaque à revers : Llorenç martela le dos de son père à coups de poing, comme si c'était un punching-ball.

— Hé là, arrête ça, tu veux ?

— Ne gronde pas maman.

— Va dormir, lui ordonna Tecla, avec un signe de tête qui, de son point de vue, n'impliquait aucune complicité. Je viens tout de suite.

Llorenç donna encore deux ou trois coups de poing. Bernat ouvrait de grands yeux et pensait tout le monde est contre moi, personne ne veut que j'écrive.

— Ne mélange pas tout, lui dit Adrià alors qu'il lui racontait l'épisode, tout en descendant le carrer Llúria pour aller, lui, avec son violon, à la répétition, l'autre, à son cours d'histoire des idées II.

— Comment ça, que je ne mélange pas tout ! Même mon fils ne veut pas que je me plaigne !

Sara chérie, je te parle de choses d'il y a très longtemps, de l'époque où tu remplissais ma vie. Nous avons tous vieilli et tu m'as laissé seul pour la deuxième fois. Si tu m'entendais, je suis sûr que tu secouerais la tête, attristée d'apprendre que Bernat n'a pas changé, qu'il continue d'écrire des choses sans intérêt. Parfois, je m'indigne de ce qu'un musicien capable, comme lui, de tirer un tel son de son instrument et de créer des atmosphères aussi denses soit incapable, je ne dis pas d'écrire des choses géniales, mais de se rendre compte que tout le monde se fiche comme de l'an quarante des personnages et des histoires qu'il écrit. Pour résumer, pour nous aussi, ce qu'écrit Bernat ne suscite aucun écho, aucune recension, aucune critique, aucune vente. Et assez parlé de Bernat, au moins pour l'instant ; ça va finir par m'empoisonner la vie et j'ai assez de soucis comme ça.

C'est à peu près à cette époque... Il me semble que je l'ai dit il n'y a pas longtemps. Quelle importance peut avoir l'exactitude chronologique après le désordre dont j'ai fait preuve jusqu'à présent ? Le fait est que Lola Xica commença à maugréer pour un oui et pour un non et à se plaindre l'encre de Chine, les fusains et les pigments utilisés par Saga me salissent tout.

— Elle s'appelle Sara.

— Mais elle, elle dit Saga.

— Eh bien, elle s'appelle Sara. Et puis les fusains et compagnie, ils sont dans son atelier.

— C'est ce que tu crois. L'autre jour, elle était en train de copier le tableau de la salle à manger, je te demande un peu ce qu'elle trouve de beau à ça, peindre les choses sans couleur. Et bien sûr, elle me laisse la nappe dans un état... J'ai un mal de chien à la ravoir.

— Lola Xica.

— Caterina. Et les serviettes de la salle de bains. Comme elle y va toujours avec les mains noires... Ça doit être la coutume, chez les Français.

— Caterina.

— Quoi.

— Il faut laisser les artistes n'en faire qu'à leur tête.

— Ils commencent comme ça, dit-elle en faisant mine de couper une portion de son index, mais je l'interrompis avant qu'elle montre le bras entier.

— Sara est la maîtresse de maison et c'est elle qui commande.

Je sais que je l'ai offensée avec cette affirmation, mais je l'ai laissée quitter le bureau en silence, avec son indignation, me laissant seul avec les intuitions qui, un jour, allaient apporter quelque lumière au balbutiement qui devait devenir *La Volonté esthétique*, l'essai que je suis le plus heureux d'avoir écrit.

— Tu as dessiné l'Urgell de la salle à manger ?

— Oui.

— Je peux le voir ?

— C'est que…

— Laisse-moi le voir.

Tu as hésité mais tu as fini par céder. Je te vois encore, un peu inquiète, en train d'ouvrir l'immense carton à dessin où tu rangeais tes hésitations et que tu transportais partout. Tu as posé la planche sur la table. Le soleil ne se couchait pas du côté de Trespui ; mais le clocher à trois étages du monastère de Santa Maria de Gerri avait l'air vivant, simplement grâce au trait de fusain de Sara. Tu avais su deviner ses rides de vieillesse et toutes les cicatrices infligées par les ans. Tu dessines tellement bien, ma bien-aimée, qu'il y avait là des siècles d'histoire en noir, en blanc, en mille gris estompés par tes doigts. Le paysage et l'église, et le début de la berge de la Noguera. Tout avait acquis un charme qui ne me faisait pas regretter les couleurs sombres, tristes et magiques de Modest Urgell.

— Ça te plaît ?

— B-beaucoup.

— B-beaucoup ?

— É-énormément.

— Je te l'offre, dit-elle, satisfaite.

— Vraiment ?

— Tu passes tellement d'heures à regarder l'Urgell.

— Moi ? Allons.

— Ce n'est pas vrai ?

— Je ne sais pas… Je ne m'en rends même pas compte.

— C'est un hommage à tes heures d'observation. Que cherches-tu dans ce tableau ?

— Je ne sais pas vraiment. Je fais ça machinalement. Il me plaît.

— Je ne te demande pas ce que tu y trouves mais ce que tu y cherches.

— Je pense au monastère de Santa Maria de Gerri. Mais je pense surtout au petit monastère de Sant Pere del Burgal, qui se trouve tout près et que je n'ai jamais vu. Tu te souviens de ce parchemin de l'abbé Delligat, que je t'ai montré ? C'était l'acte de fondation du monastère du Burgal, et il y a tellement d'années de cela que j'éprouve l'émotion de l'histoire quand je touche le parchemin. Et je pense aux moines vaquant à leurs occupations, pendant des siècles. Et priant Dieu qui n'existe pas pendant des siècles. Et aux salines de Gerri. Et aux mystères haut perchés du Burgal. Et aux paysans mourant de faim et de fièvres, et aux jours qui passent lentement, mais implacablement, et aux mois et aux années, et je suis ému.

— Je ne t'avais jamais entendu prononcer autant de mots à la suite.

— Je t'aime.

— Et qu'est-ce que tu y cherches d'autre ?

— Je ne sais pas. Vraiment, je ne sais pas ce que j'y cherche. C'est difficile à dire.

— Qu'est-ce que tu y trouves, alors ?

— Des histoires étranges. Des gens bizarres. Des envies de vivre et de voir.

— Et pourquoi on n'irait pas voir ça au naturel ?

Nous nous rendîmes à Gerri de la Sal avec la Seat 600 qui, au col de Comiols, refusa d'aller plus loin. Un mécanicien d'Isona, très bavard, nous changea le machin de culasse de je ne me rappelle plus quoi et suggéra que nous devrions changer de voiture au plus vite si nous ne voulions pas avoir de mauvaises surprises. Nous perdîmes un jour à cause de ces misérables événements de la vie courante et nous arrivâmes à Gerri de nuit. Le lendemain, de l'auberge, nous vîmes le tableau d'Urgell au naturel et je manquai m'étrangler d'émotion. Et nous passâmes la journée à le regarder, à le photographier, à le dessiner et à voir entrer et sortir des salines des fantômes de moines, de paysans et de laboureurs, jusqu'au moment où je distinguai les deux esprits des moines qui partaient pour Sant Pere del Burgal pour en rapporter la clef et déclarer fermé ce petit monastère isolé, après des centaines d'années de vie monastique ininterrompue.

Et le lendemain, la 600 convalescente nous conduisit vingt kilomètres plus au nord, à Escaló, et de là nous continuâmes à pied, par un sentier de chèvres qui grimpait par l'adret de Barraonse, le seul chemin praticable pour atteindre les ruines de Sant Pere del Burgal, le monastère de mes rêves. Sara ne me laissa pas porter son gros sac qui contenait son carnet, les crayons et les fusains : c'était son fardeau.

Au bout d'une dizaine de minutes, je ramassai au milieu du chemin une pierre aiguë, ni trop grosse ni trop petite, et Adrià la contempla, pensif, et pour la première fois il eut à l'esprit l'image de la belle Amani et son histoire triste.

— Qu'est-ce qu'il a, ce caillou ?

— Rien, rien, dit Adrià en le fourrant dans son sac à dos.

— Tu sais quel effet tu me fais ? as-tu dit en soufflant à cause de la pente que nous grimpions.

— Hein ?

— C'est exactement ça. Au lieu de me demander quel effet, tu dis hein.

— Là, je suis perdu. – Adrià, qui marchait devant, s'arrêta, regarda la vallée verte, écouta le bruit lointain de la Noguera et se retourna vers Sara. Elle s'arrêta aussi, souriante.

— Tu es toujours en train de penser.

— Oui.

— Mais tu penses toujours loin d'ici. Tu es toujours ailleurs.

— Eh bien… Je suis désolé.

— Non. Tu es comme ça. Moi aussi je suis spéciale.

564

Adrià s'approcha d'elle et l'embrassa sur le front, tellement tendrement, Sara, que je suis ému rien que d'y penser. Tu ne sais pas combien je t'aime et comme tu m'as transformé. Tu es un chef-d'œuvre ; j'espère que tu me comprendras.

— Spéciale, toi ?

— Oui, je suis une femme bizarre. Pleine de complexes et de secrets.

— Les complexes… tu les caches. Les secrets… ça c'est facile à régler : tu n'as qu'à me les raconter.

Alors Sara regarda vers le bas du sentier pour ne pas avoir à affronter mon regard.

— Je suis une femme compliquée.

— Tu n'as pas à me raconter ce que tu ne veux pas me raconter.

Adrià allait continuer à monter, mais il s'arrêta et se retourna :

— J'aimerais seulement que tu me dises une chose.

— Laquelle ?

Aussi incroyable que cela paraisse je lui demandai qu'est-ce que ta mère et la mienne t'ont dit de moi. Qu'est-ce qu'elles ont pu te dire pour que tu le croies.

Ton visage radieux s'assombrit et je pensai aïe la gaffe. Tu as attendu quelques secondes et, d'une voix un peu enrouée, tu as dit je t'ai supplié de ne pas me le demander. Je t'ai supplié…

Nerveuse, tu as ramassé une pierre et tu l'as lancée dans la pente.

— Je ne veux pas que ces mots revivent. Je ne veux pas que tu les connaisses ; je veux t'épargner ça parce que tu as le droit de les ignorer. Et moi, de les oublier. – Tu as remis ton sac à dos d'aplomb, avec un mouvement gracieux. – C'est la chambre close du conte de Barbe-Bleue, ne l'oublie pas.

Sara dit cela de façon tellement définitive que j'ai l'impression qu'elle n'avait jamais cessé d'y penser. Cela faisait déjà assez longtemps que nous vivions ensemble et j'avais toujours la question au bord des lèvres, toujours.

— D'accord, dit Adrià. Je ne te le demanderai plus jamais.

Ils reprirent l'ascension. Encore une très grosse côte et nous arrivâmes, enfin – j'avais trente-six ans –, aux ruines du monastère de Sant Pere del Burgal, dont j'avais tant rêvé, et le frère Julià de Sau qui, en d'autres temps, dans l'ordre de saint Dominique, s'était appelé fra Miquel, s'avança pour nous recevoir, avec les clefs dans les mains. Avec le Coffre sacré dans les mains. Avec la mort dans les mains.

— Frères, la paix du Seigneur soit avec vous, nous dit-il.

— La paix du Seigneur soit aussi avec toi, lui répondis-je.

— Qu'est-ce que tu dis ? dit Sara, étonnée.

V

VITA CONDITA

je suis dans ce convoi,
moi, Ève,
avec mon fils Abel.
si vous voyez mon fils aîné,
Caïn, fils d'Adam,
dites-lui que je

DAN PAGIS

38

— Une fois qu'on a goûté à la beauté artistique, la vie change. Une fois qu'on a entendu chanter le chœur Monteverdi, la vie change. Une fois qu'on a contemplé Vermeer de près, la vie change. Quand on a lu Proust, on n'est plus le même. Ce que je ne sais pas, c'est pourquoi.

— Écris-le.

— Nous ne sommes que des contingences.

— Quoi?

— Il aurait été plus simple que nous n'ayons pas existé, et pourtant nous existons.

— …

— Générations et générations de danses frénétiques de millions de spermatozoïdes poursuivant des ovules, conceptions hasardeuses, morts, anéantissements… Et maintenant nous sommes là toi et moi, l'un en face de l'autre, comme s'il n'avait pas pu en être autrement. Comme s'il y avait eu seulement la possibilité d'un unique arbre généalogique.

— Bon. C'est logique, non?

— Non. C'est un pputain de hasard.

— Tu charries…

— Et il y a mieux : que tu saches si bien jouer du violon, c'est encore plus un pputain de hasard.

— D'accord. Mais… – Silence. – Ce que tu dis là, ça fait un peu tourner la tête, non, si on y pense?

— Oui. Et alors, nous essayons de survivre au chaos grâce à l'ordre de l'art.

— Tu devrais écrire ça, tu ne crois pas? se risqua Bernat, en avalant une gorgée de thé.

— Le pouvoir de l'art réside dans l'œuvre d'art ou plutôt dans l'effet qu'elle produit sur l'individu? Qu'est-ce que tu en penses, toi?

— Qu'il faut que tu l'écrives, insista Sara quelques jours plus tard. Ça te permettra d'y voir plus clair.

— Pourquoi est-ce que Homère me subjugue? Pourquoi le *Quintette pour clarinette* de Brahms me laisse-t-il sans respiration?

— Écris-le, lui dit Bernat aussitôt. Et tu me rendras service, parce que moi aussi je veux le savoir.

— Comment se fait-il que je sois incapable de m'agenouiller devant qui que ce soit et qu'en revanche, quand j'entends la *Pastorale* de Beethoven, je n'aie aucun scrupule à la vénérer?

— La *Pastorale*, c'est un peu du réchauffé.

— Si tu le dis. Tu sais d'où il venait, Beethoven? Des cent huit symphonies de Haydn.

— Et aussi des quarante et une symphonies de Mozart.

— C'est vrai. Mais Beethoven n'a pu en composer que neuf. Parce que les neuf, ou à peu près, se situent à un autre niveau de complexité morale.

— Morale?

— Morale.

— Écris-le.

— On ne peut pas comprendre l'œuvre d'art si on ne voit pas son évolution. – Il se brossa les dents et se rinça la bouche. Tout en s'essuyant avec la serviette, il cria, par la porte ouverte de la salle de bains : Mais il faut toujours la touche de génie de l'artiste qui, justement, la fait évoluer.

— Donc, le pouvoir réside dans l'individu, répondit Sara depuis le lit, sans pouvoir réprimer un bâillement.

— Je ne sais pas. Van der Weyden, Monet, Picasso, Barceló. C'est une ligne dynamique qui démarre dans les grottes du Barranc de la Valltorta et qui n'est pas encore achevée, parce que l'humanité existe.

— Écris-le. – Bernat finit son thé au bout de quelques jours et posa délicatement la tasse dans la soucoupe. – Non?

— C'est la beauté?

— Quoi?

— C'est la beauté qui est responsable? Qu'est-ce que ça veut dire la beauté?

— Je ne sais pas. Mais je suis capable de la reconnaître. Pourquoi tu n'écris pas ça? répéta Bernat en le regardant dans les yeux.

— L'homme détruit l'homme, et il compose aussi *Le Paradis perdu*.

— C'est un mystère, oui. Tu dois l'écrire.

— La musique de Franz Schubert me transporte dans un avenir meilleur. Schubert est capable de dire beaucoup de choses, avec peu d'éléments. Elle a une force mélodique inépuisable, pleine de grâce et de charme et en même temps pleine d'énergie et de vérité. Schubert, c'est la vérité artistique, et nous devons nous y accrocher pour nous sauver. Je n'arrive pas à croire qu'il était syphilitique, souffreteux et sans le sou. Quel pouvoir a cet homme? Quel pouvoir a-t-il sur nous? Moi qui vous parle, je m'agenouille devant l'art de Schubert.

— Bravo, Herr Obersturmführer. Je sentais bien que vous étiez un homme sensible.

Le docteur Budden tira une bouffée de sa cigarette et expulsa une fine colonne de fumée tout en accompagnant de la voix le début de l'opus cent, avec une précision incroyable.

— J'aimerais bien avoir votre oreille, Herr Obersturmführer.

— Je n'ai aucun mérite. J'ai fait des études supérieures de piano.

— Je vous envie.

— Vous avez tort. Ce sont tellement d'heures d'étude, entre la médecine et la musique, que j'ai plutôt l'impression d'avoir raté beaucoup de choses dans ma vie.

— Maintenant, vous les rattrapez à la pelle, si vous me passez l'expression, fit l'Oberlagerführer Höss en montrant les alentours, les bras ouverts. Maintenant vous êtes au beau milieu de la vie.

— Oui, bien sûr. Et, d'une certaine façon, un peu trop brusquement.

Silence entre les deux hommes, comme s'ils se surveillaient mutuellement. Jusqu'au moment où le médecin se décida, écrasa sa cigarette dans le cendrier, se pencha au-dessus de la table et dit en baissant la voix :

— Pourquoi vouliez-vous me voir, Obersturmbannführer ?

Alors, l'Oberlagerführer Höss, sur le même ton de voix, comme s'il se méfiait des murs de sa maison, lui dit qu'il voulait lui parler de son supérieur.

— Voigt ?

— Aha.

Silence. Ils devaient être en train de calculer les risques. Höss lâcha un que pensez-vous de lui, comme ça, entre nous.

— Eh bien, je…

— Je veux… J'exige votre sincérité. C'est un ordre, cher Obersturmführer.

— Comme ça, entre nous… c'est une andouille.

En entendant ça, Rudolf Höss prit un air satisfait. Il rapprocha sa chaise. En le regardant dans les yeux, il dit au docteur Budden qu'il faisait des démarches pour qu'on envoie cette andouille de Voigt sur n'importe quel front.

— Et qui dirigerait les…

— Vous, naturellement.

Eh. Mais c'est… Et pourquoi pas moi ?

Tout était dit. Une nouvelle alliance sans intermédiaires entre Dieu et son peuple. Le trio de Schubert résonnait encore derrière la conversation. Pour dissiper la gêne, le docteur Budden dit savez-vous que Schubert a composé cette merveille quelques mois avant sa mort ?

— Écris-le. Vraiment, Adrià.

Mais tout resta en l'air, momentanément, parce que Laura rentra de son séjour à Uppsala et la vie à l'université et surtout dans le bureau du département redevint un peu inconfortable. Elle revenait avec un regard plus gai, il lui dit tu vas bien ? Et Laura sourit et se dirigea sans répondre vers la salle quinze. Et Adrià en déduisit que oui, qu'elle allait bien. Et elle était jolie ; elle était revenue plus jolie. Hébergé provisoirement, pour cette année universitaire, sur le bureau de Parera, Adrià eut du mal à revenir à ses papiers qui tournaient autour du thème de la beauté, il ne savait pas encore dans quelle direction, mais qui l'amusaient et, pour la première fois de sa vie, l'avaient mis en retard pour son cours. La beauté de Laura, la beauté de Sara, de Tecla… entrent-elles dans ce genre de spéculations ? Hein ?

— Je dirais que oui, répondit Bernat, prudemment. La beauté de la femme est un fait indéniable. Non ?

— La Vivancos dirait que c'est un point de vue machiste.

— Ça, je n'en sais rien. – Silence perdu de Bernat. – Avant c'était une idée de petit-bourgeois et maintenant c'est un raisonnement machiste. – À voix plus basse, pour n'être entendu par aucun juge : Mais j'aime les femmes. Elles sont belles. Ça, je le sais.

— Oui. Mais je ne sais pas si je dois en parler.

— Au fait, c'est qui cette Laura si jolie ?

— Hein ?

— La Laura dont tu parles.

— Non, je pensais à Pétrarque.

— Et ça, ça va faire un livre? demanda Bernat en montrant les papiers sur la table des manuscrits, comme s'il allait les examiner minutieusement avec la loupe de papa.

— Je ne sais pas. Pour l'instant, il n'y a que trente pages et ça m'amuse d'avancer à tâtons.

— Comment va Sara?

— Bien. Elle me donne de la sérénité.

— Je te demande comment elle va, pas quelle influence elle a sur toi.

— Elle a beaucoup de travail. Actes Sud lui a commandé les illustrations d'une série de dix livres.

— Mais comment va-t-elle?

— Bien. Pourquoi?

— C'est que parfois elle a l'air triste.

— Il y a des choses qu'on ne peut pas arranger même avec un peu d'amour.

Au bout de dix ou douze jours, il arriva ce qui devait arriver. Il était en train de parler avec Parera et celle-ci lui demanda, dis-moi, comment s'appelle ta femme? À ce moment précis, Laura entrait dans le bureau, chargée de dossiers et d'idées, et elle entendit parfaitement Parera qui demandait, dis-moi, comment s'appelle ta femme? Et moi, avec résignation, je baissai les yeux et dis Sara, elle s'appelle Sara. Et Laura laissa tomber ses affaires sur sa table chaotique et s'assit.

— Elle est jolie, n'est-ce pas? continua Parera, comme si elle retournait un couteau dans mon cœur. Ou peut-être dans celui de Laura.

— Aha.

— Et il y a longtemps que vous êtes mariés?

— Non. En réalité, nous…

— D'accord, je veux dire, que vous vivez ensemble.

— Non, pas très.

L'interrogatoire ne prit pas fin parce que l'inspectrice du KGB n'avait plus rien à demander, mais parce qu'elle devait aller en cours. Eulàlievna Parerova sortit du bureau et, avant de refermer la porte, elle me dit prends-en bien soin, parce que par les temps qui courent…

Et elle ferma la porte tout doucement, sans avoir besoin de préciser ce qui se passait par les temps qui courent. Alors, Laura se leva, posa la main à une extrémité de l'amas de dossiers, de devoirs, de livres, de notes et de revues qui peuplaient toujours sa table et fit tout glisser par terre, au milieu du bureau. Un vrai cataclysme. Adrià la regarda, penaud. Elle s'assit sans le regarder. Alors, le téléphone du bureau sonna. Laura ne répondit pas, et il n'y a rien qui m'angoisse davantage qu'un téléphone qui sonne et que personne ne décroche, je te le jure. J'allai à ma table et décrochai.

— Allô. Oui, un instant. C'est pour toi, Laura.

Moi, le combiné à la main ; elle, regardant le vide et sans la moindre intention de décrocher son téléphone. J'approchai le combiné de mon oreille.

— Elle n'est pas là pour l'instant.

Alors Laura décrocha son téléphone et dit allô, oui. Je raccrochai et elle dit ma toute belle, qu'est-ce que tu fais ? Et elle éclata d'un rire cristallin. Je pris mes papiers sur l'art et l'esthétique qui n'avaient pas encore de nom et je m'enfuis.

— Il est temps que je parte, dit le docteur Budden en se levant et en rajustant son uniforme impeccable d'Obersturmführer, parce que demain il y a des arrivages. Il regarda l'Oberlagerführer Höss et lui sourit et, sachant que l'autre ne le comprendrait pas, il dit : L'art est inexplicable. – Il fit un geste vers son amphitryon. – On peut tout au plus dire que c'est une preuve d'amour donnée par l'artiste à l'humanité. Vous n'êtes pas d'accord ?

En quittant la demeure de l'Oberlagerführer, sachant que celui-ci était encore en train de digérer lentement ses paroles, il entendit le faible écho, enveloppé de froid, du finale du trio opus cent du séraphique Schubert. Sans cette musique, la vie serait terrible, aurait dû lui répondre son amphitryon.

Les choses commencèrent à se gâter pour moi alors que j'avais pratiquement terminé la rédaction de *La Volonté esthétique*. Les épreuves à corriger, la traduction en allemand qui m'incitait à faire des ajouts à l'original, les commentaires de Kamenek sur ma traduction, qui me poussaient également à nuancer et à récrire, tout cela produisit en moi une altération notable. J'avais peur que le livre sur le point de sortir me satisfasse. Je te l'ai souvent dit, Sara, c'est celui de mes livres qui me plaît le plus ; je ne sais pas si c'est le meilleur, mais c'est celui qui me plaît le plus. Et, suivant les commandements de mon âme chagrine dont tu as tant souffert, en ces jours où Sara mettait de la paix dans ma vie et où Laura faisait semblant de ne pas me connaître, l'obsession d'Adrià Ardèvol était de consacrer des heures à son Storioni, une façon comme une autre de dissimuler son inquiétude. Il revint sur les moments les plus durs avec la mère Trullols et les plus désagréables avec maître Manlleu. Et au bout de quelques mois, il invita Bernat à jouer les sonates de l'opus trois et de l'opus quatre de Jean-Marie Leclair.

— Pourquoi Leclair ?

— Je ne sais pas. J'aime. Et puis je l'ai travaillé.

— Ce n'est pas aussi facile que ça en a l'air.

— Mais tu veux essayer ou pas ?

Pendant deux ou trois mois, le vendredi après-midi, la maison fut remplie de la musique des violons des deux amis. Et pendant la semaine, Adrià, après avoir écrit, étudiait le répertoire. Comme trente ans plus tôt.

— Trente ?

— Ou vingt-cinq. Mais je ne peux plus te rattraper.

— Il ne manquerait plus que ça, mon vieux. Je n'ai rien fait d'autre.

— Je t'envie.

— Ne te fiche pas de moi.

— Je t'envie. Je voudrais savoir jouer comme toi.

Dans le fond, Adrià voulait s'éloigner de *La Volonté esthétique*. Il voulait revenir aux œuvres d'art qui lui avaient suggéré les réflexions dont il avait fait un livre.

— Oui, mais pourquoi Leclair ? Pourquoi pas Chostakovitch ?

— Je ne suis pas au niveau. Tu comprends pourquoi je t'envie ?

Et les deux violons, maintenant un Storioni et un Thouvenel, commencèrent à emplir la maison de nostalgies, comme si la vie pouvait recommencer, comme si elle voulait leur donner une nouvelle chance. Pour ma part, celle d'avoir des parents plus parents, plus différents, plus... Et... je ne sais pas exactement. Et toi ? Hein ?

— Quoi ? Bernat, l'archet trop tendu, essayant de regarder ailleurs.

— Tu es heureux ?

Bernat attaqua la *Sonate numéro deux* et je me vis obligé de le suivre. Mais quand nous eûmes fini (avec trois erreurs monumentales de ma part et une seule engueulade de Bernat), je revins à la charge.

— Hé.

— Quoi ?

— Est-ce que tu es heureux ?

— Non. Et toi ?

— Moi non plus.

La deuxième sonate, la numéro un, fut encore pire en ce qui me concerne. Mais nous pûmes arriver à la fin sans interruptions.

— Comment ça va avec Tecla ?

— Bien. Et avec Sara ?

— Bien.

Silence. Au bout d'un long moment :

— Enfin... Tecla... Je ne sais pas pourquoi mais elle se fâche tout le temps contre moi.

— Parce que tu vis dans un autre monde.

— Tu peux parler.

— Oui, mais moi je ne suis pas marié avec Tecla.

Après, nous essayâmes quelques études-caprices de Wieniawski, de l'opus dix-huit. Le pauvre Bernat, premier violon, termina trempé de sueur, et je me sentis content, malgré trois reproches qu'il me fit sèchement, comme s'il était moi en train de critiquer ses écrits, à Tübingen. Et je l'enviai beaucoup, beaucoup. Et je ne pus m'empêcher de lui dire que j'aurais donné mes écrits pour son talent de musicien.

— Et moi j'accepte l'échange. J'accepte, enchanté. D'accord?

Le plus inquiétant c'est que nous n'éclatâmes pas de rire. Nous nous contentâmes de regarder l'horloge, parce qu'il se faisait tard.

En vérité, la nuit fut brève, comme l'avait prévu le docteur, parce que les premières unités de matériau arrivèrent à sept heures du matin, avant le lever du jour.

— Celle-ci, dit Budden à l'Oberscharführer Barabbas. Et ces deux-là. – Et il s'en retourna à son laboratoire, parce qu'il croulait sous le travail en retard. Aussi pour une raison plus obscure, parce que dans le fond ça le faisait enrager de voir cette file de femmes et d'enfants qui avançaient en ordre vers le fond, comme des moutons, sans une once de dignité pour les inciter à la révolte.

— Non! Laissez-la tranquille! cria une femme âgée qui avait un paquet dans les bras, une sorte d'étui à violon, qu'elle portait comme un bébé.

Le docteur Budden détourna son attention de la dispute. Alors qu'il s'éloignait, il vit le docteur Voigt sortir du mess des officiers et se diriger vers l'endroit où se produisait l'esclandre. Konrad Budden ne prit même pas la peine de dissimuler la moue de mépris que suscitait la vue de son supérieur, toujours attiré par les bagarres.

Il entra dans son bureau, encore tranquille et, aussitôt, il entendit le claquement sec d'un Luger.

— D'où tu viens, toi ? demanda-t-il d'une voix dure, sans lever les yeux du papier. Au bout du compte, il dut les lever, parce que la petite fille, muette, le regardait avec perplexité. Elle tordait une serviette sale entre ses mains et le docteur Budden commença à perdre son calme. Il éleva la voix :

— Arrête de gigoter.

La petite fille se figea, mais elle avait toujours le même air perplexe. Le médecin soupira, inspira profondément et s'arma de patience. À ce moment, le téléphone qui se trouvait sur la table sonna.

— Oui ? / Oui, Heil Hitler. / Qui ? – Étonné. / Passez-la-moi. […] / Heil Hitler. Hallo. – Impatient. – Ja, bitte ? / Qu'est-ce qui se passe, maintenant ? – Agacé. / Qui est ce Lothar ? – Furieux. / – Ah ! – Scandalisé. – Le père de l'abject Franz ? / Et qu'est-ce que tu veux ? / Qui l'a arrêté ? / Mais pourquoi ? / Ma petite… Là, moi, je ne… / Je suis très occupé en ce moment. Tu veux que je me fasse remarquer ? / Il a bien dû faire quelque chose. / Écoute, Herta, s'il a fait l'andouille, tant pis pour ses pieds.

Et il regarda la petite fille à la serviette sale.

— Holländisch ? lui dit-il. – Et, au téléphone : Toi je ne sais pas, mais moi je suis en train de travailler. J'ai trop à faire pour m'occuper d'âneries de ce genre. Heil Hitler !

Et il raccrocha. Il continua à regarder la petite fille, attendant une réponse.

La petite fille fit oui de la tête. Comme si holländisch était le premier mot qu'elle comprenait. Le docteur Budden, à voix plus basse, pour que personne ne voie qu'il ne parlait pas en allemand, lui demanda dans le néerlandais de ses cousins de quel village elle était et elle lui répondit Anvers. Elle voulait lui dire qu'elle était flamande, qu'elle habitait rue Arenberg, et où était son père, on l'avait emmené. Mais elle resta la bouche ouverte, contemplant cet homme qui maintenant lui souriait.

— Tu dois simplement faire ce que je te dirai.

— J'ai mal ici, dit-elle en montrant sa nuque.

— Ce n'est rien. Maintenant, écoute-moi.

Elle le regarda avec curiosité. Le médecin insista :

— Il faut que tu fasses ce que je te dis. Tu comprends ?

La petite fille fit non de la tête.

— Alors je vais devoir t'arracher le nez. Tu m'as compris, maintenant ?

Et il regarda patiemment la petite fille, horrifiée, secouer frénétiquement la tête.

— Tu as quel âge ?

— Sept ans et demi, répondit-elle en exagérant pour se grandir.

— Nom ?

— Amelia Alpaerts. Vingt-deux rue Arenberg, troisième porte.

— C'est bon, c'est bon.

— Anvers.

— C'est bon, je t'ai dit ! – Irrité. – Et arrête de tripoter cette foutue serviette, si tu ne veux pas que je la fasse disparaître.

La petite fille baissa les yeux et mit instinctivement les mains derrière son dos, cachant la serviette à carreaux bleus, peut-être pour la protéger. Elle ne put retenir une larme.

— Maman, implora-t-elle, également à voix basse.

Le docteur Budden fit un claquement de doigts et un des deux jumeaux qui tenaient le mur du fond s'avança et saisit la petite fille sans grands égards.

— Préparez-la, dit le médecin.

— Maman ! cria la petite fille.

— Allez, la suivante, répondit le docteur sans lever les yeux de la fiche qui était posée sur son bureau.

— Holländisch ? entendit la petite fille à la serviette à carreaux bleus et blancs, alors qu'on la faisait entrer dans une pièce qui sentait très fort le médicament et je ne pus aller plus loin : pas une justification, pas une explication, parce que Laura ne m'en demanda aucune. Elle aurait parfaitement pu me dire tu es un salaud et un menteur parce que tu m'as dit qu'il n'y avait aucune femme entre nous ; elle aurait pu me dire qu'est-ce que ça te coûtait de m'en parler ; elle aurait pu me dire tu es un lâche ; elle aurait pu me dire tu n'as pas cessé de te servir de moi ; elle aurait pu me dire beaucoup de choses. Mais non : la vie continua comme toujours dans le bureau. Pendant quelques mois, je n'y mis pratiquement pas les pieds. Deux ou trois fois, nous nous sommes croisés dans le cloître ou nous nous sommes vus au bar. J'étais devenu un être transparent. J'eus du mal à m'habituer. Et pardonne-moi, Sara, de ne pas t'en avoir parlé avant.

Le docteur Konrad Budden, à la fin d'un mois très intense, enleva ses lunettes et se frotta les yeux. Il était épuisé. En entendant le claquement de talons devant sa table, il leva la tête. L'Oberscharführer Barabbas était devant lui, au garde-à-vous, raide, toujours prêt, attendant ses ordres. D'un geste las, le docteur lui montra la chemise bien remplie, avec le nom bien visible du docteur Aribert Voigt, et l'autre la prit. Quand le sous-officier fit claquer ses talons avec énergie, le docteur sursauta, comme s'il les avait cognés sur sa tête. Barabbas sortit du bureau avec le rapport minutieux qui expliquait que, malheureusement, l'expérience de régénération du tendon rotulien, qui consistait à dégager le tendon, à le sectionner, à lui appliquer la pommade du docteur Bauer et à observer s'il y avait un processus régénératif, sans l'aide d'aucune suture, n'avait pas réussi comme ils l'avaient prévu, pas plus sur les adultes que sur les enfants. Avec des gens âgés, on s'attendait bien à ce que ce ne soit pas efficace, mais on avait l'espoir que sur des organismes en pleine croissance, la régénération, avec l'aide de la pommade Bauer, pourrait être spectaculaire. Cet échec fermait toute possibilité d'offrir triomphalement à l'humanité le médicament miraculeux. Quel dommage, parce que dans le cas contraire, les bénéfices, pour Bauer, pour Voigt et pour lui-même, auraient été non seulement triomphaux mais inimaginables.

Il n'avait jamais eu autant de mal à considérer une expérience comme close. Après des mois pendant lesquels il avait vu gémir ses petits cochons d'Inde – comme ce garçon à la peau tellement brune, ou le petit garçon albinos qui disait Tève, Tève, Tève, recroquevillé sur son lit, refusant d'en sortir, jusqu'à ce qu'on soit obligé de l'éliminer sur place, ou comme cette fille avec ce foutu chiffon sale qui était incapable de se tenir debout sans béquilles et qui, si on ne lui donnait pas de sédatif, bramait de douleur pour emmerder le monde, comme si ça ne suffisait pas avec la responsabilité de mener à bien les expériences, et avec la pression brutale de son andouille de supérieur qui, manifestement, avait des relations, parce que même Höss n'était pas capable de l'envoyer sur le front pour qu'il cesse de leur casser les couilles –, il dut admettre qu'il était inutile d'attendre un meilleur comportement du cartilage traité avec la pommade Bauer. Vingt-six cochons d'Inde, garçons et filles, et aucun tissu restauré, rendaient évidentes les conclusions qu'il adressait bien à contrecœur au professeur Bauer. Et un beau jour le docteur Voigt s'en alla par l'avion du courrier, sans tambour ni trompette. C'était très étrange, parce qu'il n'avait laissé aucune sorte d'instruction sur la suite des expériences. Le docteur Budden comprit pourquoi à midi, lorsque commencèrent à arriver les nouvelles sur l'approche alarmante de l'Armée rouge et sur la faible efficacité des lignes de défense allemandes. Et, en tant que première autorité médicale du camp, il décida qu'il fallait faire un grand nettoyage à l'eau de Javel. D'abord, avec l'aide de Barabbas, il passa cinq heures de suite à brûler des papiers et des photographies, à détruire toute preuve matérielle qui puisse faire soupçonner que quelqu'un, à Birkenau, avait fait des expériences avec des petites filles qui s'accrochaient désespérément à un chiffon sale. Aucune trace de la douleur infligée parce que c'était trop impossible pour qu'on le croie. Tout brûlé, Barabbas, et le pauvre idiot qui disait quel dommage, toutes ces heures et tout ce travail qui partent en fumée. Et aucun des deux ne pensa à tous les hommes qui étaient partis en fumée, là même, à deux cents mètres du laboratoire. Et quelque part, au ministère de la Santé, il devait y avoir les copies envoyées par le département de la recherche, mais va donc essayer de les trouver quand la seule chose qui compte c'est de tenter de sauver sa peau.

Les mains encore noires de fumée, profitant de l'obscurité de la nuit, il entra dans le dortoir des cochons d'Inde, accompagné seulement par le fidèle Barabbas. Chaque enfant sur sa paillasse. Il leur administra l'injection dans le cœur, sans explications. À un garçon qui lui demandait pourquoi la piqûre, il dit que c'était pour calmer la douleur de ses genoux. Les autres moururent probablement en sachant qu'ils mouraient une bonne fois. La petite fille au chiffon foncé et sale fut la seule à l'accueillir bien éveillée, avec ses yeux accusateurs. Elle aussi lui demanda pourquoi. Mais elle le dit d'une façon différente. Avec ses sept ans, elle était capable de demander si tout ce cirque était nécessaire. Elle dit pourquoi et le regarda dans les yeux. Des semaines de douleur lui avaient ôté la peur et, assise sur la couche, elle ouvrait sa chemise pour que Barabbas trouve le bon endroit pour piquer. Mais elle regardait le docteur Budden et disait pourquoi. Cette fois c'est lui qui, à contre-cœur, dut dévier son regard. Pourquoi. Waarom. Elle le dit jusqu'à ce que ses lèvres s'assombrissent, peintes par la mort. Une petite fille de sept ans qui ne se désespère pas face à la mort, c'est qu'elle est déjà totalement désespérée et anéantie. Sinon, une telle force est incompréhensible. Waarom.

Après avoir préparé la fuite du Lager pour l'aube, avec différents officiers non requis par le service, pour la première fois depuis de nombreux mois, le docteur Budden ne dormit pas très bien. À cause d'un waarom. Et de lèvres minces qui s'assombrissaient. Et l'Oberscharführer Barabbas qui souriait et lui faisait une piqûre à lui, sans lui enlever son uniforme, et il souriait avec les lèvres noircies par une mort qui n'en finissait pas d'arriver parce que le rêve continuait.

À l'aube, sans faire de bruit, avant que l'Oberlagerführer Rudolf Höss s'en rende compte, une vingtaine d'officiers et de sous-officiers, parmi lesquels se trouvaient Budden et Barabbas, marchaient vers n'importe quel endroit, le plus loin possible de Birkenau.

Barabbas et le docteur Budden s'en sortirent très bien parce que, profitant de la confusion, ils s'éloignèrent tellement de leur lieu de travail et de l'Armée rouge qu'ils purent, aux yeux des Britanniques, se faire passer pour des soldats qui venaient du front d'Ukraine et qui ne souhaitaient qu'une chose, que la guerre s'arrête pour pouvoir rentrer chez eux une bonne fois pour toutes, retrouver leur femme et leurs enfants, s'ils étaient encore vivants. Le docteur Budden s'était transformé en Tilbert Haensch, oui, de Stuttgart, mon capitaine, et il n'avait pas de papiers pour le prouver parce qu'avec la capitulation, enfin voilà. Je veux rentrer chez moi, mon capitaine.

— Où habitez-vous, docteur Konrad Budden ? fit l'officier qui conduisait l'interrogatoire, dès que l'autre eut achevé son plaidoyer.

Le docteur Budden le regarda bouche bée. Il fut incapable de dire autre chose que quoi? avec un air des plus étonnés.

— Où habitez-vous? insista le lieutenant britannique, avec son épouvantable accent.

— Qu'est-ce que vous m'avez dit? Comment m'avez-vous appelé?

— Docteur Budden.

— Mais…

— Vous n'avez jamais mis les pieds sur le front, docteur Budden. Et surtout pas sur le front de l'est.

— Pourquoi m'appelez-vous docteur?

L'officier britannique ouvrit la chemise qui se trouvait sur la table. Son dossier militaire. Cette putain de manie de tout contrôler et répertorier. Lui un peu plus jeune, mais lui, avec ce regard qui ne regardait pas mais cherchait à transpercer. Herr Doktor Konrad Budden, chirurgien de la promotion 1938. Ah, et pianiste de niveau professionnel. Chapeau, docteur.

— C'est une erreur.

— Oui, docteur. Une grande erreur.

Ce n'est qu'à la troisième année de prison, sur les cinq auxquelles il fut condamné, parce que par un miracle de dernière heure personne n'avait fait de rapport entre lui et Auschwitz-Birkenau, que le docteur Budden commença à pleurer. Il était parmi les rares prisonniers qui jusqu'alors n'avaient reçu aucune visite, parce que ses parents étaient morts dans le bombardement de Stuttgart et que lui-même avait refusé qu'on prévienne sa famille plus ou moins éloignée. Et surtout pas de Bebenhausen. Il n'avait pas besoin de visite. Il passait ses journées à regarder le mur, surtout quand il commença à connaître plusieurs nuits d'insomnie à la suite. Comme une gorgée de lait aigre, lui revenaient les visages de tous les patients qui avaient défilé devant lui quand il était sous les ordres du docteur Voigt, dans le cabinet de recherche médicale de Birkenau. Et il s'imposa la tâche d'essayer de se rappeler le plus grand nombre possible de visages, de gémissements, de larmes et de cris de terreur, et il passait des heures immobile, assis devant la table nue.

— Qu'est-ce qu'il y a?

— Il y a que votre cousine Herta Landau demande encore à vous rendre visite.

— J'ai dit que je ne voulais aucune visite.

— Elle est devant la prison et elle fait une grève de la faim. Jusqu'à ce que vous la receviez.

— Je ne veux voir personne.

— Cette fois vous serez bien obligé. Nous ne voulons pas de scandale dans la rue. Et votre nom a commencé à être publié dans les journaux.

— Vous ne pouvez pas me forcer.

— Et comment qu'on peut! Vous deux, attrapez-le par les bras et qu'on en finisse avec le pputain de numéro de cette cinglée.

Ils installèrent le docteur Budden dans une salle aménagée pour les visites. Ils le firent asseoir devant trois soldats australiens hiératiques. Le docteur dut attendre cinq minutes interminables avant que la porte s'ouvre et qu'on fasse entrer une Herta vieillie, qui avança à petits pas jusqu'à la table. Budden baissa le regard. La femme s'arrêta devant lui ; ils n'étaient séparés que par un bout de table. Elle ne s'assit pas. Elle dit seulement de la part de Lothar et de ma part à moi. Alors, Budden leva les yeux et à ce moment-là Herta Landau, qui s'était penchée vers lui, lui cracha au visage. Sans rien ajouter, elle fit demi-tour et sortit, d'un pas un peu plus vif, comme si elle s'était débarrassée du poids de quelques années. Le docteur Budden ne fit aucun geste pour s'essuyer le visage. Il resta un moment à regarder dans le vide jusqu'à ce qu'une voix rude dise emmenez-le, et il eut l'impression que la voix disait emportez cette charogne. Et à nouveau, seul, dans la cellule ; à nouveau le souvenir des visages des patients, comme une gorgée de lait aigre dans la bouche. De tous les patients. Depuis les treize qui subirent les expériences de décompression subite, en passant par tous ceux qui avaient fait des rejets de greffes et qui étaient morts d'infection, jusqu'au groupe d'enfants qui devaient prouver les possibles effets bénéfiques de la pommade Bauer. Très certainement, le visage qui lui apparaissait le plus souvent était celui de la petite fille flamande qui lui disait waarom sans comprendre pourquoi tant de douleur. Alors il prit l'habitude, comme si c'était un acte liturgique, quand il était assis devant la table nue, de déplier un linge sale, avec un bord qui s'effilochait, et où on pouvait à grand-peine distinguer des carreaux bleus et blancs ; il le regardait fixement, sans ciller, jusqu'à ce qu'il n'en puisse plus. Et le vide qu'il sentait à l'intérieur était si intense qu'il était encore incapable de pleurer.

Après quelques mois passés à répéter chaque jour, du matin au soir, les mêmes gestes, plus ou moins à la troisième année d'emprisonnement, sa conscience était devenue poreuse : outre les gémissements, les cris, les pleurs et les larmes de panique, il commençait à se rappeler les odeurs de chaque visage. Et le moment arriva où il ne fut plus capable de dormir la nuit, comme les cinq individus de Lettonie qu'ils avaient réussi à maintenir éveillés pendant vingt-deux jours, jusqu'à ce qu'ils meurent d'épuisement, les yeux détruits à force de regarder la lumière. Et une nuit, il commença à verser des larmes. Depuis qu'il avait seize ans et que Sigrid avait répondu avec un regard de mépris absolu à sa proposition de sortir ensemble, Konrad Budden n'avait pas pleuré. Des larmes lentes, comme si elles étaient trop épaisses, ou peut-être des larmes indécises, tant elles avaient tardé à apparaître. Et une heure plus tard elles continuaient à couler lentement. Et quand, hors de la cellule, les doigts de l'aurore teintaient de rouge le ciel obscur, il éclata en un pleur interminable tandis que son âme disait waarom, comment est-ce possible, warum, comment ai-je pu ne pas pleurer devant de grands yeux aussi tristes, warum, mein Gott?

— Les œuvres d'art sont d'une infinie solitude, disait Rilke.

Les trente-sept étudiants le regardèrent en silence. Le professeur Adrià Ardèvol se leva, descendit de l'estrade et commença à monter quelques marches de l'amphithéâtre. Aucun commentaire? demanda-t-il.

Non. Personne n'avait rien à dire. Mes étudiants n'ont rien à dire quand je les titille avec des phrases comme les œuvres d'art sont d'une infinie solitude. Et si je leur dis que l'œuvre d'art est l'énigme qu'aucune raison ne peut dominer?

— L'œuvre d'art est l'énigme qu'aucune raison ne peut dominer.

Son ascension l'avait conduit jusqu'au milieu de la salle. Certaines têtes s'étaient tournées pour le suivre. Dix ans après la mort de Franco, les étudiants avaient perdu l'excitation qui les faisait intervenir à tout bout de champ, inutilement mais passionnément.

— La réalité des choses de la vie ne peut être déchiffrée, approximativement, qu'avec l'aide de l'œuvre d'art, même si elle est incompréhensible. – Il les regarda, se retournant pour les embrasser tous de son regard. – Le poème hermétique est l'écho du conflit non résolu.

Une main se leva. La fille aux cheveux courts. Une main s'était levée! Peut-être allait-elle lui demander si ces choses incompréhensibles faisaient partie du programme de l'examen du lendemain ; peut-être allait-elle lui demander l'autorisation de sortir pour faire pipi.

Peut-être lui demanderait-elle si, à travers l'art moderne, on peut saisir tout ce à quoi l'homme a dû renoncer pour construire un monde objectif.

Il pointa le doigt sur la fille aux cheveux courts et lui dit oui, je t'écoute.

— Pour votre grande honte, votre nom restera à jamais dans les mémoires comme un de ceux qui ont contribué à l'horreur qui a souillé l'humanité. – Il dit cela en anglais, avec l'accent de Manchester et sur un ton de formulaire, sans se demander si l'autre l'avait compris. D'un doigt sale, il montra un endroit sur le document. Budden haussa les sourcils.

— Signez là, s'impatienta le sergent dans un allemand approximatif. Et il frappa plusieurs fois le document de son doigt sale pour montrer l'endroit exact.

Budden signa et rendit le document.

— Vous êtes libre.

Libre. Une fois sorti de la prison, il s'enfuit pour la deuxième fois, cette fois aussi sans but précis. Cependant, il s'arrêta dans un petit village glacé de la côte balte, à l'ombre d'une humble chartreuse, et il passa l'hiver à contempler le foyer de la maison silencieuse où on l'avait accueilli, se proposant, dans cette maison et au village, afin de survivre, pour tout travail de portefaix qu'on voudrait lui confier. Il parla peu car il ne voulait pas être reconnu comme un homme cultivé et il s'employa à durcir ses mains de pianiste et de chirurgien. Dans la maison où on l'accueillit, il ne parla pas davantage, parce que le couple vivait dans la douleur de la perte de leur fils unique, Eugen, sur le front russe, pendant la maudite guerre du maudit Hitler. L'hiver fut long pour Budden, qu'on avait installé dans la chambre du fils regretté, en échange de tous les travaux qu'il pourrait faire ; il y séjourna deux longues années, durant lesquelles il ne parla à personne plus que le strict nécessaire, comme s'il était un des moines de la chartreuse voisine ; se promenant seul, se laissant fouetter par le vent cinglant qui venait du golfe de Finlande, pleurant quand personne ne pouvait le voir, ne laissant pas les images qui le tourmentaient s'estomper, de façon injuste, car dans le souvenir se trouve la pénitence. À la fin de cet hiver de deux ans, il se dirigea vers la chartreuse d'Usedom et, à genoux, demanda au frère portier de l'entendre en confession. Après quelques hésitations devant cette demande insolite, on lui assigna un père confesseur, un homme âgé, habitué au silence, au regard gris et avec un léger accent lituanien chaque fois qu'il se décidait à dire plus de trois mots de suite. À partir de la sonnerie de tierces, Budden ne lui épargna aucun détail, tête baissée et de sa voix monotone. Il sentait, vrillant sa nuque, le regard scandalisé du pauvre moine qui, pendant la première heure de confession, ne l'interrompit qu'une fois.

— Es-tu catholique, mon fils ?

Pendant les quatre autres heures que dura la confession, il ne pipa mot. À un moment, Budden eut l'impression que l'homme pleurait en silence. Lorsque sonna la cloche qui appelait les moines aux vêpres, le confesseur disait ego te absolvo a peccatis tuis d'une voix tremblante, et faisait un signe de croix hésitant tout en marmonnant le reste de la formule. Et ensuite, le silence, tandis que vibrait l'écho de la cloche ; mais le pénitent n'avait pas bougé.

— Et ma pénitence, mon père ?

— Va dans la paix de… – Il n'osa pas prononcer le nom de Dieu en vain ; il toussa, gêné, et poursuivit : Il n'y a pas de pénitence qui puisse… Aucune pénitence qui… Repens-toi, mon fils ; repens-toi, mon fils. Repens-toi… Sais-tu ce que je pense, dans le fond ?

Budden leva la tête, accablé mais également étonné. Le confesseur avait incliné doucement la tête sur le côté et regardait avec intérêt une entaille dans le bois.

— Que pensez-vous, mon père?…

Budden regarda l'entaille dans le bois ; on la voyait difficilement parce que la lumière commençait à baisser. Il regarda le confesseur et fut pris d'effroi. Père? lui dit-il. Père? Et il lui sembla qu'il avait devant lui cet enfant lituanien qui gémissait et qui appelait Tève, Tève! depuis le grabat du fond. Le confesseur était mort et ne pouvait plus l'aider, malgré ses supplications. Et il se mit à prier pour la première fois depuis de nombreuses années, une sorte de prière inventée, implorant le secours qu'il ne méritait pas.

— Moi, un poème ou une chanson… Ça ne me fait pas penser à tout ça, à vrai dire.

Adrià était enthousiasmé parce que la fille ne lui avait pas demandé si ça faisait partie du programme de l'examen. Ses yeux s'illuminèrent.

— D'accord. À quoi ça te fait penser?

— À rien.

Quelques rires. La fille se retourna, à moitié furieuse contre ceux qui avaient ri.

— Taisez-vous, dit Adrià. Il regarda la fille aux cheveux courts, l'encourageant à poursuivre.

— Eh bien, dit-elle. Ça ne me fait pas penser. Ça me fait sentir des choses que je ne peux pas expliquer. – Dans un filet de voix. – Parfois… – encore plus bas – ça me fait pleurer.

Cette fois, plus aucun rire. Les trois ou quatre secondes de silence qui suivirent furent le moment le plus important de l'année. Gâché par l'appariteur ouvrant la porte pour annoncer que c'était l'heure.

— L'art est mon salut, mais il ne peut être le salut de l'humanité, répondit le professeur Ardèvol à l'appariteur, qui referma la porte, honteux de ce professeur complètement à la masse.

— L'art est mon salut, mais il ne peut être le salut de l'humanité, répéta-t-il à Sara alors qu'ils déjeunaient dans la salle à manger, devant l'Urgell qui avait l'air lui aussi de s'éveiller à un nouveau jour.

— Non : l'humanité est incurable.

— Ne sois pas triste, chérie.

— Je ne peux m'empêcher d'être triste.

— Pourquoi ?

— Parce que j'ai l'impression que…

Silence. Elle but une gorgée de thé. On sonna à la porte et Adrià alla ouvrir.

— Attention, écartez-vous.

Caterina entra et courut à la salle de bains avec son parapluie dégoulinant.

— Il pleut ?

— Même s'il neigeait ou s'il tombait des éclairs, vous ne le verriez pas, dit-elle depuis la salle de bains.

— N'exagérons rien.

— N'exagérons rien ? Vous ne trouveriez pas d'eau à la mer !

Je retournai à la salle à manger. Sara finissait de déjeuner. Adrià posa une main sur sa main pour l'empêcher de se lever.

— Pourquoi est-ce que tu ne peux pas t'empêcher d'être triste ?

Elle ne dit rien. Elle s'essuya les lèvres avec la serviette à carreaux bleus et blancs et la plia lentement. J'attendais, debout, entendant Caterina s'affairer à l'autre bout de l'appartement.

— Parce que j'ai l'impression que si je cesse d'être triste… je pèche contre la mémoire des miens. De mon oncle. De… J'ai beaucoup de morts, tu sais.

Je m'assis sans lâcher sa main.

— Je t'aime, t'ai-je dit. Et tu m'as regardé, triste, sereine et belle. Ayons un enfant, ai-je finalement osé dire.

Tu as fait non de la tête, comme si tu n'osais pas le dire à voix haute.

— Pourquoi pas ?

Tu as haussé les sourcils et tu as fait pff.

— C'est la vie contre la mort, tu ne crois pas ?

— Je n'en ai pas le courage. – Tu as fait non de la tête tout en disant non, non, non, non, non.

Pendant très longtemps, je me suis demandé pourquoi tant de non dressés contre l'idée d'avoir un enfant. Une de mes peines les plus profondes, ne pas avoir vu grandir une petite fille qui te ressemble, à qui personne ne dirait reste tranquille, bon Dieu, ou je t'arrache le nez, parce qu'elle n'aurait pas à chiffonner anxieusement une serviette à carreaux bleus et blancs. Ou un garçon qui n'aurait pas à implorer Tève, Tève, rempli de panique.

Après cette confession tellement coûteuse, dans l'île glacée d'Usedom, Budden abandonna sa chaise devant la cheminée, laissa derrière lui le village de glace de la côte baltique, après avoir volé à ses hôtes une carte d'identité du regretté Eugen Müss pour s'épargner des problèmes avec les forces d'occupation alliées, et il entreprit sa troisième fuite, comme s'il avait peur que le pauvre confesseur, depuis sa tombe, puisse l'accuser, devant ses frères épouvantés, de quelque faute méritée. Dans le fond, ce n'étaient pas les chartreux et leur silence qui lui faisaient peur. Il n'avait pas peur de la pénitence qu'ils ne lui avaient pas imposée ; et il n'avait pas peur de la mort ; il ne méritait pas le suicide, parce qu'il savait qu'il devait réparer le mal. Et il savait bien qu'il méritait la damnation éternelle et il ne se sentait pas le droit de s'y dérober. Mais il avait encore un travail à accomplir avant d'aller en enfer. "À toi de voir, mon fils", lui avait dit le confesseur avant l'absolution et la mort, au seul moment où il lui avait parlé, pendant sa longue et éternelle confession, "de quelle façon tu peux réparer le mal que tu as fait." Et à voix plus basse, il avait ajouté : "Si cette réparation est possible…" Après quelques secondes d'hésitation, il avait ajouté : "Que la miséricorde divine, qui est infinie, me pardonne, mais tu auras beau essayer de réparer le mal, je crois qu'il n'y a pas de place pour toi au paradis." Pendant sa fuite, Eugen Müss pensa à la réparation du mal. Pour d'autres, les choses avaient été plus faciles, parce que dans leur première fuite ils n'avaient eu à détruire que des archives ; lui, il avait dû détruire le corps du délit ; les petits corps du délit. Mon Dieu.

Dans trois monastères, deux tchèques et un hongrois, on se débarrassa de lui avec de bonnes paroles. Dans le quatrième, après une longue période comme postulant, il fut accepté. Il ne lui arriva pas ce qui était arrivé à ce pauvre frère qui fuyait la peur et qui implora trente fois qu'on lui permette d'être un moine parmi les moines et à qui, vingt-neuf fois, le père prieur de Sant Pere del Burgal, le regardant dans les yeux, le refusa. Jusqu'à ce qu'un vendredi pluvieux et heureux, il implore son admission pour la trentième fois. Müss ne fuyait pas la peur : il fuyait le docteur Budden.

Le père Klaus, qui était alors le maître des novices, était aussi en rapport avec les aspirants. Il eut la conviction que cet homme encore jeune avait une soif spirituelle, un désir profond de prière et de pénitence que la Trappe pouvait lui offrir. Et c'est ainsi qu'il entra comme postulant formel dans le monastère de Mariawald.

La vie de prière le conduisit aux abords de la présence de Dieu, toujours avec la peur et la conviction de ne pas être digne de respirer. Un jour, au bout de huit mois, le père Albert tomba raide alors qu'il marchait devant lui dans le cloître, se dirigeant vers la salle capitulaire, où le père abbé devait leur parler de modifications dans le régime horaire. Le frère Eugen Müss ne réfléchit pas à sa réaction et, voyant le père Albert au sol il se dit c'est une crise cardiaque et il donna des instructions précises à ceux qui accouraient à son secours. Le père Albert eut la vie sauve, mais les frères découvrirent avec étonnement que le novice Müss avait plus que des notions de médecine, qu'il était médecin.

— Pourquoi nous l'as-tu caché ?

Silence. Regard fixé au sol. J'ai voulu commencer une nouvelle vie. Je ne crois pas que cette information ait d'importance.

— C'est moi qui décide ce qui a de l'importance et ce qui n'en a pas.

Il ne put supporter le regard du père abbé ni celui du père Albert, quand il dut lui rendre visite pendant sa convalescence. Plus encore, Müss fut convaincu que le père Albert, au moment où il le remerciait de la réaction qui lui avait sauvé la vie, devina son secret.

La réputation de médecin de Müss grandit au fil des mois. Au moment de prononcer ses premiers vœux, quand il dut abandonner le prénom Eugen, qui n'était d'ailleurs pas le sien, pour celui d'Arnold, comme le voulait la Règle, en signe de renoncement, il avait déjà résolu un cas d'intoxication collective avec efficacité et abnégation, et sa réputation s'en trouva consolidée. C'est pourquoi, lorsque, très loin de là, au couchant, dans un autre monastère d'un autre pays, éclata la crise du frère Robert, son abbé eut aussitôt l'idée de recommander le frère Arnold Müss, comme praticien expert. Et c'est alors que recommença la désolation.

— Pour finir, je ne peux éviter de faire référence à l'idée selon laquelle il ne peut y avoir de poésie après Auschwitz.

— Qui a dit ça ?

— Adorno.

— Je suis d'accord.

— Pas moi : il y a de la poésie après Auschwitz.

— Non, mais je veux dire… qu'il ne devrait pas y en avoir.

— Non. Après Auschwitz, après les innombrables pogroms, après l'extermination des cathares, liquidés jusqu'au dernier, après les massacres de toutes les époques, en tous lieux... Il y a tellement de siècles que la cruauté est présente que l'histoire de l'humanité serait l'histoire de l'impossibilité de la poésie "après...". Et pourtant il n'en a pas été ainsi, parce que, justement, qui peut raconter Auschwitz ?

— Ceux qui l'ont vécu. Ceux qui l'ont créé. Les chercheurs.

— Oui. Tout cela comptera. Et on a fait des musées pour s'en souvenir. Mais il manque une chose : la vérité de l'expérience vécue, et cela ne peut pas être transmis par une étude.

Bernat referma la liasse de papiers, regarda son ami et dit alors ?

— Cela ne peut être transmis que par l'art, par l'artifice littéraire, qui est ce qu'il y a de plus proche de l'expérience vécue.

— Purée.

— Oui. Il faut de la poésie, plus que jamais, après Auschwitz.

— C'est une bonne fin.

— Oui, je crois que oui. Ou peut-être pas. Mais je pense que c'est une des raisons de la persistance de la volonté esthétique dans l'humanité.

— Ça sortira quand ? Je suis vraiment impatient.

Quelques semaines plus tard, *La Volonté esthétique* fut publiée à la fois en catalan et en allemand, dans ma traduction, révisée à la loupe par le patient saint Johannes Kamenek. Une des rares choses dont je suis fier, ma bien-aimée. Et il me revenait des histoires et des paysages qui étaient enfouis dans ma mémoire. Et un jour je retournai voir Morral en cachette, de toi et de moi.

— Combien ?

— Tant.

— Tant ?

— Oui. Ça vous intéresse, docteur ?

— Si ce n'était pas autant, oui.

— Mais qu'est-ce que vous me chantez là ! C'est tant.

— Tant.

— Allez, marché conclu : tant.

Cette fois, c'était la partition autographe de l'*Allegro de concert* de Granados. Pendant plusieurs jours, j'évitai de croiser le regard du shérif Carson et du valeureux chef arapaho Aigle-Noir.

39

Franz-Paul Decker dit on fait une pause de dix minutes apparemment parce qu'on l'appelait à la direction pour une affaire très urgente, parce que la direction c'était toujours plus urgent que toute autre chose, même que la deuxième répétition de la *Quatrième* de Bruckner. Bernat se mit à parler avec le cor silencieux, timide, à qui Decker avait demandé de rejouer le réveil du premier jour dans le mouvement Bewegt, nicht zu schnell, afin de montrer à tout l'orchestre comment sonne un cor qui sonne bien. Et lui, la troisième fois que le chef le mettait en valeur, il fit la fausse note que les cors craignent plus que la mort. Et tout le monde rit un peu. Decker et le cor aussi, mais Bernat en fut un peu affecté. Cela faisait peu de temps que ce garçon était entré dans l'orchestre, toujours dans son coin, timide, regardant le sol, blond et de petite stature, un peu grassouillet, et qui, apprenait-il, s'appelait Romain Gunzbourg.

— Bernat Plensa.

— *Enchanté**. Premiers violons, n'est-ce pas?

— Oui. Quoi? Comment tu te sens, dans l'orchestre? À part les prouesses que le chef te demande.

Il se sentait bien. Il était parisien, il aurait aimé connaître mieux Barcelone, mais il avait hâte de connaître les lieux de Chopin à Majorque.

Je t'accompagnerai, avait proposé Bernat, comme il faisait toujours, presque sans réfléchir. Je lui avais dit des centaines de fois, merde, Bernat, réfléchis avant de parler. Ou parle pour parler, mais ne t'engage pas à…

— J'ai donné ma parole et… Et puis ce garçon est tout seul ici, et ça me fait quelque chose…

— Après il va y avoir du grabuge avec Tecla, tu ne t'en rends pas compte ?

— Tu exagères. Pourquoi est-ce qu'il y aurait du grabuge ?

Et Bernat rentra chez lui après la répétition et dit, écoute, Tecla, je vais passer deux jours à Valldemossa, avec un cor.

— Quoi ?

Tecla sortant de la cuisine et frottant sur le tablier ses mains imprégnées d'oignon haché.

— Demain, je vais montrer à Gunzbourg les lieux de Chopin.

— Et qui c'est, ça, Gunzbourg ?

— Un cor, je te l'ai déjà dit.

— Quoi ?

— De l'orchestre. Je profite de ce qu'on a deux jours de…

— Comme ça, sans prévenir ?

— Je te préviens, tu vois bien.

— Et l'anniversaire de Llorenç ?

— Punaise, je n'y avais pas pensé. Merde. Eh bien… C'est que…

Bernat accompagna Gunzbourg à Valldemossa, ils s'enivrèrent dans un pub musical, Gunzbourg s'avéra être un excellent pianiste et Bernat, grâce au gin de Minorque, chanta deux ou trois classiques avec la voix de Mahalia Jackson.

— Pourquoi est-ce que tu joues du cor ? – C'était la question qu'il avait envie de lui poser depuis le moment où il l'avait vu tirer son instrument de son étui.

— Il faut bien que quelqu'un en joue, lui répondit-il alors qu'ils rentraient à l'hôtel, le soleil pointant sur l'horizon rougeâtre.

— Mais toi, au piano…

— Laisse tomber.

Le résultat, c'est qu'ils se lièrent d'une solide amitié, que Tecla fit la tête pendant vingt jours et ajoutait un tort supplémentaire à son curriculum. C'est alors que Sara découvrit que Bernat ne se rendait jamais compte de rien quand Tecla faisait la tête, jusqu'au moment où la tête en question était pétrifiée, annonçant une crise imminente.

— Pourquoi est-ce qu'il est comme ça, Bernat? m'as-tu dit un jour.

— Je ne sais pas. Peut-être pour prouver au monde… je ne sais quoi.

— Il a encore l'âge de devoir prouver au monde… je ne sais quoi?

— Bernat? Oui. À l'article de la mort, il pensera encore qu'il doit prouver au monde je ne sais quoi.

— Pauvre Tecla. Elle a raison de toujours se plaindre.

— Il vit dans son monde. Ce n'est pas un mauvais bougre.

— C'est facile à dire. Mais après, c'est elle qui passe pour une rabat-joie.

— Eh, pas la peine de t'en prendre à moi! – Adrià, un peu contrarié.

— C'est un homme difficile à vivre.

— Excuse-moi, Tecla, mais je lui avais promis, merde! Et il n'y a pas de quoi faire un drame. Arrête de monter sur tes grands chevaux! Qu'est que j'ai fait? J'ai passé deux jours à Majorque, bon Dieu de merde!

— Et Llorenç? C'est ton fils! Ce n'est pas le fils du cor.

— Purée, il a déjà neuf ou dix ans, c'est ça?

— Onze.

— C'est ça, onze. Ce n'est plus un gamin.

— Si tu veux, je peux t'expliquer si c'est un gamin ou pas.

— Voyons ça.

La mère et le fils avaient mangé un morceau de gâteau d'anniversaire en silence. Llorenç avait dit maman, et papa? Et elle avait répondu qu'il avait du travail à Majorque. Et ils continuèrent à manger le gâteau en silence.

— Il est bon, hein?

— Mouais. C'est moche que papa ne soit pas là.

— Donc, maintenant tu files acheter le cadeau que tu lui dois.

— Mais tu lui as bien offert quelque…

— Tout de suite! cria Tecla, sur le point de pleurer de rage.

Bernat acheta un très joli livre à Llorenç, qui le contempla un long moment, sans oser déchirer le papier. Llorenç regarda son père, regarda sa mère à bout de nerfs, sur le point d'exploser, et il ne savait pas qu'il était triste pour des choses qu'il ne pouvait pas comprendre.

— Merci, papa, c'est très beau, dit-il sans avoir déchiré le papier. Le lendemain matin, quand il le réveilla pour aller à l'école, l'enfant était endormi, serrant contre lui le paquet toujours intact.

— Rsrsrsrsrsrsrsr.

Caterina alla ouvrir et se retrouva face à un jeune homme très bien habillé avec un sourire de vendeur de filtres anticalcaire pour les robinets, des yeux gris très expressifs et une petite serviette à la main. Il interpréta son silence comme une question et dit oui, monsieur Ardèvol, s'il vous plaît.

— Il n'est pas là.

— Comment ça? – L'air déconcerté. – Mais il m'avait dit que… – Il consulta sa montre, un peu troublé. – C'est vraiment étrange… Et madame Ardèvol?

— Elle n'est pas là non plus.

— Alors là. Ça c'est vraiment trop…

Caterina prit un air de je suis désolée mais je n'y peux rien. Mais le jeune homme sympathique et, il faut bien le dire, séduisant, pointa le doigt sur elle et lui dit pour ce que j'ai à faire, la présence de vos patrons est peut-être inutile.

— Qu'est-ce que vous voulez dire ?

— Je viens pour l'expertise.

— Pour la quoi ?

— Pour l'expertise. Ils ne vous ont rien dit ?

— Non. Quelle expertise ?

— Alors comme ça, ils ne vous ont rien dit. – Navré, le fringant jeune homme.

— Non.

— L'expertise du violon ! – Faisant mine d'entrer : Posso ?

— Non ! – Caterina réfléchit un instant. – C'est que je ne suis au courant de rien, moi. Ils ne m'ont rien dit.

Le jeune homme astucieux, imperceptiblement, avait déjà mis les deux pieds sur le seuil de la porte et avait élargi son sourire.

— Monsieur Ardèvol est très distrait. – Il fit une demi-grimace de complicité polie et poursuivit : Nous en avons encore parlé hier soir. Il s'agit seulement d'examiner l'instrument, disons cinq minutes.

— Écoutez, il vaut peut-être mieux que vous reveniez à un autre moment, quand Monsieur et Madame…

— Excusez, mais je suis venu exprès de Crémone, Lombardie, Italie, vous voyez ce que je veux dire ? Ça vous dit quelque chose ? Appelez votre patron et il me donnera l'autorisation.

— Je n'ai pas de moyen de le joindre.

— Ma parole…

— Et puis ces derniers temps il le range dans un coffre-fort.

— Je crois savoir que vous connaissez la combinaison.

Silence. Le jeune homme sympathique avait maintenant les deux pieds dans l'appartement, mais il ne poussait pas son avantage. Le silence de Caterina la trahissait. Pour l'aider, il ouvrit son portefeuille à fermeture éclair et en tira une liasse de billets de cinq mille pesètes.

— Ça aide toujours à rafraîchir la mémoire, chère Caterina Fargues.

— Sept deux huit zéro six cinq. Comment connaissez-vous mon nom ?

— Je vous ai bien dit que j'étais expert.

Comme si l'argument était sans appel, Caterina Fargues fit un pas en arrière et laissa entrer le jeune homme sympathique.

— Suivez-moi, lui dit-elle. L'homme, auparavant, lui tendit la liasse de billets dont elle se saisit et qu'elle serra fortement dans sa main.

Dans mon bureau, l'homme mit des gants très fins, d'expert, disait-il, ouvrit le coffre-fort grâce au sept deux huit zéro six cinq, en tira le violon, entendit Caterina lui dire si vous croyez que vous allez pouvoir emporter le violon, c'est que vous ne me connaissez pas, et lui, sans même la regarder, il lui répondit je vous ai bien dit que j'étais expert, ma bonne dame. Et elle se tut, on ne sait jamais. Il posa le violon sous ma loupe lumineuse, examina l'étiquette, lut Laurentius Storioni Cremonensis me fecit, et ensuite il dit mille settecento sessantaquattro, cligna de l'œil à Caterina qui, serrant de près le jovial expert, voulait justifier ses gages en montrant bien que cet homme, aussi jovial fût-il, ne sortirait pas de la maison avec le violon dans les mains. Et ses yeux gris, plus qu'expressifs, étaient métalliques. L'expert observa le double trait sous Cremonensis et son cœur fit un bond si brutal que cette idiote avait dû s'en apercevoir.

— Va bene, va bene, fit-il, comme un médecin qui finit d'ausculter un patient et qui, provisoirement, garde le diagnostic pour lui. Il retourna l'instrument, promena son doigt sur le bois, les petites rayures, les courbes, les reflets, tout en répétant machinalement va bene, va bene.

— Ça a de la valeur, ce machin ? – Caterina serra le poing sur la liasse coupable, bien pliée.

L'expert ne répondit pas ; il était en train de renifler le vernis du violon. Ou le bois. Ou les années. Ou la beauté. Enfin, il posa délicatement l'instrument sur le bureau et tira un Polaroïd de sa serviette. Caterina s'écarta parce qu'elle ne voulait pas que la moindre preuve photographique puisse témoigner de son indiscrétion. Cinq photos, dans le plus grand calme, agitant chaque photo pour qu'elle sèche, le sourire aux lèvres, un œil posé sur cette femme et l'oreille aux aguets pour percevoir le plus petit bruit dans l'escalier. Quand il eut fini, il prit le violon et le remit dans le coffre-fort. Il le referma. Il n'enleva pas ses gants. Caterina se sentit soulagée. L'homme jovial regarda autour de lui. Il s'approcha des étagères. Il remarqua le tiroir des incunables. Il hocha la tête et, pour la première fois depuis un bon moment, il regarda Caterina dans les yeux.

— Quand vous voudrez.

— Excusez-moi, mais comment saviez-vous que je savais, pour les chiffres, là ? dit-elle en montrant le coffre.

— Je ne savais pas.

L'homme sortit de mon bureau sans rien dire et se retourna brusquement, tellement brusquement que Caterina se cogna à lui. Et il lui dit :

— Maintenant je sais que vous savez que je sais.

Il s'en alla silencieusement, sans enlever ses gants, et il ferma la porte lui-même après avoir salué d'un léger signe de tête que Caterina, malgré son inquiétude, trouva de la plus haute élégance. Vous savez que je sais ; non, c'était comment ? Une fois seule, elle ouvrit la main. Une liasse de billets de cinq mille. Non : le premier était un billet de cinq mille ; les autres... Mais voyez-moi ce fumier de fils de pute d'expert jovial de merde ! Elle ouvrit la porte, prête à... Prête à quoi, imbécile ? À faire un scandale contre un homme qu'elle avait laissé entrer sans faire la moindre difficulté? Le Seigneur viendra comme un voleur. Elle entendait les pas réguliers, sûrs, allègres, du voleur mystérieux sur les dernières marches de l'escalier, se dirigeant vers la rue. Caterina ferma la porte, regarda la liasse de billets et resta plantée là, disant non, ce n'est pas possible, c'est une blague. Et puis je ne sais pas ce que j'ai pu trouver à ses yeux gris, on les voyait à peine, cachés sous ces sourcils tellement épais, qui lui donnaient l'air d'un chien de berger.

Je reçus une lettre d'Oxford. Je crois qu'elle changea ma vie. Elle m'obligea à me remettre à écrire. En réalité, elle fut le détonateur et les vitamines qui me permirent de retrousser mes manches, de remettre le fil à l'aiguille, pour ce qui allait être un travail long comme un jour sans pain, qui m'a donné beaucoup de joies et que je suis assez amusé d'avoir écrit : l'*Histoire de la pensée européenne*. C'est ma façon de me dire tu vois, Adrià? tu as fait quelque chose qui ressemble à l'*Histoire de l'esprit grec*, et par conséquent tu te sens, d'une certaine façon, proche de Nestle. Sans cette lettre, je n'aurais pas eu la force de m'y mettre. Adrià avait regardé le courrier, curieux : une lettre par avion. Instinctivement, il regarda le nom de l'expéditeur : I. Berlin. Headington House. Oxford. England. UK.

— Sara!

Où donc était Sara? Adrià, errant dans le Monde Créé, appelait Sara, Sara, jusqu'à ce qu'il arrive à son atelier et voie que la porte était fermée. Il l'ouvrit. Sara était en train de faire des esquisses de visages et de maisons, avec la frénésie qui la prenait parfois, comme une crise, remplissant une dizaine de planches dans un élan irrationnel, et passant ensuite des jours à en examiner le résultat, à soupeser ce qu'elle devait éliminer et ce qu'elle devait développer. Elle avait des écouteurs sur les oreilles.

Sara se retourna et, voyant Adrià hors de lui, enleva les écouteurs et lui dit qu'est-ce qui se passe, qu'est-ce que tu as? Adrià leva la lettre pour qu'elle la voie et, l'espace d'un instant, elle pensa non, encore une mauvaise nouvelle, non.

— Qu'est-ce qui se passe? dit-elle, inquiète.

Sara vit qu'Adrià, pâle, s'était assis sur le tabouret en lui tendant la lettre. Elle la prit et lui dit de qui est-ce? Adrià lui fit signe de la retourner. Elle le fit et lut I. Berlin. Headington House. Oxford. England. UK. Elle regarda Adrià et lui dit qui est-ce?

— Isaiah Berlin.

— Et qui c'est, Isaiah Berlin?

Adrià sortit de la pièce et revint au bout de quelques secondes, avec quatre ou cinq livres de Berlin, qu'il posa à côté d'une planche remplie de croquis.

— C'est lui, dit-il en montrant les livres.

— Et qu'est-ce qu'il veut?

— Je ne sais pas. Mais comment se fait-il qu'il m'écrive?

Alors tu as pris ma main, tu m'as obligé à m'asseoir et, comme une maîtresse qui calme un élève turbulent, tu m'as dit tu sais ce que tu dois faire pour savoir ce qu'il y a dans une lettre? N'est-ce pas, Adrià? Tu dois l'ouvrir, exactement. Et ensuite tu dois la lire…

— Mais c'est Isaiah Berlin!

— Quand bien même ce serait le tsar de toutes les Russies. Tu dois l'ouvrir.

Tu m'as tendu un coupe-papier. Ce fut laborieux de couper l'enveloppe nettement, sans l'abîmer et sans couper la lettre à l'intérieur.

— Mais qu'est-ce qu'il peut bien vouloir? disais-je, hystérique. Tu t'es contentée de montrer l'enveloppe, pour toute réponse. Un seul feuillet, écrit à la main, où on pouvait lire Oxford, avril 1987, cher Monsieur, votre livre m'a profondément ému, etc., etc., etc., et même si tout ce temps s'est écoulé, je m'en souviens par cœur. Jusqu'à la fin, où il disait je vous en prie, n'arrêtez pas de penser et, de temps en temps, écrivez vos pensées... sentiments les meilleurs, Isaiah Berlin.

— Bon Dieu de...

— C'est bien, non ?

— Mais de quel livre parle-t-il ?

— D'après ce qu'il dit, ce doit être *La Volonté esthétique*, dit Sara en prenant la lettre pour la lire elle-même. Tu m'as rendu la lettre, tu as souri et tu m'as dit maintenant tu vas m'expliquer tranquillement qui est cet Isaiah Berlin.

— Mais comment a-t-il eu mon livre ?

— Tiens, prends la lettre et ne la perds pas, as-tu dit. Et depuis lors, je la garde parmi mes trésors les plus intimes, même si, d'ici peu, je ne saurai même plus où elle se trouve. Et c'est vrai, cette lettre m'a aidé à écrire pendant quelques années qui, en dehors des cours (le minimum d'heures qu'on m'ait laissé faire), se remplirent de l'histoire de la pensée européenne.

40

L'unique piste d'atterrissage, plus ou moins asphaltée, reçut l'avion avec tellement de secousses qu'il crut qu'il n'arriverait jamais vivant au tapis de réception des bagages, s'il y en avait un à l'aéroport de Kikwit. Pour ne pas avoir l'air d'un peureux devant cette jeune femme à l'air blasé, il fit semblant de lire, tandis que sa tête essayait de se rappeler où se trouvaient exactement les sorties de secours. C'était le troisième avion qu'il prenait depuis qu'il était parti de Bruxelles. Dans celui-ci, il était le seul Blanc ; il ne fut pas ennuyé de faire tache. Les aléas du métier. L'avion les laissa à deux cents mètres du petit bâtiment. Il fallait les parcourir à pied, en essayant de ne pas laisser ses chaussures collées à l'asphalte brûlant. Il récupéra son petit sac de voyage, loua un chauffeur de taxi qui mourait d'envie d'être suborné, lui, son 4×4 et ses bidons d'essence, et qui, après trois heures de piste le long du Kwilu, lui demanda davantage de dollars parce qu'ils n'étaient plus dans une zone de sécurité. Kikongo, vous comprenez. Il paya sans protester parce que tout cela entrait dans le budget et le plan prévus, même les mensonges. Encore une grosse heure de cahots, comme sur une piste d'atterrissage, et au fur et à mesure qu'ils avançaient les arbres étaient plus nombreux, plus grands, plus épais. La voiture freina devant un écriteau à moitié pourri.

— Bebenbeleke, dit-il sur un ton qui n'admettait pas de réplique.

— Et où est ce putain d'hôpital ?

Le chauffeur fit un signe de tête du côté du soleil rougeoyant. Quatre planches en forme de maison. Il ne faisait pas aussi chaud qu'à l'aéroport.

— Quand est-ce que je reviens vous chercher ?

— Je rentrerai à pied.

— Vous êtes fou.

— Oui.

Il prit son sac et marcha vers les quatre planches mal assemblées sans se retourner pour dire au revoir au chauffeur. Celui-ci cracha par terre, enchanté, parce qu'il avait le temps de passer par Kikongo rendre visite à ses cousins et essayer de trouver un improbable client pour Kikwit, et qu'il n'aurait plus besoin de travailler avant quatre ou cinq jours.

Sans se retourner, il attendit que le bruit du taxi s'évanouisse. Il se dirigea vers le seul arbre des environs, un arbre étrange qui avait sûrement un nom à coucher dehors, et il ramassa un très gros sac, en toile de camouflage militaire, qui avait l'air de l'attendre, appuyé contre le tronc, comme quelqu'un qui fait la sieste. Alors il tourna au coin du bâtiment et se retrouva devant ce qui pouvait être la porte principale de Bebenbeleke. Un porche allongé, avec trois femmes assises sur des espèces de rocking-chairs, qui observaient attentivement le temps passer. Il n'y avait pas de porte. Et à l'intérieur, il n'y avait pas de bureau de réception. Un couloir sombre avec une ampoule qui diffusait une lumière tremblante, de groupe électrogène. Et une poule qui s'enfuit en courant vers la sortie, comme si elle avait été prise sur le fait. Il retourna au porche et s'adressa aux trois femmes, en général.

— Le docteur Müss ?

Une des femmes, la plus âgée, montra l'intérieur d'un mouvement de la tête. La plus jeune confirma en disant il est à droite, mais il fait ses consultations.

Il entra à nouveau et prit le couloir de droite. Il se retrouva bientôt dans une salle où un homme âgé en blouse blanche, immaculée parmi tant de poussière, était en train d'ausculter un enfant qui n'en menait pas large et qui voulait que sa mère, debout à côté de lui, le délivre.

Il s'assit sur un banc d'un vert très criard où il y avait deux autres femmes, excitées par un événement qui troublait la routine de Bebenbeleke et les faisait répéter sans cesse les mêmes mots, comme une litanie. Il posa à ses pieds le sac le plus gros, qui fit un bruit métallique. La nuit commençait à tomber. Lorsqu'il en eut fini avec la dernière patiente, le docteur Müss, pour la première fois, leva la tête pour le regarder, comme s'il était la chose la plus normale du monde.

— Vous voulez aussi une consultation ? lui dit-il en guise de salut.

— Je voulais seulement me confesser.

Alors, le nouveau venu se rendit compte que cet homme n'était pas vieux : il était plus que vieux. Sa façon de bouger donnait l'impression qu'il avait une énergie intérieure inépuisable, et cela l'avait induit en erreur. Son corps était ce qu'il était, celui d'un homme qui a largement dépassé les quatre-vingts ans. La photo qu'il avait vue de lui était celle d'un homme de soixante-dix ans et quelque, tout au plus.

Comme s'il était habituel qu'un Européen arrive, à la tombée de la nuit, à l'hôpital de Bebenbeleke pour demander à se confesser, le docteur Müss se lava les mains dans un lavabo qui, par miracle, avait un robinet et de l'eau, et fit signe au nouveau venu de l'accompagner. À ce moment, deux hommes avec des lunettes noires et un air important s'assirent sur le banc vert, après en avoir chassé les deux femmes excitées. Le docteur fit entrer le visiteur dans une pièce exiguë, peut-être son bureau.

— Vous resterez dîner ?

— Je ne sais pas. Je ne fais pas de projets à si long terme.

— Je vous écoute.

— J'ai eu beaucoup de mal à vous trouver, docteur Budden. J'avais perdu votre trace dans un monastère trappiste et il n'y avait pas moyen de savoir où vous étiez passé.

— Comment avez-vous donc fait ?

— Je suis allé voir les archives générales de l'ordre.

— Cette manie de tout référencer et cataloguer… Et on vous a bien traité ?

— À l'heure qu'il est, ils doivent toujours ignorer que je leur ai rendu visite.

— Qu'avez-vous trouvé ?

— À part la fausse piste de la Baltique, il y avait des références à Stuttgart, à Tübingen et à Bebenhausen. Dans ce petit village, j'ai pu faire des recoupements, grâce à l'aide d'une vieille dame très aimable.

— Ma cousine Herta Landau, n'est-ce pas ? Elle a toujours été bavarde. Elle a dû être ravie que quelqu'un la fasse parler. Excusez-moi, continuez.

— Eh bien c'est tout. J'ai mis des années à tirer les choses au clair.

— Tant mieux. Vous m'avez laissé le temps de réparer quelques miettes du mal que j'ai fait.

— Mon client aurait voulu que cela soit plus rapide.

— Pourquoi ne m'arrêtez-vous pas pour me juger ?

— Mon client est âgé, il ne veut pas que ça traîne, parce qu'il va bientôt mourir, à ce qu'il dit.

— Je vois.

— Et il ne veut pas mourir avant de vous voir mort.

— Je comprends. Et comment avez-vous fait pour me trouver ?

— Oh, une grande partie du travail est purement technique. Mon métier est très ennuyeux : de nombreuses heures passées à fouiner dans différents endroits, jusqu'à ce qu'on puisse faire un rapprochement. Et comme ça pendant des jours et des jours, jusqu'à ce que je comprenne que le Bebenhausen que je cherchais ne se trouvait pas dans le Bade-Wurtemberg. Par moments, j'ai pensé que c'était une sorte d'indice pour qui voudrait suivre votre trace.

Il vit que le médecin réprimait un sourire.

— Vous avez aimé Bebenhausen?

— Beaucoup.

— C'est mon paradis perdu. – Le docteur Müss se débarrassa d'un souvenir d'un geste de la main et sourit franchement cette fois. – Vous avez tardé à venir.

— Je vous l'ai dit… Quand on m'a confié le contrat, vous étiez bien caché.

— Pour pouvoir travailler et réparer. – Curieux. – Comment ça marche, ces contrats?

— C'est très professionnel et très… froid.

Le docteur Müss se leva et, d'une petite armoire qui devait être un réfrigérateur, il tira un bol rempli d'une substance indéterminée mais qui pouvait être de la nourriture. Il le posa sur la table, avec deux assiettes et deux cuillers.

— Si ça ne vous dérange pas… À mon âge, il faut que je mange comme un petit oiseau… peu et souvent. Sinon, je risque de m'évanouir.

— Et ils ont confiance en un médecin aussi âgé?

— Ils n'en ont pas d'autre. J'espère qu'on ne fermera pas l'hôpital après ma mort. Je suis en pourparlers avec les municipalités de Beleke et de Kikongo.

— Je suis désolé, docteur Budden.

— Oui. – À propos de la chose indéterminée qui se trouvait dans le bol. – C'est du mil. C'est mieux que rien, vous pouvez me croire.

Il se servit et passa le bol à son interlocuteur. Avec la bouche pleine :

— Qu'est-ce que vous vouliez dire quand vous parliez d'un travail très froid, très professionnel?

— Eh bien, des choses…

— S'il vous plaît, ça m'intéresse.

— Eh bien, par exemple, je ne connais jamais mes clients. Et eux non plus ne me connaissent pas, évidemment.

— Cela semble logique. Mais comment ça s'organise ?

— Eh bien, c'est toute une technique. Le contact indirect est toujours possible, mais il faut être très minutieux pour être sûr de toujours être en relation avec la personne adéquate. Et on doit apprendre à ne pas laisser de traces.

— Ça aussi, ça semble logique. Mais aujourd'hui vous êtes venu avec la voiture de Makubulo Joseph, qui est un incorrigible bavard et qui, à l'heure qu'il est, doit avoir raconté à tout le monde que…

— Il raconte ce que je veux qu'il raconte. Je leur sers une fausse piste, sur un plateau. Excusez-moi de ne pas entrer dans les détails… Et comment savez-vous que je suis venu avec ce taxi ?

— Cela fait quarante ans que j'ai fondé l'hôpital de Bebenbeleke. Je connais le nom de chaque chien qui aboie et de chaque poule qui caquette.

— Donc, vous êtes venu ici directement de Mariawald ?

— Ça vous intéresse vraiment ?

— Ça me fascine. J'ai eu le temps de penser beaucoup à vous. Vous avez toujours travaillé seul ?

— Je ne travaille pas seul. Avant le lever du jour, il y a déjà trois infirmières en train de s'occuper des patients. Moi aussi je me lève tôt, mais pas aussi tôt.

— Je suis désolé de vous prendre de votre temps.

— Aujourd'hui, je ne crois pas que cette interruption ait grande importance.

— Et vous faites autre chose ?

— Non. Je consacre toutes mes forces à aider ceux qui ont besoin de moi, pendant toutes les heures de toute la vie qui me reste.

— Cela sonne comme un serment religieux.

— Eh bien… Je suis encore à moitié moine.

— Vous n'avez pas quitté le couvent ?

— J'ai quitté l'ordre de la Trappe. J'ai abandonné le monastère, mais je me considère toujours comme un moine. Un moine sans communauté.

— Et vous dites la messe et tout ça ?

— Je ne suis pas prêtre. Non sum dignus.

Ils profitèrent du silence pour faire descendre le niveau du bol de mil.

— C'est bon, dit le nouveau venu.

— Si vous voulez que je sois franc avec vous, ça me sort par les oreilles. Il y a des tas de plats que je regrette. La choucroute, par exemple. Je ne me souviens plus du goût que ça a, mais je la regrette.

— Dommage, si j'avais su…

— Non, quand je dis que je regrette, je ne veux pas dire que… – Il avala une cuillerée de mil. – Je ne mérite pas la choucroute.

— Vous exagérez peut-être. Bon, je ne suis peut-être pas la personne…

— Je peux vous affirmer que vous n'êtes personne.

Il essuya ses lèvres du revers de la main et secoua sa blouse, toujours immaculée. Il écarta le plateau avec la nourriture, sans demander son avis à l'autre, et ils restèrent face à face, la table vide entre eux deux.

— Et le piano ?

— Abandonné. Non sum dignus. Rien que le souvenir de la musique que je vénérais jadis me donne des nausées.

— Vous exagérez peut-être, non ?

— Quel est votre nom ?

Silence. Quelques secondes de réflexion chez le nouveau venu.

— Pourquoi ?

— Simple curiosité. Je ne pourrai en faire aucun usage.

— Il vaut mieux pas.

— C'est vous qui commandez.

Ils ne purent l'éviter : ils sourirent tous les deux.

— Je ne connais pas le client. Mais il m'a donné un mot-clef pour vous mettre sur la voie, si vous en avez la curiosité. Vous n'aimeriez pas savoir qui m'envoie ?

— Non. Qui que soit celui qui vous envoie, vous êtes le bienvenu.

— Je m'appelle Elm.

— Merci, Elm, de cette marque de confiance. Ne le prenez pas mal, mais je dois vous demander de changer de travail.

— Je remplis mes derniers contrats. Je prends ma retraite.

— Vous me rendriez heureux si ce travail était le dernier.

— Je ne peux pas vous le promettre, docteur Budden. Et je voudrais vous poser une question délicate.

— Allez-y. Je viens moi-même de vous en poser une.

— Pourquoi ne vous êtes-vous pas livré à la justice ? Je veux dire, quand vous êtes sorti de prison, si vous pensiez que vous n'aviez pas expié vos fautes… alors…

— En prison, ou mort, je n'aurais pas pu restituer le mal.

— Quand c'est irréparable, que voulez-vous restituer ?

— Nous sommes une communauté qui vit accrochée sur un rocher qui navigue au milieu de l'espace, comme si nous étions sans cesse à la recherche d'un Dieu au milieu du brouillard.

— Je ne vous comprends pas.

— Je pense bien. Je veux dire qu'on peut toujours réparer chez quelqu'un le mal qu'on a fait à quelqu'un d'autre. Mais il faut réparer.

— Et ça ne vous aurait sans doute pas plu que votre nom…

— Ça ne m'aurait pas plu, en effet. Ma vie, depuis que je suis sorti de prison, s'est résumée à me cacher et à réparer. En sachant que je n'arriverai jamais à réparer le mal que j'ai fait. Cela fait soixante ans que je porte ça en moi et je ne l'avais confié à personne.

— Ego te absolvo, et cetera. Non ?

— Ne vous moquez pas. J'ai essayé une fois. Mais le problème c'est que mon péché ne peut pas être pardonné, parce qu'il est trop gros. J'ai consacré ma vie à l'expier en sachant que lorsque le jour arriverait je serais encore sur la ligne de départ.

— D'après mes souvenirs, si le repentir est sincère...

— Arrêtez vos salades. Qu'est-ce que vous en savez !

— J'ai eu une éducation religieuse.

— À quoi ça vous a servi ?

— Vous êtes bien placé pour parler.

Et ils sourirent à nouveau. Le docteur Müss fouilla dans sa chemise, sous sa blouse. L'autre, d'un geste vif, se pencha par-dessus la table et immobilisa son bras en le prenant par le poignet. Le médecin, doucement, sortit un morceau de tissu sale, plié. Voyant ce que c'était, le nouveau venu lâcha le poignet. Le médecin posa le linge, dont on voyait qu'il avait été coupé par le milieu, sans doute en deux morceaux, sur la table, et il le déplia avec des gestes qui avaient un air liturgique. Il avait une quinzaine de centimètres de côté et il gardait des traces de fils bleus et de fils blancs formant des carreaux. Le nouveau venu l'observa avec curiosité. Il jeta un coup d'œil au médecin, qui avait fermé les yeux. Comme s'il priait ? Comme s'il se souvenait ?

— Comment avez-vous été capable de faire ce que vous avez fait ?

Le docteur Müss ouvrit les yeux.

— Vous ne savez pas ce que j'ai fait.

— Je me suis documenté. Vous avez fait partie d'une équipe de médecins qui s'est consacrée à bafouer le serment d'Hippocrate.

— Vous êtes instruit, malgré votre métier.

— Comme vous. Je ne veux pas manquer l'occasion de vous dire que vous me répugnez.

— Je mérite le mépris des assassins. – Il ferma les yeux et dit, comme s'il récitait : J'ai péché contre l'homme et contre Dieu. Au nom de l'idée.

— Vous y croyiez ?

— Oui. Confiteor.

— Et le sens de la pitié et de la compassion ?

— Vous avez tué des enfants ? – Le docteur Müss le regarda dans les yeux.

— Je vous rappelle que c'est moi qui pose les questions.

— D'accord. Donc, vous savez ce que l'on ressent.

— Voir pleurer un enfant à qui on arrache à vif la peau du bras pour étudier les effets des infections… et ne pas éprouver de compassion.

— Je n'étais pas un homme, mon père, confessa le docteur Müss.

— Et comment, si vous n'étiez pas un homme, avez-vous pu vous repentir ?

— Je ne sais pas, mon père. Mea maxima culpa.

— Aucun de vos collègues ne s'est repenti, docteur Budden.

— Parce qu'ils savaient que le péché était trop gros pour implorer le pardon, mon père.

— Certains se sont suicidés et d'autres se sont enfuis et se sont cachés comme des rats.

— Je ne peux les juger. Je suis comme eux, mon père.

— Mais vous êtes le seul à vouloir réparer le mal.

— Il ne faut pas préjuger. Il n'y a pas de raison pour que je sois le seul.

— Je me suis assez documenté. Évidemment, il y a Aribert Voigt.

— Quoi ?

Malgré sa maîtrise de soi, le docteur Müss ne put éviter un sursaut de tout son corps en entendant ce nom.

— Nous l'avons pris en chasse.

— Il le méritait. Et que Dieu me pardonne, mon père, mais moi aussi je le mérite.

— Nous l'avons châtié.

— Je n'ai rien à y redire. Tout est trop gros. La faute est trop profonde.

— Cela fait des années que nous l'avons rattrapé. Vous ne vous réjouissez pas ?

— Non sum dignus.

— Il a pleuré et il a demandé pardon. Et il s'est chié dessus.

— Je ne pleurerai pas sur Voigt. Mais je ne prends pas plaisir aux détails que vous me racontez.

Le nouveau venu regarda fixement le médecin pendant un moment.

— Je suis juif, finit-il par dire. Je travaille sur commande, mais je le fais avec plaisir. Vous me comprenez ?

— Parfaitement, mon, père.

— Dans le fond, vous savez ce que je pense ?

Konrad Budden ouvrit les yeux, effrayé, comme s'il craignait de se retrouver devant le vieux chartreux qui regardait fixement une fissure du bois du confessionnal glacé. Devant lui, le dénommé Elm, assis, le regardant fixement, le visage déjà flétri par de nombreuses histoires, ne regardait aucune fissure : il le regardait droit dans les yeux. Müss soutint son regard.

— Oui, je sais ce que vous pensez, mon père : que je n'ai pas droit au paradis.

Le nouveau venu le regarda en silence, dissimulant sa surprise. Konrad Budden poursuivit.

— Et vous avez raison. Le péché est tellement affreux que le véritable enfer est celui que j'ai choisi moi-même : assumer ma faute et continuer à vivre.

— N'allez pas croire que je vous comprends.

— Ce n'est pas mon intention. Je n'invoque pas, pour me disculper, l'idée qui nous animait, ni la froideur d'âme qui rendait plus supportable l'enfer que nous infligions. Et je ne cherche le pardon de personne. Pas même de Dieu. J'ai seulement demandé qu'on me laisse l'occasion de réparer cet enfer.

Il se couvrit le visage avec les mains et dit doleo, mea culpa. Chaque jour, je vis le même sentiment avec la même intensité.

Silence. Dehors, une douce quiétude prenait possession de l'hôpital. Le nouveau venu eut l'impression d'entendre, assourdi, lointain, le bruit d'un téléviseur. Le docteur Müss dit, d'une voix plus basse, dont il cherchait à cacher l'altération :

— Cela restera secret ou on saura qui je suis quand je serai mort ?

— Mon client veut que cela reste secret. Le client est roi.

Silence. Oui, un téléviseur. C'était un bruit étrange en ce lieu. Le nouveau venu s'appuya au dossier de la chaise.

— Vous ne voulez pas savoir qui m'envoie ?

— Je n'ai pas besoin de le savoir. Tous, ils vous envoient tous.

Et il posa les mains à plat sur le tissu sale avec un geste délicat, un peu solennel.

— Qu'est-ce que c'est que ce tissu ? dit l'autre. Une serviette ?

— Moi aussi j'ai mes secrets.

Le docteur garda les mains sur le tissu et dit si vous voulez, je suis prêt.

— Si vous aviez l'amabilité d'ouvrir la bouche…

Konrad Budden ferma les yeux, pieusement, et dit quand vous voudrez, mon père. De l'autre côté de la fenêtre, il entendit le caquètement frénétique d'une poule qui devait être sur le point de rejoindre son perchoir. Et plus loin, des rires et des applaudissements venant du téléviseur. Alors Eugen Müss, le frère Arnold Müss, le docteur Konrad Budden ouvrit la bouche pour recevoir le viatique. Il entendit la fermeture éclair du sac qu'on ouvrait avec énergie. Il entendit des bruits métalliques qui le ramenèrent à l'enfer et il l'assuma comme une pénitence supplémentaire. Il ne ferma pas la bouche. Et il ne put entendre le coup de feu parce que la balle avait été trop rapide.

Le visiteur mit le pistolet à sa ceinture et sortit une Kalachnikov du sac. Avant de sortir de la pièce, il replia soigneusement le linge rituel de cet homme, comme s'il l'était aussi pour lui, et le mit dans sa poche. La victime était encore assise, poliment, sur la chaise, la bouche détruite et presque sans un filet de sang. La blouse blanche n'était même pas tachée. Trop vieux pour avoir encore du sang à verser, pensa-t-il en ôtant la sécurité du fusil automatique et en s'apprêtant à camoufler les faits. Il calcula d'où venait le bruit du téléviseur. Il savait que c'était de ce côté qu'il devait se diriger. On lui avait bien dit que la mort du médecin devait passer inaperçue mais, pour y parvenir, il avait décidé qu'on devait parler du reste, et pas qu'un peu. Les aléas du métier.

41

Tout ce que je vous dis là, chers amis et collègues, c'était avant l'*Histoire de la pensée européenne*. Quand on voulait avoir des informations pratiques sur notre homme, on pouvait recourir essentiellement à deux sources : la *Gran Enciclopèdia Catalana*, et l'*Encyclopaedia Britannica*. Dans la quinzième édition de cette dernière, que j'avais sous la main, on peut lire :

Adrià Ardèvol i Bosch (Barcelone, 1946). Professeur de théorie des courants esthétiques et d'histoire des idées, docteur de l'université de Tübingen (1976). Auteur de *La Révolution française* (1978), un plaidoyer contre la violence exercée au nom d'un idéal, dans lequel il met en doute la légitimité de personnages comme Marat, Robespierre ou même Napoléon, qu'il compare, avec une grande virtuosité intellectuelle, aux grands sanguinaires du vingtième siècle : Staline, Hitler, Franco ou Pinochet. Dans le fond, à cette époque-là, le jeune professeur Ardèvol se souciait peu de l'histoire. Au moment de la rédaction de ce livre, il était encore indigné de la disparition de sa chère Sara †Voltes-Epstein (Paris, 1950-Barcelone, 1996), disparition qui durait depuis quelques années, sans aucune explication, et il avait l'impression que le monde et la vie avaient des comptes à lui rendre. Et il fut incapable de tout raconter à son bon ami Bernat †Plensa i Punsoda (Barcelone, 1945), qui lui, en revanche, s'épanchait souvent auprès de lui sur tous ses malheurs. L'ouvrage provoqua un malaise dans certains milieux intellectuels français, qui lui tournèrent le dos et finirent par l'oublier. C'est pourquoi *Marx ?* (1980) passa inaperçu, et même les rares staliniens qui restaient en Catalogne n'eurent pas connaissance de sa parution et ne purent le descendre en flèche. À la suite d'une visite à †Lola Xica (La Barceloneta, 1910-1982), il retrouva la piste de sa chère Sara (v. *supra*) et la paix revint dans sa vie, si l'on omet quelques épisodes ponctuels avec Laura †Baylina (Barcelone, 1959 ?), avec qui il avait eu une relation menée, de son propre aveu, de façon très injuste, et à laquelle il n'avait pas su mettre fin décemment, mea culpa, confiteor. On dit qu'il caresse depuis plusieurs années l'idée d'élaborer une *Histoire du mal*, projet qui reste confus et qu'il tardera à mener à bien, si toutefois il se sent capable de le faire. Une fois la paix intérieure retrouvée, il put consacrer ses efforts à l'élaboration de l'œuvre qu'il considère la plus réussie, *La Volonté esthétique* (1987), qui reçut l'appui enthousiaste d'Isaiah †Berlin (voir *Personal Impressions*, Hogarth Press, 1980 ([1998[2], Pimlico]) et, après des années d'un travail acharné et fébrile, à son œuvre majeure, l'impressionnante *Histoire de la pensée européenne* (1994), ouvrage très favorablement accueilli dans de nombreux pays et qui nous réunit aujourd'hui dans cette salle des actes du Brechtbau, la faculté de philosophie et lettres de cette université. C'est pour moi un honneur d'avoir eu à rédiger cette modeste présentation. Et j'ai eu beaucoup de mal à ne pas me laisser emporter par des souvenirs personnels et subjectifs, car ma relation avec le docteur Ardèvol a débuté il y a longtemps dans les couloirs, les salles et les bureaux de cette université, quand j'étais un professeur nouvellement arrivé (moi aussi, j'ai été jeune, chers étudiants) et que l'étudiant Ardèvol était un jeune homme passablement désespéré par une affaire de cœur, qui le conduisit à passer les premiers mois à baiser à tort et à travers, jusqu'à ce qu'il entame une relation extrêmement compliquée avec une certaine Kornelia †Brendel (Offenbach, 1948), qui lui fit vivre un véritable calvaire, car la jeune fille, qui n'était d'ailleurs pas aussi jolie qu'il croyait, même s'il faut bien reconnaître qu'elle avait l'air d'un bon coup, s'obstinait à faire de nouvelles expériences et cela, pour un Méditerranéen passionné comme le docteur Ardèvol, c'était dur à supporter. Bon. Pour un germanique froid et à la tête carrée aussi. Ne le lui dites jamais, car il pourrait le prendre mal, mais votre serviteur fut une des nouvelles expériences de Kornelia Brendel. Je m'explique : après un immense basketteur et un Finlandais qui jouait au hockey sur glace, et après un peintre avec des poux dans les cheveux, la jeune Brendel opta pour d'autres types d'expériences, regarda de mon côté et se demanda comment ça peut être de se taper un prof. En réalité, je dois avouer que je n'ai été qu'un trophée de chasse et que ma tête, coiffée du bonnet académique, est exposée au-dessus de la cheminée de son manoir, à côté de celle du Finlandais, ornée d'un casque d'un rouge pétant. Et il suffit, car aujourd'hui nous ne parlons pas de moi mais du docteur Ardèvol. Je disais que sa relation avec cette Brendel fut un calvaire, qu'il put surmonter lorsqu'il décida de se réfugier dans le travail. C'est pourquoi nous devrions élever au bord du Neckar un monument à la gloire de Kornelia Brendel. Ardèvol acheva ses études à Tübingen et y présenta sa thèse de doctorat sur Vico, qui, je vous le rappelle, reçut de grands éloges de la part du professeur Eugen Coșeriu (v. Eugenio Coșeriu-Archiv, Eberhard Karls Universität) qui, déjà âgé mais encore lucide, est en train d'agiter nerveusement le pied, assis au premier rang, tout en affichant un air de grande satisfaction. Je peux affirmer que la thèse du docteur Ardèvol est un des documents les plus consultés par les étudiants d'histoire des idées de cette université. Et je m'en tiens là, car je pourrais poursuivre sans fin ce panégyrique. Je cède la parole au très fat et très prétentieux docteur Schott. Kamenek, avec un sourire, fit glisser le micro vers le professeur Schott, fit un clin d'œil à Adrià et s'assit plus confortablement sur son siège. Il y avait une centaine de personnes dans la salle des actes. Un mélange intéressant de professeurs et d'étudiants poussés par la curiosité. Et Sara pensa qu'il est beau, avec sa veste neuve.

C'était la première mondiale de la veste qu'elle l'avait obligé à acheter s'il voulait qu'elle l'accompagne à Tübingen pour la présentation de son *Histoire de la pensée européenne*. Et Adrià, sur l'estrade, à côté de ces illustres orateurs, regarda de son côté et je me dis Sara, ma bien-aimée, ce n'est pas un rêve. Pas la présentation profonde, scrupuleuse et bien sentie de Kamenek, avec quelques digressions sur un ton plus personnel et subjectif ; pas l'intervention enthousiaste du professeur Schott, qui assurait que *Die Geschichte des europäischen Denkens* est une réflexion majeure, qu'il faut diffuser dans toutes les universités européennes et que je vous prie de lire sans tarder. Que je vous prie ? Que je vous somme de lire ! Ce n'est pas sans raison que le professeur Kamenek a fait mention d'Isaiah Berlin et de ses *Personal Impressions* (v. *supra*). J'ajouterais, avec la permission du professeur Kamenek, les allusions explicites que Berlin fait à Ardèvol, aussi bien dans ses conversations avec Jahanbegloo que dans la biographie canonique d'Ignatieff. Non, le miracle ce n'est rien de tout cela, Sara. Pas davantage la lesung qu'ils feront sûrement durer plus d'une heure. Ce n'est pas cela, Sara. C'est de te voir ici, sur la chaise où je me suis assis tant de fois, avec ta queue de cheval sombre, me regardant et réprimant un sourire et pensant que je suis beau avec ma veste neuve, n'est-ce pas, professeur Ardèvol ?

— Excusez-moi, professeur Schott?

— Eh bien, qu'en pensez-vous?

Ce que j'en pense. Mon Dieu.

— L'amour qui met en mouvement le soleil et les étoiles.

— Comment? – Étonné, le professeur regarda le public et dirigea à nouveau son regard embarrassé vers Adrià.

— C'est que je suis amoureux et je perds facilement le fil de ce qui se passe. Pouvez-vous répéter votre question?

Les quelque cent personnes de l'assistance ne savaient pas s'ils devaient rire ou pas. Regards inquiets, sourires de lapin, à moitié figés ; jusqu'à ce que Sara éclate d'un rire généreux et que les autres l'imitent.

Le professeur Schott répéta sa question. Le professeur Ardèvol y répondit avec précision, les yeux de nombreuses personnes brillèrent d'intérêt et la vie est merveilleuse, pensai-je. Et ensuite je lus le troisième chapitre, le plus subjectif, celui que j'ai consacré à ma découverte de la nature historique de la connaissance avant d'avoir lu une seule ligne de Vico. Et le choc qu'il eut lorsqu'il le découvrit grâce aux indications du professeur Roth, qui malheureusement n'est plus parmi nous. Et tandis que je lisais, je ne pouvais m'empêcher de penser que vingt ans plus tôt Adrià avait fui à Tübingen pour y lécher ses blessures, causées par la désertion subite et inexplicable de Sara, qui à présent riait d'aise devant lui ; que vingt ans plus tôt il errait dans Tübingen, baisant à tort et à travers, comme on l'avait fort bien dit dans la présentation, et dans les salles de l'université, cherchant dans chaque fille qu'il rencontrait un trait qui lui rappelât Sara. Et maintenant, dans la salle 037, il l'avait devant lui, plus mûre, en train de le regarder avec une moue ironique tandis qu'il refermait le livre en disant c'est des années de travail, un livre comme ça, et j'espère que je n'aurai pas l'idée d'en écrire un autre d'ici de nombreuses, nombreuses, nombreuses années, amen. Et les gens frappèrent sur la table avec leurs index repliés, poliment enthousiastes. Et ensuite, le dîner avec le professeur Schott, la doyenne Vartten, un Kamenek ému, et deux professeurs plutôt muettes et timides. L'une des deux, peut-être la plus petite, dit d'une voix fluette qu'elle avait été émue par le portrait si humain que le professeur Kamenek avait fait du docteur Ardèvol, et Adrià loua la sensibilité du professeur Kamenek tandis que celui-ci baissait les yeux, un peu confus de ces éloges inattendus. Après le dîner, Adrià emmena Sara se promener dans le parc qui, dans les dernières lumières du soir, dégageait un parfum éclatant de printemps froid et elle, mais que c'est beau tout ça. Même s'il fait froid.

— Il paraît qu'il va neiger.

— C'est quand même beau.

— Chaque fois que j'étais triste et que je pensais à toi je venais me promener ici. Et je sautais le mur du cimetière.

— On peut le faire ?

— Tu vois ? Aussitôt dit aussitôt fait.

Elle n'y pensa pas à deux fois et sauta aussi. Une trentaine de mètres plus loin, ils trouvèrent la grille d'entrée, qui était ouverte, et Sara fit l'effort de réprimer un rire nerveux, comme si elle était gênée de rire dans la maison des morts. Jusqu'à ce qu'ils arrivent à la dernière tombe et que Sara lise le nom, curieuse.

— Qui est-ce ? dit le commandant sans étoiles.

— Des Allemands de la résistance.

Le commandant s'approcha pour mieux les voir. L'homme était de taille moyenne, avec l'air d'un employé de bureau plus que d'un guérillero ; et elle, elle avait l'air d'une paisible maîtresse de maison.

— Comment êtes-vous arrivés ici ?

— C'est une longue histoire. Nous voulons des explosifs.

— D'où vous sortez, putain de merde, et pour qui vous vous prenez ?

— Himmler doit aller à Ferlach.

— Et c'est où, ça ?

— À Klagenfurt. Juste là, de l'autre côté de la frontière. Nous connaissons le terrain.

— Et alors ?

— On veut l'accueillir comme il le mérite.

— Comment ?

— En l'envoyant dans les airs.

— Il ne se laissera pas avoir.

— On sait comment faire.

— Vous ne savez pas comment faire.

— Si. Parce que nous sommes prêts à mourir pour le tuer.

— Qui vous avez dit que vous êtes ?

— Nous ne l'avons pas dit. Les nazis ont démantelé notre groupe de résistance. Ils ont exécuté trente de nos camarades. Et notre chef s'est suicidé en prison. Ceux qui restent veulent que tous ces héros ne soient pas morts pour rien.

— C'était qui, votre chef ?

— Herbert Baum.

— Vous faites partie du groupe de…

— Oui.

Regards inquiets du commandant sans étoiles à son adjoint à moustaches blondes.

— Quand dis-tu qu'Himmler doit venir ?

Ils étudièrent à fond le plan d'attentat suicide ; oui, c'était possible, tout à fait possible. Par conséquent, ils leur octroyèrent une généreuse ration de dynamite et la supervision de Danilo Janicek. Comme leurs moyens étaient très limités, ils décidèrent qu'au bout de cinq jours Janicek rejoindrait le groupe de partisans, que l'opération ait eu lieu ou pas. Et dans tous les cas Janicek ne se suicidera pas avec vous.

— C'est dangereux, protesta Janicek, peu enthousiasmé par l'idée quand on la lui exposa.

— Oui. Mais si ça marche…

— Je ne suis pas convaincu.

— C'est un ordre, Janicek. Emmène quelqu'un pour couvrir tes arrières.

— Le curé. J'ai besoin de quelqu'un de costaud et qui vise juste.

Et c'est ainsi que Drago Gradnik prit les sentiers de Jelendol, tel un krošnjar, chargé d'explosifs comme un baudet, aussi joyeux que s'il transportait des cuillers et des assiettes en bois. Les charges arrivèrent à bon port, sans dommage. Un homme maigre comme un vermicelle les reçut dans un garage sombre de la Waidischerstrasse et leur confirma qu'on attendait la visite de Himmler à Ferlach deux jours plus tard.

Personne ne put expliquer comment arriva le malheur. Les activistes du groupe de Herbert Baum, eux-mêmes, ne se l'expliquent toujours pas. Le fait est que, la veille du jour dit, Danilo et le curé préparèrent les charges.

— C'était sans doute un matériau instable.

— Non. On l'employait pour des opérations militaires. Pas instable du tout.

— Je suis sûr qu'elle suintait. Je ne sais pas si tu sais que quand la dynamite suinte…

— Je sais. Mais la marchandise était en bon état.

— Alors c'est eux qui ont salopé le travail.

— Je ne crois pas. Mais il n'y a pas d'autre explication.

Le fait est qu'à trois heures du matin, alors qu'ils avaient placé les charges dans les sacs à dos qui devaient servir aux deux membres du commando suicide à s'envoyer en l'air, avec Himmler comme partenaire, Danilo, fatigué, inquiet, lui dit ne touche pas ça, bordel, et le curé, exaspéré par le ton de l'autre, reposa trop violemment le sac qu'ils venaient de remplir. Il y eut du son et de la lumière et le garage obscur s'illumina, une seconde avant d'exploser et de projeter dans les airs une pluie de débris où se mêlaient les fragments de vitres, les briques du porche et les morceaux de Danilo et de Gradnik le curé.

Quand les autorités militaires d'occupation essayèrent de reconstituer les faits, elles ne trouvèrent que les restes d'au moins deux personnes. Et une de ces personnes avait des pieds qui avaient l'air de tranches de pain de campagne. Et parmi la ferraille, les boyaux et les éclaboussures de sang on trouva, attaché à un cou large, la plaque d'identification du SS-Obersturmführer Franz Grübbe, porté disparu et qui, selon la seule version digne de foi, celle du SS-Hauptsturmführer Timotheus Schaaf, était l'abject responsable de la défaite humiliante d'une division de la Waffen-SS, qui avait succombé héroïquement à l'entrée de Kranjska Gora, car, dès qu'il avait entendu les premiers coups de feu, il s'était enfui dans la direction de l'ennemi, les mains en l'air, implorant clémence. Un SS implorant la clémence d'un groupe de terroristes communistes. Maintenant tout est clair : le traître immonde a réapparu, mêlé à la préparation d'un attentat immonde contre le Reichsführer en personne, parce que tout cela n'était rien d'autre qu'un plan pour tuer le Reichsführer Heinrich Himmler.

— Et qui est ce Grübbe ?

— Un traître à la patrie, au Führer et au serment sacré qu'il a prononcé solennellement quand il est entré dans la Schutzstaffel. Le SS-Hauptsturmführer Timotheus Schaaf pourra vous en apprendre davantage sur son compte.

— Que son nom soit ignominieusement frappé d'infamie.

Le télégramme que reçut Lothar Grübbe, sec et précis, l'informait de l'infamie commise par son immonde fils, qui voulait attenter contre le Reichsführer, son plus haut supérieur hiérarchique, mais qui avait volé en mille immondes morceaux en manipulant les explosifs. Et il ajoutait qu'on avait procédé à douze arrestations de traîtres allemands appartenant à un groupe déjà écrasé, comme celui de l'immonde juif Herbert Baum. L'opprobre de l'empire tombera sur votre immonde fils pendant mille ans.

Et Lothar Grübbe pleura avec un sourire et, le soir, il dit à sa femme tu vois, ma bonne, notre fils y a pensé à deux fois. C'est vrai que j'ai voulu t'épargner ça, mais on avait farci la cervelle de notre Franz avec les saloperies de Hitler ; et quelque chose a dû lui faire prendre conscience de son erreur. L'opprobre du régime est tombé sur nous, et c'est la plus grande joie qu'on pourrait donner à un Grübbe.

Pour fêter le courage du petit Franz, le héros de la famille, le seul qui, jusqu'à présent, ait répondu valeureusement à la bête nazie, il demanda à Günter Raue de lui rendre le service qu'il lui devait ; après tant d'années, oui. Günter Raue pesa le pour et le contre et dit oui, Lothar, mon ami, mais à une condition. Laquelle ? Que vous soyez discrets, pour l'amour de Dieu. Et je te dirai quel pourboire il faut donner aux fossoyeurs. Et Lothar Grübbe dit d'accord, cela me semble juste. Et cinq jours plus tard, alors qu'on disait que le front occidental commençait à être un problème et que personne ne parlait du désastre de Biélorussie, où la mère Terre avait avalé des armées entières, dans le paisible cimetière de Tübingen, dans la concession de la famille Grübbe-Landau, devant un homme triste et sa cousine Herta Landau, des Landau de Bebenhausen, fut enterrée, dans un cercueil vide, la mémoire d'un héros valeureux que, lorsque viendront des temps meilleurs, nous honorerons avec des fleurs blanches comme son âme. Je suis fier de notre fils, ma bonne Anna, de notre fils qui t'a rejoint. Et je ne tarderai guère à venir, car je n'ai plus rien à faire ici.

La nuit était tombée. Ils sortirent, pensifs, par la grille encore ouverte, elle lui prit la main, ils marchèrent en silence jusqu'au réverbère qui éclairait le chemin du parc et quand ils l'atteignirent elle lui dit je crois que c'est vrai ce qu'a dit le professeur Schott.

— Il a dit beaucoup de choses.

— Non, que ton histoire de la pensée européenne est vraiment une œuvre importante.

— Je ne sais pas. J'aimerais que ce soit vrai, mais je ne peux pas le savoir.

— Ça l'est, insista Sara. Et puis je t'aime.

— Eh bien il y a quelque temps que j'ai d'autres idées.

— Quelles sortes d'idées?

— Je ne sais pas. L'histoire du mal.

Alors qu'ils quittaient le cimetière, Adrià dit le problème c'est que je n'arrive pas à me centrer. Je suis incapable de réfléchir pour de bon. Il me vient, je ne sais pas, des exemples, mais pas une idée qui…

— Il faut que tu écrives. Je suis à tes côtés.

Et j'écrivis, avec Sara à mes côtés, dessinant tout à côté de moi. Il nous restait peu de temps, trop peu, l'un à côté de l'autre, à travailler, à vivre, à nous réconcilier avec nos peurs. Moi qui écrivais, toi à mes côtés. Sara qui illustrait des contes et dessinait au fusain et Adrià à côté d'elle, admirant son trait. Sara qui cuisinait kasher et qui lui apprenait la richesse de la cuisine juive, et Adrià qui répliquait avec l'éternelle omelette aux pommes de terre, le riz bouilli ou le poulet grillé. De temps en temps, un colis envoyé par Max, avec des bouteilles de cuvées exquises. Et rire sans raison. Et entrer dans l'atelier alors qu'elle est en train de regarder sans le voir, depuis plus de dix minutes, le chevalet avec une planche blanche, plongée dans ses pensées, ses mystères, ses secrets, ses larmes qu'elle ne me permet pas d'essuyer.

— Moi aussi je t'aime, Sara.

Et elle se retournait et passait de la feuille blanche à mon visage pâle (plus que pâle, à en croire le vaillant Aigle-Noir) et elle mettait trois secondes à sourire parce qu'elle avait beaucoup de mal à quitter ses pensées, ses mystères, ses secrets, ses larmes mystérieuses. Mais nous étions heureux. Et maintenant, en sortant du cimetière, à Tübingen, elle me dit il faut que tu écrives. Je suis à tes côtés.

Quand il fait froid, même au printemps, les pas ont un son différent, comme si le froid faisait du bruit. C'est ce que pensa Adrià alors qu'ils se dirigeaient vers l'hôtel en silence. Les pas nocturnes de deux personnes heureuses.

— Sie wünschen?

— Adrià Ardèvol? Adrià? C'est toi?

— Ja. Oui. Bernat?

— Salut. Tu peux parler?

Adrià regarda du côté de Sara, qui était en train d'enlever son anorak et s'apprêtait à tirer les rideaux du petit hôtel Am Schloss.

— Qu'est-ce qu'il y a? Qu'est-ce que tu veux?

Sara eut le temps de se laver les dents, d'enfiler sa chemise de nuit et de se mettre au lit. Adrià disait oui, oui, bien sûr, bien sûr, oui. Jusqu'à ce qu'il se décide à ne plus rien dire et à se contenter d'écouter. Alors que cela faisait cinq minutes qu'il n'avait pas dit un mot, il regarda Sara, qui contemplait le plafond en se laissant bercer par le silence.

— Écoute, c'est que… Oui. Oui. Bien sûr.

Encore trois minutes. Il me semble que toi, ma bien-aimée, tu pensais à nous deux. De temps en temps, je te regardais du coin de l'œil et je voyais que tu camouflais un sourire satisfait. Il me semble, ma bien-aimée, que tu étais fière de moi, et moi je me sentais l'homme le plus heureux du monde.

— Que quoi?

— Mais tu m'écoutes, mon vieux?

— Bien sûr que oui.

— Eh bien voilà : c'est comme ça. Et je suis…

— Bernat, il faudrait peut-être que tu envisages une séparation. Si ça n'a pas marché, ça n'a pas marché. – Une pause. Adrià entendait la respiration de son ami à l'autre bout du fil. – Non?

— Écoute, c'est que…

— Comment ça va, le roman?

— Ça ne va pas. Comment veux-tu que ça aille, avec toute cette merde? – Silence lointain. – Et puis je ne sais pas écrire, et par-dessus le marché tu veux que je me sépare.

— Je ne veux pas que tu te sépares. Je ne veux rien. Je veux simplement te voir heureux.

Encore trois minutes et demie jusqu'à ce que Bernat dise merci de m'avoir écouté et se décide à raccrocher. Adrià resta quelques secondes assis devant le téléphone. Il se leva et écarta un peu le tissu léger du rideau. Dehors, la neige tombait en silence. Il se sentit à l'abri, aux côtés de Sara. Je me sentis à l'abri à tes côtés, Sara : alors, il était impossible de penser que maintenant, au moment où je t'écris, je serais en train de vivre exposé à tous les vents.

42

Je revins de Tübingen rempli de moi-même et glorieux comme un paon. Je regardais l'humanité de tellement haut que je me demandais, émerveillé, comment le reste du monde pouvait vivre ainsi à ras de terre. Jusqu'au moment où j'allai prendre un café au bar de la faculté.

— Bonjour !

Encore plus jolie. Je m'étais installé à côté d'elle sans m'en rendre compte.

— Hé ! Comment vas-tu ?

Oui, encore plus jolie. Cela faisait des mois que l'espèce d'irritation qu'elle s'efforçait de manifester quand j'étais près d'elle s'était adoucie. Peut-être par lassitude. Peut-être parce que les choses allaient mieux pour elle.

— Bien. Et toi ? Enfin… C'était super en Allemagne, non ?

— Oui.

— Mais moi, je préfère *La Volonté esthétique*. De très loin.

Une gorgée de café. J'avais bien aimé cette déclaration de principes.

— Moi aussi, mais évite de le répéter.

Silence. Je buvais une gorgée de café, elle buvait une gorgée de son petit crème.

— Tu es un grand bonhomme, dit-elle au bout d'un moment.

— Pardon ?

— Tu m'as entendue. Tu es un grand bonhomme.

— Merci. Je…

— Non. Évite de tout gâcher. Occupe-toi de penser à écrire un livre de temps en temps. Mais ne touche pas aux gens. Ne t'approche pas trop d'eux, tu comprends ?

Elle avala la dernière gorgée de son petit crème. J'avais très envie de lui demander des explications, mais je compris qu'il aurait été stupide de creuser de ce côté. D'autant plus que je ne t'avais jamais parlé de Laura. Je ne t'avais pas parlé d'elle au moment où j'aurais pu le faire sans problème. Et elle, maintenant, elle se jetait sur moi et me lançait des fleurs. Et cela faisait un mois, depuis les travaux dans le bureau, qu'elle avait pris la table en face de la mienne, maintenant que j'avais enfin une table pour moi tout seul. Il fallait que je m'habitue à un nouveau type de relation avec Laura. Je me dis même que, de cette façon, je pourrais éviter à jamais de te parler de cette femme.

— Merci, Laura, lui dis-je.

Elle frappa deux petits coups sur la table avec ses doigts repliés et partit. Je dus attendre un moment pour ne pas me trouver avec elle dans l'escalier. Mais je pensai que c'était mieux, si Laura ne me faisait plus la tête. Et Omedes m'avait dit que Laura Baylina, tu sais, cette petite blonde tellement, tellement… qu'on la mangerait ? Eh bien elle donne des cours sensationnels. Elle les tient sous son charme. Et moi, j'en suis ravi, me dis-je. Et je me dis aussi que toutes les saloperies que je lui ai faites l'ont sûrement aidée à s'améliorer. À Omedes, je répondis que j'en avais déjà eu des échos ; il faut bien qu'il y ait un bon professeur de temps en temps, non ?

Adrià Ardèvol se leva et marcha de long en large dans son vaste bureau. Il pensait aux réflexions de Laura, ce matin-là. Il s'arrêta devant les incunables et se dit qu'il ne savait pas pourquoi il travaillait et travaillait sans cesse. À cause d'une soif étrange. Pour comprendre le monde. Pour comprendre la vie. Va savoir pourquoi. Il n'y pensa plus parce qu'il entendit rsrsrsrsrsrsrs. Il attendit un instant, pensant que Lola Xica allait ouvrir, et il s'assit à nouveau devant son Lewis et lut quatre lignes de ses commentaires sur le réalisme en littérature.

— Ugh.

— Quoi.

— Caterina.

— Rsrsrsrsrsrs.

Il leva la tête. Caterina a dû partir. Il regarda l'heure. Sept heures et demie. Il laissa son Lewis à regret.

Il ouvrit la porte et se trouva face à face avec Bernat, un sac de sport à la main, qui lui dit salut, je peux entrer ? Et il entra avant qu'il lui dise bien sûr, entre, mon vieux.

Une bonne heure plus tard, Sara arriva et, de l'entrée, dit d'une voix joyeuse deux contes de Grimm ! Elle referma la porte et entra dans le bureau chargée de cartons à dessin et disant tu n'as pas mis les légumes à cuire ?

— Ah, bonjour, Bernat, ajouta-t-elle. Et elle remarqua le sac de sport.

— C'est que… fit Adrià.

Sara comprit aussitôt et dit à Bernat tu restes dîner. Elle le dit comme si c'était un ordre. Et à Adrià : six dessins par conte. Et elle sortit pour se débarrasser de ses cartons et pour mettre les légumes à cuire. Bernat regarda Adrià timidement.

— Tu t'installeras dans la chambre d'amis, dit Sara pour briser le silence, alors qu'ils étaient tous les trois devant le monastère de Santa Maria de Gerri qui, malgré la nuit, recevait la lumière du soleil du côté de Trespui. Les deux hommes, surpris, levèrent la tête de leur assiette de légumes à l'huile.

— Bon, je suppose que tu es venu pour rester quelques jours, non?

À vrai dire, Sara, Bernat ne me l'avait pas encore demandé. Je savais que c'était là qu'il voulait en venir mais je ne lui avais pas laissé d'ouverture, je ne sais pas pourquoi. Peut-être parce que j'étais irrité de voir qu'il n'avait pas le courage de me le demander.

— Si vous n'y voyez pas d'inconvénient.

J'aurais voulu être comme toi, Sara, direct. Mais je suis un homme incapable de prendre le taureau par les cornes. Et pourtant, il s'agissait de mon meilleur ami. Et maintenant que le point le plus important était réglé, le dîner se poursuivit de façon beaucoup plus détendue. Et Bernat se crut obligé de nous expliquer que lui, il ne veut pas se séparer, mais qu'on se dispute chaque jour davantage et que je suis désolé à cause de Llorenç, qui…

— Il a quel âge?

— Je ne sais pas. Dix-sept ou dix-huit ans.

— Il est assez grand, non? fis-je observer.

— Assez grand pour quoi.

— Si vous vous séparez.

— Moi, ce qui m'embête, dit Sara, c'est que tu ne saches pas quel âge a ton fils.

— Je t'ai dit, dix-sept ou dix-huit ans.

— Dix-sept ou dix-huit?

— Eh bien…

— Quelle est la date de son anniversaire?

Silence coupable. Et toi qui, que personne ne peut arrêter quand tu t'es mis quelque chose en tête, tu as insisté :

— Voyons : en quelle année est-il né?

Après avoir réfléchi un instant, Bernat dit 1977.

— Été, automne, hiver, printemps?

— Été.

— Il a dix-sept ans. *Et voilà**.

Tu n'as rien dit, mais tu aurais pu maudire cet homme qui ne savait pas quel âge avait son fils et qui, pauvre

Tecla, mariée à un type aussi distrait, qui ne s'occupe que de lui, comme si tout le monde était à son service, tu vois ce que je veux dire ? Et ainsi de suite. Mais tu t'es contentée de hocher la tête et tu as gardé tes réflexions pour toi. On finit de dîner en paix. Sara se retira aussitôt et nous laissa seuls, ce qui était une façon de l'encourager à parler.

— Séparez-vous, lui dis-je.

— C'est ma faute. Je ne sais pas quel âge a mon fils.

— Allez, arrête de déconner. Séparez-vous et essaie d'être heureux.

— Je ne serais pas heureux. Je serais rongé de remords.

— Des remords à propos de quoi ?

— De tout. Qu'est-ce que tu lis ?

— Lewis.

— Qui ?

— Clive Staples Lewis. Un savant.

— Ah. – Bernat feuilleta le livre et le reposa sur la table. Il regarda Adrià et dit mais je l'aime encore.

— Et elle, elle t'aime ?

— J'ai l'impression que oui.

— D'accord. Mais vous vous faites du mal, et vous en faites aussi à Llorenç.

— Non. Je… Ça n'a pas d'importance.

— C'est pour ça que tu t'enfuis de chez toi, non ?

Bernat s'assit devant la table, se couvrit le visage de ses mains et se mit à pleurer, avec des sanglots irrépressibles. Il resta un long moment comme ça et je ne savais que faire, le prendre dans mes bras, lui donner des tapes dans le dos ou lui raconter une blague. Je ne fis rien. Ou plutôt si. J'écartai le livre de C. S. Lewis, pour éviter qu'il le mouille. Parfois, je me déteste.

Tecla m'ouvrit la porte et me regarda en silence pendant un bon moment. Elle me fit entrer et referma la porte.

— Comment va-t-il ?

— Il est désorienté. Consterné. Et toi ?

— Désorientée. Consternée. Tu viens jouer les intermédiaires ?

En réalité, Adrià n'eut pas grand-chose à dire à Tecla. Elle était trop différente, elle avait un regard trop inquiet. Et elle était très belle. Parfois, on aurait dit qu'elle regrettait d'être aussi belle. Maintenant, elle portait les cheveux ramassés en queue de cheval, et il l'aurait volontiers embrassée sur la bouche. Elle croisa les bras dans une attitude modeste et me regarda dans les yeux, comme si elle m'invitait à parler, tu veux bien ? à dire que Bernat était consterné et qu'il te supplie à genoux de le laisser revenir à la maison ; qu'il comprend qu'il est insupportable et qu'il essaiera de faire l'impossible pour… et que oui, oui, je sais bien qu'il est parti en claquant la porte, que c'est lui qui est parti et pas toi, que… Mais il te demande, il te supplie à genoux de le laisser revenir parce qu'il ne peut pas vivre sans toi et…

— Je suis venu prendre le violon.

Tecla se figea pendant quelques secondes et, quand elle réagit, s'éloigna dans le couloir, un peu blessée, me sembla-t-il. Avant qu'elle disparaisse, j'eus le temps d'ajouter et les partitions… Dans une chemise bleue, la plus épaisse…

Elle revint avec le violon et une chemise épaisse qu'elle posa sur la table de la salle à manger, peut-être un peu trop brusquement. Elle était beaucoup plus blessée qu'elle n'en avait l'air. Je compris qu'il valait mieux ne pas faire le moindre commentaire et je me contentai de prendre le violon et la chemise épaisse.

— Je suis vraiment désolé de tout ça, dis-je en guise d'adieu.

— Moi aussi, dit-elle en fermant la porte. Le claquement de la porte fut aussi un peu trop violent. À ce moment, Llorenç montait les marches de l'escalier quatre

à quatre, avec un sac de sport sur le dos. Je m'engouf-
frai dans l'ascenseur pour que le garçon ne voie pas qui
était la personne qui se cachait de façon aussi honteuse.
Je sais, je suis un lâche.

L'après-midi du second jour, Bernat se mit à travailler et, pour la première fois depuis longtemps, on entendit entre ces quatre murs le son d'un violon digne de
ce nom. Adrià, dans le bureau, regardait en l'air pour
mieux entendre. Bernat, dans sa chambre, remplissait
la cour intérieure des sonates d'Enescu. Et le soir il me
demanda s'il pouvait prendre le Storioni, et il en joua
pendant vingt ou trente minutes délicieuses. Il interpréta quelques sonates de tonton Leclair, mais cette fois
pour lui seul. Pendant quelques instants, je me dis que
je devais lui faire cadeau du Vial. Qu'il en tirerait profit, lui. Mais je me retins à temps.
Je ne sais pas si la musique y fut pour quelque chose.
Le fait est qu'après le dîner nous nous retrouvâmes tous
les trois à bavarder un long moment. Exceptionnellement, Sara fit allusion à son oncle Haïm, et de l'oncle
nous passâmes à la banalité du mal, parce qu'il y avait
peu de temps que j'avais lu Arendt, avec avidité, et il y
avait des choses qui tournaient dans ma tête, que je ne
savais pas comment résoudre.
— Pourquoi est-ce que ça te préoccupe ? dit Bernat.
— Si le mal peut être gratuit, nous sommes foutus.
— Je ne comprends pas.
— Si je peux te faire du mal, à toi, et qu'il ne se passe
rien, l'humanité n'a pas d'avenir.
— Tu veux dire le crime sans raison, juste comme ça.
— Un crime juste comme ça, c'est la chose la plus
inhumaine qu'on puisse imaginer. Je vois un homme en
train d'attendre l'autobus et je le tue. Horrible.
— La haine justifierait le crime ?

— Non, mais elle l'explique. Et le crime gratuit est non seulement épouvantable, mais inexplicable.

— Et un crime au nom de Dieu? intervint Sara.

— C'est un crime gratuit mais avec un alibi subjectif.

— Et si c'est au nom de la liberté? Ou du progrès? Ou de l'avenir?

— Tuer au nom de Dieu ou au nom de l'avenir, cela revient au même. Quand la justification est idéologique, l'empathie et le sentiment de compassion disparaissent. On tue froidement, sans que la conscience en soit affectée. Comme dans le crime gratuit d'un psychopathe.

Ils se turent un instant. Sans se regarder dans les yeux, comme s'ils étaient effrayés de leur conversation.

— Il y a des choses que je ne sais pas expliquer, dit Adrià d'une voix lugubre. La cruauté. La justification de la cruauté. Des choses que je ne peux expliquer, si ce n'est par le récit.

— Pourquoi n'essaies-tu pas? m'as-tu dit, en me regardant de tes yeux qui me transpercent aujourd'hui encore.

— Je ne sais pas écrire. C'est pour Bernat, ça.

— Ne te fiche pas de moi. Ce n'est pas le moment.

La conversation languissant, nous allâmes nous coucher. Je me rappelle, ma bien-aimée, que c'est ce jour-là que je me décidai. Après une heure passée les yeux grands ouverts, je me levai sans bruit et retournai à mon bureau. Je pris des feuilles blanches et mon stylo et j'essayai d'y remédier en partant de très loin, pensant que, peu à peu, je m'approcherais de nous, et j'écrivis les pierres ne doivent pas être trop petites, car elles sont alors inoffensives. Mais elles ne doivent pas être trop grosses, car elles abrégeraient par trop le supplice du coupable. Parce que ce dont il s'agit c'est de châtier des coupables, ne l'oublions jamais. Tous ces bons messieurs qui lèvent le doigt, impatients de participer à une lapidation, doivent savoir qu'il faut faire expier la faute par la souffrance. C'est ainsi. Il en a toujours été ainsi. Par conséquent, en blessant la femme adultère, en lui crevant un œil, en se montrant insensibles à ses pleurs, ils sont agréables au Très-Haut, au Dieu unique, au Compatissant, au Miséricordieux.

Ali Bahr ne s'était pas porté volontaire : il était l'accusateur et, en cette qualité, il avait le privilège de lancer la première pierre. Devant lui, l'infâme Amani, presque entièrement enterrée, ne montrant que son visage impudique, maintenant en pleurs, répétait depuis trop longtemps ne me tuez pas, Ali Bahr vous a menti. Et Ali Bahr, mal à l'aise et exaspéré par les mots proférés par la coupable, sans attendre le signal du cadi, lança la première pierre pour faire taire cette traînée une pputain de fois, loué soit le Très-Haut. Et la pierre qui devait faire taire la catin progressait trop lentement, comme lui quand il était entré dans la maison d'Amani, sous le prétexte de lui vendre le panier de dattes, et Amani, voyant entrer un homme, se couvrit le visage avec un chiffon de cuisine qu'elle avait à la main et dit que faites-vous ici et qui êtes-vous.

— Je venais vendre ces dattes à Azizzadeh Alfalati, le commerçant.

— Il n'est pas là. Il ne rentrera que ce soir.

C'était justement ce dont Ali Bahr attendait confirmation. De plus, il avait pu voir son visage : plus belle, bien plus belle que ce qu'on lui avait dit à l'auberge de Murrabash. Les femmes blasphématrices sont souvent les plus belles. Ali Bahr posa le panier de dattes sur le sol.

— Nous ne les avons pas demandées, dit-elle, méfiante. Je n'ai pas autorité pour…

Il fit deux pas en direction de la femme et, ouvrant les bras, le visage grave, il dit je veux seulement démasquer ton secret, petite Amani. Et, les yeux étincelants, il ajouta sèchement :

— Je viens au nom du Très-Haut pour confondre le blasphème.

— Que voulez-vous dire ? – Amani, affolée.

Il s'approcha davantage de la jeune fille :

— Je me vois dans l'obligation de chercher ton secret.

— Mon secret ?

— Ton blasphème.

— Je ne sais pas de quoi vous parlez. Mon père…
Il… Il vous demandera des comptes.

Ali Bahr ne put dissimuler les éclairs de son regard.
Il dit brusquement :

— Déshabille-toi, chienne blasphématrice.

L'insidieuse Amani, au lieu d'obéir, s'enfuit à l'intérieur de la maison et Ali Bahr fut obligé de la poursuivre et de l'attraper par le cou. Et quand elle se mit à appeler au secours, il fut obligé de lui fermer la bouche d'une main tandis que, de l'autre, il déchirait ses vêtements pour montrer l'objet du péché.

— Voilà ! Sacrilège !

Et il arracha la médaille qu'elle portait au cou, y laissant un trait de sang.

L'homme contempla la médaille dans le creux de sa main. Une silhouette humaine : une femme avec un enfant dans les bras et au fond un arbre touffu, qu'il ne connaissait pas. Et au revers, des lettres chrétiennes. C'était donc vrai ce que les femmes racontaient de la belle Amani : elle adorait de faux dieux et, en tout cas, elle enfreignait la loi qui commandait de ne façonner, sculpter, dessiner, peindre, acheter, porter, posséder, cacher aucune image humaine, en aucune circonstance, loué soit le Très-Haut.

Il cacha la médaille dans les plis de sa robe, sachant qu'il pourrait en tirer un bon prix en la vendant aux marchands qui étaient en route pour la mer Rouge et l'Égypte, l'esprit tranquille, parce que lui, il n'avait façonné, sculpté, dessiné, peint, acheté, exhibé ni caché aucun objet comportant une image humaine.

Tout en ayant ces pensées, et après avoir fait disparaître le pendentif, il vit que la belle Amani, les vêtements

à moitié déchirés, montrait une partie de son corps las-
cif qui était tout entier voué au péché. C'était ce que
disaient certains hommes, que sous ces étoffes sugges-
tives il devait y avoir un corps exceptionnel.

Au fond, on commença à entendre l'appel du mufti
à la prière du Zuhr.

— Si tu cries, je devrai te tuer. Ne m'y oblige pas.

Il l'obligea à se pencher, appuyée contre l'étagère où
ils rangeaient les pots de grain, enfin nue, resplendis-
sante, en sanglots. Et cette garce laissa Ali Bahr la pénétrer et c'est un plaisir que je ne retrouverai jamais même
quand j'arriverai au paradis, si ce n'est que cette femme
n'arrêtait pas de pleurnicher, et je ne me suis pas assez
méfié, fermant les yeux, porté par les ondes de plaisir
infini, loué soit… enfin.

— Alors j'ai senti cette terrible douleur et, ouvrant les
yeux et me redressant, honorable cadi, j'ai vu au-dessus
de moi ces yeux de folle et la main qui tenait encore le
poinçon qui m'avait frappé. J'ai dû interrompre la prière
du Zuhr à cause de la douleur.

— Et quelle est selon vous la cause qui l'a poussée à
vous agresser alors que vous étiez absorbé par la prière?

— Je pense qu'elle voulait me voler le panier de dattes.

— Et comment as-tu dit que s'appelle cette femme?

— Amani.

— Faites-la quérir, dit-il aux deux jumeaux.

Les douze heures de minuit sonnèrent, puis une heure,
au clocher de la Concepció. La circulation avait diminué
depuis bien longtemps et Adrià ne voulut se lever de sa
chaise ni pour faire pipi ni pour se préparer une camomille. Il voulait savoir ce qu'allait dire le cadi.

— D'abord, il faut que tu saches, dit le cadi avec
patience, que c'est moi qui pose les questions. Et ensuite
il faut que tu te souviennes que, si tu mens, tu le paieras
de ta vie. Réponds.

— Honorable cadi, un homme que je ne connais pas est entré dans la maison.

— Avec un panier de dattes.

— Oui.

— Qu'il voulait te vendre.

— Oui.

— Et pourquoi n'as-tu pas voulu les acheter?

— Mon père ne m'y a pas autorisée.

— Qui est ton père?

— Azizzadeh Alfalati, le commerçant. Et puis, je n'ai pas d'argent pour acheter quoi que ce soit.

— Où est ton père?

— Ils l'ont obligé à me mettre à la porte et à ne pas pleurer à cause de moi.

— Pourquoi?

— Parce que j'ai été déshonorée.

— Et tu le proclames comme ça, tranquillement?

— Honorable cadi, vous m'avez dit de ne pas mentir, que ma vie est en jeu.

— Pourquoi es-tu déshonorée?

— J'ai été violée.

— Par qui?

— Par l'homme qui voulait me vendre les dattes. Ali Bahr, c'est son nom.

— Et pourquoi a-t-il fait cela?

— Demandez-lui. Je ne sais pas.

— Ce n'est pas à toi de me dire ce que je dois faire.

— Pardonnez-moi, honorable cadi, dit-elle en baissant encore davantage la tête. Mais je ne peux pas savoir pourquoi il a fait ça.

— Tu l'as provoqué?

— Non. Jamais! Je suis une femme honnête.

Silence. Le cadi l'observait attentivement. À la fin, elle leva la tête et dit je sais, il voulait me voler un bijou que je portais.

— Quel bijou?

— Un pendentif.

— Montre-le-moi.

— Je ne peux pas. Il me l'a volé, et ensuite il m'a violée.

Le bon cadi, lorsqu'il eut Ali Bahr devant lui pour la deuxième fois, attendit patiemment qu'on ôte la femme de sa vue. Quand les jumeaux eurent refermé la porte, il dit à voix basse parle-moi de ce pendentif que tu as volé, Ali Bahr.

— Un pendentif? Moi?

— Tu n'as pas volé de pendentif à Amani?

— La menteuse! – Il leva les bras. – Fouillez mes vêtements, seigneur.

— Donc, c'est un mensonge.

— Un mensonge immonde. Elle n'a pas de bijou, seulement un poinçon qu'elle plante dans le corps de celui qui, chez elle, interrompt la conversation pour la prière du Zuhr, ou peut-être celle de l'Asr, car je ne me souviens pas précisément du moment.

— Où est ce poinçon?

Ali Bahr sortit le poinçon, qu'il gardait caché dans ses vêtements, et le présenta les mains tendues, comme s'il faisait une offrande au Très-Haut.

— C'est avec ça qu'elle m'a agressé, ô bienveillant cadi.

Le cadi prit le poinçon, de ceux qui servent à farcir des morceaux de viande d'agneau, il l'examina et, de la tête, ordonna à Ali Bahr de sortir. Il attendit en méditant, tandis que les jumeaux ramenaient devant lui la criminelle Amani. Il lui montra le poinçon :

— Il est à toi? demanda-t-il.

— Oui. Comment l'avez-vous eu?

— Tu avoues qu'il est à toi?

— Oui. J'ai dû me défendre de l'homme qui…

Le cadi s'adressa aux jumeaux, qui étaient adossés au mur du fond :

— Emmenez cette charogne, leur dit-il, sans crier, las d'avoir à supporter toute la malice qui se trouvait dans le monde.

Le commerçant Azizzadeh Alfalati fut sommé de ne pas verser une seule larme parce que pleurer pour une femme lapidée est un péché qui offense le Très-Haut. Et il ne pouvait pas davantage montrer le moindre signe de deuil, loué soit le Miséricordieux. On ne le laissa pas non plus prendre congé d'elle, car, en bon homme qu'il était, il l'avait répudiée dès qu'il avait su qu'elle s'était laissé violer. Azizzadeh s'enferma chez lui et personne ne sut s'il pleura ou s'il parla avec sa femme, morte depuis tant d'années.

Et enfin la première pierre, ni trop petite ni trop grosse, accompagnée d'un rugissement de rage, qui reproduisait la douleur qu'il sentait dans le ventre depuis le coup de poinçon assassin, atteignit la joue gauche d'Amani la putain, qui criait encore Ali Bahr m'a violée et m'a volée. Père ! Mon père ! Lut, ne me fais pas de mal ; toi et moi… Au secours ! Y a-t-il ici un homme compatissant ? Mais la pierre de son ami Lut lui frappa la tempe et l'assomma à moitié, elle, enterrée et incapable de lever les mains pour se défendre. Et Lut, fier de viser aussi bien que Drago Gradnik. Les cailloux commencèrent à pleuvoir, ni trop gros ni trop petits, et maintenant ils sortaient des mains de douze volontaires, et le visage d'Amani se teignit de rouge, comme le rouge que certaines putains se mettent sur les lèvres pour attirer l'attention des hommes et leur faire perdre la tête. Ali Bahr ne lança plus de pierres parce qu'Amani s'était tue et l'avait regardé dans les yeux. Elle l'avait traversé, cloué, transpercé de son regard, comme Gertrud, exactement comme Gertrud, et la douleur dans son ventre s'était manifestée avec plus d'intensité. Maintenant, la belle Amani ne pouvait plus pleurer, parce qu'un caillou lui avait défoncé un œil. Et une pierre plus grosse et aiguë avait atteint sa bouche et la jeune fille s'étouffait avec ses propres dents brisées, et la plus grande souffrance venait de ce que les douze hommes justes n'arrêtaient pas de lui lancer des pierres et si l'un d'eux la ratait, bien qu'il fût tout proche, il étouffait un juron et, avec la pierre suivante, tâchait d'être plus précis. Et les noms des douze hommes justes étaient Ibrahim, Bàquir, Lut, Marwan, Tàhar, Uqba, Idris, Zyayr, Hunayn, un autre Tàhar, un autre Bàquir et Màhir, loué soit le Très-Haut, le Compatissant, le Miséricordieux. Azizzadeh, de chez lui, entendait les hurlements des douze volontaires et il savait que trois des hommes étaient du village et qu'enfants ils avaient joué avec sa fille, jusqu'à ce que le sang arrive et qu'il doive la cacher, loué soit le Miséricordieux. Et quand il entendit un rugissement général il comprit que son Amani, après cette souffrance affreuse, était enfin morte. Alors, avec le pied, il renversa le tabouret et son corps chut, retenu par le cou par une corde à lier le fourrage. Son corps dansa dans les convulsions de l'étranglement et, alors que les hurlements ne s'étaient pas encore éteints, Azizzadeh était mort, cherchant sa fille pour la conduire devant son épouse si lointaine. Le corps sans vie du malheureux Azizzadeh Alfalati pissa sur un panier de dattes, dans le vestibule du magasin. Et quelques ruelles plus loin, Amani, le cou brisé par une pierre trop volumineuse, je vous avais bien dit pas trop grosses, non ? Vous voyez ? Elle est morte. Qui l'a lancée ? Et les douze volontaires montrèrent Ali Bahr, qui avait agi de la sorte parce qu'il ne pouvait plus supporter le regard aveugle de cette putain qui le regardait avec le seul œil qui lui restait, comme si c'était sa vengeance : lui offrir un regard dont il ne pouvait pas se débarrasser, ni éveillé ni endormi. Et j'écrivis aussi qu'Ali Bahr, le lendemain même, s'approcha de la caravane de marchands qui devaient partir pour Alexandrie d'Égypte, commercer avec les marins chrétiens, maintenant que la ville était tombée entre les mains des Britanniques. Ali Bahr s'approcha de celui qui lui parut le plus décidé et ouvrit la main devant lui, tâchant de n'être vu par personne du village. L'autre observa le pendentif, le prit pour mieux le regarder, Ali Bahr lui fit signe d'être prudent, l'autre comprit et le poussa près d'un chameau couché. Malgré les lois, malgré les saintes paroles du Coran, il était intéressé. Il regarda le pendentif plus attentivement et passa les doigts sur la médaille, comme s'il voulait la nettoyer.

— Elle est en or, dit Ali Bahr, et la chaîne aussi.

— Je sais bien, dit le marchand, mais c'est un bijou volé.

— Que dis-tu là ! Tu veux m'offenser ?

— Prends-le comme tu voudras.

Il rendit le bijou de la belle Amani à Ali Bahr, qui ne voulut pas le prendre, faisant non de la tête, les mains séparées du corps, sûrement parce que cet or commençait à lui brûler les entrailles. Il accepta le prix de misère que lui offrit le marchand. Quand Ali Bahr s'en alla, celui-ci contempla la médaille. Des lettres chrétiennes. À Alexandrie, on se l'arracherait. Il y passa les doigts, satisfait, comme s'il voulait la nettoyer de toute la saleté accumulée. Il resta un instant à méditer, écarta la lampe à huile qui l'avait éclairé et dit, en regardant le jeune Brocia :

— Cette médaille, je la connais.

— Eh bien, c'est la Sainte Vierge de Moena, il me semble.

— Santa Maria dai Ciüf. – Il retourna la médaille pour que le jeune homme en voie l'autre face. – De Pardàc, tu vois ?

— Vraiment ?

— Tu ne sais pas lire. Tu es un Mureda ?

— Oui, monsieur, mentit le jeune Brocia. Je veux de l'argent, parce que je m'en vais à Venise.

— Vous ne tenez pas en place, vous les Mureda.
– Sans cesser d'examiner la médaille, il ajouta : Tu veux
être marin ?

— Oui. Et partir bien loin. En Afrique.

— On te poursuit, n'est-ce pas ?

Le joaillier reposa la médaille sur la table et le regarda
dans les yeux.

— Qu'as-tu donc fait ? demanda-t-il.

— Rien. Vous m'en donnez combien ?

— Tu sais que la mer secoue encore plus fort les gens
des montagnes ?

— Combien me donnez-vous pour cette médaille,
l'ancien ?

— Garde-la pour les heures difficiles, mon fils.

Instinctivement, le jeune Brocia jeta un coup d'œil
rapide à l'échoppe de ce juif indiscret. Ils étaient seuls.

— Et Jachiam Mureda, qu'est-ce qu'il est devenu ?
demanda, curieux, le vieil orfèvre de la Plaine.

— Il est avec les siens, avec Agno, Jenn, Max, Hermes,
Josef, Theodor, Micurà, Ilse, Erica, Katharina, Matilde,
Gretchen et Bettina la petite aveugle.

— J'en suis heureux. Je te le dis franchement.

— Moi aussi. Ils sont tous ensemble, sous la terre,
mangés par les vers qui, lorsqu'ils ne trouveront plus
de nourriture, leur rongeront l'âme. – Il lui reprit le pendentif. – Vous m'achetez cette pputain de médaille ou je
sors mon couteau ?

À ce moment-là, les cloches de la Concepció sonnèrent trois heures du matin et Adrià pensa demain je
ne serai bon à rien.

Comme un grain de sable, le drame commence par
un geste anodin, sans importance. C'est le commentaire
que fit Adrià le lendemain des lapidations, à l'heure du
dîner, quand il demanda alors, tu as réfléchi ?

— À propos de quoi?

— Je ne sais pas, sur... Enfin, si tu rentres chez toi ou / Ou je cherche une pension. D'accord.

— Eh, ne te fâche pas. Je veux simplement savoir... hein?

— Et pourquoi cette hâte? m'as-tu coupé, hautaine, sèche, prenant totalement le parti de Bernat.

— C'est bon, je n'ai rien dit, rien du tout.

— Ne vous inquiétez pas. Je pars demain.

Bernat regarda Sara et dit je vous suis très reconnaissant de votre accueil, pendant ces quelques jours.

— Bernat, je ne voulais pas...

— Demain, après la répétition, je viendrai chercher mes affaires. – D'un geste de la main, il coupa court à mes excuses. – Tu as raison, il est temps que je me bouge le cul. – Il nous sourit. – Je m'accrochais à vous.

— Et qu'est-ce que tu vas faire? Tu vas rentrer chez toi?

— Je ne sais pas. Je déciderai ce soir.

Alors que Bernat réfléchissait, Adrià sentait que le silence de Sara, qui mettait sa chemise de nuit et se lavait les dents, était trop épais. Je crois que je t'avais vue seulement une fois fâchée à ce point. C'est pourquoi je me réfugiai auprès d'Horace. Couché sur le lit, je lisais Solvitur acris hiems grata vice veris et Favoni / trahuntque siccas machinae carinas...

— Tu es fier de toi, n'est-ce pas? dit Sara en entrant dans la chambre.

... ac neque iam stabulis gaudet pecus aut arator igni. Adrià leva les yeux des odes et dit quoi?

— Tu peux être fier de ce que tu as fait à ton ami.

— Pourquoi?

— Un siii graaand ami...

— Comme c'est un graaand ami, je lui dis toujours la vérité.

— Comme lui, qui dit qu'il admire ta science et qu'il est fier de voir que les universités européennes te réclament et que ton nom devient une référence et…

— J'aimerais pouvoir en dire autant de Bernat. Je peux le dire de sa musique, mais il ne m'écoute pas.

Et il retourna à Horace et lut ac neque iam stabulis gaudet pecus aut arator igni / nec prata canis albicant pruinis.

— Super. Magnifique. *Merveilleux*.

— Quoi ? – Adrià leva la tête tout en pensant nec prata canis albicant pruinis. Sara le regardait, hors d'elle. Elle était sur le point de dire quelque chose, mais elle préféra sortir de la chambre. Elle referma rageusement la porte, mais sans faire de bruit. Même quand tu te fâchais, tu le faisais avec discrétion. Sauf cet autre jour. Adrià regarda la porte fermée, pas tout à fait conscient de ce qui se passait. Ce qui lui venait à l'esprit, comme un flot impétueux, furieux d'avoir été retenu si longtemps, c'était dum gravis Cyclopum / Volcanus ardens visit officinas.

— Quoi ? dit Sara en ouvrant la porte, sans lâcher la poignée.

— Rien, excuse-moi, je pensais à haute voix.

Elle referma la porte. Elle devait être debout de l'autre côté. Elle n'aimait pas se promener en chemise de nuit dans l'appartement quand il y avait des étrangers. Je ne savais pas que tu étais en train d'hésiter entre la fidélité à la parole donnée et le déclenchement des hostilités. Elle choisit la fidélité à la parole donnée, entra à nouveau dans la chambre, se mit au lit et dit bonne nuit.

Et pour qui dénoues-tu ta blonde chevelure, avec une élégante simplicité ? pensa Adrià, de façon absurde, en regardant avec perplexité sa chère Sara, tournée de l'autre côté, fâchée de je ne sais quoi, sa chevelure noire tombant sur ses épaules. Avec une élégante simplicité. Je

ne savais que penser et je choisis de fermer le volume
d'odes et d'éteindre la lumière. Je restai longtemps les
yeux ouverts.

Le lendemain matin, quand Sara et Adrià se levèrent,
à l'heure habituelle, il n'y avait plus aucune trace de Bernat, du violon, des partitions ni de ses vêtements. Seulement un mot sur la table de la cuisine qui disait, merci,
chers amis. Vraiment, merci. Dans la chambre, les draps
étaient pliés sur le lit. Il était parti tout entier et je me
sentis très mal.

— Ugh.

— Quoi.

— Tu as bien merdé, ô compagnon de chasse.

— Je ne t'ai pas demandé ton avis.

— Mais tu as bien merdé. N'est-ce pas, Carson?

Adrià n'entendit que le bruit désagréable du crachat
dédaigneux du vaillant shérif s'écrasant sur le sol.

Étrangement, lorsque Sara s'aperçut de la fuite de
Bernat, elle ne me reprocha rien. La vie poursuivit son
bonhomme de chemin. Mais il me fallut des années pour
comprendre.

43

Adrià avait passé tout l'après-midi à regarder le mur du bureau, incapable d'écrire une ligne, incapable de se concentrer sur le moindre livre, fixant le mur, comme s'il y cherchait la solution à sa perplexité. Au milieu de l'après-midi, sans avoir pu travailler ne fût-ce que dix minutes, il décida de se préparer un thé. Depuis la cuisine il dit tu veux un thé? Et il entendit un mmm qui venait de l'atelier de Sara et qu'il interpréta comme un oui, merci, quelle bonne idée. Quand il entra dans l'atelier avec la tasse fumante, il contempla sa nuque. Elle avait ramassé ses cheveux en queue de cheval, comme elle le faisait toujours quand elle dessinait. J'adore ta tresse, ta queue de cheval, tes cheveux, quelle que soit la façon dont tu les portes. Sara était en train de dessiner, sur une feuille au format paysage, des maisons qui pouvaient appartenir à un village à moitié abandonné. Elle esquissait maintenant une ferme, au fond. Adrià but une gorgée de thé et demeura bouche bée, voyant la ferme prendre forme, peu à peu ; oui, abandonnée. Et avec un cyprès brisé, sans doute par un éclair. Et brusquement, Sara revint aux maisons du premier plan sur la partie gauche de la feuille et fit l'encadrement d'une fenêtre jusqu'alors inexistante. Elle dessina tellement rapidement qu'Adrià se demanda comment cela s'était passé, comment Sara pouvait voir la fenêtre là où il n'y avait que le papier blanc, et maintenant qu'elle était faite, on aurait dit qu'elle avait toujours été là ; il avait même l'impression que quand il avait acheté le papier, à can Terricabres, on le lui avait vendu avec la fenêtre dessinée ; et il pensa aussi que le talent de Sara était un miracle. Sara sauta à nouveau à la ferme et crayonna la porte d'entrée, et la maison, qui jusqu'alors était un dessin, commença à prendre vie, comme si l'ombre du fusain avait donné l'autorisation d'imaginer ce qui se trouvait à l'intérieur. Adrià but une nouvelle gorgée du thé de Sara, émerveillé.

— D'où est-ce que tu tires tout ça ?

— D'ici, dit-elle en montrant son front de son index noirci, qui y laissa une trace.

Alors, elle se mit à vieillir le chemin, y ajoutant des ornières laissées par les charrettes qui, pendant des décennies, étaient allées de la ferme au village, et j'enviai le pouvoir de création de Sara. Quand j'eus fini le thé que je lui avais apporté, je retrouvai mon inquiétude antérieure, qui m'avait empêché de travailler pendant tout l'après-midi. En revenant de chez la gynécologue, Sara avait laissé son sac ouvert dans l'entrée et était entrée précipitamment dans les toilettes, et Adrià avait fouillé dans le sac parce qu'il cherchait de l'argent, pour ne pas avoir à passer à la banque, et il tomba sur le compte rendu du docteur Andreu pour le médecin de famille, et je ne pus m'empêcher de le lire, mea culpa, oui, parce qu'elle ne me l'avait pas montré, et le compte rendu disait que l'utérus de la patiente, madame Sara Voltes-Epstein, qui n'avait connu qu'une gestation menée à terme, était parfaitement sain, malgré la présence de métrorragies épisodiques. Par conséquent, elle avait décidé d'extraire le DIU, qui était la cause plus que probable des métrorragies. Et je consultai le dictionnaire en cachette, comme quand je cherchais ce que voulait dire lupanar ou *marica*, et je me rappelai que "metro-" était la forme préfixale du mot grec *mētra*, qui veut dire "utérus", et que "-ragie" était la forme suffixale du mot grec *rhēgnymi*, qui signifie "jaillir". Utérus jaillissant, cela pouvait être le nom d'une parente d'Aigle-Noir, mais non, c'était le nom des saignements qui la préoccupaient tant. Il ne se rappelait pas que Sara devait aller voir la gynécologue, à cause des saignements. Pourquoi ne m'a-t-elle rien dit ? Alors, Adrià relut le passage qui disait qu'elle n'avait connu qu'une gestation menée à terme et il comprit la raison de ce silence. Merde.

Et maintenant Adrià était devant elle, bayant aux corneilles, buvant son thé et admirant sa capacité à créer des mondes profonds en n'utilisant que deux dimensions, et sa manie de garder tous ses secrets.

Un figuier ; cela ressemblait à un figuier. À un coin de la ferme, il y avait maintenant un figuier et, appuyée contre le mur, une roue de charrette. Et Sara qui lui dit je vais t'avoir là toute la journée, à me souffler dans le cou ?

— J'aime te voir dessiner.

— Je suis timide et tu me freines.

— Que t'a dit la gynécologue ? Tu devais bien la voir aujourd'hui ?

— Rien, ça va. Je n'ai rien.

— Et les saignements ?

— C'est le stérilet. Elle me l'a enlevé, par précaution.

— Donc, tout va bien.

— Oui.

— Il faudra voir comment on fait.

Et c'est quoi cette histoire de ton utérus qui n'a connu qu'une gestation menée à terme ? Hein, Sara ? Hein ?

Sara se retourna et le regarda. Elle avait une tache de fusain sur le front. J'ai pensé à voix haute ? pensa Adrià à voix basse. Sara regarda la tasse et pinça le nez et dit hé, tu as bu mon thé !

— Merde, excuse-moi ! dit Adrià. Et elle rit, de ce rire qui m'a toujours fait penser au son d'un ruisseau. Je montrai la feuille : Et où ça se trouve, ça ?

— C'est une façon d'imaginer ce que tu racontes de Tona quand tu étais petit.

— C'est beau… Mais on dirait un village abandonné.

— Parce qu'un jour tu es devenu grand et tu l'as abandonné. Tu vois? – Elle montra le chemin. – Là, tu es tombé et tu t'es écorché les genoux.

— Je t'aime.

— Et moi davantage.

Pourquoi ne m'as-tu rien dit de cette grossesse? Un enfant, c'est la chose la plus importante du monde. Ton enfant est vivant? Il est mort? Comment s'appelait-il? Il est né, vraiment? C'était un garçon ou une fille? Comment était-il? Je sais que tu as parfaitement le droit de ne pas tout me raconter de ta vie, mais il n'est pas possible que tu gardes toute la douleur pour toi. J'aimerais la partager.

— Rsrsrsrsrsrsrsrsr.

— J'y vais, dit Adrià. – Montrant le dessin. – Quand tu l'auras fini, je réserve une demi-heure de contemplation.

Lorsqu'il ouvrit la porte au livreur, il avait encore la tasse vide à la main.

À l'heure du dîner, ils ouvrirent la bouteille qui avait l'air la plus chère de l'assortiment que Max leur avait envoyé. Six bouteilles, six vins rouges, tous de grande qualité et tous cités dans le petit ouvrage que Max avait fait éditer, avec des comptes rendus de dégustation rédigés par lui. Le livre, luxueux, plein de photos sophistiquées, était une sorte de "Dégustation à la portée de tous", destinée au palais pressé du gourmet nord-américain.

— Tu dois le déguster dans un verre.

— Le *porró*, c'est plus drôle.

— Sara : si ton frère soupçonne que tu bois ses vins au *porró*…

— D'accord, mais juste la dégustation. – Elle prit le verre. – Qu'est-ce qu'il dit, Max?

Adrià, très sérieux, servit les deux verres, en prit un par le pied et s'apprêta à lire le texte d'un air solennel ; vaguement, il pensa au collège, aux rares fois où, en raison d'un problème d'emploi du temps, il avait assisté à la messe et où il avait vu le prêtre juché devant l'autel, avec la patène et le calice, et les burettes, célébrant des mystères mâchonnés en latin. Et il se mit à prier et il disait domina mea, le priorat vieilli est un vin complexe et velouté. Il possède un bouquet dense, qui laisse un souvenir de clou de girofle et offre des notes d'amandes grillées, dues à la qualité des fûts de chêne dans lesquels il a été élevé. Il fit un signe à Sara et tous les deux goûtèrent le vin comme ils avaient vu Max le faire un jour où il leur avait appris comment faire une dégustation, et ils avaient presque fini en dansant la rumba sur la table de la salle à manger.

— Tu perçois la note d'amandes grillées ?

— Non, je perçois le bruit de la circulation du carrer València.

— Oublie-le, ordonna Adrià en faisant claquer sa langue. Je… il me semble déceler une sorte de trace de noix de coco.

— De la noix de coco ?

Pourquoi ne me racontes-tu pas tes secrets, Sara ? Quel arrière-goût ta vie a-t-elle, avec les épisodes que je ne connais pas ? Un goût de truffe ou de baies noires ? Ou un goût d'enfant que je ne connais pas ? Mais avoir un enfant, c'est quelque chose de normal, que tout le monde désire. Qu'as-tu contre la vie ?

Comme si elle l'avait entendu penser, Sara dit regarde, regarde, regarde ce que dit Max : ce priorat est complexe, intense, puissant et structuré.

— Putain d'Adèle…

— On dirait qu'il parle d'un étalon.

— Tu aimes ?

— Oui. Mais il est trop fort pour moi. Je crois que je vais l'allonger.

— Malheureuse ! Max te tuerait.

— Il n'y a pas de raison qu'il l'apprenne.

— Je pourrais te dénoncer.

— *Mouchard, salaud.*

— Je plaisante.

Nous bûmes, nous lûmes la prose poétique de Max, destinée aux acheteurs américains de priorat, côtes-du-segre, montsant et je ne sais plus quels autres vins, et nous devions être assez cuits, parce que la pétarade assourdissante d'une moto, au lieu de nous indigner, nous fit éclater de rire. Et tu as fini par utiliser ton petit *porró* et par allonger le vin, que Max te pardonne, et je ne le raconterai jamais à ton frère. Et je n'ai pas été capable de te demander ce que c'était que cette histoire d'enfant ou de grossesse. Est-ce que tu avais avorté ? Qui était le père ? Et c'est alors que se mit à sonner le maudit téléphone qui apparaît dans ma vie quand il ne devrait pas sonner. Je n'ai pas été capable de m'en passer, mais, compte tenu des résultats, ma vie sans téléphone aurait été un peu plus potable. Ho là là, ce que ça tourne. Non, c'est bon, j'y vais. Allô.

— Adrià.

— Max ?

— Oui.

— Ça alors. On est en pleine fête, avec tes vins. Je te jure que Sara n'utilise pas le *porró*, d'accord ? Nous avons commencé par un putain de priorat, viril, puissant, complexe et je ne sais plus quoi d'autre, qu'il faut boire avec un chausse-pied. Merci pour ce cadeau, Max.

— Adrià.

— Super, vraiment super.

— Papa est mort.

— Et le livre, une merveille. Les photos… Les textes…

Adrià avala sa salive, encore un peu embrumé, et dit qu'est-ce que tu as dit ? Et Sara, toi, toujours aussi attentive, a dit qu'est-ce qui se passe ?

— Que papa est mort. Tu m'entends, Adrià ?

— Bon Dieu de merde.

Sara s'est levée et est venue jusqu'au téléphone. Je lui ai dit c'est ton père, Sara. Et au téléphone : on arrive tout de suite, Max.

Les deux nouvelles de la mort de tes parents, elles sont arrivées toutes les deux par téléphone et de façon inattendue, même s'il y avait quelques années que monsieur Voltes était un peu affaibli et que son cœur faisait des choses bizarres, et nous savions bien qu'à son âge, un beau jour il risquait de lui arriver un pépin. Et Max avait l'air très affecté parce qu'il avait beau s'occuper de lui, n'ayant pas quitté la maison de ses parents, il n'avait pas su voir que son père allait vers sa fin et quand il était mort il n'était pas là, et dès qu'il était arrivé l'infirmière lui avait dit monsieur Voltes, votre père. Il se sentait coupable, il ne savait pas trop de quoi. Et je le pris à part et lui dis Max, tu as été un fils modèle, toujours auprès de tes parents. Ne te torture pas, parce que tu serais injuste avec toi et… Il avait quel âge ? Quatre-vingts ans ?

— Quatre-vingt-six.

Je n'osai pas prendre argument de son âge avancé pour alléger sa conscience. Je me contentai de répéter quatre-vingt-six, sans savoir que dire, déambulant dans le salon grandiose des Voltes-Epstein, à côté de Max qui, alors qu'il me dépassait d'une tête, avait l'air d'un petit garçon inconsolable. Oui, oui : j'étais capable de donner des leçons. Que c'est facile de donner des conseils aux autres.

Cette fois oui, je pus accompagner la famille à la synagogue et au cimetière. Max m'expliqua que son père avait voulu être enterré selon le rite judaïque, c'est pourquoi on l'enveloppa du suaire blanc et par-dessus le taleth que les membres de la Hevra kaddisha demandèrent à Max de déchirer, en sa qualité de fils aîné. Et il fut mis en terre dans le cimetière juif de Les Corts, à côté de sa Rachel, la mère que personne ne m'avait laissé la possibilité d'aimer. Sara, quelle tristesse que les choses se soient passées ainsi, pensai-je, au cimetière, tandis que le rabbin récitait le maleh rahamin. Et quand le silence se fit, Max et Sara avancèrent et, se tenant par la main, récitèrent le kaddish pour Pau Voltes et je me mis à pleurer en cachette de moi-même.

Sara vécut ces jours avec une douleur profonde et les questions que je voulais te poser cessèrent d'être urgentes parce que ce qui était sur le point de nous arriver effaça tout.

44

Les environs de Headington House étaient aussi calmes et tranquilles qu'Adrià l'avait imaginé. Avant que Sara appuie sur la sonnette, elle le regarda en souriant et Adrià sut qu'il était l'être le plus aimé au monde et il dut se contrôler pour ne pas la dévorer de baisers au moment où une servante ouvrait la porte et que, derrière elle, apparaissait la silhouette splendide d'Aline de Gunz-bourg. Sara et sa tante éloignée s'étreignirent sans rien dire, comme deux vieilles amies qui ne s'étaient pas vues depuis des lustres ; ou comme deux collègues qui se respectaient profondément, non sans une certaine rivalité entre elles ; ou comme deux dames bien éle-vées, l'une beaucoup plus jeune que l'autre, qui, peut-être pour des raisons professionnelles, devaient faire preuve l'une envers l'autre de la plus extrême courtoisie ; ou comme une nièce et sa tante qui ne s'étaient jamais vues de toute leur vie ; ou comme deux personnes qui savaient qu'il s'en était fallu d'un cheveu si elles avaient échappé aux griffes de l'Abwehr, de la Gestapo et de la SS, si leur calendrier vital ne les avait pas fait coïnci-der avec les heures et les lieux du malheur. Parce que le mal tente de corrompre tous les projets de bonheur, aussi humbles soient-ils, et n'a de cesse de provoquer le plus de destruction possible autour de lui. Spermato-zoïdes, ovules, danses frénétiques, morts prématurées, voyages, fuites, nouveaux horizons, espoirs, doutes, ruptures, réconciliations, déplacements et tant d'autres péripéties opposées à cette rencontre avaient été vaincus par cette étreinte chaleureuse entre deux inconnues, deux grandes femmes, l'une de quarante-six ans et l'autre de plus de soixante-dix, silencieuses l'une et l'autre, souriantes, devant la porte de Headington House, sous mes yeux. Que la vie est étrange.

— Entrez.

Elle me tendit la main, toujours souriante. Nous nous serrâmes la main sans dire un mot. Deux partitions de Bach, encadrées, réjouissaient les visiteurs. Je fis un effort pour retrouver ma sérénité et je pus ainsi offrir un sourire courtois à Aline de Gunzbourg.

Je passai deux heures inoubliables dans le bureau d'Isaiah Berlin, au premier étage de Headington House, au milieu des livres, la pendule, au-dessus de la cheminée, faisant passer le temps beaucoup trop vite. Berlin était très abattu, comme s'il avait la certitude de mourir six mois plus tard. Il écoutait Aline, il souriait légèrement et disait moi, je suis presque au bout du rouleau. C'est à vous de prendre le relais. Et ensuite, d'une voix plus basse, il dit je ne crains pas la mort ; je me fâche contre elle, c'est tout. La mort m'ennuie mais elle ne me fait pas peur. Quand on est quelque part, la mort n'est pas là ; où il y a la mort, on n'y est pas soi-même. Par conséquent, c'est perdre son temps que d'avoir peur d'elle. Et il en parlait tellement que je suis sûr qu'il avait peur d'elle, mais peut-être pas autant que moi. Et alors il ajoutait Wittgenstein disait que la mort n'est pas un événement de la vie. Et Adrià eut l'idée de lui demander ce qui le surprenait dans la vie.

— Ce qui me surprend ? – Il se mit à réfléchir. Comme s'il venait de loin, peu à peu, le tic-tac de la pendule prit possession de la pièce et de nos pensées. – Ce qui me surprend… répéta-t-il, avant de se décider. Eh bien oui : le simple fait d'avoir pu vivre aussi sereinement et avec tant de plaisir au milieu de tant d'horreurs, dans le pire siècle qu'ait connu l'humanité. Parce que c'est le pire, et de loin. Et pas seulement pour les juifs.

Il me regarda avec timidité et, comme s'il hésitait, il chercha pendant un moment l'expression juste et il ajouta enfin j'ai été heureux, mais toujours rongé par le remords et le sentiment de culpabilité du survivant.

— Quoi? dirent Aline et Sara en même temps.

Alors, je me rendis compte que ces derniers mots, il les avait murmurés en russe. Et je les leur traduisis sans bouger, sans cesser de le regarder, parce que Berlin n'avait pas terminé. En anglais, cette fois, il reprit le fil de sa pensée et dit qu'ai-je fait pour qu'il ne m'arrive rien? – Il secoua la tête. – Par malheur, la plupart des juifs de ce siècle vivent avec ce poids qui les écrase.

— Il me semble que les juifs d'autres siècles également, dit Sara.

Berlin te regarda, la bouche ouverte, et approuva en silence. Et alors, comme si c'était une façon de chasser les idées tristes, il s'intéressa aux publications du professeur Adrià Ardèvol. Apparemment, il avait lu l'*Histoire de la pensée européenne* et cela lui avait plu, mais il considérait toujours *La Volonté esthétique* comme un véritable petit bijou.

— Eh bien, je n'arrive pas à croire qu'il soit parvenu jusqu'à vous.

— Oh! Vous le devez à vos amis. N'est-ce pas Aline? Ces deux escogriffes, un de deux mètres, l'autre d'un mètre et demi... – Il souriait en se remémorant la scène, le regard fixé sur le mur. – Un étrange duo.

— Isaiah...

— Ils étaient persuadés que ça m'intéresserait et ils me l'ont apporté.

— Isaiah, tu prendras du thé, n'est-ce pas?

— Oui, dis-moi...

— Vous prendrez du thé? – Cette fois, tante Aline s'adressait à nous tous.

— Qui sont ces deux amis ? demanda Adrià, étonné.

— Un Gunzbourg. C'est qu'il y en a tellement, des parents d'Aline… que je les confonds parfois.

— Gunzbourg… répéta Adrià sans comprendre.

— Un instant…

Berlin se leva avec un certain effort et alla dans un coin de la pièce. Je surpris un échange de regards entre Aline Berlin et Sara, mais tout me paraissait encore très étrange. Berlin revint avec un exemplaire de mon livre. Je me sentis gonflé d'orgueil quand je vis qu'il y avait glissé cinq ou six marque-pages. Il l'ouvrit, en sortit un morceau de papier et lut Bernat Plensa de Barcelone.

— Ah, bien sûr, dit Adrià sans savoir ce qu'il disait.

Je ne me rappelle pratiquement rien d'autre de la conversation parce que je restai comme frappé de stupidité. Et c'est alors que la servante fit son entrée, avec un plateau immense, chargé de tous les ustensiles et ingrédients nécessaires pour savourer un thé comme il se doit et comme il plaît à la reine. Nous parlâmes encore de choses et d'autres, dont je garde un souvenir flou. Quel régal, quel luxe, cette petite heure de conversation avec Isaiah Berlin et tante Aline…

— Mais je n'en sais rien, moi ! s'exclama Sara les trois fois qu'Adrià lui demanda, pendant le voyage de retour, si elle était au courant du rôle de Bernat dans cette histoire. Et la quatrième fois elle lui dit pourquoi tu ne l'invites pas un de ces jours pour goûter un des thés que nous avons achetés ?

— Mmmm… Délicieux. Le thé anglais a toujours un goût différent. Vous ne trouvez pas ?

— Je savais qu'il te plairait. Mais n'essaie pas de noyer le poisson.

— Moi ?

— Oui. Quand es-tu allé voir Isaiah Berlin ?

— Qui?

— Isaiah Berlin.

— Et qui c'est, ce mec?

— *Le Pouvoir des idées. Sur la liberté. Les Penseurs russes.*

— Mais qu'est-ce que tu dis là? – À Sara. – Qu'est-ce qui lui arrive, à Adrià? – À tous les deux, en levant sa tasse. – Vraiment délicieux, ce thé. – Et il se gratta le crâne.

— *Le Hérisson et le Renard*, ajouta Adrià, se mettant à la portée du grand public.

— Ma parole, tu es complètement givré. – À Sara : Ça fait longtemps qu'il est comme ça?

— Isaiah Berlin m'a dit que tu lui avais fait lire *La Volonté esthétique*.

— Tu débloques.

— Bernat, qu'est-ce qui se passe?

Adrià regarda Sara, qui était très occupée à resservir du thé bien que personne n'en ait demandé.

— Sara, qu'est-ce qui se passe?

— Comment?

— Vous me cachez quelque chose que… – Soudain, il se souvint : Toi et un type beaucoup plus petit. "Un étrange duo", c'est comme ça que Berlin vous a décrits. C'était qui, l'autre?

— Eh bien je dis que ce type est complètement frappa-dingue. Parce que, si tu veux le savoir, je n'ai jamais mis les pieds à Oxford.

Silence. Il n'y avait aucune horloge au-dessus d'aucune cheminée, dont on aurait pu entendre le tic-tac. Mais on sentait la brise légère qui émanait de l'Urgell accroché au mur, le soleil éclairant encore le clocher de Santa Maria de Gerri dans la salle à manger de l'appartement. Et le murmure de l'eau de la rivière qui descendait du Burgal. Tout à coup, Adrià montra Bernat du doigt et, calmement, imitant le shérif Carson :

— Tu t'es foutu dedans, mon gars.

— Moi?

— Tu ne sais pas qui est Berlin, tu n'avais jamais entendu parler de lui, et tu sais qu'il habite Oxford.

Bernat regarda du côté de Sara, qui évita son regard. Adrià les regarda tous les deux et dit tu quoque, Sara?

— Elle quoque, avoua Bernat. La tête basse il dit il me semble que j'ai oublié de te raconter une petite chose.

— Vas-y. Je t'écoute.

— Tout a commencé il y a... – Bernat regarda Sara – cinq ou six ans?

— Sept ans et demi.

— Oui. Moi, les dates et les âges... ça me... Ça fait sept ans et demi.

Dès qu'elle arriva dans le bar, il lui montra un exemplaire de l'édition allemande de *La Volonté esthétique*. Elle regarda le livre, elle regarda Bernat, elle revint au livre et, tout en s'asseyant, fit un geste qui signifiait qu'elle ne comprenait pas ce qu'il voulait dire.

— Madame prendra quelque chose? – sourire un peu obséquieux d'un garçon chauve qui était sorti de l'ombre.

— Deux eaux minérales, répondit Bernat avec impatience. Et le garçon s'en alla sans cacher son mécontentement contre cet homme et en marmonnant entre ses dents, plus ils sont grands et plus ils sont couillons, comme disait son père. Bernat poursuivit son idée :

— J'ai pensé à quelque chose, mais je voulais te consulter. Il faut que tu me promettes que tu ne diras pas un mot à Adrià.

Négociations : comment veux-tu que je promette quelque chose dont j'ignore le premier mot. C'est qu'il ne faut pas qu'il l'apprenne. D'accord, mais dis-moi d'abord de quoi il s'agit si tu veux que je promette. C'est que c'est une folie. Raison de plus, pas question de jurer des folies si ce ne sont pas de grandes folies, qui en valent la peine. Justement, c'est une grande folie qui en vaut la peine. Mince alors. J'ai besoin de ta complicité, Saga.

— Je ne m'appelle pas Saga. – À moitié fâchée. – Je m'appelle Sagga.

— Ah. Excuse-moi.

Après cet échange d'arguments, ils arrivèrent à la conclusion que la promesse de Sagga serait provisoire, avec la possibilité de la retirer si l'idée était tellement tellement tellement folle que pas question.

— Tu m'as dit que ta famille connaissait Isaiah Berlin. C'est toujours vrai ?

— Oui, enfin… Sa femme est… je crois, à moitié parente de mes cousins Epstein.

— Il y aurait moyen… que tu me mettes en rapport avec lui ?

— Qu'est-ce que tu veux faire ?

— Lui apporter ce livre. Et qu'il le lise.

— Écoute, les gens n'ont pas…

— Je suis sûr qu'il lui plaira.

— Tu es fou. Comment veux-tu qu'il lise un livre d'un inconnu qui…

— Je t'ai bien dit que c'était une folie. Mais je veux essayer.

Sara réfléchit un moment. Je t'imagine, ma chérie, avec ton front qui se ride légèrement quand tu réfléchis. Et je te vois, assise à une table de je ne sais quel bar, regardant Bernat le Fol et ne parvenant pas à croire ce qu'il te dit. Et je te vois lui dire attends, et te plonger dans ton agenda, et trouver le numéro de tante Chantal, et l'appeler du téléphone du bar, qui marchait avec des jetons ; Bernat avait demandé au garçon des dizaines de jetons qui commencèrent à tomber au moment où elle dit *allô, ma chère tante, tout va bien ?* (…) *Oui.* (…) *Oui.* (…) *Aoui.* (……) *Aaooui.* (………), et Bernat, imperturbable, qui mettait plus de jetons dans le téléphone et en demandait encore davantage au garçon, d'un geste péremptoire, c'est une urgence, et laissant un billet de cent pesètes sur le comptoir, en garantie, et Sara qui disait encore *Oui.* (............) *Oui.* (...............) *Aoui.* (....................), jusqu'à ce que le garçon dise finito, est-ce qu'ils l'avaient pris pour la compagnie du téléphone, et il n'avait plus de jetons, et alors, de façon expéditive, Sara demanda quelque chose à sa tante à propos des Berlin et elle écrivit dans son agenda et dit *oui, oui, ouiii!*, et à la fin, alors qu'elle la remerciait, *ma chère tante*, pour son aide, le téléphone fit clic et la communication s'interrompit faute de jetons et elle resta avec le sentiment désagréable de ne pas avoir pu dire au revoir comme elle aurait dû à sa chère tante Chantal.

— Qu'est-ce qu'elle t'a dit?

— Qu'elle peut essayer de parler à Aline.

— Et c'est qui, Aline?

— La femme de Berlin. – Sara consulta ses notes, à l'écriture indéchiffrable. – Aline Élisabeth Yvonne de Gunzbourg.

— Super. On y est!

— Doucement. On a un contact. Il faut encore…

Bernat lui arracha son agenda.

— Comment as-tu dit qu'elle s'appelle?

Elle le reprit et lut:

— Aline Élisabeth Yvonne de Gunzbourg.

— Gunzbourg?

— Oui, pourquoi? C'est une famille très… À moitié russes et à moitié français. Des barons, des trucs comme ça. Et vraiment riches, eux.

— Putain de bon Dieu.

— Eh, pas de jurons.

Bernat t'embrassa; une, deux, trois ou quatre fois, parce qu'il me semble qu'il a toujours été un peu amoureux de toi. Je te le dis maintenant que tu as perdu l'envie de me contredire; autant que tu le saches, je crois que tous les hommes tombaient plus ou moins amoureux de toi. Moi, j'étais totalement amoureux.

— Mais ça, Adrià doit le savoir !

— Non. Je t'ai bien dit que c'est une grande folie.

— Une grande folie, mais il faut qu'il le sache.

— Non.

— Et pourquoi pas ?

— C'est un cadeau que je lui fais. Et j'ai l'impression que ça fait plus cadeau s'il ne l'apprend jamais.

— Au contraire ; s'il ne l'apprend jamais, il ne pourra pas te remercier.

Et c'est sans doute à ce moment que le garçon, dans un coin du bar, esquissa un demi-sourire en voyant que l'homme disait à voix un peu plus haute la conversation est close, madame Voltes-Epstein. Je veux qu'il en soit ainsi. Est-ce que tu peux promettre ?

Après quelques secondes d'un silence tendu, l'homme mit un genou en terre devant la dame, avec un air suppliant. Alors, la belle dame baissa les yeux et dit :

— Je le promets, Bernat.

Le garçon passa une main sur son crâne chauve et conclut que les amoureux sont toujours foutrement ridicules. S'ils se voyaient avec mes yeux… Cela dit, la femme, elle était drôlement bien roulée, c'est pas pour dire. Moi aussi, je serais foutrement ridicule si j'avais affaire à elle.

Eh bien oui, il se trouve que le cor exemplaire de Franz-Paul Decker, Romain Gunzbourg, timide, blond et de petite taille, pianiste à ses heures, était de la famille Gunzbourg et connaissait tante Aline Élisabeth Yvonne de Gunzbourg, mais bien sûr. Romain appartenait à la branche pauvre de la famille, et si tu veux je l'appelle tout de suite, tante Aline.

— Punaise… Tante Aline !

— Oui. Elle qui s'est mariée avec un je ne sais plus, un philosophe important ou quelque chose comme ça. Mais ils habitent en Angleterre depuis toujours. C'est pourquoi ?

Et Bernat lui fit deux gros baisers, bien qu'il ne soit pas amoureux de Romain. Tout marchait comme sur des roulettes. Ils durent attendre le printemps, après les cachetons de la semaine sainte. Au préalable, Romain eut de longues conversations avec tante Aline et la gagna à leur cause. Et quand ils furent à Londres, à la fin de la micro-tournée de l'orchestre, ils grimpèrent dans un train qui les laissa à Oxford au milieu de la matinée. Headington House avait l'air déserte quand ils appuyèrent sur la sonnette, qui produisit un son noble. Ils se regardèrent l'un l'autre et personne ne vint leur ouvrir la porte. Et c'était bien l'heure convenue. Non. Si, des pas légers. Et enfin la porte s'ouvrit. Une femme élégante les regarda avec étonnement.

— Tante Aline, dit Romain Gunzbourg.

— Romain ?

— Oui.

— Comme tu as grandi ! – Mensonge. – Mais tu étais haut comme ça… – Elle fit un geste à la hauteur de sa taille. Puis elle réagit et les invita à entrer, ravie de son rôle de conspiratrice.

— Il va vous recevoir. Mais je ne peux pas garantir qu'il lira le livre.

— Merci, madame, du fond du cœur, dit Bernat.

Elle les fit entrer dans une sorte de vestibule assez exigu. Aux murs, des partitions de Bach, encadrées. Bernat, du menton, montra une des partitions. Romain se rapprocha. À voix basse :

— Je t'ai bien dit que j'appartiens à la branche pauvre. Je suis sûr que c'est un original.

Une porte s'ouvrit et tante Aline les fit entrer dans une vaste pièce, remplie de livres du sol au plafond, dix fois plus de livres que chez Adrià. Et une table couverte de chemises remplies de papiers. Et plusieurs piles de livres avec des bandes de papier en guise de marque-page. Et devant la table, assis dans un fauteuil, Isaiah Berlin, un livre à la main, qui regardait avec curiosité ce duo qui entrait dans son sanctuaire.

— Comment ça s'est passé? demanda Sara à leur retour.

Berlin avait l'air fatigué. Il parla peu et quand Bernat lui tendit l'exemplaire de *Der ästhetische Wille*, il le prit, le tourna pour en voir l'aspect extérieur et l'ouvrit à la table des matières. Pendant une longue minute, personne ne dit un mot. Tante Aline fit un clin d'œil à son neveu. Quand Berlin eut fini d'examiner le livre, il le referma et le garda dans les mains.

— Et pourquoi pensez-vous que je dois le lire?

— Eh bien, je… Si vous ne le voulez pas…

— Ne faites pas machine arrière, mon ami! Pourquoi voulez-vous que je le lise?

— Parce que c'est un très bon livre. Un très bon livre, monsieur Berlin. Adrià Ardèvol est un homme profond et intelligent. Mais il vit trop loin du centre du monde.

Isaiah Berlin posa le livre sur la petite table et dit je lis tous les jours et tous les jours je m'aperçois qu'il me reste tout à lire. Et de temps en temps je dois relire, même si je ne relis que ce qui est digne du privilège de la relecture.

— Et qu'est-ce qui rend digne de ce privilège? – Maintenant, Bernat ressemblait à Adrià.

— La capacité de fasciner le lecteur ; de le faire s'émerveiller de l'intelligence qui se trouve dans le livre qu'il relit, ou de la beauté qu'il génère. Cela dit, la relecture, par sa nature même, nous entraîne dans une contradiction.

— Que veux-tu dire, Isaiah? intervint tante Aline.

— Un livre qui ne mérite pas d'être relu ne méritait pas davantage d'être lu. – Il regarda ses hôtes. – Tu leur as demandé s'ils veulent du thé? – Il regarda le livre et oublia aussitôt sa proposition pratique. Il poursuivit : Mais avant de le lire nous ne savions pas qu'il ne méritait pas une relecture. La vie est cruelle.

Ils parlèrent un peu de tout, les deux visiteurs assis au bord du canapé. Ils ne prirent pas de thé parce que Romain avait fait un signe à sa tante pour lui signifier qu'il valait mieux qu'ils profitent du peu de temps dont ils disposaient. Et ils parlèrent de la tournée de l'orchestre.

— Du cor? Et pourquoi joues-tu du cor?

— J'adore le son du cor, répondit Romain Gunzbourg.

Et ensuite ils lui dirent que le lendemain soir ils jouaient au Royal Festival Hall. Et il les assura qu'il suivrait le concert à la radio.

Au programme, il y avait *Leonore* (la troisième version), la *Deuxième Symphonie* de Robert Gerhard et la *Quatrième* de Bruckner, avec Gunzbourg au cor et quelques douzaines d'autres interprètes. Tout se passa bien. La veuve de Gerhard assista au concert, émue, et reçut le bouquet de fleurs destiné à Decker. Et le lendemain ils rentraient à la maison, après cinq concerts à travers l'Europe, qui les avait éreintés et divisés sur la question de savoir s'il était souhaitable de faire des micro-tournées pendant la saison ou s'il valait mieux empêcher la plupart des musiciens de cachetonner en été en organisant une tournée comme il faut ou encore aux pelotes les tournées, avec ce qu'on est payés, ils peuvent s'estimer heureux qu'on aille à toutes les répétitions, non?

À l'hôtel, un message urgent attendait Bernat et il pensa qu'est-ce qui est arrivé à Llorenç, et c'était la première fois qu'il s'inquiétait pour son fils, peut-être n'avait-il pas oublié l'épisode du livre qu'il n'avait pas déballé.

C'était un message urgent, laissé au téléphone par mister Isaiah Berlin, qui disait, dans la calligraphie du réceptionniste de nuit, qu'il souhaitait le voir d'urgence à Headington House, si possible dès le lendemain, que c'était très urgent.

— Tecla.

— Comment ça a été?

— Bien. Poldi Feichtegger était là. Adorable: quatre-vingts ans et pas mal de poussières. Le bouquet de fleurs était plus grand qu'elle.

— Vous rentrez demain, n'est-ce pas?

— Eh bien, je… C'est que… Il faut que je reste un jour de plus, parce que…

— Parce que quoi?

Bernat, fidèle à sa bonne habitude de se compliquer la vie, ne voulut pas dire à Tecla qu'Isaiah Berlin voulait le voir pour lui parler de mon livre, qu'il l'avait beaucoup intéressé, vraiment beaucoup, qu'il l'avait lu en quelques heures mais qu'il commençait à le relire parce qu'il contenait une série d'intuitions qu'il trouvait brillantes et profondes, et qu'il avait envie de faire ma connaissance. Il aurait été facile de lui dire cela. Mais Bernat se complique la vie ou il n'est plus Bernat. Il n'avait pas confiance en la capacité de Tecla à garder un secret, ce en quoi je lui donne raison. Il préféra ne rien dire et répondit parce que j'ai un travail urgent.

— Quel travail?

— Une chose. C'est… compliqué.

— Faire la nouba avec un cor?

— Mais non. Il faut que j'aille à Oxford pour… Il y a un livre qui… Enfin, je rentrerai après-demain.

— Et tu peux échanger ton billet?

— Aïe, je n'y avais pas pensé.

— À vrai dire, il vaut mieux, si tu veux revenir en avion. Si tu veux revenir.

Et elle raccrocha. Merde de merde, pensa Bernat; j'ai encore déconné. Mais le lendemain, il échangea son billet, prit le train pour Oxford et Berlin lui dit ce qu'il lui dit et lui donna un mot à mon intention qui disait cher Monsieur, votre livre m'a profondément ému. Toute votre réflexion sur le pourquoi de la beauté. Et comment ce pourquoi peut être posé à toutes les époques de l'humanité. Et aussi le fait qu'il est impossible de séparer cette question de la présence inexplicable du mal. Je viens de le recommander très chaleureusement à certains de mes collègues. Quand sortira-t-il en anglais? Sincèrement vôtre, Isaiah Berlin. Et moi je suis tellement reconnaissant envers Bernat, plus encore que des conséquences de cette lecture, qui ont été fondamentales pour moi, de la ténacité avec laquelle il a toujours voulu mon bonheur. Et moi, je le paie en retour en lui parlant de ses écrits avec sincérité et en lui causant de profondes dépressions. Mon ami, qu'il est difficile de vivre.

— Et jure-moi à nouveau que tu ne diras jamais rien à Adrià. – Il la regarda avec des yeux furieux. – Tu m'as compris, Sara?

— Je te le jure. – Et, un instant après : Bernat.

— Hmm?

— Et merci. De la part d'Adrià et de ma part.

— Merci mon cul. Je lui dois toujours des choses, à Adrià.

— Qu'est-ce que tu lui dois?

— Je ne sais pas. Des choses. C'est mon ami. C'est un mec... Il a beau être tellement savant, il veut encore être mon ami, supporter mes crises. Après tant d'années.

45

Vissarion Grigorievitch Belinski fut le coupable de ce que, lorsque j'eus cinquante ans, je commence à rafraîchir mon russe, que j'avais trop négligé. Pour m'éloigner de mes infructueuses approches de la nature du mal, je me plongeai dans la tentative suicidaire de faire tenir dans un même livre Berlin, Vico et Llull et, à ma grande surprise, je commençais à voir que c'était possible. Comme cela se produit souvent quand on fait une découverte importante, il fallut que je m'en éloigne pour m'assurer que cette intuition n'était pas un mirage. C'est pourquoi je m'employai, pendant quelques jours, à feuilleter des choses très différentes, parmi lesquelles il y avait Belinski. C'est Belinski, le spécialiste et le zélateur enthousiaste de Pouchkine, qui me donna l'envie impérieuse de lire en russe. Belinski parlant d'Alexandre Sergueïevitch Pouchkine, et non l'œuvre de Pouchkine. Et je compris ce que signifiait l'intérêt pour la littérature des autres, qui vous fait faire de la littérature sans le savoir. Je fus passionné par la passion de Belinski, au point que ce que je connaissais de Pouchkine ne me causa une grande impression que lorsque je le relus après Belinski. Devant moi, Rouslan, Ludmila, Farlaf, Ratmir, Gorislava et aussi Tchernomor et la Tête revivaient, récités à voix haute grâce à ce que Belinski avait cultivé en moi. Parfois, je pense au pouvoir de l'art et de l'étude de l'art et je prends peur. Parfois, je ne comprends pas pourquoi les hommes échangent surtout des coups alors qu'il y a tant de choses à faire. Parfois, je pense qu'avant d'être poètes nous sommes mauvais, irrémédiablement. Le problème, c'est que personne n'a les mains propres. Très peu de gens, pour être précis. Extrêmement peu. Alors, Sara entra, et Adrià, qui avait les yeux fixés sur les vers où la jalousie, l'amour et la langue russe faisaient un tout indémêlable, comprit sans la regarder que les yeux de Sara brillaient. Il leva les yeux.

— Comment ça s'est passé ?

Elle posa les cartons avec les échantillons de portraits sur le canapé.

— On va faire l'exposition, dit-elle.

— Bravo !

Adrià se leva, regarda avec encore un soupçon de regret du côté des malheurs de Ludmila et prit Sara dans ses bras.

— Trente portraits.

— Tu en as combien ?

— Vingt-huit.

— Tous au fusain.

— Oui, oui. Ce sera le leitmotiv. L'âme humaine au noir, ou quelque chose comme ça. Ils doivent trouver une phrase bien tournée.

— Il faut qu'ils te la montrent avant, que ce ne soit pas quelque chose de ridicule.

— L'âme humaine au noir, ce n'est pas ridicule.

— Bien sûr que non ! Mais les patrons de galerie ne sont pas des poètes. Et ceux d'Artipèlag... – Montrant les cartons à dessins : Je suis content. Tu le mérites.

— Il me manque deux portraits.

Je savais que tu voulais faire un portrait de moi. L'idée ne m'enchantait pas, mais j'aimais ton enthousiasme. À mon âge, je commençais à apprendre que plus que les choses, ce qui est important c'est l'espoir qu'on projette sur elles. C'est ce qui nous rend humains. Et Sara vivait un moment exceptionnel : ses dessins lui valaient une considération chaque jour plus grande. Seulement deux fois, je lui avais demandé pourquoi elle ne s'essayait pas à la peinture et elle, avec son air doux mais définitif, elle me dit chaque fois que non, Adrià, ce qui me rend heureuse c'est de dessiner au crayon ou au fusain. Ma vie est en noir et blanc, peut-être en souvenir des miens, qui ont vécu en noir et blanc. Ou peut-être…

— Peut-être qu'il n'y a pas besoin d'explication.

— C'est sûrement ça.

À l'heure du dîner, je lui dis que je savais quel était l'autre portrait manquant et elle me dit lequel ? et je lui répondis un autoportrait. Elle resta la fourchette en l'air, pensant à ce que j'avais dit. Tu as été surprise, Sara. Tu n'y avais pas pensé. Tu ne penses jamais à toi.

— J'aurais honte, as-tu dit après un long silence. Et tu as englouti le reste de croquette.

— Eh bien tu surmontes ta honte. Tu es assez grande.

— Ce n'est pas de l'arrogance ?

— Au contraire. C'est une preuve d'humilité : tu mets à nu les âmes de vingt-neuf personnes et tu te soumets au même questionnement que les autres. Tu donnes l'impression de rétablir l'ordre des choses.

Cette fois, je t'ai surprise au moment où tu portais la fourchette à ta bouche. Tu l'as reposée et tu as dit tu sais que tu as peut-être raison ? Et grâce à cela, en ce moment où je t'écris, j'ai ton extraordinaire autoportrait sous les yeux, à côté des incunables, présidant mon univers. C'est l'objet le plus précieux de ce bureau. Ton autoportrait qui devait être le dernier tableau dans le parcours de l'exposition que tu as préparée si minutieusement et au vernissage de laquelle tu n'as pas pu assister.

Pour moi, l'œuvre de Sara est une sorte de fenêtre qui donne sur le silence intérieur. Une invitation à l'introspection. Sara, je t'aime. Et je me souviens de toi proposant un ordre pour les trente œuvres, et faisant en cachette les premières esquisses pour ton autoportrait Et les gens d'Artipèlag, plutôt à la hauteur : *Sara Voltes-Epstein. Fusains. Une fenêtre ouverte sur l'âme.* Un catalogue splendide qui donnait envie de ne pas manquer ça. Ou d'acheter toute l'exposition. Ton œuvre de maturité, que tu as mis deux ans à réaliser. Sans te presser, de façon naturelle, posée, comme tu as toujours fait les choses.

L'autoportrait est l'œuvre qui lui a le plus coûté, enfermée dans son atelier, sans témoins, parce qu'elle avait honte qu'on la voie en train de s'observer dans la glace, de se regarder sur le papier et de travailler les détails, par exemple le léger pli de la commissure des lèvres ou les petites défaites qui se logent dans les rides. Et les petits froncements des yeux, qui te font être tellement Sara. Et tous ces signes minuscules que je ne sais pas reproduire mais qui font qu'un visage, comme si c'était un violon, devient le paysage où se reflète le long voyage d'hiver avec tous ses détails, avec toute son impudeur, mon Dieu. Comme le cruel chronotachygraphe qui enregistre la vie vécue par le camionneur, ton visage dessine nos pleurs, tes pleurs sans moi, dont j'ignore ce qu'ils sont exactement ; les pleurs pour les malheurs de ta famille et de tes proches. Et quelques joies qui commençaient dans le brillant des yeux et qui éclairaient le visage splendide que j'ai devant moi tandis que je t'écris cette longue lettre qui ne devait comporter que deux ou trois pages. Je t'aime. Je t'ai découverte, je t'ai perdue et je t'ai retrouvée. Et surtout nous avons eu le privilège de commencer à vieillir ensemble. Jusqu'au moment où le malheur est entré à la maison.

Pendant ces journées elle fut incapable de faire la moindre illustration et les commandes commencèrent à prendre du retard, ce qui ne lui était jamais arrivé. Toute sa pensée était consacrée aux portraits au fusain.

Il restait un mois avant le vernissage de l'exposition à Artipèlag et moi, avant de retourner à Vico, Llull et Berlin, j'étais passé de Pouchkine et Belinski à Hobbes, avec sa vision sinistre de la nature humaine, toujours poussée vers le mal. De fil en aiguille, j'arrivai à sa traduction de l'*Iliade*, que je lus dans une magnifique édition de la moitié du dix-neuvième siècle. Et puis le malheur, oui.

Thomas Hobbes était en train d'essayer de me convaincre que je devais choisir entre la liberté et l'ordre parce que sinon le loup viendrait, le loup que j'ai vu si souvent dans la nature humaine en passant en revue l'histoire, ou les connaissances. J'entendis le bruit de la clef dans la serrure, la porte qui se refermait sans faire de bruit et ce n'était pas le loup de Hobbes mais les pas muets de Sara, qui entra dans le bureau et resta quelques secondes sans bouger et sans mot dire. Je levai les yeux et je compris tout de suite que nous avions un problème. Sara s'assit sur le canapé derrière lequel j'avais espionné tant de secrets, en compagnie de Carson et d'Aigle-Noir. Elle eut du mal à commencer à parler. On voyait trop qu'elle cherchait les mots adéquats et Adrià enleva ses lunettes de lecture et l'aida en lui disant, hé, Sara, qu'est-ce qui se passe ?

Sara se leva, alla à l'armoire aux instruments et en tira le Vial. Elle le posa sur la table de lecture avec un peu trop d'emphase, recouvrant presque entièrement le pauvre Hobbes, qui n'y était pour rien.

— D'où l'as-tu sorti ?

— Papa l'a acheté. – Une pause méfiante. – Je t'ai montré le certificat de vente. Pourquoi ?

— Et ton père, d'où l'a-t-il sorti ?

— C'est le Vial, le seul Storioni qui ait un nom propre.

Sara restait silencieuse, disposée à écouter. Et Guillaume-François Vial fit un pas pour sortir de l'ombre, afin que celui qui était dans la voiture le voie. Le cocher fit arrêter les chevaux juste devant lui. La portière s'ouvrit et monsieur Vial grimpa dans la voiture.

— Bonsoir, fit La Guitte.

— Vous pouvez me le donner, monsieur La Guitte. Mon oncle est d'accord sur le prix.

La Guitte rit en son for intérieur, ravi d'avoir eu tant de flair. Tous ces jours passés à se rôtir au soleil de Crémone n'avaient pas été inutiles. Il voulut s'en assurer :

— Nous disons bien cinq mille florins.

— Nous disons bien cinq mille florins, le rassura monsieur Vial.

— Demain, le violon du célèbre Lorenzo Storioni sera entre vos mains.

— N'essayez pas de m'embobiner, Storioni n'est pas célèbre.

— En Italie, à Naples, à Florence... on ne parle que de lui.

— Et à Crémone?

— Les frères Stradivari ne sont guère contents de l'apparition de ce nouvel atelier.

— Tu m'avais déjà raconté tout ça. – Sara, impatiente, debout, comme l'institutrice sévère qui attend les explications d'un écolier fautif.

Mais Adrià, sans se démonter, dit mon cher tonton!... – s'exclama-t-il en faisant irruption dans le salon le lendemain de bon matin. Jean-Marie Leclair ne daigna même pas lever la tête ; il contemplait les flammes dans la cheminée. – Mon cher tonton, répéta Guillaume-François Vial, avec moins d'enthousiasme.

Leclair se retourna à moitié. Sans le regarder dans les yeux, il lui demanda s'il avait le violon. Vial le posa sur la table. Les doigts de Leclair volèrent vers l'instrument. D'une peinture au mur surgit un valet au nez cabossé, avec un archet, et Leclair passa un bon moment à explorer toutes les richesses de ce Storioni avec des fragments de trois de ses sonates.

— Il est très bon, dit-il enfin. Combien t'a-t-il coûté?

— Ugh.

— Dix mille florins, plus une récompense que vous me donnerez, de cinq cents pièces, pour vous avoir déniché ce bijou.

— Hé, ugh!

D'un geste autoritaire, Leclair fit sortir les domestiques. Il posa une main sur l'épaule de son neveu et sourit. Et j'entendis le crachat sec du shérif Ca son qui s'écrasait sur le sol, mais je n'y prêtai aucune attention.

— Tu es un fils de pute. Je ne sais pas de qui tu tiens, fils de chienne putride. Ou de ta pauvre mère, ce dont je doute, ou de ton salopard de fumier de père. Voleur, escroc.

— Pourquoi. Je ne fais que… – Duel de regards. – D'accord, je veux bien renoncer à la récompense.

— Et tu penses qu'après toutes ces années à te supporter j'aurais confiance en toi?

— Et alors pourquoi m'avoir demandé de…

— Pour te mettre à l'épreuve, misérable fils de chienne galeuse. Et cette fois, tu n'échapperas pas à la prison. – Après une pause de quelques secondes, pour y mettre plus d'emphase : Tu n'imagines pas comme j'ai attendu cet instant.

— Hé, Adrià, tu t'égares! Regarde sa tête!

— Vous avez toujours voulu ma perte, tonton Jean. Vous m'enviez.

— Nom de Dieu, gamin, écoute Aigle-Noir! Tout ça, elle le sait déjà, tu le lui as déjà raconté.

Jean-Marie Leclair regarda Carson, étonné, et pointa le doigt sur lui :

— Ce n'est pas un cow-boy de merde qui va me faire la leçon. Sac à puces!

— Hé là, je ne vous ai rien dit, à vous. Et un peu de respect!

— Allez vous faire voir tous les deux, toi et ton ami emplumé qui a l'air d'un dindon.

— Ugh.

— Quoi, ugh? – Leclair, profondément irrité.

— Au lieu de chercher à vous faire de nouveaux amis, vous feriez mieux de poursuivre la discussion avec votre neveu, avant que le soleil se couche derrière les collines.

Leclair regarda du côté de Guillaume Vial, un peu déconcerté. Il dut faire un effort de concentration et répliqua :

— Je ne vois pas ce que je pourrais envier en toi, misérable pouilleux vérolé.

Vial, rouge comme une crête de coq, n'avait pas la tête assez claire pour réagir.

— Mieux vaut ne pas entrer dans les détails, dit-il pour ne pas rester sans réponse.

Leclair le regardait d'un air méprisant.

— Mais si, entrons dans les détails. Le physique? La stature? L'amabilité? La sympathie? Le talent? Les qualités morales?

— La conversation est finie, tonton Jean.

— Elle sera finie quand je le dirai. L'intelligence? La culture? La richesse? La santé?

Leclair prit le violon et fit un pizzicato improvisé. Il regarda l'instrument avec respect.

— Adrià.

— Quoi?

Sara s'assit en face de moi. J'entendis vaguement le shérif Carson qui disait fais gaffe, gamin, c'est du sérieux, et après ne viens pas me dire qu'on ne t'a pas prévenu. Tu m'as regardé dans les yeux :

— Je te dis et te répète que je sais tout ça. Il y a longtemps que tu me l'as raconté !

— Oui, oui, c'est ce que Leclair a dit, le violon est bon, mais je m'en soucie comme d'une cerise, tu comprends? Je voulais seulement pouvoir t'envoyer en prison.

— Vous êtes un mauvais oncle.

— Et toi un fils de pute que j'ai enfin pu démasquer.

— Le brave guerrier a perdu la boule après tant de batailles. – Un crachat sec corrobora la sentence du valeureux chef arapaho.

Leclair tira le ruban de la clochette et le valet au nez cabossé entra par la porte du fond.

— Préviens le commissaire. Il peut venir. – À son neveu : Assieds-toi, nous allons attendre monsieur Béjart.

Ils n'eurent pas le temps de s'asseoir. Guillaume-François Vial, en se dirigeant vers un siège, passa devant la cheminée, saisit le tisonnier et le planta dans le crâne de son cher tonton. Jean-Marie Leclair, dit l'Aîné, ne put dire mot. Il s'écroula sans un gémissement, le tisonnier accroché à la tête. Une éclaboussure de sang tacha l'étui en bois du violon. Vial, la respiration courte, essuya ses mains propres sur son manteau et dit tu ne sais pas comme j'ai attendu ce moment, tonton Jean. Il lança un regard circulaire, prit le violon, le mit dans l'étui taché et sortit par la porte-fenêtre qui donnait sur la terrasse. En s'enfuyant, en pleine lumière, il se dit qu'un jour ou l'autre, quand les choses se seraient calmées, il devrait faire une visite peu aimable à La Guitte le baveux. Et papa l'a acheté bien avant ma naissance à un certain Saverio Falegnami, propriétaire légal de l'instrument.

Silence. Moi, par malheur, je n'avais plus rien à dire. Enfin, je n'avais pas intérêt à en dire davantage. Sara se leva.

— Ton père l'a acheté en mille neuf cent quarante-cinq.

— Comment le sais-tu ?

— Et il l'a acheté à un fugitif.

— À un certain Falegnami.

— Qui était un fugitif. Et qui ne s'appelait certainement pas Falegnami.

— Ça je n'en sais rien. – Il me semble qu'on voyait à cent lieues que je mentais.

— Eh bien moi je le sais. – Les mains sur les hanches, penchées vers moi. – C'était un nazi bavarois obligé de fuir et qui, grâce à l'argent de ton père, a pu disparaître.

Un mensonge, ou une demi-vérité, ou quelques mensonges réunis par une cohérence qui les rend vraisemblables, cela peut tenir un certain temps. Et même très longtemps. Mais cela ne peut jamais durer toute une vie parce qu'il y a une loi non écrite qui parle de l'heure de vérité de toutes les choses.

— Comment tu sais tout ça? – Essayant de n'avoir l'air ni vaincu ni surpris.

Silence. Elle, comme une statue, glacée, autoritaire, imposante. Comme elle ne disait rien, je continuai à parler, comme ça venait.

— Un nazi? Eh bien il vaut mieux que ce soit nous qui l'ayons plutôt qu'un nazi, non?

— Ce nazi l'avait confisqué à une famille belge ou hollandaise qui avait eu le mauvais goût de faire un tour du côté d'Auschwitz-Birkenau.

— Comment le sais-tu?

Comment le savais-tu, Sara... Comment savais-tu ce que j'étais le seul à savoir parce que papa me l'avait dit en araméen sur un papier que je suis sûr d'avoir été le seul à lire?

— Il faut que tu le rendes.

— À qui?

— À ses propriétaires.

— C'est moi son propriétaire. C'est nous.

— N'essaie pas de me rouler dans la farine. Tu dois le rendre à ses véritables propriétaires.

— Je ne les connais pas. Des Hollandais, tu dis?

— Ou des Belges.

— Une belle piste. Je me pointe à Amsterdam le violon à la main et je dis il est à l'un d'entre vous, dames en heren?

— Ne joue pas les cyniques.

Je ne savais pas que lui répliquer. Que pouvais-je bien dire, moi qui avais toujours craint le jour où cela finirait par arriver. J'ignorais les détails, mais je savais qu'il arriverait ce que j'étais en train de vivre ; moi, assis, les lunettes à la main, le Storioni sur la table et Sara les mains sur les hanches et disant eh bien fais des recherches. Les détectives, ça existe. Ou alors on peut s'adresser à un centre de récupération des biens volés pendant les spoliations. Je suis sûre qu'il y a au moins une douzaine d'organisations juives qui pourraient nous aider.

— Au premier geste, la maison se remplirait de profiteurs.

— À moins qu'il s'agisse des propriétaires.

— Mais nous parlons de quelque chose qui s'est passé il y a cinquante ans !

— Les propriétaires de l'instrument ont des descendants directs ou indirects.

— Qui doivent se ficher royalement de ce violon.

— Tu leur as demandé ?

Peu à peu, le ton de ta voix s'est oxydé et je me sentais attaqué et offensé, parce que ta voix oxydée m'accusait d'une faute dont je ne m'étais pas senti coupable jusqu'alors : l'horrible faute d'être le fils de mon père. Et en plus, ta voix changeait, le timbre en devenait plus aiguisé, comme chaque fois que tu parlais de ta famille ou de la Shoah, ou qu'on mentionnait l'oncle Haïm.

— Je ne lèverai pas le petit doigt tant que je ne saurai pas si ce que tu me dis là est vrai. D'où as-tu tiré tout ça ?

Cela faisait une demi-heure que Tito Carbonell était au volant de sa voiture, arrêtée au coin de la rue. Il vit sortir son oncle, la chevelure clairsemée, son cartable à la main ; il prit le carrer València, dans la direction de l'université. Tito cessa de tambouriner sur le volant avec les doigts. La voix, derrière lui, dit il est de plus en plus chauve, Ardèvol. Tito ne jugea pas nécessaire de faire d'autres commentaires ; il se contenta de regarder sa montre. La voix, derrière, allait dire je ne crois pas qu'elle tarde beaucoup, calme-toi, quand un policier municipal porta la main à sa casquette en guise de salut, se pencha pour parler au conducteur et dit messieurs, vous ne pouvez pas stationner ici.

— C'est que la personne que nous attendons va sortir tout de suite… La voilà ! improvisa Tito.

Il descendit de voiture et l'attention du policier fut attirée par un camion de Coca-Cola qui avait la prétention de décharger en dépassant de cinquante bons centimètres sur le carrer Llúria. Tito remonta en voiture et, quand il vit Caterina sortir de l'immeuble, il dit d'une voix joviale voilà la célèbre Caterina Fargues. La voix, derrière, ne répondit rien. Quatre minutes plus tard, Sara sortait à son tour et regardait de tous les côtés. Elle jeta un coup d'œil au pan coupé de l'autre côté du carrefour et, d'un pas rapide et décidé, elle se dirigea vers la voiture.

— Montez, on nous a dit de circuler, dit Tito en montrant la portière arrière d'un signe de tête. Elle hésita quelques secondes et monta dans la voiture, à l'arrière, comme dans un taxi.

— Bonjour, dit la voix.

Sara vit un homme âgé, très maigre, caché par un imperméable sombre, qui la regardait avec intérêt. Du plat de la main, il tapota l'espace libre sur le siège pour l'inviter à s'asseoir à côté de lui.

— Alors vous êtes la célèbre Sara Voltes-Epstein.

Sara s'assit au moment où Tito mettait la voiture en route. En passant devant le policier, il lui fit un geste de remerciement et entra dans le flot de la circulation qui remontait Llúria.

— Où allons-nous ? demanda-t-elle d'une voix un peu inquiète.

— Du calme. À un endroit où nous pourrons parler confortablement.

L'endroit où on pouvait parler confortablement était un bar de luxe sur la Diagonal. On leur avait réservé une table dans un coin isolé. Ils s'assirent et, pendant quelques secondes, se regardèrent en silence.

— Monsieur Berenguer, dit Tito en désignant l'homme âgé et sec. Celui-ci salua d'un léger signe de tête. Alors, Tito lui expliqua que lui, personnellement, cela faisait un certain temps qu'il s'était assuré qu'ils avaient bien chez eux un violon de Storioni, du nom de Vial

— Peut-on savoir comment vous vous en êtes assuré ?

qui était de grande valeur et qui, par malheur, avait été volé plus de cinquante ans plus tôt à ses propriétaires légitimes.

— Son propriétaire est monsieur Adrià Ardèvol.

et le fait est qu'il y a dix ans que son propriétaire légitime le cherche et manifestement nous avons fini par le trouver

— Et vous vous imaginez que je vais croire ça.

et nous savons que c'est un instrument qui a été acquis par son propriétaire légitime le quinze février mille neuf cent trente-huit dans la ville d'Anvers. Alors, il était évalué bien en dessous de sa valeur réelle. Ensuite, il lui a été volé. Confisqué. Le propriétaire légitime a remué ciel et terre pour le retrouver et, quand il a pu le faire, il s'est donné quelques années de réflexion et maintenant il est décidé à réclamer son bien.

— Eh bien qu'il le réclame par voie de justice. Et qu'il apporte la preuve de cette histoire si étrange.

— Il y a des problèmes d'ordre légal. Je ne veux pas vous fatiguer avec ça.

— Je ne suis absolument pas fatiguée.

— Je ne veux pas vous ennuyer.

— Je vois. Et comment est-il parvenu entre les mains de mon mari ?

— Monsieur Adrià Ardèvol n'est pas votre mari. Mais si vous voulez, je vais vous expliquer comment il est parvenu entre les mains de monsieur Adrià Ardèvol.

— Mon mari a le certificat de vente de l'instrument.

— Et vous l'avez vu?

— Oui.

— Alors c'est un faux.

— Et pourquoi devrais-je vous croire?

— Qui était le propriétaire antérieur, selon ce certificat?

— Comment voulez-vous que je m'en souvienne? Il me l'a montré il y a très longtemps.

— Tout cela n'a ni queue ni tête, dit Adrià sans regarder du côté de Sara. Instinctivement, il caressa le violon mais retira vivement sa main, comme s'il avait reçu une décharge.

J'étais trop petit, mais papa me fit entrer dans son bureau comme s'il s'agissait d'un secret, bien que nous soyons seuls à la maison. Il me dit regarde bien ce violon. Le Vial était posé sur la table. Il en approcha la loupe à pied et me dit de regarder. Je mis la main dans ma poche et le shérif Carson me dit fais attention, gamin, ça a l'air important. J'écartai la main comme si je m'étais brûlé et contemplai le violon à travers la loupe. Le violon, les éraflures, les petites rayures. Une minuscule fêlure sur la face. Et les éclisses, peut-être peu vernies…

— Tout ce que tu vois, c'est son histoire.

Je me rappelais qu'à d'autres moments il m'avait raconté des choses du même genre sur le violon. C'est pourquoi je ne fus pas étonné d'entendre ugh, j'ai déjà entendu ça quelque part. Et c'est pourquoi je répondis à papa oui, son histoire. Et que veux-tu me dire?

— Que son histoire passe par de nombreuses maisons et de nombreuses personnes que nous ne connaîtrons jamais. Tu te rends compte que depuis millesettecentosessantaquattro jusqu'à aujourd'hui cela fait…

— Mmmm… Vediamo… Centonovantaquattro anni.

— Et voilà. Je vois que tu m'as compris.

— Non, papa.

Cela faisait huit mois que j'avais commencé à apprendre

— Uno.

— Uno.

— Due.

— Due.

— Tre.

— Tre.

— Quattro.

— Quattro.

— Cinque.

— Cinque.

— Sei.

— Sei.

— Sette.

— Sette.

— Otto.

— Octo.

— Otttto.

— Otttto.

— Bravissimo !

parce que l'italien ça s'apprend tout seul et tu n'auras besoin que de quatre leçons, tu peux me croire.

— Mais, Fèlix, le petit apprend déjà le français, l'allemand, l'anglais…

— Le signor Simone est un grand professeur. En un an, mon fils pourra lire Pétrarque, et plus un mot là-dessus.

Et il pointa l'index vers moi pour qu'il n'y ait aucun doute :

— Tu es prévenu. Demain, tu commences l'italien.

Maintenant, devant le violon, en m'entendant dire centonovantaquattro anni, papa ne put dissimuler une moue de fierté qui, je l'avoue, me remplit de satisfaction et d'orgueil. Montrant le violon d'une main et posant l'autre sur mon épaule, il dit maintenant il est à moi. Il est passé par beaucoup d'endroits mais maintenant il est à moi. Et il sera à toi. Et il sera à tes enfants. À mes petits-enfants. Et il sera à nos arrière-petits-enfants parce qu'il ne sortira jamais de la famille. Jure-le-moi.

Je me demande comment je peux jurer au nom de ceux qui ne sont pas encore nés. Mais je sais que je jurai aussi en mon nom. Et chaque fois que je prends le Vial je me souviens de ce serment. Et quelques mois plus tard mon père fut tué par ma faute. Et je suis arrivé à la conclusion que c'est par la faute du violon.

— Monsieur Berenguer, dit Adrià en la regardant d'un air accusateur, est un ancien employé du magasin. Il était brouillé avec papa et maman. Et avec moi. C'est un escroc. Tu ne le savais pas ?

— Je suis certaine que c'est un indésirable qui te veut du mal. Mais il connaît exactement la façon dont ton père a acheté le violon. Il était là.

— Et le dénommé Albert Carbonell est un demi-parent qui se fait appeler Tito et qui tient le magasin à présent. Tu ne trouves pas que ça ressemble à un complot ?

— Si ce qu'ils disent est vrai, je me fiche de leur complot. Voici l'adresse du propriétaire. Tu n'as qu'à te mettre en rapport avec lui, comme ça on en aura le cœur net, toi et moi.

— C'est un piège ! Le propriétaire indiqué par ces deux-là est sûrement un complice. Ce qu'ils veulent c'est s'emparer du violon, tu ne comprends pas ?

— Non.

— Comment peux-tu être aveugle à ce point ?

Il me semble que cette remarque t'a blessée ; mais j'étais persuadé qu'il ne pouvait rien y avoir d'innocent dans les agissements de monsieur Berenguer.

Elle lui passa un papier plié en deux. Adrià le prit mais ne l'ouvrit pas. Il le garda à la main un long moment, puis le posa sur la table.

— Mathias Alpaerts, dit-elle.

— Hein ?

— Le nom que tu ne veux pas lire.

— Ce n'est pas vrai. La propriétaire s'appelle Netje de Boeck, dit-il rageusement.

Et voilà comment je me suis laissé avoir, comme un enfant de quatre ans. Je regardai le papier où était écrit le nom de Matthias Alpaerts et le reposai sur la table.

— Tout cela est ridicule, dit Adrià au bout d'un long moment.

— Tu peux réparer maintenant un mal qui a été commis et tu t'y refuses.

Sara sortit du bureau et je ne t'ai plus jamais entendue rire.

46

Cela faisait trois ou quatre jours que le silence s'était abattu sur la maison. C'est terrible quand deux personnes qui vivent ensemble se taisent parce qu'elles ne veulent pas ou n'osent pas se dire des choses qui peuvent les blesser. Sara se concentra sur son exposition et moi je n'étais bon à rien. Je suis persuadé que si ton regard, sur ton autoportrait, est un peu triste, c'est parce que tu le faisais quand il y avait ce silence à la maison. Mais je ne pouvais pas céder. C'est pourquoi Adrià Ardèvol se décida et alla à la faculté de droit consulter le docteur Grau i Bordas sur le problème qu'avait un de ses amis à propos d'un objet de valeur acquis par sa famille il y avait de très nombreuses années et qui avait peut-être été le fruit d'une spoliation pendant la guerre, et le docteur Grau i Bordas se caressa le menton en écoutant ce qui arrivait à mon ami et ensuite il commença à divaguer en égrenant des généralités sur le droit international et les spoliations commises par les nazis et au bout de cinq minutes Adrià Ardèvol comprit que cet homme n'y connaissait absolument rien.

Au département de musicologie de l'université, le docteur Casals lui donna de nombreuses informations sur les familles de luthiers de Crémone et lui recommanda un luthier qu'il pouvait consulter et qui était une véritable autorité en matière de violons historiques. Et tu peux te fier à lui, Ardèvol. – Et la question qu'il voulait lui poser depuis l'instant où ils avaient ouvert l'étui. – Tu me permets de l'essayer?

— Tu joues aussi du violon?

Dans le couloir de musicologie, quatre étudiants s'arrêtèrent en entendant une musique énigmatique et douce sortir d'un des bureaux. Jusqu'au moment où le docteur Casals posa le violon dans son étui et dit il est extraordinaire ; comme un Gesù, vraiment.

Il posa le violon dans le bureau du département, dans un coin. Et il reçut deux étudiantes qui voulaient qu'il remonte leur note. Et une autre étudiante qui voulait savoir pourquoi vous m'avez mis juste la moyenne alors que je suis allée à tous les cours. Vous êtes venue à tous mes cours? Bon, à beaucoup de cours. Vraiment? À quelques cours, ça c'est sûr. Quand la fille s'en alla, Laura entra et s'assit à la table en face de lui. Elle était d'une beauté rayonnante et il lui dit bonjour, sans la regarder dans les yeux. Elle esquissa un geste de salutation et ouvrit une chemise pleine de notes ou d'examens à corriger ou de n'importe quoi d'autre, qui la fit soupirer de paresse. Ils restèrent seuls un long moment, chacun à son travail. Deux, non, trois fois, ils levèrent les yeux en même temps et leurs regards jouèrent pendant quelques instants, timidement. La quatrième fois, elle dit comment vas-tu. C'était la première fois qu'elle prenait l'initiative? Je ne m'en souviens pas. Mais je sais qu'elle accompagna sa question d'un léger sourire. C'était de toute évidence une déclaration d'armistice.

— Bof. Couci-couça.

— Pas plus?

— Pas plus.

— Mais tu es une célébrité.

— Fous-toi de moi.

— Non ; je t'envie. Comme la moitié du département.

— Là, tu te fous vraiment de moi. Et toi, comment vas-tu?

— Bof. Couci-couça.

Ils se turent et sourirent, chacun dans ses pensées.

— Tu écris?

— Oui.

— On peut savoir quoi?

— Je refais trois conférences.

Avec un sourire, elle m'invita à continuer et moi, docile, je dis Llull, Vico et Berlin.

— Eh ben!

— Oui, mais tu sais quoi? Je récris tout pour que ce soit un livre nouveau. Pas trois conférences mais plutôt...

Adrià fit un geste vague, comme s'il se trouvait au milieu du problème.

— Il faut qu'il y ait une raison qui les réunisse tous les trois.

— Et tu l'as trouvée?

— Peut-être. Le devenir historique. Mais je ne suis pas sûr.

Laura ordonna ses papiers, ce qu'elle faisait toujours quand elle réfléchissait.

— C'est le fameux violon? dit-elle en montrant le coin de la pièce avec son crayon.

— Fameux?

— Fameux.

— Eh bien oui.

— Ne le laisse pas là. Sans déconner...

— Ne t'inquiète pas, je vais l'emporter en cours.

— Ne me dis pas que tu as l'intention d'en jouer devant... dit-elle d'un air réjoui.

— Non, bien sûr que non.

Ou si. Pourquoi pas? Il le décida brusquement. Comme quand il avait demandé à Laura de l'accompagner à Rome et de jouer l'avocate. Laura le poussait aux gestes impulsifs.

Adrià Ardèvol, dans son cours d'histoire des idées esthétiques de l'université de Barcelone, eut le culot de commencer le premier cours du second semestre avec la *Partita numéro un* jouée sur son Storioni. Certainement aucun des trente-cinq étudiants ne s'aperçut de ses cinq erreurs impardonnables, ni du moment où, perdu, il dut improviser en plein Tempo di Borea. Et quand il eut fini il rangea soigneusement le violon dans son étui, le posa sur la table et dit quel rapport pensez-vous qu'il y a entre la manifestation artistique et la pensée. Et personne n'osa rien dire parce que merde, je ne sais pas, moi.

— Maintenant imaginez que nous sommes en mille sept cent vingt.

— Pourquoi ? demanda un garçon barbu assis au fond, isolé des autres, peut-être pour ne pas être contaminé.

— L'année où Bach a composé le morceau que je viens de massacrer.

— Et la pensée est censée changer ?

— En tout cas, toi et moi nous porterions une perruque.

— Mais ça ne change pas la pensée.

— Ça ne la change pas ? Les hommes et les femmes avec des perruques, des bas et des talons…

— C'est que la notion d'esthétique du dix-huitième siècle est différente de celle d'aujourd'hui.

— Seulement d'esthétique ? Au dix-huitième, si on n'était pas emperruqué, maquillé, avec des talons et des bas, on ne vous laissait pas entrer dans les salons. Aujourd'hui, un homme maquillé, avec une perruque, des talons et des bas, on l'enferme en prison sans lui poser la moindre question.

— Ça a quelque chose à voir avec la morale ?

Ce fut une voix timide, au premier rang, la voix d'une fille comme un échalas. Adrià, qui avait avancé entre les rangées, revint en arrière.

— Là, tu me plais, dit-il. – Et la fille devint écarlate, ce qui n'était pas mon intention. – L'esthétique, même si elle s'y obstine, n'avance jamais seule.

— Non ?

— Non. Elle a une grande capacité à entraîner avec elles d'autres formes de la pensée.

— Je ne comprends pas.

Enfin, ce fut un cours qui me fut très utile pour poser les bases de ce que je devais raconter pendant quelques semaines. Et j'en vins même, par moments, à oublier qu'à la maison nous vivions en silence, Sara et moi. Adrià regretta de ne pas trouver Laura dans le bureau quand il alla prendre ses affaires, parce qu'il aurait aimé lui raconter le triomphe de son idée.

Dans l'atelier de Pau Ullastres, dès qu'il ouvrit l'étui, le luthier dit c'est un Crémone authentique. Il suffit de le sentir et de voir son aspect. Cependant, Pau Ullastres ne connaissait pas précisément l'histoire du Vial ; il en avait entendu vaguement parler, mais il considérait qu'un Storioni pouvait coûter une somme d'argent impressionnante et vous avez été imprudent de ne pas le faire expertiser plus tôt. Pour les assurances, vous comprenez ? Je tardai quelques secondes à le comprendre parce que je m'étais laissé captiver par l'atmosphère paisible de cet atelier. Une lumière chaude, rougeâtre, de la couleur du bois d'un violon, rendait plus épais ce silence inattendu en plein quartier de Gràcia. La fenêtre donnait sur une petite cour intérieure, au fond de laquelle on voyait une pièce pour sécher le bois, dont la porte était ouverte. Là, les bois vieillissaient tranquillement tandis que le monde, désormais rond, tournait sur lui-même comme une toupie obsessionnelle.

Je regardai le luthier d'un air inquiet : je ne savais pas ce qu'il m'avait dit. Il sourit et répéta.

— Je n'avais jamais pensé à le faire expertiser, répondis-je. C'était un meuble parmi d'autres à la maison, il a toujours été là. Et nous n'avons jamais voulu le vendre.

— Vous êtes une famille qui a de la chance.

Je ne lui dis pas que j'en doutais, parce que Pau Ullastres n'en avait rien à faire, et il n'avait pas lu ces lignes, qui n'étaient pas encore écrites. Le luthier lui demanda l'autorisation et le fit sonner. Il jouait mieux que le docteur Casals. Il sonnait presque comme si c'était Bernat qui jouait.

— C'est une merveille, dit-il. Comme un Gesù ; ce sont les mêmes dimensions.

— Tous les Storioni sont aussi bons ?

— Non, je ne crois pas. Celui-ci est vraiment bon. – Il le respira, les yeux fermés. – Vous l'avez gardé enfermé, n'est-ce pas ?

— Non, pas depuis longtemps. C'était à une époque…

— Les violons sont vivants. Le bois du violon est comme le vin. Il travaille lentement et il aime sentir la tension des cordes ; il s'enrichit quand on le fait sonner, il aime vivre à une température agréable, pouvoir respirer, ne pas recevoir de coups, être toujours propre… Ne l'enfermez que si vous partez en voyage.

— J'aimerais pouvoir entrer en rapport avec les propriétaires antérieurs.

— Vous avez le titre de propriété ?

— Oui.

Je lui montrai l'acte de vente entre papa et le signor Saverio Falegnami.

— Le certificat d'authenticité ?

— Oui.

Je lui montrai le certificat fabriqué par le grand-père Adrià et le luthier Carlos Carmona à une époque où, pour quelques billets de mille, on pouvait authentifier jusqu'à la fausse monnaie. Pau Casals l'examina avec curiosité. Il me le rendit sans aucun commentaire. Il hésita un peu :

— Vous voulez le faire expertiser maintenant ?

— Non. En réalité, ce que je voudrais, c'est être certain de l'identité de ses propriétaires antérieurs. Et je veux les rencontrer.

Ullastres regarda le titre de propriété.

— Saverio Falegnami, c'est écrit ici.

— Ceux qui étaient avant ce monsieur.

— Puis-je savoir pourquoi vous voulez entrer en rapport avec eux?

— Je ne le sais pas moi-même. Pour moi, c'est comme si ce violon avait toujours appartenu à ma famille. Je ne m'étais jamais préoccupé de son arbre généalogique. Mais maintenant…

— Vous vous inquiétez de son authenticité?

— Oui, mentis-je.

— Si cela peut vous être de quelque utilité, je mettrais ma main au feu que c'est un instrument de la meilleure époque de Lorenzo Storioni. Et pas à cause du certificat, mais de ce que je vois, de ce que je sens, de ce que je touche.

— On m'a dit que c'est le premier violon qu'il a construit.

— Les meilleurs Storioni sont les vingt premiers. À cause du bois qu'il a employé, à ce que l'on dit.

— Le bois?

— Oui. Il était exceptionnel.

— Pourquoi?

Mais le luthier caressait mon violon et ne répondit pas. Je me sentis jaloux ; toutes ces caresses. Alors, Ullastres me regarda :

— Que voulez-vous faire au juste? Pourquoi êtes-vous venu?

Il est difficile de faire des recherches sans dire toute la vérité à ceux qui peuvent vous aider.

— J'aimerais faire un arbre généalogique des propriétaires qu'il a eus depuis toujours.

— C'est une bonne idée… Mais ça va vous coûter une petite fortune.

Je ne fus pas capable de lui dire que ce que je voulais c'était élucider si monsieur Berenguer et Tito avaient inventé le nom d'Alpaerts. Et savoir si le nom que m'avait donné papa, Netje de Boeck, était le bon. Ou peut-être savoir qu'aucun nom n'était authentique et que le violon était à moi depuis toujours. Parce que je commençais à voir que oui, que s'il y avait un propriétaire légal avant le nazi, il fallait que je prenne contact avec lui, qui que ce soit, pour aller le voir à genoux et le supplier de me laisser l'avoir jusqu'à ma mort ; rien que de penser que le Vial pouvait quitter la maison à jamais, j'avais froid dans le dos. Et j'étais décidé à tricher pour éviter que cela arrive.

— Vous m'avez entendu, monsieur Ardèvol ? Une petite fortune.

Au cas où j'aurais eu un doute, le Vial était authentique. Peut-être étais-je allé voir Ullastres seulement pour ça : pour pouvoir me l'entendre dire ; pour m'assurer que j'étais fâché avec Sara à cause d'un violon de grande valeur ; pas à cause de quatre planches en forme d'instrument. Non, dans le fond je ne sais pas pourquoi j'y étais allé. Mais il me semble que depuis ma visite à l'atelier d'Ullastres, je me mis à penser au bois de grande qualité de Jachiam Mureda.

Pour le déjeuner, on lui donna une soupe de semoule vraiment insipide. Il pensa qu'il devait prévenir qu'il n'aimait pas la soupe de semoule comme celle qu'ils donnaient à la machin chose... la pputain de soupe de semoule. Mais les choses n'étaient pas aussi simples parce qu'il ne savait pas si c'étaient les visites ou quoi, mais il avait de plus en plus de mal à lire et à retenir les choses. Putain de plafond. Retenir les choses. Retenir.

— *Tu n'as pas faim, mon beau ?*

— *Non. Je veux lire.*

— *Ce qu'on devrait te donner, c'est du potage de lettres.*

— *Oui.*

— *Allez, mange un peu.*

— *Lola Xica.*

— *Wilson.*

— *Wilson.*

— *Qu'est-ce que tu veux, Adrià ? Dis-moi, mon, beau.*

— *Pourquoi est-ce que je suis aussi épais ?*

— *Toi, ce que tu dois faire, c'est manger et te reposer. Tu as assez travaillé.*

Il lui donna cinq cuillerées de la soupe de semoule et considéra qu'Adrià avait déjeuné.

— *Maintenant, tu peux lire. – Il regarda le sol. – Hou là, quel merdier on a fait avec la semoule. Et si tu veux faire la sieste, tu me préviens et je te mets au lit.*

Adrià, docile, ne lut qu'un moment. Il lut posément comment Cornudella expliquait sa lecture de Carner. Il lut la bouche ouverte. Mais bientôt, il fut pris d'une sorte de je ne sais pas ce qui m'arrive, Lola Xica, et il se fatiguait parce que Carner et Horace se confondaient sur la table. Il enleva ses lunettes et passa sa main à plat sur ses yeux fatigués. Il ne savait pas s'il devait dormir dans le fauteuil ou au lit ou... il me semble qu'on ne m'a pas bien expliqué, pensa-t-il. Peut-être était-ce à la fenêtre ?

— *Adrià.*

Bernat était entré dans la cinquantaquattro et regardait son ami.

— *Où est-ce que je dois dormir ?*

— *Tu as sommeil ?*

— *Je ne sais pas.*

— *Qui je suis ?*

— *Lola Xica.*

Bernat l'embrassa sur le front et examina la chambre. Adrià était assis dans un fauteuil confortable près de la fenêtre.

— *Jònatan ?*

— *Quoi ?*

— *Tu es Jònatan ?*

— *Je suis Bernat.*

— *Non. Wilson !*

— *Wilson, c'est l'Équatorien dégourdi ?*

— *Je ne sais pas. Il me semble que... – Il regarda Bernat, perplexe. – Maintenant je ne sais plus, finit-il par avouer.*

Dehors, le temps était maussade, froid et venteux ; mais cela n'aurait rien changé s'il avait fait un temps ensoleillé et radieux, parce que la vitre séparait les deux mondes avec une trop grande efficacité. Bernat alla à la table de nuit et ouvrit le tiroir. Il y déposa Aigle-Noir et le shérif Carson pour qu'ils continuent leur garde

inutile mais fidèle, couchés sur le morceau de tissu sale
où l'on distinguait encore des petits carreaux foncés et
clairs et une grande cicatrice au milieu ; un morceau de
tissu qui avait fait parler tant et plus les médecins parce
que les premiers jours monsieur Ardèvol ne l'avait pas
lâché un seul instant. Un torchon sale et dégoûtant, oui,
docteur. C'est étrange, non. Qu'est-ce que c'est que ce
tissu, mon beau ?

Adrià racla avec son ongle une petite tache sur le
bras du fauteuil. Bernat se retourna en entendant le
léger bruit et dit tu vas bien ?

— *Il n'y a pas moyen de le faire partir. – Il racla plus*
fort. – Vous voyez ?

Bernat s'approcha, mit ses lunettes et examina la
tache comme si cela avait beaucoup d'intérêt. Comme
il ne savait que faire ni que dire, il plia ses lunettes et
dit il n'y a pas à s'inquiéter, ça ne peut pas s'étendre.
Et il s'assit à nouveau en face d'Adrià. Au bout d'un
quart d'heure de silence, personne ne les avait déran-
gés parce que la vie est faite de la somme des solitudes
qui nous poussent à

— *Très bien. Regarde-moi. Adrià, regarde-moi, par*
Dieu Notre Seigneur.

Adrià cessa de racler et le regarda, un peu inquiet.
Il fit un sourire d'excuse, comme s'il avait été pris en
faute.

— *Je viens de taper tes papiers. Ça m'a beaucoup plu.*
Beaucoup. Et le verso des feuilles aussi. Je les ferai édi-
ter. Ton ami Kamenek me conseille de le faire.

Il le regarda dans les yeux. Adrià, désorienté, racla
frénétiquement la tache du bras du fauteuil.

— *Tu n'es pas Wilson.*

— *Adrià, je te parle de ce que tu as écrit.*

— *Excusez-moi.*

— *Je n'ai rien à te pardonner.*

— *Et c'est bien ou c'est mal ?*

— *J'aime beaucoup ce que tu as écrit. Je ne sais pas si c'est très bon mais ça me plaît énormément. Ce n'est pas juste. Tu es un fils de pute.*

Adrià regarda son interlocuteur, se mit à racler la tache et ouvrit la bouche et la referma. Il leva les bras, perplexe.

— *Qu'est-ce je dois faire maintenant ?*

— *Tu dois m'écouter. Toute ma vie. Pardon, toute ma pputain de vie j'ai essayé d'écrire quelque chose de présentable, qui bouleverse le lecteur, et toi, qui n'avais jamais essayé, le premier jour où tu t'y mets tu mets le doigt dans la blessure la plus profonde de l'âme. De mon âme, en tout cas. Ça n'est pas permis, bordel.*

Adrià Ardèvol ne savait pas s'il devait racler la tache ou regarder son interlocuteur. Il choisit de regarder le mur, penaud.

— *Il me semble que vous vous trompez. Je n'ai rien fait.*

— *Ça n'est pas permis.*

Deux grosses larmes commencèrent à rouler sur les joues d'Adrià. Il ne voulait pas regarder l'autre. Il se frotta les mains.

— *Qu'est-ce que je peux faire ?* implora-t-il.

Bernat, absorbé dans ses pensées, ne répondit pas. Alors Adrià le regarda et supplia :

— *Monsieur, écoutez.*

— *Ne m'appelle pas monsieur. Je suis Bernat et je suis ton ami.*

— *Bernat, écoutez.*

— *Non. Écoute-moi toi. Parce que maintenant je sais ce que tu penses de moi. Je ne me plains pas. Tu as su me jauger et je le mérite. Mais j'ai encore des secrets que tu n'aurais même pas songé à soupçonner.*

— *Je suis désolé.*

Ils se turent. Alors, Wilson entra et dit tout va bien mon tout beau ? Et il souleva le menton d'Adrià pour examiner son visage, comme si c'était un enfant. Il essuya ses larmes avec un Kleenex et lui donna un comprimé et un verre à moitié plein qu'Adrià but avidement, avec une avidité que Bernat ne lui connaissait pas. Wilson dit à nouveau tout va bien, en regardant Bernat. Celui-ci prit un air qui signifiait super c'est le pied, et Wilson jeta un coup d'œil à la semoule répandue sur le sol. Avec un mouchoir, il en ramassa un peu, de mauvaise grâce, et il sortit de la chambre avec le verre vide en sifflant une musique inconnue sur une mesure de six sur huit.

— Je t'envie tellement...

Ils restèrent dix minutes en silence.

— Demain, j'apporterai les papiers à Bauçà. D'accord? Tous : ceux qui sont écrits à l'encre verte. Ceux qui sont à l'encre noire, je les ai fait parvenir à Kamenek et une de tes collègues de l'université qui s'appelle Parera. Les deux faces. D'accord? Tes souvenirs et tes pensées. D'accord, Adrià?

— Ça me pique ici, dit Adrià en montrant le mur. – Il regarda son ami. – Comment ça se fait que le mur me pique?

— Je te tiendrai au courant.

— Le nez aussi me pique. Et je suis très fatigué. Je ne peux pas lire parce que mes idées se mélangent. Je ne me souviens déjà plus de ce que tu m'as dit.

— Je t'admire, dit Bernat en le regardant dans les yeux.

— Je ne le ferai plus. Je le jure.

Cela ne fit pas rire Bernat. Il le regarda en silence. Il lui prit la main qui, de temps en temps, bataillait contre la tache rebelle et l'embrassa, comme on baise la main de son père ou de son oncle en signe de respect. Il le regarda dans les yeux. L'autre soutint son regard pendant quelques secondes.

— Tu sais qui je suis. – Bernat, affirmatif, ou presque. – N'est-ce pas?

Adrià le regardait fixement. Il fit oui de la tête tout en esquissant un léger sourire.

— *Qui suis-je ? demanda Bernat avec un soupçon d'espoir inquiet.*

— *Mais oui... Tu es... l'autre, là. C'est ça ?*

Bernat se leva, grave.

— *Non ? fit Adrià, préoccupé. – Il regarda l'homme debout devant lui. – Mais je sais bien. L'autre. Mais je ne trouve plus le nom. Vous je ne sais pas, mais il y en a un que je sais, oui, c'est sûr. Un qui s'appelle... je ne m'en souviens plus maintenant, mais je le sais. Il s'occupe bien de moi. Très bien. Il me dit... maintenant je ne me rappelle pas ce qu'il me dit, mais oui, c'est lui.*

Et après une pause angoissante :

— *N'est-ce pas, monsieur ?*

Quelque chose vibra dans la poche de Bernat. Il sortit son portable. Essèmesse : "Où es-tu passé ?" Il se pencha et embrassa le front du malade.

— *Au revoir, Adrià.*

— *Au revoir, monsieur. Revenez quand vous voudrez...*

— *Je m'appelle Bernat.*

— *Bernat.*

— *Oui, Bernat. Et pardonne-moi.*

Bernat sortit dans le couloir et s'éloigna ; il essuya une larme incontrôlée. Il regarda furtivement à droite et à gauche et passa un coup de fil.

— *Mais où diable étais-tu passé ? – La voix de Xènia, un peu altérée.*

— *Non, ça va.*

— *Où es-tu ?*

— *Rien. Au travail.*

— *Mais tu n'avais pas répétition, aujourd'hui.*

— *Non ; mais j'ai eu un imprévu.*

— *Allez, rentre, j'ai envie qu'on fasse l'amour.*

— *J'en ai encore pour une bonne heure.*

— *Tu es encore aux impôts ?*

— *Oui. Et il faut que je raccroche. À tout à l'heure.*

Il raccrocha avant que Xènia lui demande davantage d'explications. Une femme de service passait avec son chariot de nettoyage et le regarda sévèrement parce qu'il avait un portable à la main. Elle lui rappela la mère Trullols. Énormément. La femme s'éloigna dans le couloir en marmonnant.

Le docteur Valls joignit les mains, en attitude de prière, et secoua la tête :

— *La médecine, à l'heure actuelle, ne peut pas faire davantage.*

— *Mais c'est un savant ! Il est intelligent. Surdoué !* – *Il éprouva une sensation de déjà-vu, comme s'il était Quico Ardèvol, de Tona.* – *Il parle dix ou quinze langues, je ne sais pas au juste !*

— *Tout ça, c'est du passé. Et nous en avons parlé très souvent. Si on coupe la jambe à un athlète, il ne pourra plus battre aucun record. Vous comprenez ? Eh bien, c'est la même chose.*

— *Il a écrit cinq études qui font référence dans le domaine de l'histoire de la culture.*

— *Je sais... Mais ça, la maladie s'en fout royalement. C'est comme ça, monsieur Plensa.*

— *Et ça ne peut pas s'améliorer ?*

— *Non.*

Le docteur Valls consulta sa montre, pas ostensiblement, mais tout de même de façon à ce que Bernat s'en aperçoive. Malgré cela, il tarda à réagir.

— *Est-ce que quelqu'un d'autre lui rend visite ?*

— *À vrai dire...*

— *Il a des cousins à Tona.*

— *Ils viennent parfois. C'est dur.*

— *Il n'y a personne d'autre qui...*

— *Quelques collègues de l'université. Quelques personnes, mais... il reste seul la plupart du temps.*

— *Le pauvre.*

— *Autant que nous puissions en juger, ça ne l'angoisse guère.*

— *Il peut vivre de ses souvenirs.*

— *Ce n'est pas le cas. Il ne se souvient de rien. Il vit l'instant présent et il l'oublie aussitôt.*

— *Vous voulez dire qu'il ne se rappelle déjà plus que je suis venu le voir?*

— *Non seulement il ne se rappelle pas que vous êtes venu le voir mais je ne crois pas qu'il sache vraiment qui vous êtes.*

— *Je crois que ce n'est plus très clair pour lui. Si on le ramenait chez lui, la lumière se ferait peut-être.*

— *Monsieur Plensa, cette maladie est caractérisée par la formation de fibres intraneuronales...*

Le médecin se tut et réfléchit un instant.

— *Comment vous expliquer...* – *Il réfléchit encore quelques secondes et ajouta :* C'est la transformation des neurones en fibres épaisses et noueuses... – *Il regarda à gauche et à droite, comme s'il cherchait de l'aide.* – *Pour vous donner une idée, c'est comme si le cerveau se remplissait de ciment, de façon irréversible. Vous emmènerez monsieur Ardèvol chez lui et il ne reconnaîtra rien, ne se souviendra de rien. Le cerveau de votre ami est endommagé à jamais.*

— *Par conséquent,* insista Bernat, *il ne me reconnaît même pas.*

— *Il vous traite avec courtoisie parce que c'était quelqu'un de courtois. Il commence à ne plus reconnaître personne et il me semble qu'il ne se reconnaît pas lui-même.*

— *Il lit encore.*

— *Pratiquement plus. Bientôt, il n'en sera plus capable. Il lit et il ne se souvient pas du paragraphe qu'il vient de lire ; il doit le relire, vous comprenez ? Et il reste au même point. Non. Il est très fatigué.*

— Est-il possible qu'il souffre, s'il ne se souvient de rien ?

— Je ne puis l'affirmer de façon certaine. Apparemment, non. Et bientôt la dégradation va s'étendre à d'autres fonctions vitales.

Bernat se leva, les yeux humides. Une étape s'achevait, pour toujours. Pour toujours. Et lui, il mourait un peu du fait de la mort lente de son ami.

La mère Trullols entra dans la cinquantaquattro avec le chariot de nettoyage. Elle saisit le fauteuil roulant et poussa Adrià dans un coin pour qu'il ne gêne pas.

— Bonjour mon beau. – Examinant le sol de la chambre. – Alors, c'est où, cette catastrophe ?

— Bonjour Wilson.

— Eh bien, tu en as foutu un merdier !

La femme se mit à nettoyer l'endroit où la soupe de semoule s'était renversée et dit il faudrait voir qu'on t'apprenne à ne pas faire de cochonneries et Adrià la regarda craintivement. La mère Trullols, avec sa serpillière, arriva près du fauteuil où Adrià l'observait, redoutant d'être grondé. Alors elle déboutonna le bouton du haut de sa chemise et fit apparaître la chaîne avec la médaille, comme l'avait fait Daniela plus de quarante ans plus tôt.

— Elle est belle.

— Oui. Elle est à moi.

— Non, elle est à moi.

— Ah – un peu désorienté, sans arguments.

— Tu me la rends, n'est-ce pas ?

Adrià regarda la femme sans bien savoir ce qu'il devait faire. Elle jeta un coup d'œil à la porte et, doucement, elle prit la chaîne et la fit glisser autour de la

*tête d'Adrià. Elle la regarda pendant une seconde et la
mit dans la poche de sa blouse.*

— Merci, mon grand.

47

Il ouvrit la porte en personne. Plus vieux, toujours aussi maigre, avec le même regard pénétrant. Et Adrià perçut une odeur intense qui venait de l'intérieur de l'appartement, agréable ou désagréable, il ne put le déterminer. Pendant quelques secondes, monsieur Berenguer tint la porte ouverte, comme s'il avait du mal à reconnaître son visiteur. Il essuya une goutte de sueur sur son front avec un mouchoir blanc soigneusement plié. À la fin, il dit :

— Ça alors. Ardèvol.

— Je peux entrer ? dit Ardèvol.

Encore quelques secondes d'hésitation. Puis il le fit entrer. À l'intérieur, il faisait plus chaud que dehors. Le vestibule était une pièce relativement grande, propre, reluisante, avec un magnifique portemanteau de Pedrell de mille huit cent soixante-dix qui devait valoir une fortune, avec porte-parapluie, miroir et beaucoup de moulures. Et une console Chippendale, parfaite, dans un coin, avec un bouquet de fleurs séchées. Il le fit entrer dans un salon où il y avait un Utrillo et un Rusiñol sur le même pan de mur. Le canapé, de Torrijos Hermanos, pièce unique, certainement la seule à avoir survécu à l'incendie historique de l'atelier. Et sur un autre mur, une double page de manuscrit, très soigneusement encadrée. Il n'osa pas s'approcher pour voir ce que c'était. Comme ça, de loin, il eut l'impression qu'il s'agissait d'un texte du seizième ou du début du dix-septième siècle. Adrià n'aurait pas su dire exactement pourquoi, mais dans cet ordre immaculé, indiscutable, il manquait la touche d'une main féminine. Tout était trop évident, trop professionnel pour qu'on y vive. Il ne put s'empêcher d'admirer le reste du salon, avec un très joli confident Chippendale dans un coin. Monsieur Berenguer le laissa faire, sans doute avec une pointe de fierté. Ils s'assirent. Le ventilateur, qui tentait vainement de tempérer la chaleur étouffante, faisait l'effet d'un anachronisme de mauvais goût.

— Ça alors, répéta monsieur Berenguer.

Adrià le regarda dans les yeux. Soudain, il comprit ce que c'était que cette odeur intense qui se mélangeait à la chaleur ; c'était l'odeur du magasin, l'odeur qui l'avait accompagné chaque fois qu'il y avait fait une visite sous le contrôle de papa, de Cecília ou de monsieur Berenguer. Un foyer avec une odeur et une atmosphère de local commercial. À soixante-quinze ans, de toute évidence, monsieur Berenguer n'avait pas pris sa retraite.

— Qu'est-ce que c'est que ces histoires de propriétaire du violon ? dit-il de façon trop abrupte.

— Les hasards de la vie. – Et il me regarda, sans dissimuler sa satisfaction.

Quels hasards de la vie ? cracha le shérif Carson.

— Quels hasards de la vie ?

— Eh bien, le propriétaire a refait surface.

— Il est en face de vous : c'est moi.

— Non. C'est un monsieur d'Anvers assez âgé. Les nazis lui ont pris le violon quand il est arrivé à Auschwitz. Il l'avait acquis en mille neuf cent trente-huit. Vous demanderez à ce monsieur de vous donner les détails.

— Et comment peut-il le prouver ?

Monsieur Berenguer sourit sans rien dire.

— Vous devez empocher une belle commission.

Monsieur Berenguer passa son mouchoir sur son front sans cesser de sourire et sans dire un mot.

— Mon père l'a acquis légalement.

— Ton père l'a volé pour une poignée de dollars.

— Et comment le savez-vous ?

— Parce que j'étais là. Ton père était un brigand qui profitait de tout le monde : d'abord des juifs qui fuyaient comme ils pouvaient et ensuite des nazis qui fuyaient de façon ordonnée et organisée. Et, en toute occasion, de tous ceux qui étaient ruinés et qui avaient besoin d'argent de toute urgence.

— Cela fait sûrement partie du métier. Et vous y avez certainement collaboré.

— Ton père était un homme sans scrupule. Il a fait disparaître le titre de propriété qui se trouvait à l'intérieur du violon.

— Voulez-vous que je vous dise ? Je ne vous crois pas et je n'ai aucune confiance en vous. Je sais que vous êtes capable de n'importe quoi. J'aimerais savoir comment vous avez acquis ce Torrijos ou le Pedrell du vestibule.

— Tout est en règle, ne t'en fais pas. J'ai les titres de propriété de tout ce que je possède. Je ne suis pas un bonimenteur comme ton père. En fin de compte, il a choisi la mort qu'il a eue.

— Quoi ? – Silence. Monsieur Berenguer me regardait avec un sourire narquois mal dissimulé. Sûrement pour gagner du temps et pouvoir réfléchir un peu, Carson me fit dire je vous ai bien entendu, monsieur Berenguer ?

Le signor Falegnami avait sorti un petit pistolet de salon, un pistolet de femme, et il le pointait nerveusement sur Fèlix Ardèvol. Celui-ci ne bougea pas. Il fit mine de réprimer un sourire et secoua la tête comme s'il était très contrarié :

— Vous êtes seul. Comment allez-vous vous débarrasser de mon corps ?

— Ce sera un plaisir que d'affronter ce problème.

— Vous en aurez un plus gros encore. Si je ne descends pas sur mes deux jambes, les gens qui m'attendent dans la rue savent ce qu'ils ont à faire. – Il montra le pistolet avec sévérité. – Et maintenant, je le prends à deux mille. Vous ne savez pas que vous êtes une des dix personnes les plus recherchées par les Alliés ? – Il dit cela sur le ton qu'on emploie pour gronder un petit enfant qui refuse de croire à ce qu'on lui dit.

Le docteur Voigt vit qu'Ardèvol sortait une liasse de billets et la posait sur la table. Il baissa le pistolet, les yeux écarquillés, stupéfait :

— Mais il n'y a là que mille cinq cents !

— N'abusez pas de ma patience, docteur Voigt !

Ce fut la consécration de Fèlix Ardèvol dans l'art de la négociation commerciale. Une demi-heure plus tard, il était dans la rue avec le violon, le cœur battant un peu trop vite, le pas vif, avec la satisfaction du travail bien fait. Personne ne l'attendait en bas pour faire ce qu'ils avaient à faire s'il ne descendait pas sur ses deux jambes et il se sentit orgueilleux de sa ruse. Mais il avait négligé le petit carnet de Falegnami. Et il n'avait pas prêté attention à son regard plein de haine. Et l'après-midi même, sans rien dire à personne, sans se recommander à Dieu ni au diable ni à monsieur Berenguer ni au père Morlin, Fèlix Ardèvol dénonça un certain docteur Aribert Voigt, officier des Waffen-SS, qui se cachait à l'Ufficio della Giustizia e della Pace sous l'apparence d'un concierge inoffensif, gros et chauve, au regard perdu et au nez gonflé, dont il ignorait les activités en tant que médecin. Pas plus que pour le docteur Budden, on ne put établir aucun lien entre le docteur Voigt et Auschwitz-Birkenau. Quelqu'un avait dû brûler les papiers sensibles et tous les regards inquisiteurs étaient destinés au docteur Mengele, disparu, et à son entourage, tandis que des chercheurs zélés, affectés aux autres camps, avaient le temps de faire disparaître les documents compromettants. Et si on ajoute à cela la confusion ambiante, les listes interminables d'accusés, l'incompétence du sergent-major O'Rourke, qui instruisait le dossier et qui, il faut bien le reconnaître, croulait sous le travail, rien ne permit de dévoiler la véritable personnalité du docteur Voigt, qui fut condamné à cinq ans de prison en tant qu'officier des Waffen-SS, et dont rien ne prouvait qu'il ait participé à des actions de guerre ou d'extermination, dans le style cruel de la plupart des unités SS.

Quelques années plus tard, la rue du Soleil, à cette heure, était remplie de gens en djellaba qui sortaient de la majestueuse mosquée des Omeyyades et commentaient certaines des réflexions de la sourate de ce vendredi, ou qui peut-être se plaignaient de la hausse du prix des chaussures, du thé et des légumes. Mais il y avait aussi beaucoup de gens qui avaient l'air de ne jamais avoir mis les pieds dans une mosquée et qui fumaient leur narguilé, assis aux terrasses étroites du café de la Concorde ou du café des Ciseaux, en essayant de ne pas se poser la question de l'éventualité d'un nouveau coup d'État.

À deux minutes de là, perdus dans le labyrinthe de ruelles, assis sur une pierre de la fontaine du Cerf, deux hommes silencieux regardaient le sol, sans un mot, comme s'ils étaient en train de surveiller le soleil qui disparaissait du côté de Bab al-Jabieh, vers la Méditerranée. Un observateur distrait aurait pu prendre ces individus pour des hommes pieux qui attendaient que le soleil se couche et que l'ombre s'installe jusqu'au moment magique où il serait impossible de distinguer un fil blanc d'un fil noir et où commencerait le Mawlîd an-nabi et le nom du Prophète serait à jamais loué et vénéré. Et le moment arriva où l'œil humain ne distinguait pas un fil blanc d'un fil noir et, même si les militaires ne s'en souciaient guère, toute la ville de Damas entrait dans le Mawlîd an-nabi. Les deux hommes ne bougèrent pas de la pierre jusqu'à ce qu'ils entendent des pas plutôt mal assurés. Un Occidental, à sa façon de marcher, au bruit qu'il faisait, à son air essoufflé. Au coin de la rue des Mouches apparut un homme gras, avec un gros nez, qui s'essuyait le front avec un mouchoir, comme si ce Mawlîd an-nabi était une nuit de forte chaleur. Il alla droit vers les deux hommes.

— Je suis le docteur Zimmermann, dit l'Occidental.

Les deux hommes, sans rien dire, se mirent à marcher d'un pas vif dans les ruelles des abords du bazar et le gros homme avait du mal à ne pas les perdre de vue à n'importe quel coin de rue ou au milieu des passants, de plus en plus rares. Enfin, ils franchirent la porte entrouverte d'une échoppe remplie à craquer d'ustensiles en fer-blanc et il leur emboîta le pas. Ils avancèrent dans le seul espace libre entre les amoncellements d'ustensiles, un étroit sentier qui conduisait au fond du local, où un rideau donnait sur une cour éclairée par une douzaine de bougies : un homme petit et chauve, vêtu d'une djellaba, faisait les cent pas, visiblement impatient. Lorsque les trois hommes firent leur apparition, ignorant les deux guides, il serra la main de l'Occidental et dit je commençais vraiment à être inquiet. Les deux guides disparurent aussi silencieusement qu'ils étaient arrivés.

— J'ai eu des problèmes au contrôle de la douane, à l'aéroport.

— Affaire réglée ?

L'homme enleva son chapeau, comme s'il voulait exhiber sa calvitie, et l'utilisa pour s'éventer. Il fit un geste affirmatif, oui, affaire réglée.

— Père Morlin, dit-il.

— Ici, je suis toujours David Duhamel. Toujours.

— Monsieur Duhamel. Qu'avez-vous découvert ?

— Beaucoup de choses. Mais je veux mettre les points sur les i.

Le père Félix Morlin, debout, mit les points sur les i, à la lueur des douze bougies, et parla dans un murmure que l'autre écoutait attentivement, comme s'il s'agissait d'une confession sans confessionnal. Il lui dit que Fèlix Ardèvol avait trahi sa confiance et avait abusé de la situation de monsieur Zimmermann, lui volant, pratiquement, ce violon si précieux. Et par-dessus le marché, violant les lois sacrées de l'hospitalité, il avait dénoncé monsieur Zimmermann aux Alliés et indiqué sa cachette.

— Grâce à cette dénonciation injuste, j'ai eu droit à cinq années de travaux forcés pour avoir servi mon pays en temps de guerre.

— Une guerre contre l'expansion du communisme.

— Contre l'expansion du communisme, exactement.

— Et maintenant, que voulez-vous faire ?

— Le retrouver.

— Assez de sang, lança le père Morlin sur un ton déclamatoire. Sachez qu'Ardèvol, même si c'est un homme changeant, même s'il vous a nui, est toujours mon ami.

— Je veux seulement récupérer mon violon.

— Assez de sang, ai-je dit. Je vous en tiendrais pour responsable, personnellement.

— Je n'ai aucun intérêt à toucher un seul cheveu de sa tête. Je vous en donne ma parole de gentleman.

Comme si ces mots avaient constitué un certificat de bonne conduite incontestable, le père Morlin fit un geste d'assentiment et sortit de la poche de son pantalon un papier plié, qu'il tendit à monsieur Zimmermann. Celui-ci le déplia, l'approcha d'une bougie, le lut rapidement, le replia et le fit disparaître dans sa poche.

— Au moins, ce voyage aura servi à quelque chose. – Il sortit un mouchoir et le passa sur son visage en disant pputain de chaleur, je ne sais pas comment on peut vivre dans ces pays.

— Comment avez-vous gagné votre vie, depuis que vous êtes sorti ?

— Comme psychiatre, évidemment.

— Ah.

— Et vous, que faites-vous à Damas?

— Des choses internes à l'ordre. À la fin du mois, je retourne dans mon couvent de Santa Sabina.

Il ne lui dit pas qu'il était en train d'essayer de ranimer la noble institution d'espionnage que monseigneur Benigno avait fondée de nombreuses années plus tôt et qui avait dû fermer à cause de l'aveuglement des autorités du Vatican, qui ne voyaient pas que le seul danger réel était le communisme qui allait maintenant envahir l'Europe. Il ne lui dit pas non plus que le lendemain cela ferait quarante-sept ans qu'il était entré dans l'ordre des Dominicains avec la sainte et ferme intention de servir l'Église en faisant don de sa vie s'il le fallait. Quarante-sept ans, déjà, qu'il avait demandé à être admis dans le couvent de l'ordre, à Liège. Félix Morlin était né pendant l'hiver 1320 dans la ville même de Gérone, où il grandit dans une atmosphère de ferveur et de piété, au sein d'une famille qui se réunissait tous les jours pour les prières, après le labeur de la journée. Personne ne fut étonné de la décision du jeune homme, quand il choisit d'entrer dans le tout nouvel ordre de saint Dominique. Il fit des études de médecine à l'université de Vienne et, à l'âge de vingt et un ans il devint membre du Parti national-socialiste autrichien, sous le nom d'Ali Bahr. Il était disposé à entreprendre les études qui feraient de lui un bon cadi ou un bon mufti, car il se reconnaissait dans les qualités de sagesse, de pondération et de justice de ses maîtres, et peu après il entra dans les SS sous le numéro 367.744. Après avoir servi sur le champ de bataille de Buchenwald sous les ordres du docteur Eisel, le 8 octobre 1941 il fut nommé médecin-chef du dangereux front de bataille d'Auschwitz-Birkenau, où il travailla avec abnégation pour le bien de l'humanité. Incompris, le docteur Voigt dut fuir camouflé sous différents noms comme Zimmermann ou Falegnami et il est prêt à attendre, avec les élus, le moment de récupérer la

Terre quand celle-ci sera redevenue plate, quand la charia se sera étendue dans le monde entier et que seuls les fidèles auront le droit d'y vivre au nom du Miséricordieux. Alors, la limite du monde sera une brume mystérieuse et nous pourrons à nouveau gérer ce mystère et tous ceux qui en dérivent. Ainsi soit-il.

Le docteur Aribert Voigt porta machinalement la main à sa poche. Le père Morlin lui dit il vaut mieux que vous preniez le train jusqu'à Alep. Et de là vous irez en Turquie, également en train. Le Taurus Express.

— Pourquoi ?

— Pour éviter les ports et les aéroports. Et si la voie est coupée, ce qui peut arriver, louez une voiture avec un chauffeur : les dollars font des miracles.

— Je sais comment me débrouiller.

— J'en doute. Vous êtes venu en avion.

— Mais la sécurité était totale.

— Elle n'est jamais totale. Vous avez été retenu à l'aéroport.

— Vous ne croyez pas que j'ai été suivi, tout de même.

— Mes hommes se sont occupés d'éviter ça. Et moi, vous ne m'avez jamais vu.

— Il est évident que je ne vous mettrais jamais en danger, monsieur Duhamel. Ma gratitude est infinie.

Juste à ce moment, comme s'il n'y avait pas pensé, il défit la ceinture de son pantalon. Dans une sorte de balluchon de tissu, il avait caché différents petits objets. Il en tira un minuscule sac noir qu'il donna à Morlin. Celui-ci dénoua le cordon qui le fermait. Trois grandes larmes à mille facettes réfléchirent, multipliée, la lumière des douze bougies. Morlin fit disparaître le sac dans les profondeurs de sa djellaba tandis que le docteur Voigt rajustait son pantalon.

— Bonne nuit, monsieur Zimmermann. À partir de six heures du matin, il y a des trains pour le nord.

— Putain de chaleur, fit monsieur Berenguer pour toute réponse, tout en se levant et en lui faisant face plus directement, ainsi qu'au ventilateur.

Adrià, à voix basse, tout comme, dans son souvenir, celui-ci menaçait son père quand il les espionnait caché derrière le canapé, dit monsieur Berenguer, je suis le propriétaire légitime du violon. Et si vous voulez aller en justice, libre à vous, mais je vous préviens que si vous voulez prendre ce chemin, je tirerai la couverture à moi et vous vous retrouvez le cul par terre.

— Comme tu voudras. Tu as le même caractère que ta mère.

Ça, personne ne me l'avait jamais dit. Et je ne le crus pas, à ce moment-là. Je sentis plutôt que je haïssais cet homme parce que c'était à cause de lui que Sara s'était fâchée contre moi. Il pouvait bien dire toutes les conneries qu'il voulait.

Je me levai parce que je devais me montrer dur si je voulais rendre mes paroles crédibles. Une fois debout, je regrettai tout ce que j'avais dit et la façon dont je menais cette affaire. Mais le regard amusé de monsieur Berenguer me décida à aller de l'avant, rempli de peur, mais de l'avant.

— Vous feriez mieux de ne pas mentionner ma mère. D'après ce que je sais, elle vous a fait filer doux.

Je me dirigeai vers le vestibule en me disant que j'étais un peu idiot : qu'est-ce que cette visite m'avait rapporté ? Je n'avais rien tiré au clair. J'avais déclaré unilatéralement une guerre dont je ne savais pas si j'avais envie de la mener. Mais monsieur Berenguer, qui marchait derrière moi, me donna un coup de main.

— Ta mère était une salope intégrale et elle a essayé de me pourrir la vie. Le jour où elle est morte j'ai débouché une bouteille de veuve-cliquot. – Je sentais le souffle de monsieur Berenguer sur ma nuque tandis que nous avancions vers le vestibule. – J'en bois une gorgée chaque jour. Il est éventé, mais ça m'oblige à penser à la pputain de madame Ardèvol du bon Dieu de bordel de merde qui l'a mise au monde. – Il soupira. – Quand je boirai la dernière goutte, je pourrai mourir.

Nous arrivâmes au vestibule et monsieur Berenguer lui fit face. Il fit le geste de boire.

— Chaque jour, hop, une petite goutte. Pour fêter la mort de la salope. Et moi, je suis encore vivant. Comme tu peux le comprendre, Ardèvol, ta femme ne changera pas d'opinion. Les juifs sont tellement sensibles sur certains sujets…

Il ouvrit la porte.

— Avec ton père, on pouvait raisonner et il vous laissait les mains libres, pour le bien du magasin. Ta mère était une casse-couilles. Comme toutes les femmes. Mais avec une vacherie particulière. Et moi, hop, une petite goutte chaque jour.

Adrià sortit sur le palier et se retourna pour dire une phrase digne, du genre vous paierez chèrement ces insultes ou quelque chose comme ça. Mais au lieu du sourire sournois de monsieur Berenguer, il se retrouva face au vernis sombre de la porte que monsieur Berenguer lui avait claquée au nez.

Ce soir-là, seul à la maison, je répétai les sonates et les partitas. Je n'avais pas besoin des partitions, malgré le temps. Mais j'aurais voulu avoir d'autres doigts. Et Adrià, au milieu de la *Deuxième Sonate*, se mit à pleurer parce qu'il était triste pour tout. Alors Sara entra, venant de la rue. Voyant que c'était moi et non Bernat, elle ressortit sans même dire bonjour.

48

Ma sœur mourut quinze jours après ma conversation avec monsieur Berenguer. Je ne savais même pas qu'elle était malade ; exactement pareil qu'avec maman. Son mari m'a dit que ni elle ni personne ne le savait. Elle venait d'avoir soixante et onze ans. Cela faisait longtemps que je ne l'avais pas vue ; étendue dans le cercueil, elle me fit l'effet d'une femme élégante. Adrià ne savait pas ce qu'il éprouvait : de la peine, de la distance, chose étrange. Il ne savait pas quel sentiment il était en train de vivre. Il était davantage préoccupé par l'air maussade de Sara que par ses propres sentiments envers Daniela Amato de Carbonell, comme disait le faire-part.

Je ne lui dis pas Sara, ma sœur est morte. Quand Tito Carbonell m'appela pour me dire que sa mère était morte, je m'attendais surtout à ce qu'il me parle du violon et, pendant un instant, je ne compris pas ce qu'il me disait, et c'était quelque chose de tout simple, elle est au funérarium de Les Corts, au cas où tu voudrais y aller, et on l'enterre demain, et je raccrochai et je ne dis pas Sara, ma sœur est morte, parce qu'il me semble que tu aurais dit tu as une sœur ? Ou tu n'aurais rien dit, parce qu'à cette période toi et moi nous ne nous parlions pas.

Au funérarium, il y avait beaucoup de monde. Au cimetière de Montjuïc, nous étions une vingtaine de personnes. La niche de Daniela Amato jouit d'une vue splendide sur la mer. À quoi ça va lui servir, ai-je entendu quelqu'un dire derrière moi, alors que les fossoyeurs muraient la niche. Cecília n'était pas venue ou on ne l'avait pas prévenue ou elle était morte. Tout ce temps, monsieur Berenguer fit semblant de ne pas me voir. Et Tito Carbonell se mit à côté de lui, comme s'il voulait marquer son territoire. Le seul qui m'eut l'air d'être perplexe et triste de cette mort, c'était Albert Carbonell, qui commençait son veuvage sans avoir eu le temps de se faire à l'idée de toute cette solitude soudaine. Adrià ne l'avait vu que deux ou trois fois au cours de sa vie, mais il fut peiné du désarroi de cet homme, singulièrement vieilli. Alors que nous descendions les longues avenues du cimetière, Albert Carbonell s'approcha de moi, me prit par le bras et me dit merci d'être venu.

— C'est la moindre des choses. Je suis triste.

— Merci. Tu es peut-être le seul. Les autres font des calculs.

Nous nous tûmes. Le bruit des pas sur le chemin de terre, interrompu par les murmures au creux de l'oreille, les plaintes contre la chaleur étouffante de Barcelone, quelques toux, dura jusqu'à ce que nous arrivions à l'endroit où nous avions laissé les voitures. Et pendant ce temps, presque dans un murmure, comme s'il voulait profiter de l'occasion, Albert Carbonell me glissa méfie-toi de cette fouine de Berenguer.

— Il a travaillé avec Daniela au magasin?

— Deux mois. Et Daniela l'a fichu à la porte sans ménagement. Depuis, ils se haïssaient à mort et ils n'ont raté aucune occasion de se le faire savoir.

Encore une pause, comme s'il avait du mal à parler et à marcher en même temps. J'eus le vague souvenir qu'il était asthmatique. Ou peut-être l'avais-je inventé. Le fait est qu'il me dit ensuite Berenguer est un drôle de zèbre ; c'est un malade.

— Dans quels sens?

— Il n'y en a qu'un, de sens. Il est un peu fêlé. Et il hait toutes les femmes. Il n'accepte pas qu'une femme soit plus intelligente que lui. Ni qu'elle puisse décider à sa place. Ça le blesse et ça le ronge à l'intérieur. Prends garde qu'il ne te fasse du mal.

— Vous croyez qu'il pourrait?

— Avec Berenguer, on ne sait jamais.

Nous nous séparâmes devant la voiture de Tito. Nous nous serrâmes la main et il me dit fais attention à toi ; Daniela m'a parlé de toi plus d'une fois, avec tendresse. C'est dommage que vous ne vous soyez pas fréquentés davantage.

— Quand j'étais petit, j'ai été amoureux d'elle pendant toute une journée.

J'ai dit cela au moment où il entrait dans la voiture et je ne sais pas s'il m'a entendu. De l'intérieur, il m'a fait un vague geste d'adieu. Je ne l'ai plus jamais revu. Je ne sais pas s'il vit encore.

Ce n'est que lorsque je me suis retrouvé au beau milieu de la circulation qui enserrait la statue de Colomb, pleine de touristes qui prenaient des photos, me demandant si, de retour à la maison, je devais te parler ou pas, que je me suis rendu compte qu'Albert Carbonell était la première personne qui n'appelait pas monsieur Berenguer monsieur Berenguer.

Quand j'ouvris la porte, Sara aurait pu me demander d'où viens-tu et moi, je viens d'enterrer ma sœur ; et elle, tu as une sœur? Et moi, oui, une demi-sœur. Et elle, eh bien tu aurais pu me le dire ; et moi, c'est que tu ne me l'as pas demandé, et puis on ne se voyait jamais, tu sais. Et pourquoi tu ne me l'as pas dit maintenant, qu'elle était morte? Parce qu'il aurait fallu que je te parle de ton ami, Tito Carbonell, qui veut me voler le violon, et nous nous serions à nouveau disputés. Mais quand j'ai ouvert la porte de la maison, tu ne m'as pas demandé d'où viens-tu et je n'ai pas répondu je viens d'enterrer ma sœur et tu n'as pas pu me répondre tu as une sœur ? Et alors je m'aperçus je découvris, dans l'entrée, ton sac de voyage. Adrià la regarda d'un air étonné.

— Je vais à Cadaqués, répondit Sara.

— Je t'accompagne.

— Non.

Elle partit sans donner aucune explication. Ce fut si rapide que je ne me rendis pas compte de l'importance que cela allait avoir pour tous les deux. Quand Sara fut partie, Adrià, encore désorienté, le cœur inquiet, ouvrit les armoires de Sara et se sentit soulagé : les vêtements étaient à leur place. Je me dis que tu n'avais emporté qu'un peu de linge de rechange.

49

Comme il ne savait que faire, Adrià ne fit rien. Il était à nouveau abandonné par Sara ; mais cette fois il savait pourquoi. Et ce n'était qu'une fuite passagère. Passagère ? Pour ne pas y penser davantage, il se plongea dans le travail, mais il avait du mal à se concentrer sur ce qui était la rédaction définitive de *Llull, Vico, Berlin, trois organisateurs d'idées*, un livre au titre lourd, mais qu'il avait éprouvé le besoin intime d'écrire pour s'éloigner de son *Histoire de la pensée européenne*, qui lui pesait un peu, peut-être parce qu'il y avait consacré de nombreuses années, peut-être parce qu'il y avait mis beaucoup d'espoirs, peut-être parce que des gens qu'il admirait s'en étaient faits l'écho... L'unité, une des unités du livre, c'était le devenir historique. Et il se força à récrire entièrement les trois essais. Cela faisait des mois qu'il y travaillait. Je m'y étais mis, ma bien-aimée, le jour où je vis à la télévision les images épouvantables de l'immeuble d'Oklahoma City éventré par la bombe mise par Timothy McVeigh. Je ne t'en ai rien dit parce que ces choses, il vaut mieux les faire et, le cas échéant, en parler après. Je m'y suis mis parce que j'ai toujours cru que ceux qui tuent au nom de quelque chose n'ont pas le droit de salir l'histoire. Cent soixante-huit morts, voilà ce dont Timothy McVeigh a été responsable. Et de milliers de malheurs, de peines et de souffrances qui ne figurent pas dans les statistiques. Au nom de quelle intransigeance, Timothy? Et, je ne sais comment, j'imaginai un autre homme intransigeant, d'une autre sorte d'intransigeance, en train de lui demander pourquoi, Timothy, pourquoi ce massacre si Dieu est Amour?

— Le gouvernement américain peut aller se faire foutre.

— Timothy, mon fils, quelle religion pratiques-tu? intervint Vico.

— Rentrer dans la gueule de tous ceux qui nuisent à mon pays.

— Cela n'est pas religion, dit Llull, patiemment. Car les religions connues sont trois, Timothy : le judaïsme, qui est une erreur terrible, que monsieur Berlin me pardonne ; l'islam, qui est la fausse croyance des ennemis de l'Église, et le christianisme, qui est la seule et véritable religion, car elle est celle du Bon Dieu, qui est Amour.

— Je ne te comprends pas, grand-père. Moi, c'est le gouvernement que je tue.

— Et les quarante enfants que tu as tués, c'est eux le gouvernement? – Berlin, nettoyant ses lunettes avec son mouchoir.

— Dommages collatéraux.

— Maintenant, c'est moi qui ne te comprends pas.

— 1:1.

— Quoi?

— Un partout.

— Le colonel qui n'empêche pas le massacre des femmes et des enfants d'un village encourt la condamnation. – Vico, sentencieux.

— Et s'il ne tue que des hommes, pas de problème? – Berlin, moqueur, à son collègue, qui remettait ses lunettes.

— Allez vous faire foutre, tous autant que vous êtes.

— Ce garçon a une obsession verbale pour le foutre, observa Llull, très étonné.

— Tous ceux qui prendront l'épée périront par l'épée, rappela Vico, à tout hasard. Et il allait dire de quel verset de Mathieu il s'agissait, mais il ne s'en souvint pas, car il y avait trop longtemps de tout.

— Vous voulez bien me foutre la paix, vieux radoteurs aux pets foireux?

— Demain, c'est toi qui seras tué, Tim, rappela Llull.

— 168 : 1.

Et il commença à s'estomper.

— Qu'a-t-il dit? Avez-vous compris quelque chose?

— Oui. Cent soixante-huit, deux points, un.

— Un chiffre cabalistique, sans doute.

— Non, ce garçon n'a jamais entendu parler de la cabale.

— Cent soixante-huit à un.

Llull, Vico, Berlin fut un livre fébrile, rapide à écrire, mais qui m'épuisa parce que chaque jour, quand je me levais et quand j'allais me coucher, j'ouvrais l'armoire de Sara et ses vêtements étaient toujours là. C'est très difficile d'écrire dans ces conditions. Et un jour j'eus fini de l'écrire, ce qui ne veut pas dire que je l'avais fini. Et Adrià fut pris de l'envie de jeter tous les feuillets par le balcon. Mais il se contenta de dire Sara, ubi es? Et alors, après quelques minutes de silence, au lieu de sortir sur le balcon, il fit une pile de tous les feuillets, les mit sur un coin de la table et dit je sors, Lola Xica, sans se rendre compte de ce que Caterina n'était plus là, et se rendit à l'université, comme si c'était le meilleur endroit pour se distraire.

— Que fais-tu?

Laura se retourna. À sa façon de marcher, on aurait dit qu'elle mesurait le cloître.

— Je pense. Et toi?

— Je me distrais.

— Ton livre, ça avance?

— Je viens de le finir.

— Waouh ! fit-elle, contente.

Elle prit ses deux mains mais les lâcha aussitôt, comme si elle s'était brûlée.

— Mais je ne suis pas du tout sûr. Il est impossible de réunir des personnalités aussi fortes.

— Tu l'as fini, oui ou non ?

— Eh bien, oui. Mais maintenant il faut que je le lise à la suite et je vais trouver des tas de choses qui ne vont pas.

— Donc, il n'est pas fini.

— Non. Je l'ai écrit. Maintenant il faut seulement que je le finisse. Et je ne sais pas s'il est publiable, vraiment.

— Ne te dégonfle pas, espèce de lâche.

Laura lui sourit et son regard le troubla un peu. Surtout que, lorsqu'elle le traitait de lâche, elle avait raison.

Dix jours plus tard, mi-juillet, c'est Todó qui lui dit à brûle-pourpoint alors Ardèvol, ce livre, tu le finis ou pas. Nous étions tous les deux en train de regarder, depuis le premier étage, le cloître ensoleillé et presque déserté par les étudiants.

J'ai du mal à écrire parce que Sara n'est pas là.

— Je ne sais pas.

— Putain, si toi tu ne le sais pas…

Elle n'est pas là. Nous nous sommes disputés pour un putain de violon.

— J'ai du mal à réunir des personnalités tellement… tellement…

— Tellement fortes, oui. Ça, c'est la version officielle que tout le monde connaît, me coupa Todó.

Pourquoi ne me laissez-vous pas tranquille, merde ?

— La version officielle ? Et comment les gens savent-ils que je suis en train d'écrire ?

— Tu es la vedette, mon pote.

De ta mère.

Encore un bon moment en silence. Les longues conversations d'Ardèvol étaient pleines de silences, selon des sources dignes de foi.

— Llull, Vico, Berlin, récita Todó dans le lointain.

— Oui.

— Merde alors. Vico et Llull, d'accord. Mais Berlin ? Non, s'il te plaît, laisse-moi tranquille, putain d'emmerdeur.

— La volonté d'ordonner le monde grâce à l'étude, voilà ce qui les réunit.

— Purée, ça peut être intéressant.

C'est pour ça que je m'y suis mis, connard ; et en plus tu me fais parler mal.

— Mais j'ai l'impression que j'en ai encore pour des jours et des jours. Et je ne sais pas si je pourrai finir. Considère ça comme la version officielle.

Todó s'appuya contre la rambarde de pierre.

— Tu sais, dit-il après une longue pause. Moi, j'aimerais bien que tu t'en sortes. – Il le regarda du coin de l'œil. – J'ai bien besoin de lire quelque chose comme ça.

Il lui donna une petite tape sur le bras en signe de complicité et regagna son bureau, dans un angle du cloître. En bas, un couple traversait le cloître en se tenant par la main, insouciant du reste du monde, et Adrià l'envia. Il savait que si Todó lui avait dit j'ai bien besoin de lire quelque chose comme ça, ce n'était pas pour lui passer de la pommade et encore moins parce que son esprit avait besoin de lire un livre où on mettait en rapport ce qui n'en avait aucun et où on s'efforçait de démontrer que les grands penseurs faisaient la même chose que Tolstoï mais avec les idées. L'esprit de Todó était de petit calibre et s'il appelait de ses vœux le livre qui n'existait pas encore c'était parce que depuis quelques années il était obsédé par le désir de saper la position de Bassas dans son département et à l'université, et la meilleure façon de le faire était de créer de nouvelles idoles, de quelque discipline que ce fût. Si je n'avais pas pensé à toi, je me serais même senti flatté que les autres m'utilisent dans leurs luttes pour le pouvoir. Le violon est à la famille,

Sara. Je ne peux pas faire ça à mon père. Il est mort à cause de ce violon et maintenant tu veux que j'en fasse cadeau à un inconnu qui dit qu'il est à lui ? Et si tu ne comprends pas c'est parce qu'il est question des juifs et que sur ce sujet tu ne veux rien entendre. Et tu te laisses embobiner par des gangsters comme Tito et monsieur Berenguer. Eloi, Eloi, lama sabachthani.

Dans le bureau désert, l'idée lui vint subitement. Ou plus exactement il se décida d'un seul coup. Cela devait être l'euphorie du livre à moitié achevé. Il composa un numéro et attendit patiemment en pensant pourvu qu'il soit là, pourvu qu'il soit là parce que sinon… Il regarda sa montre : presque une heure. Il était sûr de le surprendre en plein déjeuner.

— Allô.

— Max, c'est Adrià.

— Oui ?

— Elle peut venir au téléphone ?

Légère hésitation.

— Je ne sais pas. Un instant.

Ça voulait dire qu'elle était là ! Elle n'avait pas fui à Paris, dans le huitième arrondissement, ni en Israël. Ma Sara était toujours à Cadaqués. Ma Sara n'avait pas voulu s'éloigner trop… À l'autre bout du fil, toujours le silence. On n'entendait aucun pas, aucun murmure de conversation. Ce furent je ne sais combien de secondes interminables. À nouveau la voix de Max :

— Écoute, elle dit que… Je suis désolé, tu sais… Elle dit que je te demande si tu as rendu le violon.

— Non. Je veux lui parler.

— C'est que… dans ce cas… elle dit qu'elle ne veut pas te parler.

Adrià tenait le combiné très fort. Tout à coup, sa gorge était devenue sèche. Il ne trouva pas les mots. Comme si Max avait deviné, il dit je suis désolé, Adrià. Vraiment.

— Merci, Max.

Et il raccrocha au moment où la porte du bureau s'ouvrait. Laura eut un air étonné en le voyant là. En silence, elle alla à sa table et fouilla dans les tiroirs pendant quelques minutes. Adrià n'avait pratiquement pas changé de position, les yeux dans le vide, entendant les mots délicats du frère de Sara comme si c'était une condamnation à mort. Au bout d'un moment, il soupira profondément et regarda du côté de Laura.

— Tu vas bien ? dit-elle en ramassant des dossiers très épais, comme elle en charriait toujours.

— À merveille. Je t'invite à déjeuner.

Je ne sais pas pourquoi j'ai dit ça. Ce n'était pas par vengeance. Il me semble que je voulais prouver à Laura et au monde entier que tout allait bien, que je contrôlais tout.

Assis devant les yeux bleus et la peau parfaite de Laura, Adrià laissa la moitié des pâtes dans son assiette. Ni l'un ni l'autre n'avaient pour ainsi dire ouvert la bouche. Laura remplit son verre d'eau et il fit un signe de remerciement.

— Alors, comment ça va ? demanda Adrià en prenant un air avenant, comme si on venait de lever l'interdiction de bavarder.

— Bien. Je vais passer quinze jours en Algarve.

— Mais c'est formidable, ça. Todó est un peu louf, non ?

— Pourquoi ?

Au bout de quelques minutes, ils arrivèrent à la conclusion que oui, un peu ; et qu'il valait mieux que tu ne lui en dises pas trop sur mon livre qui n'existe pas encore parce qu'il n'y a rien de plus désagréable que d'écrire en sachant que tout le monde attend de voir si tu vas réussir à relier Vico à Llull et tout et tout.

— Je parle trop, je sais.

Et pour le prouver, elle lui raconta qu'elle avait rencontré des gens super et qu'elle allait les retrouver en Algarve parce qu'ils étaient en train de faire le tour de la Péninsule à bicyclette.

— Toi aussi, tu fais de la bicyclette?

— Je n'ai plus l'âge à ça. Je vais plutôt faire de la chaise longue. Me déconnecter de toutes les embrouilles de la fac.

— Et draguer un peu.

Elle ne lui répondit pas. Mais elle lui jeta un coup d'œil qui lui fit comprendre ce qui m'arrivait, parce que vous, les femmes, vous avez un don pour comprendre les choses que j'ai toujours envié.

Je ne sais que te dire, Sara. Mais ça s'est passé comme ça. Dans l'appartement de Laura, minuscule mais toujours impeccable, il y avait un désordre contrôlé, en particulier dans la chambre. Un désordre absolument pas chaotique, celui de quelqu'un qui s'apprête à partir en voyage. Des vêtements empilés, des chaussures alignées, deux ou trois guides touristiques et l'appareil photo. Comme le chat et la souris, ils se mirent à faire comme si.

— C'est un de ces trucs électroniques? dit Adrià en prenant l'appareil photo avec méfiance.

— Digital, oui.

— Tu es toujours à la pointe du progrès.

Laura enleva ses chaussures, debout, et mit des sortes de sandales qui lui allaient à ravir.

— Et toi, tu as encore un Leica, je suppose.

— Non. Je n'ai jamais eu d'appareil photo.

— Et les souvenirs?

— Là-dedans. – Adrià montra sa tête. – Ça ne rate jamais. Et ils sont toujours disponibles.

J'ai dit ça sans ironie, car je suis incapable de prédire l'avenir de qui que ce soit.

— Je peux prendre deux cents photos, avec ça. – Elle lui prit l'appareil des mains en essayant de ne pas montrer son impatience et le posa sur la table de nuit, à côté du téléphone.

— Bravo, fit-il, peu intéressé.

— Et ensuite je peux les mettre sur mon ordinateur. Je les regarde plus souvent que dans un album.

— Bravissimo. Mais pour ça, il faut avoir un ordinateur.

Laura se plaça devant lui, dans une attitude de défi.

— Quoi? dit-elle, les mains sur les cuisses. Tu veux que je te fasse un cours sur les avantages des appareils numériques?

Adrià regarda ses yeux si bleus et la prit dans ses bras. Ils restèrent comme ça un long moment et je pleurai un peu. Heureusement, elle ne s'en rendait pas compte.

— Pourquoi pleures-tu?

— Je ne pleure pas.

— Menteur. Pourquoi pleures-tu?

Au milieu de l'après-midi, ils avaient réussi à rendre chaotique le désordre de la chambre. Et ils passèrent une bonne heure allongés, à regarder le plafond. Laura regarda la médaille d'Adrià.

— Pourquoi est-ce que tu la portes toujours?

— Parce que.

— Mais tu ne crois pas en…

— Ça me sert à me souvenir.

— À te souvenir de quoi?

— Je ne sais pas.

Alors, le téléphone sonna. Il sonnait sur la table de nuit, du côté de Laura. Ils se regardèrent, comme pour se demander, dans une sorte de silence coupable, s'ils attendaient un appel. Laura ne bougea pas, la tête sur la poitrine d'Adrià, et tous les deux entendaient le téléphone qui insistait, insistait et insistait, de façon monotone. Adrià regarda la chevelure de Laura, s'attendant à la voir bouger. Rien. Et le téléphone continua à sonner.

VI

STABAT MATER

Tout ce que nous craignons nous est concédé.

HÉLÈNE CIXOUS

50

Deux ans plus tard, le téléphone se mit à sonner et Adrià
sursauta, comme chaque fois qu'il l'entendait. Il regarda
longuement l'appareil. La maison était dans l'obscurité,
hormis la lampe de lecture, dans le bureau. La maison
silencieuse, la maison sans toi, hormis le son insistant du
téléphone. Il mit un marque-page dans le livre de Carr,
le ferma et resta encore quelques secondes à regarder le
téléphone qui criait, comme si cela devait tout régler. Il le
laissa sonner encore un bon moment et finalement, celui
qui appelait ayant prouvé qu'il était quelqu'un d'obstiné,
Adrià Ardèvol se frotta le visage avec les paumes des
mains, décrocha et dit allô.

Il avait le regard triste et humide. Il approchait des
quatre-vingts ans et il avait un air usé, infiniment abattu.
Il était debout sur le palier, respirant anxieusement, serrant fortement un petit sac de voyage comme si le contact
de ce paquet le maintenait en vie. En entendant arriver Adrià, qui montait les escaliers d'un pas lent, il se
retourna. Pendant quelques secondes, ils se regardèrent.

— Mijnheer Adrian Ardefol ?

Adrià ouvrit la porte de la maison et invita l'homme à
entrer. Celui-ci, dans un anglais approximatif, confirma
que c'était lui qui avait appelé le matin même. Avec l'inconnu, j'étais persuadé de faire entrer à la maison une

histoire triste, mais je n'avais pas le choix. Je fermai la porte pour éviter que les secrets se répandent sur le palier et dans l'escalier ; debout, je lui proposai de parler en néerlandais et alors je remarquai que les yeux humides de l'inconnu brillaient un peu tandis qu'il acquiesçait avec une mimique de reconnaissance à la proposition d'Adrià, qui dut dépoussiérer de toute urgence son néerlandais rouillé, pour demander à l'inconnu ce qu'il voulait.

— C'est une longue histoire. C'est pourquoi je vous ai demandé si nous pouvions avoir du temps devant nous.

Il le fit entrer dans le bureau. Il remarqua que l'homme, en entrant, n'avait pu réprimer un mouvement d'admiration, comme le visiteur du Louvre qui se trouve tout à coup dans une salle inattendue et pleine de surprises. Au beau milieu de la pièce, le nouveau venu regarda timidement autour de lui, contemplant les étagères remplies de livres, les peintures, les incunables, l'armoire aux instruments, les deux tables, ton autoportrait et sur la table le Carr, qu'il n'avait pas encore fini, et le manuscrit placé sous la loupe, sa dernière acquisition : les soixante-trois pages autographes de *The Dead*, avec de curieux commentaires dans les marges, sans doute de Joyce lui-même. Une fois qu'il eut tout regardé, il se tourna vers Adrià sans rien dire.

Adrià le fit asseoir en face de lui, de l'autre côté de la table, et pendant quelques secondes je me demandai quelle était la peine si concrète qui produisait ce rictus de douleur, comme desséché sur le visage de l'inconnu. Celui-ci ouvrit la fermeture éclair de son sac avec quelque difficulté et en tira un objet, soigneusement enveloppé dans du papier. Il déplia le papier avec un grand soin. Adrià vit un chiffon sale, noir de saleté, dans lequel on devinait encore des petits carreaux sombres et clairs. L'inconnu écarta le papier et posa le linge sur la table et, avec des gestes qui semblaient liturgiques, il le déplia précautionneusement, comme s'il contenait un trésor précieux. Il eut l'impression de voir un prêtre disposer le corporal sur l'autel. Une fois le linge déplié je vis, un peu désappointé, qu'il n'y avait rien à l'intérieur. Comme une frontière, une reprise, au milieu, le divisait en deux parties. Je ne sus percevoir les souvenirs qui s'y cachaient. Alors, l'inconnu ôta ses lunettes et s'essuya l'œil droit avec un Kleenex. Remarquant le silence respectueux d'Adrià, il dit, toujours sans le regarder en face, qu'il n'était pas en train de pleurer, que cela faisait plusieurs mois qu'il avait une allergie très désagréable qui lui causait et cetera, et cetera, et il sourit comme s'il demandait pardon. Il regarda autour de lui et jeta le Kleenex dans la corbeille à papiers. Alors, d'un geste vaguement liturgique, il montra le vieux linge crasseux de ses deux mains tendues en avant. Comme une invitation à poser une question.

— Qu'est-ce que c'est que ça ? demandai-je.

L'inconnu posa les mains à plat sur le linge, pendant quelques secondes, comme s'il récitait une prière *in petto*, et il dit, d'une voix transformée, maintenant imaginez que vous êtes en train de déjeuner à la maison avec votre femme, votre belle-mère et les trois fillettes, la belle-mère un peu patraque, et tout à coup…

L'inconnu leva la tête et maintenant oui il avait les yeux pleins de vraies larmes, pas d'allergies et cetera et cetera. Mais il ne fit aucun geste pour essuyer ses larmes de douleur, il regarda fixement devant lui et répéta imaginez que vous êtes en train de déjeuner à la maison avec votre femme, votre belle-mère patraque, la table mise avec la nappe et les serviettes neuves, celles à petits carreaux bleus et blancs, parce qu'aujourd'hui c'est l'anniversaire de la petite Amelietje, qui est l'aînée, et tout à coup quelqu'un enfonce la porte de l'immeuble sans même commencer par frapper et entre armé jusqu'aux dents suivi de cinq autres soldats avec des bruits de bottes et criant schnell, schnell et raus, raus, et ils te font sortir de chez toi pour toujours au milieu du déjeuner, pour toute la vie, sans aucune possibilité de regarder en arrière, et le linge de fête, la nappe neuve, que ma Berta avait achetée deux ans plus tôt, sans pouvoir rien prendre, avec les vêtements qu'on a sur soi. Qu'est-ce que ça veut dire raus, papa, dit Amelietje, et je n'ai pas pu éviter qu'elle reçoive sur la nuque un coup de crosse de fusil qui continuait, impatient, à dire raus, raus, parce que l'allemand ça se comprend tout seul parce que c'est la langue et ceux qui disent qu'ils ne le comprennent pas sont de mauvaise foi et ne perdent rien pour attendre. Raus !

Deux minutes plus tard ils descendaient la rue, la belle-mère toussant, avec un étui à violon dans les bras parce que sa fille, en rentrant de la répétition, l'avait laissé dans l'entrée ; les petites, les yeux écarquillés, ma Berta, pâle, serrant dans ses bras la petite Juliet. On descendait la rue, presque en courant parce que les soldats avaient l'air très pressés, et les regards muets des voisins derrière les fenêtres, et j'ai pris la main d'Amelia, qui avait sept ans aujourd'hui et qui pleurait parce que le coup sur la nuque lui faisait mal et parce que les soldats allemands faisaient peur, et la pauvre Trude, à peine cinq ans la pauvre, qui me suppliait de la porter et je l'ai prise dans mes bras, et Amelia devait courir pour nous suivre et au moment où nous sommes arrivés au Glasmarkt, où se trouvait le camion, je me suis aperçu que je serrais encore dans ma main la serviette à petits carreaux bleus et blancs.

Certains étaient plus humains, à ce qu'on m'a dit plus tard. Ceux qui disaient vous pouvez emporter vingt-cinq kilos de bagages et vous avez une demi-heure pour les préparer, schnell, hein ? Et alors tu penses à tout ce qu'il y a dans une maison. Qu'est-ce que tu emportes ? Pour l'emporter où ? Une chaise ? Un livre ? La boîte à chaussures avec les photos ? La vaisselle ? Des ampoules ? Le matelas? Maman, qu'est-ce que ça veut dire schnell. Et ça fait combien vingt-cinq kilos? Tu finis par prendre ce porte-clefs inutile oublié à un clou de l'entrée et qui, si tu survis et que tu ne le troques pas contre un croûton de pain moisi, deviendra le symbole sacré de cette vie heureuse et normale que tu as vécue avant le malheur. Mère, pourquoi vous avez pris ça? Toi, tais-toi, m'a répondu ma belle-mère.

Partir de la maison pour toujours, accompagné par le bruit des bottes des soldats, quitter la vie avec ma femme blanche de panique, les petites terrorisées, ma belle-mère sur le point de s'évanouir et moi incapable de faire quoi que ce soit. Qui nous avait dénoncés, nous qui vivions dans un quartier chrétien. Pourquoi. Comment savaient-ils. Comment flairaient-ils les juifs. Dans le camion, pour ne pas voir le désespoir des filles, je me demandais qui, comment et pourquoi. Lorsqu'on nous a fait monter dans le camion, qui était plein de gens terrifiés, Berta la courageuse avec la petite et moi avec Trude nous nous sommes retrouvés d'un côté. La belle-mère, avec sa toux, un peu à l'écart, et Berta a commencé à crier où est Amelia, Amelietje, ma fille, où es-tu, ne t'éloigne pas de nous, Amelia, et une petite main s'est frayé un passage et a attrapé la jambe de mon pantalon et alors la pauvre Amelia, terrorisée, encore plus terrorisée de s'être retrouvée seule pendant un moment, me regarda d'en bas, appelant à l'aide, elle aussi elle voulait être dans mes bras, mais elle ne disait rien parce que Truu était plus petite et ce regard je n'ai jamais pu l'oublier de toute ma vie, jamais, ta fille qui te demande une aide que tu ne sais pas, que tu ne peux pas apporter, et tu iras en enfer pour ne pas avoir aidé ta petite fille quand elle en avait besoin. La seule idée que j'ai eue c'est de lui donner la serviette à petits carreaux bleus et blancs et elle l'a agrippée de ses deux mains et elle m'a regardé avec reconnaissance, comme si je lui avais donné un trésor de grand prix, le talisman qui l'empêcherait de se perdre, où qu'elle aille.

Le talisman n'a pas fonctionné parce qu'après ce trajet bringuebalant sur le camion et deux, trois ou quatre jours à l'intérieur d'un wagon de marchandises plombé, étouffant et nauséabond, on a arraché Truu de nos mains malgré mon désespoir, et quand on m'a donné un grand coup sur la tête qui m'a à moitié assommé, la petite Amelia avait disparu, apparemment talonnée par des chiens qui n'arrêtaient pas d'aboyer. La petite Juliet dans les bras de Berta, je ne sais plus où elles étaient, parce que nous n'avions même pas pu nous regarder pour la dernière fois, Berta et moi, même pas pour nous communiquer le désespoir muet où s'engloutissait tout notre bonheur soigneusement construit. Et la mère de Berta, toussant toujours, accrochée au violon, et Trude, où est Truu, que je me suis laissé arracher. Je ne les ai plus jamais vues. Cela ne faisait que quelques instants qu'on nous avait fait descendre du train et j'avais perdu mes femmes à jamais. Rsrsrsrsrsrsrsrsrsrs. Et même si on me poussait et on me criait des ordres aux oreilles, tordant le cou, désespéré, du côté où elles se trouvaient peut-être, j'ai eu le temps de voir deux soldats, la cigarette aux lèvres, qui prenaient des nourrissons comme ma Juliet des bras de leurs mères et qui les fracassaient contre le bois du wagon pour les forcer à croire, ces pputains de bonnes femmes. C'est alors que j'ai décidé de cesser de parler au Dieu d'Abraham et au Dieu de Jésus.

— Rsrsrsrsrsrs. Rsrsrsrsrsrsrsrsrs.

— Excusez-moi, finit par dire Adrià.

L'homme me regarda, étonné, absent. Peut-être n'avait-il même pas conscience d'être devant moi, comme si l'histoire qu'il me racontait, il l'avait répétée des milliers de fois pour essayer d'atténuer sa douleur.

— C'est qu'on sonne à la porte, dit Adrià en regardant sa montre. C'est un ami qui…

Et il sortit du bureau avant que l'autre puisse réagir.

— Vite, vite, vite, c'est lourd… dit Bernat, entrant dans l'appartement en brisant l'atmosphère, un paquet volumineux dans les bras. Je le pose où?

Et il fit son entrée dans le bureau et il fut surpris d'y trouver un inconnu.

— Oh, excusez-moi.

— Sur la table, dit Adrià en entrant derrière lui.

Bernat déposa le paquet sur la table et sourit timidement à l'inconnu.

— Bonjour, dit-il.

Le vieil homme inclina la tête en guise de salut, sans rien dire.

— Aide-moi un peu, dit Bernat en essayant de tirer l'ordinateur de sa boîte. Adrià tira la boîte vers le bas et Bernat sortit la machine.

— Là, je suis…

— Je vois. Je reviens plus tard?

Comme nous parlions en catalan, je me permis d'être plus explicite et je lui dis que c'était une visite inopinée et que j'avais l'impression qu'il y en avait pour un bon bout de temps. On peut se voir demain, si ça te va.

— Pas de problème. – Et, en montrant discrètement le visiteur inconnu : Un problème?

— Non, non.

— Très bien. À demain alors. – Montrant l'ordinateur : Et d'ici là, n'y touche pas.

— Pas de danger.

— Là, il y a le clavier et la souris. J'emporte le gros carton. Et demain je t'apporte l'imprimante.

— Merci, vraiment.

— Remercie Llorenç ; moi, je ne suis que l'intermédiaire.

Il se tourna vers l'inconnu et dit au revoir. L'autre refit le même salut de la tête. Bernat sortit en disant pas la peine de m'accompagner, allez.

Il sortit du bureau et ils l'entendirent fermer la porte de l'appartement. Je me rassis à côté de mon visiteur. Je fis un geste d'excuse pour cette brève interruption et dis pardonnez-moi. De la main, je lui fis signe de continuer, comme si nous n'avions pas été interrompus par Bernat qui m'apportait le vieil ordinateur de Llorenç pour voir si je me décidais une fois pour toutes à abandonner l'habitude insensée d'écrire à la main, avec un porte-plume réservoir. Le cadeau comprenait l'engagement de me donner un cours accéléré de x séances, où la valeur de x était fonction de la patience du bénéficiaire aussi bien que du donateur. Mais il était vrai que j'avais enfin accepté d'essayer à mes risques et périls de voir ce que c'était que cet ordinateur que tout le monde trouvait tellement fantastique et dont je n'éprouvais aucun besoin.

En voyant mon signe, le petit vieux poursuivit, apparemment pas affecté le moins du monde par l'interruption, comme s'il savait son texte par cœur, et il dit pendant des années je me suis posé la question, les questions, car elles sont nombreuses mais se confondent en une seule. Pourquoi ai-je survécu, moi. Pourquoi, alors que j'étais un homme inutile qui avait permis, sans présenter aucune résistance, que les soldats emmènent mes trois filles, ma femme et ma belle-mère patraque. Pas un geste de résistance. Pourquoi devais-je survivre, moi ; pourquoi, alors que ma vie avait été parfaitement inutile, passée à tenir la comptabilité de Hauser en Boers, une vie ennuyeuse, et que la seule chose profitable que j'aie faite avait été d'engendrer trois petites filles, une aux cheveux noirs comme le jais, l'autre aux cheveux bruns comme les bois nobles de la forêt et la petite, blonde comme le miel. Pourquoi. Pourquoi, en plus, le grand châtiment de ne pas avoir la certitude, parce que je ne les ai jamais vues mortes, de ne pas avoir la certitude qu'elles sont vraiment toutes mortes, mes trois petites filles, ma femme et ma belle-mère qui toussait. Deux ans de recherches après la guerre m'ont conduit à accepter les mots du juge qui a décidé, au vu des preuves et des indices concordants – c'est comme ça qu'il disait –, qu'on pouvait tenir pour certain qu'elles étaient toutes mortes, certainement le jour même où elles étaient arrivées à Auschwitz-Birkenau, parce qu'au cours de ces mois, comme l'indiquent les documents trouvés dans le camp, toutes les femmes, tous les enfants et tous les vieillards étaient conduits dans les chambres à gaz et les seuls à avoir la vie sauve étaient les hommes aptes au travail. Pourquoi ai-je survécu, moi ? Quand on m'a séparé de mes petites filles et de Berta, j'ai cru que c'était moi qu'on conduisait à la mort parce que, dans ma naïveté, je pensais que c'était moi le danger et pas les femmes. Mais pour eux, c'est les femmes et les enfants qui sont dangereux, surtout les petites filles, par qui la maudite race juive peut se propager et de qui, dans le futur, pourrait venir la grande vengeance. Ils ont été cohérents avec cette idée et c'est pour cela que je suis encore vivant, ridiculement vivant maintenant qu'Auschwitz est devenu un musée où je suis le seul à sentir la puanteur de la mort. Peut-être ai-je survécu jusqu'à ce jour où je vous raconte cela parce que j'ai été lâche le jour de l'anniversaire d'Amelietje. Ou parce que ce dimanche pluvieux, dans le baraquement, j'ai volé un croûton de pain manifestement pourri au vieux Moshe qui venait de Vilnius. Ou parce que je me suis écarté discrètement quand le Blockführer a décidé de nous donner une leçon et a commencé à balancer la crosse de son fusil, et le coup qui devait me blesser a tué un jeune garçon dont je ne connaîtrai jamais le nom mais qui était d'un petit village ukrainien proche des Hautes Terres de Hongrie et qui avait les cheveux noirs comme le charbon, plus noirs que ceux de mon Amelia, pauvre petite. Ou peut-être que c'est parce que… Je ne sais pas… Pardonnez-moi, mes frères, pardonnez-moi, mes petites filles, Juliet, Truu et Amelia, et toi, Berta, et vous, mère, pardonnez-moi d'avoir survécu.

Il interrompit l'énumération des faits, sans abandonner son regard fixe, droit devant lui, ne regardant nulle part car cette douleur ne peut être dite en regardant qui que ce soit dans les yeux. Il avala sa salive tandis que, cloué sur ma chaise, j'ai pensé qu'un verre d'eau pourrait faire du bien à cet homme, qui avait tant parlé. Comme s'il n'en avait aucun besoin, il poursuivit son récit et dit c'est comme ça que j'ai continué à vivre la tête baissée, pleurant ma lâcheté et cherchant une façon de réparer ma vilenie jusqu'au moment où j'ai eu l'idée de me cacher là où le souvenir ne pourrait jamais parvenir. J'ai cherché un asile : je me suis sûrement trompé, mais j'avais besoin d'un refuge et j'ai essayé de m'approcher de ce Dieu en qui je n'avais pas confiance parce qu'il n'avait pas bougé un sourcil pour sauver des innocents. Je ne sais pas si vous pourrez comprendre, mais le désespoir absolu vous fait faire des choses étranges : j'ai décidé d'entrer dans un couvent chartreux, où on m'a expliqué que ce que j'envisageais n'était pas une bonne idée. Je n'ai jamais été pratiquant : je suis chrétien par le baptême mais à la maison la religion n'a jamais été davantage qu'une habitude sociale et mes parents m'ont transmis ce manque d'intérêt pour le fait religieux. Je me suis marié avec ma Berta bien-aimée, ma vaillante épouse, qui était juive mais d'une famille non pratiquante et qui pour l'amour de moi n'a pas hésité à s'unir à un goy. Elle m'a fait juif de cœur. Après le refus des chartreux j'ai menti et dans les deux autres endroits où j'ai essayé je n'ai en rien mentionné les raisons de ma douleur ; je ne l'ai même pas montrée. Dans l'un et l'autre endroit j'ai appris ce que je devais dire et ce que je devais taire, si bien que quand j'ai frappé à la troisième porte, celle de l'abbaye de Saint-Benoît-d'Achel, je savais que personne ne mettrait d'obstacles à ma vocation tardive et j'ai supplié, si l'obéissance ne commandait pas autre chose, qu'on me laisse vivre en m'acquittant des tâches les plus humbles du monastère. C'est à partir de ce moment-là que j'ai recommencé, un tout petit peu, à parler avec Dieu, et que j'ai appris à me faire écouter des vaches. Et alors je me suis aperçu qu'il y avait un moment que le téléphone sonnait, mais je n'avais pas le cœur à décrocher. En tout cas, c'était la première fois, en deux ans, qu'il sonnait sans me faire peur. L'inconnu, qui l'était déjà moins, qui s'appelait Matthias et qui pendant quelque temps s'était appelé frère Robert, regarda le téléphone et regarda Adrià, dans l'attente d'une réaction de sa part. Comme l'amphitryon ne manifestait aucune intention de décrocher, il continua à parler.

— Et voilà, dit-il, pour s'aider à redémarrer. Mais peut-être avait-il déjà tout dit, parce qu'il commença à plier le chiffon sale, comme s'il ramassait son petit étal après une journée très dure de vente dans la rue. Il le faisait soigneusement, en y mettant toute son attention. Il posa le linge plié devant lui. Il répéta in dat is alles, comme si toute autre explication était superflue. Alors Adrià sortit de son très long silence et lui demanda pourquoi êtes-vous venu me raconter tout ça. Et il ajouta en quoi est-ce que cela me concerne ?

Ni l'un ni l'autre n'avait remarqué que le téléphone avait fini par se lasser de sonner inutilement. Maintenant, seul leur parvenait, amorti, le bruit de la circulation dans le carrer València. Ils ne disaient rien, comme s'ils étaient très intéressés par le bruit des voitures dans l'Eixample de Barcelone. Jusqu'au moment où je regardai le vieil homme dans les yeux et lui, sans me rendre mon regard, et après tout ça je vous avoue que je ne sais pas où est Dieu.

— Mais je…

— Pendant de nombreuses années, au monastère, il a fait partie de ma vie.

— Cette expérience vous a été de quelque secours ?

— Je ne crois pas. Mais ils ont voulu me convaincre que la douleur n'est pas l'œuvre de Dieu, mais une conséquence de la liberté humaine.

Cette fois, il me regarda et il continua, élevant un peu la voix, comme dans un meeting, et il dit et les tremblements de terre ? Et les inondations ? Et pourquoi, quand quelqu'un fait le mal, Dieu ne l'empêche-t-il pas ? Hein ?

Il posa ses mains ouvertes sur le linge plié :

— J'en ai beaucoup parlé avec les vaches, quand je faisais le moine paysan. Je suis toujours arrivé à la conclusion désespérante que le coupable c'est Dieu. Parce qu'il est impossible que le mal ne réside que dans la volonté du méchant. Il nous donne même l'autorisation de le tuer : morte la bête, mort le venin, dit Dieu. Et ce n'est pas vrai. Sans la bête, le venin demeure pendant des siècles et des siècles à l'intérieur de nous.

Il regarda à droite et à gauche sans s'arrêter sur les livres qui l'avaient tellement émerveillé quand il était entré dans le bureau. Il reprit le fil.

— Je suis arrivé à la conclusion que si Dieu tout-puissant permet le mal, Dieu est une invention de mauvais goût. Et je me suis brisé, à l'intérieur.

— Je vous comprends. Moi non plus je ne crois pas en Dieu. Le coupable a toujours un prénom et un nom. Il s'appelle Franco, Hitler, Torquemada, Arnau Amalric, Idi Amin, Pol Pot, Adrià Ardèvol ou comme vous voudrez. Mais il a un prénom et un nom.

— N'en soyez pas si sûr. L'instrument du mal a un prénom et un nom, mais le mal, l'essence du mal… tout cela, je ne l'ai pas encore résolu.

— Ne me dites pas que vous croyez au diable.

Il me regarda en silence pendant quelques secondes, comme s'il était en train de peser mes paroles, ce qui me flatta un peu. Mais non ; sa tête était ailleurs. Il n'avait certainement pas le cœur à philosopher.

— Truu aux cheveux châtains, Amelia aux cheveux de jais, Juliet, la petite, blonde comme le soleil. Et ma belle-mère patraque. Et ma force, ma femme, qui s'appelait Berta et dont je dois croire qu'elle est morte il y a cinquante-quatre ans et dix mois. Je ne peux pas m'empêcher de me sentir coupable d'être encore vivant. Chaque jour, je me réveille en me disant que je les trahis, jour après jour... Et maintenant que j'ai quatre-vingt-cinq ans et que je n'ai pas été capable de mourir, je continue à vivre la même douleur, avec la même intensité que le premier jour. C'est pourquoi, bien que je n'aie jamais cru au pardon, j'ai décidé de me venger...

— Quoi ?

— ... et j'ai découvert que la vengeance ne peut jamais être totale. Tu ne peux que passer ta rage sur l'imbécile qui s'est laissé attraper. Et tu gardes toujours la frustration de penser à ceux qui demeurent impunis.

— Je vous comprends.

— Vous ne me comprenez pas, m'interrompit-il sèchement. Parce que la vengeance cause encore plus de douleur et ne comporte aucune satisfaction. Et je me demande : si je ne peux pas pardonner, pourquoi la vengeance ne me réjouit-elle pas ? Hein ?

Il se tut et je respectai son silence. Est-ce que je m'étais jamais vengé de quelqu'un ? Sûrement, au milieu des mille méchancetés de la vie quotidienne, sûrement. Je le regardai dans les yeux et insistai :

— Dans quelle partie de l'histoire est-ce que je figure ?

Je dis cela un peu confus. Je ne sais si j'espérais avoir un rôle quelconque dans cette vie pleine de douleur ou si je voulais précipiter ce que je redoutais déjà.

— C'est précisément le moment où vous entrez en scène, répondit-il en réprimant un sourire.

— Que voulez-vous ?

— Je suis venu récupérer le violon de Berta.

Le téléphone se mit à sonner, comme une tempête d'applaudissements saluant les interprètes d'un récital mémorable.

Bernat brancha l'ordinateur et l'alluma. Alors qu'il attendait que l'écran s'anime, je lui expliquai ce qui s'était passé la veille. Au fur et à mesure de mon récit, il se décrochait la mâchoire de stupeur.

— Qu-quoi ? fit-il, absolument hors de lui.

— Tu as bien compris.

— Mais tu es… tu es… Tu es fou à lier, mon vieux !

Il brancha la souris et le clavier. Il frappa rageusement sur la table et se mit à arpenter la pièce. Il alla à la vitrine aux instruments, qu'il ouvrit avec un peu trop d'énergie, comme s'il voulait s'assurer de ce que je venais de lui dire. Il la referma violemment.

— Attention de ne pas casser la vitre, lui dis-je.

— J'emmerde la vitre, et toi aussi je t'emmerde. Et pourquoi tu ne m'as pas prévenu, putain de merde !

— Parce que tu m'en aurais dissuadé.

— Évidemment ! Mais comment est-ce que tu as pu…

— Tout simplement. L'homme s'est levé, il est allé à la vitrine, l'a ouverte et en a sorti le Storioni. Il l'a caressé et Adrià l'a regardé avec curiosité et un peu de méfiance. L'homme s'est mis à pleurer, serrant le violon contre lui ; Adrià l'a laissé faire. L'homme a pris un archet dans l'armoire, l'a tendu, m'a regardé pour me demander la permission et s'est mis à jouer. Ça ne sonnait pas très bien. Enfin, pas bien du tout.

— Je ne suis pas violoniste. C'est elle qui était violoniste. Moi, je n'étais qu'un amateur.

— Et Berta ?

— C'était une grande femme.

— Oui, mais…

— Elle était premier violon solo à l'orchestre philharmonique d'Anvers.

Il se mit à jouer une mélodie juive que j'avais entendue plus d'une fois mais que je ne savais pas identifier précisément. Mais comme il ne s'en sortait pas au violon il finit par la chanter. J'en ai eu la chair de poule.

— C'est à moi que tu donnes la chair poule, pauvre crétin ! Mais tu ne comprends pas ? Mais putain de Bon Dieu ! Notre Vial, aux pelotes ! Après tant d'années de… Et ton père, qu'est-ce qu'il dirait, hein ?

— Ne sois pas ridicule. Tu n'as jamais voulu l'utiliser.

— Mais j'en mourais d'envie, putain ! Tu n'es pas capable d'interpréter un non ? Tu ne sais pas que quand tu me disais prends-le, emporte-le pour la tournée, Bernat avait un sourire timide et posait l'instrument dans l'armoire en faisant non de la tête et en disant ce n'est pas possible, ce n'est pas possible, c'est une trop grande responsabilité ? Hein ?

— Ça veut dire non.

— Non, ça veut dire oui, bordel. Ça veut dire j'en meurs d'envie ! – Bernat, les yeux exorbités, dardés sur moi. – C'est tellement difficile à comprendre ?

Adrià resta un moment sans rien dire, comme s'il avait du mal à digérer autant de philosophie de la vie.

— Écoute, mon vieux. Ce que ça veut dire, c'est que tu es un connard, continua Bernat. Et que tu t'es laissé entuber par quelqu'un qui est venu te faire le numéro des larmes.

Il montra l'ordinateur.

— Et moi qui étais venu t'aider.

— On peut peut-être remettre ça à un autre jour, non ? Aujourd'hui, on est… un peu…

— Mais enfin, on ne peut pas être con au point de donner le violon au premier pleurnichard qui frappe à la porte ! Tu me laisses sur le cul !

Lorsqu'il eut fini de chanter la mélodie, le vieil homme posa l'archet et le violon dans la vitrine, se rassit et dit timidement à mon âge on ne peut plus jouer du violon que pour soi-même. Tout fout le camp, même les doigts ne répondent plus, et le bras n'a plus assez de force pour tenir l'instrument comme il faut.

— Je comprends.

— Être vieux, c'est obscène. La décrépitude est obscène.

— Je comprends.

— Vous ne comprenez pas. J'aurais voulu mourir avant ma femme et mes filles et voilà que je suis devenu un vieillard décati, comme si j'avais intérêt à m'accrocher à la vie.

— Vous êtes bien conservé.

— Balivernes. Mon corps me lâche de tous les côtés. Et ça fait plus de cinquante ans que j'aurais dû mourir.

— Et alors, ce gros couillon, pourquoi il voulait un violon si tout ce qu'il voulait c'était mourir ? Tu ne vois pas que ça ne tient pas debout ?

— C'est ma décision, Bernat. Et c'est fait.

— Fils de pute. Dis-moi où est ce misérable crétin et je vais le convaincre de…

— C'est fini. Je n'ai plus le Storioni. Mon sentiment intérieur c'est que… j'ai contribué à rendre justice. Je me sens bien. Avec deux ans de retard.

— Et moi, je me sens comme une merde. Je comprends maintenant : le misérable crétin, c'est toi.

Il s'assit, se leva à nouveau. Il n'arrivait pas à y croire. Il fit face à Adrià :

— Et pourquoi avec deux ans de retard ?

Le vieil homme s'assit. Ses mains tremblaient un peu. Il les posa sur le chiffon sale qui était encore sur la table, bien plié.

— Vous n'avez pas pensé au suicide ? risquai-je sur le ton du médecin qui demande au malade s'il aime la camomille.

— Vous savez comment elle l'a acheté, Berta? répondit le vieillard.

— Non.

— Je peux m'en passer, Matthias, mon bon. Je peux vivre sans...

— Évidemment. Tu peux garder ton vieux violon et il ne se passera rien. Mais moi je te dis que ça vaut la peine de faire un effort. Ma famille peut nous donner la moitié de la somme.

— Je ne veux avoir aucune dette envers ta famille.

— C'est aussi la tienne, Berta! Pourquoi ne peux-tu pas accepter que...

C'est alors que la belle-mère est intervenue; c'était le temps où elle n'était pas encore patraque. L'époque entre une guerre et la suivante, quand la vie revenait furieusement et que les musiciens pouvaient se consacrer à la musique et non à pourrir dans les tranchées; c'était l'époque où Berta Alpaerts essayait pendant des heures et des heures un Storioni inaccessible, au son splendide, sûr, profond, que Jules Arcan lui offrait pour un prix déraisonnable. C'était juste le jour où Trude, la cadette, atteignait les six mois. Nous n'avions pas encore Juliet. C'était l'heure du dîner et, pour la première fois depuis que nous habitions ensemble, ma belle-mère n'était pas à la maison, et quand nous sommes arrivés du travail personne n'avait rien préparé pour le dîner. Alors que Berta et moi improvisions quelque chose, ma belle-mère est arrivée avec quelque chose dans les bras et elle a posé sur la table un étui sombre, magnifique. Un silence épais s'est installé. Je me souviens que Berta me regardait pour trouver une réponse que je ne pouvais pas lui donner.

— Ouvre ça, ma fille, dit la belle-mère.

Comme Berta n'osait pas, sa mère l'encouragea :

— Je viens de l'atelier de Jules Arcan.

Alors, Berta s'est précipitée sur l'étui et l'a ouvert. Nous nous sommes tous approchés et le Storioni nous a tapé dans l'œil. Ma belle-mère avait décidé que du moment qu'elle était bien soignée chez nous, ses économies pouvaient servir à réaliser le rêve de sa fille. Pendant deux bonnes heures, la pauvre Berta resta muette de saisissement, incapable de jouer quoi que ce soit, incapable de prendre l'instrument, comme si elle n'en était pas digne, jusqu'à ce qu'Amelietje, notre aînée, qui était très petite, celle aux cheveux de jais, lui dise allez maman, je veux entendre comment il sonne. Ce qu'elle le faisait bien sonner, ma Berta... Ça oui... Il y avait là-dedans toutes les économies de ma belle-mère. Toutes. Et un secret qu'elle n'a jamais voulu nous révéler. Il me semble qu'elle a vendu un appartement qu'elle avait à Schoten.

L'homme se tut, le regard perdu bien loin du mur couvert de livres. Alors, comme si c'était la conclusion de toute l'histoire, il me dit j'ai mis beaucoup d'années avant d'arriver jusqu'à vous, jusqu'au violon de Berta, monsieur Ardefol.

— Ce n'est pas un argument, Adrià, merde. Il peut te raconter n'importe quelle histoire inventée, tu ne comprends donc pas ?

— Comment êtes-vous arrivé jusqu'à moi ? dit Adrià, curieux.

— À force de patience, avec de l'aide... Les détectives m'ont assuré que votre père laissait beaucoup de traces là où il passait. Il faisait beaucoup de bruit quand il bougeait.

— Cela fait très longtemps.

— C'est que j'ai passé de nombreuses années à pleurer. Jusqu'à aujourd'hui, je n'étais pas prêt à faire certaines choses, par exemple récupérer le violon de Berta. Et j'ai encore tardé plus de deux ans à venir.

— Il y a environ deux ans, deux canailles sont venues me parler de vous.

— Ce n'étaient pas mes instructions. La seule chose que je voulais, c'était vous trouver.

— Ils prétendaient servir d'intermédiaires dans la transaction, insista Adrià.

— Dieu me garde des intermédiaires : j'ai eu de trop mauvaises expériences avec ce genre de personnes. – Il regarda Adrià droit dans les yeux. – Et je n'ai jamais parlé de transaction commerciale.

Adrià l'observa, immobile. Le vieil homme s'approcha de lui comme s'il voulait éliminer les intermédiaires entre eux :

— Je ne suis pas venu pour un achat. Je suis venu pour une restitution.

— On t'a roulé dans la farine, Adrià. Tu t'es laissé embobiner par un escroc astucieux. Un type aussi intelligent que toi…

Comme Adrià ne répondait rien, l'homme poursuivit :

— Après vous avoir trouvé, j'ai voulu vous connaître. Vous comprendrez qu'à ce stade de ma vie je ne suis plus pressé.

— Pourquoi vouliez-vous agir ainsi ?

— Pour savoir si je devais vous demander des comptes pour vos actes.

— Je peux vous dire que je me sens coupable de tout.

— C'est la raison pour laquelle je vous ai étudié avant de venir vous voir.

— Que voulez-vous dire ?

— J'ai lu *La Volonté esthétique* et l'autre, le gros. *Histoire de la… de la…*

Il claquait des doigts pour stimuler sa mémoire fatiguée.

— … *de la pensée européenne*, dit Adrià, avec un orgueil très, très bien caché.

— Exactement. Et un recueil d'articles dont je ne me rappelle plus le titre en ce moment… Je les ai relus de façon obsessive ces derniers mois. Mais ne me demandez pas de vous en parler parce que…

Il se toucha la tête pour expliquer qu'elle le trahissait un peu.

— Mais pourquoi ?

— Je ne sais pas bien. Je suppose que j'ai fini par vous respecter. Et parce que, d'après les détectives, vous n'avez rien à voir avec…

Je ne voulus pas le démentir. Je n'avais rien à voir avec… mais j'avais beaucoup à voir avec papa. Ce n'était sans doute pas très esthétique d'en parler à ce moment. C'est pourquoi je me suis tu. J'ai seulement répété pourquoi vouliez-vous m'étudier, monsieur Alpaerts.

— J'ai du temps à ne savoir qu'en faire. Et en essayant de réparer le mal j'ai commis beaucoup d'erreurs : d'abord, celle de croire que si je me cachais l'horreur disparaîtrait ; et la plus grave, provoquer d'autres horreurs par manque de prévoyance.

Il m'a parlé pendant trois heures de suite et je n'ai même pas eu l'idée de lui offrir un verre d'eau. J'ai compris que toute cette peine profonde venait d'histoires confuses et désordonnées qui la rendaient encore plus profonde et déchirante.

Matthias Alpaerts était entré chez moi après le déjeuner, à deux ou trois heures. Nous n'avons pas bougé du bureau jusqu'à neuf heures du soir, hormis deux ou trois interruptions pour aller aux toilettes. Depuis plusieurs heures, les fenêtres laissaient entrer l'ombre de la rue et les éclats mouvants des phares des voitures qui y circulaient. Alors, nous nous sommes regardés et je me suis rendu compte que j'étais sur le point de m'évanouir.

Vue l'heure, la négociation fut rapide : haricots verts, pommes de terre et oignons, le tout bouilli. Et une omelette. Pendant que je préparais le dîner, il demanda à aller de nouveau aux toilettes et je m'excusai de ne pas être un hôte plus prévenant. Matthias Alpaerts fit un geste d'excuse et se rendit aux toilettes, apparemment pressé. Alors que la cocotte-minute commençait à siffler, je retournai au bureau et posai le violon sur la table. Je le regardai avec attention. Je fis une douzaine de photos avec ton vieil appareil, qui était là où tu l'as laissé ; jusqu'à ce que je finisse le rouleau. De face, de dos, de côté, volute et chevillier, touche, et quelques détails des filets. Au milieu de l'opération, Matthias Alpaerts revint des toilettes et me contempla en silence.

— Vous vous sentez bien ? lui demandai-je sans le regarder, tout en essayant de photographier le Laurentius Storioni me fecit à travers l'ouïe.

— À mon âge, je dois faire attention. Rien de particulier.

Je remis le violon dans la vitrine et regardai Matthias Alpaerts dans les yeux.

— Comment puis-je savoir que vous m'avez dit la vérité ? Comment puis-je savoir que vous êtes bien Matthias Alpaerts ?

Il sortit de son sac une carte d'identité indéfinissable, avec sa photo, et me la passa.

— Je suis moi, comme vous pouvez le voir. – Il récupéra la carte. – Et quant à savoir si je dis la vérité, je crains de ne pas pouvoir vous en donner de preuve.

— Je suppose que vous comprendrez que je dois m'en assurer, dit Adrià en pensant surtout à Sara et comme tu serais contente si j'étais assez courageux pour rendre le violon.

— Je ne sais pas ce que je peux vous montrer d'autre… fit Alpaerts, l'air un peu inquiet, tout en rangeant la carte d'identité dans son sac. Je m'appelle Matthias Alpaerts et je suis le seul propriétaire, pour mon malheur, de ce violon.

— Je ne vous crois pas.

— Je ne vois pas ce que je peux vous dire d'autre. Vous imaginez bien que je n'ai pas chez moi de certificat de… Il ne m'a même pas été possible de retrouver les photos de ma famille quand j'ai pu rentrer à la maison. Ils avaient tout saccagé : ils avaient dévasté mes souvenirs.

759

— Permettez-moi de me méfier de vous, dis-je sans le vouloir.

— Vous en avez parfaitement le droit, dit-il. Mais je ferai n'importe quoi pour récupérer cet instrument : il est mon seul lien avec mon histoire et avec mes femmes.

— Je vous comprends, vraiment. Mais…

Il me regarda comme s'il surgissait du puits de ses souvenirs, tout son visage ruisselant de douleur.

— D'avoir dû vous raconter tout ça, ça m'a fait retourner en enfer. J'aimerais tant que cet effort n'ait pas été inutile.

— Je vous comprends. Mais je possède un document sur lequel votre nom ne figure pas comme propriétaire de l'instrument.

— Non ? – étonné, déconcerté, au point qu'il fit un peu de peine.

Nous restâmes tous le deux un moment en silence. L'odeur des légumes en train de cuire dans la cocotte commençait à nous parvenir depuis la cuisine.

— Ah ! Bien sûr ! C'est sûrement au nom de ma femme. Où avais-je la tête !

— Et votre femme s'appelle ?

— S'appelait, me corrigea-t-il, cruel envers lui-même. Elle s'appelait Berta Alpaerts.

— Non, monsieur. Ce n'est pas le nom qui m'est connu.

Nous nous tûmes. Je regrettais même de m'être lancé dans ce marchandage désespéré. Mais Adrià restait silencieux. Alors, Matthias Alpaerts poussa un petit cri et dit bien sûr, c'est ma belle-mère qui l'a acheté !

— Comment s'appelait votre belle-mère ?

Il réfléchit pendant quelques instants, comme s'il avait du mal à se rappeler quelque chose d'aussi simple. Il me regarda, les yeux brillants, et dit Netje de Boeck.

Netje de Boeck. Netje de Boeck… Le nom que m'avait écrit papa et que je n'ai jamais oublié, uniquement par mauvaise conscience. Et voilà que cette Netje de Boeck était une belle-mère patraque.

— Tu t'es fait rouler !

— Bernat, tais-toi. Pour moi, c'était l'élément décisif.

— Pauvre andouille.

Netje de Boeck, répéta le visiteur. Je sais seulement que le violon est arrivé à Birkenau comme un membre de plus de la famille : dans le train qui nous emmenait, je me suis aperçu que ma belle-mère patraque le tenait dans ses bras, comme si c'était une de ses petites-filles. Il faisait un froid qui gelait les pensées. Au prix de grands efforts, je me suis approché du coin où elle était assise, à côté d'une autre femme âgée. J'ai senti les petites mains d'Amelia accrochées à mon pantalon, me suivant dans ce trajet difficile dans le wagon plein à craquer de gens tristes.

— Mère, pourquoi l'avez-vous pris ?

— Je ne veux pas qu'on nous le vole. Il est à Berta.
– Netje de Boeck était une femme de caractère.

— Mère, mais vous ne…

Alors elle m'a regardé de ses yeux noirs et m'a dit Matthias, tu ne vois pas que ce sont des temps de malheur ? Ils ne m'ont même pas laissé le temps de prendre mes bijoux ; mais ce violon, ils ne me le voleront pas. Qui sait si…

Et elle regarda de nouveau devant elle. Qui sait si un jour il ne nous permettra pas de manger, voulait sans doute dire ma belle-mère. Je n'ai pas osé lui arracher le violon et le jeter sur le sol pourri du wagon et lui dire de s'occuper d'Amelia, parce que la petite était toujours accrochée à la jambe de mon pantalon et ne voulait pas me quitter. Je portais Truu, et Juliet et Berta, je ne les ai plus jamais vues, parce qu'elles étaient dans un autre wagon. Comment voulez-vous que je vous trompe, monsieur Ardefol ? Dans un autre wagon, sur le chemin incertain d'une mort certaine. Parce que nous savions que nous allions à la mort.

— Papa, j'ai très mal là derrière.

Amelietje se touchait la nuque. Comme j'ai pu, j'ai posé Trude par terre et j'ai examiné la nuque d'Amelia. Une bosse énorme, avec un trou au milieu, qui commençait à s'infecter. Je n'ai pu qu'y déposer un baiser amoureux et impuissant. La pauvre, à partir de ce moment elle a cessé de se plaindre. J'ai repris la petite dans mes bras. Au bout d'un moment, Truu a pris mon visage dans ses mains pour que je la regarde et elle m'a dit papa j'ai faim, quand c'est qu'on arrive. Alors j'ai dit à la petite Amelietje comme tu es la plus grande il faut que tu m'aides, et elle a dit oui papa. J'ai posé Truu sur le sol, difficilement, et j'ai demandé à sa sœur de me donner la serviette et, avec un couteau que m'a prêté un homme barbu et silencieux, j'ai coupé soigneusement la serviette en deux parties égales et j'en ai donné une à chacune de mes petites filles, et la pauvre Trude n'a plus dit qu'elle avait faim et Amelietje et Truu sont restées l'une à côté de l'autre, debout, s'appuyant contre mes jambes, serrant silencieusement le morceau de serviette miraculeux.

Ce qu'il y avait de plus cruel c'était de savoir que nous conduisions nos petites filles à la mort en les tenant par la main : j'étais complice de l'assassinat de mes filles, qui s'accrochaient à mon cou ou à mes jambes tandis que l'air glacé du wagon devenait irrespirable et personne ne regardait personne dans les yeux parce que nous étions tous tenaillés par les mêmes sentiments. Seules Amelietje et la petite Truitje avaient une serviette à carreaux pour elles toutes seules. Et Matthias Alpaerts alla à la table et posa la paume de sa main sur le chiffon sale qu'il avait plié avec soin. Ce qui me reste du jour de l'anniversaire d'Amelia, ma fille aînée, qui avait tout juste sept ans quand ils me l'ont tuée. Et Truu avait cinq ans, et Julietje deux, et Berta trente-deux, et Netje, ma belle-mère patraque, plus de soixante…

Il prit le linge et le regarda avec ferveur et il récita et je ne sais par quel miracle j'ai pu récupérer les deux moitiés. Il reposa la serviette sur la table, à nouveau avec la même onction que le prêtre qui plie et déplie le corporal sur l'autel.

— Monsieur Alpaerts, dis-je en élevant un peu la voix.

Le vieillard me regarda, étonné de cette interruption. Par moments, on aurait dit qu'il ne savait pas où il était.

— Nous devrions manger un peu.

Je le fis asseoir à la cuisine, comme un visiteur familier. Malgré son chagrin, Alpaerts mangea de bon appétit. Il regarda l'huilier avec curiosité ; je lui appris à l'utiliser et il arrosa les légumes d'huile d'olive. Devant ce succès, je sortis ton *porró*, que je n'avais pas utilisé depuis si longtemps, depuis ta mort. Je l'avais rangé de peur de le casser. Il me semble que je ne te l'avais jamais dit. J'y mis un peu de vin, lui fis une démonstration de la façon de s'en servir et, pour la première et la dernière fois, Matthias Alpaerts rit de bon cœur. Il but au *porró*, se tacha, riant encore, et me dit, sans raison apparente, bedankt, heer Ardefol. Il voulait peut-être me remercier pour ce rire, qui lui avait échappé ; je ne cherchai pas à le savoir.

Je ne saurai jamais de façon certaine si Matthias Alpaerts avait vécu tout ce qu'il m'a raconté. Dans le fond de mon cœur je le sais ; mais je n'en aurai jamais la certitude absolue. En tout cas, j'ai cédé à une histoire qui m'a défait, en pensant à toi et à ce que tu aurais voulu que je fasse.

— Tu as dilapidé ton patrimoine, mon ami. Si je peux encore t'appeler mon ami, après ça.

— Pourquoi ça te chagrine autant ? Le violon est à moi.

Parce que j'ai toujours pensé que j'hériterais de ce violon si tu mourais avant moi.

— Parce que ce qui n'est pas évident, c'est que l'histoire de ce gugusse soit vraie. Et même si nous ne devons plus être amis, demain je t'apprendrai à te servir de l'ordinateur.

— Il m'a dit si vous regardez par l'ouverture de la caisse de résonance, mijnheer Ardefol, vous verrez qu'il est écrit Laurentius Storioni Cremonensis me fecit 1764 et à côté il y a deux signes comme deux étoiles. Et sous Cremonensis, une ligne tantôt fine tantôt épaisse, qui va du m jusqu'au dernier n. Si je me souviens bien, parce que plus de cinquante ans ont passé.

Adrià prit le violon et l'examina. Il ne l'avait jamais vu, mais c'était vraiment comme ça. Il regarda Matthias, ouvrit la bouche, la referma et posa le violon sur la table.

— Bien sûr que c'était comme ça, confirma Bernat. Mais moi aussi je le savais et le violon n'était pas à moi, par malheur.

Adrià reposa le violon sur la table. Maintenant il fallait prendre une décision. Dans le fond je sais que cela ne m'a guère coûté. Mais deux autres heures se sont écoulées avant que nous prenions congé. Je lui ai donné l'étui original, celui qui a une tache sombre qu'il a été impossible de faire disparaître.

— Tu es un sombre crétin.

— La douleur atroce a fait que Matthias Alpaerts continue à vivre comme s'il avait le même âge que le jour où il a tout perdu. C'est cette douleur qui m'a vaincu.

— C'est son histoire qui t'a vaincu. Non : son récit.

— Peut-être. Et alors ?

L'homme caressa délicatement, avec la pointe des doigts, la table du violon. Sa main se mit à trembler. Il la cacha, honteux, et se retourna vers moi :

— La douleur se concentre et se fait plus intense quand c'est un être sans défense qui souffre. Et la certitude d'avoir pu l'éviter par un acte héroïque te tourmente pendant toute la vie et toute la mort. Pourquoi n'ai-je pas crié ; pourquoi n'ai-je pas étranglé le soldat qui a donné un coup de crosse à la petite Amelia ; pourquoi n'ai-je

pas crié ; pourquoi n'ai-je pas fait arrêter le train ; pourquoi n'ai-je pas tué les SS qui disaient toi à droite, toi à
gauche, toi, tu m'entends ?

— Où sont mes filles !

— Qu'est-ce que tu dis ?

— Où sont mes filles. On me les a arrachées des mains.

Matthias, debout, les bras ouverts, les yeux exorbités,
devant le soldat que l'officier avait appelé.

— Qu'est-ce que tu me racontes. Allez, circule !

— Non ! Amelia aux cheveux de jais, Truu aux cheveux châtains comme le bois de la forêt. Elles étaient
avec moi.

— Je t'ai dit de circuler. Mets-toi à droite et arrête de
m'emmerder.

— Mes filles ! Et Juliet, aux boucles d'or ! Une toute
petite fille très éveillée. Elle était dans un autre wagon,
vous m'entendez !

Le soldat, lassé par cette insistance, lui flanqua un
coup de crosse sur le front. Tombant à moitié assommé, il
vit par terre un des deux fragments de la serviette, le prit
et s'accrocha à lui comme si c'était une de ses fillettes.

— Vous voyez ? – Il inclina la tête devant Adrià en
écartant un peu les quelques cheveux qui lui restaient :
il y avait une chose étrange sur son crâne, une sorte de
cicatrice lointaine de cette douleur encore présente.

— Tu te mets dans le rang ou je t'éclate la tête, dit la
voix calme du docteur Budden, l'officier, qui portait la
main à l'étui de son pistolet. Il était plus tard que d'habitude et il était un peu nerveux, surtout après sa conversation avec le docteur Voigt, qui exigeait des résultats
d'une façon ou d'une autre, inventez, nom de Dieu, ce
n'est pas si difficile. Mais je veux un rapport avec des
résultats. Et Matthias Alpaerts ne put voir les yeux de ce
monstre parce que la visière cachait presque entièrement
son visage. Il se plaça de façon disciplinée dans la file
de droite qui ne le conduirait pas, il ne pouvait pas le

savoir, aux chambres à gaz, mais dans les pavillons de désinfection pour devenir de la main-d'œuvre gratuite ad majorem Reich gloriam. Et Budden, comme le joueur de flûte de Hamelin, put faire son choix de petits garçons et de petites filles. Voigt, quelques mètres plus loin, put, d'une balle, faire sauter la cervelle de Netje de Boeck, la belle-mère patraque de Matthias. Et il continua à dire à Adrià face aux menaces de cet officier j'ai baissé la tête et depuis ce jour je pense que, parce que je ne me suis pas révolté, j'ai fait mourir mes filles, Berta et ma belle-mère patraque. Berta et Juliet, je ne les ai plus vues à partir du moment où nous sommes montés dans le train. Pauvre Berta : nous n'avons même pas pu nous regarder pour la dernière fois. Nous regarder, seulement nous regarder, mon Dieu Notre Seigneur ; seulement nous regarder, même de loin. Nous regarder... Mes chéries, je vous ai abandonnées. Et je n'ai pas pu venger la peur que ces ogres faisaient à Truu, Amelia et Juliet. Pardonnez-moi, si ma lâcheté mérite le pardon.

— Ne vous torturez pas.

— J'avais trente-trois ans. Je pouvais me battre.

— On vous aurait fracassé le crâne et votre famille serait morte de toute façon. Maintenant, elles vivent dans votre souvenir.

— Foutaises. C'est un martyre. Cette protestation ridicule est le seul acte de révolte dont j'ai été capable.

— Je comprends que vous parliez ainsi : on ne doit pas pouvoir s'ôter ça de la tête. Voilà ce que j'ai cru de Matthias Alpaerts : sa douleur. Sa douleur, c'était ça, et s'être écarté quand il allait recevoir un coup de crosse qui a causé la mort d'un enfant. Ou ne pas avoir donné un croûton de pain à un compagnon : ses grands péchés lui rongeaient l'âme.

— Comme Primo Levi ?

C'était la première fois de l'après-midi que Bernat ne m'insultait pas. Je le regardai bouche bée de surprise et il poursuivit : je veux dire qu'il s'est suicidé alors qu'il était âgé. Il aurait pu le faire avant, dès le moment où il est sorti de l'horreur. Ou Paul Celan, qui a attendu des années et des années.

— Ils ne se sont pas suicidés parce qu'ils avaient connu l'horreur, mais parce qu'ils l'avaient écrite.

— Je ne te suis pas.

— Ils l'avaient écrite ; ils pouvaient mourir. Je vois ça comme ça. Mais il y a autre chose : ils se sont rendu compte qu'écrire c'est revivre, et passer des années à revivre l'enfer, c'est insupportable. Ils sont morts d'avoir écrit l'horreur qu'ils avaient vécue. Et à la fin, toute cette douleur et toute cette panique réduites à mille pages ou à deux mille vers ; faire tenir tant de douleur dans quelques centimètres carrés de papier imprimé, cela a l'air d'un sarcasme.

— Ou dans une disquette comme celle-ci, dit Bernat en en sortant une de sa boîte. Toute une vie d'horreur là-dedans.

Après le départ de Matthias Alpaerts, je m'étais rendu compte qu'il avait laissé le chiffon sale sur la table du bureau. Il l'avait abandonné. Ou il me l'avait donné. Je m'en étais rendu compte mais je n'avais pas osé le toucher. Toute une vie d'horreur dans ce chiffon sale, comme si c'était une disquette d'ordinateur. Ou un livre de poèmes écrit après Auschwitz.

— Oui. Écoute, heu… Bernat.

— Oui.

— Je n'ai pas la tête aux ordinateurs, là.

— Évidemment. Rien que de voir un écran tu te dégonfles.

Bernat s'assit, découragé, et se frotta le visage avec les mains, un geste que je considérais comme n'appartenant qu'à moi. Alors, le téléphone se mit à sonner et Adrià tressaillit.

51

— Horace l'a dit : Tu ne quaesieris (scire nefas) quem mihi, quem tibi / finem di dedirint, Leuconoe, nec Baby-lonios / temptaris numeros.

Silence. Les uns regardaient par la fenêtre. Les autres avaient les yeux baissés.

— Et qu'est-ce que ça veut dire, m'sieur ? – la fille éveillée, à la tresse immense.

— Tu n'as pas fait de latin ? – Adrià, surpris.

— Ben…

— Et toi ? – au garçon près de la fenêtre.

— Moi, heuuuu…

Silence. Adrià Ardèvol, inquiet, s'adressa à toute la classe :

— Quelqu'un a-t-il fait du latin ? Est-ce qu'un des étu-diants du cours sur les idées esthétiques et leur histoire aurait fait un peu de latin ?

Après un interrogatoire un peu ardu, il apparut qu'un seul étudiant avait fait du latin : la fille au ruban vert dans les cheveux. Adrià respira plusieurs fois à fond pour se calmer.

— M'sieur. Mais qu'est-ce que ça veut dire ce truc d'Horace ?

— Cela veut dire ce qui est dit dans les Actes, dans la deuxième épître de saint Pierre et dans l'Apocalypse.

Le silence se fit plus épais. Jusqu'à ce qu'un étudiant un peu plus avisé dise et qu'est-ce que ça dit dans les Actes et tout le reste ?

— Dans les Actes et tout le reste ça dit le jour du Seigneur arrivera en pleine nuit comme un voleur.

— Quel seigneur?

— Quelqu'un a-t-il lu la Bible, ne serait-ce qu'une fois?

Comme il n'était pas disposé à supporter un autre silence honteux, il dit vous savez ce qu'on va faire? On va s'arrêter là. Ou plutôt non : vendredi, vous m'apporterez chacun une phrase tirée d'une œuvre de littérature et qui se rapporte à ce topos.

— Qu'est-ce que c'est un topos, m'sieur?

— Et d'ici vendredi il faut que vous ayez lu un poème. Et que vous soyez allés au théâtre. Vous m'en rendrez compte.

Alors, devant l'air ahuri des étudiants, il se réveilla, les yeux écarquillés. Et quand il se rappela que ce n'était pas un rêve mais le souvenir de son dernier cours, il eut envie de se mettre à pleurer. À ce moment, il comprit qu'il s'était réveillé de son cauchemar parce que le téléphone sonnait. Toujours ce maudit téléphone.

L'ordinateur allumé sur la table du bureau. Il n'aurait jamais cru cela possible. La lumière de l'écran pâlissait les visages de Llorenç et d'Adrià, l'un et l'autre l'observant avec attention.

— Tu vois?

Llorenç bougeait la souris et le curseur bougeait sur l'écran.

— À toi maintenant.

Et Adrià, sortant le bout de la langue, faisait bouger le curseur.

— Tu es gaucher?

— Oui.

— Attends. Je vais la mettre du bon côté.

— Hé, je n'ai pas assez de tapis. Il est trop petit.

Le rire de Llorenç fut intérieur, mais Adrià la perçut.

— Ne te fiche pas de moi. C'est vrai, il est trop petit.

Une fois la difficulté surmontée, avec des mouvements d'entraînement, Adrià Ardèvol fut initié aux mystères de la création d'un fichier de texte qui était plus ou moins comme un rouleau infini, extraordinaire, magique. Et le téléphone se mit à sonner, mais Adrià avait l'air de s'en ficher complètement.

— Non, je vois bien que…

— Que quoi?

— Que ça doit être très pratique ; mais j'ai vraiment trop la flemme.

— Et après il faut que tu apprennes à utiliser le courrier électronique.

— Oh là non. Non, non… j'ai du travail.

— C'est très facile. Et le courrier, c'est la base.

— Je sais déjà écrire des lettres et j'ai une boîte aux lettres dans le hall de l'immeuble. Et j'ai aussi le téléphone.

— Papa dit que tu ne veux pas de portable. – Silence incrédule. – C'est vrai?

Le téléphone se lassa de crier inutilement et se tut.

— Je n'en ai pas besoin. J'ai un superbe téléphone à la maison.

— Mais tu ne décroches même pas quand il sonne!

— Non, le coupa Adrià. Tu perds ton temps. Tu m'apprends à écrire avec ce machin et… Tu as quel âge?

— Vingt ans. – Montrant le menu déroulant : Là, on te dit comment enregistrer le texte pour que tu ne perdes pas ce que tu as écrit.

— Ça me fait une peur… Tu vois? Un papier, on ne peut pas le perdre.

— Mais si, on peut le perdre. Et il peut brûler.

— Tu sais que je me souviens de toi quand tu avais deux jours, à la maternité?

— Ah oui?

— Ton père était fou de joie. Il était insupportable.

— Il l'est encore.

— Heu, je voulais dire…

— Tu vois ? – Llorenç montrait l'écran. – Là, tu enregistres le document.

— Je n'ai pas vu comment tu as fait.

— Comme ça, tu vois ?

— Tu vas trop vite.

— Regarde : prends la souris.

Adrià la prit avec crainte, comme si l'animal pouvait le mordre.

— Tiens-la bien. Comme ça. Mets la petite flèche là où il est écrit Fichier.

— Elle ne veut pas y aller.

— Fais glisser la souris sur le tapis.

— Merde, c'est plus difficile qu'il n'y paraît.

— Mais non. Quelques minutes d'entraînement. Maintenant, clique.

— Comment ça, clique ?

— Fait clic avec la souris. Comme ça.

— Punaise ! Comment j'ai fait ? Aïe, il a disparu !

— Bon… on recommence.

— Pourquoi est-il insupportable, ton père ? – Une pause, tout en manipulant la souris très difficilement. – Tu m'entends, Llorenç ?

— Rien, des trucs.

— Il te fait étudier le violon contre ta volonté.

— Non, ce n'est pas ça…

— Non ?

— Bon, un peu, oui.

— Tu n'aimes pas le violon.

— Si, j'aime bien.

— Tu es en quelle année ?

— Selon l'ancien système ça serait la septième année.

— Pas mal.

— D'après papa, je devrais être en classe virtuose.

771

— Chacun va à son rythme.

— D'après papa, je n'y porte pas assez d'intérêt.

— Et il a raison ?

— Ma foi… Non. Il voudrait… Et si on reprenait la leçon ?

— Qu'est-ce qu'il voudrait, Bernat ?

— Que je sois Perlman.

— Et toi, qui es-tu ?

— Llorenç Plensa. Et ça, j'ai l'impression que papa ne peut pas le comprendre.

— Et ta mère ?

— Elle oui.

— Ton père est un homme très bon.

— Je sais. Vous êtes très amis.

— Ça n'a rien à voir. C'est un homme bon.

— Bon, d'accord. Mais il est casse-couilles.

— Qu'est-ce que tu étudies ? Seulement le violon ?

— Oh là, non !… Je suis inscrit en architecture.

— C'est bien, non ?

— Non.

— Alors pourquoi tu fais des études d'architecture.

— Je ne t'ai pas dit que je faisais des études d'architecture. Je t'ai dit que j'étais inscrit en architecture.

— Et pourquoi tu n'étudies pas ?

— C'est une condition imposée par papa. – Imitant Bernat : Pour assurer l'avenir.

— Et toi, qu'est-ce que tu voudrais étudier, au lieu d'architecture ?

— J'aimerais être instituteur.

— C'est bien, non ?

— Ah oui ? Eh bien dis-le à papa.

— Ça ne lui plaît pas ?

— Ce n'est pas assez bien pour son fils. Il voudrait que je sois le meilleur violoniste du monde, le meilleur architecte et le meilleur n'importe quoi du monde. Et c'est épuisant.

Un instant de silence. Adrià serrait fort la souris, qui ne pouvait pas se plaindre. Quand il s'en rendit compte, il la lâcha. Il dut respirer pour retrouver son calme :

— Et pourquoi tu ne lui dis pas que tu veux être instituteur ?

— Je lui ai déjà dit.

— Et alors ?

— Instituteur ? Toi, instituteur ? Mon fils, instituteur ?

— Qu'est-ce que ça veut dire ? Qu'est-ce que tu as contre les instituteurs ?

— Rien. Qu'est-ce que vous voulez que j'aie contre eux ? Mais pourquoi tu ne pourrais pas être ingénieur ou je ne sais quoi d'autre, hein ?

— Je veux apprendre aux enfants à lire et à écrire. Et à multiplier. C'est beau.

— Moi, je suis d'accord, dit Tecla en regardant son mari d'un air de défi.

— Pas moi. – Bernat, l'air sérieux, s'essuya les lèvres avec sa serviette. Il posa la serviette sur la table et, regardant son assiette vide, dit la vie d'un instituteur est épuisante et il n'est pas assez payé pour ça. C'est très mal payé. Faisant non de la tête : Ce n'est pas une bonne idée.

— Mais moi, ça me plaît.

— Pas à moi.

— Eh, c'est le petit que ça concerne, pas toi. Nous sommes d'accord ?

— Très bien, faites ce que vous voulez… De toute façon, vous faites toujours ce que vous voulez…

— Qu'est-ce que ça veut dire, qu'on fait toujours ce qu'on veut ? – Tecla, furieuse. – Hein ?

— Ça veut dire… rien.

— Non, vas-y, dis-le. Qu'est-ce qu'on fait toujours, que tu ne voudrais pas faire ?

Alors, Llorenç se levait, prenait son assiette et la portait à la cuisine, allait dans sa chambre et s'y enfermait tandis que Tecla et Bernat continuaient d'aiguiser la hache de guerre parce que tu as dit que je fais toujours ce que je veux et ce n'est pas vrai ! Absolument pas ! Jamais !

— Mais tu as fini par t'inscrire en architecture, fit observer Adrià.

— Pourquoi on ne parle pas d'autre chose ?

— Tu as raison. Allez, qu'est-ce que je peux faire d'autre avec cet ordinateur ?

— Tu veux essayer d'écrire un texte ?

— Non. Il me semble qu'aujourd'hui…

— Écris une phrase et on va l'enregistrer comme si c'était un document précieux.

— D'accord. Tu sais que tu ferais un bon instituteur ?

— Dis-le à mon père.

Adrià écrivit Llorenç Plensa est en train de m'apprendre à faire marcher ce machin. Qui va perdre patience le premier, lui ou moi ? À moins que ce soit le Mac.

— Oh là là ! C'est déjà tout un roman ! Maintenant tu vas voir comment on l'enregistre, pour pouvoir l'ouvrir quand tu voudras.

Tandis qu'Adrià, guidé par son patient Virgile, faisait tout ce qu'il fallait pour enregistrer un document pour la première fois de sa vie, fermer un dossier, fermer le programme et éteindre l'ordinateur, Llorenç dit je crois que je vais quitter la maison.

— Heu… C'est une décision qui…

— Ne dis rien à papa, hein ?

— Non, non. Mais il faut que tu trouves où aller.

— Je partagerai un appartement.

— Ça ne doit pas être facile tous les jours. Qu'est-ce que tu feras avec ton violon si tu habites avec d'autres gens ?

— Pourquoi ?

— Tu peux les déranger.

— Alors je ne le prends pas.

— Eh, tu vas peut-être t'installer avec une petite copine !

— Je n'ai pas de copine.

— Je disais ça pour…

Llorenç se leva, un peu exaspéré. Adrià essaya d'arranger les choses :

— Excuse-moi… Ça ne me regarde pas, de savoir si tu as une copine ou pas.

— Je t'ai dit que je n'ai pas de copine, OK ?

— Oui, j'ai entendu.

— J'ai un copain.

Une seconde d'hésitation. Adrià tarda un peu trop à réagir.

— Très bien. Ton père le sait ?

— Et comment ! Ça fait partie du problème. Et si tu dis à papa qu'on a parlé de tout ça… Il me tue et il te tue.

— Ne t'en fais pas. Et toi, vis ta vie. Crois-moi.

Alors que Llorenç, considérant achevée cette première leçon de maniement d'un ordinateur à un élève rétif et particulièrement maladroit, descendait l'escalier de l'immeuble, Adrià pensa qu'il est facile de donner des conseils aux enfants des autres. Et j'eus une envie folle d'un enfant à nous avec qui j'aurais pu parler de sa vie comme je l'avais fait avec Llorenç pendant quelques minutes. Comment se fait-il qu'on parle si peu entre amis, au point que je ne savais rien de ce qui arrivait à Llorenç ?

Ils étaient dans la salle à manger et le téléphone sonnait sans arrêt, et Adrià ne se prit pas la tête entre les mains l'air de dire qu'il en avait assez parce que Bernat était en face de lui, en train de lui expliquer sa façon de penser. Pour ne pas entendre le téléphone, il ouvrit la porte-fenêtre du balcon, laissant entrer une bouffée de circulation et d'agitation mêlée à des cris d'enfants et aux roucoulements des pigeons sales sur le balcon du dessus. Il sortit sur le balcon et Bernat le suivit. À l'intérieur, presque dans la pénombre, Santa Maria de Gerri recevait la lumière du couchant qui venait du côté de Trespui.

— Tu n'as pas à organiser ça ! Cela fait une douzaine d'années que ta situation de musicien professionnel est stabilisée.

— J'ai cinquante et un ans. Je n'ai aucun mérite.

— Tu joues à l'OBC.

— Quoi ?

— Tu joues à l'OBC ! – élevant la voix.

— Et alors ?

— Et tu joues dans le quatuor des Coma, nom de Dieu !

— Comme second violon.

— Tu passes ton temps à te comparer aux autres.

— Quoi ?

— Tu passes ton temps…

— Et si on rentrait ?

Adrià rentra dans la salle à manger et Bernat le suivit. Le téléphone sonnait toujours. Ils refermèrent la porte-fenêtre et le vacarme de la rue se transforma en un bruit de fond qu'on pouvait ignorer.

— Qu'est-ce que tu disais ? demanda Bernat, un peu inquiet d'entendre que le téléphone continuait à sonner.

Adrià pensa maintenant tu vas lui dire de revoir sa façon de traiter Llorenç. Il en souffre et vous en souffrez tous, non ?

— Rien, que tu es toujours en train de te comparer aux autres.

— Je ne crois pas. Et si c'était le cas, où est le problème ?

Ton fils est triste. Tu le traites exactement comme mon père me traitait et c'est un enfer.

— J'ai l'impression que tu veux éviter d'être touché par la moindre étincelle de bonheur.

— Où veux-tu en venir ?

— Par exemple, si tu organises cette conférence, tu t'exposes à l'échec. Et à être de mauvaise humeur. Et à mettre de mauvaise humeur ceux qui t'entourent. Exactement ce que tu ne dois pas faire.

— Que je doive le faire ou pas, c'est mon affaire.

— Comme tu voudras.

— Et pourquoi est-ce une mauvaise idée, selon toi?

— Tu cours le risque que personne ne vienne.

— Tu es vraiment un fils de pute. – Il regarda la circulation à travers la vitre. – Dis-moi, pourquoi tu ne réponds pas au téléphone?

— Parce que je suis avec toi, mentit Adrià.

Il regarda Santa Maria de Gerri sans la voir. Il s'assit dans un fauteuil et jeta un coup d'œil à son ami. Maintenant, je vais lui parler de Llorenç, se jura-t-il.

— Toi, tu viendras, si je l'organise? – Bernat, suivant son idée.

— Oui.

— Et Tecla. Et Llorenç, ça fait déjà trois personnes dans le public.

— Oui : moi, Tecla et Llorenç. Plus le critique, et toi. Bingo.

— Pas la peine d'être aussi sarcastique.

— Comment ça va, Tecla et toi?

— Ce n'est pas le Pérou mais on fait aller.

— Tu m'en vois ravi. Et Llorenç, que fait-il?

— Eh bien, eh bien. – Il réfléchit avant de poursuivre : Tecla et moi, on est dans une sorte de stabilité instable.

— Et qu'est-ce que ça veut dire?

— Eh bien que cela fait des mois que Tecla insinue qu'on pourrait se séparer.

— Purée…

— Et Llorenç trouve mille prétextes pour ne jamais être à la maison.

— Je suis désolé. Et comment ça va, Llorenç?

— Je marche sur des œufs pour ne pas faire trop de conneries, et Tecla aussi redouble de patience, malgré ses allusions au fait qu'elle pourrait m'envoyer balader. C'est ça, une stabilité instable.

— Et Llorenç, comment va-t-il?

— Bien.

Silence. La sonnerie du téléphone, apparemment, ne dérangeait que Bernat.

Maintenant, je vais lui dire que ces jours-ci, où je vois Llorenç régulièrement, je le trouve plutôt triste. Bernat : c'est sa façon d'être. Moi : non, c'est ta faute, Bernat, tu organises sa vie sans lui demander son avis. Et Bernat dirait sèchement mêle-toi de ce qui te regarde. Et moi, il faut que je m'en mêle, il me fait de la peine. Et Bernat, détachant les syllabes : ça-ne-te-re-gar-de-pas. D'accord? Et moi, d'accord, mais il est triste : il veut être instituteur. Pourquoi tu ne laisses pas ton fils choisir ce qu'il veut faire? Et Bernat se lèverait furibard, comme si je m'étais à nouveau séparé de notre Storioni et il partirait en grommelant des jurons et il ne me parlerait plus jamais.

— À quoi penses-tu? demanda Bernat, intéressé.

— Je pense que… que tu dois bien préparer ça. Assure-toi d'avoir une vingtaine de personnes. Et choisis une salle avec une capacité de vingt-cinq personnes. Salle pleine, ou presque.

— Très astucieux.

Ils se turent. J'ai assez de courage pour lui dire que ce qu'il écrit ne me plaît pas, mais je suis incapable de lui parler de Llorenç. La sonnerie du téléphone les envahit à nouveau. Adrià se leva, décrocha et raccrocha aussitôt. Bernat n'osa pas faire de commentaire. Adrià se rassit et reprit la conversation comme s'il ne s'était rien passé.

— Tu ne peux pas espérer déplacer les foules. À Barcelone, il y a, au bas mot, entre quatre-vingts et cent manifestations culturelles chaque jour. Et puis les gens te connaissent en tant que musicien, pas comme écrivain.

— Pas en tant que musicien : je ne suis qu'un des violonistes qui grattent sur la scène. Comme écrivain, je suis l'unique auteur de cinq recueils de nouvelles.

— Dont tu n'as pas vendu mille exemplaires en tout.

— *Plasma*, à lui seul, a presque atteint le millier d'exemplaires.

— Tu sais ce que je veux dire.

— On dirait mon éditeur : toujours à m'encourager.

— Qui fera la présentation ?

— Carlota Garriga.

— C'est bien.

— C'est bien ? C'est génial. Son nom suffit pour attirer le public.

Quand Bernat s'en alla, je ne lui avais pas dit un mot à propos de Llorenç. Et il ne démordait pas de l'idée d'organiser cette manifestation suicidaire consacrée à son œuvre d'écrivain : Bernat Plensa, une trajectoire littéraire, lirait-on sur les invitations. Alors, comme s'il était aux aguets, le téléphone se remit à sonner et, comme d'habitude, Adrià sursauta.

Adrià décida de transformer un cours d'histoire des idées esthétiques en autre chose, et c'est pourquoi il convoqua les étudiants dans un autre lieu et à une autre heure, comme il l'avait fait quand ils s'étaient retrouvés dans le couloir du métro Universitat. Ou quand ils avaient fait, que sais-je, une de ces choses amusantes que pourrait inventer un cinglé comme Ardèvol. Il paraît qu'il avait fait cours une fois dans les jardins du carrer Diputació, au milieu des passants, et lui, comme si de rien n'était.

— L'horaire pose des problèmes à quelqu'un ?

Trois bras se levèrent.

— J'en déduis que tous les autres seront là, et à l'heure.

— Qu'est-ce qu'on fera, là-bas?

— Vous écouterez. Et vous pourrez intervenir, si vous voulez.

— Mais écouter quoi?

— Vous le découvrirez sur place, cela fait partie du contenu du cours.

— On finira à quelle heure? – le garçon blond du milieu, celui qui avait deux admiratrices inconditionnelles qui, en ce moment, le regardaient avec ravissement à cause de l'opportunité de sa question.

— Ça compte pour l'examen? – le garçon à la barbe de quaker qui était toujours assis près de la fenêtre, à l'écart.

— Il faudra prendre des notes? – la fille à la tresse immense.

Après avoir répondu à toutes leurs inquiétudes, il acheva le cours comme d'habitude, en les exhortant à lire de la poésie et à aller au théâtre.

En arrivant chez lui, il trouva un télégramme de Johannes Kamenek qui l'invitait à donner une conférence à l'université demain stop. Demain stop? Kamenek est devenu fou.

— Johannes.

— Ouf, enfin!

— Qu'est-ce qui se passe?

— C'est un service que je te demande – voix angoissée de Kamenek.

— Mais pourquoi une telle urgence?

— Ton téléphone doit être décroché. Ou en dérangement.

— Heu, non. C'est que... Si tu appelles le matin, il y a une dame qui...

— Tu vas bien?

— Si on veut. Avant ton télégramme, ça allait. Tu me dis que je dois aller donner une conférence demain. C'est une erreur?

— Non, non. Tu dois éteindre un incendie. Ulrike Hörstrup m'a fait faux bond. S'il te plaît.

— Ça alors. Et sur quel sujet ?

— Celui que tu voudras. Public assuré, parce que ce sont les participants aux journées d'étude. Ça marche très bien. Et au dernier moment...

— Qu'est-ce qu'il lui arrive, à Hörstrup ?

— Trente-neuf de fièvre. Elle n'a pas pu venir. Tu recevras les billets chez toi avant ce soir.

— Et il faut que ce soit demain ?

— Oui, à deux heures de l'après-midi. Dis-moi que tu acceptes.

Je lui dis que non, que je ne savais pas de quoi j'avais envie de parler, punaise, Johannes, ne me joue pas ce genre de tour, et lui parle de ce que tu veux mais viens, s'il te plaît, et alors il m'a fallu dire oui, on m'a apporté les billets à la maison, mystérieusement, et le lendemain j'ai pris l'avion pour Stuttgart et ma chère Tübingen. Dans l'avion, je pensai à ce que j'aimerais raconter et je fis un plan. À Stuttgart, j'étais attendu par un chauffeur de taxi pakistanais qui, suivant les instructions reçues, me laissa devant l'université après avoir enfreint la loi pendant quelques kilomètres vertigineux.

— Je ne sais pas comment te payer ce service, me dit Johannes en m'accueillant à la porte de l'université.

— Justement, c'est un service, ça n'a pas de prix. Je parlerai de Coşeriu.

— Non ! On en a parlé aujourd'hui même.

— Merde.

— J'aurais dû te... Bon Dieu, je suis désolé. Tu peux... je ne sais pas...

Johannes, malgré son incertitude, me prenait par le bras et me conduisait à la salle de conférences.

— J'improviserai. Laisse-moi quelques minutes pour / Nous n'avons pas quelques minutes, dit Kamenek sans lâcher mon bras.

— Eh bien. J'ai le temps d'aller pisser?

— Non.

— Et ensuite on parle de l'improvisation méditerranéenne et de l'organisation méthodique des Allemands...

— Tu as raison. Mais Ulrike, c'était déjà une roue de secours.

— Mazette : alors moi, je suis le troisième choix. Et pourquoi vous n'ajournez pas?

— Impossible. Ça ne s'est jamais fait. Jamais. Et nous avons des gens de l'extérieur qui...

Nous nous arrêtâmes devant la porte de la salle de conférence. Il me serra dans ses bras, honteux, me dit merci, mon ami, et me fit entrer dans la salle, où trente pour cent de la centaine de personnes qui assistaient aux journées d'étude sur la linguistique et la pensée regardaient l'étrange allure de Ulrike Hörstrup, chauve et un peu bedonnant, et sans rien de féminin. Tandis qu'Adrià ordonnait dans sa tête les idées qu'il n'avait pas, Johannes Kamenek rappelait au public les problèmes de santé de la professeur Hörstrup et la chance qu'ils avaient de pouvoir écouter le professeur Adrià Ardèvol qui va nous parler de... qui va nous parler tout de suite.

Et il s'assit à côté de moi, par solidarité, je suppose. Je remarquai qu'il se détendait et se dégonflait, physiquement, pauvre Johannes. Et afin d'ordonner mes idées je commençai à réciter, lentement, en catalan, ce poème de Foix qui commence ainsi : "És per la Ment que se m'obre Natura / A l'ull golós ; per ella em sé immortal / Puix que l'ordén, i ençà i enllà del mal, / El temps es u i pel meu ordre dura[1]." Et je le traduisis littéralement. Et de Foix et de l'importance de la pensée et du présent, je

1. "C'est par l'Esprit que Nature s'ouvre à mon œil gourmand ; par lui je me sais immortel, car je l'ordonne, et en deçà du mal et au-delà, le temps est un et par mon ordre perdure" (J. V. Foix, sonnet XVIII, *Sol i de dol*, 1936).

me mis à expliquer ce que veut dire la beauté et pourquoi l'humanité la poursuit depuis des siècles. Le professeur Ardèvol posa beaucoup d'interrogations auxquelles il ne put ou ne voulut répondre. Et, inévitablement, le mal apparut. Et la mer, la mer obscure. Il parla de l'amour de la connaissance, sans se préoccuper de savoir si cela entrait vraiment dans le cadre de journées d'études sur la linguistique et la pensée. Il parla peu de linguistique et beaucoup de je pense à la nature de la vie mais la mort ne cesse de s'interposer. Et alors, comme un éclair, il eut la vision de l'enterrement de Sara, avec un Kamenek perplexe et silencieux. Et au bout d'un long moment il dit c'est pourquoi Foix termine son sonnet par ces mots : "… i en els segles em moc / Lent, com el roc davant la mar obscura[1]", et cinquante minutes étaient passées. Et il sortit aussitôt pisser, interminablement.

Avant le dîner que lui offrait le comité d'organisation pour lui témoigner sa reconnaissance, Adrià voulut faire deux choses à Tübingen, puisqu'il ne devait prendre l'avion que le lendemain. Seul, s'il te plaît. Vraiment, Johannes. Je veux être seul.

Bebenhausen. C'était très restauré. On y faisait encore des visites touristiques mais personne ne demandait au guide ce que veut dire sécularisé. Et il pensa, de loin, à Bernat et à ses livres. Il était passé plus de vingt ans et rien n'avait changé : ni à Bebenhausen, ni chez Bernat. Et quand le jour se mit à décliner il entra dans le cimetière de Tübingen et se promena, comme il l'avait fait tant de fois, seul, avec Bernat, avec Sara… Il entendait le bruit de ses pas, un bruit sec, dur, sur le sol de terre battue. Sans qu'il l'ait fait exprès, sa promenade le conduisit jusqu'à la tombe vide de Franz Grübbe, tout au bout. Devant la tombe, Lothar Grübbe et sa cousine

1. "… et dans les siècles je me meus, lent comme le galet devant la mer obscure."

Herta Landau, de Bebenhausen, qui avait eu l'amabilité de les prendre en photo, lui et Bernat, étaient encore en train de disposer des fleurs blanches comme l'âme du fils et du neveu héroïque. En entendant ses pas, Herta Landau se retourna et, quand elle le vit, elle dissimula son trouble.

— Lothar... dit-elle d'une voix étranglée et tremblante.

Lothar Grübbe se retourna. L'officier SS s'était arrêté devant lui et attendait, silencieux, que les autres lui donnent une explication.

— Je suis en train de nettoyer toutes ces tombes, finit par dire Lothar Grübbe.

— Vos papiers, fit le SS-Obersturmführer Adrian Hartbold-Bosch, planté devant le vieil homme et la femme plus jeune. Herta, très agitée, ne réussissait pas à ouvrir son sac. Lothar était tellement paniqué qu'il commença à se comporter comme s'il était recouvert d'un voile d'indifférence, comme s'il gisait enfin mort à tes côtés, Anna, à côté du valeureux Franz.

— Mon Dieu, je les ai laissés à la maison, s'exclama-t-il.

— Je les ai laissés à la maison, Obersturmführer! le reprit le SS-Obersturmführer Hartbold-Bosch.

— Je les ai laissés à la maison, Obersturmführer! cria Lothar en regardant l'officier dans les yeux, avec une pointe de martialité.

— Qu'est-ce que vous faites là, sur la tombe d'un traître? Hein?

— C'est mon fils, Obersturmführer, dit Lothar. Et, montrant Herta, rigide et terrorisée : Je ne connais pas cette femme.

— Suivez-moi.

L'interrogatoire fut mené par l'Obersturmführer Adrian Hartbold-Bosch en personne. Au cas où, malgré son âge, ce Lothar aurait eu des contacts avec le groupe de l'abject Herbert Baum. Mais c'est un vieillard ! (Fra Miquel). Les vieillards et les enfants sont tout aussi dangereux pour la sécurité du Reich. À vos ordres (Fra Miquel). Faites-lui cracher tout ce qu'il sait. Par tous les moyens ? Par tous les moyens. Frappez-le sur la plante des pieds, pour commencer. Combien de temps ? Le temps de trois Je vous salue Marie dits consciencieusement. Et ensuite vous le mettrez sur le chevalet le temps d'un Credo in unum Deum. Oui, Excellence.

Herta Landau, qui par miracle n'avait pas été arrêtée, mit une demi-heure, désespérée, à entrer en communication téléphonique avec Berlin, où on lui expliqua comment elle devait faire pour appeler Auschwitz et, miraculeusement, après plus d'une heure, elle put entendre la voix de Konrad :

— Heil Hitler. Hallo. – Impatient. – Ja, bitte ?

— Konrad, c'est Herta.

— Qui ?

— Herta Landau, ta cousine. Si tu connais encore ta famille.

— Que se passe-t-il ?

— On a arrêté Lothar.

— Qui est ce Lothar ? – ton ennuyé.

— Lothar Grübbe, ton oncle. Qui veux-tu que ce soit.

— Ah ! Le père de l'immonde Franz ?

— Le père de Franz, oui.

— Et que veux-tu ?

— Interviens en sa faveur, par compassion. Ils peuvent le martyriser et finir par le tuer.

— Qui l'a arrêté ?

— Les SS.

— Mais pourquoi ?

— Pour avoir mis des fleurs sur la tombe de Franz. Fais quelque chose.

— Écoute… Là, moi je ne…

— Pour l'amour de Dieu !

— J'ai beaucoup de travail en ce moment. Tu veux que je me fasse remarquer ?

— Mais c'est ton oncle !

— Il a sûrement fait quelque chose.

— Ne dis pas ça, Konrad !

— Écoute, Herta : s'il a fait l'andouille, il faut qu'il paie les pots cassés.

— Holländisch ? entendit Herta à l'autre bout du fil. Puis Konrad reprit : Toi je ne sais pas, mais moi j'ai du travail. J'ai trop à faire pour perdre mon temps avec ce genre d'âneries. Heil Hitler !

Et elle entendit ce salopard de Konrad Budden raccrocher le téléphone, condamnant Lothar. Alors, elle se mit à pleurer désespérément.

Lothar Grübbe, soixante-deux ans, n'était pas un individu dangereux. Mais sa mort pouvait servir d'exemple : père d'un ignoble traître pris en train de fleurir sa tombe, comme si c'était un monument de la résistance intérieure ? Une tombe qui...

L'Obersturmführer Hartbold-Bosch resta la bouche ouverte, réfléchissant intensément. Bien sûr ! Il ordonna aux deux jumeaux qui tenaient le mur :

— Faites ouvrir le tombeau du traître !

La tombe de l'ignoble traître Franz Grübbe était vide. Lothar le Vieux s'était moqué des autorités en mettant en cachette des fleurs à un endroit où il n'y avait rien. Un tombeau vide est plus dangereux que s'il contenait un sac d'os : le vide le rend universel et le transforme en monument.

— Que fait-on du prisonnier, Excellence ?

Adrian Hartbold-Bosch respira profondément. Les yeux fermés, il dit d'une voix basse et tremblante suspendez-le à un croc de boucher, c'est comme ça qu'on châtie les traîtres au Reich.

— Mais... n'est-ce pas trop cruel ? C'est un vieillard.

— Fra Miquel… – voix menaçante de l'Obersturm-führer. Percevant le silence, il regarda ses subordonnés, qui avaient la tête baissée. Alors il ajouta en criant, en vomissant :

— Emmenez cette charogne !

Lothar Grübbe, terrorisé par la mort qui l'attendait, fut conduit dans la cellule disciplinaire. Comme on ne punit pas un traître tous les jours, ils durent installer un dispositif pour fixer le crochet, après l'avoir consciencieusement aiguisé. Au moment où ils le hissaient avec une corde, il transpirait et s'étouffait dans un vomissement de panique. Il eut le temps de dire, ne t'en fais pas Anna, tout va bien. Il mourut de peur une demi-seconde avant d'être suspendu au crochet, avec la fureur que l'on emploie pour embrocher les traîtres.

— Qui est cette Anna ? demanda à voix haute un des jumeaux.

— Peu importe maintenant, répondit l'autre.

52

Dans la Sala Sagarra de l'Ateneu, à huit heures moins vingt, ce mardi au ciel couvert de nuages sombres, la cinquantaine de chaises disponibles étaient occupées par des jeunes gens qui écoutaient, ébahis, la musique d'ambiance sirupeuse. Un homme âgé, l'air perdu, choisit, après d'interminables hésitations, un siège au fond de la salle, comme s'il avait peur d'être interrogé à la fin. Deux grands-mères, au premier rang, visiblement déçues parce qu'il n'y avait aucun signe de buffet, se faisaient des confidences en attisant la conversation à coups d'éventail. Sur une table latérale, les cinq ouvrages composant les œuvres complètes de Bernat Plensa, exposés. Tecla était là, au premier rang, ce qui ne manqua pas de surprendre Adrià. Tecla regardait derrière elle, comme si elle contrôlait les arrivées. Adrià s'approcha d'elle et l'embrassa, et elle lui sourit pour la première fois depuis la dernière dispute dans laquelle il était intervenu en vain pour rétablir la paix. Oui, cela faisait longtemps qu'ils ne s'étaient pas vus.

— Pas mal, non ? dit Adrià en haussant les sourcils pour désigner la salle.

— Je ne m'y attendais pas. Et beaucoup de jeunes, en plus.

— Oui.

— Comment ça marche, avec Llorenç ?

— Fantastique. Je sais créer des documents de texte et les enregistrer sur une disquette. – Adrià réfléchit un instant. – Mais je suis encore incapable d'écrire quoi que ce soit directement avec l'ordinateur. Je suis un homme de papier.

— Ça va venir.

— Si ça doit venir…

Alors, le téléphone sonna et personne n'y prêta attention. Adrià leva la tête et les sourcils. Personne ne bougeait, comme si le téléphone n'avait pas sonné, ça alors.

Sur la table des orateurs se trouvaient aussi les cinq livres publiés par Bernat, placés de façon à ce que le public puisse en voir la couverture. La musique d'ambiance sirupeuse s'interrompit, mais le téléphone sonnait toujours, plus faiblement, et Bernat fit son apparition en compagnie de Carlota Garriga. Adrià fut étonné de ne pas le voir le violon à la main et il sourit de son idée. L'auteur et la conférencière prirent place. Bernat me cligna de l'œil et regarda avec satisfaction la salle bien remplie. Carlota Garriga commença par dire qu'elle avait toujours admiré la littérature de Bernat Plensa et celui-ci me fit un autre clin d'œil, et l'espace d'un instant je m'imaginai qu'il avait monté tout ce cirque uniquement pour moi. Par conséquent, je décidai de prendre les choses au sérieux et d'écouter attentivement ce que disait le docteur Garriga.

Des mondes de tous les jours, avec des personnages plutôt malheureux, qui n'arrivent pas à se décider entre aimer ou se défiler, le tout servi par de grandes capacités stylistiques, mais j'aborderai ce point un peu plus tard.

Au bout d'une demi-heure, alors que Garriga avait abordé tous les sujets, y compris les influences, Adrià leva la main et dit qu'il souhaitait demander à l'auteur pour quelle raison les personnages de ses quatre premiers livres présentaient autant de ressemblances physiques et psychologiques, et il regretta aussitôt d'avoir posé cette question. Bernat, après quelques secondes de réflexion, acquiesça et dit oui, oui, ce monsieur a raison.

C'est quelque chose de voulu. Une façon d'affirmer que tous ces personnages sont les précurseurs de ceux qui apparaîtront dans le roman que je suis en train d'écrire en ce moment.

— Vous êtes en train d'écrire un roman ? demandai-je, surpris.

— Oui. J'en ai encore pour pas mal de temps, mais oui, j'écris un roman.

Une main levée au fond : c'était la fille à la tresse immense, qui demanda s'il pouvait nous expliquer quel système il utilise pour inventer ses histoires, et Bernat souffla de contentement et dit, hou là, quelle question. Je ne sais pas si je suis capable d'y répondre. Mais pendant cinq minutes il expliqua comment il faisait pour inventer ses histoires. Et ensuite le garçon à la barbe de quaker se lança et l'interrogea sur ses modèles littéraires. Alors je regardai en arrière et je fus pétrifié, car Laura venait de faire son entrée. Cela faisait plusieurs mois que je ne l'avais pas vue, parce qu'elle était partie pour je ne sais quelle autre ville de Suède. Je ne savais même pas qu'elle était revenue. Elle était belle, ça oui. Mais non. Qu'est-ce qu'elle faisait là ? Et plus tard, le garçon blond aux deux admiratrices demanda si lui ou la dame...

— Le docteur Garriga, dit Bernat.

— Oui, c'est ça, corrobora le garçon aux deux admiratrices. Donc, vous avez dit en passant que vous êtes musicien et je ne comprends pas, si vous êtes musicien, pourquoi vous écrivez. Ce que je veux dire, c'est si on peut pratiquer beaucoup d'arts à la fois. Alors si ça se trouve, vous peignez en cachette, ou vous faites de la sculpture.

Les admiratrices se montrèrent enchantées de la subtilité de leur idole et Bernat répondit que tout venait de la profonde insatisfaction de l'âme humaine. Alors, son regard croisa celui de Tecla et je remarquai une légère, une très légère hésitation, et Bernat ajouta aussitôt comprenez bien ce que je veux dire : l'œuvre d'art naît de l'insatisfaction ; le ventre plein, on ne crée pas d'œuvre d'art, on fait la sieste. Et dans le public plusieurs personnes sourirent.

À la fin de la séance, Adrià alla saluer Bernat et celui-ci lui dit tu as vu ? une salle pleine, et Adrià lui répondit, oui, mon vieux, je te félicite. Tecla embrassa Adrià : elle avait l'air plus calme, comme si elle avait été soulagée d'un poids, et avant que Carlota Garriga les rejoigne elle dit vraiment je ne pensais pas qu'il y aurait autant de monde. Et Adrià n'osa pas lui demander et comment se fait-il que mon ami Llorenç ne soit pas venu. Et Garriga se joignit au groupe et voulut saluer le docteur Ardèvol, qu'elle ne connaissait pas personnellement, et Bernat proposa pourquoi n'allons-nous pas dîner tous ensemble.

— C'est que… je ne peux pas. Je suis désolé. Vraiment. Allez fêter ça, c'est bien mérité.

Quand il sortit, la salle s'était vidée. Dans le hall, Laura faisait semblant de lire les annonces des prochaines manifestations et dès qu'elle entendit les pas d'Adrià elle se retourna.

— Bonjour.

— Bonjour.

— Je t'invite à dîner, dit-elle, sur un ton grave.

— Je ne peux pas.

— Allez…

— Vraiment, je ne peux pas. Il faut que j'aille chez le médecin.

Laura resta la bouche ouverte, comme si les mots qu'elle allait dire étaient restés coincés. Elle regarda sa montre mais ne dit rien. Ou plutôt, légèrement offensée, elle dit d'accord, bien, tant pis, d'accord. Et, avec un sourire forcé : tu vas bien ?

— Non. Et toi ?

— Moi non plus. Je vais peut-être m'installer à Uppsala.

— Ça alors. Si c'est le mieux pour toi…

— Je ne sais pas.

— On pourrait en parler à un autre moment ? dit Adrià en soulevant le poignet où il portait sa montre en guise d'excuse.

— Va chez le médecin, va.

Adrià lui déposa un baiser chaste sur la joue et sortit sans se presser, sans regarder derrière lui. Il reconnut le rire détendu de Bernat et je me sentis très bien, vraiment, parce que Bernat mérite tout ça. Dehors il commençait à pleuvoir et, les lunettes éclaboussées par la pluie, il se lança dans la quête impossible d'un taxi.

— Excuse-moi, mon vieux. – Il essuya ses chaussures sur le paillasson.

— Ne t'en fais pas. – Il le fit entrer à gauche, directement dans son cabinet. – Je pensais que tu avais oublié.

Dans la partie droite de l'appartement, on entendait des bruits d'assiettes et de couverts, de la vie domestique. Le docteur Dalmau le fit entrer et referma la porte. Il allait décrocher sa blouse, mais il changea d'avis. Ils s'assirent de part et d'autre de la table. Ils se regardèrent en silence. Derrière le médecin, la reproduction d'un Modigliani plein de jaunes. Dehors, le plic-ploc d'une pluie de printemps.

— Alors, qu'est-ce qui t'arrive ?

Adrià leva la main pour attirer son attention.

— Tu entends ?

— Quoi ?

— Le téléphone.

— Oui. Quelqu'un va décrocher. C'est sûrement pour ma fille et on va être injoignables pendant deux heures.

— Ah.

792

Effectivement, au fond de l'appartement, le téléphone cessa de sonner et on entendit une voix féminine qui disait allô. Oui, c'est moi. Qui veux-tu que ce soit?

— Quoi d'autre? demanda le docteur Dalmau.

— Seulement ça : le téléphone. J'entends toujours la sonnerie du téléphone.

— Tu pourrais être plus précis?

— J'entends en permanence la sonnerie du téléphone, une sonnerie qui me fait sentir coupable, qui me mord à l'intérieur et que je ne peux pas m'enlever de la tête.

— Depuis quand?

— Deux bonnes années. Presque trois. Depuis le quatorze juillet mille neuf cent quatre-vingt-seize.

— *Le quatorze juillet.*

— *Oui.* Depuis le quatorze juillet mille neuf cent quatre-vingt-seize, quand le téléphone a sonné. Il sonnait sur la table de nuit du côté de Laura, dans une chambre en désordre, avec des valises à moitié faites. Ils se regardèrent, comme s'ils voulaient se demander, dans une sorte de silence coupable, s'ils attendaient un appel. Laura ne bougea pas, elle avait la tête sur la poitrine d'Adrià, et tous les deux entendaient que le téléphone, de façon monotone, insistait, insistait, insistait. Adrià regarda la chevelure de Laura en attendant qu'elle bouge. Rien. Le téléphone se faisait toujours entendre. Et à la fin, comme par miracle, le silence revint. Adrià se détendit ; alors, il comprit qu'il s'était raidi tout le temps qu'il avait sonné. Il passa la main sur les cheveux de Laura. Il suspendit son geste parce que le téléphone s'était à nouveau mis à sonner.

— Bon Dieu, quels casse-pieds, fit-elle en se blottissant contre Adrià.

Le téléphone continua à sonner un bon moment.

— Décroche, dit-il.

— Je ne suis pas là. Je suis avec toi.

— Décroche.

Laura se leva à contrecœur, décrocha et dit allô d'une voix éteinte. Quelques secondes de silence. Elle se retourna et lui passa le combiné en cachant très bien sa surprise.

— C'est pour toi.

Impossible, pensa Adrià. Mais il prit le combiné. Il vit avec étonnement qu'il n'avait pas de fil. C'était sûrement la première fois qu'il utilisait un téléphone qui n'avait pas de fil. Et il fut surpris de penser à ça et de l'évoquer maintenant devant le docteur Dalmau, presque trois ans plus tard.

— Allô.

— Adrià?

— Oui.

— C'est Bernat.

— Comment m'as-tu trouvé?

— Difficilement. Écoute…

Je compris que l'hésitation de Bernat était de mauvais augure.

— Qu'est-ce qu'il y a?

— Sara.

Tout a fini à ce moment, mon amour. Tout.

53

Les jours trop brefs passés à tes côtés, à te laver, te couvrir, t'éventer, te demander pardon. Les jours que j'ai consacrés à te rendre plus légère la douleur que je t'ai causée. Les jours de chemin de croix, surtout pour toi et, pardonne-moi, je n'ai pas l'intention de t'offenser, aussi pour moi, ont fait de moi un homme différent. Avant j'avais des centres d'intérêt. Maintenant je me retrouve sans raison d'être et je passe mes journées à penser à toi, à penser que tu sembles reposer paisiblement. Que faisais-tu à la maison ? Étais-tu revenue pour m'embrasser ou pour me gronder ? Étais-tu venue me chercher ou prendre des vêtements parce que tu pensais au huitième arrondissement ? Je t'avais téléphoné, tu dois t'en souvenir, et Max m'avait dit que tu ne voulais pas me parler. Oui, oui, pardonne-moi : Laura, oui ; tout cela m'est très pénible. C'est que tu n'avais pas à revenir : tu n'aurais jamais dû partir parce que nous n'aurions jamais dû nous disputer pour un violon de merde. Je te jure que je le rendrai à son propriétaire quand je saurai qui c'est. Et je le ferai en ton nom, mon amour. Tu m'entends ? J'ai quelque part le papier que tu m'as donné, avec le nom.

— Allez dormir, monsieur Ardèvol – l'infirmière aux lunettes en écaille, celle qui s'appelait Dora.

— Le médecin m'a dit de lui parler.

— Vous n'avez pas arrêté de toute la journée. La pauvre Sara doit avoir la tête comme un tambour.

Elle regarda la poche de sérum, régla le débit et observa le moniteur en silence. Sans le regarder dans les yeux :

— Vous lui parlez de quoi ?

— De tout.

— Vous avez passé deux jours à lui raconter des tas d'histoires.

— Ça ne vous est jamais arrivé, de regretter les silences que vous avez eus envers la personne que vous aimez ?

Dora jeta un coup d'œil circulaire et dit en le regardant dans les yeux vous nous rendrez un grand service à toutes en allant vous coucher et en revenant demain.

— Vous ne m'avez pas répondu.

— Je n'ai pas de réponse.

Adrià Ardèvol regarda Sara :

— Et si elle se réveille pendant que je ne suis pas là ?

— On vous appellera, ne vous inquiétez pas. Elle ne bougera pas d'ici.

Il n'osa pas dire et si elle meurt, parce que c'était impensable ; en septembre, on allait inaugurer l'exposition de dessins de Sara Voltes-Epstein.

Et à la maison, je continuais à parler avec toi, à me rappeler les choses que je te racontais. Et quelques années plus tard je t'écris en hâte pour que tu ne meures pas complètement quand je ne serai plus là. Tout est mensonge, tu le sais. Mais tout est une grande et profonde vérité que personne ne pourra jamais démentir. C'est nous, toi et moi. C'est moi, avec toi, lumière de ma vie.

— Aujourd'hui, Max est venu, dit Adrià. Et Sara ne répondit pas, comme si cela lui importait peu.

— Hé, Adrià.

Il était plongé dans sa contemplation. Il se retourna vers la porte. Max Voltes-Epstein était là, un bouquet de roses absurde à la main.

— Bonjour, Max. – Montrant les roses : Ce n'est pas la peine de...

— Elle adore les fleurs.

Treize ans de vie commune et je ne savais pas que tu adorais les fleurs. J'ai honte de moi-même. Treize ans sans m'apercevoir que chaque semaine tu changeais le bouquet de fleurs du vase de l'entrée. Maintenant, tout à coup, l'image avait explosé à l'intérieur de moi, comme une accusation.

— Pose-les ici, oui, merci. – Je fis un geste vague vers le couloir : Je vais demander un vase.

— Je peux repasser cet après-midi. Je me suis arrangé pour... Si tu veux continuer à te reposer...

— Je ne peux pas.

— Tu as l'air... Tu as très mauvaise mine. Tu devrais te mettre au lit pendant quelques heures.

Les deux hommes restèrent un long moment à contempler Sara, chacun vivant sa propre histoire. Max pensa pourquoi ne l'ai-je pas accompagnée, elle ne se serait pas retrouvée toute seule. Et je ne pouvais pas savoir, je ne pouvais pas savoir. Et Adrià repensait de façon obsessionnelle si je n'avais pas été dans le lit de Laura, j'aurais été à la maison à faire des corrections à *Llull, Vico, Berlin* et j'aurais entendu rsrsrsrsrsrsrs-rsrs, j'aurais ouvert, tu aurais posé ton sac de voyage par terre et quand tu aurais eu cette pputain d'hémorragie cérébrale, l'ictus infernal, je t'aurais relevée, je t'aurais portée jusqu'au lit et j'aurais appelé Dalmau, la Croix-Rouge, les urgences, Medicus Mundi, et ils t'auraient sauvée, c'est ma faute, au moment de l'attaque je n'étais pas avec toi et les voisins disent que tu es sortie sur le palier, parce que ton sac était à l'intérieur, et qu'ils t'ont ramassée là et que tu avais dû dévaler trois ou quatre marches, et la docteur Real m'a dit que la première chose qu'ils ont faite, c'est te sauver la vie et maintenant ils vont voir si tu as quelque chose de démis ou une côte cassée, pauvre petite, mais au moins ils t'ont sauvé la vie parce qu'un jour tu vas te réveiller et tu me diras je prendrais bien un café, comme la première fois que tu es revenue. Après la première nuit passée à l'hôpital, encore avec l'odeur de Laura sur moi, en rentrant à la maison j'ai vu ton sac de voyage dans l'entrée et j'ai vu que tu étais revenue avec tout ce que tu avais emporté et depuis lors je veux croire que tu revenais pour rester. Je te jure que j'ai entendu ta voix me disant je prendrais bien un café. On me dit que quand tu te réveilleras tu ne te souviendras de rien. Même pas de ta chute dans l'escalier. Les Mundó, de l'étage en dessous, t'ont entendue et ont donné l'alarme, et moi j'étais en train de baiser avec Laura et d'entendre sonner un téléphone que je ne voulais pas décrocher. Et au bout de mille ans Adrià se réveilla.

— Elle t'avait dit qu'elle revenait à la maison ?

Quelques instants de silence. Était-ce une hésitation ou ne se rappelait-il pas ?

— Je ne sais pas. Elle ne m'a rien dit. Tout à coup, elle a pris son sac et elle est partie.

— Qu'est-ce qu'elle avait fait, avant ?

— Elle avait dessiné. Et elle s'était promenée dans le jardin, en regardant la mer, en regardant la mer, en regardant la mer…

Ce n'était pas dans les habitudes de Max de se répéter. Il était affecté.

— En regardant la mer.

— Oui.

— C'est que je voudrais savoir si elle avait décidé de revenir ou…

— Quelle importance, maintenant ?

— Une grande importance. Pour moi, une grande importance. Parce que j'ai l'impression que oui, qu'elle revenait.

Mea culpa.

Adrià passa l'après-midi en silence, avec un Max perplexe, qui n'arrivait pas à comprendre ce qui s'était passé. Et le lendemain je suis revenu à ton chevet, avec tes fleurs préférées.

— Qu'est-ce que c'est que ça ? fit Dora en faisant la grimace, dès que j'arrivai.

— Des gardénias jaunes. – Hésitation d'Adrià. – Ses fleurs préférées.

— Mais ici, il y a beaucoup de gens qui entrent et qui sortent.

— Ce sont les plus belles fleurs que je peux lui apporter. Celles qui l'ont accompagnée dans son travail pendant de nombreuses années.

Dora regarda le tableau avec attention.

— De qui est-ce ?

— Abraham Mignon. Dix-septième siècle.

— Ça a de la valeur, non ?

— Oui, beaucoup. C'est pour ça que je l'ai apporté.

— Il n'est pas en sécurité ici. Rapportez-le chez vous.

Au lieu de l'écouter, le professeur Roig mit le bouquet de gardénias jaunes dans le vase et y versa le contenu de la bouteille d'eau.

— Je vous ai dit que je prendrai soin d'elle.

— Votre femme doit rester à l'hôpital. Au moins pendant quelques mois.

— Je viendrai tous les jours. Je resterai toute la journée.

— Vous devez vivre. Vous ne pouvez pas rester là toute la journée.

Je ne pouvais pas rester là toute la journée, mais je restai là de nombreuses heures et je compris comment un regard silencieux peut blesser davantage qu'un couteau aiguisé ; quelle horreur, le regard de Gertrud. Je lui donnais à manger et elle me regardait dans les yeux et elle avalait la soupe, docilement. Et elle me regardait dans les yeux et elle m'accusait sans le dire.

Le pire, c'est l'incertitude ; ce qui est horrible, c'est de ne pas savoir. Elle te regarde et tu ne peux pas élucider le sens de son regard. Elle m'accuse ? Elle veut me parler de son immense peine et elle ne peut pas ? Elle veut me dire à quel point elle me hait ? Ou peut-être veut-elle me dire qu'elle m'aime et que je dois la sauver ? La pauvre Gertrud est dans un puits et je ne peux pas l'en tirer.

Chaque jour, Alexandre Roig allait la voir et passait là de longues heures, la regardant, se laissant blesser par son regard, essuyant la sueur de son front, sans rien oser lui dire pour ne pas aggraver la situation. Et elle, après une éternité, elle commençait à entendre les cris Tiberium in Tiberim, Tiberium in Tiberim, la dernière chose qu'elle avait lue avant que l'obscurité se fasse. Et elle commençait à voir un visage, deux, trois visages, qui lui disaient des choses, qui mettaient une cuiller dans sa bouche, qui essuyaient sa sueur, et elle demandait que se passe-t-il, où suis-je, pourquoi ne me dites-vous rien, et alors elle se vit loin, très loin, de nuit, et d'abord elle ne comprenait rien, ou elle ne voulait pas comprendre, et pleine de confusion elle se réfugiait à nouveau dans Suétone et disait morte ejus ita laetatus est populus, ut ad primum nuntium discurrentes pars : "Tiberum in Tiberim !" clamitarent. Elle disait ça en criant, mais tout Suétone se pressait dans sa tête et apparemment personne ne pouvait l'entendre. Peut-être parce qu'elle parlait latin et… Non. Si. Et alors elle mettait des siècles à se rappeler à qui appartenait le visage qui se trouvait constamment devant elle et qui lui disait je ne sais quoi que je n'arrive pas à entendre. Et alors elle comprit le sens de ce qu'elle se rappelait de cette nuit-là et elle commença à faire des rapprochements et elle fut prise d'horreur. Et, comme elle put, elle se mit à crier de peur. Et Alexandre Roig ne savait pas ce qui était pire, supporter le silence insupportable ou affronter une fois pour toutes les conséquences de ses actes. Il ne savait pas s'il avait raison de le faire, mais un jour :

— Docteur, pourquoi ne parle-t-elle pas?

— Elle parle.

— Pardonnez-moi ; depuis qu'elle est sortie du coma, ma femme ne parle pas.

— Votre femme parle, monsieur Roig. Depuis quelques jours. On ne vous a rien dit? Nous ne comprenons pas un mot de ce qu'elle dit parce qu'elle parle dans une langue étrange, et nous ne… Mais elle parle. Et comment.

— Elle parle en latin?

— En latin? Non. Je ne crois pas. Enfin, les langues et moi…

Gertrud parlait et ne gardait le silence que pour lui. Cela l'effraya davantage que le regard couteau.

— Pourquoi est-ce que tu ne me dis rien, Gertrud? lui dit-il avant de lui donner cette foutue soupe de semoule, à croire qu'il n'y a pas d'autre menu dans cet hôpital.

Mais sa femme se contenta de le regarder avec la même intensité que d'habitude.

— Tu m'entends? Tu m'entends en ce moment?

Il le répéta en estonien et, en l'honneur de son grand-père, en italien. Gertrud ne disait rien et ouvrait la bouche pour recevoir la semoule de chaque jour, comme si cette conversation ne l'intéressait en rien.

— Qu'est-ce que tu leur dis, aux autres?

Encore de la soupe. Alexandre Roig eut l'impression que Gertrud réprimait un sourire ironique et ses mains commencèrent à transpirer. Il lui donna la soupe en silence, tâchant d'éviter que ses yeux rencontrent ceux de sa femme. Quand elle eut fini, il s'approcha d'elle, tout près, au point qu'il pouvait presque sentir l'odeur de ses pensées, mais il ne l'embrassa pas. Au creux de l'oreille, il lui dit qu'est-ce que tu leur dis, que tu ne peux pas me dire à moi. Et il le répéta en estonien.

Cela faisait deux semaines qu'elle était sortie du coma ; cela faisait deux semaines qu'on lui avait dit professeur Roig, malheureusement, nos craintes étaient justifiées, le traumatisme a rendu votre femme tétraplégique. Pour l'instant c'est exclu, mais d'ici quelques années nous pouvons espérer remédier à ce genre de lésions, et je restai sans voix parce qu'il m'arrivait trop de choses, trop graves, et je ne prenais pas toute la mesure du malheur. Toute ma vie était bouleversée. Et maintenant, cette angoisse de ne pas savoir ce que disait Gertrud.

— Non, non, non. Il est normal que le patient souffre d'une légère régression. Il est normal qu'elle parle dans une autre langue, comme quand elle était petite. En suédois ?

— Oui.

— Je regrette, mais il n'y a personne parmi le personnel…

— Ne vous en faites pas.

— Le plus étonnant, c'est qu'elle ne vous parle pas.

Foutue salope. Pauvre petite.

Il ne s'écoula que deux semaines avant que le professeur Alexandre Roig puisse enfin ramener sa femme à la maison. Il laissa les détails techniques à Dora, une volumineuse experte en soins palliatifs, recommandée par l'hôpital, et se consacra à la tâche de donner sa soupe à Gertrud, d'éviter son regard et de penser qu'est-ce que tu sais et qu'est-ce que tu penses de si je sais ou je ne sais pas que tu sais et il vaut mieux que personne ne nous entende.

— Le plus étonnant, c'est qu'elle ne vous parle pas, répétait Dora.

Plus qu'étonnant, inquiétant.

— Et avec ça, elle est de plus en plus bavarde, monsieur Roig. Dès qu'on s'approche d'elle, elle se met à dire des choses en norvégien, vous savez, comme si... Vous devriez vous cacher pour voir ça.

Et c'est ce qu'il fit, avec la complicité de cette matrone à coiffe d'infirmière qui avait fait de Gertrud une affaire personnelle et qui lui disait tous les jours aujourd'hui tu es plus belle que jamais, Gertrud, et qui, lorsque Gertrud parlait, prenait sa main insensible entre les siennes et lui disait mais qu'est-ce que tu me dis, ma belle, je ne te comprends pas, tu ne vois pas que je ne parle pas islandais, pauvre de moi. Et le professeur Alexandre Roig, qui à cette heure-là aurait dû être enfermé dans son bureau, attendit tout le temps nécessaire dans la chambre d'à côté que Gertrud veuille bien recommencer à parler et au milieu de l'après-midi, à l'heure où on est gagné par la torpeur, alors que l'infirmière allait procéder au changement rituel de position, Gertrud dit exactement ce que je craignais et je me mis à trembler comme une feuille de bouleau.

Dieu m'est témoin que je n'ai pas agi volontairement même si, dans la partie la plus noire de mon inconscient, il y avait ce désir inavoué. C'était la somnolence, après deux longues heures de route dans la nuit, Gertrud à moitié assoupie à côté de moi, et moi qui conduisais en me demandant désespérément comment je dirais à Gertrud que je voulais la quitter, que j'étais désolé, vraiment, mais que c'était comme ça, que la vie vous joue parfois ce genre de tours et que je me fichais de ce que pouvaient dire la famille, les collègues ou les voisins, mais que tout le monde a droit à une deuxième chance et que moi, c'est maintenant que je l'ai. Je suis follement amoureux, Gertrud.

Et alors le virage non signalé et la décision qu'il prit sans l'avoir décidé, comme tout était dans l'obscurité cela semblait plus facile, il ouvrit la portière, défit sa ceinture de sécurité et sauta sur l'asphalte et la voiture poursuivit sa course, sans freiner, et la dernière chose qu'il entendit de Gertrud ce fut un cri qui disait qu'est-ce qui se passe, qu'est-ce qui se passe, Saaaandreee… et encore quelque chose qu'il ne réussit pas à comprendre et le vide qui avala la voiture, Gertrud et son cri de terreur, et depuis lors plus rien, le regard comme un couteau et c'est tout. Et moi à la maison, tout seul, quand Dora m'expulsait de l'hôpital, pensant à toi, pensant que j'avais mal agi et cherchant désespérément le bout de papier où tu avais écrit le nom du propriétaire du violon et rêvant que j'allais à Gand ou à Bruxelles avec le Vial dans son étui taché de sang, j'arrivais devant une maison cossue, je pressais le bouton d'une sonnette qui faisait d'abord un klong seigneurial puis un klang élégant, et la porte s'ouvrait sur une servante à la coiffe amidonnée qui me demandait que désirez-vous.

— Je viens rapporter le violon.

— Ah oui, entrez. Il était temps, non?

La servante guindée fermait la porte et disparaissait. Et sa voix amortie disait Monsieur, un monsieur vient rapporter le Vial. Et aussitôt après arrivait un homme aux cheveux blancs, patriarcal, avec une robe de chambre à carreaux grenat et noirs, tenant fermement une batte de base-ball et qui me disait vous êtes ce fumier d'Ardefol?

— Mouais.

— Et vous apportez le Vial?

— Tenez.

— Fèlix Ardefol, n'est-ce pas? disait-il en levant la batte au-dessus de ses épaules.

— Non. Fèlix était mon père. Moi, je suis ce fumier d'Adrià Ardefol.

— Et peut-on savoir pourquoi vous avez tellement tardé à me le rapporter? – La batte menaçait toujours mon crâne.

— C'est une histoire tellement longue, monsieur, que maintenant… Je suis fatigué et ma bien-aimée est à l'hôpital, endormie.

L'homme aux cheveux blancs et à l'air patriarcal jeta la batte par terre, la servante la ramassa et il m'arracha l'étui et là même, accroupi sur le sol, il l'ouvrit, enleva la couverture de protection et en tira le Storioni. Splendide. À ce moment-là, je regrettai ce que j'étais en train de faire, parce que l'homme aux cheveux blancs et à l'air patriarcal n'était pas digne de ce violon. Et je me réveillais en nage et je retournais à l'hôpital à tes côtés et je te disais je fais ce que je peux mais je ne trouve pas le papier. Non, ne me dis pas de demander à monsieur Berenguer parce que je ne me fie pas à lui et il salirait tout. Où en étions-nous ?

Alexandre Roig mit la cuiller devant sa bouche. Pendant quelques secondes, Gertrud garda la bouche fermée ; elle se contentait de le regarder dans les yeux. Allez, ouvre ta jolie bouche, lui dis-je, pour ne pas avoir à soutenir ce regard. À la fin, grâce à Dieu, elle l'ouvrit et je pus lui faire avaler le bouillon chaud avec quatre coquillettes et je pensais qu'il valait mieux faire semblant de ne pas avoir entendu ce qu'elle disait à Dora quand elle croyait que je n'étais pas à la maison et je dis Gertrud, je t'aime, pourquoi ne me parles-tu pas, qu'est-ce qui t'arrive, pourquoi, on dirait que tu as quelque chose à me reprocher. Et Gertrud, pour toute réponse, ouvrit la bouche. Le professeur Roig lui donna encore deux ou trois cuillerées et la regarda dans les yeux :

— Gertrud. Dis-moi ce qui t'arrive. Dis-moi ce que tu penses.

Au bout de quelques jours, Alexandre Roig était capable de reconnaître que cette femme ne lui faisait pas de peine, qu'elle lui faisait plutôt peur. Je suis désolé que tu ne me fasses pas de peine, mais ce sont des choses qui arrivent. Je suis amoureux, Gertrud, et j'ai le droit de refaire ma vie et je ne veux pas que tu m'en empêches, ni en me faisant de la peine ni en me menaçant. Tu as été une femme pleine de vie, tu voulais toujours imposer ton point de vue, et maintenant tu dois te contenter d'ouvrir la bouche pour recevoir la soupe. Et te taire. Et parler en estonien. Et comment feras-tu pour lire tes Martial et tes Tite-Live ? Cet imbécile de docteur Dalmau dit que c'est normal, la régression. Jusqu'au jour où Alexandre Roig, angoissé, décida de ne pas baisser la garde ; ce n'est pas de la régression ; c'est l'envie de m'emmerder. Elle fait ça pour me faire souffrir… Elle veut seulement me faire souffrir ! Si elle veut me nuire, je ne me laisserai pas faire. Mais elle ne veut pas que je sache ce qu'elle a en tête. Je ne sais pas comment la contrer. Je ne sais pas. J'avais trouvé le moyen idéal, mais elle ne s'est pas laissé faire. Le moyen idéal, mais très risqué, parce que je ne sais pas comment j'ai pu sortir de la voiture.

— Vous n'aviez pas mis votre ceinture de sécurité ?

— Si. Je suppose que si. Je ne sais pas.

— Elle n'était ni forcée ni cassée.

— Peut-être que si. Je ne sais pas : j'étais… La voiture a fait un bond tellement incroyable que la porte s'est ouverte et que j'ai sauté.

— Pour sauver votre peau ?

— Non, non. C'est le choc qui m'a expulsé. Une fois par terre j'ai vu la voiture qui disparaissait et je ne la voyais plus et elle criait Saaaaaandreeee.

— Il y avait un dénivelé de trois mètres.

— Pour moi, elle avait été engloutie par le paysage. Et je suppose que je me suis évanoui.

— Elle vous appelait Sandre ?

— Oui. Pourquoi ?

— Pourquoi supposez-vous seulement que vous vous êtes évanoui ?

— Non… Tout est confus. Comment va-t-elle ?

— Mal.

— Elle va s'en sortir ?

Alors, l'inspecteur lui dit ce qu'il craignait tant ; il lui dit je ne sais pas si vous êtes croyant ou pas mais là, il y a eu un miracle ; le Seigneur a entendu vos prières.

— Je ne suis pas croyant.

— Votre femme ne va pas mourir. Cependant...

— Mon Dieu.

— Oui.

— Dites-moi exactement ce que vous voulez, monsieur Ardèvol.

Je fus obligé de prendre quelques instants pour mettre de l'ordre dans des idées impossibles à ordonner. La quiétude de l'atelier de Pau Ullastres m'aida à retrouver mon calme. À la fin, je lui dis ce violon a été volé pendant la Seconde Guerre mondiale. Par un nazi. Je crois qu'il a été confisqué à Auschwitz... rien que ça.

— Diable.

— Oui. Et par un concours de circonstances qu'il est inutile d'aborder, cela fait des années qu'il appartient à ma famille.

— Et vous voulez le rendre, suggéra le luthier.

— Non ! Ou oui, je ne sais pas. Mais je voudrais savoir à qui il a été confisqué. Qui était l'ancien propriétaire. Et alors on pourra parler.

— Si l'ancien propriétaire a échoué à Auschwitz...

— D'accord. Mais il doit avoir de la famille, non ?

Pau Ullastres prit le violon et se mit à jouer des passages d'une partita de Bach, je ne me souviens plus laquelle. La troisième ? Je me sentais sale parce qu'il y avait trop longtemps que je n'étais pas à tes côtés et quand je me retrouvai enfin devant toi je te pris la main et je dis je suis en train de faire des démarches pour le rendre, Sara, mais pour l'instant je n'aboutis à rien. Je veux le rendre à son véritable propriétaire, pas au premier opportuniste venu. Et le luthier m'a vivement recommandé, monsieur Ardèvol, d'agir avec une grande prudence et de ne pas vous précipiter. Il y a beaucoup de filous à l'affût d'histoires comme la vôtre. Tu m'entends, Sara ?

— Gertrud.

La femme regardait le plafond ; elle ne prit même pas la peine de dévier son regard. Alexandre attendit que Dora ferme la porte de l'appartement et les laisse seuls avant de poursuivre :

— C'est ma faute, dit-il sur un ton doux. Pardonne-moi… Je suppose que je me suis endormi… C'est ma faute.

Elle le regarda d'une façon qui avait l'air de venir de très loin. Elle ouvrit la bouche comme si elle était sur le point de dire quelque chose. Mais au bout de quelques secondes qui durèrent une éternité, elle se contenta d'avaler sa salive et de détourner le regard.

— Je n'ai pas fait exprès, Gertrud. C'était un accident…

Elle le regarda et cette fois c'est lui qui avala sa salive : cette femme sait tout. Jamais un regard ne m'avait autant blessé. Mon Dieu. Elle est capable de lâcher le morceau au premier venu parce que maintenant elle sait que je sais qu'elle sait. Je crains de ne pas avoir d'autre alternative. Je ne veux pas que tu sois un obstacle au bonheur que je mérite.

Mon mari veut me tuer. Ici personne ne me comprend. Prévenez mon frère ; Osvald Sikemäe ; il est instituteur à Kunda ; il faut qu'il me sauve. S'il vous plaît, j'ai peur.

— Non…

— Si.

— Répète-moi ça, dit Dora.

Àgata jeta un bref coup d'œil à son carnet. Elle regarda le serveur qui s'éloignait et répéta mon mari veut me tuer. Ici personne ne me comprend. Prévenez mon frère ; Osvald Sikemäe ; il est instituteur à Kunda ; il faut qu'il me sauve. S'il vous plaît, j'ai peur. Et elle a ajouté je suis seule au monde, je suis seule au monde. Je veux quelqu'un qui me comprenne, qui me comprenne quand je parle.

— Mais toi, qu'est-ce que tu lui as dit ? C'est la première fois, depuis que je m'occupe d'elle, qu'elle parle à quelqu'un. Jusqu'à présent elle parlait aux murs. Pauvre femme. Qu'est-ce que tu lui as dit ?

— Madame… c'est le choc…

— Mon mari sait que je sais qu'il veut me tuer. Il me fait très peur. Je veux retourner à l'hôpital. Ici toute seule avec lui… j'ai peur de tout… Vous ne me croyez pas ?

— Bien sûr que si, que je vous crois. Mais…

— Vous ne me croyez pas. Il va me tuer.

— Quelle raison aurait-il de vous tuer ?

— Je ne sais pas. Jusqu'à présent tout allait bien. Je ne sais pas. L'accident… – Àgata tourna la page de son carnet et continuait à déchiffrer ses notes gribouillées à la hâte… – L'accident m'a paru… Comment ça se fait que lui il n'a pas… – Elle leva la tête, désolée. – La pauvre femme, c'étaient des phrases décousues.

— Et toi, tu la crois ? – Dora, transpirant d'angoisse.

— Qu'est-ce que j'en sais !

Elles regardèrent la troisième femme, qui n'avait rien dit. Comme si elles lui avaient posé la question, elle parla pour la première fois.

— Moi, je la crois. Où ça se trouve, Kunda ?

— Sur la côte nord. Dans le golfe de Finlande.

— Et toi, comment ça se fait que tu parles estonien et que tu saches… – Dora, admirative.

— C'est comme ça…

Ce qui voulait dire qu'elle avait rencontré Aadu Müür, oui, ce garçon tellement costaud, un mètre quatre-vingt-dix, sourire d'ange, enfin. Je l'ai rencontré il y a huit ans et je suis tombée raide amoureuse, je suis tombée amoureuse d'Aadu Müür l'horloger et je suis allée vivre à Tallinn à ses côtés et je serais allée au bout du monde, là où finissent les contours des montagnes et où commencent les falaises horribles qui, si tu glisses, te conduisent tout droit en enfer pour te punir d'avoir pensé, un jour ou l'autre, que la terre était ronde. Je serais allée jusque là-bas si Aadu me l'avait demandé. Et à Tallinn j'ai travaillé dans un salon de coiffure et ensuite j'ai vendu des glaces dans un endroit où, le soir, on avait le droit de boire de l'alcool, et il est arrivé un moment où je parlais tellement bien l'estonien qu'on me demandait si mon petit accent était celui de l'île de Saaremaa et quand je leur répondais que j'étais catalane ils n'en croyaient pas leurs oreilles. Parce qu'à ce qu'il paraît les Estoniens sont froids comme la glace, mais c'est un mensonge parce qu'avec de la vodka dans le corps ils deviennent chaleureux et bavards. Et Aadu a disparu un jour de malheur et il n'est jamais revenu ; enfin, si, mais ça me fait du mal de m'en souvenir et je suis rentrée parce que je n'avais rien à fiche au milieu de la glace, sans Aadu l'horloger, à vendre des glaces à des Estoniens sur le point de se soûler. Je ne me suis pas encore remise de mes émotions quand Helena m'a appelée et m'a dit voyons un peu, tu sais l'estonien, non ? Et moi, oui, pourquoi ? Et elle, c'est que j'ai une amie infirmière qui s'appelle Dora et qui a un problème… Elle est effrayée et… c'est peut-être quelque chose de grave… Et moi je suis encore dans la situation où j'accepterais n'importe quoi pour oublier le mètre quatre-vingt-dix d'Aadu et cette âme hésitante et douce qui, un beau jour, a cessé de l'être, et j'ai dit et comment que mon estonien est en état de marche : où faut-il aller, que dois-je faire ?

— Non, non… Je veux dire… Comment ça se fait que tu le comprennes si bien ? Parce que moi, j'ai eu un mal de chien à savoir que c'était de l'estonien. Ça ne ressemblait à rien, tu comprends ? Jusqu'à ce qu'elle dise je ne sais quoi et moi, après avoir dit norvégien, suédois, danois, finnois, islandais, j'ai dit estonien et j'ai eu l'impression que ses yeux brillaient de façon différente. Rien que pour ça, oui. Et je suis tombée juste.

— L'ennui, c'est qu'on ne sait pas si le mari est un assassin en série ou si c'est elle qui est perturbée. Si on est en danger ou pas, vous voyez ce que je veux dire ?

— Je crois que je n'avais jamais vu autant de peur chez une femme. – Deuxième intervention d'Helena. – À partir de maintenant, il vaut mieux être sur nos gardes.

— Il faut qu'on lui demande des détails.

— Vous voulez que je lui parle encore ?

— Oui.

— Et s'il arrive… Hein ?

Alexandre Roig, après avoir fait une visite brève mais passionnée à son nouvel amour, était parvenu à la décision définitive. Je suis désolé, Gertrud, mais je n'ai pas d'autre alternative : tu m'y obliges. Maintenant c'est à mon tour de vivre. Il monta machinalement les marches du métro tout en se disant c'est ce soir ou jamais.

Pendant ce temps, Gertrud parlait et parlait en estonien et Àgata, aux cent coups, déguisée en infirmière, elle qui s'évanouissait à la vue d'une goutte de sang, traduisait à Dora, et elle disait je le regardais dans l'obscurité, je regardais son profil. Oui, parce que ça fait des jours qu'il est bizarre, très bizarre, et je ne sais pas ce qu'il a, et lui il faisait comme ça, il serrait les mâchoires et la pauvre Gertrud voulait lever un bras pour montrer comment c'était comme ça, mais elle se rendait compte qu'elle ne pouvait rien bouger d'autre que sa pensée et alors elle dit à ce moment-là on aurait dit qu'il me montrait son âme, qui me haïssait pour la seule raison que j'existais. Et il a dit c'est fini, plus rien à foutre ; oui, oui ; c'est fini, plus rien à foutre.

— Il l'a dit en estonien ?

— Quoi ?

— Il l'a dit en estonien ?

— Je n'en sais rien, moi… C'est alors que je l'ai vu trifouiller sa ceinture de sécurité et la voiture s'est envolée et j'ai dit Saaaandreee fumieeeeeeer… Et plus rien ; plus rien. Jusqu'au moment où je me suis réveillée et il était devant moi et il disait ce n'est pas ma faute, Gertrud, c'est un accident.

— Votre mari ne parle pas estonien.

— Non. Mais il comprend. Ou peut-être qu'il le parle.

— Et vous, vous ne pourriez pas parler en catalan ?

— Et quelle langue est-ce que je parle ?

Alors les trois femmes entendirent le bruit de la serrure et leur sang se glaça dans leurs veines.

— Mets-lui le thermomètre. Non, frotte-lui les jambes !

— Comment on fait ?

— En frottant, merde. Il ne devrait pas être là, cet homme.

— Oh oh, il y a des visiteurs ! dit-il en dissimulant sa surprise.

— Bonsoir, monsieur Roig.

Il les regarda toutes les deux. Toutes les trois. Un regard rapide, méfiant. Il ouvrit la bouche. Il vit que l'infirmière inconnue frottait le pied droit de Gertrud comme si elle jouait avec de la pâte à modeler.

— C'est… Elle est venue m'aider.

— Comment va-t-elle ?

— Toujours pareil. Pas de changement. – Parlant d'Àgata : C'est une collègue qui…

Le professeur Roig s'avança dans la chambre, regarda Gertrud, déposa un baiser sur son front, lui pinça la joue et dit je reviens tout de suite, mon amour, j'ai oublié d'acheter des gâteaux. Et il sortit, sans donner d'explication aux autres femmes. Quand elles furent à nouveau seules, elles se regardèrent toutes les deux. Toutes les trois.

Sara, hier soir j'ai trouvé ton papier avec le nom. Matthias Alpaerts, c'est ce qui est écrit. Il habite Anvers. Mais tu sais quoi ? Je ne me fie pas du tout à ta source. C'est une source souillée par le ressentiment de monsieur Berenguer et de Tito. Monsieur Berenguer est un voleur qui n'a qu'une envie, se venger de papa, de maman et de moi. Et il t'a utilisée pour servir ses intérêts. Laisse-moi y réfléchir un peu. Il faudrait que je sache… Je ne sais pas. Je te jure que je fais ce que je peux, Sara.

Je sais que tu veux me tuer, Sandre, même si tu m'appelles mon amour et que tu m'achètes des gâteaux. Je sais ce que tu as fait parce que j'en ai rêvé. On m'a dit que je suis restée cinq jours dans le coma. Pour moi, ces cinq jours ont été une vision nette de l'accident, au ralenti : je te regardais dans l'obscurité parce que cela fait plusieurs jours que tu es très bizarre, un peu bougon, nerveux, toujours ailleurs. La première chose à laquelle pense une femme quand son homme est comme ça, c'est qu'il a une autre femme en tête ; le fantasme de l'autre. Oui, c'est la première chose à laquelle on pense. Mais je ne savais que te dire. Je ne t'imaginais pas en train de me tromper. Et le premier jour où j'ai dit à voix haute au secours, je crois que mon mari veut me tuer parce qu'il avait un air bizarre dans la voiture et il a détaché sa ceinture de sécurité et il a dit c'est fini, et moi Saaaandreeee, fumieeeeeeer, et ensuite un rêve au ralenti où tout se répétait et ça pendant cinq jours à ce qu'il paraît. Je ne sais plus ce que je dis. Si, que la première fois que j'ai osé dire à voix haute que je crois que tu veux me tuer personne ne m'a prêté attention, comme si on ne me croyait pas. Mais alors ils me regardaient, et cette femme, Dora, me disait mais qu'est-ce que tu dis, je ne te comprends pas ; c'était pourtant très clair, je disais je crois que mon mari veut me tuer, sans honte, avec la panique en plus : personne ne me croyait ni ne me prêtait attention. C'est une façon d'être encore davantage enterrée vivante. C'est une chose terrible, Sandre. Je te regarde dans les yeux et tu ne soutiens pas mon regard : qu'est-ce que tu manigances ? Pourquoi ne me dis-tu pas quelles choses tu dis aux autres, que tu ne me dis pas à moi ? Que veux-tu ? Que je te dise en face que je crois que tu voulais me tuer, que je crois que tu veux me tuer ? Que je te dise, en soutenant ton regard, que je suis sûre que tu veux me tuer, parce que je suis un obstacle dans ta vie et qu'il est plus facile de m'enlever du milieu comme on souffle la flamme d'une bougie que de devoir me donner des explications ? Au point où on est, Sandre, les explications… j'ai l'impression que je n'en ai pas besoin. Mais ne souffle pas ma flamme : je ne veux pas mourir. Je suis immobile, enterrée dans cette cuirasse, et il ne me reste que cette faible flamme. Ne me l'enlève pas. Va-t'en demande le divorce, mais n'éteins pas ma flamme.

Quand Àgata partit de la maison, on respirait dans l'escalier les timides effluves des premiers dîners. Ses jambes tremblaient encore. Dans la rue, elle fut prise dans le nuage de fumée d'un autobus. Elle alla directement au métro. Elle avait regardé un assassin dans les yeux et c'était quelque chose de très fort. Si toutefois monsieur Roig était un assassin. Oui, il l'était. Et alors qu'elle était sur le point de descendre l'escalier, le même assassin, avec des yeux comme des poignards, se plaça à côté d'elle et lui dit mademoiselle, s'il vous plaît. Elle s'arrêta, pleine d'effroi. Il lui fit un sourire timide, se passa la main dans les cheveux et dit :

— Vous la trouvez comment, ma femme ?

— Mal. – Qu'est-ce qu'elle pouvait lui dire ?

— C'est vrai qu'il n'y a aucune chance de guérison ?

— Malheureusement… En fait, je…

— Mais le processus de myomatose est réversible, à ce qu'on m'a dit.

— Oui, bien sûr.

— Donc vous croyez vous aussi que c'est réversible.

— Oui monsieur. Mais je…

— Si vous êtes infirmière, moi je suis le pape.

— Pardon ?

— Que faisiez-vous chez moi ?

— Écoutez, là je suis pressée.

Qu'est-ce qu'on fait dans ces cas-là ? Que doit faire l'assassin qui se rend compte que quelqu'un fourre son nez là où il ne devrait pas ? Que fait la victime qui n'est pas certaine que l'autre soit vraiment un assassin ? Ils hésitèrent tous les deux pendant quelques secondes comme deux guignols. Alors Àgata eut l'idée de dire portez-vous bien et elle dévala les escaliers, et le professeur Roig resta planté sur le palier, sans savoir que faire. Àgata descendit sur le quai. À ce moment-là, un train arriva. Une fois à l'intérieur, elle se retourna vers la porte et regarda : non, ce fou ne l'avait pas suivie. Elle ne respira tranquillement que lorsque les portes du wagon se refermèrent.

De nuit, dans l'obscurité, pour ne pas avoir à soutenir son regard. De nuit, alors qu'elle faisait semblant de dormir, Gertrud distingua l'ombre de ce lâche de Sandre et sentit l'odeur du coussin du canapé, celui qu'avant, lorsque la vie était vivante, elle mettait sous sa tête pour regarder la télévision confortablement. Et elle eut le temps de penser Sandre a choisi le coussin, comme Tibère pour assassiner Auguste. Tu n'auras pas grand mal parce que je suis à moitié morte, mais sache qu'en plus d'un salopard tu es un couard. Tu n'as même pas été capable de me regarder dans les yeux pour me dire adieu. Et Gertrud ne put rien penser d'autre parce que le spasme de l'étouffement était plus intense que toute la vie et se changea en mort en un instant.

Dora lui posa la main sur l'épaule et lui dit monsieur Ardèvol, allez vous reposer. C'est un ordre.

Adrià se réveilla et se retourna, surpris. La lumière de la chambre était faible et les gardénias de Mignon rayonnaient d'une clarté magique. Et Sara dormait et dormait et dormait. Dora et une inconnue le mirent à la porte de l'hôpital à coups de pied. Et Dora lui mit dans le creux de la main un cachet pour l'aider à dormir, et il sortit dans la rue machinalement, prit le métro à la station Clínic tandis que le professeur Alexandre Roig, au métro Verdaguer, retrouvait une jeune fille qui aurait pu être sa fille, certainement une étudiante, et le meilleur des détectives, Elm Gonzaga, engagé par les trois femmes courageuses, les suivit très discrètement après avoir enregistré le baiser avec un appareil comme celui de Laura, numérique, si c'est comme ça que ça s'appelle, et ils attendirent tous les trois sur le quai l'arrivée du train et le couple heureux suivi par le détective monta dans le wagon, et à la station Sagrada Família montèrent fra Nicolau Eimeric et Aribert Voigt, plongés dans une discussion animée sur de grandes idées qu'ils avaient en tête, et assis dans un coin le docteur Müss ou Budden lisait le Kempis et regardait par la fenêtre l'obscurité du tunnel, et de l'autre côté du wagon, vêtu de l'habit de saint Benoît, le frère Julià de Sant Pere del Burgal dodelinait

de la tête. Debout à côté de lui, Jachiam Mureda de Pardàc regardait, les yeux écarquillés, le monde nouveau
qui s'offrait à lui, et il pensait certainement à tous les
Mureda et à la pauvre Bettina, sa chère petite aveugle.
À côté de lui, un Lorenzo Storioni inquiet, qui ne savait
pas ce qui lui arrivait, s'accrochait à la barre du centre
du wagon, et le train s'arrêta à la station Hospital de Sant
Pau, quelques passagers descendirent et Guillaume-François Vial monta, coiffé de sa perruque mitée, conversant
avec Drago Gradnik, qui était beaucoup plus corpulent
que ce que j'aurais pu imaginer et qui dut baisser la tête
pour entrer dans le wagon, et qui avait un sourire qui me
rappelait l'expression sérieuse de l'oncle Haïm, même
s'il ne souriait pas sur le portrait que Sara avait fait de
lui. Et le train se remit en branle. Alors je m'aperçus
que Matthias, Berta la forte, Truu, aux cheveux bruns
comme le bois de la forêt, Amelietje, aux cheveux de jais,
Juliet, la petite, blonde comme le soleil, et la courageuse
Netje de Boeck, la belle-mère patraque, étaient en train
de parler avec Bernat, au fond du wagon. Avec Bernat ?
Oui, et aussi avec moi, car j'étais aussi dans le wagon.
Et ils nous racontaient le dernier voyage en train qu'ils
avaient fait ensemble, dans un wagon plombé, et Amelietje montrait sa nuque meurtrie par le coup de crosse,
tu vois ? tu vois ? à Rudolf Hess, qui était assis, seul,
regardant le quai, et qui n'avait guère envie de regarder la bosse sur la nuque de la petite fille. Et les lèvres
de la petite avaient déjà la couleur sombre de la mort,
mais ses parents ne s'en souciaient pas. Ils étaient tous
jeunes et frais, sauf Matthias, qui était vieux, les yeux
larmoyants, les réflexes lents. J'eus l'impression qu'ils
le regardaient avec méfiance, comme s'ils avaient du mal
à accepter ou à pardonner la vieillesse du père. Surtout
le regard de Berta la forte, qui ressemblait par moments
à celui de Gertrud, mais non, il était un peu différent. Et
nous arrivâmes à Camp de l'Arpa, où montèrent Félix

Morlin et papa, en grande conversation : cela faisait tellement longtemps que je n'avais pas vu papa que je ne pouvais pratiquement pas distinguer son visage, mais je sais que c'était lui. Derrière lui, le shérif Carson accompagné de son fidèle ami Aigle-Noir, très silencieux l'un et l'autre, s'efforçant de ne pas me regarder. Je vis que Carson était sur le point de cracher sur le sol du wagon, mais Aigle-Noir l'en empêcha d'un geste sec. Le train était arrêté, je ne sais pour quelle raison, et les portes de tous les wagons étaient ouvertes. Le temps pour laisser monsieur Berenguer et Tito monter tranquillement, bras dessus bras dessous, me sembla-t-il, et Lothar Grübbe, qui hésitait à monter dans le wagon, et maman et Lola Xica, qui venaient derrière, l'aidèrent à se décider. Et quand les portes commençaient à se fermer Ali Bahr se glissa à l'intérieur, en forçant un peu, tout seul, sans l'infâme Amani. Les portes finirent de se fermer, le train se mit en marche et alors que cela faisait trente secondes que nous étions dans le tunnel, en direction de la Sagrera, Ali Bahr se planta au milieu du wagon et hurla comme un damné Seigneur miséricordieux, emportez toute cette charogne ! Il ouvrit sa djellaba, cria Allah akbar ! et tira sur un cordon qui sortait de ses vêtements et tout devint blanc de lumière et aucun de nous ne put voir l'immense boule de

Quelqu'un le secouait. Il ouvrit les yeux. C'était Caterina, penchée sur lui.

— Adrià ! Vous m'entendez ?

Il mit quelques secondes à se situer, parce que le son venait de très loin. Elle insista :

— Vous m'entendez, Adrià ?

— Oui, qu'est-ce qu'il y a ?

Au lieu de lui dire on vient d'appeler de l'hôpital ou vous avez un appel de l'hôpital ou même vous avez un appel, il paraît que c'est urgent, ou peut-être mieux encore, au lieu de dire on vous demande au téléphone et de retourner à son repassage, ce qui était une excuse imparable, Caterina, toujours désireuse d'être aux premières loges, répéta Adrià, vous m'entendez, et moi oui, qu'est-ce qu'il y a, et elle, il y a que Saga s'est réveillée.

C'est moi qui me suis réveillé d'un coup, et au lieu de penser elle s'est réveillée, elle s'est réveillée, j'ai pensé et je n'étais pas là, et je n'étais pas là. Adrià se leva de son lit sans se rendre compte qu'il était nu et Caterina, d'un coup d'œil, remarqua son ventre trop proéminent mais garda son commentaire pour une autre occasion.

— Où ? dis-je, désorienté.

— Au téléphone.

Adrià prit la communication dans le bureau : c'était le docteur Real en personne. Elle dit elle a ouvert les yeux et elle commence à parler.

— En quelle langue ?

— Pardon ?

— On comprend ce qu'elle dit ? – Et sans attendre la réponse : J'arrive tout de suite.

— Il faut que je vous parle avant que vous la voyiez.

— Très bien. J'arrive tout de suite.

Sans Caterina, qui fit barrage devant la porte de l'appartement, je serais parti à l'hôpital à poil, parce que j'avais perdu de vue les contingences les plus anecdotiques, tellement j'étais transporté de joie. Adrià se doucha en pleurant, s'habilla en pleurant et en riant et se rendit à l'hôpital en riant, et Caterina ferma l'appartement quand elle eut fini de repasser le linge et dit cet homme pleure quand il faut pleurer et rit quand il devrait pleurer.

La doctoresse maigre, au visage un peu flétri, le fit entrer dans une sorte de bureau.

— Hé, je veux lui dire bonjour.

— Un moment, monsieur Ardèvol.

Elle le fit asseoir. Elle s'assit à sa place et le regarda en silence.

— Qu'est-ce qui se passe, s'inquiéta Adrià. Elle va bien, n'est-ce pas ?

Alors, la doctoresse lui dit ce qu'il craignait tant ; elle lui dit je ne sais pas si vous êtes croyant ou pas, mais il s'est produit un miracle ; le Seigneur a entendu vos prières.

— Je ne suis pas croyant. – Et le mensonge : Et je ne prie pas.

— Votre femme ne va pas mourir. Cependant, les lésions…

— Mon Dieu.

— Oui.

— D'abord, nous devons voir à quel point l'ictus l'a affectée.

— Ah.

— Le problème, c'est qu'il y a d'autres problèmes.

— Lesquels.

— Depuis plusieurs jours, notre attention a été attirée par une paralysie flaccide, vous me comprenez ?

— Non.

— Oui. Le neurologue a demandé une TDM et nous avons vu une fracture de la sixième vertèbre cervicale.

— Qu'est-ce que ça veut dire, tout ça ?

Le docteur Real se rapprocha insensiblement et l'inflexion de sa voix changea :

— Que Sara a une grave lésion de la moelle épinière.

— Vous voulez dire qu'elle est paralysée ?

— Oui. – Après un bref silence, d'une voix plus basse : Tétraplégique.

Avec le préfixe "tetra-", qui veut dire "quatre", et le suffixe "-plégie", du mot *plēgē*, qui veut dire "coup" et aussi "malheur", on avait décrit l'état de Sara. Quatre coups de malheur pour ma Sara. Que ferions-nous sans le grec ? Nous ne pourrions mesurer ni connaître les grandes tragédies de l'humanité.

Je ne pouvais pas rompre avec Dieu parce que je n'y croyais pas. Je ne pouvais pas assommer la docteur Real parce que ce n'était pas sa faute. Je pouvais seulement clamer vers le ciel et je n'étais pas là et j'aurais pu la sauver ; si j'avais été là, elle ne serait pas sortie sur le palier, elle serait tombée sur le sol de l'appartement et elle se serait fait une petite blessure à la tête et c'est tout. Et moi, j'étais en train de baiser avec Laura.

On le laissa voir Sara. Elle était encore sous l'effet des sédatifs et ouvrait les yeux avec difficulté. Il eut l'impression qu'elle souriait. Il lui dit qu'il l'aimait beaucoup beaucoup beaucoup, et elle entrouvrit la bouche mais sans rien dire. Quatre ou cinq jours passèrent. Les gardénias de Mignon lui tenaient fidèlement compagnie tandis qu'on la réveillait doucement. Jusqu'à ce vendredi où le psychologue et le neurologue, avec le docteur Real, refusant catégoriquement sa présence, passèrent une longue heure dans la chambre de Sara, Dora postée devant la porte comme le chien Cerbère. Je restai à pleurer dans une espèce de salle d'attente et quand ils sortirent ils ne me laissèrent pas entrer pour l'embrasser tant que j'avais des traces de pleurs sur le visage. Et quand elle me vit elle ne dit pas je prendrais bien un café mais je veux mourir, Adrià. Et je me sentis stupide, avec ce bouquet de roses blanches à la main et mon sourire figé.

— Ma Sara, dis-je enfin.

Elle me regardait, l'air sérieux, sans rien dire.

— Pardonne-moi.

Rien. Il me semble qu'elle avala sa salive avec difficulté. Mais elle ne dit rien. On aurait dit Gertrud.

— Je vais rendre le violon. J'ai le nom.

— Je ne peux pas bouger.

— Bien, écoute. C'est comme ça maintenant. Il faut voir si…

— Ils me l'ont dit. C'est pour toujours.

— Et qu'est-ce qu'ils en savent ?

Malgré tout, elle eut une sorte de sourire résigné en entendant ma réponse.

— Je ne pourrai plus jamais dessiner.

— Mais tu peux bouger un doigt, n'est-ce pas ?

— Oui. Celui-là. C'est tout.

— C'est bon signe, non ?

Elle ne daigna pas me répondre. Pour dissiper la gêne d'un silence prolongé, Adrià poursuivit, sur un ton faussement enjoué :

— D'abord, il faut qu'on parle avec tous les médecins. N'est-ce pas, docteur ?

Adrià s'était tourné vers le docteur Real, qui venait d'entrer. Il tenait encore le bouquet de fleurs à la main, comme s'il voulait les lui offrir.

— Oui, bien sûr, fit la doctoresse.

Et elle lui prit le bouquet des mains, comme s'il était pour elle. Sara ferma les yeux, comme si elle était infiniment fatiguée.

54

Bernat et Tecla furent parmi les premiers à venir la voir. Ils étaient troublés et ne savaient que dire. Sara n'avait pas envie de sourire ni de plaisanter. Elle dit merci d'être venus et elle n'ouvrit plus la bouche. Et moi dès qu'on pourra on rentrera à la maison et on installera tout pour qu'elle soit à l'aise ; mais elle regardait le plafond, de son lit, et elle ne prenait même pas la peine de sourire. Et Bernat, avec une bonne humeur forcée, disait tu sais, Sara ? je suis allé à Paris avec le quatuor et j'ai joué à Pleyel, dans la salle moyenne, là où Adrià a joué il y a mille ans.

— Ah oui ? – Adrià, étonné.

— Oui.

— Et comment tu le sais, que j'y ai joué ?

— C'est toi qui me l'as dit.

Est-ce que nous devions lui dire que c'est là que nous nous sommes rencontrés, toi et moi ? Avec la complicité de maître Castells et de ta tante, dont je ne me rappelle pas le nom ? Ou nous gardons ça pour nous ?

— On s'est pour ainsi dire rencontrés là, Sara et moi.

— Ah bon ? Mais que c'est joli, ça, dit-il en montrant les gardénias de Mignon.

Tecla, pendant ce temps, s'approcha de Sara et posa sa main sur sa joue. Pendant un long moment, elle la lui caressa en silence, tandis que Bernat et moi tentions de feindre que tout allait pour le mieux. Cet imbécile d'Adrià n'avait pas encore compris ; s'il voulait qu'elle, s'il voulait que Sara, s'il voulait qu'elle le sente, il devait toucher son visage et pas ses mains mortes. Elles ne sont pas mortes. Endormies, alors.

Ensuite, quand ils se retrouvèrent seuls, Adrià mit sa main sur sa joue et elle le repoussa d'une mimique brusque, pleine de silence.

— Tu es fâchée avec moi.

— J'ai des problèmes plus graves que d'être fâchée avec toi.

— Excuse-moi.

Ils se turent. Notre vie commençait à avoir du verre brisé par terre et nous pouvions nous faire mal.

Le soir, à la maison, avec les portes-fenêtres ouvertes à cause de la chaleur, Adrià errait comme un fantôme, sans savoir ce qu'il devait faire et s'indignant tout seul parce que dans le fond, après tant de peine, il avait l'impression que c'était lui la victime. J'eus beaucoup de mal à me rendre compte qu'il n'y avait qu'une victime et que c'était toi. C'est pourquoi, au bout de deux ou trois jours, je me suis assis à côté de toi et je t'ai pris la main, j'ai remarqué son absence de sensibilité, je l'ai reposée délicatement là où elle était, j'ai posé le bout de mes doigts sur ta joue et j'ai dit Sara, je suis en train de faire des démarches pour rendre le violon à ses propriétaires. Elle n'a rien répondu à ma demi-vérité mais elle n'a pas repoussé mes doigts. Après cinq minutes de silence infini, elle a dit merci avec un filet de voix qui venait de très profond et j'ai senti que mes larmes étaient sur le point de jaillir à flots, mais je me suis dominé à temps parce que je savais que dans cette chambre d'hôpital je n'avais pas le droit de pleurer.

— "Ou dans un état dont je considérerai moi-même, en toute liberté, qu'il n'est pas digne de moi." Exactement. C'est ce qui est écrit.

— C'est très facile à dire.

— Non : c'est comme ça. J'ai eu beaucoup de mal à le rédiger, mais c'est mon testament vital. Et j'ai toute la lucidité nécessaire pour le ratifier.

— Tu n'es pas lucide. Tu es démoralisée.

— Tu confonds tout.

— Quoi ?

— Je suis lucide.

— Tu es vivante. Tu peux continuer à vivre. Je serai toujours à tes côtés.

— Je ne te veux pas à mes côtés. Je te veux courageux et je veux que tu fasses ce que je te supplie de faire.

— Je ne peux pas.

— Tu es un lâche.

— Oui.

Nous entendîmes des voix qui disaient cinquanta-quattro. C'est ici, oui. La porte s'ouvrit et je souris aux gens qui entraient dans la chambre en interrompant notre conversation. Des amis de Cadaqués. Et eux aussi étaient au courant pour les roses.

— Regarde comme elles sont belles, Sara, dit la femme.

— Très belles.

Sara eut un sourire pâle et se montra très bien élevée. Elle leur dit qu'elle se sentait bien, qu'ils se rassurent. Et les amis de Cadaqués purent repartir au bout d'une demi-heure un peu rassérénés parce qu'ils étaient arrivés sans savoir que dire, la pauvre petite.

Pendant des jours et des jours, des visiteurs et d'autres visiteurs interrompirent notre conversation qui était une seule conversation. Et quand cela fit quinze ou vingt jours que Sara s'était réveillée, un soir, alors que j'étais sur le point de rentrer à la maison, Sara me demanda de poser devant elle le tableau de Mignon. Pendant quelques minutes, elle le parcourut goulûment du regard, sans ciller. Et tout à coup, elle se mit à pleurer. C'est certainement ces larmes qui m'ont rendu courageux.

55

L'exposition fut inaugurée sans toi. Les gens de la galerie ne pouvaient pas la repousser parce que leur calendrier était rempli pour les deux années à venir et Sara Voltes-Epstein ne pourrait jamais venir, alors allez-y et vous me raconterez, vraiment. On peut tout filmer, n'est-ce pas ?

Quelques jours plus tôt, Sara nous avait convoqués à son chevet, Max et moi, pour nous dire je veux ajouter deux dessins.

— Lesquels ?

— Deux paysages.

— Mais… – Max, perplexe. – C'est une exposition de portraits.

— Deux paysages, insista-t-elle, qui sont des portraits d'une âme.

Max et Adrià se regardèrent avec étonnement.

— Quels paysages ?

— Tona et l'abside de Sant Pere del Burgal.

Ton aplomb m'a sidéré. Parce que tu as continué à donner des ordres : ils se trouvent tous les deux dans le carton qui est resté à Cadaqués. Le dessin de Tona s'appellera *In Arcadia Hadriani* et l'autre, *Sant Pere del Burgal : un rêve*.

— Et ce sont les portraits de quelle l'âme ? – Max, il fallait tout lui expliquer.

— Celui qui doit le savoir le sait déjà.

— Anima Hadriani, dis-je, sur le point de pleurer, ou de faire des bonds de joie, je ne sais toujours pas.

— Mais les gens de la galerie…

— Deux dessins supplémentaires. Max, ce n'est pas la mer à boire ! Et s'il n'y a pas d'argent, ils n'ont qu'à ne pas les encadrer.

— Non, c'est juste à cause de la ligne directrice, des portraits…

— Max, regarde-moi.

Tu as soufflé sur les cheveux qui tombaient sur tes yeux, je les ai écartés de la main et tu m'as remercié. Et à Max : l'exposition sera comme je le dis. Vous me devez ça. Trente portraits et deux paysages dédiés à l'homme que j'aime.

— Non, moi je ne…

— Attends. Le premier est une interprétation libre du paradis perdu d'Adrià. Et l'autre, ce sont les ruines d'un monastère qu'Adrià, je ne sais pourquoi, a dans la tête depuis toujours sans l'avoir jamais vu, jusque tout récemment. Et vous ferez comme ça. Vous le ferez pour moi. Même si je ne peux pas voir l'exposition.

— On t'y emmènera.

— J'ai horreur des shows avec des ambulances et des civières et… Non. Filmez tout.

Par conséquent, ce fut un vernissage sans la protagoniste. Max la représenta et dit ma sœur n'est pas là mais c'est comme si elle était là. Ce soir nous lui montrerons les photos et le film que nous sommes en train de tourner, et Sara, appuyée sur de bons oreillers, vit pour la première fois tous les portraits et les deux paysages ensemble et, lors de cette répétition du vernissage dans la cinquantaquattro avec Max, Dora, Bernat, le docteur Dalmau, moi et je ne sais qui d'autre, quand le travelling arriva à l'oncle Haïm, Sara dit arrête-toi un moment. Et, pendant quelques secondes, elle regarda l'image arrêtée en pensant Dieu sait quoi et ensuite on regarda le reste. À mon portrait, moi en train de lire, la tête un peu inclinée, elle ne demanda pas qu'on arrête. Le travelling arriva à son autoportrait, avec ce regard énigmatique, et elle ne voulut même pas le regarder. Elle observa attentivement Max en train de s'adresser aux gens dans la galerie, vit qu'il y avait beaucoup de monde, et tandis que les images continuaient à défiler elle dit merci, Max, c'est très beau ce que tu as dit. Et elle nous commenta qu'elle avait reconnu Murtra, Josée et Chantal Cases, les Riera d'Andorre, tous, et oh là là, c'est Llorenç, là, comme il a grandi.

— Et Tecla, tu vois ? lui fis-je remarquer.

— Et Bernat. Magnifique.

— Oh, et ce beau garçon, qui c'est ? s'exclama Dora.

— Un ami à moi, dit Max. Giorgio.

Silence. Pour le briser, Max lui-même reprit la parole :

— Tout est vendu. Tu m'entends ?

— Et lui, là ? Arrête, arrête. – Sara, comme par miracle, se leva presque. – Mais c'est Viladecans ! On dirait qu'il va manger l'oncle Haïm du regard !…

— Oui, c'est vrai, il était là. Il a passé une éternité devant chacun des portraits.

— Merde alors…

En voyant briller ses yeux, j'ai pensé elle retrouve la joie de vivre et j'ai pensé une nouvelle vie est possible, en changeant les priorités, en changeant de style, en changeant la valeur de toutes les choses. Non ? Comme si elle avait entendu mes pensées, elle est devenue sérieuse. Au bout de quelques secondes :

— L'autoportrait n'est pas en vente.

— Quoi ? – Max, affolé.

— Il n'est pas en vente.

— Mais c'est le dessin qui a été vendu le premier.

— Qui l'a acheté ?

— Je ne sais pas. Je vais demander.

— Je vous avais dit que… – un peu désorientée.

Tu ne nous avais rien dit. Mais ton univers commence à mélanger les choses que tu dis, celles que tu penses, celles que tu désires et celles qui auraient pu arriver s'il n'y avait pas.

— Je peux appeler d'ici ? – Max, désolé.

— Il y a un téléphone devant le bureau des infirmières.

— Pas la peine d'appeler, interrompit Adrià, comme s'il avait été pris en flagrant délit.

Je sentis le regard de Max, de Sara, du docteur Dalmau et de Bernat. Ça m'arrive parfois. Comme si j'étais entré dans la vie sans invitation et que tout le monde découvrait brusquement mon imposture, avec des regards de reproches comme des poignards.

— Pourquoi ? demanda quelqu'un.

— Parce que c'est moi qui l'ai acheté.

Silence. Sara fit une grimace :

— Que tu es idiot…

Adrià la regarda, les yeux écarquillés.

— Je voulais te l'offrir, dis-je, en improvisant.

— Moi aussi, je voulais te l'offrir. – Elle eut un petit rire timide, que je ne lui avais jamais entendu avant sa maladie.

Le vernissage à l'hôpital finit sur un toast avec des gobelets en plastique remplis d'eau. Et à aucun moment Sara ne dit j'aurais tellement aimé être là. Mais tu m'as regardé et tu as souri. Je suis sûr que tu te réconciliais avec moi grâce à cette demi-vérité à propos du violon. Je n'ai pas été assez honnête pour la démentir.

Après avoir avalé la gorgée rituelle, avec mon aide, elle secoua la tête et dit, comme si c'était la chose la plus à propos, je vais me faire couper les cheveux très court, ils me chatouillent la nuque.

Laura était revenue de l'Algarve toute bronzée. Avec tous ces problèmes et l'agitation des examens de septembre, nous nous vîmes dans le bureau ; elle me demanda des nouvelles de Sara et je lui dis qu'est-ce que tu veux que je te dise et elle n'insista pas. Bien que nous nous soyons trouvés ensemble dans le bureau pendant des heures, elle ne me dit plus rien et nous faisions semblant de ne pas nous voir. Au bout de quelques jours, j'allai déjeuner avec Max parce que j'avais eu l'idée de faire un livre avec tous les portraits de l'exposition, et avec le même titre, un in-folio, qu'est-ce que tu en penses ? D'accord, avec les deux paysages. Un livre cher, bien fait, sans précipitation. D'accord, un livre bien fait. Nous nous disputâmes l'honneur de payer l'édition et nous finîmes par convenir que nous prendrions en charge la moitié chacun et je me mis au travail avec l'aide des gens d'Artipèlag et de Bauçà. Et je me berçai de l'illusion que nous serions capables de commencer une autre vie, toi à la maison, bien soignée, si tu voulais encore vivre avec moi, ce dont je n'étais pas certain, si tu voulais bien et si tu cessais de penser à des choses étranges. Je parlai avec tous les médecins. Dalmau m'avertit : d'après les informations dont il disposait, Sara n'allait pas encore assez bien et il ne fallait pas que je sois trop pressé de la ramener à la maison, oui, le docteur Real avait raison. Et il était préférable, pour la santé mentale de tous, que nous ne nous mettions pas à échafauder des projets. Nous devions apprendre à avancer au jour le jour pendant un bon bout de temps, crois-moi. Et Laura me coinça un jour dans un couloir des salles des classes et me dit je retourne à Uppsala. On m'a proposé du travail à l'Institut d'histoire des langues et…

— Magnifique.

— Ça dépend. Je m'en vais. Si tu as besoin d'une avocate, je suis à Uppsala.

— Laura, je n'ai besoin de rien.

— Tu n'as jamais su ce que tu voulais.

— D'accord. Mais maintenant je sais que je n'irai pas te voir à Uppsala.

— Je te l'aurai dit.

— Tu ne peux pas attendre que les autres…

— Hé !

— Quoi.

— C'est ma vie, pas la tienne. Le mode d'emploi, c'est moi qui le rédige.

Elle se mit sur la pointe des pieds et m'embrassa sur la joue et, si je me souviens bien, nous ne nous sommes plus jamais parlé. Je sais qu'elle vit à Uppsala. Je sais qu'elle a publié six ou sept articles, très bons. Elle me manque, mais je lui souhaite d'avoir trouvé quelqu'un de plus entier que moi. Et pendant ce temps, Max et moi décidâmes que le livre de portraits serait une surprise, essentiellement pour éviter qu'elle essaie de nous dissuader. Nous voulions que notre enthousiasme provoque chez elle un petit choc et qu'elle soit gagnée par la contagion. C'est pourquoi nous demandâmes une brève préface à Joan Pere Viladecans, ce qu'il fit, enchanté. En quelques lignes, il disait tellement de choses de l'art de Sara que je fus pris d'un brusque accès de jalousie, rien que de penser qu'il y avait tellement d'aspects et de détails dans les dessins de Sara que je suis incapable de voir. Et autant d'aspects de sa vie que je n'ai pas davantage été capable de saisir.

Peu à peu, en t'observant à l'hôpital, j'ai découvert une femme capable de diriger le monde sans avoir besoin de remuer un doigt, seulement en parlant, en demandant, en suppliant et en me regardant avec ces yeux qui, aujourd'hui encore, me transpercent et me blessent d'amour et de je ne sais quoi. C'est que j'étais rempli de mauvaise conscience. Elle avait un nom : Alpaerts. Je ne savais pas de façon certaine s'il était le véritable propriétaire du violon. Je savais que ce n'était pas son nom que papa avait écrit dans cette espèce de testament écrit en araméen. Je ne te l'ai pas dit, Sara, mais je ne faisais rien pour tirer ça au clair. Confiteor.

Cet après-midi pâle et lent, sans aucune visite, comme cela commençait à devenir habituel, parce que les gens ont leurs obligations, tu m'as dit reste encore un moment.

— Si Dora me le permet.

— Elle te le permet. Je m'en suis occupée. Il faut que je te dise quelque chose.

J'avais remarqué que Dora et toi vous étiez tout de suite bien entendues, dès le premier instant, sans avoir besoin de faire des phrases.

— Sara, je ne crois pas que ce soit…

— Hé. Regarde-moi.

Je la regardai, avec tristesse. Elle avait encore les cheveux longs et elle était très belle. Et tu m'as dit prends ma main. Comme ça. Plus haut, que je puisse voir. Comme ça.

— Qu'est-ce que tu as à me dire ? – moi, craignant qu'elle ressorte le même sujet.

— J'ai eu une fille.

— Quoi ?

— À Paris. Elle s'appelle Claudine et elle est morte à l'âge de deux mois. Cinquante-deux jours de vie. Je ne devais pas être une assez bonne mère, parce que je n'ai pas su deviner son mal. Claudine, des yeux noirs comme le charbon, désemparée, pleurant sans cesse. Et un jour, je ne sais pas ce qui lui est arrivé. Elle est morte dans mes bras alors que je l'emmenais à l'hôpital.

— Sara…

— C'est la douleur la plus profonde qui puisse exister : la mort de ton enfant. C'est pour ça que je n'ai plus jamais voulu en avoir. J'aurais trouvé ça injuste envers Claudine.

— Pourquoi est-ce que tu ne m'as rien dit ?

— C'était ma faute et je n'avais pas le droit de te faire porter toute cette douleur. Maintenant, je vais la retrouver.

— Sara.

— Quoi.

— Ce n'était pas ta faute. Et tu ne dois pas mourir.

— Je veux mourir, tu le sais.

— Je ne te laisserai pas mourir.

— C'est exactement ce que je disais à Claudine dans le taxi. Je ne veux pas que tu meures, ne meurs pas, ne meurs pas, Claudine, tu m'entends ma petiote ?

Pour la première fois depuis que tu étais à l'hôpital, tu avais pleuré. Pour ta fille, pas pour toi, tu étais trop forte. Tu es restée silencieuse un moment, laissant couler tes larmes. Je les ai essuyées doucement avec un mouchoir, en silence, avec respect. Tu as fait un effort et tu as poursuivi :

— Mais la mort a plus de pouvoir que nous et ma petite Claudine est morte. – Elle se tut, épuisée par l'effort. Encore deux larmes et elle continua. – C'est pourquoi je sais que je vais la retrouver, maintenant. Je l'appelais ma petiote Claudine.

— Pourquoi dis-tu que tu vas la retrouver ?

— Parce que je le sais.

— Sara, tu ne crois à rien. – Parfois je ne sais pas me taire, je le reconnais.

— Tu as raison. Mais je sais que les mères retrouvent leurs filles mortes. S'il n'en était pas ainsi, la vie ne serait pas supportable.

Je ne dis rien, parce que tu avais raison, comme presque toujours. Adrià ne dit rien parce qu'il savait aussi que c'était impossible. Il ne pouvait pas lui dire que le mal est capable de tout et même davantage, et il ne connaissait pas encore l'histoire de la vie de Matthias Alpaerts, de Berta la vaillante, de la belle-mère patraque, d'Amelietje aux cheveux de jais, de Truu aux cheveux couleur de bois noble et de Juliet, la petite, aux cheveux en fils d'or.

Quand Sara rentra chez elle dans le huitième arrondissement, elle parcourut l'appartement en cherchant Bitxo et en se demandant où est-il passé, où est-il passé, où est-il passé.

Le chat était sous le lit, comme s'il avait eu l'intuition que quelque chose ne tournait pas rond. Elle le fit sortir avec une traîtrise, en lui mentant et en lui disant viens mon mignon, viens, et quand Bitxo, rassuré par le ton de sa maîtresse, sortit de sous le lit, elle l'attrapa, prête à le jeter par la fenêtre dans la cour intérieure parce que je ne veux plus jamais d'un être vivant à la maison. Mais le miaulement de surprise du chat la fit réagir et le sauva. Elle l'emmena à la SPA en sachant qu'elle était injuste envers la pauvre bête. Sara Voltes-Epstein passa quelques mois de deuil, dessinant des abstractions noires et passant des heures, muette, à illustrer des histoires que les mères liraient à leurs fillettes vivantes et rieuses, et elle pensait à des dessins que sa petiote Claudine ne verrait jamais, et à essayer que la peine ne lui dévore pas les entrailles. Et au bout d'un an exactement elle reçut la visite d'un vendeur d'encyclopédies. Tu comprends que je ne pouvais pas rentrer avec toi tout de suite ? Tu comprends que je ne voulais vivre avec personne qui pouvait mourir ? Tu comprends que j'étais folle ?

Elle se tut. Nous nous tûmes. Je laissai la main sur sa poitrine et je caressai sa joue : elle me laissa faire. Je lui dis je t'aime et je me persuadai qu'elle était plus sereine. À aucun moment je n'osai te demander qui était le père de Claudine et s'il vivait avec toi quand la petite est morte. Avec l'exposé de ta vie seulement à grands traits, comme si tu faisais une ébauche au fusain, soulignant une ombre, négligeant une ligne, tu revendiquais le droit de garder tes secrets pour toi, la chambre close de l'histoire de Barbe-Bleue. Et Dora me laissa rester jusqu'à une heure scandaleusement tardive.

56

Le jour où tu as repris la conversation et où tu m'as demandé de t'aider à mourir, parce que toute seule tu ne pouvais pas le faire, je fus horrifié, parce que j'avais voulu croire que tu avais oublié. Alors, Adrià lui dit comment peux-tu vouloir mourir alors que nous sommes sur le point de te faire une surprise. Quelle surprise. Un livre de toi. Un livre de moi ; un livre de moi ? Oui, avec tous les portraits ; on l'a fait, Max et moi.

Sara sourit et resta pensive pendant un moment. Puis elle dit merci, mais je veux en finir. Ça ne me plaît pas de mourir, mais je ne veux pas être une gêne et je n'accepte pas la vie qui m'attend, à regarder le même morceau de ce putain de plafond. Je crois que c'est le premier et le seul juron que j'aie entendu de sa bouche. Ou peut-être le deuxième.

Mais. Oui, je comprends ton mais. Je ne sais pas comment. Moi oui ; Dora m'a expliqué ; mais j'ai besoin de quelqu'un. Ne me demande pas ça. Et si c'est quelqu'un d'autre qui le fait, ça te serait égal ? Non ; je veux dire, ne demande à personne. Ici, c'est moi qui commande ; c'est ma vie, pas la tienne ; c'est moi qui rédige le mode d'emploi.

Je suis resté la bouche ouverte. C'était comme si, entre Laura et Sara, il y avait... Je suis désolé de devoir reconnaître que j'ai pleuré comme une Madeleine devant le lit de Sara qui, il faut bien le dire, était ravissante avec ses cheveux courts. Je ne t'avais jamais vue avec les cheveux courts, Sara. Elle, comme elle ne pouvait pas me passer la main dans les cheveux pour me consoler, elle se contenta de regarder ce putain de plafond en attendant que je finisse de pleurer. Il me semble que pendant ce temps Dora était entrée avec les pilules, mais en voyant la situation elle était ressortie discrètement.

— Adrià.

— Oui…

— Tu m'aimes plus que personne ?

— Oui, Sara. Tu sais que je t'aime.

— Alors fais ce que je te demande. – Et presque aussitôt, pour la troisième fois. – Adrià, mon chéri.

— Dis-moi.

— Tu m'aimes ?

Et Adrià fut attristé qu'elle lui demande ça pour la troisième fois parce que je donnerais ma vie pour toi et chaque fois que tu me demandes ça je pense seulement que…

— Tu m'aimes, oui ou non ?

— Tu sais tout et tu sais que je t'aime.

— Alors aide-moi à mourir.

Quitter l'hôpital me donnait mauvaise conscience. Je marchais au milieu de la Création Universelle, regardant machinalement les dos des livres, sans y prêter attention. De la même façon qu'à d'autres moments me promener du côté des Proses romanes me faisait me souvenir de lectures agréables ; qu'entrer dans la Poésie signifiait inévitablement prendre un livre et lire furtivement deux poèmes au hasard ou tout à fait délibérément, comme si la Création Universelle était le Paradis et les poèmes des fruits jamais défendus. De la même façon qu'entrer dans les Essais me faisait entrer en communion avec ceux qui, un jour, avaient essayé de mettre de l'ordre dans leurs pensées, je déambulais maintenant en regardant sans les voir les titres des volumes, abattu, avec seulement la douleur de Sara dans les yeux. Impossible de travailler. Je me mettais devant la pile de feuillets manuscrits, j'essayais de relire à l'endroit où j'en étais resté, mais alors tu surgissais et tu me disais tue-moi si tu m'aimes, ou tu restais tranquille pendant des années, patiente, équilibrée, et je devais sortir de ta chambre toutes les cinq minutes pour pouvoir crier de rage. Je demandai à Dora si vous avez gardé les cheveux de Sara quand vous les lui avez coupés…

— Non.

— Merde !…

— Elle nous a demandé de les jeter.

— Mais bon Dieu…

— Oui, c'est dommage. C'est aussi ce que j'ai pensé.

— Vraiment, vous lui avez obéi ?

— Il est impossible de ne pas lui obéir, à ta femme.

Et les nuits étaient une longue insomnie. Au point que je dus faire des choses étranges pour réussir à dormir, par exemple revoir des textes en hébreu, la langue que j'avais négligée plus que d'autres, parce que j'avais peu d'occasions de la travailler. Et je cherchai des textes du quinzième et du seizième siècle et des textes contemporains et je me rappelai la vénérable Assumpta Brotons, avec ses lorgnons et un demi-sourire qui m'avait d'abord paru bienveillant et qui s'était avéré, si je ne m'abuse, être un rictus facial. Et la patience dont elle faisait preuve. Et celle qu'elle me demandait.

— A'hat.

— Arhat.

— A'hat.

— A'hat.

— Épatant. Vous comprenez ?

— Oui.

— Sh'tayim

— Chtaïm.

— Épatant. Vous comprenez ?

— Oui.

— Shalosh.

— Chaloch.

— Épatant. Vous comprenez ?

— Oui.

— Arba.

— Arba.

— H'amesh.

— Hamesh.

— Oui, monsieur, épatant !

Les lettres dansaient devant mes yeux parce que tout m'était égal, parce que tout mon désir est resté à tes côtés. Je me couchais à point d'heure et à six heures du matin j'avais encore les yeux ouverts. Je somnolais pendant quelques minutes et avant qu'arrive Lola Xica j'étais déjà levé, rasé, douché et prêt à retourner à l'hôpital si je n'avais pas cours, prêt à assister à un miracle pour l'amour de Dieu.

Jusqu'au soir où je me sentis tellement honteux de moi-même que je décidai de me mettre vraiment à la place de Sara pour essayer de la comprendre complètement. Et le lendemain Adrià s'arrangea pour rencontrer Dora, qui n'était pas aussi effrayée que moi mais qui était très réticente parce que ce n'était pas un cas de maladie irréversible qui finirait tôt ou tard par la mort ; qu'elle pouvait rester des années et des années dans cet état, que... et je me vis obligé de plaider en faveur des arguments de Sara qui se résumaient à fais-le pour l'amour de moi. Seul, à nouveau. Seul face à ta demande, à ta supplication. Mais je ne m'en sentais pas capable. Et un soir je dis à Sara que oui, que je le ferais, et elle me sourit et me dit si je pouvais bouger je me lèverais et je te roulerais un énorme patin. Et je l'avais dit en sachant que je mentais, parce que je n'avais aucune intention de le faire. Je finissais toujours par te mentir, Sara ; à ce propos et à propos de mes démarches pour rendre le violon qui, selon ma version, avançaient à vue d'œil, et j'étais sur le point d'entrer en contact avec... C'était pathétique, cet échafaudage de mensonges que je bâtissais uniquement pour gagner du temps. Gagner du temps sur qui ? Gagner du temps sur la peur, penser que chaque jour qui passe est un jour de gagné, des choses de ce genre. J'en parlai à Dalmau, qui me conseilla de ne pas mêler le docteur Real à ça.

— Tu me dis ça comme si c'était un crime, mon vieux.

— C'est un crime, ici et avec la législation actuelle.

— Alors, pourquoi m'aides-tu ?

— Parce que la loi est une chose, et les cas que la loi n'ose pas considérer autre chose.

— Donc, tu es d'accord avec moi.

— Qu'est-ce que tu veux ? Que je signe une déclaration ?

— Non. Excuse-moi. C'est que. Enfin.

Il me prit par les épaules et me fit asseoir. Et, bien que nous soyons seuls dans son cabinet et dans son appartement, il baissa le ton et, sous le regard muet et scandalisé du Modigliani jaune, il me donna un cours accéléré de mort assistée pour raison d'amour. Et je savais que je ne mettrais jamais cet enseignement en pratique. Je passai deux semaines assez sereines, jusqu'au jour où Sara me regarda dans les yeux et me dit quand, Adrià ? J'ouvris la bouche. Je regardai le putain de plafond et je la regardai sans savoir que dire. Je dis j'ai parlé avec... je suis... hé ho ?

Le lendemain, tu es morte toute seule. Je croirai toujours que tu es morte seule parce que tu as compris que je suis un lâche et que tu avais trop envie de mourir et que je n'ai pas été assez courageux pour t'accompagner dans ces derniers moments et te les rendre plus supportables. La version du docteur Real, c'est que l'hémorragie qui avait provoqué l'accident s'est répétée, malgré le traitement que tu recevais. Tu es partie alors que ton exposition était toujours accrochée. Et Max, qui est venu avec Giorgio, en pleurs, m'a dit quel dommage, elle n'a pas su qu'on préparait son livre ; on aurait dû lui dire.

C'est comme ça que tout s'est passé, Sara. Comme je n'ai pas été capable de t'aider, tu as dû partir seule, précipitamment, en cachette, sans regarder en arrière, sans pouvoir dire adieu. Tu comprends mon malheur ?

57

— Adrià? – Rien qu'à l'entendre dire mon nom, je remarquai que Max était agité.

— Oui, qu'est-ce qu'il y a?

— J'ai reçu ton fax.

— Alors tout va bien.

— Non. Pas du tout.

— C'est que moi, le fax… J'ai dû appuyer sur une touche qui…

— Adrià.

— Oui.

— Le fax est arrivé sans aucun problème. Tu as appuyé sur le bon bouton et je l'ai reçu.

— Très bien. Tout va bien, alors, non?

— Tout va bien? Tu sais ce que tu m'as envoyé?

Son ton ressemblait à celui de la mère Trullols quand elle me disait fais des arpèges en sol majeur et que je commençais en ré majeur.

— Eh bien quoi, la note biographique de Sara.

— Oui, et par quelle note as-tu commencé? insista la mère Trullols.

— Écoute, qu'est-ce qui t'arrive?

— C'est pour mettre où? – Cette fois, c'était bien Max.

— C'est la note finale du livre de portraits. Ça va, tu es content?

— Non. Je vais te lire ce que tu m'as envoyé.

Ce n'était pas une question ; c'était un avertissement. Et aussitôt, je l'entendis lire Sara Voltes-Epstein est née à Paris en mille neuf cent cinquante et très jeune elle rencontra un imbécile qui tomba amoureux d'elle et, sans penser à mal, ne fut pas capable de la rendre heureuse.

— Écoute, je…

— Je continue ?

— Non, ce n'est pas la peine.

Mais Max continua à lire. Il était très en colère et quand il eut fini il y eut un silence très étrange. J'avalai ma salive et je dis Max, je t'ai envoyé ça ?

Toujours le silence. Je regardai les papiers sur mon bureau. Il y avait les examens d'esthétique à corriger. Lola a certainement chamboulé mes papiers. Encore des papiers et. Attends. Je pris un papier, celui que je t'avais envoyé par fax, écrit sur mon Olivetti. Je lui jetai un rapide coup d'œil.

— Merde. – Silence. – Tu es sûr que je t'ai envoyé ça ?

— Oui.

— Excuse-moi.

La voix de Max semblait plus calme :

— Si ça ne te dérange pas, je rédigerai moi-même la note biographique. La liste de ses expositions, je l'ai déjà.

— Merci, mon vieux.

— Non, excuse-moi, toi… je suis nerveux… C'est que l'imprimeur veut les textes tout de suite si on veut que le livre sorte avant la clôture de l'exposition.

— Si tu veux, je peux essayer de…

— Pas du tout, je m'en charge.

— Merci, Max. Amitiés à Giorgio.

— Je n'y manquerai pas. À propos, pourquoi est-ce que tu écris putain avec deux p ?

Je raccrochai. Ce fut la première alerte, mais je ne le savais pas encore. Je continuai à farfouiller dans mes papiers. Il n'y avait que ce texte. Je le relus, préoccupé. Sur ce papier, j'avais écrit Sara Voltes-Epstein est née à

Paris en mille neuf cent cinquante et très jeune elle rencontra un imbécile qui tomba amoureux d'elle et, sans penser à mal, ne fut pas capable de la rendre heureuse. Après des péripéties douloureuses, après plusieurs allers-retours, elle finit par accepter de vivre avec l'imbécile en question. De longues années (trop brèves) de vie commune, qui sont devenues les plus importantes de ma vie. Les plus essentielles. Sara Voltes-Epstein est morte à l'automne mille neuf cent quatre-vingt-seize. Quelle pputain de vie : elle n'avait pas cinquante ans. Sara Voltes-Epstein avait consacré sa vie à dessiner la vie pour les enfants des autres et, très rarement, elle exposait, à contrecœur, des dessins au crayon ou au fusain, comme si elle ne se souciait que de ce qui est essentiel : le rapport avec le papier par le trait du crayon ou du fusain. Elle était très bonne, comme dessinatrice. Elle était très bonne. Elle était.

La vie continua, plus triste, mais vivante. La publication du livre de portraits de Sara Voltes-Epstein me remplit d'une mélancolie profonde et inépuisable. La note biographique rédigée par Max était brève mais impeccable, comme tout ce que faisait Max. Ensuite, les événements se précipitèrent. Laura ne revint pas d'Uppsala, comme elle avait menacé de le faire, et je m'enfermai pour écrire sur le mal parce que j'avais beaucoup d'autres choses qui tournaient dans ma tête. Mais Adrià Ardèvol, tout en écrivant désespérément, remplissant des feuillets et des feuillets, savait qu'il n'avançait pas ; qu'il était impossible qu'il avance parce qu'il ne faisait qu'entendre la sonnerie du téléphone : un ré dièse très désagréable.

— Rsrsrsrsrsrsrsrsr.

C'était la porte.

— Ça ne te dérange pas ?

Adrià ouvrit la porte en grand. Cette fois, Bernat était allé droit au but ; il avait apporté son violon et un énorme sac qui devait contenir la moitié de son existence.

— Vous vous êtes encore disputés ?

Bernat entra sans répondre à cette question évidente. Il resta silencieux pendant les cinq premiers jours, tandis que je me battais avec un texte stérile et contre l'insistance du téléphone.

Avec sa bonne volonté habituelle, à partir du sixième jour, Bernat passa plusieurs dîners à essayer de me convaincre de faire entrer l'ordinateur dans ma vie une fois pour toutes, en me faisant réviser ce que Llorenç m'avait appris et que je finissais par oublier faute de m'en servir.

— Non, je comprends bien le principe. Mais de là à l'utiliser... Il faudrait que je pratique et je n'ai pas le temps.

— Tu es désespérant.

— Comment veux-tu que je m'y mette alors que je n'ai pas encore assimilé la machine à écrire ?

— Tu l'utilises, pourtant.

— Parce que je n'ai pas de secrétaire pour mettre mes textes au propre.

— Tu n'imagines pas le temps que tu gagnerais.

— Je suis un enfant du codex, pas du volume ou du rouleau.

— Là, je ne comprends pas.

— Je te dis que je suis un enfant du codex et pas du volume.

— Toujours pas. Moi, je veux simplement te faire gagner du temps grâce à l'ordinateur.

Bernat ne réussit pas à me convaincre et moi je ne fus pas capable de lui parler de Llorenç et de lui dire qu'il ne devait pas jouer les pères de la même façon que mon père l'avait fait. Jusqu'au jour où je vis qu'il préparait sa valise ; cela faisait tout juste une quinzaine qu'il avait demandé refuge à la maison. Il rentrait chez lui parce que, à ce qu'il me dit en partant, il ne pouvait pas vivre comme ça, et j'ignore ce qu'il voulait dire exactement. Il partit de chez moi à moitié réconcilié avec Tecla, et je me retrouvai à nouveau seul à la maison. Seul à jamais.

L'idée bouillonnait dans ma tête et un beau jour j'appelai Max pour lui demander s'il était chez lui parce que je voulais le voir. Et je partis pour Cadaqués, prêt à tout.

La maison des Voltes-Epstein était grande, vaste, pas vraiment belle mais conçue pour qu'on puisse jouir de la vue des calanques et du bleu homérique de la Méditerranée. C'est un paradis dans lequel je pénétrais pour la première fois. Je fus très sensible à l'embrassade de Max, quand je mis les pieds dans la maison. Je compris que c'était une façon officielle de me faire entrer dans la famille, même après coup. La plus belle pièce de la maison était devenue, depuis la mort de monsieur Voltes, le studio de Max : une bibliothèque impressionnante sur le monde du vin, la plus fournie d'Europe, à ce qu'on dit : coteaux ensoleillés, vignes, ceps, pampres, maladies, raisins, monographies sur le cabernet, l'ull-de-llebre, le chardonnay, le riesling, la syrah et compagnie ; histoire, terrains, crises historiques, épidémies, phylloxéra, variétés nouvelles, vigne et latitudes et altitudes idéales. Vigne et brouillard. Le vin qui vient du froid. Raisins secs. Vin de montagne et de haute montagne. Vignes vertes au bord de la mer. Caves, chais, barriques de chêne de Virginie et du Portugal, sulfites, années de vieillissement, humidité, obscurité, chêne-liège, bouchons, familles de bouchonniers liégeurs, négociants exportateurs de vin, de raisin, de bois à tonneau, biographies d'œnologues célèbres, de familles de viticulteurs, livres de photographies sur les différentes couleurs des vignobles. Types de sols. Dénominations d'origine garantie, contrôlée, protégée, avec les législations correspondantes ; listes, cartes, limites et histoire. Grandes cuvées historiques. Terroirs, régions et zones viticoles. Interviews d'œnologues et de producteurs. Bouteilles et conditionnements. Champagne. Cava. Vins mousseux. Vin et gastronomie. Vin blanc, vin rouge, vin rosé, vin jeune, vin de garde. Vins doux et vins cuits. Et une section consacrée aux liqueurs et spiritueux. Monastères et liqueurs, chartreuse, cognacs et armagnacs, brandies, whiskies du monde entier, bourbon, calvados, grappa, eaux-de-vie, marc, anisette, vodka ; le principe de la distillation. L'univers du rhum. Les températures. Les thermomètres vinicoles. Les sommeliers qui ont marqué l'histoire… Face à tout cela, Adrià fit la même tête que Matthias Alpaerts quand il était entré dans son bureau.

— Admirable, résuma-t-il. Tu es un savant du vin. Et dire que ta sœur le mélangeait avec de la limonade et le buvait au *porró*.

— Il faut de tout pour faire une famille. Mais il faut distinguer. Le *porró* n'est pas mauvais en soi. La limonade, oui. Tu restes déjeuner, ajouta-t-il. Giorgio est un excellent cuisinier.

Nous nous assîmes, entourés par le monde du vin et par la question non formulée, que Max n'osait pas poser : que veux-tu, de quoi veux-tu parler, pourquoi. Nous étions également entourés d'un silence mêlé d'air marin qui invitait à ne rien faire, à laisser la journée s'écouler tranquillement, sans que personne ni aucune conversation nous complique la vie. Il était difficile d'entrer en matière.

— Que veux-tu, Adrià ?

C'était dur à dire. Parce que ce que voulait savoir Adrià, c'était ce qu'ils avaient bien pu dire à Sara, hein, pour qu'elle me fuie tout à coup, sans prévenir et sans…

Il y eut un silence que n'interrompait, par moments, que la légère brise salée.

— Sara ne te l'a pas dit ?

— Non.

— Tu lui as demandé ?

— Ne me demande plus jamais ça, Adrià. Il vaut mieux que…

— Eh bien si elle disait ça, moi…

— Max, regarde-moi dans les yeux. Elle est morte. Sara est morte ! Et je veux savoir ce qui s'est passé, bon Dieu !

— Peut-être que ce n'est plus la peine.

— Bien sûr que c'est la peine. Et tes parents et les miens sont morts, eux aussi. Mais j'ai le droit de savoir de quoi je suis coupable.

Max se leva, s'approcha de la fenêtre, comme s'il avait un besoin urgent de vérifier un détail de la marine qui se détachait dans l'encadrement, comme un tableau. Il la contempla pendant un moment, se pénétrant de tous les détails. Ou réfléchissant, peut-être.

— Donc, tu ne sais absolument rien, conclut-il sans se retourner vers moi.

— Je ne sais même pas ce que je devrais savoir ou pas.

Toutes ces réticences m'avaient exaspéré. Je fis un effort pour me calmer. Et j'essayai d'être plus précis :

— La seule chose que Sara m'a dite, quand je l'ai revue à Paris, c'est que je lui avais écrit une lettre dans laquelle je lui disais qu'elle était une saloperie de juive et qu'elle pouvait faire des confitures avec sa famille de merde qui avait l'air d'avoir avalé un manche à balai et de ne pas l'avoir chié.

— Diable. Ça, je l'ignorais.

— C'est plus ou moins ce qu'elle m'a dit. Mais je ne lui ai jamais écrit ça !

Max fit un geste vague et sortit du studio. Au bout d'un moment, il revint avec une bouteille de vin blanc frais et deux verres.

— Tu me diras ce que tu en penses.

Adrià dut refréner son impatience et goûter ce saint-émilion et essayer de distinguer les arômes que Max lui décrivait ; et ainsi, à petites gorgées, ils vidèrent lentement leur premier verre en parlant de bouquet et de je ne sais quoi et pas de ce que nos mères avaient raconté à Sara.

— Max.

— Oui, je sais.

Il se servit un demi-verre et le but comme un buveur, pas comme un œnologue. Et après il claqua la langue, dit sers-toi et commença à dire Fèlix Ardèvol fut étonné de l'aspect de son client et je te raconte ça, ma bien-aimée, parce que d'après ce que m'a dit Max tu n'étais que vaguement au courant. Tu as droit aux détails : c'est ma pénitence. Par conséquent, je dois te dire que Fèlix Ardèvol fut étonné de l'aspect de son client, un homme tellement malingre que quand il avait son chapeau sur la tête il avait l'air d'avoir déployé un parapluie au milieu du jardin romantique de l'Ateneu.

— Monsieur Lorenzo ?

— Oui, dit Fèlix Ardèvol. Vous devez être Abelardo.

L'autre s'assit en silence. Il enleva son chapeau et le posa délicatement sur la table. Un merle passa entre les deux hommes en criant et se dirigea vers le coin où la végétation était le plus touffue. L'homme malingre dit, d'une voix épaisse, et dans un castillan très forcé, mon client vous fera parvenir le paquet aujourd'hui, ici même. Une demi-heure après que j'aurai quitté les lieux.

— Très bien, j'ai le temps.

— Quand partez-vous ?

— Demain matin.

Le lendemain, Fèlix Ardèvol prit l'avion, comme il le faisait très fréquemment. Une fois à Lyon, il loua une traction, comme il le faisait très fréquemment, et en quelques heures il fut à Genève. À l'Hôtel du Lac, il était attendu par le même homme malingre à la voix de basse bulgare, qui l'invita à monter dans une chambre. Ardèvol lui remit le paquet et l'homme, après avoir posé son chapeau délicatement sur une chaise, fit sauter le cachet de cire et déballa le paquet. Lentement, il compta les cinq liasses de billets. Il lui fallut dix bonnes minutes. Il prenait des notes sur une feuille de papier et faisait des calculs, et il recopiait les résultats dans un petit carnet, minutieusement. Il examinait même les numéros de série des billets.

— Vous me faites confiance, ça fait peur, maugréa Ardèvol, impatient.

L'autre ne daigna pas répondre avant d'avoir fini son travail.

— Vous disiez ? demanda-t-il tout en mettant les billets dans une mallette, en rangeant son carnet, en déchirant les papiers, dont il ramassa les morceaux avant de les mettre dans sa poche.

— Que vous me faites confiance, ça fait peur...

— Je vous en prie, répondit l'autre en se levant et en faisant glisser devant Ardèvol un paquet qu'il avait tiré de sa mallette.

— Ça, c'est pour vous.

— Maintenant, c'est moi qui dois compter ?

L'homme eut un sourire cadavérique, récupéra son parapluie sur la chaise et se le mit en guise de chapeau, dit reposez-vous si vous voulez, la chambre est payée jusqu'à demain. Et il s'en alla sans se retourner et sans prendre congé. Fèlix Ardèvol compta soigneusement les billets et se sentit satisfait de la vie.

L'opération se répéta avec de légères variantes. Et bientôt il eut affaire à de nouveaux intermédiaires, avec des paquets chaque fois un peu plus gros. Et ses profits augmentèrent. De plus, il profita de ses voyages pour explorer de fond en comble toutes sortes de bibliothèques, d'archives et de magasins. Et un jour, l'homme malingre qui se faisait appeler Abelardo, avait une voix de stentor et parlait un castillan forcé, comme s'il aimait s'écouter, commit une erreur. Au lieu de le mettre dans sa poche, il laissa sur la table de la chambre de l'Hôtel du Lac, réduit en petits morceaux, le papier sur lequel il avait noté ses calculs. Le soir, recomposant patiemment le puzzle sur un miroir, Fèlix Ardèvol réussit à lire les mots qui se trouvaient sur l'autre face du papier. Les deux mots : Anselmo Taboada. Et des gribouillis impossibles à déchiffrer. Anselmo Taboada. Anselmo Taboada.

Il fallut deux mois à Fèlix Ardèvol pour mettre un visage sur ce nom. Et un mardi pluvieux, il se présenta au Commandement de région militaire et attendit patiemment d'être reçu. Au bout d'un très très long moment, après avoir vu défiler des militaires de tous grades, après avoir entendu des lambeaux de conversations étranges, il fut introduit dans un bureau deux fois grand comme le sien, mais sans aucun livre. Derrière une table, empreint d'une certaine curiosité, le visage du lieutenant-colonel Anselmo Taboada Izquierdo. Viva Franco. Viva. Sans perdre de temps en prolégomènes, ils engagèrent une conversation instructive et profitable.

— Selon mes calculs, mon colonel, voici la somme que j'ai fait parvenir en Suisse pour votre compte, dit Fèlix en faisant glisser sur la table un morceau de papier, comme l'homme qui se faisait appeler Abelardo avec l'enveloppe qui contenait l'argent.

— J'ignore de quoi vous parlez.

— Je suis Lorenzo.

— Vous faites erreur. – Il se leva brusquement.

— Je ne me trompe pas. – Ardèvol, toujours assis, calmement. – Je suis précisément venu vous saluer au Commandement parce que c'était sur mon chemin : j'allais rendre visite à mon grand ami, le gouverneur civil. Un de mes grands amis, et un grand ami du gouverneur de région militaire, dont le bureau se trouve dans ce couloir.

— Vous êtes un ami de don Wenceslao ?

— Un ami intime.

Alors que le lieutenant-colonel se rasseyait, dubitatif, Ardèvol posa sur la table une carte de visite personnelle du gouverneur civil et lui dit appelez-le et il vous dira lui-même de quoi il retourne.

— Ce n'est pas nécessaire. Dites, je vous écoute.

Ce fut vite dit, ma bien-aimée, parce que papa avait un talent prodigieux pour prendre les gens dans sa toile d'araignée :

Oh! – grimace obséquieuse de Fèlix Ardèvol qui le maudissait sous cape. Le gouverneur civil ramassa la figurine de terre cuite brisée en trois morceaux.

— Ça a de la valeur, ce truc?

— Cela vaut une fortune, Votre Excellence.

Fèlix Ardèvol s'efforça de ne pas montrer son irritation devant une telle maladresse. Wenceslao González Oliveros posa les trois morceaux sur son bureau et dit dans son castillan fleuri, avec une étrange voix de torero émasculé, je le ferai raccommoder avec une bonne colle, comme nous l'avons fait avec l'Espagne meurtrie et déshonorée par les rebelles.

— Surtout pas! ne put s'empêcher de s'exclamer Ardèvol. Je la fais restaurer et dans deux jours vous aurez votre cadeau intact dans votre bureau.

Wenceslao González Oliveros posa une main sur son épaule et claironna cher Ardèvol, cette idole païenne est le symbole de l'Espagne meurtrie par le communisme, le catalanisme, le judaïsme et la maçonnerie qui nous ont forcés de façon inéluctable à mener une guerre contre le mal.

Ardèvol prit une expression de profonde méditation qui plut au gouverneur civil. Celui-ci, téméraire, saisit le plus petit morceau de la statue, un bras, et le montra à son disciple en disant il y avait aussi deux Catalognes : une Catalogne fausse, perfide, cynique et opportuniste…

— Je venais vous demander une faveur très concrète.

— ... imbue de matérialisme et, par conséquent, sceptique sur le plan éthique et religieux, fondamentalement apatride.

— Pour les services que je vous rendrai. Quelque chose de très simple pour vous : un laissez-passer qui me donne toute liberté de mouvements.

— Une autre Catalogne se dresse, aimable et admirable, saine, vitale, sûre d'elle-même, aussi exquise et sensible que cette figurine.

— C'est une terre cuite punique, hors de prix, achetée avec mes économies à un médecin juif qui avait un besoin pressant d'argent.

— La perfide race juive, comme nous l'enseigne la Bible.

— Non, Excellence, c'est l'Église catholique qui nous le dit. La Bible a été écrite par des juifs.

— C'est bien vu, Ardèvol. Je vois que vous êtes un homme cultivé, comme moi. Mais ça n'enlève rien à la perfidie des juifs.

— Certainement pas, Excellence.

— Et cessez de me contredire – le doigt levé, à tout hasard.

— À vos ordres, Excellence. – Montrant les trois morceaux de terre cuite : Statuette punique, grande valeur, hors de prix, unique, très ancienne, Carthaginois et Romains.

— Oui, une Catalogne pétrie d'intelligence, riche de lignages nobles et distingués...

— Et je vous assure qu'elle sera comme neuve. Rendez-vous compte qu'elle a plus de deux mille ans. Elle est hors de prix.

— ... féconde en initiatives, poussée par les valeurs chevaleresques et participant par l'action, l'émotion et l'intuition...

— Je vous supplie seulement de m'accorder un passeport sans entraves, Excellence.

— ... à la destinée totale de l'Espagne, la mère qui guide tous les peuples. Une Catalogne qui sait faire un usage modéré, prudent et décent de son merveilleux dialecte, exclusivement dans l'intimité du cercle familial, afin de n'offenser personne.

— Entrer et sortir du grand pays qu'est l'Espagne, sans entraves ; même s'il y a une guerre en Europe ; précisément parce qu'il y a une guerre en Europe, je peux faire quelques petites affaires en achetant et en vendant des babioles.

— Comme le vautour en quête de charognes ?

— Oui, Excellence ; et si vous me délivrez ce laissez-passer à mon nom, je vous en remercierai, avec une immense gratitude, par des objets et des pièces d'une valeur encore plus grande que cette terre cuite punique.

— Une Catalogne de la spiritualité, du dynamisme, de l'esprit d'entreprise, dont le reste de l'Espagne a tant à apprendre.

— Je suis un simple commerçant. Mais je peux distribuer de la joie. Oui, c'est cela, sans restriction géographique, comme si j'étais un diplomate. Non, je ne crains pas le danger ; je sais toujours à quelle porte frapper.

— Dressés sur la proue du grand vaisseau qui cingle vers de nouveaux horizons.

— Merci, Excellence.

— Grâce à Franco, notre vénéré Caudillo, ces horizons, naguère sombres et vils, sont maintenant une aube rayonnante, qui s'offre à nous.

— Viva Franco, Excellence.

— Je préfère les espèces aux statuettes, Ardèvol.

— Entendu. Arriba España. – Et, au lieutenant-colonel Anselmo Taboada Izquierdo, quelques semaines plus tard, dans son bureau sans livres : Voulez-vous que j'appelle Son Excellence le gouverneur civil ?

Hésitation du lieutenant-colonel Anselmo Taboada. Alors Fèlix Ardèvol lui rappela je suis aussi très ami avec le commandant de région. Cela vous dit quelque chose maintenant, le nom de Lorenzo ?

Bref, il fallut une seconde tout au plus au lieutenant-colonel pour lui faire un large sourire et dire vous avez dit Lorenzo ? Mais asseyez-vous, cher ami !

— Je suis déjà assis.

À peine un quart d'heure de conversation. Le lieutenant-colonel Anselmo Taboada Izquierdo, qui avait perdu son sourire, dut accepter les conditions de Fèlix Ardèvol, qui doubla sa commission pour les trois opérations suivantes, plus une prime fixe en fin d'année d'un montant de

— Accordé, fit aussitôt Anselmo Taboada. Accordé.

— Viva Franco.

— Viva.

— Et je serai muet comme une tombe, mon colonel.

— C'est préférable. Je veux dire, pour votre bonne santé.

Il ne revit plus jamais l'homme malingre au parapluie en guise de chapeau, certainement expédié dans les cachots de l'incompétence professionnelle. En revanche, Ardèvol obtint que les camarades de son nouvel ami, un commandant et un capitaine, de l'intendance, plus un juge et trois chefs d'entreprise, lui confient leurs économies pour qu'il les porte en un lieu sûr et d'un meilleur rapport. Apparemment, c'est ce qu'il fit pendant quatre ou cinq ans, tant qu'il y eut la guerre en Europe et après la guerre, me dit Max. Et il réussit à se faire une belle collection d'ennemis parmi les militaires et les politiciens franquistes qui avaient des capacités de manœuvre financière. C'est peut-être par une manie de la compensation qu'il se décida à dénoncer quatre ou cinq professeurs de l'université.

Voilà le tableau, ma bien-aimée : il touchait de toutes parts et il dépensait l'argent à acquérir des objets pour le magasin ou des manuscrits pour lui… Il avait, semble-t-il, un sixième sens pour détecter qui mourait d'envie d'être acheté ou avait tant de secrets à cacher qu'il pouvait se laisser dépouiller sans exercer de représailles. Max me dit que chez vous on le savait bien parce qu'un de vos oncles, des Epstein de Milan, en avait été victime. Et que les escroqueries de papa l'avaient conduit au suicide. Tout ça, c'est mon père qui l'a fait, Sara. Mon père qui était mon père, Sara. Et maman, il semble qu'elle n'y voyait que du feu, la pauvre. Le pauvre Max eut beaucoup de mal à m'expliquer tout ça, mais il le fit, tout à trac, pour se débarrasser de ce poids. Et moi aussi, maintenant, je l'ai vomi, parce que c'est un secret dont tu ne savais qu'une partie. Et Max finit en disant c'est pour ça que la mort de ton père…

— Quoi, Max ?

— À la maison, on disait que quand quelqu'un est venu lui chercher des crosses, pour une raison ou une autre, la police franquiste a regardé ailleurs.

Nous restâmes en silence un long moment, buvant notre vin à petites gorgées, le regard dans le vide, nous demandant s'il n'aurait pas été préférable de ne pas nous lancer dans cette conversation.

— Mais moi… finit par dire Adrià.

— Oui, d'accord. Toi, tu n'as rien fait. Mais il se trouve que lui, il a conduit à la ruine un cousin de nos parents et sa famille. À la ruine et à la mort.

— Je ne sais que dire.

— Tu n'as rien à dire.

— Maintenant je comprends mieux ta mère. Mais j'aimais Sara.

— Capuleti i Montecchi, Adrià.

— Et je ne peux pas réparer le mal qu'a fait mon père ?

— Ce que tu peux faire, c'est finir ce vin. Qu'est-ce que tu veux réparer ?

— Toi, tu ne m'en veux pas.

— L'amour de ma sœur pour toi m'a facilité les choses.

— Mais elle s'est enfuie à Paris.

— C'était une gamine. Les parents l'ont obligée à aller à Paris : à vingt ans à peine, on n'est pas capable de… Ils lui ont bourré le crâne. C'est aussi simple que ça.

Le silence s'installa à nouveau, et la mer, le clapotement des vagues, les cris des mouettes, l'air salé, entrèrent dans la pièce. Au bout de mille ans :

— Et après, on s'est disputés et elle a fui à nouveau. Ici, à Cadaqués.

— Et elle a passé des jours à pleurer.

— Tu ne me l'avais jamais dit !

— Elle me l'avait interdit.

Adrià finit son verre et pensa qu'au déjeuner on lui offrirait encore du vin. On entendit une cloche qui rappelait vaguement celle d'un paquebot du dix-neuvième siècle et Max se leva, discipliné.

— On va déjeuner sur la terrasse. Giorgio n'aime pas qu'on le fasse attendre quand le repas est prêt.

— Max. – Celui-ci s'arrêta, le plateau avec les verres dans les mains. – Sara t'a parlé de moi quand elle était ici ?

— Elle m'a interdit de te dire quoi que ce soit de ce dont nous avons parlé.

— D'accord.

Max commença à sortir du studio, mais il se retourna et dit ma sœur t'aimait à la folie. Il baissa la voix pour que Giorgio ne l'entende pas. C'est pourquoi elle ne pouvait pas accepter que tu ne fasses rien pour rendre un violon volé. C'est ça qui l'a chamboulée. Tu comprends ?

Dieu du ciel, mon amour.

— Adrià ?

— Oui ?

— Où es-tu ?

Adrià Ardèvol regarda le docteur Dalmau et battit des paupières. Il regarda le Modigliani plein de jaunes qui avait été devant lui pendant tout ce temps.

— Pardon? dit-il, un peu désorienté, cherchant où il se trouvait réellement.

— Tu as des absences?

— Moi?

— Pendant un bon moment, tu as été… hors jeu.

— C'est que je pensais à quelque chose, dit-il en guise d'excuse.

Le docteur Dalmau le regardait d'un air grave et Adrià sourit et dit oui, j'ai toujours eu des absences. Tout le monde dit que je suis un savant distrait. – Pointant vers lui un doigt accusateur : Toi aussi.

Le docteur Dalmau sourit à moitié et Adrià continua avec le même lieu commun :

— Savant, pas tant que ça, mais de plus en plus distrait.

Nous parlâmes des enfants de Dalmau, son sujet de conversation préféré, divisé en deux sous-thèmes, Sergi, le cadet, pas de problème, mais Alícia… Et moi, j'avais l'impression d'avoir passé des mois dans le cabinet de mon ami. Au moment de partir, je pensai à tirer de mon cartable un exemplaire de *Llull, Vico et Berlin*, que je lui dédicaçai. Pour Joan Dalmau, qui veille sur moi depuis qu'il a été reçu à son examen d'anatomie II. Avec ma profonde gratitude. Barcelone, printemps 1998. – Il regarda, le livre, ravi. – Merci mon vieux. Tu sais que j'apprécie énormément.

Moi, je savais bien que Dalmau ne lisait pas mes livres. Ils étaient impeccablement alignés sur l'étagère du haut de la bibliothèque de son cabinet. À gauche du Modigliani. Mais je ne les lui offrais pas pour qu'il les lise.

— Merci Adrià, dit-il en brandissant le volume. Et nous nous levâmes.

— Ce n'est pas urgent, ajouta-t-il, mais j'aimerais t'examiner à fond.

— Ah bon? Eh bien si j'avais su, je ne t'aurais pas apporté mon livre.

Les deux amis prirent congé en riant. Cela peut sembler incroyable, mais la fille adolescente de Dalmau était encore suspendue au téléphone, disant bien sûr que c'est un naze, attends, mais où t'habites?

Dehors, dans la rue, je fus accueilli par la nuit humide de Vallcarca. Il passait peu de voitures, qui éclaboussaient au passage sans le moindre égard. Si je n'étais pas capable d'expliquer à mes amis l'horreur dans laquelle je vivais, j'étais mal parti. Il y a longtemps que tu étais morte et tu venais me parler et je n'ai toujours pas accepté. Je vis accroché à la planche pourrie d'un naufrage ; je ne peux ramer dans aucune direction. Je suis à la merci de n'importe quel coup de vent, pensant à toi, me demandant pourquoi les choses n'ont pas tourné autrement, pensant aux mille occasions ratées de t'aimer plus tendrement.

Ce fut ce mardi soir à Vallcarca, avec une pluie fine et sans parapluie, que je compris que je ne suis qu'une exagération. Ou pire : que je ne suis qu'une erreur, à commencer par le fait de ne pas être né dans la famille où j'aurais dû naître. Et je sais que je ne peux pas déléguer à des dieux ni à mes amis ni à mes lectures le poids de mes pensées et la responsabilité de mes actes. Mais grâce à Max, non seulement j'en ai appris davantage sur papa, mais je sais une chose qui me maintient en vie : que tu m'aimais à la folie. Mea culpa, Sara. Confiteor.

VII

... USQUE AD CALCEM

Tâchons d'entrer dans la mort les yeux ouverts...

Marguerite Yourcenar

58

Il commence à y avoir trop de morts, dans cette maison, marmonnait son père, à ce que comprit Adrià. Et il se promenait dans la Création de l'Univers sans voir le dos des livres. Ses cours à l'université avaient perdu leur brio, parce qu'il n'aspirait plus à rien qu'à rester assis devant l'autoportrait de Sara, dans son bureau, à contempler ton mystère, ma bien-aimée. Ou à rester en silence devant l'Urgell de la salle à manger, comme s'il voulait être le témoin de l'impossible fuite du soleil du côté de Trespui. Et de loin en loin, il regardait sans enthousiasme la liasse de papiers, la prenait parfois, soupirait, écrivait quelques lignes ou relisait, sceptique, le travail du jour ou de la semaine précédente, qu'il trouvait douloureusement insignifiant. Le fait est qu'il ne savait comment agir autrement. Même la faim l'avait abandonné.

— Adrià, écoutez.

— Oui ?

— Cela fait deux jours que vous n'avez rien mangé.

— Ne vous inquiétez pas. Je n'ai pas faim.

— Bien sûr que si que je m'inquiète.

Caterina entra dans le bureau, prit Adrià par un bras et commença à tirer.

— Mais qu'est-ce que vous faites ? – Adrià éleva la voix, surpris.

— Vous pouvez crier si vous voulez. Vous allez venir à la cuisine avec moi tout de suite.

— Hé! Mais laissez-moi tranquille, enfin! – Adrià Ardèvol, indigné.

— Non. Excusez-moi mais non. – Plus indignée encore et criant plus fort que lui : Vous ne vous êtes pas regardé dans la glace?

— Et pour quoi faire?

— Allez, en avant – voix sèche et autoritaire.

Il était Haïm Epstein et Lola Xica était le Hauptsturm-führer qui l'emmenait du baraquement vingt-six en déso-béissant aux ordres du Sturmbannführer Barber parce que quelqu'un avait inventé une façon très drôle de chasser le lapin. La Hauptsturmführer Katharine le fit entrer dans la cuisine et, au lieu d'une demi-douzaine de Hongroises terrorisées, il y trouva une soupe de riz et de vermicelles et une tranche de bifteck avec une tomate coupée en deux. La Hauptsturmführer Katharine le fit asseoir à la petite table et Haïm Ardèvol eut faim pour la première fois depuis de nombreux jours et se mit à manger, la tête basse, comme s'il avait peur d'être réprimandé par la Hauptsturmführer.

— Délicieux – à propos de la soupe.

— Vous en voulez encore?

— Oui, merci.

Pendant tout le dîner, Katharine, la visière cachant son regard, debout, donnant avec sa cravache de petits coups menaçants sur ses bottes reluisantes, surveilla que le détenu ne s'échappe pas de la cuisine. Elle réussit même à lui faire manger un yoghourt pour le dessert. Quand il eut fini, le détenu dit merci, Lola Xica, se leva et sortit de la cuisine.

— Caterina.

— Caterina. Vous ne devriez pas être chez vous, à cette heure?

— Si. Mais je ne veux pas arriver ici demain et vous retrouver dans un coin, sec comme un hareng.

— Rien que ça.

— Oui, monsieur. Comme un hareng. Plus mort que la mer Morte.

Adrià retourna dans son bureau parce qu'il pensait que son problème c'étaient des papiers écrits auxquels il ne croyait plus. Trop de choses qu'il devait assumer seul. Et les jours passaient. Et les mois aussi, lents, interminables. Jusqu'au jour où il entendit un crachat sur le sol et où je dis qu'est-ce que tu veux, Carson.

— Peut-être que ça suffit, non ?

— Ça ne suffit jamais quand on se sent…

— Comment tu te sens ?

— Je n'en sais rien.

— Ugh.

— Vas-y, parle.

— Si vous me laissez mettre mon grain de sel…

— Allez, parle, Aigle-Noir.

— Le vent de la prairie ferait du bien à ton esprit malade.

— Oui. J'ai bien pensé à faire un voyage, mais je ne sais ni où aller ni que faire.

— Tu pourrais commencer par accepter les invitations à Oxford, Rennes, Tübingen et je ne sais où encore.

— Constance.

— C'est ça.

— Vous avez raison.

— La chasse sera fructueuse si le noble guerrier offre sa vaillante poitrine aux nouvelles aventures, à la chasse et à la guerre.

— J'ai compris, merci. Merci à tous les deux.

J'écoutai mes conseillers et pris l'air des prairies d'Europe, à la recherche de nobles aventures. L'envie d'écrire lui revint de façon timide, hésitante, peut-être grâce aux voyages et parce qu'il se sentait encouragé par les gens qui lui demandaient quand vas-tu publier un autre livre, Ardèvol.

Et à la fin, une liasse de feuillets écrits d'un seul côté, qui ne le convainquaient guère. J'ai perdu mon élan. Je ne sais pas où est le mal et je suis incapable de m'expliquer ma perplexité agnostique. Il me manque des outils philosophiques pour poursuivre sur cette voie. Je m'obstine à chercher le lieu où réside le mal et je sais que ce n'est pas à l'intérieur d'un individu. À l'intérieur de beaucoup d'individus ? Le mal est-il le fruit d'une volonté perverse ? Ou alors il vient du diable, qui l'inocule dans les individus qui lui semblent propices, comme le croyait, semble-t-il, le pauvre Matthias Alpaerts aux yeux larmoyants. Le problème c'est que le diable n'existe pas. Et Dieu, où est-il ? Le Dieu sévère d'Abraham, le Dieu inexplicable de Jésus, Allah le cruel et l'aimant… Il suffit de le demander aux victimes de n'importe quel acte pervers. Si Dieu existait, son indifférence face aux conséquences du mal serait scandaleuse. Qu'en disent les théologiens ? Ils ont beau y mettre toute la poésie du monde, au bout du compte ils atteignent leurs limites : mal absolu, mal relatif, mal physique, mal moral, mal de faute et mal de peine… Mon Dieu. Cela ferait rire si ce n'était qu'avec le mal apparaît la douleur. Et les catastrophes naturelles, sont-elles aussi le mal ? Sont-elles un autre mal ? Et la douleur qu'elles causent, est-ce une autre douleur ?

— Ugh.

— Quoi.

— Je suis perdu.

— Moi aussi, Aigle-Noir, murmura Adrià, devant la liasse de feuillets recouverts de sa petite écriture illisible mais régulière. Il se leva et fit un tour dans son bureau, pour se dégourdir le cerveau. Tu sais ce qui m'arrivait, Sara ? Au lieu de parler, je criais. Au lieu de penser, je pleurais ou je riais, et il est impossible de travailler de cette façon. Et alors j'ai pensé sept, deux, huit, zéro, six, cinq.

J'ouvris le coffre-fort de papa, ce que je n'avais pas fait depuis des années. Sept, deux, huit, zéro, six, cinq. J'étais curieux, parce que je ne me rappelais pas ce qu'il y avait dedans. Je trouvai deux enveloppes épaisses avec toutes sortes de documents appartenant à papa et à maman, certainement inutiles : des reçus datant d'un siècle, des notes griffonnées à la hâte, qui avaient perdu leur caractère d'urgence au bout de cinquante ans. Et des actions et autres choses de ce genre, que je mis de côté pour que mon notaire y jette un coup d'œil, les évalue et me dise ce que je devais en faire. Et dans une chemise bleue, seul, triste, le manuscrit en araméen que papa m'avait écrit il y avait trop longtemps. Ce message à retardement. Si papa avait pu savoir que j'avais fini par me séparer du Vial, à coup sûr il m'aurait engueulé et m'aurait donné une belle taloche. Dans la même chemise, il y avait une autre amulette, tout aussi solitaire : la lettre que m'avait envoyée Isaiah Berlin à la suite des manœuvres de Bernat. Merci Bernat, mon ami qui, si tout va bien, lira ces pages avant les autres et pourra en éliminer cet épanchement final.

Il y avait encore autre chose dans un coin. Une enveloppe Kodak. Je l'ouvris avec curiosité : c'étaient les photos que j'avais faites de mon Storioni le jour où je l'avais rendu à Matthias Alpaerts. Je ne me rappelais pas qu'une fois les photos développées j'avais tout caché dans le coffre-fort. Je me souvenais seulement, et j'y pense encore aujourd'hui, du sentiment désagréable d'avoir fait la plus grande bêtise de ma vie en me laissant séduire par une histoire trop dramatique pour être fausse. J'examinai les photos une à une : c'était, déjà, ce genre de photos où figurent le mois et l'année. Je les regardai dans le détail : la face, le dos, les éclisses, la volute élégante, les ouïes : on ne voyait presque pas, à l'intérieur, le Laurentius Storioni Cremonensis me fecit. Enfin… Je regardai la photo suivante et je restai bouche bée : c'était une photo de toi que tu avais prise dans la glace de ton armoire. Comme une sorte d'autoportrait, peut-être préalable à celui que tu avais dessiné. La date, deux ans plus tôt que les autres. Tu l'avais oubliée ? Ou peut-être avais-tu commencé le rouleau et l'avais-tu laissé dans l'appareil, en attendant de le finir pour le faire développer. Il y avait deux autres photos, faites par toi. La vision d'Adrià se troubla et il dut faire un effort pour se rasséréner. C'était lui, la tête penchée sur son bureau, en train d'écrire. Une photo faite en cachette alors que nous ne nous parlions déjà plus. Tu étais fâchée et indignée contre moi, mais tu m'as photographié en cachette. Maintenant je me rends compte que je n'y ai pas assez réfléchi : la dispute a dû te causer plus de douleur qu'à moi, parce que tu en étais à l'origine. Et si ton attaque vasculaire avait été causée par l'excès de pression auquel tu étais soumise ?

La troisième photo était celle d'une planche posée sur le chevalet de ton atelier. Une planche que je n'ai jamais vue et dont Sara ne m'avait jamais parlé. Une planche sauvegardée sur une photo, parce qu'elle l'avait probablement déchirée en mille morceaux. La pauvre petite. J'eus du mal à retenir mes larmes et je pensai que le lendemain, si je trouvais le négatif, j'irais commander un agrandissement. J'examinai la photo avec ma loupe de bureau. Il y avait six esquisses, des études de visage. Six dessins, chaque fois plus complets, du visage d'un nouveau-né, de trois quarts. Je ne saurais dire si elle avait fait ces dessins avec la petite devant elle ou si c'était un exercice de remémoration du visage de Claudine, de ce qu'elle en avait retenu. Ou si elle avait eu le sang-froid de dessiner sa fille morte. Pendant tout ce temps, cette photo était restée dans le coffre-fort à côté des autres. La photo de ta douleur. Parce qu'après avoir vécu ce drame tu étais encore capable de le dessiner ; peut-être ne savais tu pas que c'est inévitable. Regarde Celan. Regarde Primo Levi.

Dessiner, comme écrire, c'est revivre. Et comme s'il voulait corroborer ça par un applaudissement, le maudit téléphone se mit à sonner et je me mis à trembler, comme si mon état était pire encore qu'il y paraissait. Je me forçai, en réalité sur l'ordre de Dalmau, à décrocher l'appareil :

— Allô.

— Bonjour Adrià. C'est Max.

— Bonjour.

— Comment vas-tu ?

— Bien. – Cinq secondes. – Et toi ?

— Bien. Écoute : tu veux venir à une dégustation dans le Priorat ?

— Heu…

— C'est que je me suis décidé à écrire un livre… Avec beaucoup de photos, hein, pas comme les tiens.

— Sur quoi ?

— Sur le processus de dégustation…

— Ça doit être difficile de mettre par écrit des sensations aussi subtiles.

— Les poètes le font.

Maintenant je vais lui demander ce qu'il sait de Claudine et de la peine de Sara.

— Max Voltes-Epstein, le poète du vin.

— Alors, ça te dit ?

— Écoute. Je voudrais te poser une question qui…
– Il passa la main sur son crâne chauve et se retint juste à temps. – Bon, d'accord. C'est pour quand ?

— Ce week-end. Au Centre Quim Soler.

— Tu passes me prendre ?

— Ça marche.

Max raccrocha. Il n'avait aucun droit de fouiller dans la vie d'un homme bon comme Max. Et peut-être que celui-ci ne savait rien. Parce que les secrets de Sara ne pouvaient pas appartenir à tout le monde. Quel dommage : j'aurais pu t'aider à porter ta douleur. Ça m'a l'air un peu prétentieux. À en porter une partie. J'aurais aimé être ton refuge et je n'ai pas pu l'être ; je n'en savais pas assez. Tout au plus ai-je été capable de t'épargner quelques averses éparses, mais aucune tourmente.

J'avais demandé à Dalmau quelle est la rapidité du processus, à quel point nous sommes pressés, s'il y a urgence, tu comprends ? et il serra les lèvres en une grimace tandis qu'il réfléchissait.

— Chaque cas est différent.

— Évidemment, c'est mon cas qui m'intéresse.

— Il faut faire des examens. Nous n'avons que des indices.

— Vraiment, c'est irréversible ?

— Dans l'état actuel de la médecine, oui.

— Quelle saloperie.

— Oui.

Ils se turent. Le docteur Dalmau regarda son ami, assis de l'autre côté de la table de son cabinet, se refusant à enfoncer la tête entre ses épaules, pensant de façon urgente, se refusant à regarder les jaunes de Modigliani.

— Je travaille encore. Je lis bien.

— Tu reconnais toi-même que tu as des blancs inexplicables. Que tu te retrouves parfois dans le vide. Que…

— Oui, oui, oui… Mais ça arrive à tous les vieux.

— Soixante-deux ans, de nos jours, ce n'est pas vieux. Tu as eu plusieurs alertes. Et beaucoup dont tu ne t'es pas rendu compte.

— Disons que c'est la troisième alerte. – Silence. – Tu peux me donner une date ?

— Je ne la connais pas. Il n'y a pas de date. C'est un processus qui ira à sa propre vitesse, et elle est différente pour chaque individu. On va te suivre. Mais il va falloir que tu… – Il se tut.

— Que je ?

— Que tu prennes tes dispositions.

— Qu'est-ce que tu veux dire?

— Que tu laisses tes affaires… en ordre.

— Tu veux dire mon testament?

— Eh bien… Je ne sais pas comment… Tu n'as personne, n'est-ce pas?

— J'ai des amis.

— Tu n'as personne, Adrià. Il faut que tu laisses tes affaires en ordre.

— Tu y vas un peu fort, non?

— Non. Il va falloir que tu engages quelqu'un pour être seul le moins de temps possible.

— Quand le moment sera venu.

— D'accord. Mais je veux te voir tous les quinze jours.

— Ça marche, dis-je en imitant Max.

C'est alors que j'eus ce coup de tête qui avait commencé à pointer pendant la nuit pluvieuse de Vallcarca. Je pris les quelque trois cents feuillets sur lesquels je m'étais esquinté les yeux à essayer de parler du mal, dont je savais qu'il était aussi ineffable et mystérieux que les croyances, et au verso, comme en une sorte de palimpseste, je commençai à écrire cette lettre, que j'ai l'impression d'être en train de terminer, maintenant que je suis arrivé au hic et nunc. Malgré les efforts de Llorenç, je n'ai pas utilisé l'ordinateur ; il est là, bien sage, sur un coin de la table. Ces papiers sont le fruit, au jour le jour, d'une écriture chaotique faite de beaucoup de larmes mêlées à un peu d'encre.

Pendant tous ces mois, j'ai écrit frénétiquement, avec devant moi ton autoportrait et les deux paysages que tu m'as offerts : ta vision subjective de mon Arcadie et la petite abside de Sant Pere del Burgal, avec ses deux absidioles. Je les ai observés de façon obsessionnelle et j'en connais le moindre détail, tous les traits et toutes les ombres. Et toutes les histoires qu'ils ont fait naître en moi. J'ai écrit devant cette sorte d'autel constitué de tes dessins, sans défaillir, comme si je participais à une course entre la mémoire et l'oubli, qui sera ma première mort. J'ai écrit sans penser, mettant sur le papier tout ce qui est racontable, espérant que plus tard quelqu'un animé d'une vocation de paléontologue, Bernat, s'il veut bien, déchiffrera tout ça et le donnera à je ne sais qui. C'est peut-être mon testament. Très désordonné, mais un testament quand même.

J'ai commencé par ces mots : "Ce n'est qu'hier soir, alors que je marchais dans les rues trempées de Vall-carca, que j'ai compris que naître dans cette famille avait été une erreur impardonnable." Et une fois cela écrit, je compris que je devais commencer par le commencement. Au début a toujours été le verbe. C'est pourquoi je suis revenu au début et j'ai relu : "Ce n'est qu'hier soir, alors que je marchais dans les rues trempées de Vallcarca, que j'ai compris que naître dans cette famille avait été une erreur impardonnable." Il y a très longtemps que j'ai vécu tout cela ; et il s'est passé beaucoup de temps depuis que je l'ai écrit. Maintenant c'est différent. Maintenant c'est le lendemain.

Après de nombreuses visites aux notaires et aux avocats,
et après avoir informé trois ou quatre fois les cousins de
Tona, qui ne savaient comment lui exprimer leur grati-
tude pour l'intérêt qu'il prenait aux affaires d'Adrià et
pour toutes ses démarches, Bernat alla voir ladite Laura
Baylina à Uppsala.

— *C'est terrible, pauvre Adrià.*

— *Oui.*

— *Excuse-moi, mais j'ai envie de pleurer.*

— *Pleure, ne t'en fais pas.*

— *Non. Et ce message d'Adrià ?*

Tout en soufflant sur son thé brûlant, Bernat lui expli-
qua les détails du testament qui la concernaient.

Un Urgell ? Celui de la salle à manger ?

— *Ah, tu le connais ?*

— *Oui, je suis allée plusieurs fois chez lui.*

Tu nous en cachais des choses, Adrià. Ce n'est qu'au-
jourd'hui que je la connais vraiment. Que de choses on
se cache entre amis, pensa Bernat.

Laura Baylina était jolie, blonde, petite, sympathique,
et elle dit qu'elle voulait réfléchir avant de décider si elle
acceptait ou non. Bernat lui dit que c'était un cadeau,
qu'il n'y avait pas de piège.

— *Les impôts. Je ne sais pas si je pourrai payer les*
impôts que je devrai si j'accepte ce tableau. Ou les droits
de succession, je ne sais pas exactement. Ici en Suède, il

faudrait que je prenne un emprunt avant d'hériter, que je paie des impôts et que je vende le tableau pour rembourser l'emprunt.

Bernat laissa Laura Baylina avec son thé fumant, en train de mûrir sa décision, et il retourna à Barcelone à temps pour demander à l'administration de l'orchestre l'autorisation de manquer deux répétitions pour des raisons familiales. Il affronta sans sourciller l'air mécontent de l'administrateur et prit l'avion pour Bruxelles, le deuxième en deux mois.

C'était une résidence pour personnes âgées, à Anvers. À la réception, il sourit à la grosse femme qui utilisait le téléphone et l'ordinateur en même temps, attendit qu'elle finisse son coup de fil et, quand elle raccrocha, accentua son sourire, dit anglais ou français, la réceptionniste répondit anglais et il demanda à voir Matthias Alpaerts. La femme le regarda, intriguée. Ou plutôt, elle l'examina. C'est ce qu'il sentit : qu'il était examiné avec soin.

— Qui avez-vous dit que vous demandez ?
— Monsieur Matthias Alpaerts.

La femme réfléchit un instant. Puis elle consulta son ordinateur, assez longuement. Elle décrocha deux fois le téléphone pour répondre à des appels et continua à regarder l'ordinateur. Jusqu'au moment où elle s'exclama, bien sûr, Alpaerts ! Elle appuya sur une autre touche, regarda l'écran, regarda Bernat :

— Monsieur Alpaerts est mort en 1997.
— Eh bien… Je…

Il était sur le point de s'en aller quand une idée folle lui traversa l'esprit.

— Est-ce que je pourrais voir sa fiche ?
— Vous n'êtes pas parent, n'est-ce pas ?
— Non, madame.
— Est-ce que je peux savoir pour quelle raison…
— Je voulais lui acheter un violon.

872

— Ça y est, je sais qui vous êtes ! s'écria-t-elle comme si elle était délivrée d'un grand poids.

— Moi ?

— Le deuxième violon du quatuor Antigone.

Pendant un instant, Bernat rêva de la gloire. Il sourit, flatté.

— Quelle mémoire, dit-il pour dire quelque chose.

— Je suis très physionomiste, répondit-elle. Et puis un homme aussi grand. – Timidement : Mais je ne me souviens pas de votre nom.

— Bernat Plensa.

— Bernat Plensa. – Elle lui tendit la main. – Liliana Moor. Je vous ai entendu à Gand il y a deux mois. Mendelssohn, Schubert, Chostakovitch.

— Eh bien... Je...

— J'aime être au premier rang, tout près des musiciens.

— Vous êtes musicienne ?

— Non, mélomane, sans plus. Pourquoi voulez-vous des informations sur monsieur Alpaerts ?

— À cause du violon... – Il hésita un instant. – Je voudrais seulement voir une photo de son visage. – Il sourit. – S'il vous plaît... Liliana.

Mademoiselle Moor resta d'abord indécise puis, en l'honneur du quatuor Antigone, elle orienta l'écran de l'ordinateur de façon que Bernat puisse le voir. Au lieu d'un homme maigre aux yeux larmoyants, à l'épaisse chevelure blanche et aux oreilles comme des feuilles de vigne, la présence électrique qu'il avait vue pendant trente secondes silencieuses dans le bureau d'Adrià quand il était allé lui remettre l'ordinateur, il avait devant lui l'image d'un homme triste, certes, mais gras et chauve, avec des yeux ronds couleur de jais, comme une de ses filles, il ne se rappelait pas laquelle. Le grand fils de pute.

La réceptionniste remit l'écran dans sa position initiale et Bernat commença à transpirer d'angoisse. À

tout hasard, il répéta vous savez ? je voulais lui ache-
ter son violon.

— *Monsieur Alpaerts n'a jamais eu de violon.*

— *Combien de temps a-t-il passé ici ?*

— *Cinq ou six ans. – Elle regarda l'écran et se reprit :*
Sept.

— *Vous êtes sûre que l'homme sur cette photo est bien*
Matthias Alpaerts ?

— *Et comment. Cela fait vingt ans que je travaille ici.*
– Fièrement : Je me souviens de tous les visages. Les
noms, c'est autre chose.

— *Est-ce qu'il avait un parent qui...*

— *Monsieur Alpaerts était seul.*

— *Oui, mais un parent lointain qui...*

— *Il était seul. On lui avait tué toute sa famille pen-*
dant la guerre. Ils étaient juifs. Il était le seul survivant.

— *Aucun parent ?*

— *Il passait son temps à raconter son histoire dra-*
matique, le pauvre. Je crois qu'il a fini fou. Il passait
son temps à raconter, rongé par...

— *Par la culpabilité.*

— *Oui. Il la racontait à tout le monde. Son histoire*
était devenue sa raison de vivre. Vivre pour expliquer
qu'il avait deux filles...

— *Trois.*

— *Trois ? Alors trois filles qui s'appelaient comme*
ça, comme ça et comme ça et qui...

— *Amelietje aux cheveux de jais, Truu aux cheveux*
comme le bois de la forêt et Juliet, la petite, blonde com-
me le soleil.

— *Vous le connaissiez ? – les yeux grands ouverts*
d'étonnement.

— *Plus ou moins. Il y a beaucoup de gens qui con-*
naissent cette histoire ?

— *De nombreux pensionnaires. Ceux qui sont encore*
vivants, évidemment. Nous ne parlons pas d'hier.

— Bien sûr.

— Celui qui l'imitait très bien, c'est Bob.

— Qui est-ce ?

— Le voisin de chambre d'Alpaerts.

— Il est vivant ?

— Frais comme un gardon. Il nous en fait voir de toutes les couleurs. – Elle baissa la voix, entièrement gagnée à la cause de ce second violon du quatuor Antigone, grand comme une armoire. – Il organise des parties de loto clandestines dans la résidence.

— Vous pourriez le...

— Oui. J'enfreins tous les règlements...

— Au nom de la musique.

— Exactement ! Au nom de la musique.

Dans la salle d'attente, il y avait cinq revues en néerlandais et une en français. Et une reproduction bon marché d'un Vermeer : une femme près d'une fenêtre, surprise en train de regarder Bernat, comme s'il était sur le point d'entrer dans la pièce du tableau.

L'homme arriva au bout de cinq minutes. Maigre, les yeux larmoyants et une abondante chevelure blanche. À sa tête, il n'avait pas l'air de l'avoir reconnu.

— *Anglais ou français ? demanda Bernat en souriant.*

— *Anglais.*

— *Bonjour.*

Bernat avait devant lui l'homme qui, cet après-midi-là, avait convaincu Adrià... Je te le disais bien, Adrià, pensa-t-il. Ils t'avaient vu venir, et de loin. Au lieu de l'étrangler directement, il sourit à nouveau et dit avez-vous entendu parler d'un violon de Storioni qui s'appelle le Vial ?

L'homme, qui était sur le point de s'asseoir, fila vers la porte. Bernat l'empêcha de sortir de la pièce, s'interposant entre lui et la porte, son grand corps faisant obstacle.

— *Vous lui avez volé son violon.*

— *Je peux savoir qui vous êtes ?*

— *Police.*

*Il sortit sa carte de membre de l'Orquestra Simfò-
nica de Barcelona i Nacional de Catalunya et ajouta :*

— *Interpol.*

— *Mon Dieu, fit l'homme. Et il s'assit, vaincu. Et il
ajouta je ne l'ai pas fait pour l'argent.*

— *Combien vous ont-ils donné ?*

— *Cinquante mille francs.*

— *Tout de même...*

— *Je ne l'ai pas fait pour l'argent. Et c'étaient des
francs belges.*

— *Alors pourquoi l'avez-vous fait ?*

— *Matthias Alpaerts m'avait cassé les pieds pendant
les cinq ans que nous avons partagé la même chambre.
Tous les jours, il parlait de ses fillettes de mes couilles et
de sa belle-mère patraque. Tous les jours, en regardant
par la fenêtre, et sans même me voir. Tous les bon Dieu
de jours. Et il est tombé malade. Et alors ces hommes
sont venus.*

— *Qui étaient-ils ?*

— *Je ne sais pas. Ils venaient de Barcelone. Un maigre et un jeune. Et ils m'ont dit il paraît que tu l'imites
très bien.*

— *Je suis acteur. À la retraite, mais acteur. Et je joue
de l'accordéon et du saxo. Et du piano, un peu.*

— *Voyons si c'est vrai que tu l'imites si bien que ça.*

*Ils l'ont emmené dans un restaurant, l'ont fait man-
ger et lui ont fait boire du vin blanc et du vin rouge. Et
il les a regardés avec étonnement et leur a demandé
pourquoi vous ne parlez pas avec Alpaerts lui-même ?*

— *Il est foutu. Il n'en a plus pour longtemps.*

— *Ça va faire du bien de ne plus l'entendre parler de
sa belle-mère patraque.*

— *Le pauvre homme. Il ne vous fait pas de peine ?*

— *Matthias dit que cela fait soixante-dix ans qu'il veut mourir. Comment voulez-vous que ça me fasse de la peine qu'il meure enfin ?*

— *Allez, Bob, montrez-nous ce que vous savez faire.*

Et Bob Mortelmans commença à dire imaginez que vous êtes en train de déjeuner à la maison avec votre Berta, votre belle-mère patraque et les trois soleils rayonnants de la maison, Amelietje, l'aînée, qui avait sept ans juste ce jour-là ; Truu, la seconde, aux cheveux couleur de jais, et Juliet, la petite, blonde comme un soleil. Et tout à coup, sans qu'on sache comment ni pourquoi, quelqu'un enfonce la porte et des tas de soldats apparaissent en criant raus, raus, et Amelietje qu'est-ce que ça veut dire raus, papa ? et je n'ai pas pu l'éviter ni faire un seul geste pour les protéger.

— *Parfait. Ça suffit comme ça.*

— *Hé hé hé ! Je sais dire bien d'autres choses et...*

— *J'ai dit parfait. Vous voulez gagner un joli paquet de fric ?*

Et comme j'ai dit oui, ils m'ont fait monter dans un avion et à Barcelone on a répété encore deux ou trois fois, avec des variantes ; mais c'était toujours la véritable histoire de Matthias le casse-couilles.

— *Et pendant ce temps, votre ami était au lit, malade.*

— *Ce n'était pas mon ami. C'était un disque rayé. Quand je suis rentré à Anvers, il était mort.* – *Il essaya d'amadouer ce grand policier :* Vous croyez que je lui manquais ?

Bernat ne dit rien. Et Bob Mortelmans essaya d'atteindre la porte. Bernat, sans se lever de sa chaise et sans bouger un seul muscle, dit essayez de fuir et je vous casse en deux. Vous m'avez compris ?

— *Ou-oui. Parfaitement.*

— *Vous êtes une canaille. Vous lui avez volé son violon.*

— *Mais il ne savait même pas que quelqu'un l'avait...*

— *Vous êtes une canaille. Vous vous êtes vendu pour cent mille francs.*

— *Je ne l'ai pas fait pour l'argent. Et c'était cinquante mille. Et des francs belges.*

— *Et vous avez aussi volé le malheureux Adrià Ardèvol.*

— *Qui c'est, celui-là ?*

— *Le monsieur de Barcelone que vous avez trompé.*

— *Je vous assure que je ne l'ai pas fait pour l'argent.*

Bernat le regarda avec curiosité. Il fit un geste de la tête comme pour l'inviter à poursuivre. Mais l'autre ne disait rien.

— *Et vous l'avez fait pour quoi, alors ?*

— *C'était... c'était l'occasion... C'était... le rôle de ma vie. C'est pour ça que j'ai accepté.*

— *Le rôle le mieux payé, aussi.*

— *C'est vrai. Mais parce que je l'ai soigné aux petits oignons. Et puis il a fallu que j'improvise, parce que le gus s'est lancé dans une vraie conversation et moi, en plus du monologue, il a fallu que je fasse une improvisation de conversation.*

— *Et alors ?*

— *Eh bien je m'en suis sorti. – Fièrement : J'ai été capable de me mettre entièrement dans la peau de mon personnage.*

Bernat pensa cette fois je l'étrangle. Et il regarda tout autour pour voir s'il y avait des témoins. Pendant ce temps, Bob Mortelmans retourna à son rôle préféré, stimulé par le silence admiratif du policier. Jouant, surjouant même un peu :

— *Peut-être ai-je survécu jusqu'à ce jour où je viens te raconter tout ça parce que j'ai été lâche le jour de l'anniversaire d'Amelietje. Ou parce que ce samedi pluvieux, dans le baraquement, j'ai volé un croûton de pain tout pourri au vieux Moshe qui venait de Vilnius. Ou parce que je me suis écarté en douce quand le*

Blockführer a décidé de nous donner une leçon et qu'il a commencé à jouer de la crosse de son fusil et que le coup qui aurait dû me blesser a tué un gamin qui...

— Ça suffit !

Bernat se leva et Bob Mortelmans pensa qu'il allait le réduire en purée. Il se fit tout petit, assis sur sa chaise, recroquevillé, totalement disposé à répondre à d'autres questions, à toutes les questions que cet agent d'Interpol voudrait lui poser.

Bernat dit ouvre la bouche, Adrià l'ouvrit, comme Llorenç quand il avait un an, et il lui mit la cuiller dans la bouche et dit c'est bon, hein, la soupe de semoule ? Adrià regarda Bernat et ne dit rien.

— À quoi penses-tu ?

— Moi ?

— Oui, toi.

— Je ne sais pas.

— Qui suis-je ?

— L'autre, là.

— Tiens, prends une autre cuillerée. Allez, ouvre la bouche, c'est la dernière. Et voilà, très bien.

Il souleva le couvercle du second plat et dit oh, magnifique, du poulet bouilli. Ça te plaît ?

Adrià fixa le mur, indifférent.

— Je t'aime, Adrià, et je t'épargne l'histoire du violon.

Il le regarda avec le regard de Gertrud, ou avec le regard de Sara qui avait l'air, pour Adrià, d'être le regard de Gertrud. Ou avec le regard que Bernat imaginait que Sara avait quand elle regardait Adrià avec le regard de Gertrud.

— Je t'aime, répéta Bernat. Et il piqua avec la fourchette un morceau tristounet de poulet bouilli et dit oh que c'est bon, que c'est bon. Allez, Llorenç, ouvre la bouche.

Lorsqu'ils eurent fini de dîner, Jònatan vint chercher le plateau et lui dit tu veux te coucher ?

— Je m'en occupe, si vous voulez bien.

— Très bien. Si vous avez besoin d'aide, vous n'avez qu'à siffler.

Lorsqu'ils furent seuls, Adrià se gratta le crâne et souffla. Il posa sur le mur un regard vide. Bernat fouilla dans sa sacoche et en tira un livre.

— Le Problème du mal, lut-il sur la couverture. Adrià Ardèvol.

Adrià le regarda dans les yeux et ensuite il regarda la couverture du livre. Il eut un bâillement.

— Tu sais ce que c'est que ça ?

— Moi ?

— Oui. C'est toi qui l'as écrit. Tu m'as demandé de ne pas le faire éditer, mais à l'université on m'a dit que ça en valait vraiment la peine. Tu t'en souviens ?

Silence. Adrià, mal à l'aise. Bernat prit sa main et sentit que son ami se calmait. Alors, il lui expliqua que c'était la professeur Parera qui s'était occupée de l'édition.

— Il me semble qu'elle a fait du très bon travail. Et elle a été conseillée par Johannes Kamenek ; j'ai cru comprendre que c'est un type qui travaille plus de vingt-quatre heures par jour. Et qui t'aime beaucoup.

Il lui caressa la main et Adrià sourit. Ils restèrent comme ça un long moment en silence, comme deux amoureux. Adrià posa un regard distrait sur la couverture du livre et bâilla.

— J'ai envoyé des exemplaires à tes cousins de Tona. Ils ont été très touchés. Ils viendront te voir avant la fin de l'année.

— Très bien. Qui est-ce ?

— Xevi, Rosa et je ne me rappelle plus comment s'appelle l'autre.

— Ah.

— Tu te souviens d'eux ?

Comme chaque fois qu'il lui posait cette question, Adrià claquait la langue comme s'il était énervé, ou fâché.

— Je ne sais pas, avoua-t-il, mal à l'aise.

— Qui suis-je ? demanda Bernat pour la troisième fois de l'après-midi.

— Toi.

— Et je m'appelle...

— Toi. Chose. Wilson. Je suis fatigué.

— Alors dodo, il est tard. Je laisse ton livre sur la table de nuit.

— Très bien.

Bernat empoigna le fauteuil pour le pousser près du lit. Adrià se retourna, un peu inquiet. Timidement :

— Je ne sais plus... Je dois dormir dans le lit ou dans le fauteuil ? Ou près de la fenêtre ?

— Dans le lit, mon vieux. Tu seras mieux.

— Non non non. Je crois que c'est près de la fenêtre.

— Comme tu voudras, mon très cher ami, dit Bernat en poussant le fauteuil près du lit. Et il ajouta : Pardonne-moi, pardonne-moi, pardonne-moi.

Il fut réveillé par le froid intense qui entrait par toutes les rainures de la fenêtre. Le ciel était encore sombre. Il battit le briquet jusqu'à ce qu'il réussisse à allumer la mèche de la chandelle. Il mit son habit et par-dessus la cape de voyage et sortit dans l'étroit corridor. D'une des cellules du côté qui donnait sur le mamelon de Santa Barbara sortait une lumière vacillante. Avec un frisson de froid et de peine, il se dirigea vers l'église. Le cierge qui devait éclairer le cercueil où reposait fra Josep de Sant Bartomeu s'était consumé. Il mit sa chandelle à la place du cierge. Les oiseaux, sentant le matin proche, commençaient à gazouiller, malgré le froid. Il récita un Pater noster avec ferveur, en pensant au salut de l'âme du bon père prieur. Les éclats de sa chandelle faisaient un effet étrange sur les peintures de l'abside. Saint Pierre, saint Paul et... et... et les autres apôtres, et la Sainte Vierge et le Pantocrator hiératique, tous semblaient bouger sur le mur, en une danse lente et silencieuse.

Pinsons, verdiers, merles, moineaux et chardonnerets chantaient l'arrivée de la nouvelle journée comme, des siècles durant, les moines avaient chanté la gloire du Seigneur. Pinsons, verdiers, merles, moineaux et chardonnerets avaient l'air joyeux de la nouvelle de la mort du prieur de Sant Pere del Burgal. Ou peut-être chantaient-ils l'allégresse de le savoir au paradis, parce que c'était un homme bon. Ou peut-être que ces petites créatures de Dieu ne se posaient pas de questions et chantaient parce qu'elles ne savaient pas faire autre chose. Où suis-je. Cinq mois que je vis dans le brouillard et de temps en temps une petite lumière qui me rappelle que tu existes.

— Fra Adrià, entendit-il derrière lui. Il leva la tête. Le frère Julià se mit à côté de lui, avec sa chandelle vacillante.

— Nous devrons l'enterrer immédiatement après matines, dit-il.

— Oui, bien sûr. Les hommes d'Escaló sont arrivés ?

— Pas encore.

Il se leva et se plaça à côté de l'autre moine, face à l'autel. Où suis-je. Il enfouit ses mains couvertes d'engelures dans les larges manches de son habit. Ce n'étaient pas des pinsons, des verdiers, des merles, des moineaux ni des chardonnerets, mais deux moines tristes, parce que c'était le dernier jour de vie monacale dans leur monastère, après tant d'années d'existence ininterrompue. Cela faisait de longs mois qu'ils ne chantaient plus ; ils se contentaient de réciter et ils laissaient le chant aux oiseaux, à la joie irréfléchie. Fermant les yeux, fra Adrià prononça les mots qui, pendant des siècles, avaient servi pour briser le grand silence de la nuit :

— Domine, labia mea aperies.

— Et proclamabo laudem tuam, répondit fra Julià sur le même ton murmuré.

Cette nuit de Noël, la première sans Missa in Nocte, les deux frères lais ne purent réciter que les prières de matines. Deus, in adjutorium meum intende. Ce furent les matines les plus tristes de toutes et de chacune des centaines d'années de vie monastique à Sant Pere del Burgal. Domine, ad adjuvandum me festina.

La conversation avec Tito Carbonell fut étonnamment détendue. Avant qu'ils commandent, Tito dit qu'il devait reconnaître qu'il était un lâche, que cela faisait plus d'un an qu'il n'avait pas rendu visite à zio Adriano à la résidence.

— Tâchez d'y aller.

— Ça me fait trop de peine. Je n'ai pas votre trempe. – Prenant la carte et faisant un signe au serveur : À propos, je vous remercie pour tout le temps et toute l'énergie que vous lui consacrez.

— Je considère que c'est mon devoir d'ami.

Tito Carbonell le guida habilement dans la carte, ils commandèrent et mangèrent l'entrée sans trop parler. Et avec un silence un peu gênant quand il ne resta plus rien dans leurs assiettes. Jusqu'au moment où Tito se décida à le briser :

— Et qu'est-ce que vous vouliez, exactement ?

— Parler du Vial.

— Le Vial ? Le violon de zio Adriano ?

— Oui. Il y a quelques mois, je suis allé à Anvers, rendre visite à monsieur Bob Mortelmans.

Tito accueillit ces mots avec un rire joyeux :

— Je pensais que vous ne m'en parleriez jamais ! dit-il. Que voulez-vous savoir de moi ?

Ils attendirent qu'on leur apporte le deuxième plat ; alors, comme Bernat restait en silence, l'autre dit, en le regardant dans les yeux :

— Oui, c'était mon idée ; brillante, oui. Connaissant zio Adriano, je savais qu'avec l'aide de monsieur Mortelmans tout serait plus facile. – Il pointa son couteau sur lui. – Et je ne me suis pas trompé !

Bernat mangeait en silence, le regardant sans rien dire. Tito Carbonell poursuivit :

— Oui, oui, monsieur Berenguer a vendu le violon de Storioni au plus offrant ; oui, nous nous sommes enrichis ; vous aimez ce plat de morue ? N'est-ce pas le meilleur que vous ayez jamais mangé ? oui, c'était vraiment dommage de garder enfermé un aussi bon violon ; vous savez qui l'a acheté ?

— Qui ? – On sentait que la question était comme un cri qui sortait de son estomac.

— Joshua Mack. – Tito attendit une réaction de la part de Bernat, qui faisait des efforts titanesques pour se dominer. – Vous voyez ? Il a fini par arriver entre les mains d'un juif. – Riant : Nous avons rendu justice, non ?

Bernat compta jusqu'à dix pour éviter de faire une folie. Pour évacuer sa rage, il dit vous me dégoûtez. Tito Carbonell ne broncha pas.

— Et je me fiche pas mal de savoir ce que Mack va en faire. Dans cette opération, il n'y a que l'argent qui m'intéresse.

— Mais je vous dénoncerai, dit Bernat avec toute sa rage dans le regard. Et ne croyez pas que vous pourrez m'acheter.

Tito Carbonell mastiqua, attentif à ce qu'il mangeait ; il s'essuya la bouche avec sa serviette, but une gorgée de vin et sourit.

— Moi, vous acheter ? Vous ? – Il claqua la langue, agacé. – Je ne pense pas payer un sou pour votre silence.

— Et je n'accepterais pas. Je fais ça pour la mémoire de mon ami.

— Vous feriez mieux de ne pas faire de grands discours, monsieur Plensa.

— Ça vous gêne, que j'aie des principes ?

— Mais non, voyons. C'est très beau. Mais il faut que vous sachiez que je sais ce que je dois savoir.

Bernat le regarda dans les yeux. Tito Carbonell sourit à nouveau et dit moi aussi j'ai bougé mes pions.

— Là, je suis perdu.

— Il y a environ un mois que votre éditeur travaille à votre nouveau livre.

— Je crains que cela ne vous regarde pas.

— Oh que si ! Même que je suis dedans ! Sous un autre nom, et comme personnage secondaire, mais je suis dedans.

— Comment savez-vous que...

Tito Carbonell avança pour se trouver nez à nez avec Bernat et dit c'est un roman ou une autobiographie ? si c'est zio Adriano qui l'a écrit, c'est une autobiographie ; si c'est vous, c'est un roman. J'ai cru comprendre que vous n'avez apporté que des retouches insignifiantes... Dommage que vous ayez changé tous les noms... Il sera difficile de savoir qui est qui. Le seul nom que vous ayez gardé, c'est celui d'Adrià. C'est curieux. Mais comme vous avez le culot de vous approprier tout le texte, il faut en conclure que nous nous trouvons en présence d'un roman. – Il claqua la langue, comme s'il était contrarié. – Et donc, il s'avère que nous sommes tous des personnages de fiction. Même moi ! – Il palpa son corps en secouant la tête. – Vous voulez que je vous dise ? Ça me fait enrager...

Il posa sa serviette sur la table, sérieux, tout à coup :

— Par conséquent, ne venez pas me parler de principes.

Bernat Plensa resta avec un morceau de morue dans la bouche, brusquement asséchée. Il entendit que l'autre disait j'ai gardé la moitié du prix de la vente du violon. Mais vous, vous avez gardé le livre tout entier. La vie tout entière de zio Adriano.

Tito Carbonell se laissa aller contre le dossier de sa chaise, observant Bernat avec attention. Il poursuivit :

— Je sais que le livre que vous prétendez avoir écrit doit sortir dans deux mois environ. À vous de décider si on convoque une conférence de presse ou si on laisse courir.

Il écarta les bras, l'invitant à se décider. Comme Bernat ne bougeait pas, il continua :

— Vous voulez du dessert ? – Il claqua des doigts pour appeler le serveur. – Ils ont un flan du tonnerre, ici.

Bernat entra dans la cinquantaquattro alors que Wilson venait de mettre des tennis toutes neuves à Adrià, assis sur le fauteuil roulant.

— Regarde comme il est beau, disait l'infirmier.

— Très beau. Merci, Wilson. Bonjour Adrià.

Adrià ne fit pas mine d'être concerné. Il avait l'air de sourire. La chambre était comme d'habitude, même s'il y avait trop longtemps qu'il n'y était pas entré.

— Je t'ai apporté ça, dit-il.

Il lui donna un livre épais. Adrià le prit avec une certaine crainte. Il regarda Bernat sans trop savoir qu'en faire.

— C'est moi qui l'ai écrit, lui dit-il. Il sort des presses.

— Ah, c'est bien, dit Adrià.

— Tu peux le garder. Et pardonne-moi, pardonne-moi, pardonne-moi.

Adrià, voyant cet inconnu la tête basse et au bord des larmes, se mit à pleurer.

— C'est ma faute ?

— Mais non, bien sûr que non. Je pleure à cause de… de choses, voilà.

— Pardonnez-moi. – Il le regarda, inquiet. – Allez, ne pleurez pas, monsieur.

Bernat sortit un CD de sa poche. Il sortit le disque du boîtier et le mit dans l'appareil d'Adrià. Il lui prit les mains et lui dit écoute ça, Adrià, c'est ton violon.

Prokofiev. On commença à entendre la lamentation que Joshua Mack avait tirée du Storioni d'Adrià. Ils restèrent vingt-sept minutes comme ça. Se tenant les mains, écoutant jusqu'aux applaudissements de l'enregistrement public.

— Je te fais cadeau de ce disque. Dis à Wilson qu'il est à toi.

— Wilson !

— Non, pas maintenant, ce n'est pas la peine. Je le lui dirai.

— L'amiii ! insista Adrià.

Comme s'il attendait ce moment, comme s'il avait été en train de les espionner, Wilson poussa la porte de la chambre :

— Qu'est-ce qu'il y a ? Tu vas bien ?

— C'est seulement... que je lui ai apporté ce disque et aussi ce livre. D'accord ?

— J'ai sommeil.

— Mais je viens de t'habiller, mon beau !

— Je veux faire caca.

— Qu'est-ce que tu peux être pénible. – À Bernat : Vous permettez ? Il y en a pour cinq minutes.

Bernat sortit dans le couloir avec le livre. Il alla vers la terrasse et feuilleta le volume. Une ombre apparut à côté de lui.

— C'est bien... – Le docteur Valls montra le livre : Il est de vous, n'est-ce pas ?

— Vous l'avez...

— Je vous arrête ! l'interrompit le médecin. Je n'ai pas le temps de lire. – Et comme si c'était une menace : Mais je vous assure que je le lirai un jour. – Enjoué : Je n'y connais pas grand-chose en littérature, mais je vous ferai une critique implacable.

Ce n'est pas de ce côté que j'aurai des problèmes, pensa Bernat en regardant s'éloigner le médecin. Le vibreur du téléphone. Il se mit dans un coin de la

*terrasse parce que les portables étaient interdits dans
la clinique.*

— *Allô.*

— *Où es-tu ?*

— *À la clinique.*

— *Tu veux que je vienne ?*

— *Non, non, non, dit-il un peu trop précipitamment.
Je serai chez toi à deux heures.*

— *Vraiment, tu ne veux pas que je vienne ?*

— *Non, non, non, ce n'est pas la peine, vraiment.*

— *Bernat.*

— *Quoi.*

— *Je suis fière de toi.*

— *De moi... Pourquoi ?*

— *Je viens juste de finir le livre. Autant que je puisse
en juger, tu as parfaitement reflété la façon d'être de
ton ami...*

— *Eh bieeen... merci, merci beaucoup. – Se reprenant : Je serai chez toi à deux heures.*

— *Je ne mettrai pas le riz avant que tu sois là.*

— *Très bien Xènia, maintenant je dois raccrocher.*

— *Embrasse-le de ma part.*

*Au moment où il raccrochait, pensant, perplexe, à la
figure impossible de la bouteille de Klein, il vit que Wilson amenait Adrià sur le fauteuil roulant et le sortait sur
la terrasse. Adrià mit une main en visière, comme s'il y
avait un soleil aveuglant.*

— *Coucou, dit Bernat. À Wilson : Je l'emmène dans
le coin aux glycines.*

*Wilson haussa les épaules et Bernat poussa Adrià du
côté des glycines. De là, on voyait une bonne tranche
de Barcelone et la mer au fond. Klein. Il ouvrit le livre
vers les dernières pages. Il lut :* Il y a très longtemps que
j'ai vécu tout cela ; et il s'est passé beaucoup de temps
depuis que je l'ai écrit. Maintenant c'est différent. Maintenant c'est le lendemain.

Et pourquoi ai-je raconté tout cela? Parce que si fra Miquel n'avait pas eu mauvaise conscience face à la cruauté du saint inquisiteur, il n'aurait pas fui et il ne serait pas devenu fra Julià, l'homme aux graines d'érable dans la poche, et Guillaume-François Vial n'aurait pas vendu son Storioni à la famille Arcan, à un prix exorbitant.

— Un Storioni.

— Je ne connais pas ce nom.

— Ne me dites pas que vous n'avez pas entendu parler de Laurent Storioni!

— Non.

— Fournisseur de la cour de Bavière et de Weimar, improvisa-t-il.

— Pour moi, c'est un inconnu. Vous n'avez rien de Ceruti ou de Pressenda?

— Pour l'amour de Dieu! – Monsieur Vial, exagérément scandalisé. – Pressenda a appris le métier avec Storioni!

— Et de Stainer?

— Pas en ce moment, non. – Il montra le violon posé sur la table. – Essayez-le. Aussi longtemps que vous voudrez, Heer Arcan.

Nicolas Arcan ôta sa perruque et saisit le violon avec une moue de déplaisir, ou peut-être de mépris, mais mourant d'envie de l'essayer. Avec son archet habituel, il commença à dire des choses; des doigts d'une agilité extrême et une étrange position pour jouer. Mais un son extraordinaire, presque dès la première note. Guillaume-François Vial dut passer par l'humiliation de voir un violoniste flamand jouer de mémoire une des sonates de l'immonde tonton Leclair; mais il ne montra pas ses sentiments, parce qu'il y avait une vente en jeu. Au bout d'une heure, la calvitie et le front trempés de sueur, Nicolas Arcan rendit le violon à Guillaume-François Vial, qui était persuadé de l'avoir convaincu.

— Non. Il ne me plaît pas, dit le violoniste.

— Quinze mille florins.

— Je n'ai pas l'intention de l'acheter.

Monsieur Vial se leva et prit l'instrument. Il le rangea soigneusement dans son étui, qui montrait encore une tache à l'origine étrange.

— J'ai un client à une heure et demie d'Anvers. Vous me pardonnerez de partir sans saluer votre épouse ?

— Dix mille.

— Quinze mille.

— Treize.

— Quatorze mille.

— Marché conclu, monsieur Vial. – Et une fois le prix convenu, Heer Arcan reconnut à voix basse : Une sonorité exceptionnelle.

Vial posa l'étui sur la table et l'ouvrit à nouveau. Il vit les yeux gourmands de Heer Arcan. Celui-ci murmura pour lui-même :

— Ce qui est sûr, c'est que cet instrument procurera bien des joies.

Nicolas Arcan vieillit en compagnie du violon et le transmit à sa fille claveciniste, et celle-ci à son neveu Nestor, le compositeur des fameuses estampes, et Nestor à son fils, et le fils à un neveu, et ainsi de suite jusqu'au moment où, après de nombreuses décennies, Jules Arcan commit une série d'erreurs en jouant en bourse et dut sacrifier son patrimoine. Et la belle-mère enrhumée vivait à Anvers, comme Arcan. Excellent en tous points : son, proportions, toucher, apparence… Un véritable Crémone. Et si papa avait eu des scrupules, si Voigt avait été un homme honorable et n'avait pas manifesté d'intérêt pour le violon ; si… je ne serais pas en train de parler de tout cela. Si je n'avais pas eu le Storioni, je ne serais pas devenu l'ami de Bernat. Et je ne t'aurais pas connue lors d'un concert à Paris. Je serais un autre je ne serais pas en train de te parler en ce moment. Je sais bien : je t'ai tout raconté en désordre, mais c'est que ma tête est aussi un peu démeublée. Je suis parvenu à grand-peine jusqu'ici, sans guère de possibilités de revoir tout ce que je t'ai écrit. Je n'ai pas le courage de regarder en arrière ; d'un côté, parce que lorsque j'écrivais certaines choses je pleurais ; et de l'autre parce que chaque jour je sens qu'une chaise ou un bibelot disparaissent de ma tête. Et je me convertis peu à peu en personnage de Hopper, regardant à travers la fenêtre ou à travers la vie, le regard vide et la langue pâteuse de tabac et de whisky.

Bernat regarda Adrià, qui avait l'air très occupé par une feuille de glycine qui pendait à côté de sa tête. Après quelques secondes d'hésitation, il osa lui demander :

— *Ça te dit quelque chose, ce que je suis en train de te lire ?*

Adrià hésita un peu puis répondit d'un air coupable :

— *Ça devrait me dire quelque chose, monsieur ?*

— *Je ne suis pas un monsieur, je suis Bernat.*

— *Bernat.*

Mais la feuille de glycine était plus intéressante. Et Bernat reprit la lecture là où il l'avait laissée, quand Adrià disait je veux te dire une chose qui m'obsède, ma bien-aimée : après avoir passé ma vie à essayer de réfléchir sur l'histoire culturelle de l'humanité et de jouer correctement d'un instrument qui ne se laisse pas faire, je veux te dire que nous sommes tous, nous et nos affects, un pputain de hasard. Et que les faits s'embrouillent avec les actes et avec les événements ; et que les gens se heurtent, se trouvent ou s'ignorent également par hasard. Tout arrive au petit bonheur la chance. Ou alors, rien n'est dû au hasard et tout est dessiné à l'avance. Je ne sais pas quel postulat adopter, parce que les deux sont vrais. Et si je ne crois pas en Dieu, je ne peux pas croire en un dessein préalable, qu'on l'appelle destin ou autrement.

Ma bien-aimée : il est tard, c'est la nuit. J'écris devant ton autoportrait, qui conserve ton essence, parce que tu savais la capter. Et devant les deux paysages de ma vie. Un voisin, je crois que c'est Carreres, du troisième, tu sais, ce grand homme blond, ferme la porte de l'ascenseur en faisant trop de bruit compte tenu de l'heure. Adieu, Carreres. Pendant tous ces mois, j'ai écrit au verso des pages sur lesquelles j'essayais de réfléchir, sans succès, sur le mal. Que de temps perdu. Sur une face, la pensée stérile ; sur l'autre, le récit de mes actes et de mes peurs. J'ai pu te dire mille choses sur ma vie, qui sont inexactes mais qui sont la vérité. Et je peux te parler et je peux supputer ou inventer des choses sur la vie de mes parents, que j'ai haïs, jugés, méprisés, et que je regrette un peu, à présent.

Ce récit est pour toi, pour que tu sois vivante en un lieu, ne serait-ce que dans mon récit. Il n'est pas pour moi, qui n'ai déjà plus de lendemain. Je me sens comme Anicius Manlius Torquatus Severinus Boethius, qui naquit à Rome vers quatre cent soixante-dix, fut couvert d'honneurs grâce à une vie consacrée à l'étude de la pensée des philosophes classiques ; je suis devenu docteur en mille neuf cent soixante-seize à l'université de Tübingen et ensuite j'ai enseigné à l'université de Barcelone, à un quart d'heure à pied de chez moi. J'ai publié différents ouvrages, fruit de mes réflexions à haute voix, faites en cours. Nommé à des fonctions politiques qui m'ont conduit de la renommée à la disgrâce, enfermé dans l'Ager Calventianus de Pavie, qui ne s'appelait pas encore Pavie, j'attends le verdict des juges, sachant bien que ce sera la condamnation à mort. C'est pourquoi j'arrête le temps en rédigeant le *De consolatione philosophiae* et j'attends la fin en t'écrivant ces Mémoires, qui ne peuvent porter un autre nom que celui qu'ils portent. Ma mort sera lente, pas comme celle de Boèce. Mon empereur assassin ne s'appelle pas Théodoric mais Alzheimer le Grand.

C'est ma faute, c'est ma faute, c'est ma très grande faute, m'apprenait-on au collège, moi qui ne suis même pas baptisé, me semble-t-il. Et on assaisonnait ça avec une incroyable histoire sur le péché originel. Je suis coupable de tout ; s'il le faut, je suis aussi coupable de tous les tremblements de terre, de tous les incendies et de toutes les inondations de l'histoire. Je ne sais pas où est Dieu. Ni le mien ni le tien, ni le Dieu des Epstein. Le sentiment de solitude est lancinant, mon amour, mon grand amour.

Il n'y a pas de rédemption pour le pécheur. Tout au plus, le pardon de la victime. Mais souvent, on ne peut pas vivre non plus avec le pardon. Müss choisit de réparer, sans attendre de pardon, même pas de Dieu. Je me sens coupable de beaucoup de choses et j'ai essayé de continuer à vivre. Confiteor. J'écris avec beaucoup de difficulté, je me fatigue, je m'affole, parce que je commence à avoir des lapsus inquiétants. D'après ce que le médecin me laisse entendre, quand ces feuillets seront imprimés, ma bien-aimée, je serai un légume incapable de demander à qui que ce soit de m'aider, pas même par amour, juste par compassion, à cesser de vivre.

Bernat regarda son ami et celui-ci lui rendit son regard, sans rien dire. Pendant un instant, il se sentit mal à l'aise parce qu'il avait l'impression de voir le regard de Gertrud. Mais il continua à lire j'ai écrit tout ça dans une tentative désespérée de te retenir. Je suis descendu dans les enfers de la mémoire et les dieux m'ont permis de t'en ramener, sous une condition impossible à remplir. Maintenant je comprends la femme de Loth, qui elle aussi se retourna quand il ne fallait pas. Je jure que je me suis retourné pour m'assurer que tu ne trébuchais pas sur les marches inégales de l'escalier. Les dieux implacables de l'Hadès t'ont renvoyée dans l'enfer de la mort. Je n'ai pas su te ressusciter, chère Eurydice.

— *Eurydice.*

— *Quoi ?*

— *Rien, excusez-moi.*

Bernat resta silencieux pendant quelques minutes.
Sueur froide. Inquiétude.

— *Tu me comprends ?*

— *Hein ?*

— *Tu sais ce que c'est, ce que je suis en train de lire ?*

— *Non.*

— *Vraiment ?*

— *L'amiii !*

— *Un instant, décida Bernat. Je reviens tout de suite.*
– Et, sans ironie : Ne bouge pas de là. Et n'appelle pas
Wilson, je reviens.

— *Wilson !*

Le cœur sur le point de jaillir de sa poitrine de sai-
sissement, Bernat entra en coup de vent et sans frapper
dans le bureau du docteur Valls et lança au médecin il
a corrigé ma prononciation d'un nom.

Le médecin leva la tête du document qu'il était en
train de lire. Il mit un instant à traiter l'information,
comme si la lenteur des malades l'avait contaminé :

— *Un acte réflexe. – Il regarda ses papiers, puis Ber-*
nat. – Monsieur Ardèvol ne peut rien se rappeler. Plus
maintenant. Un pur hasard. Malheureusement pour
nous tous.

— *Mais il a dit Eurydice alors que j'avais dit Eurédice.*

— *Un hasard. Je vous assure que c'est un hasard.*

Bernat retourna auprès de son ami, dans le coin des
glycines, et lui dit pardonne-moi Adrià, je suis très ner-
veux parce que...

Adrià le regarda par en dessous.

— *C'est bien ou c'est mal, lui demanda-t-il, un peu*
inquiet.

Bernat pensa mon pauvre ami, toute une vie passée à
raisonner et à penser et tu ne peux poser qu'une seule
question sur la morale. C'est bien ou c'est mal. Comme
si la vie se résumait à faire le mal ou à ne pas le faire.
Peut-être qu'il a raison. Je ne sais pas.

Ils restèrent encore un bon moment en silence jusqu'à ce que Bernat poursuive d'une voix haute et claire et me voici arrivé à la fin. Ce furent des mois d'écriture intense, de révision de ma vie ; j'ai eu le temps de finir, mais je n'ai plus assez de force pour mettre ça en ordre, selon les règles. Le médecin m'a expliqué que la lumière va s'éteindre peu à peu, à une vitesse qu'ils ne peuvent pas prévoir parce que chaque cas est différent. Nous avons décidé, tant que je serai moi-même, que l'autre là, enfin, elle… qu'elle reste toute la journée, parce qu'ils disent qu'il faut qu'on me surveille. Et bientôt il faudra avoir deux personnes, pour faire le cycle complet… Tu vois à quoi je dépense l'argent de la vente du magasin ? J'ai décidé que tant que j'aurai un soupçon d'entendement je ne me séparerai pas de mes livres. Quand je n'en aurai plus, je crains bien que plus rien ne m'importera. Comme tu n'es pas là pour t'occuper de moi ; comme Lola Xica est partie précipitamment il y a bien longtemps… j'ai dû faire moi-même tous les préparatifs. Dans la résidence de Collserola, qui domine ma chère Barcelone, on prendra soin de mon corps quand je serai parti pour un monde, je ne sais pas, de ténèbres ? On m'assure que je ne regretterai pas la lecture. Cela ne manque pas d'ironie, que j'aie passé ma vie à essayer d'avoir conscience de mes moindres actes ; toute ma vie à porter sur moi toutes mes fautes, qui sont nombreuses, et celles de l'humanité, et à la fin je m'en irai sans savoir que je m'en vais. Adieu, Adrià. Je me dis adieu à tout hasard. Je regarde autour de moi, dans ce bureau où j'ai passé tant d'heures. "Un instant encore, regardons ensemble les rives familières, les objets que sans doute nous ne reverrons plus… Tâchons d'entrer dans la mort les yeux ouverts…", dit l'empereur Hadrien avant de mourir. Petite âme. Âme tendre et flottante, Sara, compagne de mon corps : tu es partie la première dans les régions pâles, glacées et nues. Quelle saloperie. Je prends le téléphone et je cesse d'écrire. Je compose le numéro de portable de mon ami : cela fait des mois que je ne sais rien de lui, je me suis enfermé ici, à t'écrire.

— Bonjour ! C'est Adrià. Comment ça va ? Merde, tu dormais ? Non, quelle heure est-il ? Quoi ? Quatre heures du… ? Hou là là, excuse-moi ! Enfin, écoute, je veux te demander un service et t'expliquer deux ou trois choses. Oui. Oui. Non, si tu peux venir demain, enfin, aujourd'hui. Non, il vaut mieux que tu viennes, oui, c'est ça. À l'heure que tu voudras, évidemment. Je ne bougerai pas. Oui, oui. Merci.

Je viens d'expliquer les circonstances exactes, hic et nunc, de ce que je suis en train de vivre. Il a fallu que j'écrive ces dernières lignes au présent, ce qui m'angoisse beaucoup. Je suis pratiquement à la fin de mon texte. Dehors, les doigts rougeâtres de l'aurore teintent le ciel encore obscur. Mes mains sont gourdes de froid. Je repousse les feuillets écrits, l'encrier et tout le matériel d'écriture et je regarde par la fenêtre. Quel froid, quelle solitude. Les frères de Gerri monteront par le sentier que je verrai quand l'aurore aura gagné la bataille. Je regarde le Coffre sacré et je pense qu'il n'y a rien de plus triste que de devoir considérer comme éteint un monastère qui n'a jamais cessé de chanter la gloire de Dieu. Je ne peux m'empêcher de me sentir coupable de ce désastre, ma bien-aimée. Oui, je sais. Nous finirons tous par mourir… Mais toi, grâce à la générosité de mon ami, qui a eu la patience de l'être pendant tant années, tu continueras à vivre dans ces lignes chaque fois que quelqu'un lira ces pages. Et un jour, me dit-on, mon corps aussi se dégradera. Pardonne-moi mais, comme Orphée, je n'ai pas pu faire mieux. La résurrection est réservée aux dieux. Confiteor, mon amour. Leshana Haba'ah B'Ierushalayim. Maintenant c'est le lendemain.

Cette longue lettre que je t'ai écrite est arrivée à son terme. *"Je n'ai fait celle-ci plus longue que parce que je* *n'ai pas eu le loisir de la faire plus courte*."* Après tant de jours intenses, voici venu le temps du repos. Début de l'automne. Aube, fin du bilan. Maintenant c'est le lendemain à tout jamais. J'ai allumé la télévision et le présentateur de la météo, l'air ensommeillé, m'a assuré que dans les heures à venir il y aura une baisse subite de la température et des averses sporadiques. Je me suis souvenu de Wisława Szymborska, qui disait que même si le soleil va dominer sur la plus grande partie du territoire, ceux d'entre nous qui continuons à vivre auront encore bien besoin de leur parapluie. Moi, à coup sûr, je n'en aurai plus rien à faire.

59

Dans la chambre voisine de la cinquantaquattro, de faibles voix enfantines chantèrent vive le vent, vive le vent et ensuite on entendit des applaudissements forcés et une voix de femme :

— Joyeux Noël, papa. – Silence. – Les enfants, souhaitez un bon Noël à votre grand-père.

Alors, on commença à entendre des cavalcades. Quelqu'un, peut-être Jònatan, sortit affolé de la cinquantaquattro.

— Wilson !

— Oui.

— Où est monsieur Ardèvol ?

— Où veux-tu qu'il soit ? Dans la cinquantaquattro.

— Je te dis qu'il n'y est pas.

— Pour l'amour de Dieu. Où veux-tu qu'il soit ?

Wilson ouvrit la porte de la chambre, l'angoisse nichée à l'intérieur et disant mon beau, mon grand. Mais il n'y avait ni grand ni beau. Ni dans le fauteuil ni dans le lit, pas le moindre oiseau dans le nid. Wilson, Jònatan, Olga, Ramos, Maite, le docteur Valls, le docteur Roure, au bout d'un quart d'heure le docteur Dalmau, et Bernat Plensa et le personnel de la résidence qui n'était pas pris par le service, se mirent à fouiller partout, sur les terrasses, dans les cabinets de toilette de toutes les chambres et dans les toilettes du personnel, dans les bureaux, dans toutes les chambres, dans tous les placards de toutes les

chambres, mon Dieu, mon Dieu, mon Dieu, comment
est-ce possible si ce pauvre homme marche à peine ?
Ónde estás ? Ils firent même appeler Caterina Fargues
au cas où elle pourrait leur donner une idée. Et ensuite
ils élargirent les recherches aux alentours de la rési-
dence quand l'affaire fut prise en mains par les mossos
d'esquadra, *qui le cherchèrent dans le parc de Collse-*
rola, près d'une fontaine, perdu dans la forêt épaisse
avec les sangliers ou, à Dieu ne plaise, au fond d'un des
lacs, Dieu nous en garde. Et Bernat pensait teño medo
dunha cousa que vive e que non se ve. Teño medo á des-
gracia traidora que ven, e que nunca se sabe ónde ven.
Adrià, ónde estás[1]*. Parce que Bernat était le seul qui*
pouvait savoir la vérité.

Ce jour-là, après avoir enterré le père prieur, ils
devaient abandonner définitivement le monastère et le
laisser seul, à la disposition des mulots de la forêt qui,
malgré les moines, en étaient devenus maîtres depuis
des siècles, maîtres sans robe bénédictine de ces lieux
sacrés. Comme les chauves-souris qui s'étaient établies
dans la petite contre-abside de Saint-Michel, au-dessus de la tombe des comtes. Mais en quelques jours, les
bêtes sauvages commenceraient à faire intrusion et ils
n'y pourraient rien.

— Fra Adrià.

— Oui.

— Vous avez mauvaise mine.

Il regarda tout autour. Ils étaient seuls dans l'église.
La porte d'entrée était ouverte. Il y avait peu de temps
que les hommes d'Escaló avaient enterré le prieur, dans
la nuit noire. Il regarda la paume de ses mains ouvertes,
dans un geste qu'il trouva aussitôt excessivement théâtral.

1. En galicien dans le texte. "J'ai peur de quelque chose qui vit
et qu'on ne voit pas. J'ai peur du malheur sournois qui vient, et
on ne sait jamais d'où il vient. Adrià, où es-tu ?"

Il jeta un regard à fra Julià et lui dit à voix basse qu'est-ce que je fais là ?

— La même chose que moi. Nous nous préparons à fermer le Burgal.

— Non, non… Je vis… Je ne vis pas ici.

— Je ne vous comprends pas.

— Quoi ? Comment ?

— Asseyez-vous, frère Adrià. Par malheur, nous ne sommes pas pressés. – Il le prit par le bras et l'obligea à s'asseoir sur un banc. – Asseyez-vous, répéta-t-il, bien que l'autre se soit déjà assis.

Dehors, les doigts rougeâtres de l'aurore teintaient le ciel encore sombre et les oiseaux piaillaient à qui mieux mieux. Un coq d'Escaló se joignit même à la fête, de loin.

— *Adrià, mon beau ! Tu es vraiment bien caché ! Où es-tu ? – À voix basse : Et si on l'a enlevé ?*

— *Ne dis pas de bêtises.*

— Et qu'est-ce qu'on va faire, maintenant ?

Fra Julià regarda l'autre moine avec étonnement. Il garda le silence, soucieux. Adrià insista et dit hein ?

— Eh bien… on va préparer le Coffre sacré, fermer le monastère, garder la clef et prier pour que Dieu nous pardonne. – Après une éternité. – Et attendre l'arrivée des frères de Santa Maria de Gerri. – Il l'observa, étonné : Pourquoi me demandez-vous ça ?

— Fuyez.

— Qu'avez-vous dit ?

— Vous devez fuir.

— Moi ?

— Vous. On vient pour vous tuer.

— Frère Adrià…

— Où suis-je ?

— Je vais vous apporter un peu d'eau.

Fra Julià disparut par la porte qui donnait sur le petit cloître. À l'extérieur, les oiseaux et la mort ; à l'intérieur, la mort et la chandelle éteinte. Fra Adrià s'enferma dans une prière dévote jusqu'à ce que la lumière règne sur la terre, qui était à nouveau plate, avec des confins mystérieux auxquels il ne parviendrait jamais.

— *Faites le tour de toutes les connaissances de ce monsieur. Et quand je dis toutes, je veux dire toutes.*

— *Oui, chef.*

— *Et n'abandonnez pas les opérations de recherche. Élargissez le périmètre à toute la montagne. Et au Tibidabo. Le parc d'attractions y compris.*

— *Il était à mobilité réduite, ce monsieur.*

— *Ça ne fait rien ; retournez-moi toute la montagne.*

— *Oui, chef.*

Alors il remua la tête, comme s'il se réveillait d'un sommeil profond, il se leva et alla jusqu'à sa cellule prendre le Coffre sacré et la clef avec laquelle, pendant trente ans, il avait fermé la porte du monastère après vêpres. Trente ans à faire le frère portier au Burgal. Il parcourut toutes les cellules vides, le réfectoire et la cuisine. Il entra aussi dans l'église et dans la minuscule salle du chapitre. Et il se sentit l'unique coupable de l'extinction du monastère de Sant Pere del Burgal. De sa main libre, il se frappa la poitrine et dit confiteor, Domine. Confiteor : mea culpa. Le premier Noël sans Missa in Nocte et sans la prière de matines.

Il prit la boîte avec les pignes et les graines de sapin et d'érable, le cadeau désespéré d'une femme malheureuse qui, par ce présent, prétendait être pardonnée d'avoir failli à l'espérance divine par l'acte exécrable du suicide. Il contempla la petite boîte pendant un instant, se souvint de la pauvre, de la malheureuse Guerxa ; il murmura une prière pour le repos de son âme, si toutefois le désespéré pouvait atteindre au salut, et il enfouit la boîte dans la poche profonde de son habit. Il prit le Coffre sacré et la clef et sortit dans le corridor étroit. Il ne put résister à l'impulsion de faire une dernière promenade dans le monastère, tout seul. Les pas résonnaient dans le corridor des cellules, la salle du chapitre, le cloître… Il finit sa ronde en jetant un coup d'œil au minuscule réfectoire. Un des bancs touchait le mur, écaillant le crépi brut. Machinalement, il écarta le banc du mur. Une larme rebelle lui échappa. Il l'essuya du revers de la main et sortit à l'extérieur. Il ferma la porte du monastère et donna deux tours de clef qui résonnèrent dans son âme. Il mit la clef dans le Coffre sacré et s'assit pour attendre les arrivants qui montaient, fatigués, bien qu'ils aient passé la nuit au Soler. Mon Dieu, que fais-je ici moi qui…

Bernat pensa c'est impossible, mais je ne vois pas d'autre explication. Pardonne-moi, Adrià. C'est ma faute, je sais, mais je ne suis pas capable de renoncer au livre. Confiteor. Mea culpa.

Avant que l'ombre portée des choses ait bougé d'un empan, fra Adrià se leva, épousseta son habit et fit quelques pas dans le sentier qui descendait, serrant le Coffre sacré contre lui. Trois moines montaient. Il se retourna, des larmes dans le cœur, pour dire adieu au monastère et commença à descendre pour épargner aux moines la dernière côte. De nombreux souvenirs mouraient avec ce geste. Où suis-je ? Adieu paysages. Adieu ravins et adieu chanson de l'eau limpide. Adieu, frères du cloître, adieu, siècles de chant et de prières.

— La paix soit avec vous, mes frères, en ce jour de la Nativité du Seigneur.

— La paix du Seigneur soit aussi avec vous.

Trois inconnus. Le plus grand rabattit son capuchon en arrière. Un front noble.

— Qui est le mort ?

— Josep de Sant Bartomeu, le père prieur.

— Loué soit Dieu. Ainsi, vous êtes Adrià Ardèvol.

— Eh bien, je… – Il baissa la tête. – Oui.

— Vous êtes mort.

— Il y a longtemps que je suis mort.

— Non : maintenant, vous serez mort.

La dague lança un éclat dans la faible lumière avant de s'enfoncer dans son âme. La flamme de sa chandelle s'éteignit et il ne vit ni ne vécut plus rien. Plus rien. Il ne put dire où suis-je car, déjà, il n'était plus nulle part.

Matadepera, 2003-2011

J'ai considéré ce roman comme définitivement inachevé le 27 janvier 2011, jour anniversaire de la libération d'Auschwitz.

Au cours des années pendant lesquelles le roman a grandi en moi, j'ai demandé l'avis et l'aide de nombreuses personnes. Vous êtes si nombreux et cela fait si longtemps que je vous importune que je crains d'oublier un nom.

Comptant sur votre générosité, j'opte pour des remerciements collectifs, par lesquels j'ose espérer que chacun d'entre vous se sentira concerné et reflété. Je vous suis profondément reconnaissant.

DRAMATIS PERSONÆ

ADRIÀ ARDÈVOL I BOSCH
SARA VOLTES-EPSTEIN
BERNAT PLENSA I PUNSODA
AIGLE-NOIR : vaillant chef arapaho
SHÉRIF CARSON : de Rockland
FÈLIX ARDÈVOL I GUITERES : père d'Adrià Ardèvol
CARME BOSCH : mère d'Adrià Ardèvol
ADRIÀ BOSCH : grand-père d'Adrià Ardèvol
VICENTA PALAU : grand-mère d'Adrià Ardèvol
LOLA XICA (DOLORS CARRIÓ I SOLEGIBERT) : femme de confiance de Carme Bosch
LOLA GRAN : mère de Lola Xica
CATERINA
ANGELETA : couturière des Ardèvol i Bosch

CECÍLIA : employée de Fèlix Ardèvol
MONSIEUR BERENGUER : employé de Fèlix Ardèvol
SIGNOR FALEGNAMI / MONSIEUR ZIMMERMANN : concierge a l'Ufficio della Giustizia e della Pace
DOCTEUR PRUNÉS ET MADAME PRUNÉS : visiteurs
TECLA : épouse de Bernat Plensa
LLORENÇ PLENSA : fils de Bernat Plensa
XÈNIA : journaliste amie de Bernat Plensa
LA MÈRE TRULLOLS : professeur de violon d'Adrià Ardèvol et de Bernat Plensa
MAÎTRE JOAN MANLLEU : professeur de violon d'Adrià Ardèvol

HERR CASALS, HERR OLIVERES, HERR ROMEU, MISTER PRATS, SIGNOR SIMONE, DOCTORA GOMBRENY : professeurs de langues étrangères d'Adrià Ardèvol

PÈRE ANGLADA, PÈRE BARTRINA, MONSIEUR BADIA, FRÈRE CLIMENT : professeurs d'Adrià Ardèvol au collège de Jésuites du carrer de Casp

ESTEBAN, XEVI, QUICO, RULL, PEDRO, MASSANA, RIERA, TORRES, ESCAIOLA, PUJOL, BORRELL : camarades de classe d'Adrià Ardèvol au collège de Jésuites du carrer de Casp

MONSIEUR CASTELLS ET ANTÒNIA MARÍ : pianistes accompagnateurs

ONCLE CINTO, DE TONA : frère de Fèlix Ardèvol

TANTE LEO : épouse de Cinto Ardèvol

ROSA, XEVI ET QUICO : cousins d'Adrià Ardèvol

EUGEN COŞERIU : linguiste, professeur à l'université de Tübingen

JOHANNES KAMENEK : professeur à l'université de Tübingen

DOCTEUR SCHOTT : professeur à l'université de Tübingen

KORNELIA BRENDEL : condisciple d'Adrià Ardèvol à Tübingen

SAGRERA : avocat

CALAF : notaire

MORRAL : bouquiniste au marché de Sant Antoni

CATERINA FARGUES : remplaçante de Lola Xica

GENSANA : condisciple d'Adrià Ardèvol à l'université

LAURA BAYLINA : professeur à l'université de Barcelone et collègue d'Adrià Ardèvol

EULÀLIA PARERA, TODÓ, DR BASSAS, DR CASALS, OMEDES : professeurs à l'université de Barcelone

HERIBERT BAUÇÀ : éditeur

MIREIA GRÀCIA : présentatrice d'un livre de Bernat Plensa

SAVERIO JENESAISQUOI : luthier à Rome

DANIELA AMATO : fille de Carolina Amato

ALBERT CARBONELL : mari de Daniela Amato

TITO CARBONELL AMATO : fils de Daniela Amato et d'Albert Carbonell

Jascha Heifetz : violoniste de renommée internationale

Maître Eduard Toldrà : compositeur musical et directeur de l'Orchestre municipal de Barcelone

Rachel Epstein : mère de Sara Voltes-Epstein

Pau Voltes : père de Sara Voltes-Epstein

Max Voltes-Epstein : frère de Sara Voltes-Epstein

Giorgio : ami de Max Voltes-Epstein

Franz-Paul Decker : directeur de l'Orquestra Simfònica de Barcelona i Nacional de Catalunya (OBC)

Romain Gunzbourg : cor à l'OBC

Isaiah Berlin : philosophe et historien des idées

Aline de Gunzbourg : épouse d'Isaiah Berlin

Pere Ullastres : luthier à Barcelone

Docteur Dalmau : médecin et ami d'Adrià Ardèvol

Docteur Valls

Docteur Real

Jònatan, Wilson et Dora : infirmiers

Plàcida : femme de ménage d'Adrià Ardèvol

Eduard Badia : directeur de la Galeria Artipèlag

Bob Mortelmans : camarade de résidence de Matthias Alpaerts

Gertrud : victime d'un accident de la route

Alexandre Roig : mari de Gertrud

Helena et Àgata : amies de Dora

Osvald Sikemäe : frère de Gertrud

Aadu Müür : ancien fiancé d'Àgata

Eugen Müss : médecin à Bebenbeleke

Turu Mbulaka : chef tribal

Elm Gonzaga : détective

Les jumeaux

VIC ET ROME
(1914-1918)

Josep Torras i Bages : évêque de Vic

Félix Morlin, de Liège : condisciple de Fèlix Ardèvol

Drago Gradnik, de Ljubljana : condisciple de Fèlix Ardèvol

FALUBA, PIERRE BLANC, LEVINSKI ET DANIELE D'ANGELO, S. J. : professeurs de Fèlix Ardèvol à la Pontificia Università Gregoriana

CAROLINA AMATO

SAVERIO AMATO : père de Carolina Amato

SANDRO : oncle de Carolina Amato

MUÑOZ : évêque de Vic

MOSSÈN AYATS : secrétaire épiscopal

BARCELONE
(années 1940 et 1950)

COMMISSAIRE PLASENCIA

INSPECTEUR OCAÑA

RAMIS : le meilleur détective du monde

FELIPE ACEDO COLUNGA : gouverneur civil

ABELARDO : client de Fèlix Ardèvol

ANSELMO TABOADA : lieutenant-colonel

WENCESLAO GONZÁLEZ OLIVEROS : gouverneur civil

GÉRONE, SANTA MARIA DE GERRI, SANT PERE DEL BURGAL
(XIVe et XVe siècles)

NICOLAU EIMERIC : inquisiteur général

MIQUEL DE SUSQUEDA : secrétaire de l'inquisiteur

RAMON DE NOLLA : sicaire de l'inquisiteur

JULIÀ DE SAU : moine de Sant Pere del Burgal

JOSEP DE SANT BARTOMEU : père prieur de Sant Pere del Burgal

GUERXO DE SALT

GUERXA DE SALT : femme de Guerxo de Salt

FRA MAUR ET FRA MATEU : moines du monastère de Santa Maria de Gerri

JOSEP XAROM, DE GÉRONE : médecin juif

DOLÇA XAROM : fille de Josep Xarom

EMANUEL MEIR, DE VARNA : descendant de Dolça Xarom

PARDÀC, CRÉMONE, PARIS
(XVIIe et XVIIIe siècles)

JACHIAM MUREDA : chanteur
de bois
MUREDA : le père des Mureda
AGNO, JENN, MAX, HERMES,
JOSEF, THEODOR ET
MICURÀ ; ILSE, ERICA,
KATHARINA, MATILDE,
GRETCHEN ET BETTINA :
frères et sœurs de Jachiam
Mureda
BULCHANIJ BROCIA : le gros
de Moena
LES BROCIA DE MOENA :
ennemis des Mureda de
Pardàc
FRÈRE GABRIEL : moine à
l'abbaye de Lagrasse
BLOND DE CAZILHAC : assis-
tant de Jachiam Mureda
ANTONIO STRADIVARI : lu-
thier
OMOBONO STRADIVARI : fils
d'Antonio Stradivari
ZOSIMO BERGONZI : luthier,
disciple d'Antonio Stra-
divari
LORENZO STORIONI : luthier,
disciple de Zosimo Ber-
gonzi
MARIA BERGONZI : fille de
Zosimo Bergonzi

MONSIEUR LA GUITTE : mar-
chand d'instruments de
musique
JEAN-MARIE LECLAIR, L'AÎNÉ :
violoniste et compositeur
GUILLAUME-FRANÇOIS VIAL : neveu de Jean-Marie Leclair
ORFÈVRE JUIF

AL-HISW

AMANI ALFALATI
AZIZZADEH ALFALATI : père
d'Amani
ÉPOUSE D'AZIZZADEH
ALI BAHR : commerçant
HONORABLE CADI

PENDANT LE NAZISME ET
LA SECONDE GUERRE
MONDIALE

RUDOLPH HÖSS : SS-Ober-
sturmbannführer (lieute-
nant-colonel), commandant
du camp d'Auschwitz
HEDWIG HÖSS : épouse de
Rudolph Höss
ARIBERT VOIGT : SS-Sturm-
bannführer (comman-
dant), médecin
KONRAD BUDDEN : SS-Ober-
sturmführer (lieutenant),
médecin

FRÈRE ROBERT : novice à l'abbaye de Saint-Benoît-d'Achel

BRUNO LÜBKE : soldat SS

MATHÄUS : rottenführer

ONCLE HAÏM EPSTEIN : frère de Rachel Epstein

GAVRILOFF : déporté

HEINRICH HIMMLER : reichsführer

ELISAVETA MEIREVA : numéro 615428

HÄNSCH : gefreiter (caporal)

BARABBAS : oberscharführer (sergent)

MATTHIAS ALPAERTS, D'ANVERS

BERTA ALPAERTS : épouse de Matthias Alpaerts

NETJE DE BOECK : belle-mère enrhumée de Matthias Alpaerts

AMELIA, TRUDE ET JULIA ALPAERTS : filles de Matthias Alpaerts

FRANZ GRÜBBE, DE TÜBINGEN : SS-Obersturmführer (lieutenant) dans la division SS "Das Reich"

LOTHAR GRÜBBE : père de Franz Grübbe

ANNA GRÜBBE : épouse de Lothar Grübbe

HERTA LANDAU, DE BEBENHAUSEN : cousine de Konrad Budden et de Franz Grübbe

VLADO VLADIĆ : partisan serbe

DANILO JANICEK : partisan

TIMOTHEUS SCHAAF : hauptsturmführer (capitaine) dans la division SS "Das Reich"

TABLE

BABEL

Extrait du catalogue

OUVRAGE RÉALISÉ
PAR L'ATELIER GRAPHIQUE ACTES SUD
REPRODUIT ET ACHEVÉ D'IMPRIMER
EN AVRIL 2016
PAR NORMANDIE ROTO IMPRESSION S.A.S.
À LONRAI
POUR LE COMPTE DES ÉDITIONS
ACTES SUD
LE MÉJAN
PLACE NINA-BERBEROVA
13200 ARLES

DÉPÔT LÉGAL
1re ÉDITION : MAI 2016
No impr. : 1600755
(Imprimé en France)